中国科技工作者群体的起源与成长

何国祥　刘　薇　施云燕
刘春平　张　楠　吕　华　◎著

科 学 出 版 社

北　京

图书在版编目（CIP）数据

百年历程：中国科技工作者群体的起源与成长 / 何国祥等著. —北京：科学出版社，2017.4

ISBN 978-7-03-052324-2

Ⅰ. ①百… Ⅱ. ①何… Ⅲ. ①科学工作者—研究—中国 Ⅳ. ①G316

中国版本图书馆 CIP 数据核字（2017）第 052786 号

责任编辑：侯俊琳 朱萍萍 乔艳茹 / 责任校对：邹慧卿
责任印制：张 伟 / 封面设计：有道文化
联系电话：010-64035853
电子邮箱：houjunlin@mail.sciencep.com

科学出版社出版
北京东黄城根北街 16 号
邮政编码：100717
http://www.sciencep.com

北京建宏印刷有限公司 印刷

科学出版社发行 各地新华书店经销

*

2017 年 4 月第 一 版 开本：B5（720 × 1000）
2017 年 9 月第二次印刷 印张：23
字数：450 000

定价：98.00元

序

本书的作者之一、研究课题的负责人何国祥研究员是我刚进入中国科学技术协会（简称中国科协）工作时就认识的很有钻研精神的专家，在他30多年的软科学领域研究工作中，取得了相当丰硕的成果，有许多成果是开创性的。进入21世纪以来，他与一批年轻的研究人员，深入研究中国科协的发展，包括中国科协的组织、学会的发展、科技工作者的状况等。中国科协是科技工作者的群众组织，科技工作者是中国科协的主体，因此何国祥研究员认为将科技工作者作为研究的主要对象，是一个中国科协系统科研人员应该选择的研究方向。他在2008年就提出应该对科技工作者进行科学定义，并发表了《科技工作者的界定和内涵》一文，厘清了这一领域的基础概念，该论文后来成为很多专家、学者研究科技工作者的重要参考文献。

科技工作者是中国特有的一个称谓，是指将科学技术作为自己的职业，并将自己的聪明才智和工作精力奉献给科技事业的知识阶层群体。《中国科学技术协会章程》的第一句话就是：中国科协是中国科技工作者的群众组织。中国科协的历任领导都非常关心科技工作者这一群体，关心他们的工作、生活、思想。只有这样，科协组织才能履行好桥梁纽带职责。特别是这一群体变得越来越庞大且每年以数百万人规模增长时，决策者就经常问：我国的科技工作者有多少？他们在哪里？中国科协如何联系他们？只有系统地进行调研和科学地开展研究，才能准确回答这些问题。

何国祥研究员在承担“中国科技人力资源发展研究报告”的研究时认为，欧洲联盟（简称欧盟）关于科技人力资源的研究，是从资格和岗位两个角度来定义的，有关进入科技岗位的科技人力资源的定义与我们科技工作者的定义范畴基本相同。因此，2012年他领导的研究小组就通过对有关资料的分析研究，第一次对我国科技工作者的总量进行了测算，得到2010年我国科技工作者总体已达到近3700万人规模的结论，这一数据为中国科协工作及国家的科技政策制定提供了可靠的数量基础。

此后研究小组并不满足于各个时期和各个地区统计科技工作者群体的数量，而是提出了更多的问题：中国科技工作者是什么时期诞生的？这个群体是在什么样的社会经济条件下诞生并逐步成长的？中国科技工作者群体的成长与中国当代社会的教育、科研、企业等的发展是什么关系？这些问题激发他们进行深入、系统的研究。这也是该研究的初衷和动力。2009年由科学出版社出版的《科技工作者的社会责任》就是以何国祥研究员为首的研究团队最早的有关科技工作者的研究成果。

关于中国科技工作者群体的起源和历史发展，过去我们看到的文献大多作为一些科技历史的片段和个人的经历存在于某些科学家的回忆录或某些文献资料中，而今天摆在我面前的书稿则是利用科学方法系统地反映了科技工作者群体的百年发展历程。

我们第一次获得这些数据：截至1949年，在长达38年的民国时期，我国科技工作者群体的总量很少，只有26万；而从新中国成立到1965年的17年间，我国科技工作者的数量达到了352万，增加了13.5倍；到“文化大革命”结束，这一数量缓慢增加到了549万；改革开放为科技工作者群体的发展提供了更好的社会环境和条件，仅10年时间，科技工作者的总量几乎翻了一番，1985年超过1000万，到2000年超过1800万；到该书描述的最后一年（2012年），又翻了一番多，我国科技工作者群体已经接近4200万。这印证了科技工作者群体数量增长符合科学发展的指数规律。

这些总量数据和结构数据填补了科技工作者研究的空白，而且相关的逻辑研究和探索打开了一个新领域的大门。当时作为单位的主要负责人，我非常支持他们开展研究，现在十分高兴看到了这一成果问世。

当前科学社会学作为一个不断发展的学科，正在向各个领域深入开展研究，其中科学家、工程师等各类在科技岗位上努力工作的职业群体成为该学科的重点研究对象。科学社会学的分支几乎均与科技工作者相关，因此对科技工作者群体的深入研究将拓宽科学社会学领域范畴，并且为其他分支学科提供有力的支撑。

通过对中国科技工作者群体成长的百年历程的梳理和分析，我们不仅能够对这一新知识分子群体的成长有深刻的了解，而且可以从这一历史进程中理解科学技术与社会的互动关系，理解科学技术与政治、经济等复杂的逻辑关系，更可以深刻理解教育与科学技术的共生共荣关系。

看到这一成果将以著作的形式出版，成为我国科技界的公共财富，我深感喜悦并诚挚祝贺！我认识这个研究团队的每一个成员，过去他们在各自的研究领域已经取得不少成绩，尤其是大多数人都有研究科技工作者的经历。其中的核心研究人员，有的多次主持或参与过科技工作者的相关调查和研究，包括“中国科技工作者状况调查”“科技工作者的社会责任研究”“中国科技人力资源发展报告”等研究课题，并有相关著述出版。今天他们又给了我极大的惊喜。他们关心中国科技事业，关心中国科技工作者的发展，踏踏实实地进行细致探索，深入地开展定性和定量相结合的研究工作，为我们提供了一个崭新、有价值、有意义的研究成果和研究思路。希望这一著作的出版能够在学术领域激起涟漪，激发更多人继续开展科技工作者群体的研究，不断提升这个领域的学术研究水平，更好地发挥科技工作者这个群体的历史性作用；希望能够为决策部门提供决策依据和参考，推动出台更加有利于科技工作者队伍建设的政策，更紧密地凝聚、更有效地组织广大科技工作者为建设世界科技强国而不懈努力！

王康友

2016年12月30日

目　录

第二部分　在计划体制中曲折与奋斗

——毛泽东时代的科技工作者群体

第三部分　在与国际接轨中成长与发展

——改革开放时期的科技工作者群体

导言
——兼论科技工作者的起源和界定

1911 年爆发的辛亥革命结束了中国延续 2000 多年的古代帝王统治，建立了共和政体的国家，到 2012 年已经走过了整整 100 年。巧合的是，现代意义上的中国的科学技术事业也走过了百年历程。伴随着共和政体国家的成长和科技事业的发展，中国科技工作者也从孕育、诞生而逐步成长起来。本书从历史发展的角度，应用计量和考证等方法来探讨中国科技工作者曲折而丰富的百年成长历程。

科技工作者是现代社会中从事科学技术工作，并将科技工作作为自己职业的群体，但是理论界对“科学技术”的定义还有较大的分歧，对“科学技术工作”的范围界定和理解也有所不同，因此要确定科技工作者的定义有一定困难[1]。

从广义上讲，科学是关于自然、社会和思维的知识体系[2]。它既是科学研究的结果，同时也是对全人类知识宝库的不断继承和发展。技术泛指根据生产实践经验和自然科学原理发展而成的各种工艺操作方法和技能[2]。所以，从广义的理解来看，科学技术应该包含目前高等教育所有的专业学科。这样就与通常我们对科学技术的理解有较大不同。

狭义的科学技术主要包括现代自然科学和以其为基础的工程技术，以及部分社会科学领域。《中国科学技术协会章程》第二十九条规定，其会员团体即全国学会：“本章程所称全国学会是按自然科学、技术科学、工程技术及相关科学的学科组建或以促进科学技术发展和普及为宗旨的社会团体。”其实，这就对应了科学技术的比较严格的定义。

一、科技成为职业的历史追溯

人类的现代科学技术大约是17世纪初期诞生的，最初科学技术仅是很小一部分“达官贵人”的“好奇心”驱动的探索活动，是远离经济社会发展的“智力游戏”，还不是社会发展的必要组成部分，还没有形成职业，所以当时所称的“科学家”并不是现代意义上的科技工作者。科学技术职业化是人类历史上很晚才出现的，由全世界科技工作职业化而诞生的科技工作者群体是最近两百年的事情。

对于近代中国来说，现代意义上的科学技术更是一种舶来品，几乎到了19世纪后半期才逐步传入中国，而科技工作成为一种职业是更晚些时候才出现的，大约是到民国初期才有了真正现代意义上的科研机构、科技教育大学和企业技术岗位。换言之，到了这个时候中国才有了科技工作者群体。本书的标题就体现了这一客观历史，中国科技工作者群体的形成仅仅只有百年的历程。

（一）科技工作者的三个来源

寻根溯源，科技工作者有三个来源——早期的自然哲学家、发明家和教师。

1. 早期的自然哲学家

科学技术史表明，现代科学技术萌芽于16世纪，逐步从自然哲学中脱胎而出。当时全世界从事真正意义上的科学研究的人员，也称为自然哲学家，其人数不会超过两位数。而且，他们的研究动力几乎全都来自兴趣，活动经费和其他物质资助，来自自己的腰包或者是达官贵人，甚至是国王的慷慨解囊。所以，早期的科技活动是私人或者是贵族化的。除了极少数的助手，所有的研究活动均是他们自己动手开展的。尽管科学研究是他们人生中最重要的活动之一，但是他们不是现代意义上的科技工作者，科学研究不是他们的职业。

2. 发明家

科技工作者的另外一个来源是发明家，但是发明家在当时的社会中可谓凤毛麟角，难以成为一个社会分工的类别，更难以形成社会需求的职业，他们只是后世产品研发或技术研发的一个传统源头。

3. 教师

教师是一个古老的职业，但是很长的历史中学校里传授的主要是人文甚至是宗教知识。将科学技术作为学校传授的知识最初发生在18世纪的法国，将科技作为职业的变化是从科学教育事业开始的。为了发展科学技术事业，培养科技人才，法国开始了现代意义上的大学教育，组建了以法国高等技术学校为代表的一批高校，从世界各地聘请了当时的科学名人来从事科技教育。显然，这些人是将高校教师作为职业看待的，可以说这是科学职业化最早的雏形。后来，随着科学技术逐渐成为大机器、大工业的基础，工程师才开始成为企业的雇员。可以说，科学家进入高校、工程师进入企业标志着科学技术职业化的开始。

（二）19世纪世界科技工作者群体初具规模

到了19世纪，科学技术职业化的进程明显加快，随着世界化学工业的诞生、钢铁工业的兴起、电气化事业的全球推广，科学技术的开发和应用成为世界工业发展的巨大动力。企业大量雇用科技人员，工程技术人员成为资本的“奴婢”(马克思语)。科学技术人员已经不是单人被企业雇用，而是成团队、成组织地为企业服务。很多科学家和发明家创办了自己的企业或者进入别人的企业。总之，科学技术的研究与发展再也不是个人的爱好了，而是成为政府或企业有目的的社会行为，成为与世界经济越来越紧密联系在一起的巨大力量。

与此同时，科学研究机构也开始了规模化的发展。科学技术研究的专业化、规模化和复杂性要求，需要研究团队和更多类型的科学技术人员同时开展不同的研究，所以具有一定资质的各专业科技人员被聘用进入研究机构工作逐渐成为一件理所当然的事情。卡文迪许实验室、戴维和法拉第的电气实验室就是聘请专职研究人员的著名机构，科技人员的职业化模式从那时开始形成了。除了研究开发人员以外，科研辅助人员、后勤服务人员、决策指挥人员等应运而生。所以从那时起，仅用“科学家”一词已经难以表达这支职业化科技队伍的基本情况了。所以，我国学者赵红州提出了“科学家队伍”这一概念，认为其中包括“科学家、教授、工程师、实验家、各类技师、图书情报专家、科研管理专家以及千千万万群众性的业余科研工作者”[3]。

（三）20世纪科技工作者成为世界重要的新兴职业

20世纪被称为“科学世纪”，不仅仅是因为科技成果大量涌现，而主要是因为科学技术的职业化有了突飞猛进的发展。20世纪前半叶出现了三大科学突破：相对论、量子力学和DNA双螺旋结构的发现。这使得各国政府不仅开始关注科学研究，而且投资科学研究；20世纪的两次世界大战更是激发了各国政府对科学技术的极大兴趣。20世纪上半叶是以政府主导为标志的大科学时代。例如，美国制造原子弹的曼哈顿工程动员了数千家企业和研究机构，调动了数万名科学家与工程师，耗费了全国近一半的电力，才得以达到目的；阿波罗登月工程先后有几十万名科技人员参与，历时10年，耗费了政府数亿美元，才将美国人送上了月球。这些大科学项目的实施引发了美国基础性科学技术的发展，同时也推动了军事技术、航天技术等各种应用技术的巨大发展，展现了美国雄厚的综合国力。

20世纪后半叶，世界崛起了一批新兴产业——高技术产业群体。这些以量子力学、生物科学、新材料、新能源技术等为基础的新兴产业是建立在高技术密集的基础上，因此产业内大量科学技术岗位出现，需要大量的高素质科学技术人员上岗，改变了过去传统企业科技人员只占从业人员少数的格局。越来越多的科技人员进入企业就职，成为企业重要的专门职员。判断科技工作者群体成型的重要标志是，一个国家或地区的一部分劳动力将科技工作作为自己的职业。正如英国著名科学家贝尔纳所说："今天的科学家几乎完全和普通的公务员或企业行政人员一样是拿工资的人员。"[4]学者约翰·齐曼也指出，科学家"成了一种被公认的职业的成员，公开地从事学术教学，并得到人们的鼓励和支持去从事研究。他们又通过学会以及对工业'进步'所作的贡献，获得了很高的社会地位，被看作是为国家争光的人物和国家宝贵的公仆"[5]。

（四）中国科技工作者群体的形成和崛起

中国科技工作者形成并崛起基本上是在20世纪，百年历程大致可以分为三个阶段，每个阶段大约30年。

1. 第一阶段——从辛亥革命到解放战争胜利

辛亥革命到解放战争胜利这一阶段可以作为第一阶段，即民国时期（1911～1949年），共38年。这一阶段是中国科技工作者群体的起源和幼年时期，在社会动乱、连年战争的严峻形势下，初期的中国科技工作者经历了政治和社会的各种磨难，顽强地承受着灾难深重的民族压迫，冲破帝国主义的侵略，经历多年战争的浴火，逐渐成长起来。留学西方并且一部分欧美等科学技术导师学生中的佼佼者，获得了出色的科技成就。

2. 第二阶段——从新中国成立到改革开放

从新中国成立到改革开放是新中国成立后的一个特殊历史阶段（1949～1978年），

可以称之为“毛泽东时代”，共30年。这一阶段是我国新的执政者——中国共产党，作为一种探索和实验，向当时的苏联学习，试图根据某些经济理论和社会理论建立一种计划经济体制，由中央来控制整个社会的政治、经济和社会的发展，以达到理想社会主义的目标。中国科技工作者在这一历史时期，虽然仅仅是作为一种建设国家的“工具”，但是广大科技工作者，特别是工程类科技工作者，在这一历史阶段发挥了重要作用，中国用了30年时间建立了比较完整、独立的工业体系和科技体系，其中科技为国防建设和重大工程等民生事业做出了卓绝的贡献。科技工作者自身在这一历史时期受到了不同方面的冲击，有着辛酸的委屈和不公正对待，但是这一群体仍然在曲折中顽强成长，并形成了学科基本齐全的中国科技队伍。

3. 第三阶段——从改革开放到中国共产党十八大召开

从改革开放到中国共产党十八大召开可以作为第三阶段，正是改革开放取得了初步胜利，中国已经开始崛起并成为世界大国的历史时期（1978～2012年），共34年。这一阶段的初期被称为中国“科学的春天”，大批科技工作者打破了极“左”路线的桎梏，在科技体制改革和教育体制改革的大旗引导下，清算“文化大革命”冲击的科技体制和科技队伍中各种“左倾”政策，恢复了基本的科技活动和科技秩序，使中国的科技合作与交流活动又回到了世界科技的大家庭中。20世纪80年代，中国科技工作者不仅开始大量引进国际先进科学技术，而且学习了美国硅谷的经验和做法，提出了建设高技术开发区的建议，并且响应党中央号召，将科学技术长入经济，经济建设要依靠科学技术成为当时的指导方针。20世纪90年代，中国经济闯过了“价格关”和“双轨制”，民营经济突飞猛进，三分天下有其一，其中就有大批科技工作者的血汗和辛劳。科技工作者在体制内外均受到重视，科学技术已经成为中国经济和社会发展不可或缺的重要因素。进入21世纪，“科学技术是第一生产力”成为共识，新世纪初国家动员上千名学者共商新世纪科技发展的大政方针，开展了中长期科学技术发展战略研究，提出了新的历史时期新的科技发展方向。在这一过程中，中国科技工作者群体得到了极大的发展，高等教育从精英教育走向平民教育，理工科类高等教育毕业生大量进入社会，极大地充实了科技工作者群体，这一群体的规模从百万级跃向千万级，形成了目前世界上最大的科技工作者群体。同时，中国的产业结构也正在经历历史上最重大的变化，科技岗位将会极大地增加，科技创新将成为经济发展最重要的驱动力。

本书的三个部分就是以此作为区分依据的。

二、科技工作者的定义和分类

本书是研究科技工作者的，首先就要对科技工作者进行定义，并通过分类、比较等方法开展对科技工作者群体的深入而细致的研究。长期以来，我国对于科技工作者并没有一个统一的定义，对科技工作者也没有明确的统计和分类，本研究就从定义入手，并通过分类研究来初步解决统计问题，使对科技工作者群体的研究有比较一致的认识、比较清晰的范围和数量化的统计调查工作。希望通过这些工作能为将来的研究打下比较好的基础。

（一）科技工作者的定义研究

根据上述对科技工作的职业化历史的描述，考虑到科学技术已经全面渗透到现代社会中的各个领域，并对科技系统发展及相关概念的比较研究，可以提出科技工作者的定义：科技工作者是指在现代社会中，以相应的科技工作为职业，实际从事系统性科学和技术知识的生产、发展、传播和应用活动的人员。

现代科学技术深入而广泛的发展，推动了社会的不断进步和变化，不仅在科学技术的研究开发机构中，而且在企业、政府和非政府组织等社会各类组织中，也普遍设立科学技术岗位，因此科技工作者已经成为现代社会中不可或缺的职业群体，正在发挥重要的作用。这一职业群体以现代科学技术工作为己任，以研究、开发、应用、传播、维护和管理等岗位作为自己的职业，并通过自己的科学技术工作获取科技资助和合理的报酬。

经过一个世纪的成长，中国科技工作者群体已经发展到以千万计的数量级，成为各行各业发展的中坚力量。这支队伍不仅规模日益庞大，而且结构也日趋复杂。随着科学技术的深入发展及与社会的融合，出现了越来越多的各种类型的科技工作者，这些新的职业岗位的涌现，体现了科学技术自身的分化、交叉和发展，表明它们已经渗透到了经济、社会的各个领域。

（二）科技工作者群体分类研究

为了更好地研究科技工作者群体，需要对其整体进行各种分类，对其结构进行分析。从目前来看，主要的分类有如下几种。

（1）根据科技工作者群体在“核心－外延”分布结构中的位置进行分类[6]

到了现代社会，科技成为一个大类的社会职业，如果以科技知识的生产和创新作为核心，将有关科技活动和科技知识应用传播作为外延，科技职业至少已经有以下五大类，形成了五大类科技工作者：①从事研究探索的科学家、科研人员；②从事开发创新的研发人员、发明家等；③从事应用维护的工程师、技术人员；④从事传播普及的教师、科普工作者；⑤从事管理决策的科技领导干部和管理人员。

（2）根据职业岗位设置在什么社会组织中进行分类[1]

根据有关研究，现代社会的组织可以分为三大类：政府组织、企业组织和非营利组织。这三类组织机构是社会发展中最基本的组织机构，也是现代社会中科学技术的发展、传播和应用的社会基础，这些组织机构为从事科学技术工作的人群提供了各类科技岗位，这些岗位上的人员就成为现代社会的科技工作者。通过三大类社会组织开展对科技工作者的调查和研究，并了解科技工作者与社会的联系和互动，是比较适合的社会学研究框架。

（3）根据科技工作者从事的专业技术工作进行分类

中国科协第一次全国科技工作者状况调查报告中将科技工作者分为五类：科学研究人员、工程技术人员、卫生技术人员、自然科学教学人员和农业技术人员[7]。但是，第二次全国科技工作者状况调查课题组认为这样分类“存在明显的缺陷与不足”，有“局限性”。由于科技工作者这一定义并不是我国统计规范所通用的概念，所以并没有针对科技工作者群体的统计和调查。但是，长期以来专业技术人员在我国有关部门中是有较规范统计的，因此将专业技术工作的分类和调查作为科技工作者研究的一种基础性分类有其客观和实用之处，不能全部丢弃。如果考虑到从广义科学技术的定义内涵出发，可以将管理和社会科学专业技术人员在一定条件下纳入科技工作者的范围之内。这不失是一种明智的分类选择。

另外，不同的科技工作者在专业技术领域中处于不同层次，也可以进行层次分类。例如，根据职称、职务的高低可以分为高级、中级、初级科技工作者等；根据不同科技工作者的经济社会地位和社会声望可以将其分为高层、中层和下层等。

（4）根据人群的人文指标进行分类

根据性别，可以分为男性科技工作者和女性科技工作者；根据年龄，可以分为老、中、青科技工作者；根据所在地区，可以分为东部、中部、西部地区科技工作者；根据人才流动情况，可以分为海归科技工作者和本土科技工作者；等等。

三、科技人力资源框架下的研究进展

科技人力资源的概念目前受到了国际上的普遍重视，特别是欧盟组织多国专家开展欧盟内外的有关科技人力资源的调查和研究，大大推动了这一领域的研究进展。近几年来，我国也开展了这方面的研究。中国科协组织了多个部门的研究人员系统地开展了有关科技人力资源的研究，参考了经济合作与发展组织（OECD）的《科技人力资源手册》，出版了《中国科技人力资源发展研究报告》，提出了我国科技人力资源的定义：科技人力资源是指实际从事或有潜力从事系统性科学和技术知识的产生、发展、传播和应用活动的人力资源，既包含实际从事科技活动（或科技职业）的劳动力，也包含可能从事科技活动（或科技职业）的劳动力[8]。

我国科技人力资源的鉴别标准（即统计定义）是：科技人力资源是满足下列条件之一的人（图 0-1）：

（1）完成科技领域大专学历教育或大专以上学历（学位）教育的劳动力；

（2）虽然不具备上述正式资格，但从事通常需要上述资格的科技职业或科技活动的人。

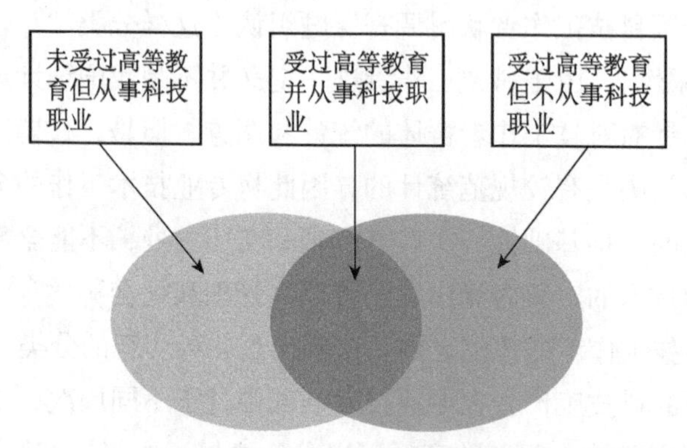

图 0-1 科技人力资源的主要类别

资料来源：《弗拉斯卡蒂丛书：科技人力资源手册》，第 18-19 页

（一）科技工作者在科技人力资源中的定位

根据上述定义，针对是否从事科技职业，科技人力资源可以分为 A、B 两部分。A 部分，无论是否取得科技人力资源的资格，但是从事科技职业，在具体的科技岗位上工作，将科技作为自己的职业，并取得报酬。显然，这部分劳动力

符合我们对于科技工作者的定义，在科技人力资源定义的框架下，A 部分就是科技工作者群体。B 部分，虽然取得了科技人力资源的资格，但是并不从事科技职业，而是在其他工作岗位上工作，甚至是自由职业者，他们就不是科技工作者。

对于一个国家和地区来说，这两部分群体均为其经济、社会发展做出不同的努力和贡献。但是具体来说，由于科学技术与经济产业的关系，有一部分群体对经济产业的贡献是直接的，而另一部分则是间接的。具体的分类结果见表 0-1。

表 0-1　根据与经济产业发展有无关系来划分的科技人力资源

类型	对国家或地区经济及产业发展有直接作用的科技人力资源群体	对国家或地区经济及产业发展没有直接作用的科技人力资源群体
A 科技作为职业	A_1 研究开发与工程技术人员、经济与管理人员、生产技术维护与辅助服务人员等	A_2 自然科学的基础类的科研人员、教师和传播人员、医务卫生人员及社会科学和人文科学类的研究人员
B 非科技作为职业	B_1 经济管理、营销、贸易、财务、金融及自己创业成为企业管理者等	B_2 行政管理、法律服务、文学艺术、宗教哲学、社区服务等有关领域工作

其中，我们将科技工作者 A 分为两部分 A_1 和 A_2。A_1 包括研究开发与工程技术人员、经济与管理人员、生产技术维护与辅助服务人员等；A_2 则是自然科学的基础类的科研人员、教师和传播人员、医务卫生人员及社会科学和人文科学类的研究人员。另外，我们将 B 类人员也分为 B_1 和 B_2。其中 B_1 虽然没有从事科技类职业，但是进入了与经济和产业发展相关的领域，如经济管理、营销、贸易、财务、金融及自己创业成为企业管理者等；B_2 则是从事行政管理、法律服务、文学艺术、宗教哲学、社区服务等有关领域工作。

从目前我国的管理体制来看，在 A_1 和 A_2 之间的人才流动是比较多的，尤其是在不少基础研究取得成果后，将其转化为可以作为生产力的新产品、新工艺、新设备和新系统的过程中，就从原来与生产经济没有直接关系的领域中流动到了有直接关系的科技岗位上。

另外，也有从 A 类流向 B 类的，如学而优则仕，很多教授、研究人员一旦在自己的领域有了成绩，就被提拔到本部门或者是其他部门的行政领导岗位上了。

但是，从 B 类流向 A 类的，从生产实践 A_1 流向理论研究 A_2 的则很少见。

总之，由于我国目前的科技体制和教育体制所限，以及社会体制内外管理政策上的限制等原因，上述四类不同岗位上的科技人力资源的流动趋势和流动意愿均不强烈。

A 类这一群体是已经走上具体的科学技术岗位，正在发挥作用的劳动力群体，很明显，这一群体才是真正科技工作者的群体。科技工作者的概念不等同于科技人力资源。科技人力资源是一种资源概念，具有现实和潜在的双重含义，而科技工作者却是一个现实的职业群体的概念，应该和有关的科学技术岗位联系在一起，在目前科学技术越来越深入发展的条件下，他们必须同时具有资格和工作两个必备条件（除了极少数天资聪颖，努力自学成才的以外）。换句话说，科技工作者是具备了一定的科技教育资格并且已经走上了有关科学技术岗位，正在发挥作用的科技劳动力。因此，科技工作者的含义应该比科技人力资源的含义范围要狭小，其范围要小得多。

另外，由于科技工作者内含了科技职业岗位的因素，反映了实际在岗的科技人力资源的全部，其范围当然要比其内在的各部分（如 R&D 人员、科学家与工程师、科技活动人员等）要大。

如果说科技人力资源是一个科学的可以定量化测度的概念，那么科技工作者同样是一个可以测度的概念，如果我们对社会中的科技岗位进行严格的定义和统计，那么科技工作者是可以精确测定的人力指标。可是，目前世界上对于有关科学技术职业岗位的认识还有分歧，不少国家和地区对科技岗位与其他工作岗位还没有严格的界限区分，没有建立有关科技岗位的统计制度，而是混同于一般的职业调查。因此，对于科技工作者的统计和测度还有很多工作要做。

（二）专业技术人员统计指标的应用

中国科协全国科技工作者状况调查课题组出版的《全国科技工作者状况调查报告》（2003 年），将科技工作者主要界定为："包括工程技术人员、卫生技术人员、农业技术人员、科学研究人员、教学人员等五类专业技术人员。"[9] 这样就将原本应该是对资格和岗位进行统计的对象，转换为对专业技术职称（有的包含职务）开展统计调查。这样的转换有实践意义，因为专业技术人员绝大多数是在岗的，并且在我国有较好的统计基础。但是，将五类专业技术人员来表征科技工作者有如下不足。

第一，这一定义的出发范围局限在"自然科学及其工程技术"，所以，统计的专业技术人员只是 17 个专业技术职务类别中的一部分①，没有包括社会科学和

① 专业技术人员的统计鉴别标准为事业单位和企业单位的在岗（就业）人员是否具有中专及以上学历或取得初级及以上专业技术职称（任职资格），以人数为量纲。专业技术人员分为 17 个专业技术职务类别，包括：工程技术人员，农业技术人员，科学研究人员，卫生技术人员，教学人员，经济人员，会计人员，统计人员，翻译人员，图书资料、档案、文博人员，新闻出版人员，律师、公证人员，广播电视播音人员，工艺美术人员，体育人员，艺术人员及企业政治思想工作人员等。

人文科学。

第二，从实际的统计口径上看，在以往的计划经济时期，科技工作者基本上在政府和国有（包括国有控股）企事业单位就职，因此，这些机构的统计就可以表征全社会的科技工作者，至少是绝大多数科技工作者的情况。但是，改革开放以后，随着非公有制经济份额的迅速扩大，早期的这种“全社会”统计口径的特征已经遭到破坏。也就是说，仅仅国有企事业单位的统计数据已经不能反映科技工作者的全部，甚至是基本情况了。

第三，以专业技术人员替代科技工作者的概念，不完全符合科技工作者所需要的教育资格和职业岗位要求，没有用国际现行的职业标准规范。因此，相关统计数据难以直接用于国际比较，其统计范围不能与国际上接口，也难以作进一步数据处理。

因此，本书在科技工作者定义和内涵研究的基础上，进一步开展对相关教育资格和科技岗位的研究，尽可能在统计指标上有所突破，形成科学的、规范化的与国际接轨的科技资格和科技岗位的统计指标体系。这样，既有了开展对科技工作者的调查研究的统计测定的方法，同时也可以为我国科技人力资源的研究奠定基础。

（三）解决定义和实际统计指标不一致问题的思路和方法

既然在科技岗位上任职的工作者才是科技工作者，那么对于科技岗位的研究就成为对科技工作者研究的基础。通过对科技自身发展、推动生产力进步及引领经济社会发展等的研究，我们可以提出符合科技岗位的基本要求：①该岗位的活动是否为科技自身发展提供了新的知识和新的途径；②该岗位是否需要系统地应用科技技术知识和方法；③该岗位是否以某一科学技术领域的方法和知识为基础。

在很长时间内，学术界一直在寻找一个既符合有关上述定义和岗位要求，又能从目前我国统计指标体系中找到调研科技工作者群体的样本的方法，并通过这一方法来获得有关科技工作者群体的数据和情况来开展研究。现在，通过上述研究我们有了解决这个问题的思路：以研究和应用的学科作为一维，从其科技含量为依据形成分类；另外，以科技结构的差距序列作为一维，以核心的研究与开发到科技普及为依据形成另一个分类。这样交叉形成的二维平面坐标，将形成覆盖全社会的科技工作岗位，通过对这些岗位内涵的分析和了解，将找到对应的专业技术职务或职称，这样，就可以将专业技术职务或职称转换到科学技术岗位，从而解决科技工作者群体的统计问题。

1. 科学技术作为专业技术分类——科技含量的大小可以作为认定并分布科学学科的标准

根据科学技术的含量来衡量和区分，自然科学的科技含量最高，其次是现代工程技术，再次是社会科学，最后是人文科学。这样排序仅仅是按照科技含量（即实证和逻辑）来区分，并不意味着学科价值的高低，也不意味着其发展前景的好坏。各学科的专业分类如表 0-2 所示。

表 0-2 各学科的专业分类

领域	专业
自然科学	数学、物理、化学、天文学、地理学、生物学
工程技术	地质勘探技术、冶金、石化技术、机械制造技术、电力电器工程技术、电子工程技术、计算机与互联网技术、航空、航天工程技术、船舶、飞机驾驶技术、核工程技术、建筑工程技术、医疗卫生技术等
社会科学	经济学、历史学、管理学、法学、教育学
人文科学	哲学、文学、宗教学、艺术、新闻学、体育

2. 科学技术从研究到生产应用的过程分类——形成差序格局

科技工作者群体日益庞大，但是最核心的是研究与开发人员。因为现代科学技术的本质特征是永远不会停止其探索、发现和发明，新知识的诞生、新方法的运用、新领域的开拓等是科技生命活力的体现，而这些活动的主要承担者是研究与开发人员。现代科学技术的不断发展，推动了科学的社会功能不断强化，科技工作已经成为社会发展不可或缺的重要领域，科学技术已经成为先进的社会生产力，成为管理和决策的重要工具，成为社会进步的发动机，成为现代文明的重要组成部分。因此，科学技术工作者队伍也在不断发展壮大。

从核心出发，科技工作者群体应该是如下的分类差序：基础和应用研究、产品和工艺等开发、设计规划、应用生产、操作维护、服务辅助、科技传播与普及等。

其相应的人群可以分为“核心—外延”分布结构，具体如表 0-3 所示。

表 0-3 科技工作者群体“核心—外延”分布结构

分布结构	科技工作者群体
核心层	科学技术知识的创新、生产人员——科学研究与技术开发人员
中间层	从事科技知识应用生产、传播推广、大学教育的科技工作者
外延层	从事科技知识基础教育的中小学教师、大众科普等工作者
最外层	普通公众

根据上述两个维度，可以通过一个二维的坐标来描绘这些科技岗位在二维空间中的位置，从而可以看到落到不同位置上，对应的不同实际工作岗位。可以说，越接近原点的位置，其科技含量就越高，对科技知识生产创新越接近，更符合科技工作者岗位的定义，具体见表 0-4。

表 0-4　从科技含量和科技“核心—外延”结构的二维坐标表明不同科技岗位的位置

	知识创新	运用	生产	转移和普及	理解
科技含量	其他学科研究岗位		普通生产设备； 运行和管理岗位； 农业技术推广岗位		
	人文科学研究岗位	行政管理； 企业管理	大型装备运行岗位； 成套生产线技术管理岗位	高、中等职业技术教学岗位； 普通科普岗位	
	社会科学研究岗位	现代技术研发岗位	高技术设备运行岗位； 飞机船舶驾驶岗位	高校科技教育岗位； 专业科普岗位	
	自然科学研究岗位	高技术研发岗位			

这些交叉确立的岗位可以从我国目前的职业分类中找到有关统计指标。根据我国有关人事部门发布的“中国职业分类”，其中第二大类为专业技术人员。可以看到，这个类别基本上是将符合科技工作者内涵的专业技术人员包含在内。当然，其中有的也明显不属于比较严格意义上的科学技术类别，因此如果从专业技术人员的角度出发来进行统计分析，有必要对专业技术人员做一个细致的甄别。

从表 0-5 所示的二级分类中可以看到，2-1 ～ 2-5 基本属于自然科学和工程技术领域的专业技术人员，基本可以毫无疑问地归入科技工作者范畴；2-6 ～ 2-9 中有相当数量的是社会科学和部分自然科学与工程技术人员，可以进一步细分剥离，将其中符合定义的人员归入科技工作者范畴；而 2-10 以下的类别中，除了极少数以外则基本上可以排除出科技工作者范畴。

表 0-5　“中国职业分类”第二大类：专业技术人员

编号	名称
2-1（GBM1-1 至 1-2）	科学研究人员
2-2（GBM1-3 至 1-6）	工程技术人员
2-3（GBM1-7）	农业技术人员
2-4（GBM1-8）	飞机和船舶技术人员
2-5（GBM1-9）	卫生专业技术人员
2-6（GBM2-1）	经济业务人员
2-7（GBM2-2）	金融业务人员
2-8（GBM2-3）	法律专业人员
2-9（GBM2-4）	教学人员

续表

编号	名称
2-10（GBM2-5）	文学艺术工作人员
2-11（GBM2-6）	体育工作人员
2-12（GBM2-7）	新闻出版、文化工作人员
2-13（GBM2-8）	宗教职业者
2-99（GBM2-9）	其他专业技术人员

需要特别说明的是：

（1）农业技术人员，是指在科研机构、产品开发部门、农业企业、农业技术推广站等部门中有着技术职务和岗位的人员，而并非通常在农村中所经常遇到的“能工巧匠”“发家致富能手”等。后者可以归入农村“实用人才”中，但他们不能归入“科技工作者”。

（2）卫生技术人员，自2007年起，卫生部（现国家卫生和计划生育委员会）有关部门规定将药剂员和检验员从卫生技术人员划归工勤技能人员中。因此，这两部分人员不归入科技工作者。

（3）教学人员，科技工作者的定义和内涵规定，小学教师不纳入科技工作者范畴；中学的非自然科学课程教师也不纳入科技工作者范畴；大学教师基本上可以纳入科技工作者范畴。

（4）经济业务人员，其中大多数初级和中级职称或职位的人员，不能归入科技工作者，而高级职称或职位的可以纳入。例如，持有初级或中级证书的会计、出纳不能算。统计员也是如此。

（5）金融业务人员，同理，初级和中级职称或职位的不能纳入科技工作者范畴。在银行、保险和证券业务人员中，多数是如此。例如，在保险业务中，除了精算师可以纳入外，其他保险推销员和保险理赔员等均不能纳入。

（6）经济业务和金融业务人员可以看作是社会科学工作者，但是其业务工作中科学技术含量较低，因此需要较高的职位才能运用科技方法和科技知识，因此特设的门槛较高一些。

四、中国科学技术协会与科技工作者的联系情况

在我国，很多人（甚至包括不少科技工作者）都没有弄清政府主管科技的部门——科学技术部（以下简称科技部）和国家直接投资的科研实体机构——中国科学院等，与中国科学技术协会的区别。1958年在当时中华全国自然科学

专门学会联合会（简称全国科联）和中华全国科学技术普及协会（简称全国科普）的基础上，自上而下成立的中国科学技术协会是科技工作者的群众团体。虽然这一团体具有中国特色，有着不同于其他国家和其他科技群团的政治性和行政性特点，但是作为科技工作者的群众团体，其科技性和群众性仍然是最主要的性质。因此，保持与广大科技工作者的密切联系，研究并团结科技工作者，代表科技工作者开展活动，维护科技工作者的合法权益，表达科技工作者的诉求，是中国科协组织的应有之义与主要任务。

改革开放以来，科技工作者随着他们的职业地点、机构和岗位的变化，处于不断流动和变化中，中国科协要与他们保持密切的联系成为越来越困难的工作。不能与之保持密切的联系，就难以呈现中国科协的群众性特点。

所以，中国科协作为最大的科技群团，理所应当要研究如下问题：每一历史时期科技工作者有多少？他们在哪里？如何密切联系他们？对目前我国的科技体制和经济体制的研究表明，科技工作者分布在如下机构中。

第一类为政府机构及事业单位（包括科研院所、学校等教育机构、医院等卫生机构、其他开展有关科技活动的事业单位等）；

第二类为各类企业（包括国有大中型企业、外资等境外投资企业、股份制企业、个体等民营企业等）；

第三类为各类非营利组织（在我国包括各类人民团体及其他群众团体等，也包括各类非营利研究机构、中介机构和开展其他社会活动的机构等）。

在改革开放过程中，我国的各类机构逐步演化为“体制内”和“体制外”两种类型。政府机构及事业单位，加上第二类中的国有企业，仍然被视为“体制内”，保留了种种“计划体制”的特色，而其他的机构则被管理部门所忽略。至少在统计部门看来，“体制外”机构的统计是“非传统”的，因此，要开展这类机构中科技工作者的调查研究，要与这部分科技工作者联系，我们遇到了很大的困难。其中，非国有企业的数量和规模已经成长到了非常庞大的地步，其中雇佣、容纳的科技工作者至少是数以百万的数量级，到了无法忽略的地步。随着社会的进步和发展，许多过去是国家包办的事业，现在逐步开始民营企业介入，如民营的医疗卫生机构、民营教育培训机构、民营研究机构、民营咨询管理机构等，这些机构招聘了大量的科技工作者，有的甚至是该领域中优秀而顶尖的科技工作者，但是不管这些机构属于什么性质，研究者却难以联系他们，更谈不上为他们服务了。

经过多年的工作，目前中国科协与科技工作者联系的主要渠道（图 0-2）可以分为如下三种类型：第一种类型是中国科协通过全国学会联系他们的会员，最终达到联系有关科技工作者的目的；第二种类型是中国科协通过地方科协（主要是省、市、自治区科协）联系地方学会、基层科协和所属科技机构、企业等单位，并通过会员或其他方式，最终达到联系科技工作者的目的；第三种类型是中国科协通过机关或事业单位直接联系所属科技机构、企业等单位，最终达到联系科技工作者的目的。

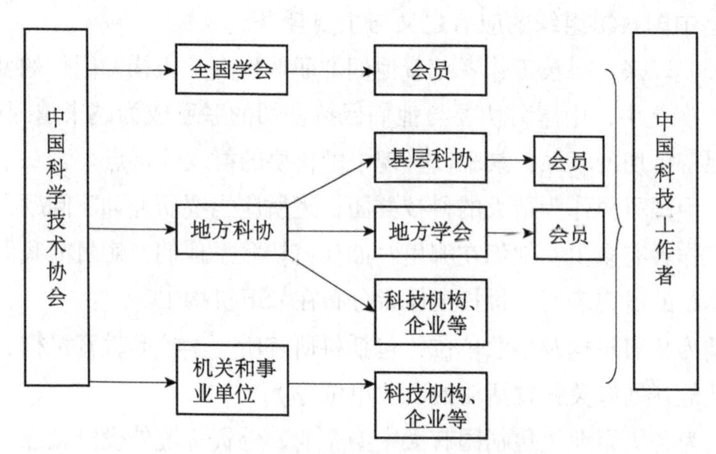

图 0-2　中国科协联系科技工作者的渠道

可以清楚地看到，目前中国科协联系科技工作者主要是通过间接的方式进行的，主要原因是：①于 1958 年成立的中国科协是由当时的全国科联和全国科普联合而成的，属于自上而下成立的人民团体，为了发挥学会和各地科普协会的功能，仍然延续原来的工作方式和运行方式；②从中国科协三大到中国科协七大以前，科协组织取消了会员制，不仅没有团体会员，也没有个人会员，使科协直接联系的渠道大大缩小。[10] 虽然科协七大恢复了会员制，但目前只有全国学会作为团体会员进入科协系统，与其他人民团体（如工会、共青团、法学会等）相比，中国科协系统在联系群众渠道方面仍然比较特殊，因为没有个人会员。

目前中国科协能够联系的科技工作者主要是：①参加全国或地方学会的会员；②参加高校、企业、农村的基层科协的会员或成员；③本人所在机构单位与中国科协或地方科协有密切联系的成员。可见，多数在中小企业、民营企业、三资企业工作的科技工作者，多数在“体制外”的科技中介、科技咨询机构、民营科研机构等工作的科技工作者，如果他们没有参加学会组织，并且所在单位也没有建立基层科协，那么科协与之是难以联系和开展有关服务工作的。因此，继续做好各层次学会的发展会员、服务会员的工作，继续在有条件的情况下推动基层科协组织建设，是科协扩大联系科技工作者渠道的重要方式。

“科技工作者”这一名称尽管是我国率先提出并广泛应用的，但是在全世界已经进入科学世纪的现代社会中，其概念有深刻的时代背景和社会意义。科技工作者不单纯是科学技术的含义，而且有社会学的含义，是指科技人员的职业化，是现代经济社会发展中一个不可或缺的职业分类。

第一部分
在动荡与战乱中诞生
——清末与民国时期的科技工作者群体

第一章 中国科技工作者的起源（1840 ~ 1911 年）

1840 年鸦片战争的爆发标志着中国进入了近代时期。不少人很不愿意面对中国近代史，认为这是一段中国人被侮辱、被压迫的历史，所以这段历史经常会被选择性忘却。多数公开的史料和教科书记载的是一系列中华民族被压迫、被侮辱的事件，帝国主义列强不断侵略中国，清政府对外打仗总是败绩连连，并且签订了一系列不平等条约、割地赔款等。张鸣先生的《重说中国近代史》从一个新的角度诠释了这一历史[11]，认为中国近代史是帝国主义集团与东方封闭保守的帝王国家的两个世界的碰撞，西方帝国主义希望用它们的规则和理念与东方各国开展贸易和其他交流。在这一过程中，他们遇到了清朝“闭关锁国”的消极抵抗，造成了经济贸易、军事战争、外交政治等各方面的激烈冲突，最终是掌握先进军事技术、拥有超越东方的武器装备，以及配套的政治外交法则和经济贸易规则的西方列强取得了胜利。

在文化发展方面，西欧在 15 世纪开始的文艺复兴运动和宗教改革，大大推动了社会进步，启动了科技革命和启蒙运动。世界各国如果顺应这个文化潮流，向西方学习就能率先进入近代国家的行列，反之就会被侵略、被殖民。例如，当时的俄国落后于西欧的发展，到了 17 世纪末沙皇彼得大帝通过考察西欧各国宣布“斩断人民与旧亚洲习俗的纽带，教习他们仿效全欧洲基督徒的言谈举止”，并发出一连串敕令：俄国将引入西方的礼仪和发型，延揽外国技术人才，建立现代化的陆军和海军，对几乎所有邻国用兵以扩大疆土，打通波罗的海的出海口并动工修建新都彼得堡。彼得大帝引入西方的文明改造了俄国社会，使他的国家跨入了西方一流强国的行列。[12]①

日本的明治维新也是通过学习西欧，才从一个被殖民、被侵略的亚洲小国，一举成为资本主义强国。1871 年，日本明治政府派出以右大臣岩仓具视为首的大型使节团出访欧美，考察资本主义国家制度。然后，明治政府决定脱亚入欧，实施了富国强兵、殖产兴业和文明开化三大政策。富国强兵，就是改革军警制度，创办军火工业，实行征兵制，建立新式军队和警察制度，它是立国之本；殖产兴业，就是引进西方先进技术、设备和管理方法，大力扶植资本主义的发展；文明开化，就是学习西方文明，发展现代教育，提高国民知识水平，培养现代化人才。[13]

中国当时没有经历过西方的文艺复兴运动，也没有发生资产阶级革命和工业革命。当时面临列强威逼，仍然是闭关锁国，拒绝引入西方的先进文化和科学技术。儒、道、法、墨等本土思想传统在数千年的帝王统治下变得僵化，中国士大夫阶层在以皇帝为首的统治阶级的压制下，逐步失去了独立探索、解释经典、制约帝王的历史责任，特别是清王朝歧视汉族士大夫，实行更加封闭、专制的统治手段，中华民族已经难以有文明的创造活力了。

在近代，中国是一个积贫积弱的国家，没有出现主动向西方学习的人物和政府，没有“向洋望世界”，没有引进世界已经开始系统化、逻辑化、实证化，并成为工业革命的技术基础的现代科学，没有一个科技工作者群体，没有以科技为基础的现代工业，国人不知科学技术为何物。因此，在世界已经进入帝国主义的时代，全球殖民主义泛滥，导致落后的国家和地区只能任凭列强宰割。中国被动地被西方强国用大炮轰开了国门，西方列强取得了军事入侵和贸易权利等的胜利，就像所有人类历史上的“胜利”一样，在其背后实现了文化、技术和生活方式的改变和融合。其中无法忽视的，是西方为东方各国带来了先进的科学技术。从这个角度看，自 1840 年鸦片战争爆发到 1911 年辛亥革命，这 70 年是东西方世界文明激烈碰撞、在动荡的社会政治经济中孕育并诞生中国科技工作者的历史。

浏览从鸦片战争到辛亥革命的简明历史（表 1-1）可以发现，除了 1851 ～ 1864 年的太平天国运动外，几乎所有的重大历史事件都是中国与外国列强的“碰撞”事件。大的如鸦片战争、中日甲午战争、八国联军侵华战争等，小的如天津焚烧教堂、北京铁路修建等。无一不是与当时的强国产生了紧密联系与

① 转引自亨利 · 基辛格：《世界秩序》，北京：中信出版社，2015 年。

矛盾冲突，甚至太平天国起源的思想意识工具——拜上帝教，也是来自西方基督教的传播。

表 1-1　清末简明历史大事记

时间	历史大事
1840 ～ 1842 年	鸦片战争
1842 年	《中英南京条约》签订，鸦片战争结束
1844 年	《中美望厦条约》《中法黄埔条约》签订
1851 年	金田起义，太平天国建立
1853 年	太平天国定都天京
1856 年	太平天国领导集团内部互相残杀
1856 ～ 1860 年	第二次鸦片战争
1858 年	清政府分别与英、法、美、俄签订《天津条约》
1860 年	清政府分别与英、法、俄签订《北京条约》
1861 年	北京政变
1861 年	总理衙门成立
1864 年	天京陷落，太平天国运动失败
19 世纪 60 ～ 90 年代	洋务运动
1883 ～ 1885 年	中法战争
1894 ～ 1895 年	中日甲午战争
1895 年	中日《马关条约》签订
1898 年	戊戌变法
1900 年	义和团运动高潮，八国联军侵华战争
1901 年	《辛丑条约》签订
1905 年	中国同盟会成立
1911 年	黄花岗起义
1911 年 10 月 10 日	武昌起义

到了清朝末年，统治者越加骄奢淫逸，普通百姓的生活越加饥寒交迫，在社会底层的百姓中根本没有产生近代的“国家”“民族”的概念。太平天国运动仅仅数年就从广西一隅沿长江攻破武昌，势如破竹，一举攻陷南京。当年清朝引以为傲的八旗兵和绿营兵不堪一击，足见当时清朝的统治是多么腐朽。而西方列强通过武力和外交相结合的方式要求开放交流，清政府在内困外压的冲击下，为了挽救自己的统治，才逐步对内放松专制，开始信任并重用汉族士大夫，对外逐步开放，慢慢接受了西方的文明。其中比较值得关注的是洋务运动。洋务运动最根本的指导思想是“自强”“求富”。[14] 其分类思想就是“师夷制夷”“中体西用”八个字。

“师夷制夷”表明洋务运动是学习西方的长技用以抵制西方的侵略，而当时国人认为西方值得学习的就是自然科学和工程技术，因为战争失败的直观感觉是武器、舰船的差距，几乎所有的历史教科书都承认帝国主义是凭借“坚船利炮”轰开了中国的大门；贸易输入的国外钟表、机械等产品的优异性能更是让国人不得不承认我们与西方在器物方面的落后。产品引进和技术仿造过程中的失败，进一步使国人感到技术层面背后的科学思想、科学知识和科学方法的缺乏更是我们落后的主要原因。例如，当年张之洞建汉阳炼铁厂时缺乏对本国铁矿石的基本性质的了解，缺少对矿石的科学的化验手段，最后选中地方出产的高含量磷铁矿石根本不能适应已经引进的高炉设备，造成了巨大的浪费。所以，要“制夷”先要“师夷”，向西方学习，在清末的洋务运动中，这在官僚和士大夫阶层中基本达成共识。

与日本明治维新提倡的全盘西化不同，中国的传统文化（如儒家的学术）并不想直接退出历史舞台，他们的重点是放在“中体西用”上。这表明洋务运动中在处理西方文化与本国传统文化的关系上仍然以中学为主体，以西学为辅用。现在回头来看，中国传统文化没有经过类似西方的文艺复兴运动，没有经历过暴风雨般的激烈涤荡冲刷，其精华和糟粕没有被分离和扬弃，在这种情况下，奢谈“中学为体”肯定是一场笑话。幸运的是，虽然有种种羁绊，当时的洋务运动仍然如火如荼般展开。西方的科学技术正是在这种情况下开始不断地涌入中华，中国科技工作者群体正是在这种激荡的世界变革中悄悄地孕育！

当时闭关锁国的清王朝终于被迫打开了国门。1861 年，清政府专门成立了一个与外国打交道的机构——总理各国事务衙门（简称总理衙门），相当于现在的外交部和商务部等的混合体。主要工作除了外交以外，就是处理与洋务运动有关的事宜。

洋务运动大致可以从以下几个方面来看“师夷”的结果。在军事上，积极创办新式军事工业，训练新式军队，筹建南洋、北洋和福建三支海军；在经济产业方面，兴办轮船、铁路、电报、采矿、纺织等各种企业；在文化和教育方面，兴办新式学堂，派遣留学生，培养洋务人才等。可以发现，正是这种军事、经济和文化的多元化开放，才使清朝末年有了一些新的气象，有人称为“同治中兴”。其实，这种所谓的“中兴”是新思想和新技术为社会带来了新的活力。其中可以看到现代意义上的科学技术开始萌发于古老的中国，留学运动与新式学堂的建设，是孕育现代意义上的科技工作者的主要渠道和形式，另外一批来自国外的主要是以传教为名义的医师、教师和官办企业招聘的工程技术人员来到了中国，成为为中国服务的最初的科技工作者。同时，他们也带来了新的思维方式和新的教学方式，在教会学校和工程现场培养中国的科技人才，为孕育中国的科技工作者做了不少努力。

第一节　中国最早的科技工作者的孕育

中国本土最早的科技工作者的种子的孕育主要有两类途径，也是以后历史发展各阶段中科技工作者增量的主要来源：一是派遣留学生到科学技术发达国家进行系统学习；二是创办新式学堂，引进现代科技课程，培养新一代知识分子。这两个渠道均接受西方的现代科学技术和文艺复兴以后的西方文明，通过它们形成最早期的中国科技工作者群体的萌芽。

一、直接师从西方的精英——清末留学生群体

首次接触西方现代科学技术和其他现代知识的留学生群体，是清末由容闳带领远赴美国留学的第一批小留学生。虽然其中多数人没有完成系统的科技教育，只有极少数人留在国外完成了学业，但是留学运动本身对当时腐朽的清王朝的冲击是巨大的，这些留学生也成为我国早期留学海外的科技工作者的先驱。

从数量来看，当时的留学生群体来源，包括了最早走出国门的带有试验性质的留学生群体：容闳推动的留美幼童群体，以及去其他国家和其他方式的留学群体，从而形成了最早的留学生热潮。其中，留美人数从早期的 120 名幼童，发展到 1909 年中国每年向美国派遣 100 名留学生，即庚款留美学生。后来留日学生数量也有明显增多，从 1896 年的 13 名迅速增加到 1904 年的 2400 余名、1906 年的 12 000 多名，形成了规模空前的留日热潮。保守估计，当时攻读理工科领域的学生可能在几千人左右。

（一）容闳与留美幼童

容闳是第一个在美国一流大学系统接受科技高等教育的中国人，是我国最早的科技人力资源的代表，而且他也是中国近代留学运动的奠基者。1854 年毕业于耶鲁大学的容闳，满怀着教育救国的理想启程回到当时苦难深重的中国。他回国后与当时占据南京的太平天国接触过，还为曾国藩的湘军制造小火轮引进外国技师，但他的梦想是以西方之学术灌输于中国，使中国趋于文明富强之境。在 1868 年，他通过丁日昌上奏，向清政府提出了派遣幼童留美的建议。

清政府接受了这一建议，在上海创立了“幼童出洋肄业局”，在美国设立了

中国留学生事务所，任命陈兰彬、容闳为正、副监督。1872年8月11日，第一批赴美留学幼童詹天佑、容尚谦等30人赴美留学。此后3年每年均按计划派出。第二、第三、第四批幼童也分别于1873年6月、1874年11月、1875年10月赴美。这四批幼童（共120人）成为中国历史上最早的官派留学生。他们出洋时的平均年龄只有12岁，因此他们有一个共同的名字——留美幼童。[15]

据不完全统计，到1880年，共有50多名幼童进入美国的大学学习。其中，22名进入耶鲁大学，8名进入麻省理工学院，3名进入哥伦比亚大学，1名进入哈佛大学。这22名幼童是詹天佑、欧阳庚、容揆、黄开甲、梁敦彦、张康仁、钟文耀、蔡绍基、唐国安、谭耀勋、李恩富、容星桥、曾溥、陈佩瑚、刘家照、陈巨溶、陆永泉、祁祖彝、卢祖华、徐振鹏、钟俊成、钱文。

120名留美幼童中，除去在美国病逝3人及因生病或者违反纪律被提前遣送回国的以外，其他基本还是正常进入学习和生活。但是，在复古保守派的攻击下，幼童留美运动出现波折，清朝政府听信了谗言，中断了他们原来的计划，提前将他们召回国内。1881年甚至撤局，共有94名幼童（分三批）陆续回国，导致绝大多数幼童没能按计划完成学业（仅2人大学毕业）。

回国后，由李鸿章做主，将幼童大致分三拨分派到清政府下属的相关机构中。头批21名幼童送往天津电报局学习电报技术，第二、第三批的23名幼童分别被福州船政局、上海机器局留用，其余50名分拨天津水师学堂学习当差。从这个分配名单可以看出，留洋幼童回国后大都投身于洋务事业中，具体见表1-2。

表1-2 留美幼童归国后从事职业统计表

职业	人数/人	职业	人数/人
国务总理	1	铁路局局长	3
外交部部长	2	铁路官员	5
公使	2	铁路工程师	6
外交官员	12	冶矿技师	9
海军元帅	2	电报局官员	16
海军军官	14	经营商业	8
军医	4	政界	3
税务司	1	医生	3
海关官员	2	律师	1
教师	3	报界	2
在美病逝	3	不详	4

这些中国留美幼童中，后来产生了许多杰出的人物。据初步统计，这批留美学生中从事工矿、铁路、电报者30人，其中工矿负责人9人、工程师6人、铁

路局局长 3 人；从事教育事业者 5 人，其中清华学校校长 1 人、北洋大学校长 1 人；从事外交行政者 24 人，其中领事、代办以上者 12 人，外交部总长 1 人、副总长 1 人，驻外大使 1 人，国务总理 1 人；从事商业者 7 人；进入海军者 20 人，其中 14 人为海军将领，7 人在中法、中日海战中牺牲。他们中有铁路工程师詹天佑、开滦煤矿矿冶工程师吴仰曾、北洋大学校长蔡绍基、清华学校校长唐国安、江南造船所所长邝国光、民初国务总理唐绍仪、清末交通总长梁敦彦、第一位在美开业的华裔律师张广仁等。而教师、律师、医生、新闻媒体人员、商人、金融界人士等则更多。[16]

虽然这批留学幼童最后成功地学习完成西方的某一专业的并不多，特别是能在自然科学和工程技术方面学成并回国做出贡献的更是凤毛麟角，但是这是第一批官方派遣并承认的成批的留学生，具有很大的社会示范意义；另外，无论是中途回国还是最后学成归来，其中相当部分的幼童长大后在近代史中做出了不同程度的贡献，证实了当时这一决策的战略远见。

（二）清末留学热潮与庚子赔款计划

继中国留美幼童计划后，洋务派主持设立的福州船政局开始向欧洲派遣留学生。1877 年，28 名学生和艺徒从福州出发，开始留欧之行。福州船政局的首届留欧学生在 1878 ～ 1880 年陆续回国，很快成为该局和北洋水师的骨干力量。后来，又陆续派出三届，共 49 名留欧学生。

1900 年，清政府开始成批派遣留学生，到 1906 年前后，留学生总人数不下几万人。[17] 到中华民国成立时，已有少量的科技工作者学成归国，为中国近代科技事业发展做出了重要贡献。

留日学生从 1896 年的 13 人迅速增加到 1904 年的 2400 余人、1906 年的 12 000 多人，形成了规模空前的留日热潮。他们中间，以读速成科和普通科为主，大多是学社会科学和人文科学类，其中政治、军事、经济类较多，学习理工科者较少。由于不少留日学生在新思想的影响下，成立了一些以“排满反清”为目标的革命组织，清政府开始调整留日政策，对留日人数和资格水平做出限制，1906 年后，留日热潮逐渐消退。

1908 年，美国国会通过法案，授权罗斯福总统退还中国“庚子赔款”中超出美方实际损失的部分，用这笔钱帮助中国办学，并资助中国学生赴美留学。“庚子赔款奖学金”最终设立，双方协议创办清华学堂，于 1909 年起，中国每年向美国派遣 100 名留学生，即“庚子赔款”留美学生，到 1924 年就有 689 人。

对于留学生在国外学习的科目，也有相应的规定。1899年，总理衙门曾下令："出洋学生应分入各国农工商各学堂，专门肄业，以便回华后传授。"这在一定程度上改变了过去重视学习语言、文科的现象。1908年，进一步规定官费留学的学生必须学习理工科，"庚子赔款"所选派的清华留学生也被限定必须有80%的留学生学习理、工、农、商各科。据1916年统计，官费留学的学生中，学习理工科的比例占总数的82%。

当时对考生的要求除了通晓国文、英文外，另外考物理、化学和数学等，还须"身体强健，性情纯正，相貌完全，身家清白"。第一次招考是在1909年8月举行的，630人应考。首批录取47人名单：程义法、邝煦堃、金涛、朱复、唐悦良、梅贻琦、罗惠桥、吴玉麟、范永增、魏文彬、贺懋庆、张福良、胡刚复、邢契莘、王士杰、程义藻、谢兆基、裘昌运、李鸣龢、陆宝淦、朱维杰、杨永言、何杰、吴清度、徐佩璜、王仁输、金邦正、戴济、严家驹、秉志、陈熀、张廷金、陈庆尧、卢景泰、陈兆贞、袁钟铨、徐承宗、方仁裕、邱培涵、王健、高仑瑾、张准、王长平、曾昭权、王琎、李进隆、戴修驹。他们所学专业大多是化工、机械、土木、冶金及农、商各科。

1910年8月又举行了第二次招考，400多人应考，最后录取了72人①，名单：杨锡仁、赵元任、王绍礽、张谟实、徐志芗、谭颂瀛、朱箓、王鸿卓、胡继贤、张彭春、周厚坤、邓鸿宜、沈祖伟、区其伟、程闿运、钱崇澍、陈天骥、吴家高、路敏行、周象贤、沈艾、陈延寿、傅骕、李松涛、刘寰伟、徐志诚、高崇德、竺可桢、程延庆、沈溯明、郑达宸、席德炯、徐墀、成功一、王松海、王预、谌立、杨维桢、陈茂康、朱进、施赞元、胡宣明、胡宪生、郭守纯、毛文钟、霍炎昌、陈福习、殷源之、符宗朝、王裕震、孙恒、柯成茂、过宪先、邝翼堃、胡适、许先甲、胡达、施莹、李平、计大雄、周开基、陆元昌、周铭、庄俊、马仙峤、易鼎新、周仁、何斌、李锡之、张宝华、周均、胡明堂。

1911年，又招考了第三批。参加考试者均为清华学堂高等科学生，其中大部分是直接留美考试时选录的备取生，也有数名中等科学生接受高等科课程培训后参加了考试。最后选定录取黄国栋、梅光迪、陆懋德、章元善等63人，即清政府最后一批"庚子赔款"留美学生。以上三批"庚子赔款"赴美留学为中国近代培养了众多优秀的人才。第一批奖学金的获得者中就有秉志（1918年，康奈尔大学）、竺可桢（1918年，哈佛大学）及胡适等。中国近代许多新学科的创建

① 1910年在录取72名第二批"庚子赔款"学生的同时，还录取了一批备取生编入高等科学习。关于备取生人数，参考文献给出的数字并不一致，有70人、143人、63人等多种说法。

者大多出自这些人。

同时期，世界科学技术已经进入新的发展阶段——现代科学诞生。特别是19世纪末经典物理学遇到巨大危机，新的物理学在危机中孕育，放射性科学、相对论、量子力学曙光初照。中国以留学生的形式进入了世界科学的前沿，在向欧美科学老师学习的同时，为现代科学的发展做出了贡献。后来，学习科学学科的留学生不断增多，并在国内外成长起来，形成了中国最早的科技工作者的萌芽。

二、最早的本土培养的力量——模仿西方的新式学堂

在洋务运动中，清政府开始改革科举考试，将算学纳入考试科目，还设立经济特科等，向西方学习开始举办新式学堂，逐步成为近代史上中国最初的新式知识分子的培养方式。到了1905年，正式废除了科举制度，新式学堂成为培养人才的主要途径和渠道。据统计，洋务运动开设的新式学堂，共毕业2980人。其中，外文类628人，约占21.07%；军工类1596人，约占53.56%；医学类218人，约占7.32%；工程技术类538人，约占18.05%。[18]他们毕业后，一部分成为外交使节，一部分成为政府官员，一部分成长为工程技术人员，也有很多担任各类学校的教师。[19]发展到1911年，我国本土的高等院校共培养学生人数大约2万人。[20]如果仅仅以医学和工程技术所占的比例看，培养的学生可以进入科技领域的就占25%以上，如果按总量2万人计算，比较系统学习科技的毕业生就超过5000人。

洋务派开设的新式学堂，培养了一批最早接触和掌握近代自然科学的知识分子，他们人数不多，却是传播和发展中国近代科学的最初的本土力量。“洋务运动”时期中国兴建的新型学堂，具体情况参见表1-3。[21]

表1-3　“洋务运动”时期中国成立的新式学堂

创办时间	学堂名称	创办情况
1862年	京师同文馆	恭亲王奕䜣奏请在北京创办的外国语学堂
1864年	广州同文馆	广州将军瑞麟等奏请在广州开设的外国语学堂
1866年	福州船政学堂	闽浙总督左宗棠奏请于福州船政局福州马尾船厂附设船政学堂
1874年	上海江南制造局操炮学堂	我国近代最早的军事工程学堂
1876年	福州电气学堂	中丞丁日昌奏请在福州设立
1880年4月	广东实学馆	两广总督张树声奏请在广州黄埔设立
1880年8月	天津水师学堂	李鸿章奏请在天津设立北洋水师学堂

续表

创办时间	学堂名称	创办情况
1880 年	天津电报学堂	北洋大臣李鸿章奏请在天津设立
1882 年	上海电报学堂	
1885 年	天津武备学堂	李鸿章奏请在天津设立武备学堂，是我国近代陆军军官学校之始
1886 年	广东黄埔鱼雷学堂	湖广总督张之洞奏请在黄埔设立
1887 年	新疆俄文馆	巡抚刘襄勤奏请在新疆设立
1887 年	广东水陆师学堂	张之洞奏请设立
1888 年	北京昆明湖水师学堂	海军衙门总理大臣醇亲王奕譞奏请设立
1888 年	台湾西学馆	巡抚刘铭传奏请在台湾设立的外国语学堂
1889 年	山东威海卫水师学堂	北洋海军提督丁汝昌奏请在威海卫刘公岛设立
1889 年	珲春俄文书院	吉林将军长顺奏请在珲春设立
1890 年	江南水师学堂	南洋大臣曾国荃奏请在南京设立
1890 年	奉天旅顺口鱼雷学堂	北洋舰队在旅顺口设立
1891 年	湖北算术学堂	张之洞在武昌设立
1893 年	湖北自强学堂	湖广总督张之洞奏请在武昌开办
1894 年	山东烟台海军学堂	
1894 年	天津医学堂	李鸿章奏请在天津总医院附设西医学堂
1895 年	江南陆师学堂	两江总督张之洞奏请在南京仪凤门内设立
1895 年	山海关铁路学堂	由津榆铁路公司创办
1896 年 1 月	南京铁路学堂	张之洞奏请在南京陆军学堂附设铁路学堂
1896 年 1 月	湖南湘乡东山精舍	原新疆巡抚刘襄勤设立
1896 年 2 月	南京储才学堂	张之洞奏请在南京设立
1896 年	湖北武备学堂	湖广总督张之洞奏请在武昌设立
1898 年 4 月	湖北务农学堂	湖广总督张之洞奏请在湖北设立
1898 年	湖北工艺学堂	张之洞奏请在湖北洋务局内设立工艺学堂

在戊戌变法运动的直接和间接推动下，20 世纪初期，中国的教育引入了西方近代自然科学、技术科学和社会科学中的诸多学科，建立了国家教育行政机构，厘定了全国统一的教育宗旨等。但不可否认这些实际上仍带有明显的帝制和殖民地色彩。发展至清末，公立大学有 3 所（京师大学堂、北洋大学堂和山西大学堂）、私立大学 2 所、高等学堂 27 所、专门学堂 127 所，具体见表 1-4。

其中，1898 年 7 月 3 日，光绪帝正式批准设立京师大学堂。到 1910 年，京师大学堂开办分科大学，共开办经科、法政科、文科、格致科①、农科、工科、商科共七科，设十三学门，分别是诗经、周礼、春秋左传（经科）；中国文学、中国史学（文科）；政治、法律（法政科）；银行保险（商科）；农学（农科）；地质、化学（格致科）；土木、矿冶（工科）。

① 格致科即理科。——出版者注

表 1-4　清末成立的高等学校

学校名称	性质	创办时间
北洋大学堂（天津）	公立	1895 年 10 月
南洋公学（上海）	私立	1896 年
京师大学堂（北京）	公立	1898 年 12 月
山西大学堂	公立	1902 年 3 月
同济大学（上海）	私立	1907 年

注：标注数据不含教会开办的大学，不含专科学校及师范学校。

随着帝国主义的入侵和中国殖民地化，一些西方帝国主义国家为了在文化教育领域进一步侵略中国并达到长期统治的目的，通过教会组织相继在中国建立了一大批教会性质的学校，并于 20 世纪初期开始，逐渐出现了教会大学。20 世纪前 20 年，教会大学得到迅速发展。据中国基督教教会大学协会 1919 年统计，已完全具备本科设置的基督教教会大学就有 13 所。其中，晚清时期建立的 7 所，详见表 1-5。

表 1-5　清末民初成立的教会大学

教会大学名称	创办时间
圣约翰大学（上海）	1892 年
东吴大学（苏州）	1900 年
之江大学（杭州）	1910 年
华西协和大学（成都）	1910 年
华中大学（武昌）	1903 年
金陵大学（南京）	1910 年
齐鲁大学（济南）	1911 年

在 1911 年前能够进入上述 40 多所高校进行系统学习，并且顺利毕业的学生估算总数可能只有 5000 ～ 6000 人，而其中学习现代自然科学和工程技术等学科并真正能够学成走向社会，并找到适合当时社会需要的科技岗位的，非常稀少，估计不会超过总数的 1/4，只有千余人。但是，通过建立新式学堂培养出的这部分理科生人群成为后来民国初期科技工作者群体进一步发展的基础。

总之，自清末取消了科举制度后，中国本土的教育体系发生了根本变化，开始不断探索近代大学体系的建设，涌现出自己培养的新式知识分子群体，他们是我国近代意义上名副其实的本土高层次人才，意味着科学教育正式进入中国教育体系。其中，理、工、农、医科的学生，走出校门成为我国最早期的科技工作者的萌芽。

第二节　清末在不同行业中孕育科技工作者

处于萌芽状态的科技工作者在清末时期经历了在不同行业中逐步孕育的过程。中国当时还没有人将科学研究作为自己的正式职业，即没有职业科学家。19世纪末，西方的科学事业欣欣向荣，数理化、天地生各学科门类已经基本上搭起了系统的研究框架和知识结构，古典物理学已经建立起巍峨高耸的大厦，并且处于现代物理学突破的关键时刻。而我国当时的科学技术研究几乎处于空白状态，无论是基础科学还是应用科学基本都停留在初级的引进或传播阶段，还谈不上有自己相对独立的科学研究机构。清政府朝不保夕，根本没有意识、没有计划去建立现代意义上的科研事业。

由于战争和对外交往的需要，处于萌芽状态的少数科技人员主要服务于军队和政府部门，部分供职于官办企业。洋务派开设的学堂和兴办的实业机构中，大都偏重于军队建设和洋务企业的军政需要，所以早期在洋务派培养下产生的科技人力分布也集中分布于军事、工业等领域。

另外，相当数量的科技人员还服务于新式学堂的教育事业。到1898年7月3日，光绪帝正式批准设立京师大学堂，中国本土的教育体系（包括现代科技教育）建立以后，才开始正式设置一些理工科课程，并邀请部分国内外科技人才充当教师。虽然逐年招生，但是科技类生源都非常少，毕业规模也不大。所以，这个时期在高等教育机构任职理科的教师数量非常少，估计只有数百人而已。从理论上看，这些是中国孕育科技工作者的种子，将其作为中国现代社会的科技萌芽并不过分。

一、清政府中的科技人员

中国近代工程技术事业到留美幼童归国后才真正开始独立发展，吴仰曾、邝景扬等是中国第一代矿冶工程师，梁如浩、詹天佑等是中国第一代铁路工程师。他们承担了矿冶、铁路、电报等早期中国工业的开拓之责，在他们的带领下，中国近代工程事业开始改变被列强控制的局面，少数中国工程师开始出现在人们的视野。

清末的官费留学生中，一批归国人才陆续进入政府、军队中任职。例如，由洋务派主持设立的福州船政局等政府机构，以及北洋水师中，就有一批早期掌握了一定科技含量的军事官员和技术官员。根据历史资料，1877 年 4 月，沈葆桢通过多方考查，从福州船政局中派遣了 28 名学生和艺徒从福州出发，开始留欧之行。这批首届留欧学生在 1878 ～ 1880 年陆续回国，很快成为该局和北洋水师的骨干力量。1881 年 12 月，李鸿章经过严格挑选，又从天津北洋水师学堂和福州马尾船政学堂派黄庭等 10 人赴法国、英国、德国留学，学习枪炮、制造、火药、鱼雷、驾驶、营造等技术。1886 年 3 月，李鸿章第二次从北洋水师学堂选取优秀生 10 名，从福州马尾船政学堂选取学驾驶的学生 10 名、学制造的学生 14 名，由周懋琦率领赴英国、法国留学，主要学习测绘、驾驶、兵船、管轮和制造技术等。这样，北洋海军从 60 年代动议筹建到 80 年代末初步建成，共派出留欧学生 88 名，这批学生多为 20 多岁的青年，主要学习海军军事相关的驾驶、枪炮制造和测绘技术。也有少数出国留学专业是医学和农学等。例如，和容闳同时出国的黄宽就是学习现代医学的，回国后成为著名现代医学的医师；1889 年，浙江海关税务司派送江生金和金炳生两人去法国蒙伯业养蚕公院学习蚕病的防治，他们回国后任浙江蚕学馆总教习。

在这些政府背景下培养的科技工作者中，最著名的是詹天佑。他早在 1872 年，就以幼童身份首批被派往美国留学，1881 年毕业于美国耶鲁大学，归国后先后被清政府安排任教于福州船政局、广东博物馆、广东海图水师学堂。1909 年，他以总工程师的身份主持修建我国第一条铁路——京张铁路，获得成功，并培养了我国第一批铁路工程师。

清政府在洋务派开设的新式学堂中，先后培养了一批最早接触和掌握近代自然科学和工程技术的毕业生，从数量上看，应该多于留学归来的人员。但是，新式学堂中学习理工科的仍然占比很小，这些少数科技人才基本都被官方硬性指派到军政机构中任职，因为按照政府最初的设想是让学生通过学习工科，以解决洋务运动技术人才之需。这些由清政府出资的技术专业人才人数不多，但却是传播和发展中国近代科学的最初的种子，意义非同一般。

二、企业中的工程师

清末在洋务派兴办实业的过程中，曾先后产生了一批在社会上较有影响的官办企业，并在制造、电报、铁路等领域取得了一定的进展和成就，这些官办企业网罗了一批掌握有许多实用的科学知识的科技人才，人数虽少，但在科技和实业人才匮乏的年代弥足珍贵，并在企业中占据重要的位置，开了中国科技和管理岗之先河，为科技工作者群体的日后壮大发展奠定了基础。时任湖广总督的张之洞，曾在湖北地区主持办理了一系列军需、民用的轻、重工业企业，经他一手成功运作的汉阳铁厂，吸纳了国外工程师，以及一些有才干的本土技术人员。时任山东巡抚丁宝桢创办了山东机器局，也吸纳了一些熟悉机器制造领域的专家，其中既有“心思精密，于机器、洋务颇能讲求，而事事踏实”之称的薛福辰，也有著名科学家徐寿次子，精通化学、机器、枪炮、军火等知识的徐建寅。在这些难得的科技人才的指导下，山东机器局没有雇佣一个外国人，而使“所有机器都完美地转动着，没有丝毫震荡”[22]，实属难能可贵。

这些在企业任职的科技工作者大致来源于以下三种渠道。一是经过出国留学深造的归国毕业生，他们一部分人把就业的目标从政府机构转向近代企业，进入官办或民办的不同类型的企业中，成为技术骨干；二是国内各地举办的高等、中等专业院校相继培养了一大批不同层次的专业人才，他们一部分人也陆续进入企业界；三是以职业教育的方式，由社会或企业自办的各种职业学校、训练班、养成所等，也培育了一大批学用结合的中级、初级企业技术人才，他们在企业内分布面广，实用性强，是企业高级技术、管理人才的辅助力量，也是企业推进技术改革和管理体制改革的组织基础。[23]17

除了官办企业外，清末也出现了一批现代意义上的民营企业和企业家，他们信奉实业救国和教育救国，因此，在办企业的同时，往往也注重培养企业的管理人才和技术人才。其中比较著名的人物是张謇，他一生创办了 20 多个企业、370 多所学校，大多是与民生相关的各类工厂，还建了码头、发电厂、公路，成为中国早期民族资本主义的基地之一。许多学校与事业单位的兴办在当时都是全国第一，被人们称为“状元实业家”。他在南通办过一家大隆皂厂，曾聘用一位留日归国“颇精制皂术”的化工专家徐某担任该厂技术指导并负责管理。据说自从徐某接受掌管厂务以后，“所出之货，经彼改良，远胜于前”。

三、新式学堂中的理工教师

清末民初，近代中国经历了急剧的社会变革，伴随着近代化进程、西学潮流和清末新政（尤其是新式学堂教育）的推进，新式知识分子大量涌现。

1905 年正式废除科举，使得这一人才在帝王时期唯一的成长通道、“朝为田舍郎，暮登天子堂”的仕途最终被打破，中国本土的教育体系发生了根本变化，从中小学设立开始，不断探索各类各级学校的发展，特别是近代大学体系的建设、现代科学技术学科的纳入，使自己培养的理工科学生不断成长，成为我国最初的科技工作者。

随着许多新式学堂的设立和创建，供职的教师和教员，从职业结构上呈现出多元化局面，在 100 多所新式学堂中设立教授和讲师等教职岗位，教授各类西方语言、自然科学和社会科学各类学科等；各类专门学科的分类导致各学科教师岗位的确定，形成教育体系中的科技岗位；高校还采用了新的教学组织形式，实施分年课程和班级授课制等。[24]

但是，当时学校中理工类和医学类的课程较少，其授课教师也不会很多，在 100 多所新式学堂中，每所学校的科学教师平均不会超过 10 人，因此，当时在新式学堂中的科技工作者也不会超过千人，只有数百人而已。

当时急迫而数量较大的师资需求，又一次引发了留学热潮。政府呼吁学生出国留学，于是各省纷纷派遣学生留日入师范速成科学习，留学时间多为一年半载，时间比较短，回国后快速充当中小学教师。“据宣统元年统计，全国中学教育中，师范毕业者有 848 人，其中多是留学日本的速成生”[25]。例如，以京师大学堂为代表的我国最早成立的大学机构，其中既涵盖了不少专业授课的老师，也培养了一批高等毕业生，他们为充实科技工作者群体做出了重要贡献。

第三节　清末中国在科技方面的历史贡献

一、在科研方面崭露头角

清末，世界科学技术已经从经典时期进入了新的阶段——现代科学技术诞生。同时期，中国留学生开始进入世界科学的前沿，在其老师和同窗的帮助下，在求学过程中为现代科学的进步做出了贡献。中国虽然还没有形成科技工作者群体，但是这些少数留学生回国后，为本领域在中国的科学学科萌发奠定了基础，为推动科学技术本土化发展发挥了重要作用。

中国近代物理学的创建是从留学生归国开始的。李复是我国第一个获得物理学博士学位的物理学家。1906 年，他在德国物理学家、大气中氡的发现者凯瑟尔等人指导下，从事光谱学研究。其博士论文的题目是“关于勒纳的碱金属光谱理论的分光镜实验研究”。1907 年，何育杰在英国曼彻斯特大学获硕士学位，1909 年归国，任京师大学堂格致科（下分物理、化学等 6 目）教习。1912 年京师大学堂改为北京大学，格致科改为理科，他任物理教授。他曾被誉为中国最早并且是最好的物理学大师。1905年，夏元瑮赴美留学，后师从普朗克和实验物理学家鲁本斯，回国后在北京大学任教。1926年任北京大学文理学院院长。他们成为我国近代物理学的第一批开路先锋。

在农业领域，罗振玉早在1897年就在上海创办《农学报》，这是中国第一家农业技术刊物，前后发表了有关国外农业科学技术方面的译文或农学教材1151篇。1904年，上海的江南总农会还编辑了一套外国农业科技译丛，共82册，命名为“农学丛书”。这套丛书共收入农学译著149种，涉及农业政策、经济、科技、教育、法规，大体反映了西方各国的农业科技水平。此外，当时的留日学生范迪吉等人、江南机器制造局、广学会等机构也都翻译出版了不少日本和西方的农业著作。到1910年，出版了200多种外国农业科技著作，对近代农业在中国的传播起到了推动作用。发展到19世纪末，新式农具、化肥、农药、家畜和农作物的优良品种也被陆续引进。当时引进较多、成效较大的都属于抽水排灌一类的机具。引进的农作物中以美棉（陆地棉）为最早，也最见成效。据统计，清末先后引进良种40余批，包括棉花、稻、麦、玉米、花生、烟草、土豆、蔬菜、水果等。1900年，罗振玉等人提出引进各国动物优良品种，如瑞士的羊、意大利的蜂、荷兰的牛等。1906年，清政府在北京设立中央农事试验场，由清末状元刘春霖任场长，内设树艺、园艺、蚕丝、化验、病虫害5种，每种均有试验项目。这类农业试验机关在1910年前总共有20余所。但是由于人才缺乏、经费不足，所以成绩很小。1910年，北洋政府在察哈尔、北京、安徽设立了三个种畜场，购入了各国家畜、家禽良种，他们利用近代科学方法进行养殖和推广，成效较以前大为显著。

二、近代企业与工程技术引进

清末以来，政府在财政极度匮乏的情形下，仍然陆续开始建设比较符合世界潮流的产业，并引进所需要的各种先进技术。特别是以铁路、轮船、航空、电报、印刷机等为代表的技术引进，为日后现代国家的交通和通信行业等的形成奠定了技术基础。洋务运动在建立起新型的现代意义上的企业的同时，也必须引入相应的现代科学技术。最典型的是汉冶萍煤铁厂矿公司，该公司是中国近代第一座钢铁联合企业。1908年，盛宣怀奏请清政府批准合并汉阳铁厂、大冶铁矿、萍乡煤矿而成立。到辛亥革命前夕，该公司员工已达到7000多人，年产钢近7

万吨、铁矿 50 万吨、煤 60 万吨，占清政府全年钢产量的 90% 以上。由于汉冶萍公司是清政府唯一的新式钢铁联合企业，所以控制该公司实际上等于控制了清政府的重工业。产品主要是铁矿砂、生铁和钢轨，畅销全国，远销南洋群岛和澳大利亚等地。对当时全国兴起的收回路权、自建铁路运动发挥了一定作用。

李鸿章在广设电报通信上起了十分重要的作用。1900 年，李鸿章奏请慈禧太后批准设立南北洋电报，他认为，电报对于军事行动和保卫国家疆域有十分重要的作用，而且建设费用不过十几万两，一年半可以告成。南北洋电报于次年建成。而且，在洋务运动中，我国已经有能力仿制国外蒸汽船舰及火车。例如，1888 年，留学归国的杨廉臣等监造中国第一艘巡洋舰“开济号”，该舰排水量 2200 吨，蒸汽机功率 2400 马力①。1880 年，天津机器局试制一艘形如橄榄的潜水艇，入水半浮水面，可从水下发射鱼雷。1881 年，胥各庄修车厂制造出中国第一台蒸汽机车“中国火箭号”，牵引力 100 吨。1908 年陈沛霖等仿制成功单缸卧式 8 马力煤气机。辛亥革命后，北洋政府和南京国民政府先后接收了江南制造局、福州船政局，以及一些铁路机车车辆修造厂。至此，中国的机械工业已积累一定经验，工艺水平有所提高，产品普遍实现了商品化。1918 年，江南造船所按美国提供的设计，为万吨级运输舰制造了 4 台 3000 马力的大型蒸汽机。后来又制成 3300 马力、300 转 / 分钟的高速蒸汽机及配套锅炉。一般的民营厂可以造 4 ～ 160 马力单缸或双缸蒸汽机，以及 400 马力蒸汽机的配套锅炉。

同期，中国近代电力工程也在不断得到发展。1907 年，我国首台汽轮发电机组投入运行，1913 年，远东第一大发电厂——上海杨树浦电厂建成发电。1912 年，我国第一座水电站——云南石龙坝水电站竣工发电。

在引进人才、输送留学生和引进先进技术的同时，科学技术受到了社会各方面的重视，在国家管理机构、国家教育行政机构中设置有关学术和技术岗位，军队中设立了技术官员岗位，在企业中设立工程师、技术员等科技岗位等。

洋务运动中，清政府利用国家财政的力量，创办了不少以现代科学技术为基础的现代企业，如钢铁厂、机械制造局、铁路建设和运营企业、电话电报公司等。铁路公司中的铁道技术工程师、电话电报公司中的通信工程师、北洋水师中的轮机长和火炮技师等，均是新兴的科技岗位。可以推断，在大型企业建设和大规模引进国外先进技术的过程中，各类新兴产业中一定会出现科技人才和相应的科技岗位，这些科技要素的形成为科技工作者群体的进一步壮大奠定了行业基础。

---

① 1 米制马力≈ 735.5 瓦；1 英制马力≈ 745.7 瓦。

三、科技社团萌发

鸦片战争的失败推动了有志之士加快探索救国救民的步伐。特别是中日甲午战争的失败，进一步让国人清醒地意识到了中华民族的危机，爱国志士纷纷寻求富国强民的道路。有识之士意识到："培养民力、民智、民德，才是使中国富强的根本办法"，"欲开民智，非讲西学不可"[26]。

清末，一些西方传教士打着传播"福音"的旗号创办了一些学会，如益智会、医疗传道会、上海文理会等[27]5。他们通过发行报刊、翻译国外书籍、创办学校等。在传播宗教的同时，客观上也在开启国人创办自己的学会方面发挥了积极作用。

以康有为、梁启超、严复等为代表的维新派人士大力提倡现代团体组织观念[28]。在维新派的大力倡导下，全国各地陆续开设了一批学会，这些学会会员作为当时早期科技工作者的重要支撑力量，为启迪国人思想发挥了重要作用。

自1568年的一体堂宅仁医会成立后，至1895年，我国近代意义上的第一个科技团体——浏阳算学社在湖南成立（现在仍在运行的最早的科技团体是1907年成立的中华医学会）。当时影响比较大的学会包括：1895年8月，谭嗣同等人在湖南浏阳成立的算学社；1895年9月，康有为等人在北京成立的强学会；1895年10月，康有为在上海成立的上海强学会；1896年8月，罗振玉等人在上海成立的农务总会等。根据有关学者的考证，王尔敏的《清季学会汇表》共收录学会63个，张玉法在《清季的立宪团体》中收录学会68个，闵杰在《戊戌学会考》中收录学会72个等，不一而足。

戊戌变法作为中国近代史上第一次真正意义上的启蒙运动，也促进了中国科学学会的发展。这个时期，学会活动的特点：一是规模普遍比较小，除了强学会、南学会参加人数众多以外，有的学会参加者只有几人；二是存在时间短暂，成立不久旋即解散或封禁；三是深受西方学会的影响，大部分学会的负责人由发起人自任，或由发起人邀请担任，通过会员选举的很少。会费来自社员捐助。并且，大多数并不是真正意义上的科学学会。只不过受西方学会的影响，主要活动有开办图书馆、集会和印发报刊等[28]（这一时期成立的主要科学学会详见附表1-1）。

第二章 中国科技工作者群体问世（1911～1928年）

辛亥革命推翻了清王朝的统治，成立的中华民国是中国历史上第一个共和制现代民族国家。1912年1月25日，袁世凯及各北洋将领通电支持共和。2月12日，末代皇帝溥仪逊位，清王朝正式终结。孙中山宣布兑现自己的承诺，辞去临时大总统一职。2月15日，南京参议院选举袁世凯为第二任临时大总统，袁世凯于3月10日在北京宣誓就职。

刚刚建立的中华民国政治衰弱、经济落后、人才稀缺、社会混乱，几乎所有帝国主义列强在中国均有殖民利益。中华民国建立后虽然表面上建立了“国会”“总统”“总理”等现代国家的组织机构和领导职务，也构建了国家的治理体系和法律体系文本，但是现实状况却是政治上钩心斗角，各地军阀纷争不断，以北洋军阀为代表的执政阶层内部互相倾轧、互相争斗，导演出一幕又一幕的“你方唱罢我登场”、轮番执政、“枪杆子出政权”的政治“悲喜剧”。

这一历史阶段为北洋军阀统治，也称北洋政府时期，可以分为4个阶段：

（1）袁世凯统治时期（1912～1916年）；

（2）皖系军阀（段祺瑞）统治时期（1916～1920年）；

（3）直系军阀（曹锟、吴佩孚）统治时期（1920～1924年）；

（4）奉系军阀（张作霖）统治时期（1924～1928年）。

其间，还曾发生过以张勋等为首的复辟运动。其中，袁世凯复辟帝制活动最为猖獗，但是历史潮流是无法阻挡的，最终他只做了83天的“皇帝梦”，国家还是回归共和制了。

在北洋政府时期，虽然各省、各地区在不同的军阀统治下，对于科技教育有各自不同的政策措施，但普遍都比较重视教育，近代意义上的中小学和大学开始得到发展。在沿海地区和中部地区的各省，不仅大城市，县城几乎都有新式小学和中学，虽然上学的都是富家子弟，但是在社会上都认同只有上学才能“识文断字”，才能“有学问”。在小学和中学任教的教师被当地百姓尊称为“先生”，成为新时代的知识分子代表。

北洋政府的教育方针、教育宗旨较晚清有了进一步的开放和调整，留学教育受到更多重视，先后出台了各种有关留学的政策，包括特别官费留学政策、一般公费留学政策、自费留学政策等。此外，北洋政府还沿袭了清末的“庚子赔款”留学政策，有些地方当局对留法勤工俭学等较大规模的自费留学进行了赞助和支持。从总体上说，这些留学政策还是迎合了当时社会知识阶层中希望向西方学习、培养自己的现代化人才的愿望和需求，各项政策和措施既鼓励留学，又严格派遣资格，同时相对于清末注重实业留学的政策而言，这一时期对留学生的学习科目没有特别限制，给留学生留下了较为自由的可选择的学习空间。[29] 中国留学生的数量不断增多，逐步成为一种潮流。

1914 年，第一次世界大战爆发，西方各国忙于相互掠夺、厮杀，战争引起了西方的经济萎缩，使得生产下降。这样英国、德国、法国、俄国等欧洲诸国无暇东顾，对华产品输出一时下降很多，这为中国民族工业的发展提供了一个很好的发展机遇。据统计，1919 年全国新建近代工矿企业多达 470 个，发展速度远远超过以往。同时，美国、日本两国加速在华投资，兴办企业，新型工矿企业的建立刺激了对科学技术人员的需求，也刺激了实业家对科研成果转化为商品的需求。民国初期的经济推动了还在幼年期的中国近代科学的发展，并在 30 年代达到科学与技术发展的高潮。

1919 年，五四运动爆发，提出了“德先生”（民主）和“赛先生”（科学）口号，掀开了中国新文化运动的序幕，国外各种自然科学和社会科学著作不断引入中国，极大地推动了科学在社会上的广泛传播和发展。科学与民主作为时代的主题，唤醒了中国知识分子，中国开始放眼世界，拥抱各种新的思想和新的知识，不仅西方的自然科学和工程技术成为知识分子学习、接受的学科，而且西方各类新的社会科学理论和社会思潮也涌入中国。其中，最为重要的马克思主义学说也通过俄国和日本等渠道进入中国，成为后来诞生的中国共产党的理论基础。

第一节　北洋政府时期科技工作者的基本情况

中华民国问世后，无论是政治、经济、军事还是科学技术，均接受了清朝的遗产。经济仍然是以农业为主、落后手工业为辅的经济结构，军事是以北洋军阀为主的军事集团，政治法制方面虽然在文案上制定了一套共和体制，还成立了国会，可是难以真正实行共和体制。对于刚刚萌芽的现代科学技术，中华民国接收的清王朝遗留的极少数留学西洋和东洋的留学生及本土新式学堂毕业的学生，人数不过千余人。因此，北洋政府统治时期，科技工作者的发展主要依靠增量。而这一增量的幅度之大是超乎想象的，整整提高了一个数量级，使中国科技工作者群体正式问世。

这一阶段不仅在个体数量上有较大增长，在科研机构建设方面，也有令人兴奋的突破。民国初年，部分早年留学并学有所成的中国科学家，为了开创在国内开展近代科学研究的条件，积极地组织科研团体筹建科学研究机构。我国最早的科研机构就是这些留学归来的科技工作者呼吁并筹建的。1912年，中国近代地质学的开拓者章鸿钊就在《中华地质调查私议》一文中呼吁专设地质调查所以为经营之基，几经努力，终于在1913年成立了中国近代第一个科研机构——地质研究所。

地质研究所在当时仅是一所培训地质人才的学校。1916年，待学员结业便停办，所有学员连同教员转到地质调查所工作。这个地质调查所初期属工商部管辖，后改属工矿部，它为后来建立的各种科研机构开创了先例。该所的建立填补了中国没有科研事业、没有职业化研究机构的空白。

1913年春，正式设置气象科，聘任自比利时留学归国的蒋丙然博士负责筹建工作。当时古观象台仅有一个空盒气压表、最低最高温度表及三个自记表。气象科自行设计制造设备，并向国外订购仪器，坚持日测气温、气压、湿度各三次。从此，中国才有了自己办的气象事业。

1915年，北洋政府工商部在北京创办工业试验所，由曾在中国化学会欧洲支会任临时会计的吴匡时做首任所长，所下设应用化学、分析化学和窑业三部分，这是中国最早的国立化学研究机构。

这个时期，还出现了由高等学校教师发起创建的全国性研究机构——中国科学社生物研究所。1918年，中国科学社总部自美国迁回南京。1920年，秉志也从美国学成归国，在南京高等师范学校农业专修科教普通动物学。1922 年，农业专修科并入东南大学，并扩展为生物系。1922 年，东南大学的秉志、胡先骕鉴于国内尚无研究生物的机构，发起成立了中国科学社生物研究所。秉志任所长，胡先骕任副所长。这是中国近代第一个生物研究机构，是由高校教师发起并参与工作的科研机构。该生物研究所是仿照美国韦斯特生物学研究所的模式建立的，不但做了大量的研究工作，还培养了一大批生物学人才。

在这一历史时期值得关注的还有私立的研究机构——黄海化学工业研究社。1922 年，范旭东在塘沽创立黄海化学工业研究社，是我国第一个私办化工研究机构。他以“久大公司”负责人身份，聘来孙学悟当黄海化学工业研究社社长，拥有 30 余名研究人员，分成 5 个研究室。他们艰苦奋斗几十年，获得十分丰富的应用研究成果，该社明确作为“久大万”“永利”公司的科技后盾，包揽它们生产中的技术问题，因而直接产生经济效益，形成“永久黄”工业集团。后来侯德榜先生能够在制碱方面获得世界瞩目的成就，是与黄海化学工业研究社的工作分不开的。该社的研究人员，对于菌学与发酵、肥料、水溶性盐类、铝矿、海藻等方面的应用研究，皆有良好效果。该社也办有学术刊物。

另外，自然科学和工程技术类的领域开始在各个高校中建立专业，如地质、生物、物理及工程技术等，陆续在不同的大学中建立专业系及校内相应的研究机构，开始了中国高校既传授知识又开展科研的历史。

这一时期也是科技社团在中国的大发展时期，综合性的科技社团和专业性的学会纷纷成立，它们在学术研究、科技交流、科学普及、团结同仁等各方面发挥了重要的作用，成为政府官办研究机构、高校科研机构和企业研发机构之外的重要的科技社会组织。

一、科技工作者群体的数量

从科技工作者群体的数量来看，该时期的存量就是清末遗留下来的只有数千人的科技萌芽，而较大的增量是两类可迅速发展的人才培养途径：一是我国本土教育体系下培养出的理工农医类毕业生；二是留学海外后归国的科技人才。

有关当时高等学校统计数据显示：1915 年有 2 万多名各类高校的在校生，应该在 1920 年全部毕业。而 1923 年的 3 万多名在校生应该到 1927 年也全部毕业。中间 3 年的毕业生应该不少于 2 万人，这样计算，到 1928 年年初，本土高校毕业的至少有 7 万人，如果考虑当时学制的严格，一部分人不能顺利毕业，另外学习自然科学和工程技术的只占 30%，那么本土培养的科技工作者应该在 2 万人左右。加上留学归国的自然科学或工程技术人员有 2000 人左右，这一时期末期，中国科技群体刚刚问世，就已经有了近 3 万人的规模。换言之，从清末到北洋军阀统治结束，仅仅用了 16 年，我国千余人的萌芽式存量就发展到了问世期的近 3 万人的科技工作者群体，整整提高了一个数量级。形成了真正社会学意义上的社会群体。

不仅如此，科技工作者群体的分布结构也凸显了当时社会发展的特点和教育科技事业发展的基本面貌：科技工作者主要服务于教育事业和工程技术界。只有极少数的职业科研人员开始就职科研机构，多数科研人员还是就职于高等院校。

根据中华教育社 1925 ～ 1926 年统计，在全国中等以上学校任职的共计 27 054 人，其中从事理工科教学和科研工作的教师比例估计可能仅占 3 成，8000 人左右。另外，根据中国工程师学会和中国工程学会的统计及估算，当时中国工程技术人员已经超过 6000 人。可见，服务于学校的教师和服务于政府及企业的工程技术人员占全部群体的一半以上，其他（如农业技术、医疗卫生技术等）专业的只占不到一半的比例。

二、科技工作者的增量

这一时期科技工作者数量上有明显的增加，其增量来源仍然是出国留学和本土培养。在清末每年出国留学的只有几十人，最多时上百人，而到了民国初期，出国留学形成潮流，仅“庚子赔款”赴美留学的 13 年间就超过了 3000 人，留法勤工俭学规模更大，几批相加大约以万计算。除了数量以外，在学生选择留学的专业和学校等方面也有了较大的余地和空间，其中不乏很多自愿选择自然科学和工程技术作为专业的。这样，这一时期从事自然科学和工程技术方面专业学习的留学生比例就大大超过了清末时的比例。

（一）留学回国人员情况

在北洋政府统治时期，留学生回国对近代教育起了重要的推动作用，他们通过在新式学校里讲授近代科学技术和从事有关研究工作，不仅把新的科学知识传入中国，而且培养了一大批科技人才。

1914 年第一次世界大战爆发后，在蔡元培、李石曾、吴玉章等人的倡导下，大批青年学生赴法勤工俭学。1919 年后出现了赴法留学的高潮，自 1919 年 3 月至1920年12月，留法勤工俭学人数达1700多人。此后，赴法留学潮人数总数可能已达数万。第一次世界大战后，日本侵华加剧，“留日热”逐渐退潮。随着中国第一次国共合作，孙中山做出“以俄为师”的决策后，又出现了“留苏热”。截至1930年，中国公派留学生2000多人。留法、留日和留苏的学生中多数是学习人文、社会科学等领域，较少学习理工农医等自然科学与工程，所以这些留学生归国后大部分从事政治、行政、人文研究等领域，其中留法学生中诞生了一批中国共产党早期的职业革命家。

通过清华学堂的“庚子赔款”赴美留学的情况就大不一样，根据当时的规定大部分是学习工程和理化农医等学科的。据统计，1909～1922年“庚子赔款”留美学生赴美留学回来的共有516人，其中在高等院校任职者155人，占总数的30%。[30] 仅在1909年的47名留美学生中，学理工农医的有39人，攻读文学、教育、经济者仅8人；1910年的70名留美学生则只有5人学文科，余下65人全是工程、理化和农医。表2-1是1909～1929年清华学堂留美学生专业统计表。

表2-1　1909～1929年清华学堂留美学生专业统计表

科目	工程	经济和商业	理科	医学	农学	法学	哲学和文学
人数/人	404	325	127	68	67	29	79
百分比/%	31.3	25.2	9.8	5.3	5.2	2.2	6.2

资料来源：《清华大学校史资料选编》，第1卷，清华大学出版社，1991年，第56-57页。

统计表明，学文史哲的仅占6.2%，学法学的占2.2%，学经济和商科的占25.2%，其余理工农医占51.6%。可见，当时各部、省派往美国的官费生、自费生及华侨留美生多以学习自然科学为主。民国初年留学美国学生的具体情况，参见表2-2。

表2-2　民国初年留学美国学生统计表[31]

入学年份	男生/人	女生/人	性别未详者/人	总数/人
1912	69	4	6	79
1913	109	14	15	138
1914	155	16	19	190
1915	172	17	24	213
1916	143	19	19	181
1917	136	21	16	173
1918	183	26	20	229
1919	219	20	22	261
1920	322	26	47	395

续表

入学年份	男生/人	女生/人	性别未详者/人	总数/人
1921	304	40	43	387
1922	307	49	47	403
1923	351	32	43	426
1924	322	32	29	382
合计	2792	316	350	3457

理工类留学生回国对近代教育起了重要的推动作用，他们通过在新式学校里讲授近代科学技术和从事有关研究工作，不仅把新的科学知识传入中国，而且为相应学科培养了一批批科技人才。截至1924年，留学美国的总数为3457人，这批出国留学人员所选择的专业大多是理工科类的，其次是政法类的，学文史哲的很少。他们胸怀“科学救国”理想走出国门之后，随着对所留学国家科学技术发展方面的了解日益深入，更加坚定了以发展科学拯救中国的志向。这批学成回国后的人才大约已有数千人之多，而且均系统地学习了自然科学与工程技术方面的专业知识，学历很高，成绩斐然，成为北洋政府统治后期及南京国民政府统治期间中国科学技术发展的骨干和精英。

（二）本土教育体系培养的科技工作者

辛亥革命后，孙中山在南京成立临时政府，任命著名教育家蔡元培为教育总长，公布了一系列法令，在全国实行教育改革。新的教育宗旨取消了原来的忠君、尊孔等封建帝王指导思想，突出了公民道德训练和知识技能的教育，并且规定大学分为：文、理、法、商、医、农、工等科，并以文、理为主。因此，近代教育体制实质上成了近代科学的摇篮。没有这样的教育体制的支持，建立和发展中国近代科技事业是不可想象的。

在北洋政府时期，中国高等教育取得了新的进展，逐步形成了近代高等教育体制，培养了一批人才，在校生数量成几何级数增长。1915年后教育部调整高等学校内部比例，高校的科学学科的比例才开始提高。其中，教会大学发挥了很好的作用。例如，1925～1926年对16所基督教大学教学时间的统计显示，科学与数学为2795学时，语言2136学时，社会科学1083学时，职业教育982学时，宗教与哲学602学时，音乐等338学时，共计7936学时。其中，科学与数学学时所占之比例约为35%、社会科学约为14%、职业教育约为12%，科学是占绝对重要地位的。1922年11月，北洋政府以大总统令公布了《学校系统改革案》，该改革案由全国教育会联合会提出，为区别于壬子癸丑学制，又称“新学制”。新学制引入了西方各类学科专业，特别是自然科学与工程技术方面的专业，并规定高校的学制是4～6年。

根据《剑桥中华民国史1912—1949年（下卷）》对1922年中国主要大学和学院分布的统计，北京7所，上海10所，武汉4所，南京3所，天津、广州、福州各有2所，成都、长沙、杭州、苏州、济南、厦门、南通、清苑、太原、唐山各有1所[32]。1922～1926年，公立、私立大学由13所增至51所，5年间共增加了近3倍。其中，公立大学由5所增加到37所，私立大学由8所增至14所。专门学校因为有些改为了大学，所以总数上在1920～1925年，由76所减至58所。另据统计，到1928年，全国专科以上学校74所，其中大学及独立学院49所，专科学校25所。[33] 该时期兴建的公立、私立高等学校参见表2-3。

表2-3 北洋政府时期兴建的高等学校[21]

学校名称	性质	创办时间
朝阳大学（北京）	私立	1912年
中国大学（北京）	私立	1912年
南开大学	私立	1919年
中法大学（北京）	私立	1920年
厦门大学	私立	1921年
上海商科大学	公立	1921年
国立东南大学（南京）	公立	1922年
北京师范大学（北京）	公立	1923年7月
武昌师范大学（武汉）	公立	1923年9月
大同大学（上海）	私立	
大夏大学	私立	1924年
光华大学（上海）	私立	1925年
成都师范大学（成都）	公立	1927年
国立暨南大学（上海）	公立	1927年

注：不含专科学校及教会开办的大学。

另外，不容忽略的是教会学校在民国早期和中期一直占据垄断地位，仅1913～1914年就培养了12 000人，规模相当庞大[34]。具体情况参见表2-4。

表2-4 北洋政府时期兴建的教会大学

教会大学名称	创办时间
华南女子大学（福州）	1914年
金陵女子大学（南京）	1914年
沪江大学（上海）	1915年
岭南大学（广州）	1916年

续表

教会大学名称	创办时间
燕京大学（北京）	1916年
协和大学（福建）	1916年

此外，值得注意的是，北洋政府时期派系众多，各地军阀互相抢夺地盘造成局部地区战事不断的局面，在这样一种动荡的格局下，本土教育体系从整体上缺乏统一的管理机构来统筹协调，保证各地方的教育措施都能有效运行。但是，也有学者认为："这个时期，政治紊乱和文化政策的相对宽松，言论较为自由，也有利于进行高等教育体制的改革。"[35] 此外，有些军阀为了巩固地盘壮大实力，也急需培养人才，他们很多人都十分重视教育，摆出一种积极招贤纳士的姿态，这在客观上促进激发了一些地方大学的兴起和发展。这个时期，也出现了很多有名的由军阀创办的地方大学。具体情况参见表2-5。

表2-5　北洋政府时期兴建的地方大学

地方大学名称	创办人	创办时间
河北大学	曹锟	1919年
中州大学	冯玉祥	1922年
山东大学	张宗昌	1925年
东北大学	张作霖	1923年

例如，第一次直奉战争后，张作霖为创办东北大学，曾提出"宁可少养五万陆军，也非办东北大学不可"。1923年4月，东北大学正式成立。当时东北大学的常年经费是160万银元，而北京大学是90万银元，南开大学是40万银元，清华大学是120万银元，东北大学的教学设备在当时的国内也是屈指可数的。[36] 可见张作霖对其重视程度之高。

1922年"壬戌学制"的实施颁布，进一步促进了本土初等、中等、高等教育体系的规范化和深入化，其改革措施体现了当时政府和社会对科学教育的重视程度，标志着中国近代以来科学教育学制体系建设的基本完成。

中华民国成立之初的1912年，全国仅有大学本科1所、大学预科10所、专门学校94所、高等师范学校12所，在校学生数量，仅为229人。发展到1915年，全国高等院校（不包括高等师范学校）已经有104所，其中大学10所、学生1219人，专门学校94所、学生27 975人。[37] 到1922～1923年，共有大学35所、专门学校68所、师范专门学校8所、其他学校14所[38]，在校人数34 880人[39]。到1925年，大学及专科在校生为36 321人[40]。1927年，各类高等学校已有50

余所，其中30余所是公立学校。

根据上述数据推算，这一历史阶段中本土培养的科技工作者应该有2万多人。

第二节 北洋政府时期科技工作者的行业分布

北洋政府时期科技工作者诞生，其最早的行业分布应该是以下几个领域：中高级学校中的科技教师、企业中的工程技术人员、医疗机构中的新医师，以及在政府机构中的科技官员及高校校长等。

一、中高级学校中的科技教师

民国初年教育部总务厅文书科编的《中华民国第四次教育统计图表》中的《全国学务统计总表》数据显示，1915～1916年，从事高等教育的任职教员应在1 000人左右，而从事中等教育的则有2000多人（具体情况参见附录3）。十年后，根据中华教育社1925～1926年统计：全国学校的教员有27 054人，其中男性为25 520人，占总数的94.33%，而女性仅为1534人，占5.67%。按照本研究的定义，初等教育中的教职员不计入科技岗位，那么中等教育和高等教育的教职员有3276人，我们以30%的比例来估计当时从事理工科教学和科研工作的教师，可能是大约1000人。该时期在高等学校任教的教师全部纳入科技工作者范畴。其中，进行科学技术研究的教授，大多留学西方，他们作为北洋政府时期科技工作者队伍的精英，具有国际视野，了解世界科学发展的基本趋势和前沿状况，并且与世界强国科技界有不同寻常的师生之谊和同窗之谊，自然成为中国科学技术的中坚力量，开始在中国开拓科研和教育事业。

北洋政府统治时期，专门的科学研究机构还非常少，除了零星的官办的地质研究所、民办的生物研究所以外，少有职业化的研究机构，因此这一时期供职于研究机构的科技工作者也十分稀少，在统计上可以忽略不计。

二、企业中的工程技术人员

这一历史时期的工程技术人员数量有较大的增长。1909年前后，詹天佑率领本土工程师团队提前修筑完成京张铁路，中国工程师的技术和能力得到了国内外业界的认可，国内工程技术人员越来越多。当时涌现出三个工程师类别的科技团体：中华工程师会（1912 年，广州）、中华工学会（1912 年，上海）和路工同人共济会（1912 年，上海），后来这三个团体合并为中华工程师学会，成为当时最具声望的工程师团体。其会员情况见表 2-6。

表 2-6　1913 ～ 1924 年中华工程师学会会员人数统计表

年份	人数 / 人	年份	人数 / 人	年份	人数 / 人
1913	148	1917	325	1921	498
1914	219	1918	405	1922	509
1915	265	1919	435	1923	537
1916	285	1920	460	1924	505

同一时期，在美国纽约出现了另一个中国人的工程团体——中国工程学会（1918 年，纽约）。中国工程学会 1918 年成立后，会员人数稳步增长，1921 年总会移归国内后，更是增长迅速。1925 年时，会员人数已经超过中华工程师学会，成为国内人数最多的工程学术团体。到 1931 年，中国工程学会已拥有会员近 2000 人，人数甚至超过了成立更早、影响更大的中国科学社（表 2-7）。

表 2-7　1918 ～ 1931 年中国工程学会会员人数统计表

年份	人数 / 人	年份	人数 / 人
1918	84	1925	680
1919	132	1926	780
1920	不详	1927	1010
1921	不详	1928	1120
1922	250	1929	1440
1923	380	1930	1730
1924	420	1931	1766

从表 2-6、表 2-7 可以看出，到 1928 年仅中国工程学会的会员就有 1120 人，而中华工程师学会也超过 500 人。两者相加仅加入两个学会的工程师已经超过 1600 人。而这些工程师会员基本上均是当时高等院校工程学科大学本科以上学历毕业，并且有 5 ～ 9 年的工程实践或科研教学实践经验（可以参看两个学会的章程）。如果当时我国中级以上工程师与初级、无职称的工程技术人员的比例为 1∶3 的话（这一比例是相对保守的估计），那么中国工程技术人员就应该超过 6000 人。

这些人中，清末留学归国的科技精英在民国初期的科技引进和工程建设方面发挥了重要作用。著名的铁道工程师詹天佑在辛亥革命后，又主持修筑汉粤川铁路，并且他在工程学研究方面也做出了巨大贡献，曾编写《京张铁路工程纪要》

《京张铁路标准图》等工程技术书籍，其编订的《华英工学字汇》是我国最早的土木工程辞典。此外，他团结和领导国内工程师们，组织了第一个工程学术团体——中华工程师学会，为促进中国工程事业的发展贡献了毕生精力。

同时，还有很多留美幼童成为各行各业的职业工程师。邝炳光在河北、山东、湖北从事各种工程建设，并将研究成果写成《金银冶金学》一书，具有较高的学术水平；杨金荣将一生献给了江西电报局，是江西电报事业的开拓者；梁敦彦早年曾在天津电报学堂任教，培养了一批技术人才；钟文耀是沪宁铁路总办；罗国瑞曾在湖北、贵州、云南、广东勘测铁路，并帮助修建京浦铁路南段工程；黄仲良是粤汉铁路广东段总办、津浦铁路总办；苏锐钊是广州至三水铁路的总经理；周长龄是京沈铁路董事；卢祖华曾做过京沈铁路的经理；杨昌龄任过京张铁路指挥；黄耀昌做过沪宁铁路上海段的经理，并兼任京汉铁路北京段的经理。粗略统计，在回国的 90 多名留美学生中，后来从事铁路、电报、矿冶工程相关工作的就有 40 多名，在此之前，这些行业的技术和领导权都长期为西方人占据。

更为典型的是，在车辆及造船工程技术领域，我国培养了第一批职业工程师。例如，1988 年留学归国的杨廉臣等监造了中国第一艘巡洋舰“开济”号。1880 年，天津机器局试制一艘形如橄榄的潜水艇，入水半浮水面，可从水下发射鱼雷。1881 年，胥各庄修车厂制造出中国第一台蒸汽机车“中国火箭”号。1908 年，陈沛霖等仿制成功单缸卧式 8 马力煤气机。

自洋务运动以来，中国近代工业的很多领域都获得了很大程度的发展，网罗了一批工程技术人员。这个时期，以民族资本经营的各种工业企业聚集了一批具有科学技术基础的工作人员。他们人数虽少但其技术水平较高，所掌握的企业中的设备等技术含量也不低。

从前述中华工程师学会等资料可以看到，当时工程技术方面的工作者总数不会少于 6000 人，而且只有少数在高校任教或在政府部门中从事管理，大多数是就职于企业，特别是清末留下的规模较大的官办钢铁、兵器、铁道和通信等企业中有不少具有系统科技知识、能力较强的工程技术工作者。

在企业经营管理等人才方面，特别是与企业管理和科学技术相关的人才培养、储备上远远达不到当时的需求。例如，当时攻读财政经济和金融专业的留学生（如钱新之、吴鼎昌、谈荔孙、陈光甫等）都于 20 世纪初相继回国，为我国金融领域的发展做出了一些贡献，但是这类人才太少，远远不能满足企业和经济社会发展的需求。另外，美国、日本资本等外国资本加速在华投资，兴办企业，新型工矿企业的建立也刺激了民国社会对管理人才和科学技术人员的需求。

三、医疗机构中的新医师

作为现代科学技术的重要组成部分，现代医学在西方起源后，在清末开始传入中国，其中最早的现代医学掌握者——新医师，是通过基督教的传教来到中华大地的，传教士医生已成为在华基督教中一股重要的势力。在 1900 年以前，由基督教送药传教士开设的医院及诊所共 40 余所，规模一般都很小。到了 1905 年全国有教会医院 166 所，诊所 241 所，教会医师 301 名。

1915 年基督教会统计，当时共有 383 名外国医生、119 名中国医生、509 名中国医助、142 名外国护士、734 名中国护士、330 所医院、13 455 张床位、223 所诊所，年治疗病人约 150 万人。到 1920 年，全国各地西式医院总计 326 所、药房 244 所。医院和药房的总数在 20 年的时间里增加了 165%。1915 年，传教士医生总数已达 430 人①[41]。

教会医院的发展也吸引了很多单纯为谋生而来华的普通外籍医生。据 1933 年的统计，在当时开放程度最高的上海一地就有 265 名外籍注册医生，占上海全部注册西医的 33%[42]。至 1935 年，在华的外籍医生有 752 名，占全国登记医生的 14%[43]。

正是在这样的背景下，中国早期本土产生的新医师即西医医生大多也是由教会医院和医校培养出来的，当时全部受培训的共有 268 人（其中女性 33 人）。这种学徒式的训练方法成效不高，培养的生徒中，多数医疗水平相当有限，但他们是中国最早的一批本土的现代医学医师。

1866 年，第一个正式的西医教育机构南华医学堂在博济医院成立，到 1899 年共毕业 100 人，肄业者 50 人左右。之后，杭州广济医校、苏州医学校、圣约翰大学医科等相继开办，教会西医教育事业逐步扩展。到了民国初期，德国和美国的教会加大了对华医学院、医学学校、护士学校、药学校等的投资，医学教育已经成为中国教育事业的组成部分了。表 2-8 是当时教会医学校的情况统计。

表 2-8　1915 ～ 1920 年教会医学校

年份	医学校 / 所	男学生 / 名	女学生 / 名	护士学校 / 所	学生 / 名
1915	23	238	67	38	272
1916	14	311	68	51	465
1917	21	389	63	65	725
1920	10	223	32	58	342

注：表中 1920 年的统计数字不包括 5 所协和性质的医学校和 8 所开设医科或医学院的教会大学。

① 转引自李传斌：《基督教在华医疗事业与近代中国社会（1835—1937）》，苏州大学博士学位论文，2001 年。

另外，还有5所协和性质的医学校是广州协和医学院、福州协和医学院、奉天医科大学、北京协和医学院和圣约翰医科学校，学生共计369名。设医科或医学院的教会大学是：成都华西协和大学、济南齐鲁大学、辽宁医专、上海圣约翰大学、北京燕京大学、南京金陵大学、长沙雅礼大学、福建协和大学（医预科），1920年有学生234名。[44]

1914年后，洛克菲勒基金会成立“中华医学基金会”，介入中国的现代医学教育，它接管和改组了协和医学堂，更名为协和医学院（现北京协和医学院的前身），还对其他多所医学院给予过经济资助，对中国医学教育的发展起到了不可忽视的作用。以最著名的北京协和医学院为例，1921～1933年共有908名医师、护士和其他高级技术人员到北京协和医学院进修，191名校外医师到北京协和医学院做住院医师；1935～1936年共有175名进修生；1936年，北京协和医学院共毕业166名医师和86名护士。这些人才都成为当时中国医学界的骨干力量。

新医师队伍中还有一批是归国留学生。在清末留日高潮中就有近200人留日学医，美国“庚子赔款”留学生中也不乏学医者，教会医院及其创办国家还大量派遣和吸收中国留学生，富家子弟自费留学的也有。据《中国医界指南（民国二十一年）》统计，至1932年毕业于英国、美国、日本、德国、意大利及加拿大医校的中国留学生已达622人。[45]

根据上述资料，到1927年国内来源于现代医学，并通过系统培训而成为新医师的人数超过千人，这是中国现代医学的种子人物，特别是其中的本土人才培养成功并进入临床实践，大大改变并提升了中国医疗卫生事业的发展。

四、政府机构中的科技官员及高校校长

北洋政府时期军阀割据，中央政府弱小，不重视科学技术，究其原因，除了传统的教育观念影响外，他们根本不能理解科学技术对于国家发展的重要性，加上连年的军阀混战，中央政府和地方政府的建制并不完善，掌权者多半重视军队武装，因此这一时期经常被历史学家称为“北洋军阀时期”。根据有关资料，当时的中央政府中除外交委员会、几个财经委员会、教育部和一些兵工企业外，几乎没有更多的办事机构。所以，政府部门很少能够提供很多适合理工科背景的毕业生、留学生的工作岗位。只有少数有自然科学背景的人进入政府部门，并在日后工作中被培养成为管理工作者。可以说，当时政府中能够容纳的科技人才并不比清朝末年政府的空间更大。其中，有一些优秀的科技人才进入教育界，后来担

任了各级教育行政部门的领导和各级各类高等院校校长。例如，“民国九年以后，特别是十六年以后，教育部长、教育厅长和大学校长，几乎皆由西洋留学生出任，大学教授也是他们”[46]。

在民国历史上，先后出现了蔡元培、张伯苓等一大批教育名家，他们具有多重身份，既在政府机关任职或担任高等院校、科研院所的领导职务，也有教学任务，为提高我国早期的教育水平发挥了重要作用。

第三节　北洋政府时期科技工作者的社会地位

经济地位、政治权力和社会声望是决定一个群体社会地位的三个重要因素。北洋政府时期的科技工作者群体正处于刚刚问世的幼年期，科学技术在社会上鲜为人知，科技工作者的知名度不高，很难谈到有什么社会声望。虽然作为新一代知识分子受到当时社会的普遍尊敬，但是作为只占知识分子群体很小比例的科技群体，很难有较大的政治权力和特别高的社会声望。只不过当时科技工作者大多是留学归来的教授和著名工程师等，具有较好的专业素养和知识水平，各高校和政府部门多是重金聘用，因此衣食无忧。即使是中等职务的讲师或中小学教师、企业中的普通工程师，由于数量稀缺，其薪金也比普通工农大众要高不少。在这样的经济基础上，科技工作者的地位还是不低的。

一、经济地位

经济学家张维迎在其《经济学原理》一书中提出：“较多的财富不仅能使其持有者过上较好的物质生活，也可以提高他的社会地位，让他有资源乐善好施因而受人尊重，还可以保证他有自由时间从事沉思性活动，活得更有尊严。”[47]中华民国成立时，北洋政府承接了晚清的家底，而这个家底在经济上是山穷水尽，鸦片的流入、多次战争赔款、领土割据等都使中国的经济不堪重负。据统计，1840 ～ 1915 年的 75 年间，中国白银外流达到 12.5 亿两。这个时期的中国广大老百姓极其贫困，城市中的市民稍微好一些，但是普遍生活水平较低，手头拮据。

但是这一时期，中国知识分子的社会地位比较高，生活水平也并不低于同期的日本知识阶层，其生活待遇是可以和国际水平接轨的。有学者曾考证过 1927

年教育科学界的待遇。表 2-9 所示为教育界待遇[48]。

表 2-9 教育界教师的月薪

教师	月薪 / 银圆
教授	400 ～ 600
副教授	260 ～ 400
讲师、中学教师	160 ～ 260
助教	80 ～ 160
小学教师	40 ～ 120

按照北洋政府 1912 年 11 月颁布的《技术官官俸法》，政府系统的专业技术官员分为简任技监、荐任技正和委任技士三等。其月薪具体如表 2-10 所示。

表 2-10 政府技术官员的月薪

技术官员	月薪 / 银圆
技监分 1 ～ 6 级	800 ～ 550
技正为 1 ～ 12 级	440 ～ 220
技士分 1 ～ 14 级	165 ～ 25

而当时北京老百姓的生活如何呢？1918 年，清华学校的外国教员狄登麦（C. G. Dittmer）在北京西郊第一区调查了 195 家居民，其中 100 家为汉族、95 家为满族。在这个调查中，狄登麦计算北京市郊平均 5 口的人家，每年至少需要收入 100 银圆，以维持最低生活。[49]① 这 100 银圆就是当时每个 5 口之家一年的最低生活费。

同时，孟天培、甘布尔关于 1900 ～ 1924 年北京物价、工钱及生活程度的调查显示，1924 年的生活费比 1918 年的生活费（以 1913 年为计算标准）高出 23%，1924 年年底至 1926 年更高，北京市民每家每年最低生活费达到 125 ～ 150 银圆。可以清楚地看到，即使小学教员最低月薪也有 40 银圆，年薪即是近 500 银圆，远远高于通常老百姓的生活水平。民国 27 年间（1900 ～ 1926 年）物价指数的变化情况可参见附表 4-1。

北洋政府时期，教授的薪俸相当于中央政府部门的科长。当时，北京大学教授一般在 200 ～ 300 元。据悉，北京大学比清华大学、燕京大学所给的薪水略高些，其他学校略低些，但都差不多。而且，由于北洋政府统治的十几年间，物价的涨幅不大，知识分子（尤其是教授）的经济收入十分丰厚，生活水准是很高

① 转引自哈佛大学出版社出版的《经济学季刊》第三十三卷第一期狄登麦（C.G.Dittmer）论文。

的。例如，胡适是1917年7月来北京大学任教授的，他于1917年9月被聘为北京大学文科教授，到校后薪金已定每月260元，10月加至280元，此为教授最高级的薪俸。[56]

在政府部门工作的官员和政府所办的科技机构的科技工作者，也有不菲的收入。以鲁迅为例，其在北洋政府教育部任佥事、社会教育司第一科科长，1912年10月的月薪为220元；1913年2月以后，月薪为240元；1914年8月以后，月薪增为280元；1916年3月增为月薪300元。

著名的地质学家翁文灏始终在中国第一个科研机构——地质调查所工作，其薪金收入的变化对我们了解当时科技工作者群体的经济收入有很大帮助。自欧洲获地质学博士回国之初，他到地质研究所的地质专科学校教书，薪水是每月60元。1915年年初，他正式获聘为地质研究所的"专任教员"，月薪定为200元。1917年2月，任地质调查所矿产股股长，又被任命为农商部佥事，给"第六级俸"，月薪应为220元。不久改给"第五级俸"，升为240元。1920年年初，升为四等文官，给"第四级俸"，月薪280元。次年2月，再晋升至"第三级薪俸"，月薪300元。1923年3月，被农商部任命为该部最高技术职衔——技监（相当于今天某某部总工程师），准叙二等官，给"技监第六级俸"，六级技监的月薪为550大洋。

据了解，当时地质调查所一般科技人员在大学毕业初入所时的薪金为每月30～40元。例如，北京大学地质系1924年毕业的乐森寻，经地质调查所考试合格录取为练习生，月薪标准是35元。这应该属于尚未正式列入技术官等的实习期"津贴"，不是正式薪金。[51]

拥有海外留学背景的科技工作者的薪俸明显高于国内大学毕业者。章鸿钊于1911年自日本东京帝国大学留学归国，曾任南京临时政府第一任地质科科长，后任地质研究所所长主持培养了中国第一代地质学家，1916年后任地质调查所股长、技正等。1922年9月，这位从事地质调查与研究工作已10年的中国地质学奠基人晋升为技正第七级，月薪是320大洋。当然，同期在地质调查所工作的外国顾问、技师们的薪金还要高出许多。①

由此可见，当时一名高级科技工作者的收入与同期在大学任教的知名教授相比也算比较高的。当时任北京大学文科学长的陈独秀月薪为300～400元，图书馆馆长李大钊月薪120元。在图书馆打工的毛泽东，每月工资8个大洋。

上面举例的是科技工作者群体的最高薪酬水平，大多数人是达不到这个水平的。当时的科技工作者人数较少，精英教育的结果就是普遍层次较高。假设当时这个群体中的大多数人是助教或技正（最低一类薪酬），其平均收入是助教或技正的上限，那么其收入将达到月薪100银圆以上，几乎高出当时普通老百姓生活水平的10倍。可见，当时科技工作者群体绝对是一个高收入群体。

北洋政府实行高薪养教（学）制度。但是，整个20世纪20年代，政府当局长期拖欠教育经费和教师薪金，教员收入普遍低于职员；教授实际收入还不及一般政府科长，这就迫使多数教师四处兼职，且经常参加“索薪”斗争。例如，有一位叫温源宁的高校教师甚至在五校兼课，兼任三校系主任。显然，这样的教师不是研究、著述势难兼顾，便是教学质量难以保证。北洋政府统治时期政府财政日现窘相，官员的薪俸不仅常常不能按时领到，甚至折扣发给的事也是司空见惯。从同时期在北京政府中任职的鲁迅先生的日记中可以看到，从1916年开始，薪俸拖欠的事越来越经常。1921年以后一次性领取全薪已经成为稀罕事，被鲁迅先生称为“零割碎肉”式的薪俸，往往还要再减去各式各样摊派性的捐献。这种没有保障的经济收入，无不影响到科学家和教授们的日常经济生活，乃至科学教学工作。原本相约集中力量推动中国地质事业绝不兼差的地质调查所同仁，因欠薪多了，也不得不到大学里兼课。翁文灏先在师范大学兼少数的钟点，之后到清华大学兼做地学系的教授及系主任。首任所长丁文江因为要负担着家中众多兄弟的生活与学业，只得辞职“下海”，去做北票煤矿的总经理等。

二、社会声望

北洋政府时期，初期的科技工作者群体的知名度并不高，因为社会上大多数人并不了解近代科学技术的发展，也不了解科学家和工程师等的基本情况，但是与普通民众的其他职业群体相比，这部分人的经济收入还是比较高的。作为最早的新知识分子，在尊师重教、重视知识的中国，获得了从政府到普通民众的普遍尊敬。尤其是他们成为中国近代第一批真正意义上的职业科学家和工程师时，当时的社会为职业化学术研究在近代中国的发展提供了相应的体制空间和物质保障。

当时科技工作者的声望和知名度没有可衡量的标准，从当时美国人编撰的《中国名人录》来初步分析从事科学事业顶尖人物的知名度。据其第三版（1925年）和第四版（1931年）中的统计，其名人总数从373人增至1336人，而科学家占当时名人总数均为1.3%。[52]可见，从事科学的与当时从事政治、军事、外交、文学等人物的知名度是不可同日而语的。但是社会上层对当时精英科技工作者还是抱有相当大的尊敬和热情的。从这些科学家从事的科技活动是否得到包括政府在内的社会各界的支持，社会名流对他们的看法和参与程度等来看，科学家还是具有一定的社会声望的。

例如，1915 年一批留美学习现代科技的学生成立了“中国科学社”，1918 年该社迁回国内，有的文章认为，这一事件标志着中国科技工作者群体在中国本土的诞生。为了能使科学社正常运转，急需政府及社会各界支持与援助。科学社的领导层均是一些年轻的“毛头小伙子”，他们发起基金募捐，当时的名人蔡元培、范源濂等分别为其写了启事。从 1918 年年底开始，科学社的任鸿隽利用各种社会关系先后在广州、上海、南通、北京、武汉、成都和重庆等地历访各界名人，进行募集。虽然结果与期望相差甚远，但是社会对中国科学社有了初步的印象，并且对其发展有了基础性的支持。通过胡明复等人的努力得到了蔡元培的帮助，获得北京大学每月 200 元的资助，使《科学》杂志得以继续出版。通过王伯秋等人的活动，得到实业家张謇的支持，有了固定的社所——北京政府财政部拨给南京成贤街文德里的一座官产洋楼。

后来，科学社的科技工作者主动对科学社组织自身进行改革，以适应中国社会环境，科学社成立由社会名流组成的新董事会，使科学社在中国的声望日益提升。董事会对外代表该社募集基金和捐款，对内监督社内财政，审定预、决算，等等。1923 年，由董事会呈准国务会议，由江苏省国库每月拨 2000 元辅助社务，成为当时社中最大的款项收入，对中国科学社各项社务的开展贡献极大。后来，在上海建造明复图书馆得到孙科大力资助，蔡元培、宋汉章、胡敦复等对基金的管理也很得法。总之，作为一个科技工作者自己办的科技群团组织，在当时能够有这样的社会支持和活动，表明这一组织和科学家的社会地位还是比较高的。

另外，中国一直有“学而优则仕”的传统，如果说学有专长的科技工作者比较容易走入仕途算是社会地位较高的体现，那么民国历史中这样的案例还是很多的。例如，徐佩璜 1914 年毕业于美国麻省理工学院化学系，1920 年回国后担任了南洋大学（上海交通大学前身）化学和化工教授，曾三次担任中国工程师学会的会长。1927 年后，他开始从政，被任命为国民中央政治委员会上海分会秘书长，后来担任了上海市政府中的官员。李书华于 1922 年在在巴黎大学获博士学位，回国后曾先后担任过国立北平大学物理系教授和系主任，北平研究院物理研究所兼任研究员及研究副院长，是中国物理学会的第一任会长，20 世纪 30 年代以后他开始走上仕途。另外，丁文江（地质学家）、翁文灏（地质学家）等也从科技职业走上仕途，他们并没有政治背景或家族背景，完全是因为具有科技专长，是有才华的科学家才得以升官进入政界的。这说明，当时少数精英科技工作者具有较高的社会地位和较好的职业通道。这也从一个侧面反映出当时科技已经作为现代社会职业的重要组成部分，已经被越来越多的人所认可和接受，社会声望开始提升，科学家已经作为一个独立的社会群体而存在。

第四节　北洋政府时期科技工作者的历史贡献

一、崭露头角的科研成果

作为刚刚诞生的科技工作者群体，这一时期取得的科技成果可以分为两种类型。一类是早期求学海外的留学生们，他们很多人都求学于当时世界上著名的大学、研究机构，在学习和研究过程中逐步掌握了近代科学的知识和研究方法，在导师的指导下，在攻读专业期间，取得了优异的成绩，并在一些科学领域获得了丰硕的科研成果；另一类是归国后在中国的高校和科研机构开展研究活动，并取得成就的。

例如，被称为我国物理学的奠基性人物、留美的叶企孙当时在物理学上有两个重要研究成果：一是用 X 射线精确地测定普朗克常数 h，得出当时用 X 射线测定 h 值的最高精确度；二是开创性地研究了流体静压力对铁磁性金属的磁导率的影响，这是 20 世纪 20 年代在物质铁磁性方面的一项重要研究工作，受到了世界各地科学界的重视。胡刚复在美国物理学会纽约会议上宣读了《在 X 射线谱中测定金属光电子最大发射速度的一些初步结果》的报告，对 X 射线机制和对原子结构的推测做出了有价值的探讨。留英的丁西林在伯明翰大学时，就在英国皇家学会会员理查逊（Richardson）教授指导下，以热电子发射实验直接验证麦克斯韦速度分布律，证明了这个分布律也完全适用于热发射电子。他设计了一种新的测量重力加速度 g 值的可逆摆。苏步青自 1926 年起即在日本从事欧氏平面曲线整体几何的研究，他在日本学士院学报上发表了自己的第一篇论文《某个定理的扩充》，曾使全校为之轰动。1928 ～ 1931 年，他致力于仿射微分几何学的研究，前后发表 12 篇论文。在此后 20 年间他共发表了 103 篇数学论文，取得了许多举世瞩目的科研成果。

中国高等院校开始有组织的研究工作始于 20 世纪 20 年代初期。与此相应，大学研究机构也相继诞生。最早建立的研究机构是 1920 年北京大学率先设立的地质研究所。1922 年北京大学、清华学堂又相继成立了化学研究所，并制定了详细的研究所组织规程。1917 ～ 1921 年美国人在中国设立了医学研究机关——北京协和医学院。该院后来发展成为我国生物及生理化学方面的主要研究中心。除协和医学院外，还有清华学堂、国立中央大学和中山大学，它们各自都有一支阵容比较强大的研究队伍，工作成绩也比较突出。例如，北京协和医学院成立后不久就开展了药物化学，尤其是中草药化学研究。1924 ～ 1925 年，陈克恢从麻黄中提取麻黄碱用于治疗疾病，在国外首次用人做实验获得了成功。其成果发表后，令世人瞩目。

这一时期，有些学校虽然没有成立专门研究机构，但在个别条件较好的学院和系里也有一些学者自由地进行科学研究工作，并取得了一批科研成果。特别是在农业领域，高等学校建立了多个研究机构。例如，中山大学于 1926 年设立了农学院稻作实验场、品种改良所；北京大学农学院于 1926 年设立了动物营养研究室；还有清华学堂等校都设有农学研究机构。比较著名的农学研究机构有金陵大学农学院，他们在作物育种、水土保持等领域取得了一系列研究成果。据统计，1927 年以前取得的成果：无毒蚕种，改良中美棉品种，金大 26 号小麦良种，小麦、大麦、高粱、粟米等作物的抗病品系等。罗德明（W. C. Lowdermilk）在黄河及淮河流域调查数载，研究该地区森林变迁、黄土冲刷与沙漠内侵的趋势，形成了他的水土冲刷及保持理论，名扬全世界。[53]

二、逐步兴起的工程技术

1914 ～ 1918 年，第一次世界大战引起了西方的经济危机，大大影响了经济发展，英国、德国、法国、俄国等国无法再像战前那样加紧与中国开展贸易，使战争期间对华产品的输出下降，这样就为中国民族工业的发展提供了一个很好的机遇。

例如，作为国家工业化的前提之一，化学工业是当时民族工业发展的一个重大突破口。我国化学工业的奠基人范旭东，1912 年从日本京都帝国大学理学院攻读应用化学专业毕业后回国。1914 年在塘沽创办了久大盐业公司，1917 ～ 1918 年又在天津创办了永利碱厂，开启了我国重化学工业之路。1921 年他邀请侯德榜到永利碱厂从事制碱技术研究，并在 1926 年 6 月生产了“红三角”牌纯碱，其碳酸钠含量达到 99% 以上。同年 8 月，该产品在美国费城万国博览会上获金质奖章，被誉为“中国工业进步的象征”。1922 年，范旭东有感于索尔维制碱法制碱技术的困难，决定在原有实验室的基础上创办黄海化学工业研究社，聘请孙学悟为社长。这是我国第一个民办化工研究机构。该社在盐卤工业、轻金属工业、肥料、发酵、菌类等方面做了许多非常有价值的工作。来自上海的吴蕴初也曾得到张崇新酱园资本家张逸云的资金支持和帮助，创办了一家天厨味精厂，于1929年10月正式成立天原化工厂，是近代中国第一家电解化学工厂。

除了民族工业以外，自洋务运动以来，中国近代工业的很多领域都获得了很大程度的发展。例如，在我国近代冶金工程方面，1908年成立的汉冶萍煤铁厂矿公司是中国近代第一个钢铁联合企业，生产达到国际水平；1917年，上海兴和机器厂（今上海第三钢铁厂）引进了40吨平炉2座，年产钢3万吨；1933年，上海大鑫钢厂建1吨电炉2座，这是我国首批炼钢电炉。当时的高炉朝大型化方向发展，我国也是朝着这个方向在发展。1915年，本溪湖煤铁公司建成140吨高炉2座，1918年，鞍山制铁所建400吨、500吨高炉各1座，是民国时期我国最大的高炉。

在中国近代电力工程方面，同样成绩斐然。特别是电光源制造工业和仪表制造工业在20世纪20年代前几乎是一片空白，直到20～30年代才陆续崛起了一批专业科技人才，填补了该领域的空白。1882年，当英国首座发电厂投入运行时，英国商人同年创办了上海电光公司，并在上海外滩首次采用弧光灯照明。1907年，我国首台汽轮发电机组投入运行，1913年，远东第一大发电厂——上海杨树浦电厂建成发电。1912年，我国第一座水电站——云南石龙坝水电站竣工发电。与此同时，我国电机工业也在不断发展。1916年，华北电器厂由杨济川负责技术，开始制造直流发电机和电动机，1918年开始制造交流电动机，1922年已能生产8000瓦直流发电机，1926年制造了一台150千瓦交流三相发电机。1914年杨济川还成功试制了一台电扇，之后不断改进。到1925年，华生电器厂生产的电扇已经能远销东南亚。1923年，胡西园在成功制成电灯泡的基础上，集资创办了我国第一家电灯泡厂——中国亚浦耳电器厂。1926年，丁佐成集资在上海创办大华科学仪器公司。1927年，纪洪延试制出中国第一台3000瓦的上击式水轮机，安装在福建夏道水电站。另外，我国近代航天工程领域、车辆及造船工程技术，也在这个时期得到了迅猛发展，洋务运动中我国已经有能力仿制国外蒸汽船舰及火车。

在动力机械和造船技术方面也有迅速进展。例如，1918年，江南造船所按美国提供的设计，为万吨级运输舰制造了4台3000马力的大型蒸汽机。1913年，广州协同和机器厂仿制成中国首台烧球式40马力柴油机。1917年，江南造船所从美国购买“高伦”汽油机专利权，决定成批制造5～500马力柴油机。到20年代初能够仿制小型内燃机的厂家开始逐渐增多。到 30 年代中期国产汽油机也已经诞生。

同时，1918 年，美国政府向江南造船所订造 4 艘万吨级运输舰。1920 年，国产第一艘万吨级轮船在高昌庙下水。1922 年，另外 3 艘运输舰也相继造成。1921 年，这个造船所还制成“大来喜”号钢制浅水轮，其技术水平在当时中外船厂之上。可惜当时中国技术人员没有独立设计的能力，原材料也基本依赖进口。直到 1927 年，江南造船所才由叶在馥工程师主持技术工作。1934 年，为中国海军制造了一艘双螺旋桨柴油机护航舰，排水量为 1731 吨，表明当时中国的造船技术已达到较高水准，这当然是后话了。

早在辛亥革命前已有留学生在国外学习航空工程并从事飞机的研制工作。较为著名的有：1909 年，冯如在美国设计制造飞机，并由他亲自驾机试飞成功；1910 年，谭根在美国研制出一种性能先进的水上飞机。1910 年，清政府令留日归来的刘佐成等人在北京南苑建厂制造飞机，1911 年 6 月制成第 2 号飞机，可惜试飞时坠毁。1911 年，冯如携自制的双翼飞机从美国回到广州，翌年因飞机失事而牺牲。1914 年潘世忠设计制造了一架 80 马力功率的飞机。1918 年，北洋政府海军部在福建马尾设立海军飞机工程处及海军飞潜学校。曾选派飞行学校学生多人前往美、英学习飞机制造，发展利用国产材料研制飞机。1919 年，由巴玉藻、王助、王考丰、曾贻经等人主持设计制造出国产甲型一号双桴双翼 100 马力水上飞机，试飞效果较好，社会影响很大。1923 年，广州航空修理工厂造成金尼式双翼教练机，宋庆龄乘坐它试飞，孙中山用宋庆龄的英文名命名飞机为“乐士文第一号”，孙中山和宋庆龄还在飞机前留影纪念。[54]

据统计，1912 ～ 1922 年，全国各地新设的近代企业共有 1783 家，其中各类工业企业 1342 家，航运企业 166 家，银行 229 家，保险、信托、交易所等企业 46 家[55]。与以前相比，企业发展速度远远超过以往，也刺激了实业家对现代工程技术转化为商品的需求，这些都促成了民国初期近代科学技术的发展，并在 30 年代达到科技发展的高潮。

三、自发兴起的科技社团

中国近代的科技类团体或学会产生于 19 世纪末的戊戌变法时期，但具有近代科学意义的、结构比较完备的学会兴起于民国初期，主要是由留学生发起或创办的，如中国科学社、中华学艺社、中华医学会、中国地质学会、中国化学会、中华农学会、中华林学会、中国度量衡学会等。这个时期，当时科技界的带头人物极力倡导科学救国和实业救国，并且认为国家发达、科技进步仅靠模仿和引进国外先进科技是不行的，还必须拥有自己的科研体系，培养自己的科技队伍。在这种认识指导下，各种科技社团纷纷出现，当时几乎所有的在中国发展起来的科学领域都有自己的专业学会，如中华工程师学会（1912年）、中国科学社（1915年）、中华农学会（1917年）、中华森林会（1917年）、中国天文学会（1922年）、中国地质学会（1922年）、中国气象学会（1924年）、中国生理学会（1926年）等。民国初年成立的学会详见表2-11。

表2-11 民国初年成立的学会统计[56]36

序号	成立时间	名称	成立地点	发起人	出版物
1	1907年	中国药学会	东京	王焕文等	
2	1909年	中国地学会	天津	张相文	
3	1909年	中华护士会（后改名中华护理学会）	上海	信宝珠	
4	1909年	中华医药学会	上海		
5	1910年	振武学社		杨王鹏	
6	1910年	中西医学研究会	上海	丁福保	
7	1912年	广东中华工程师会	广州	詹天佑	
8	1912年	中华全国铁路协会		孙中山、詹天佑等	《铁路协会会报》（月刊）
9	1913年	中华工程师会	汉口	詹天佑等	
10	1915年	中国科学社	美国	任鸿隽等	《科学》（月刊）、《科学画报》（月刊）
11	1915年	中华医学会	上海	颜福庆等	《中华医学杂志》（月刊）、《中华内科杂志》（月刊）、《中华外科杂志》（月刊）
12	1916年	丙辰学社	东京	王兆荣等	《学艺》
13	1917年	中华农学会	上海	王舜成等	《作物学报》（季刊）、《园艺学报》（季刊）、《植物保护学报》（季刊）
14	1917年	中国化学会欧洲支会	巴黎	李景镐等	
15	1917年	中华森林会		凌道扬等	《森林》（季刊）
16	1918年	中国工程学会	纽约	陈体诚等	
17	1922年	中国天文学会	北京	高鲁等	《观象丛报》《观象汇刊》《中国天文学会会报》《宇宙》《大众天文》《会员通讯》等
18	1922年	中国地质学会	北京	章鸿钊等	
19	1924年	中国气象学会	青岛	高鲁等	《气象学报》（中、英文版）等
20	1926年	中国生理学会	北京	林可胜等	《生理学报》《生理科学进展》等
……	……	……	……	……	……

注：表中内容系根据王宝珪等人编《中国科技社团概览》整理而成，转引自中国科协发展研究中心课题组：《近代中国科技社团研究》，2014年，第36页。

这些学会，特别是一些综合性的团体，主要集中在北京、上海、广州、南京等经济文化事业较发达的大城市，内陆城市、小城市相对较少。据统计，20 世纪 30 年代的南京有各类社团 40 多个①[27]46。此外，随着民国初年开办了许多新的高等学校，在归国留学生的倡导和帮助下，高校内部也先后成立了一些以学校为单位、以在校学生为主体的学会。例如，叶企孙等人成立的清华科学会、胡敦复等人成立的立达学社、刘资厚等人成立的北京高等师范学校数理学会等。这些地方学会和各地大学内部学会活动的深入开展，带动了民国时期科学学会繁荣局面的出现，促进了全国学会的蓬勃发展。

其中比较著名的一些学会创立于国外。例如，中国科学社的前身为 1914 年夏留美学生于美国康奈尔大学组建的“科学社”。1915 年 10 月，改组为中国科学社，以“联络同志，共图中国科学之发达”为宗旨，1918 年迁回国内，活动 40 余年，于 1960 年停止活动。[57] 中华学艺社的前身为丙辰学社，始创于 1916 年，发起者为陈启修、王兆荣、周昌寿、文元模、屠孝实、郑贞文等 47 位就读于日本东京帝国大学、早稻田大学等校的中国留学生。1958 年宣告解散。中华自然科学社，前身是华西自然科学社，成立于 1927 年南京中央大学。鉴于我国西部科学比较落后，发起人联络一些川籍同学组织了这个学社，准备学成后从事我国西部的科学建设事业。但次年举行第一届年会时，大家感到科学落后是我国的普遍现象，而其时社友籍贯已不限于华西，故决议改名为中华自然科学社。该社直到 1951 年结束活动。

另外，专门的科学技术学会由于中国的科学事业还处于奠基阶段，从事科学研究的人较少，大多数学会会员较少。例如，1927 年中国林学会（前身是创建于 1917 年春的中华森林会）成立时仅有会员 88 人，在这种情况下，综合性的学会比较适合当时的发展。

总之，从科技社团的诞生和发展可以看出，在北洋政府时期一批获得“数理科学博士”及其他专业学位的科技工作者群体渐成气候，成为中国社会中开始引人瞩目的高端社会阶层，成为中国新知识分子的重要组成部分，从他们开始，逐步打破“重文轻理”的观念，真正开始迎接“赛先生”（科学）进入中华大地。

① 转引自范铁权：《近代中国科学社团研究》，北京：人民出版社，2011 年，第 46 页。

第三章 中国科技工作者群体的幼年期（1927～1937年）

20世纪20年代，孙中山领导的南方国民革命兴起，经过“五卅运动”形成全国性的革命高潮，使广东革命军的北伐时机成熟。1926年7月，北伐开始，北伐军先打吴（吴佩孚），再攻孙（孙传芳），最后击奉（张作霖），各个击破，不到一年即控制全国半壁江山。1928年6月8日，国民党军队进入北京，北洋军阀政府在中国的统治最终结束。全国实现了形式上的统一，进入南京国民政府统治时期。

1927年4月18日，以蒋介石为核心的中国国民党建立国民政府，其元首一直称为国民政府主席，1948年“行宪”后改称总统府。南京国民政府实行委员制，由蒋介石、胡汉民、张静江等12人为政府委员，胡汉民为政府主席，蒋介石为国民革命军总司令。南京国民政府是中华民国的最高行政机构。

1927年南京国民政府成立以后，中国政治经济和社会发展相对稳定，处于幼年期的科技工作者群体得到进一步成长，科学技术事业也进入了相对稳定的发展时期。从1927年南京国民政府成立到1937年抗日战争全面爆发的10年，是我国科学技术史上一个非常重要的发展时期，被一些学者称为“民国黄金十年”。例如，郭廷以在《近代中国史纲》中对这一时期的评述：“1932年后，教育经费从不拖欠，教授生活之安定，为20年来所未有……1937年前5年，可说是民国以来教育学术的黄金时代。”[58] 吴相湘教授则认为：“北伐成功以后至对日抗战以前10年间，成民国以来学术研究的黄金时代，且为尽30年之学术奠定基础。”

第一节　南京国民政府时期科技工作者的基本情况

这一时期是国民政府科技事业发展相对比较顺利的时期，虽然中国科技工作者处在幼年期，但发展迅速。科技事业的发展不仅可以从科技工作者群体的数量增长来衡量，也可以从科技的社会建制不断完善来描述：高校中的科技教育比重越来越大，学科分得越来越细，高校中涌现出更多的不同专业方向的研究机构，支撑中国的基础性和应用性科学的研究和发展；科学技术的研究与开发机构开始成批诞生，不仅有中央政府和地方政府成立的研究机构、高校的科研机构，而且涌现出企业的研究机构和民办的研究机构；随着不同专业科技工作者的增多，综合性的和不同专业的科技社会团体不断问世和发展，成为推动当时科学技术发展的重要力量。

在这10年间，国内科学研究机构发展迅速。据统计，1928年全国共有学术团体和研究机构41个，1933年增至100个，1935年则高达142个，8年间增加了2倍多[59]。同时，科研经费也有较大幅度的增加。例如，1934年，全国23个主要学术机构年经费为280多万元，总投入超过400万元，此后几年又有增加[60]。著名科学家吴大猷曾评价道：“这一时期，政府对学术重要性的认识，较前深入多了。”[61]这个时期的科技工作者也做出了一些举世瞩目的重要科学发现，取得了不少成绩。可惜，由于国家科技事业处于幼年期，科学研究基础整体非常薄弱，没有先进的仪器和设备，科研与开发总体上仍非常落后。当时除了对教育投入外，政府对科技投入非常微小。1935年11月，丁文江在中央广播电台演讲，估计中国公、私用于科学研究事业的经费年约400万元，相较美国的10亿美元、英国的2.5亿英镑、苏联的10亿卢布可谓微乎其微。这区区之数基本上来自政府部门，而企业的投资不过百分之一二。中国科学技术与经济发展的脱节从那时开始就是如此，因此学者们呼吁应该建立科学研究与工业应用的良好关系，并提出了实施方略：厂家设立研究机关或与学术机关合作，“中国工业进步，使中国进为工业化之国家，非厂家重视研究事业不可”[62]。刘咸1935年为文说：“国家每年所用于科学研究之经费，虽年有增加，就目下论，公私合计，每年约国币400万元，方之美国不过1/200，英国1/50，即与我国每年支出之军政各费相比较，亦不啻九牛一毛，以科学为救国之工具，复兴民族之根本，需要孔亟，建设万端，甚望政府此后能宽筹经费，建设吾人所需要之各种科学事业，国家前途，庶有豸乎。”[63]

当时的科技工作者数量虽然增长迅速，但总数仍然不是很多，只有数万人，分布于高校、科研机构及企业中，其作用已经不是星星点点的火苗或火种，而是开始燎原的篝火。他们以科技社团为中心，以高校为阵地，以科研院所为节点，以学术刊物为载体，以科学救国为宗旨，向科学技术进军。从那时开始，中国的科技工作者有了自己的研究方向和科研计划，有了自己的学术交流，有了各种形式的科普活动和为国出力、为民服务的各种科技实践活动。

一、科技工作者的数量

南京国民政府时期，在全国政令逐步统一、经济逐步发展的和平环境下，科学技术事业有了较快的发展。除了大批留学生学成归国以外，国内各大学、研究机构也培养出一批学术人才。科技工作者群体无论在数量还是质量上，都得到了较大提升。已有资料显示：发展到全面抗战前夕高校在校学生人数曾一度猛增至41 922人，仅1936年当年毕业生人数就达到9154人①[64]。在这段时间，理工科学生的数量较之以往都有了明显的增加。参考有关统计，到1935年，全国理工类学生占了51.2%[65]，保守估计，当时攻读理工科的毕业生应该处于近2万人的规模。根据估算，1927～1937年的十年间，高校毕业的理工农医类毕业生达到2.5万人，而与科技相关的高级中等师范和职业学校毕业生在2万人以上，两者相加，该历史时期的科技工作者增量应为4.5万人。

考虑到北洋政府时期留下的存量近3万人，到1937年末，全国科技工作者的总量是7万～8万人。

当时的科技工作者主要分布于研究机构、高校及专门学堂、政府部门和企业中。其中，新建立的中央研究院、北平研究院等科研机构聚集了一批高水平的科研尖子人才，1931年中央研究院共有研究员、技师等270人。这样一支不到300人的科研精英队伍对中国近代科学的发展，曾起过开拓性的重要作用。加上直接服务供职于中央政府和地方政府主办的其他工业、农业、水利、医学等专业研究机构的科技工作者应该有上万人。

同时，这段时期高等教育的教职人员也有了一定程度的发展。例如，到1936年，全国高等院校已达108所，教员人数7560人，职员人数4290人。其中大部分高校教师可以纳入科技工作者范畴；而中等教育发展更快，在3000多

① 转引自冯成杰：《试论抗战时期国民政府的教育政策》，《哈尔滨学院学报》，2010年。

所各类中等学校中，教职员工已经超过 6 万人，据保守估计，从事与科学有关教师可能近一半，有 3 万人以上的规模。

据不完全统计，1937 年，全国从事自然科学与工程技术工作的专业人才在 3 万人左右 [60]。其中就职于政府部门的有数千人，服务于各类企业的工程技术人员大约有 2 万人。其余的是农林专业技术人员和医学技术人员等。

二、科技工作者的增量

（一）本土教育体系培养的科技工作者

南京国民政府时期的大学发展方向被设定为“研究高深学术，养成专门人才”，专科学校则专注于“教授应用科学，养成技术人才”。1929 年 4 月，国民政府通令公布的《中华民国教育宗旨及其实施方针》，规定：“大学及专门教育，必须注重实用科学，充实学科内容，养成专门知识技能，并切实陶融为国家社会服务之健全品格。” [66]

这一时期大学非常注重生源水平，以保证高校毕业生的质量。当时高校大都自行招考，招收学生一般都秉持宁缺毋滥的原则。魏寿昆回忆北洋大学时，“每年报考者是以二三千人计，但只录取一个班仅 60 人”。交通大学招生秉持公正，坚决杜绝后门，宁缺毋滥。只要成绩合格，“虽家徒四壁，亦大加欢迎”；若是考分不够，“虽豪门巨绅，亦拒诸门外”……1923 年校长卢田炳私自免试收取数名学生，招致师生一致抗议，将他赶出校门。北洋大学同样是“录取新生，宁缺毋滥，四十年来，精神一贯”。[67]

就大学治学方面而言，同样是极为严格的。吴有训在执掌清华大学物理系时期，考进物理系的学生成绩均是名列前茅，然而 1929 年入学学生 11 人，到 1933 年毕业时，仅剩 5 人，淘汰率为 54.5%；1930 年入学学生 13 人，到 1934 年毕业时只剩 4 人，淘汰率为 69.2%；1931 年入学 14 人，到 1935 年毕业时仅剩 7 人，淘汰率为 50%；1932 年入学 28 人，1936 年毕业时仅剩 5 人，淘汰率为 82.1%。

据统计，到 1932 年年底，全国范围内经政府裁减合并的国立及省立大学 / 学院加之经政府核准立案的私立大学 / 学院和专科学校共计 106 所。

在这样的政策指导下，中国的高等教育迅速发展。1921 年，北京大学校长、原教育总长蔡元培在纵论中国大学时说：北洋、山西、东南 3 所国立大学“幼稚程度可以想见……力量较大者，唯一北京大学……独立承担全国教育”。至 1929

年，蔡元培看到中央大学的崛起，乃告诫北京大学说："北大不过众多大学中的一校，绝不宜……妄自尊大。"直到20世纪20年代末，各界都认为中国大学中除北京大学、交通大学等之外，其他像样的大学均属教会；而在20世纪30年代，这一局面迅速扭转，教会大学相形失色。中国的大学格局实现了重大突破，形成了覆盖南北的大学群和知识共同体。除老牌的北京大学之外，还形成了一系列名校：中大、清华、协和、武大、浙大、中山、交大、唐山交大、燕京、金陵、圣约翰、厦大、南开、北洋等。南京国民政府成立后，政府倾力发展文教，知识界亦迅速发展，史称"黄金十年"。抗战前夕，中国高校达到巅峰水平，出现若干所国际高水平大学。[68] 据统计，1928年，全国专科以上学校74所，其中大学及独立学院49所，专科学校25所[69]。

根据1931年的统计，1931年全国高等学校已经达到73所，其中私立大学和独立学院就有31所；专科学校30所，其中私立有7所。到1932年年底，全国范围内经政府裁减合并的国立及省立大学/学院加之经政府核准立案的私立大学/学院和专科学校共计103所。[70] 到1936年，学校发展到108个，而且学校的规模也比北洋政府时期有所扩大，教员已经有7000余人。具体详见表3-1。

表3-1 1927～1936年全国高等教育统计概况

年份	学校/所		在校学生/人	毕业生/人
	大学及独立学院	专科院校		
1927	44			
1928	49	25	25 198	
1929	50	26	29 123	
1930	58	27	37 566	
1931	73	30	44 167	
1932	76	27	42 710	
1933	79	29	42 936	
1934	79	31	41 768	
1935	80	28	41 128	
1936	78	30	41 922	9 154

从在校学生人数来看，1925年大学及专科在校生为36 321人[40]。后来，高等教育体系中的毕业生数量不断增多，发展到抗战前，在校学生人数曾一度猛增至41 922人，仅1936年当年毕业生人数就达9154人，在校生达41 922人。另外，师范类学生数达87 902人、职业类学生达56 822人。[64]①

① 转引自冯成杰：《试论抗战时期国民政府的教育政策》，《哈尔滨学院学报》，2010年。

当时高校毕业要求较严格，入学的学生不能全部如期毕业。假设本历史阶段每年高校毕业生能够平均达到 5000 人，那么 10 年间应该有高校毕业生 5 万人左右，如果有 50% 可以进入科技类岗位，就是 2.5 万人。当时的中等教育发展也非常迅速，仅师范类和职业类的高级学校毕业生也在 5 万～ 6 万人，如果按照 40% 估算科技类毕业生，应该有 2 万～ 2.4 万人。如果保守估算有 2 万人进入社会各界的科技岗位，这两部分增量的总和应该达到 4.5 万人。

在这期间，理工科学生的数量较以往都有了明显的增加。参考有关统计，到 1935 年，全国理工类学生占了 51.2%[65]，重文轻实的教育传统就此发生改变。总体上来看，这一阶段高等教育发展迅速，从高等院校毕业的学生人数不断增加，是当时科技力量的主要补充来源，为民国时期的科技事业输送了大量人才，成为科技工作者群体的新鲜血液。

（二）留学生及归国的情况

民国时期留学生出国留学也分公费和自费两种形式。其中，公费留学主要有三个渠道：一是“庚子赔款”留学；二是中央各部门的选派；三是省一级的选派。其中，以“庚子赔款”留学为主流，极受社会学子的青睐。也正是由于公费留学有比较严格的考试制度，竞争激烈，所以也能千里挑一地在大学生中选拔出最优秀的人才。大学生一般在 22 岁左右本科毕业，在国外 5 年左右可以获得博士学位，他们回国后大都被破格提升，成为年轻的海归派教授，类似人物在全国大学有数千人。据统计，1934 年全国高校有教师 7205 人，其中有留学经历者 3856 人。后来历史发展证明，这批留学归来的学子大多数成为我国科技工作者群体的领军人物。南京国民政府时期，先后有几次大规模的留学活动，分别是 1927 ～ 1937 年公费留学欧美的留学活动及 1934 ～ 1937 年的留日热潮。

1927 ～ 1937 年也是南京国民政府进行中国经济金融改革的时期，在这个时期由南京国民政府向欧美各国派遣了一批批公费留学生，每年有 100 人左右，最多达到每年 1000 人左右。1933 年南京国民政府教育部颁布的《国外留学规程》规定，公费留学生必须通过考试选拔。由中央或地方政府出资派遣，利用“庚子赔款”退款选派及由国内学校或团体派遣留学生，直到 1937 年抗日战争爆发中断。

该时期留学归国的科技工作者仍然以在政府或政府举办的企业机构中任职为主，并且发挥重要作用。例如，南京国民政府为了加强军事工业，专门成立了兵工署，最多时下面隶属十多个生产兵器的企业。在总部领导岗位上任职的 25 名科技精英中，有12人具有留德经历，5人具有留美经历，4人具有留日经历，2人具有留法经历，还有2人具有多国留学经历。德国留学生在兵工署职位中占有重要地位和影响，是一显著特点。

全面抗日战争爆发前，从1934年起留日人数也节节上升。到1935年，高达8000人。留日学生约占当时出国留学生总数的60%，但是留日学生的质量相对于同期留欧美学生要逊色得多。据1935年统计，赴日中国留学生中，大学毕业者仅占11.8%，专科学校毕业者占12.7%，其余75.5%为大专学校肄业生和中学毕业生。在学习专业上，留日学生偏重于工程、农、医、军事等专业的学习。这些留日学生归国后在抗战中以军人、医生、行政人员及宣传救国的学生等身份为抗日战争的胜利做出了贡献。

另外，高校的教师常有机会公费出国研修。例如，清华大学教师每工作4年即可公费、带薪出国研修，著名的吴宓、朱自清、冯友兰、浦薛凤、浦江清、蒋廷黼等都曾如此，后来还选派著名的科学家曾昭抡、华罗庚、陈寅恪等出国做研究和交流。公费留学制度意义重大，一方面保证了留学生的基本生活和学习费用，并且与国外有关高校直接联系，有利于留学生专业水准的提升；另一方面，这样强化留学生对祖国的认同感和归属感，产生感恩之心，促使其日后更积极地回报祖国、回报社会。历史证明这套制度有效，对于我国科技工作者群体的发展发挥了非常重要的作用。

第二节 南京国民政府时期科技工作者的结构分布

南京国民政府时期的科技事业开始初具规模，其社会体制结构显示出成长性的特征。在不同的组织结构中，特别引人瞩目的是一批综合性和专业性的科技研究机构诞生，预示中国的科技研究事业开始得到政府部门的支持，得到全社会的承认，走上了规范的发展道路。教育事业的发展尤其是中等以上教育机构的发展，不仅为已有的科技人才提供了相当优越条件的教职岗位，同时也为中国的学子系统地学习自然科学和工程技术提供了绝好的机会。另外，政府部门的建制不断完善，特别是某些与科技有关的机构，如资源委员会、经济委员会、实业部等的建立，吸纳了一批高层次的科技工作者进入政府供职，这些机构呈现出与以往截然不同的科技特色。这一时期的企业群中，出现了一大批民营企业，它们在与国外交往和适应市场的情况下，吸纳了越来越多的西方工程技术和生产技术，一些有远见的企业还设立了自己的研发机构，少数企业和少数工程技术人员甚至研发出具有世界先进水平的新产品和新技术，如侯德榜的制碱法、茅以升的大桥设计和建造等。

一、科研院所的科研人员

南京国民政府成立后，在蔡元培等科学先驱的奔走呼吁下，在很多科学家的支持下，1928 年 6 月 9 日，中国第一个国立中央科学研究机构——中央研究院正式成立。蔡元培在上海东亚酒楼召开中央研究院第一次院务会议。出席的有各单位负责人徐渊摩、丁西林、陶孟和、竺可桢、李四光、杨端六、王季同、杨杏佛、高鲁、周览、宋梧生、周仁，共 13 人。这一天定为院庆日。后来又成立了国立北平研究院和其他专业性的研究机构。

这个时期一些留学归国或本土毕业的理工科毕业生选择进入这些科研院所工作，我国科技工作者队伍得到了一定规模的发展。例如，中央研究院，1928 年成立，拥有 300 余名研究员；国立北平研究院，1929 年成立，拥有 200 余名研究员；在部属研究所中，中央地质调查所，1916 年成立，拥有 110 余名研究员；中央工业试验所，1930 年成立，拥有百余名研究员；中央农业实验所，1931 年成立，拥有 200 余名研究员。这些聚集在中央政府主办的科研机构的科技工作者（除去重复计算的），超过了 1000 人。

中央政府设立的各类科研机构大体情况如表 3-2 所示。

表 3-2　国立和中央各部门设立的主要科研机构一览表 [71]

类别	名称	成立时间	隶属机构	简介
综合	中央研究院	1928 年	国民政府	筹设时仅有地质、理化实业、社会科学和观象台 4 个研究单位，到 1949 年共有数学、地质、天文、气象、物理、化学、动物、植物、心理、工学、社会、历史语言研究所和医学研究所筹备处 13 个单位
	国立北平研究院	1929 年	教育部	初设有物理、镭学、化学、药物、植物、动物、地质研究所等，到 1949 年有物理学、原子学、化学、药物、生理学、动物学、植物学和史学 8 个研究所
地质	中央地质调查所	1916 年	经济部	1916 年成立于北京，1935 年迁南京后，部分留北平人员成立北平分所。抗战内迁重庆北碚，战后复员南京。曾在桂林、昆明、兰州、长春等地设立分支机构
工业	中央工业试验所	1930 年	实业部	最初以研究工业原料、改良制造技术、鉴定工业品为职责，后范围不断扩大，增设电气、酿造、窑业、造纸等实验室和机械制造、电工仪表等实验工厂
	经济部矿冶研究所	1938 年	经济部	负责有关采矿、选矿、冶金、化验等研究事宜
	资源委员会矿产测勘处	1937 年	资源委员会	原为矿产测勘室，1940 年扩展为叙昆铁路沿线探矿工程处，1942 年改组为矿产测勘处

续表

类别	名称	成立时间	隶属机构	简介
农业	中央农业实验所	1931 年	实业部	1938 年将全国稻麦改进所、中央棉产改进所等归并，中央林业实验所、中央畜牧试验所、中央水产试验所等机构成立后，相关事业划出
	中央棉产改进所	1934 年	全国经济委员会	与陕西、河南等省合作办理省棉产改进所，1938 年并入中央农业实验所为棉作系
	全国稻麦改进所	1935 年	全国经济委员会	由中央农业实验所沈宗瀚、赵连芳等主持，1938 年并入中央农业实验所
	中国畜牧试验所	1940 年	农林部	初设畜牧、兽医两组，1944 年改组为 10 个系
	西北羊毛改进处	1940 年	农林部	初设甘肃岷县，1943 年移设兰州
	中央林业实验所	1941 年	农林部	设造林研究、森林保护、木材工艺等 10 个系
水利	中央水产试验所	1947 年	农林部	设深海渔业、近海渔业、水产制造等 10 个系
	第一水工试验所	1933 年		原名天津第一水工试验所，1935 年改组为中国第一水工试验所，1937 年毁于日军战火
	中央水工试验所	1935 年	全国经济委员会	1942 年改为中央水利实验处，执掌水工土工实验、水文测验及其关有水利的一切基本设施，直接隶属水利部
卫生	中央防疫处	1918 年	卫生署	初设北京，1935 年迁南京，抗战期间内迁昆明，战后迁回北平，改名中央防疫实验处
	中央卫生实验所	1932 年	全国经济委员会	翌年改称卫生实验处，内设防疫检查、寄生虫学等 9 个系，抗战期间改组为中央卫生实验院

当时的中央政府对农业科研的投资力度远远大于工业科研，如 1934 年的调查表明，中央农业实验所每年经费 60 万元，而中央工业试验所仅 9 万多元。中央农业实验所隶属实业部。所长谢家声，拥有冯泽芳、沈宗翰等 200 余名科技人员。所内分成 10 个系，并在各地有试验场 6 处，共有试验园地 16 000 亩①。[72]

另外，为了抗战所需，还成立了一批为国防军事工业服务的研究机构。1932 年 5 月，兵工署理化研究所成立，研制军用通信设备、感光器与无线电遥控器等。1933 年，俞大维就任兵工署署长，到全面抗战爆发前即成立有应用化学研究所、弹道研究所、精密机械研究所、材料研究所、冶金研究所及光学研究所、炮兵技术处、中央修械所、航空兵器研究处等[73]。

值得注意的是，当时的地方政府也开始设立各类科研机构，其特点是绝大多数均是专业性科研院所（福建省研究院属于综合性科研机构），尤其看重工业、地质和农业三大类研究机构。例如，地方设立的工业研究机构有直隶工业试验所（1911 年）、山西工业试验所（1917 年）、山东工业试验所、广东工业试验所、河北工业试验所、上海工业试验所（1929 年）、湖南工业试验所（1933 年）、陕西工业试验所（1935 年）、广西工业试验所（1941 年）等。

① 1 亩≈666.7 平方米。

按当时的管理体制，地质矿产资源关系地方经济，因此有不少省份设立了地质调查所，如河南省地质调查所（1923 年）、两广地质调查所（1927 年）、湖南省地质调查所（1927 年）、云南地质矿产调查所（1927 年）、江西省地质调查所（1928 年）、贵州省地质调查所（1935 年）、四川省地质调查所（1938 年）等[74]。

农业科研与改良也是地方政府最关注的事业之一。1934 年统计调查显示，全国地方政府设立科研机构共 18 个，其中相关农业科研机构就有 11 个。以江苏省试验场最为齐全，不仅有综合性的农业试验场，还有麦作、稻作、棉作、蚕种、蚕丝与渔业试验场。[75] 此后，各地方政府还相继设立大量的农业科研机构。例如，浙江、贵州、四川、湖南、湖北、陕西、河南、河北、安徽、宁夏、甘肃等省份设立有农业改进所，从事本省的农业改良与推广工作。

地方政府设立的其他类别的科研机构还有江苏省立医院卫生试验所（1934 年）、江西陶业试验所（1932 年）、上海市卫生试验所等。

不要以为当时这些地方办的研究所均是规模很小、人员很少的机构，其实有的还相当有规模。例如，四川农业改进所规模最大时员工超过 1200 人，有硕士学位的 50 余人，博士学位的超过 20 人，年经费 1200 万元，超过了中央农业实验所的百万余元的水平[76]。因此，这些地方政府所办的科研机构所容纳的科技工作者肯定有上万人之多，否则难以支撑这些研究机构的正常运作。

二、政府中的科技工作者

中国历来是一个“官本位”的国家，在科技事业发展过程中，政府部门不仅发挥了重要作用，而且也设立了很多与科技工程相关的机构和科技岗位，所以除了各行业的科技工作人员以外，许多有科技学历背景的毕业生还选择进入政府中工作。这部分人多从事与科学相关的教育科研管理工作，据 1933 年南京国民政府对中央机关公务人员的统计，总数 12 671 人的中央机关公务人员中，学习理工农医出身的有 1315 人，占总数的 10.4%[52]38。

20 世纪 30 年代末和 40 年代初，我国工程技术人才队伍也处于一个发展的高峰期。1932 年 11 月 1 日，正式成立的隶属于南京国民政府的资源委员会由蒋介石自兼委员长，翁文灏、钱昌照分别任正、副秘书长。其重要成员还包括知名学者胡适、丁文江、傅斯年、蔡廷黻、何廉、陶孟和、周览、王世杰、钱端升、杨端六、肖纯锦等，另外还有一批社会名人和行政管理人员参与。该委员会网罗了大批工程技术人员。据历史记载，资源委员会曾在全国范围内对分布于各个工作岗位上及尚在学校就读即将踏入社会就业的工程技术人才，做过一次长达数年的比较全面、详尽的统计，具体情况参见表 3-3。这次的调查结果表明：“这个时期分布于全国各地分别在不同工作岗位上任职的工程技术人才已发展到 7712 人，在读的工程技术后备人才也有 7545 人，两者相加，共 15 257 人。”这批工程技术人才队伍也是不可小觑的科技力量的来源之一。

表 3-3　截至 1935 年工程技术人员分类统计表 [23]

地区	总人数 / 人	占全部工程技术人员的比例 / %	职业流向 / 人						
			军政机构	国营企业	民营企业	外资企业	大专院校	科研机构	中等学校
江苏	1117	14.5	517	291	120		143	24	22
上海	927	12.0	78	242	343	114	134	3	13
浙江	395	5.1	81	231	13	1	60		9
江西	283	3.7	68	169	9		24		13
山东	418	5.4	151	184	37	3	24		19
安徽	135	1.8	69	56	4		4		2
河北	882	11.4	135	506	90	17	102	1	31
北平	312	4.1	34	161	21		84	5	7
山西	531	6.9	68	349	35	1	43	1	34
河南	381	4.9	178	146	15	2	28		12
陕西	173	2.2	76	73	10		6		8
辽宁、吉林及黑龙江	41	0.5	5	24	2		9		1
湖北	327	4.2	93	160	41	4	20		9
湖南	305	4.0	47	186	8		50		14
广东	423	5.5	66	182	49	13	104		9
广西	116	1.5	27	53	10		23	1	2
福建	69	0.9	30	23	3	2	6		5
四川	628	8.1	71	460	36	2	51		8
云南、贵州	168	2.2	33	113	3		18		1
甘肃及西北地区	72	1.0	12	56	1		1		2
不明	9		3	4	2				
合计	7712		1842	3669	852	159	934	35	221
占全部工程技术人员的比例 /%			23.9	47.6	11.0	2.1	12.1	0.5	2.8

注：转引自徐鼎新：《中国近代企业的科技力量与科技效应》，上海：上海社会科学院出版社，1995 年。

当时就有 23.9% 的工程技术人员进入政府部门工作，数量达近 2000 人。可见当时政府中具有比较强的科技力量，估计到了抗战前夕，政府中的科技工作者数量还有较大的增长，这对于政府想要做的有关科技事业发展的决策和政策是有人才优势的。

三、高校及中等教育中的科学教师

在这个时期，高校数量迅速增加，从1931年的68所增加到1936年的108所。高校的任职教师数量也有了较大规模的增长。历史资料显示，1934 年，北京大学有教授 56 人，清华大学有教授 87 人，规模最大的中央大学也只有教授 197 人，而国际驰名的协和医学院则只有十余名教授。其中，国立中央大学、清华大学等十余所名校的国际排名均已在世界前 100 名之内，跻身当时规模最小的世界名校之列。全国高校有教员 7205 人，有留学经历者 3856 人，其中教授 2801 人，学生 41 768 人。而到 1936 年，全国高等院校已发展为 108 所，教员人数 7560 人，在校生 41 922 人。到 1937 年，北大、清华两校教员已经达到 200 名左右。如果说“五四”时期中国高校的状况只是北大“一枝独秀”的话，那么到 20 世纪 30 年代，中国大学已真正实现“百花齐放”。

表 3-3 表明，在 20 世纪 30 年代中期，工程技术人员在高校和中等技术院校任教的超过 1100 人。如果理工科教师可以算作科技工作者中坚的话，可以推断，这一阶段在高校教师队伍中的科技工作者中坚从原来不足千人已经发展到超过 3500 人（截至 1937 年，按教师人数 50% 计算）。如果加上社会科学等其他学科的教师，那么在高校就职的科技工作者应该有六七千人。在高校任职的科技工作者大多是中国顶尖的科技专家，其在教学和科研领域中，均是佼佼者，是中国科技工作者群体的核心力量。

到抗战前夕，我国的中等教育有了很大发展。普通中学、师范、专科等学校从 1000 余所增长到 3000 多所。学生数也从 3 万～ 4 万人增长到 60 多万人，教师队伍已经超过 6 万人，如果其中理科等属于科学类的教师能达到一半，那么就有 3 万多名从事中等教育的科技工作者。

四、企业中的工程技术人员

当时，隶属于南京国民政府的资源委员会就全国范围内工程技术人员的情况，做过一次长达数年的比较全面、详尽的统计。从表 3-3 中可以看出，任职的工程技术人员大约 7712 人，在国营企业（3669 人）、民营企业（852 人）和外资企业（159人）中的工程技术人员达到4680人，占总数的60.7%，超过一半。而且，当时工程技术人员中有1/4以上是留学归国的，专业背景主要是电机、机械和土木工程，这与北洋政府时期有较大不同。专业具体情况参见表3-4。

表3-4 截至1935年工程技术人员分类统计表 [23]

学历层次	总人数/人	所占比例/%	专业分类/人												
			电机	机械	化工	矿冶	土木建筑	纺织	航空机械	无线电	电信	造船	地质测量	轮机	水利
留学归国者	2212	28.7	375	482	362	301	516	85	32	19	15	21	4		
留美	1120		191	218	119	137	347	31	20	9	9	6	3		
留英	149		18	25	14	42	28	10	1	1		10			
留法	212		67	18	41	10	29	4	3	7	3				
留德	161		21	54	29	17	29		4	1	3	2			
留日	448		55	102	120	82	46	40				3			
留比	107		21	32	7	12	34			1					
留其他各国	15		2	3	2	1	3		4						
国内大学毕业者	4702	61.0	871	716	130	662	2074	201		22	24		1	1	
国内高等专科学校毕业者	798	10.3	120	124	47	22	220	1		40	116			18	90
合计	7712	100	1366	1322	539	985	2810	287	32	81	155	21	5	19	90

注：转引自徐鼎新：《中国近代企业的科技力量与科技效应》，上海：上海社会科学院出版社，1995年。

另外，张剑考察了这一时期企业的研究机构，以上海为例，通过对化学工业和制药工业的考察，发现有十多个企业建立了自己的研发机构，但是，这些机构科研力量弱小，几乎很少有值得称道的研发产品和新技术等。因此，他认为当时的企业研发机构名副其实的很少，只有范旭东创建的黄海化学工业研究社具有相当的影响[71]。

五、医院和诊所中的现代新医师队伍

这十年社会相对稳定，经济得到了一定的发展，社会上对于医疗卫生的需求较大。当时的国民政府曾经提出废除中医的提案，后来因为中医界激烈反对而没有实施。但是，当时的政府部门青睐西医却是不争的事实。为了培养现代医学（当时称为西医）人才，政府部门对医学教育的发展做出了规划，对当时与以后国家的医疗卫生事业产生了重大的影响。从那时起，我国自办的医学校（国立还是省立者）都有较大的发展，培养了大批受过现代医学科学训练的中国医务人员。

以下是当时成立的医学院：1927 年成立的第四中山大学医学院、1928 年成立的河南省立中山大学医学院、1932 年成立的甘肃学院医学专修科、1932 年成立的山东医学专科学校、1934 年成立的江苏医政学院、1934 年成立的广西省立医学院、1936 年成立的国立药学专科学校、1936 年成立的陕西省立医药专门学校等。虽然在资金、设施和师资等方面都与外籍医校存在较大差距，但国内医校在整个民国时期保持着持续增长的势头，仅截至 1934 年，本土的医校包括国立、省立、私立及军医校共 20 所，培养了数千名毕业生。

经过系统学习现代医学的新医师已成为近代中国社会新兴的专业群体，成为一支不可忽视的社会力量，是科技工作者群体中的有机组成部分。虽然当时新医师数量增加很快，但毕竟发展时间较短，培养时间较长，就新医师的总量来说仍是相当有限的。到 1937 年据医学教育委员会对国内已知的 21 所医校的毕业生所做的调查统计，共有 5358 人，毕业生最多的 1932 年，已达 617 人。不仅沿海等发达城市出现一批现代医学毕业生，就连一些边远地区（如宁夏、青海、新疆、贵州等）也开始出现现代医学毕业生。

当时中国国内每百万人口平均只有 12 名新医师，分布也极不平衡[78]。例如，上海为全国最大商埠，是最富庶的大城市，医院林立，医疗资源丰富，在上海开诊所或供职上海医院的新医师达 1182 人，占全国的 22%。全市以 350 万人口计算，每 3010 居民中有新医师 1 人，每百万人口中有新医师 332 人。[79] 内政部 1934 年人口统计显示，全国新医师总数有 5390 人。严格来说，这一数据并非全国新医师绝对准确的统计，现实中存在的新医师应该远大于这个数字。因为当时还有相当数量的外籍医师和留学归来的等医师来华就业，以及从医院的实习生或护士等转化而来的医师等。因此，初步估算，新医师等现代医学工作者有近 1 万名之众。

虽然此时科技工作者群体增长比较迅速，但是，总量还比较小，难以满足一个数亿人口大国的经济社会发展和民族复兴的需要，很多学科领域人才不足，特别是在农业、工业工程等对科技人才有十分迫切需要的经济领域，其缺口非常明显。例如，据统计，1937 年全国农林方面的专业技术人员仅 4133 人，相当于农村人口的十万分之一，医师不到 1 万名，每百万人口平均只有 12 名新医师，而天文学工作者总数仅 67 人，最多的工矿业技术人员也仅 19 000 人。[80] 不可否认的是，在总量不大的科技工作者群体中，出现了一批卓有成就的科学家和熟悉现代产业技术的工程师，表明中国已经形成了一支专业的科技队伍，具备一定的规模并渐成气候，他们作为建立和发展中国近代科技事业的中坚力量，为中国科学研究体系和工业基础的建立发挥了重要的作用。

第三节　南京国民政府时期的科技工作者的社会地位

美国传播学家蒂奇诺等人在一系列实证研究的基础上提出了一种理论假说，认为：由于社会经济地位高者经常能比社会经济地位低者更快地获得信息，所以大众媒介传送的信息越多，这两者之间的知识鸿沟也就越有扩大的趋势。南京国民政府在这十年中，由于给予知识分子较高的经济待遇，所以也提高了其信息和知识的获得能力，包括科技工作者在内的知识分子就有了更多的信息渠道和选择权，在社会中的地位和声望逐步提升。

一、经济地位

中华民国成立后，法定货币使用银圆和国币[①]。十几年间，银圆币值基本上是坚挺的，日用品物价基本上是稳定的，没有出现后来40年代法币和金圆券的通货膨胀和物价飞涨的恶性循环。发展到20世纪20～30年代，正处于民国“黄金十年”的发展阶段，政治环境比较安定太平，政府对科研提供经费支持，这一切为科技事业的发展，为科技工作者学习和活动创造了比较好的条件。

当时的《中学法》规定专任中学教员月薪70～100元。校长薪金100～160元。教学优良者酌增薪金。北平的一般公、私立中学教员薪水很高，都是100多元。一些教英文、国文、数学的教员，薪水都在200元以上（可买2两多黄金）。

南京国民政府教育行政委员会于1927年6月23日颁布了《大学教员资格条例》和《大学教员薪俸表》，对全国各类高等学校的教员资格和经济待遇做出了较为明确的规定。此后，各国立、私立大学基本上都是按照该规定执行的。但由于实际情况的不同，不同学校的教师薪俸上也略有差别。按照《大学教员薪俸表》规定，薪俸为4等12级，具体情况参见表3-5。

大学教师的工资水平比大学职员和军官的工资略高，比一般工人的工资高数十倍。30块大洋可以满足全家的生活需要，剩下的90块大洋都是家庭储蓄。以

① 国家指定的几大银行发行的纸币。

这样的收入水平，买一套房子的确不成问题。这个数字也许部分解答了为何民国时期出了那么多学界泰斗的问题。

表 3-5　大学教员薪俸表

月薪级别 教员资格	一级	二级	三级
（一等）教授	500 元	450 元	400 元
（二等）副教授	340 元	310 元	280 元
（三等）讲师	260 元	230 元	200 元
（四等）助教	180 元	140 元	100 元

结合一些其他历史资料来看，1930 年赵元任、傅斯年、李方桂等人曾在中央研究院第一届院务年会上提出《职员加薪及进级标准之规定案》，规范了中央研究院职员的薪俸标准，具体见表 3-6。

表 3-6　中央研究院职员的薪俸标准

职位	薪俸标准（每月）
专任研究员	200~500 元分 30 级，每级差额为 10 元
专任编辑员及技师	120~300 元分 20 级，每级差额为 10 元
事务员助理员	60~180 元分 26 级，每级差额为 5 元
书记	30~60 元分 7 级，每级差额为 5 元

当时教授和研究员的薪俸还是比较高的，从薪俸对应情况来看，其最高者相当于一等县长、省政府秘书科长，以及中央政府各部的秘书科长、编审督学视察技士等，一般教授的薪俸则相当于国民政府的秘书、科长、荐任科员，省辖市政府的局长、秘书、科长等。

根据当时南京政府对文官、技术官任用及俸给的相关法规条例，政府官员分为特任、简任、荐任和委任四等。其中正部级为特任官，次长以下分简、荐、委三等。简任官①又分为 8 级，荐任官②分 12 级，委任官③分 16 级。作为政府体制中技术官员的科学家，其技术职衔分为技监（简任 1 ～ 4 级）、技正（简任 3 ～ 8 级，荐任 1 ～ 9 级）、技士（荐任 1 ～ 10 级，委任 1 ～ 12 级）和技佐（委任 2 ～ 13 级）四等，薪俸自然是与其级别相联系的。按照南京政府 1933 年 9 月 23 日公布的《暂行文官官等官俸表》，技术官月薪如下：简任技监 680 ～ 560 元；简任技正为 600 ～ 430 元，荐任技正为 400 ～ 260 元；荐任技士为 400 ～ 220 元，委任

① 大致相当于现在副部至司局级。
② 相当于现在的处级。
③ 相当于现在的科级。

技士为 200 ～ 75 元；委任技佐为 180 ～ 70 元。

当时普通警察一个月 2 块大洋，县长一个月 20 块大洋，而国小老师一个月可以拿到 40 块大洋。可见，老师的地位和待遇要远远优于县长。据当时的一些社会学研究者的研究：中国 20 年代中期至 30 年代后期的这段时期内，人民生活是相对稳定的，一般维持中等水平的个人生活费只需 10 块大洋足矣。以上这些资料说明当时科技工作者群体的经济收入是比较高的。

这一阶段社会相对比较稳定，工资很少拖欠。根据《上海解放前后物价资料汇编》、银行学会的《民国经济史》、杨蔚《物价论》的数据，以及《上海批发物价指数表》，可以计算出民国以后上海市历年的银圆购买力（跟 1912 年标准的 1 银圆相比）涨落幅度，具体情况参见附表 5-1。曾任罗家伦助手、兼具清华大学和国立中央大学背景的郭廷以有言："1932 年后，教费从不拖欠，教授生活之安定与近 20 年来所未有。"萧公权则说："清华五年的生活，就生活的便利和环境的安适说，几乎接近理想。"萧公权的居处"是一所西式的砖房：里面有一间宽大的书房，一间会客室，一间餐室，三间卧房，一间浴室。此外还有储藏室、厨房和厨役卧房各一间"。足见老清华以如此小的规模在短短几年间即成为国际著名学府，确有其坚实的软硬件基础。

根据湘潭大学历史系青年学者陈育红的"民初至抗战前夕国立北京大学教授薪俸状况考察"这一课题的研究成果，20 世纪 30 年代北平一户普通人家每月生活费平均只需 30 元左右。即便是较为有钱的知识阶层，全家每月生活费 80 元也已经相当宽裕。以主要食物价格计算，1930 ～ 1936 年，大米每斤[①]6.2 分钱，猪肉每斤 2 角钱，白糖每斤 1 角钱，食盐每斤 2 ～ 5 分钱，植物油每斤 1 角 5 分钱，鸡蛋每斤 2 角钱。而当时的大学教授则普遍在校外还有数份兼课收入，仅兼课收入几乎就能满足全家较为宽裕的生活。历史学家郭廷以曾经说，"1937 年前 5 年，可以说是民国以来教育学术的黄金时代"。这种黄金时代除了学术自由且有充分保证之外，也跟物质生活、业余生活的丰富有关。

此外，藏书量是文化人经济实力的直接表现之一，其时不少名教授都是有名的藏书家，而要拥有并保管好巨量的图书（包括珍本、善本等），没有相当的经济实力是不可能的。由民国学者普遍拥有相当数量的藏书这一细节，不难想见其经济实力。正是这极高的收入，使民国知识界极具能量、活力和向心力。[68]

---

① 1 斤＝0.5 千克。

二、社会声望

随着科学技术的本土化，现代科技在中国土地上不仅开始传播学习，而且开始在工业、农业和国防建设等方面应用，科学技术在高校和中等技术学校中的比重越来越大，科学普及工作也开始受到各类科技机构的重视，科技工作者的地位和社会声望开始有较大提升。

当时高校普遍实行“三会制度”，即评议会、校务会和教授会制度，保证了“大学独立、学术自由、教授治校”理念的实行，特别是教授会，作为尖端科技工作者的教授群体在高校的管理和学术发展中拥有较大的权力，加上这些教授在学术方面的成就和权威，使得当时的高校教授和有成就的高校教师在社会上和学术界具有较高的地位和社会声望。这些权力和声望往往使教授在高校自主权利的弹性空间中发挥非常重要的作用。例如，在不拘一格提拔人才方面，社会声望和权力就有了很好的作用。例如，蔡元培在北京大学时就破格录用了没有高等文凭的梁漱溟等人，胡适到北京大学文学院后，则继续破格聘请了仅中学毕业的钱穆，熊庆来邀请只有初中文凭的华罗庚开展数学研究等。当时几乎极少有人对这样破格提携有激烈的反对意见，关键的就是提携的人具有较高的社会声望。

当时具有科技专长的科技工作者有一定的机会可以入仕。20 世纪 20 年代中期之后，有一批学有专长的科学家或准科学家走入仕途，如李书华（物理学家）、丁文江（地质学家）、翁文灏（地质学家）、李耀邦（物理学家）、凌道扬（农林专家）、李顺卿（森林植物学家）、徐善祥（化学家）等。

仅以李书华为例，他于 1915 ～ 1922 年曾在法国学习，1922 年在巴黎大学获博士学位，回国后他在 1922 ～ 1928 年，曾担任国立北平大学物理系教授和系主任，在 1928 ～ 1929 年曾担任国立北平研究院物理研究所兼任研究员及研究院副院长，是中国物理学会的第一任会长（1932 年），在 30 年代开始从政，于 1931 年起担任当时的国民政府立法委员会委员，1931 ～ 1933 年担任了教育部副部长（期间一度还担任了部长），1934 年以后担任过中央博物馆、中央研究院等机构的领导人，1945 年以后成为国民党中央执行委员会的委员。这些人走入仕途的一个特点是他们大都没有什么别的政治背景，而能顺利地升官晋爵，其原因主要是他们有科学上的一技之长。[52]38 根据南京政府 1933 年对中央机关公务人员的统计，在总数为 12 671 人的中央机关公务人员中，学习理工农医出身的人有 1315 人，占总数的 10.4%[81]。这也证明当时学习科学技术的人有相当多的从政机会。

另外，以中国科学社为代表的各类科技组织开始科学普及工作，他们出版科普图书和刊物，进行科学讲座等活动，甚至建设科技图书馆和博览会等，受到了社会各界的普遍好评，在他们的努力下，中国的普通百姓，至少在知识分子阶层中的科学素质有了一定的提高。

一些科技工作者还开始自主创业，如以范旭东、侯德榜为首的一批化工专家成立了当时以荟萃国内化工精英而著名的“永久黄”化工集团。他们生产的多种产品销量很大，在一定程度上满足了当时国内的市场需求。可以说，这是中国最早的科技企业家，是将科技和市场机制结合起来的先驱性人物。

尽管在民国时期，从整个国家来看教育和科学研究的经费常感不足，甚至有异常支绌的时候，可是，在抗战前数年，当时的教育经费有较大的增长，科学研究事业经费也逐步有所增加，教授和科学家们的薪金也较有保障。科技工作者群体的人数一直在稳步增长，并且取得许多科学研究成果，并将其逐步推广到社会经济各个领域，形成中国近代以来科学发展的第一次高潮。[52]38 同时，科技工作者也逐步取得社会的认可，其社会声望也在逐步提高。

第四节　南京国民政府时期科技工作者的历史贡献

这一时期，近代科学的几乎所有主要门类在中国都获得了发展机会，其中个别门类与少数科技专家在学术上已经赶上国际水平。地质学、气象学、天文学、物理、化学及数学的某些研究工作都取得了非常重要的研究成果。这一时期中国近代科学技术在各学会组织的推动下，开展了国际学术交流活动，使中国的科技研究汇入世界科技发展的洪流之中。

一、各科研领域的成果

南京国民政府时期，我国科技工作者人数有较大的增长，从事的科学专业几乎遍及当时天、地、生、数、理、化等科学的各个领域。中国科技事业的发展，通过留学、访问及学会的活动与世界科学界展开了越来越紧密的交流和相互学习，大大提升了参与世界科学研究的参与度，贡献了中国科学家的聪明才智，与世界其他国家科学家一起推动全球的科学发展。其中，以下几个领域获得了比较显著的成绩。

（一）地质学领域

中国地质学会成立后，开展了一系列理论研究，特别是中国近代地层学及大地构造理论方面有突出的成绩。中国古生界各系地层的存在及其在中国东部的大致分布得到确认，并得到进一步的划分和对比。我国地质学家先后提出了各具特点的大地构造假说，创立了较完整的理论。其中，较为突出的是李四光创造的地质力学理论和方法，还有黄汲清采用欧洲人的地槽－地台说，并按照历史分析法和建造分析法对中国大地构造进行了初步总结。

为了更好地发现并利用我国的矿产资源，科学家还开展了成矿规律研究和矿产资源的发现。翁文灏是我国近代系统研究成矿规律的先驱。1919 年他写了《中国矿产志略》，全面论述了当时所知的我国各种矿产分布和分类。谢家荣对金属矿的分类、郑厚怀对若干内生金属矿床进行了矿物学和矿床成因学的研究，孟宪民、陈恺等对锡矿矿物的组成和地层的研究，等等，这些为中国的矿产资源发现提供了基础理论和方法。1921 年，翁文灏和谢家荣开始研究我国石油概况，谢家荣写了《甘肃玉门油矿报告》。1931 年春，谭锡畴、李春昱在四川南部调查石油地质，事后著《四川石油概论》。1932 年，王竹泉、潘钟祥前往陕北绥德、清涧、延川、延安、延长等地做地质普查，并著《陕北油田地质》，对陕西石油的存储层做了较详细的论述。1934 年，资源委员会成立陕北油矿勘探处，处长孙越崎，下设延长、永坪两区，共有钻机 4 部。1 年后共钻井 7 口，井深百米左右，半数以上有油，产量高者达日产 1500 千克。1936 年，四川油矿勘探处成立。潘钟祥、黄汲清等先后勘查了巴县石油等地的地质情况。1937 年 3 月，在巴县石油沟钻探油井。两年后，井深 1400 米，得天然气及凝析汽油。

1921 年 8 月 31 日，在北京召开了中国古生物学会成立大会，从此中国科学家在蜓科动物、古脊椎动物、古人类研究等方面均有不少成果。另外，在地震研究方面也有不少进展，1930 年，地质调查所决定购置近代地震仪，建立地震观测台，七年间共记录 247 起地震，这些记录按时间编成月报与世界各地震台交换。对重要的地震还测出了震源位置、震中深度，写成研究论文，编成《地震专报》出版。

（二）气象学和天文学领域

1928 年成立气象研究所，统筹全国气象研究和气象事业。这一时期中国气象学家探讨了我国的气象规律，根据对中国气候的观测研究，提出了一系列有价值的理论和观点，为发展近代气象理论做出了应有的贡献。竺可桢在 1926 年发表了《东亚天气型的初步研究》，1929 年在泛太平洋学术会上宣读了《中国气候区域论》（英文稿），他首创划分中国气候分类的原则。1933 年，他发表了《中国气流之运行》，探讨了中国大气环流规律。竺可桢、涂长望、张宝堃等研究了我国季风和雨量的规律，编写了《中国雨量》一书。李宪之提出了有关寒流和台风的新的理论。蒋丙然在 1933 年发表了《东亚低气压与台风分区的研究》。1936 年，涂长望、竺可桢的《中国气候区域论》开创了我国用统计方法做长期天气预报的工作。

在气象观测方法上，也取得了重要进展。1930 年，在南京北极阁开始观测高空风，并发布南京市天气预报。1931 年，中央气象研究所开展了中国西部气象研究，开创了中国高空气象观测。到 1936 年，中国的高空气象探测技术已获得重要进展，气象研究所已经可以施放带有自动记录仪的气球升空，测量不同高度大气中的气温、气压和湿度。

中国天文学家在学术上的主要成绩是日全食的观测、中国古代天文史料的整理、太阳黑子观测、太阳分光观测、中华小行星的发现和变星观测等。另外，还建设完善了徐家汇天文台、青岛观象台和南京紫金山天文台等天文观测与研究机构，大大推进了我国的天文学观测与研究。

（三）物理学领域

这一阶段中国的物理学家已经进入世界物理学研究的前沿，不仅是学习经典和现代物理学的知识和方法，而且也开始最新的物理学研究，并取得成果。科研成果可以分为两部分：一部分是中国科学家在国外导师的指导下，在国外攻读博士或做访问学者的过程中取得的；另一部分则是在归国后，利用国内的科研条件创造出来的。

第一部分比较有名的成果有：1927 ～ 1928 年，在美国哥伦比亚大学读博士学位的王守竞在德拜指导下发表了《论普通氢分子的问题》论文，第一次把量子力学应用到分子的研究中，并提出了独特的见解，这些成就得到理论物理学界的好评。1929 年王守竞又在海森伯指导下做过量子电动力学的研究。在 30 年代，最杰出的实验物理工作是由赵忠尧完成的。1930 年，狄拉克（P. Dirac）根据量子力学的计算结果预言了反物质的存在。同年，赵忠尧利用一套经他改进了的装置发现重元素对硬伽马（γ）射线存在反常吸收。

周培源在 1928 年来到莱比锡大学，在海森伯指导下研究量子电动力学问题。

1936 ～ 1937 年，周培源在美国普林斯顿高等学术研究院参加了由爱因斯坦领导主持的相对论讨论班。此后，他发表过多篇论文，如在引力论方面，在各向同性条件下，求得静止场不同类型严格解。

1923 年，吴有训和康普顿一起从事 X 射线散射光谱的研究。他以一系列卓越的实验研究证实了康普顿效应。康普顿和阿利逊高度评价了吴有训的工作。1937 年，余瑞璜在英国曼彻斯特大学从事 X 射线晶体学研究。他观察到重原子的傅里叶综合法作图上的第一个衍射环（Br），得到转动 X 射线谱仪传动装置的正确形状的公式，使 X 射线得到正确曝光时间；他指出六氨硝酸镍的室温结构有反常的巨大热振荡。这一发现受到诺贝尔奖获得者布拉格定律的发现者布拉格（L. Bragg）教授的赞扬。

1934 年，陆学善在曼彻斯特大学物理系学习，在著名的 X 射线晶体学家布拉格教授的指导下做博士论文。2 年后，他出色地完成了对铬铝二元合金系的研究，他创立的利用点阵常数法测定相图中固溶线的方法，是 X 射线晶体学中的重要进展，至今仍为国内外晶体学家沿用。

第二部分研究成果的出现表明，我国物理学人才的与日俱增，已经有条件在国内开展近代物理学的研究工作。到 1931 年前后，已有 27 所大学设立物理系，有的开始招物理学研究生。中央研究院物理研究所也已初具规模，建立了 7 个研究室：物性研究室、光学研究室、X 射线及高压研究室、色谱分析研究室、大地物理研究室、大气物理研究室、无线电研究室。研究人员除所长丁西林外，还有杨肇燫、胡刚复、陈茂康、施汝为等十多位专家。北平研究院物理所的研究工作也有开展。设有光摄谱仪实验室、显微光度计实验室、分光镜实验室、地文实验室、高真空实验室、电学实验室等。著名的科学家，除严济慈外，还有饶毓泰、朱广才、钟盛标、钱临照、鲁若愚等。

当时全国物理学工作者的总人数在 300 人左右[82]，是一支并不算弱的队伍。由于物理学界同仁的努力，物理学的研究硕果不断：1930 年，吴有训在清华大学作 X 散射研究，他将在国内获得的成果写成《论 X 射线被单原子气体散射的总散射强度》一文，在英国《自然》杂志发表，打响了国内近代物理研究的第一炮。同年，余瑞璜在 X 射线实验室中制成国内第一支盖革计数器，距盖革发表有关论文只有一年。他用这支计数器测量了铅对镭的 γ 射线的吸收系数，发展了氩的 X 射线吸收和散射系数作为波长的函数的公式，这一成就受到康普顿的重视。1929 年，陆学善作为吴有训的研究生，曾在清华大学协助吴有训研究多原子气体的 X 射线散射理论，得到了与理论预期一致的结果。1935 年，霍秉权在国内首次制成威尔逊云室，利用这一装置，他发表了有关论文。在理论方面，吴大猷在1933年研究了与铀原子有关的计算问题，他的工作有助于后来钚原子的发现。

中国物理学会于1932年8月22日正式成立。创立《中国物理学报》，开展物理名词审查工作等，对物理学在中国的发展有相当的贡献。

（四）化学领域

化学领域和物理学领域一样，中国的化学家已经开始发力，在各个研究领域崭露头角。

1928年，李方训开创了中国近代物理化学的研究，他探讨了葛林亚试剂在非水溶液中的作用机理，对该试剂在乙醚溶液中的电导、电解、分解电位和电解产物的分离鉴定，都做了系统的研究。同年，张克忠在美国麻省理工学院完成了有关扩散原理的博士论文，引起了国际化工界的重视。1932年，戴安邦发表了博士论文《氧化铝水溶胶的本质》，以配位化学的观点阐明了氧化铝溶胶的组成、性质、结构和生成机制，成为我国最早研究胶体化学与络合化学的学者。

1933年以来，中央研究院化学研究所所长庄长恭一直从事与甾体有关的化合物合成，有力地推动了多环化合物化学的发展。他的工作引起了国际有机化学界的重视，他本人成为我国近代有机化学的先驱。这一时期北京大学化学系主任曾昭抡在有机化学方面进行了一系列研究，在制备胺类、酚类化合物及合成甘油酯方面做了不少工作。1933年，袁翰青关于对联苯化合物立体化学的研究做出成就，特别是关于变旋作用的发现，受到化学界的重视。荷兰皇家学院特授予他范霍夫（Van't Hoff）纪念补助金。

1934年，我国生物化学的开拓者吴宪的《物理生物化学原理》一书在美国出版。该书首次提出了以物理生物化学为生物化学的一个分支。

在物理化学方面，黄子卿一直从事热力学和溶液理论的研究，1935年他在麻省理工学院进行测定水的三相点研究，他得到的结论是0.0098℃，至今仍被国际温度标准会采用为标准温度之一。1934年，孙承谔在普林斯顿大学作研究助教，同美国著名化学家艾林（H. Eying）合作从事物理化学研究。1935年，他们发表了著名论文，成为美国化学会百年成就之一。

1918年，中国化学研究会在法国开会，研究编译有机化学名词的问题，1932年6月，国立编译馆在南京成立，为化学名词的统一工作，特设化学译名委员会。同年，中国化学会正式成立。1933年，《中国化学会会志》在北平创刊。

中国化学会成立后，对推动我国近代化学的发展起了积极的作用。

（五）数学领域

据 1932 年统计，全国设数学系或数理系的大学有 32 所，数学教师大约有 155 人。在中国近代的数学研究队伍中，多数人都从事几何学与拓扑学方面的研究。研究的范围包括一般空间微分几何、仿射微分几何、代数拓扑、纤维丛理论、初等几何等。

陈建功是我国近代数学函数论及许多数学分支的开拓者，早在 20 年代就和当代最著名的数学家黎斯、哈代及李特伍德等各自独立解决了函数可以用绝对收敛的三角级数来表示的问题，受到国际数学界的赞誉。

苏步青自 1926 年起即在日本从事欧氏平面曲线整体几何的研究，他在日本学士院学报上发表了自己的第一篇论文《某个定理的扩充》，曾使全校为之轰动。1928 ～ 1931 年，他致力于仿射微分几何学的研究，前后发表了 12 篇论文。

陈省身在整体微分几何方面开辟了一个方向，可让后人做几十年、上百年的研究。还在 1932 年，陈省身就在清华大学发表了论文《具有一一对应点的平面曲线对》及《具有对应母线的直纹线汇三元组》。

俞大维最早于 1925 年在德国的数学杂志上发表关于点集拓扑学论文。江泽涵是中国近代拓扑学的开拓者。俞大维于 1931 年回国在北京大学任教，继续开展不动点理论的研究，取得了不少成果。

数论与代数学方面也取得了突出的成果，其中以解析数论的成果最多。杨武之是中国最早研究华林问题的数学家，他用初等方法证明了：任一正整数是 9 个三角垛数之和。

熊庆来在函数论方面的研究有重要贡献。自 1933 年起，他就对亚纯函数和整函数做了较深入的研究，并不断发表成果。泛函分析是在 20 世纪 30 年代迅速发展并形成独立分支的。1932 年，曾远荣引进了任意维数的实、复四元数体上的线性空间。他研究了这种空间的有界线性泛函的表现，无界自伴算子的固有值等问题。1930 年，诸一飞写出首篇有关数理统计的论文，论述相关度与相变度原理。1937 年，刘炳震、钟开莱对一些概率定理给出了初等证明。华罗庚从 1935 年起创造性地运用三角和法，在解析数论研究中取得了一系列出色的成果。他对华林问题的研究超过了哈代和李特伍德，把华林问题推广至 N 表成整数值多项式和的问题。华罗庚还把哥德巴赫问题加以推广。1933 年，曾炯之在德国哥廷根大学率先发表代数学的研究结果，后来他又创造了拟代数封闭域的层次论。

上述成绩的描述肯定还有不少遗漏，当时我国许多自然科学领域和数学领域的杰出科技人才都是在这个时期活跃于科学界，期间取得了许多科研成果，某些研究成果居于世界先进水平，令国人为之骄傲。

二、工程技术领域继续开拓

20世纪20～30年代，我国工程技术领域有了很大的发展，无论是科技人才的成长集聚，还是企业中科技应用水平的转换和提高方面，以及企业界对人才观念、科技意识的增强等，都有了较大的进步。

（一）化学工业

20世纪30年代初，由于合成氨的新型催化剂问世，合成氨在欧美迅速形成工业。作为化肥，硫酸铵在农业上得到广泛使用。1934年，范旭东与侯德榜在江苏六合卸甲甸创办了永利硫酸铔（氨）厂，设计中包括合成氨厂、接触法硫酸厂、硫酸铵厂、硝酸铵厂、硝酸钠厂、硝酸钙厂等共7个分厂。1937年3月初，这座东亚一流大型化工联合企业基本建成并投产，标志着中国近代重化学工业技术走向成熟。

1922年，吴蕴初掌握了味精成批生产的方法，在上海研制味精成功。为抵制日本味素在中国的倾销，1923年，他和上海酱园商人张逸云合作创办了天厨味精厂，到1926年已具有年产25 500千克的能力。1927年每日产量高达1600磅[①]，盈利数十万元。当时生产味精的原料盐酸全依赖进口，而他决定自建盐酸厂。1929年，天源电化厂建成，1930年10月投产，不仅生产烧碱、盐酸，而且生产漂白粉和其他氯化品，开创了我国的电化工业。1934年又建立了天盛陶器厂。1936年，他建造天利氮气厂，生产合成氨和硝酸。抗日战争爆发后，天原化工厂撤至四川重庆，生产氯碱产品供应抗战后方需要。1929年，吴蕴初在上海创办中华工业化学研究所，自任董事长，聘潘履洁为所长，从事防腐剂、芳香油、饮食品等方面的研究。1934年，由高崇熙、金开英、曾昭抡在北平设立中国化学材料实验室，专门制备各种特殊有机药品及分析样品，以满足各大学及研究机关的需要。

随着化学工业的发展和化工研究机构相继设立，从事化工研究和生产的专家

① 1磅≈0.45千克。

和工程技术人员要求组织学会、交流研究成果。1922 年 4 月 22 日，由陈聘丞、俞同奎教授在北京邀请化学、化工专家十余人，决定成立中华化学工业会。1929 年 5 月 10 日，顾毓珍、杜长明等 9 人在美国倡议组织中国化学工程学会。这两个团体的宗旨在于促进化学界与实业界的联络，以振兴我国的化学工业。其在学术交流、出版刊物、奖励学生等方面做了不少实事。

在此期间，还成立了若干家民族基本酸碱工业企业，如上海开成造酸厂和天津利中酸厂。发展到 30 年代初，由于合成氨的新型催化剂问世，合成氨在欧美迅速形成工业，硫酸铵作为化肥在农业上得到广泛使用。

这个时期还成立了许多制药工业企业，出现了信谊、海普、柏林、大华等药厂，在 1925 ～ 1936 年以新亚化学制药厂的发展最典型。新亚企业集团先后创办或投资的企业有 35 家，其中新亚化学制药厂、新亚卫生材料厂、新亚血清厂、新亚酵素厂、新亚营养品厂、香港新亚药厂、大汉药厂、大华鱼肝油厂等，聚集了一大批民族制药工业领域的科技人才，在全国制药行业中首屈一指。

（二）电力和电机工程

在电力和电机工程领域，中国科学家和工程师也有很好的成绩。1935 年 9 月，萨本栋应邀为美国俄亥俄大学电机工程系客座教授。1936 年 8 月，他将讲授的应用并矢方法解决电路的计算和分析问题加以总结，在美国《电气工程师学会学报》上发表了论文《应用于三相电路的并矢代数》，引起国际电工理论界的强烈反响，被认为是开拓了电机工程的一个新研究领域。专著《并矢电路分析》获得中国电机工程师学会第一次荣誉奖章。由于萨本栋在电机工程学上的突出成就，他还被美国电气工程师学会接纳为外籍会员。

在电力工业领域，30 年代华成电器厂根据各地电压设计制造各种交流电机，产品优于进口货，声誉颇佳。1936 年制造了 500 千伏安、2300 伏的交流三相电机，是抗战前国内最大的电机。到 1936 年，全国发电设备总容量（包括企业自备电厂容量）达到 128.5 万千瓦，年发电量 38 亿千瓦时，占世界第 14 位。自民国元年起的 25 年间，电力工业建设规模平均年增长率达到 16.4%。

（三）钢铁工业

中国近代钢铁工业在这个时期也得到了迅速发展，虽然当时我国的钢铁行业主要集中在东北，大多被日本人控制。早在 1905 年，日本大财阀大包喜八郎即非法侵占安（今丹东）奉（今沈阳）沿线本溪湖一带的某一铁矿，后来发展成“商办本溪湖煤铁有限公司”。1909年，“南满洲”铁道株式会社开始在鞍山非法探矿，以后则发展采矿、制铁、制钢事业，使鞍山成为东北钢铁工业中心。后来逐步兴建了一系列的轧钢厂、无缝钢管厂、铸管厂、钢管厂、钢丝绳厂、镀锌厂、耐火材料厂、机械厂、中板厂等，形成了一座大型的钢铁基地。据1943年统计，全国生铁产量为180.1万吨，而东北地区为170.2万吨，全国钢产量为92.2万吨，其中东北钢产量为86.9万吨。由此可见，东北钢铁工业发展在当时占据了举足轻重的地位。

（四）机器及汽车制造

机器制造工业也由最初以修配为主，发展到仿制成台、成套机器设备，并出现了从仿造到创造的突破。20世纪30年代，铁路机车车辆的生产已具备一定能力，据统计，自制的蒸汽机车已占总数的6%，客车占59%，货车占62%[83]。1925年，上海二南汽车股份有限公司购用铁道汽油机车2辆，上川交通股份有限公司也在上海使用黑油机车、油电机车等。他们是中国最早使用小型内燃机车的公司。

其中，汽车制造领域的发展尤为迅猛。20世纪初，匈牙利人首先输入上海两辆汽车在租界行驶。1928年，福特汽车公司与中国实业家在上海浦东创办上海公司，装配汽车。1929年，沈阳民生工厂测绘一台万国牌货运汽车，并对一些零件重新设计。1931年5月，他们制成中国第一辆民生牌载货汽车。除发动机、曲轴、电器装置及轮胎等少数部件委托国外生产外，整车结构是根据中国的具体情况设计制造的。1933年，山西省汽车修理厂生产了3辆载货汽车。同年，中央工业试验所试制一辆小型三轮车。1935年夏，清华大学机械工程系在毛韶青（民生厂技师）主持下也组装成一辆2吨载货汽车。

1936年，宋子文等在南京筹建中国汽车制造公司，与德国Benz汽车厂协议，头两年在中国组装Benz牌2.5吨汽车2000辆。同时由该厂提供图纸、设备和技术，使中国汽车公司逐步自制零部件。1937年，中国汽车公司在上海南市半淞园建装配厂，开工生产。同时从德国进口设备，在湖南株洲筹建总厂。可惜，抗战爆发，全部工程被迫中止。同年，铁道部也计划在株洲建铁路总机厂，由程孝刚、茅以升负责，拟建机车、机器、炉管、车辆、动力、铸工六个厂，还由美国购来800台设备和钢制屋架，1938年遭日机轰炸，工厂被迫停办。

这个时期，我国在工程技术方面发展迅速，已经可以仿造万吨级轮船、较先进的飞机、汽车、各种机床等。中国的工程师们已经掌握了运用钢筋混凝土建设高层建筑的技术，建成了具有国际水平的钱塘江大桥，等等。

三、科技社团的蓬勃发展

1912 ～ 1937 年 25 年的时间，各种学会组织达到 110 多个（不包括医学部分），涉及近代科学技术的广大领域。特别是 20 世纪 30 年代以后，许多专业性学会开始蓬勃发展。据 1931 年统计，全国学术团体共 74 个，其中自然科学类 27 个，社会科学类 39 个，普通类 8 个[84]。这里所谓普通类是指非专业性团体，只占总数的 10% 左右。又据 1935 年南京国民政府教育部的统计材料，全国学术团体已备案者 110 个，未备案者 44 个。与 1931 年相比增长一倍以上。在已备案的 110 个学会中，自然科学类 34 个，社会科学类 48 个，普通类 28 个。在专门学会涌现过程中，还出现了中华自然科学社（1927 年）、中国科学化运动协会（1932 年）等综合性团体。

科技社团在这一时期的研究事业和活动内容大致体现在以下几个方面：创办学术刊物，出版专业丛书；设立研究所、实验所和学校；举办学术讲演和学术研讨会，参加国际学术交流活动；审定科学名词，翻译学术著作；开展调查研究，接受公私机关的委托，研究及解决有关问题。上述各项活动，有的属于全体学会的活动，如出版书刊、举办学术研讨会等，有的则属于部分学会的活动，如设立研究所、实验所和学校。①[56] 具体情况参见表 3-7。

表 3-7　1927 ～ 1936 年成立的主要科技社团[84]

成立时间	社团名称	成立地点	发起人
1927 年 2 月	中国矿冶工程学会		翁文灏
1927 年 9 月	中华自然科学社	南京	李秀峰等
1928 年 8 月	中华林学会		姚传法等
1929 年 5 月	中国植物病理学会	南京	邹秉文等
1929 年 8 月	中国古生物学会		孙云铸等
1930 年 2 月	中国化学工程学会	美国	顾毓珍等
1930 年 3 月	中国统计学社		
1930 年 4 月	中国纺织工程学会	上海	朱仙舫等
1930 年	中国园艺学会	南京	吴耕民等
1930 年	中国度量衡学会		
1930 年	中国数理学会	北京	冯祖荀等
1931 年 4 月	中国水利工程学会	南京	李仪祉等
1931 年 6 月	中国测绘学会	南京	
1931 年	中国教育电影协会		
1932 年 8 月	中国化学会	南京	丁嗣贤等

① 转引自中国科协发展研究中心课题组：《近代中国科技社团》，北京：中国科学技术出版社，2014 年。

续表

成立时间	社团名称	成立地点	发起人
1932年8月	中国物理学会	北京	梅贻琦
1932年11月	自然学会	东京	余颂尧等
1932年12月	中国科学化运动协会	南京	张北海等
1932年	中华作物改良学会	美国	
1933年4月	世界动力学会中国分会	南京	
1933年8月	中国植物学会		胡先骕等
1933年8月	中国农学社	武昌	唐贻荪等
1933年11月	中国技术合作社	上海	沈钧儒等
1933年11月	中国预防痨病协会	上海	吴铁城
1933年	中国印刷学会	上海	郁仲华
1933年	国药科学改造学会	上海	
1933年	民众医药社	上海	
1933年	东南医学会	上海	
1933年	中华西医公会	上海	
1934年7月	世界科学社	北京	曾昭抡等
1934年8月	中国动物学会	江西庐山	秉志等
1934年10月	中国电机工程师学会	上海	
1934年	中华护肺健康协会		
1934年	中国建筑师学会		
1935年1月	中西医药研究社	上海	宋大仁等
1935年5月	中国博物馆学会	北京	马衡等
1935年6月	中国自动机工程学会	上海	张登义等
1935年6月	中国兽医学会	上海	蔡无忌等
1935年7月	中华体育学会	上海	
1935年7月	中国数学会	上海	胡敦复等
1935年	科学建设促进社	上海	蔡元培等
1935年	中华养鸡学术研究会	上海	
1936年2月	中国古泉学会	上海	
1936年4月	中国心理卫生协会	南京	
1936年5月	中国机械工程师学会	杭州	黄柏樵等
1936年5月	中国土木工程师学会	杭州	夏光宇等
1936年8月	中国土壤肥料学会	镇江	

注：表中内容系根据王宝珪等写的《中国科技社团概览》整理而形成，部分参考了何志平等人的《中国科学技术团体》一书。

可见，从20年代到30年代初，各种专业的科学技术学会逐步建立起来，如雨后春笋般成长起来，涉及近代科学技术的广大领域。某些学科（如地质学、气象学、物理学等）的科学家在学会的凝聚团结下不断取得新的成绩，个别领域取得了一批具有当时国际先进水平的成果。

第四章
战争时期的科技工作者
（1937～1949年）

从严格意义上来说，1931年的“九一八事变”已经开启了中日之间的战争。1932年2月，东北全境沦陷，此后日本在中国东北建立了伪满洲国傀儡政权，开始了对东北人民长达14年的奴役和殖民统治，中国人民的抗日战争也就此拉开序幕。但是由于国际、国内的种种原因，中国的全面抗战是从1937年卢沟桥的“七七”事变开始的。本书从研究对象变化方面考虑，仍然选择1937年为这一阶段的起始年。

戴旭评价抗日战争时认为，中国显然是一个弱国，“当日本已紧跟世界潮流大踏步迈入机械化军事时代之际，中国居然不能生产任何一种拿得出手的主战兵器”。而且，他引用有关史料后说：“第二次世界大战前夕，斯大林曾说过：‘中国没有军事工业，现在只要谁高兴，谁就可以蹂躏她。’这种充满沙文主义色彩的评判，听起来相当刺耳，却是中国人不得不承认的残酷现实。”[85]落后的科学技术和落后的工业导致中国积贫积弱，遭受到侵略者的战火，又反过来进一步破坏中国的经济和科技，打乱了中国社会原来的社会秩序，战争和奴役使中国丧失了几千万人的生命，给中国人民带来了深重的灾难，同时也严重地摧残了稚弱的中国近代科学技术事业。几乎所有的科技部门都陷入了停顿的状态，教育部门受到了极大的影响，这种局面甚至一直持续到1949年也难以全部恢复。

但是辩证地看，抗日战争不失为一场伟大的民族战争。中华民族不仅在这场战争中担负起世界反法西斯战争在东方主战场的主角，为第二次世界大战的胜利做出了重大贡献，而且通过战争，中国人民经过了血与火的考验，在战火中体会到民族国家与人民的关系，认识到科学知识和文明的重要作用。战争的严酷和付出的巨大代价让我们扔掉了过去那种闭关锁国、夜郎自大的帝王传统意识，因循守旧的传统文化。中国加入了反法西斯同盟，与美国、苏联等国家一起取得了最后的胜利，成为战后世界新秩序的创建者之一，并任联合国安全理事会常任理事国。中国开始真正有了世界眼光，有了国际主义胸怀。在这样的国家中，现代科学技术才能有真正发展的社会基础。

1937～1949年，这一时期由于受到抗日战争和解放战争的影响，我国刚刚起步的科学技术事业严重受阻甚至停顿，许多高校和科研院所纷纷内迁。同时，由于战事需求，当时的科学研究工作主要围绕着应用科学技术开展。例如，1942年成立了国防科学技术策进会。1943年以后又成立了市政工程学会、中国自动化工程学会、中国发明协会、战后建设研究会、中国工矿建设协进会。这些学会聚集了大批高等学府的著名教授从事科学研究。他们在不放弃原有科研项目的基础上，纷纷调整研究重心，将主要精力放在应用科学技术的研究方面。我国科技工作者经历了抗战时期的炮火和热血，又经历了国共内战的曲折与艰辛，但是这一群体怀抱“科学救国”的梦想，仍然顽强地坚持科学研究、坚持科学教育和工程技术开发应用。

抗日战争结束后，国共两党内战，国民党的军队战败。1949年2月5日，南京国民政府宣布迁往广州，10月又迁往重庆。11月，“代总统”李宗仁以赴美就医为名飞往香港，脱离政府，国民政府余部逃往台湾。10月1日，中华人民共和国中央人民政府在北京宣告成立，标志着国民党领导的南京国民政府在中国大陆22年的统治结束，科技工作者与全中国人民一起迎来了新中国的新的历史发展时期。

第一节 战争时期科技工作者的基本情况

抗日战争和解放战争共持续了十多年，这对于一个经济和科技都非常落后的国家来说无疑是雪上加霜。这一时期国内的许多科研院所已经无法开展正常的研究工作。抗战爆发后仅1年内，沦陷区就有91所高等学校遭到破坏，占当时全国108所高等学校的85%，损失财产达3360多万元；当时全国的中等学校仅有学生571 800人，受战争影响不能上学者达50%；受破坏的小学和幼稚园达129 700多所，占当时全国小学、幼稚园总数294 000所的44%；受破坏的图书馆 2118 所、民众教育馆 835 所、博物馆 42 所、古物保存所 54 所。被破坏的中、小学校和社会文化教育事业机关的财产损失达 18 300 多万元。这些数字还是不完全统计。[86]

全面抗战开始不久，许多高校和科研机构大都迁驻西南或西北的大城市，尤以重庆、昆明、成都最为集中。迁入四川境内的高等院校有 48 所，其中迁入重庆的达 36 所，约占迁川高校的 75%①[87,88]。中央研究院的生物、气象两研究所、中央工业试验所、中央农业实验所、经济部地质调查所、中国科学社生物研究所、中华自然科学社等许多著名科研机构、社团纷纷迁来重庆，使重庆成为全国最大的高教、科研中心。重庆远郊的小镇北碚，由于中国西部科学院的存在和卢作孚对科学事业的重视，集中了 18 所重要的科学和教育机构，成为重庆“最大的科学中心”[89]。成都除本地的四川大学、华西协和大学等外，又迁来了中央大学的医学院、农学院和金陵大学、燕京大学、山东齐鲁大学、金陵女子文理学院。昆明不仅有北京大学、清华大学、南开大学联合组建的西南联合大学，还有中央研究院的天文、化学和工业研究所。同在昆明的还有北平研究院的物理及化学部门。中央研究院总办事处及生物研究所和气象研究所迁至重庆，地质所、物理所、心理所经湖南迁至阳朔等地。迁所的过程充满风险，也造成了很大的损失。因为战争的缘故，各研究所缺乏起码的仪器设备[90]。伴随着高等学校和科研机构的内迁，一大批著名的爱国科学家和广大科技工作者也纷纷迁到内地。

严酷的抗日战争对中国科学技术事业的发展提出了新的要求，大后方科技机构、高校及科技社团的发展也深深地打上了战争的烙印，广大的科技工作者在继续开展科学研究和技术研发的同时，将支援抗战，服务国防和经济建设作为自己工作的第一要务。

根据当时来华帮助中国的李约瑟回忆：（中国）的大学及政府的实验室全遭摧毁，科学图书馆或被焚烧，或撤退到西部，从 1941 年起他们全部被封锁。他们的工厂制造一切种类的仪器，如喉头录音器和呼吸计，以供其他研究机关使用。北平研究院的物理及化学部门等已经几乎全部改作生产战争物品，例如，建有一个令人瞩目的工厂，生产磨透镜用于显微镜、望远镜等，并且曾做好生产它所需的一切仪器，如球面计等。除此之外，还发明了一种全新的方法制造水晶、压电晶体，用以稳定无线电的周波。

李约瑟在《战时中国之科学》中描述了如何帮助中国科学家向国际传递他们

---

① 据张成明、张国镛在《抗战时期迁渝高等院校的考证》一文考证，各类迁渝高校（包括迁渝人员创办高校和迁渝高校的分校）至少有 61 所。

的科学论文："在第一年我们传递了30篇论文，而在第二年及第三年我们传递了108篇，除一部分悬而未决外，有73%被接受，12%寄还作者修改，那就是说有86%被接受。"在一个还没有工业化的国家，且处于最严峻的战时情况下，科学工作遭遇了异乎寻常的困难，这些数字应当被看作是中国科学水准相当高的证据。

为了推动科学发展，激励年轻科学家不断探索，在抗战时期还设立了若干科学奖：中央研究院曾于1937年和1948年先后设置杨铨（杏佛）奖金、丁文江奖金和蔡元培奖金；1940年设有李承俊奖金，专门授予研究工程学有成就者，每年授奖一次。后来还有蚁光炎奖金。

抗战胜利后，原来迁驻西部各地的大学和研究机构开始返回原地，教育和科技开始恢复性发展。在昆明的北平研究院各机构相继迁回北平。1945年夏，立法院通过了北平研究院的组织条例草案，并于10月17日由国民政府公布。这个组织条例规定北平研究院设立物理学、原子学、化学、药物、生理学、动物学、植物学、史学8个研究所。

但是，全面内战又再次破坏了科技和教育的正常发展节奏，在国共内战时期，无论是高等教育还是科研机构均没有获得较大的发展，高校只是维持了比战前学生数量稍高一点的水平，科研机构也只是继续抗战中已经有的学术活动，基本上没有较大的突破性的学术成就。而在工农业生产中，由于战争的巨大伤害，各种应该有的技术研发和转移活动均受到极大的阻碍。

一、科技工作者的数量

在抗日战争和解放战争中，科技工作者群体仍然在战火中艰难地成长起来，不仅数量有所增加，在为战争服务、为社会服务的过程中，自身也有了一定的发展。这个时期的科技工作者群体，除了1937年前已有的存量外，增量主要包括战争爆发后的高校理工农医科的毕业生、中等师范和职业高级学校的毕业生等。

截至1945年，民国时期高校在八年的战火下为国家科技岗位输送了3.8万余名科技工作者。在1946～1949年解放战争时期，高校仍然为社会上的科技岗位输送了3.7万余名科技工作者。两个时期的数量相加，高校为科技工作者群体培养的增量为7.5万余人。另外，中等师范学校培养的科技工作者有4.4万人，中等职业的高级学校培养的科技工作者有5.4万人，两者相加有9.8万人。

这一时期新增科技工作者数量为 17 万人左右。加上 1937 年以前北洋政府时期的存量 7 万～ 8 万人，截至 1949 年的科技工作者总数为 25.51 万人，具体分布如表 4-1 所示。

表 4-1　1949 年的科技工作者　　单位：万人

时间	科技教学人员	科学研究人员	工程技术人员	农业技术人员	卫生技术人员	总数
1949 年	4.56	0.12	11.46	0.99	8.38	25.51

（1）科技教学人员。根据《中国教育统计年鉴》，截至 1949 年，普通高等学校的教师人数为 1.6 万，全部计入科技工作者。中等教育的教师数主要包括三类：一类是普通中学，其科技类教师占 30%，约为 2.01 万人；第二类是中等专业学校，具体又包括中等技术学校和中等师范学校，其中中等技术学校的科技类教师数为 0.6 万人，中等师范学校科技类教师数为 0.32 万人，得出总数为 0.92 万人；第三类是技工学校，根据推算，技工学校的科技类教师数为 0.03 万人。这样，科技类教师的人员总数为 4.56 万人，具体见表 4-2。

表 4-2　科技教学人员　　单位：万人

普通高校	中等教育科技类教师			科技类教学人员总数
	普通中学	中等专业学校	技工学校	
1.6	2.01	0.92	0.03	4.56

（2）科学研究人员。这部分科技工作者是指在政府主办的科研机构中的科学研究人员。科学研究者大多数在高校受聘为教授等职务，只有少量的脱离高校进入国家科研机构完全从事科研工作。根据 1949 年有关部门统计，这部分科技工作者只有千余人的规模。

（3）工程技术人员。这部分科技工作者是指在政府有关工程技术管理机构和企业作为技术开发和技术运营者。这部分科技工作者有 10 万余人。

（4）卫生技术人员。这部分科技工作者是指有关医疗卫生技术领域的医疗卫生科技工作者。根据统计，接受过系统的现代医学教育和中医正规学校教育的在岗医务科技人员大约有 8 万人。

（5）其余。这部分科技工作者包括在农业技术领域等的在岗科技人员。

这一时期最为著名的研究机构应该是国立中央研究院，而其通过评议会推选的中国首批院士，是中国有史以来最为杰出的科学家群体，是当时中国科技工作者的精英代表。1945 年抗日战争胜利后，中央研究院恢复并通过评议会，推选中国首批院士。中央研究院第二届评议会第三次年会认为，为了加强学术研究，促进国内外的学术交流，必须建立院士制度。1948 年 3 月 10 日召开第二届评议会第五次年会，会议上在推荐的 402 名有成就的科学家中，选举了中国历史上首批 81 位院士。其组成为：数理组（包括数学、物理学、化学、地质学、气候学、工程学等）、生物组、人文组。名单如表 4-3 所示。

表 4-3 中国历史上首批 81 名院士

领域	院士名单
数理组	姜立夫、许宝騄、陈省身、华罗庚、苏步青、吴大猷、吴有训、李书华、叶企孙、赵忠尧、严济慈、饶毓泰、吴宪、吴学周、庄长恭、曾昭抡、朱家骅、李四光、翁文灏、黄汲清、杨钟健、谢家荣、竺可桢、周仁、侯德榜、茅以升、凌鸿勋、萨本栋
生物组	王家楫、伍献文、贝时璋、秉志、陈桢、童第周、胡先、段宏章、张景钺、钱崇澍、戴芳澜、罗宗洛、李宗恩、袁贻瑾、张孝骞、陈克恢、吴定良、汪敬熙、林可胜、汤佩松、冯德培、蔡翘、李先闻、俞大绂、邓叔群
人文组	吴敬恒、金岳霖、汤用彤、冯友兰、余嘉锡、胡适、张元济、杨树达、柳诒徵、陈垣、陈寅恪、傅斯年、顾颉刚、李方桂、赵元任、李济、梁思永、郭沫若、董作宾、梁思成、王世杰、王宠惠、周鲠生、钱端升、萧公权、马寅初、陈达、陶孟和

中央研究院院士制度的建立标志着中国科研体制的规范化建设，也标志着近代科学已经扎根在中国的大地上，标志中国科技工作者群体已经脱离了幼稚时期，开始进入成熟的发展期。值得我们注意的是，当时作为被推荐的候选者有 402 名科学家，虽然多数没有被选上院士，但是他们在各自的专业领域已经做出了杰出的贡献，他们中多数后来成为新中国科技事业的中坚力量，被选为中国科学院的学部委员（相当于现在的科学院院士）。可见，到了 1949 年我国已经有至少 400 人的成熟的高层次科学家，他们是我国科学的精英，是中国科技工作者群体的核心力量。

二、科技工作者的增量

在战争时期，虽然教育和科研事业受到了极大的冲击和破坏，但是，中国人民特别是中国的知识分子在艰难困苦中奋发，依然培育出一大批高等和中等学校的毕业生，其中学习理工农医学科的学生成为这一历史阶段中科技工作者新的来源。并且还有不少的归国留学生，进一步增强了科技工作者群体的实力。

（一）本土培养的科技工作者

受到连年战争的影响，中国的时局一直动荡不安，教育和科研条件非常困难，极大影响了科研机构和高等学校的学术研究，科技和教育整体上都受到了不同程度的伤害，许多刚刚起步的学科领域严重受阻甚至停顿，高等教育和中等教育也受到严重的损害，直接影响了科技工作者群体的成长。本土高等教育体系中的招生人数和毕业人数一度有所下降，战争后期人数才开始增加。随着重庆陪都的出现以及西南地区相对平稳的局势，许多科研机构和高校转移到西南地区，在科学技术研究与推广应用等方面仍然取得了一定成绩，大量的人才也逐步在西南地区集聚起来。部分高校也恢复了正常的教育活动，从而使该时期的高校有了相当数量的毕业生。其中理工科和部分社会科学的毕业生成为这一时期新增的科技工作者。

战争对我国本土的高等教育体系产生了巨大的影响。1938 年 4 月，国民党临时全国代表大会通过了《战时各级教育实施方案纲要》，由此确立了“战时须作平时看”的教育方针，强化了教育为抗战服务的主要职能。并将东南沿海大城市的高校分期分批撤向西南地区，并成立了西南联大[①]、西北联大[②]等临时联合大学。

抗战前全国有 4 亿人口，当时的西部只有 1.8 亿人口，抗战爆发后大后方涌入了 5000 万人，而当时西部的国民生产总值不到全国的 30%，民生工业只占 5%，却要养活 50% 以上的人口。在抗战最艰难的时刻，为了中国的长远发展和抗战的需要，当时的国民政府却真正实现了免费义务教育！据著名学者何兆武所述，在西南联大上学时，大学生不仅免学杂费，而且还免每天的午餐费，如果学生上学仍然有困难还可以申请助学救济金，且助学救济金在大学毕业后可以不还。

当年西南联大、西北联大、中央大学、中山大学、武汉大学、浙江大学、交通大学、西北工学院 8 所国立高等学校搬迁后，在艰难困苦的条件下，继续教学活动，恢复并增设研究所达 18 个，分 32 个学部，具体见表 4-4。

这些教育措施的实施起到了一定效果。据统计，1937 年全国高校共计 91 所，学生 31 188 人，10 年后的 1947 年，全国高校有 207 所，增加了 116 所，学生 155 036 人（其中文科类学生 79 472 人，理工科类学生 59 673 人，高等师范生 15 891 人，增加了 123 848 人），是 10 年前的近 5 倍。

---

① 国立西南联合大学，简称西南联大。

② 国立西北联合大学，简称西北联大。

表 4-4 1937～1949 年高等教育统计表[a]

年份	学校 / 所		在校学生 / 人	毕业生[b]/ 人
	大学及独立学院	专科院校		
1937	67	24	31 188	5 137
1938	70	27	36 180	5 085
1939	73	28	44 422	5 622
1940	80	33	52 376	7 710
1941	83	46	59 457	8 035
1942	85	47	64 097	9 056
1943	89	44	73 669	10 514
1944	90	55	78 909	12 078
1945	89	52	83 498	13 151
1946			119 267	13 916
1947			155 036	19 877
1948	135	75	136 018	22 148
1949	135	75	117 000	19 431
合计				151 760

a 根据冯成杰《试论抗战时期国民政府的教育政策》(《哈尔滨学院报》，2010 年，第 3 期）编辑。1946 年和 1948 年在校生数据缺失，本表根据前后年数据差值计算得到。

b 1945 年以后的毕业生数为前一年在校生总数的 1/6 或 1/7 估算得到。

1936 年（全面抗日战争前夕），高校毕业生达到 9100 余人，而抗战爆发后，很多学生流失，1937 年的毕业生下降到 5137 人。如果截至 1945 年，民国时期高校在战火下仍然培养出 76 388 名毕业生，如果理工农医专业超过 50% 的话，就为国家科技岗位输送了 3.8 万余名科技工作者。

而在解放战争时期，高校仍然为社会培养了 75 372 名高校毕业生，仍然按照 50% 计算，为社会上的科技岗位输送了 3.7 万余名科技工作者。两者相加，这一时期高校为科技工作者群体培养的增量为 7.5 万余人。

抗日战争时期，我国的中等教育同高等教育一样，并不是大面积滑坡，而是有较大的发展。抗战高校和科研机构的西迁客观上为我国的西部教育带来了发展的契机，使西部诸省在基础教育和中等教育方面有了很大的发展。

据统计，全面抗日战争前中等学校数最高年份为 1936 年，有中等学校 1956 所，班级共 11 393 个，学生总人数为 482 522 人。1937 年、1938 年的中等教育各方面的数据有所下降，但是在战时教育思想的影响之下，很多战时教育的理论付诸实施，中等教育各方面的数据有明显的回升，到 1941 年反超 1936 年的水平。此后逐年递增，仅就学校数而言，1941 年 2060 所，1942 年 2373 所，1943 年 2573 所，1944 年 2759 所。1945 年日本投降时，中等学校数飙升到 3727 所（见附表 5-5）。在校学生数也逐年攀升，到 1945 年在校学生总人数达 1 262 199 人。战时教育对中等教育发展的引领作用，是非常明显的。[91]

到 1945 年抗战胜利前，全国各级教育的规模竟超过了战前发展水平最高的 1936 年。以在校学生数相比：大学生增加了 1 倍，中学生增加了 1.26 倍，师范生增加了 1.3 倍，小学生入学率占适龄儿童总数的 67%。这些闪光的数字，是广大教育工作者不避艰险、执著奋斗的结晶，它从一个侧面表现了中华民族的处变不惊和自强不息的精神。[92] 抗日战争及解放战争时期全国中等师范和职业学校发展的情况，参见表 4-5。

表 4-5 1936 ～ 1949 年中等师范与中等职业学校学生情况统计一览表 [a, b]

年份	中等师范学校 / 人		中等职业学校 / 人	
	在校生	（高级）毕业生	在校生	（高级）毕业生
1936	87 902		56 822	
1937	48 793	9 767	31 592	6 314
1938	36 879	5 421	51 697	3 510
1939	59 431	4 097	38 977	5 744
1940	78 342	6 603	47 503	4 331
1941	91 239	8 704	51 557	5 278
1942	101 662	10 137	56 997	5 728
1943	108 000	11 295	62 000	6 333
1944	110 700	12 000	65 000	6 888
1945	114 273	12 300	73 868	7 222
1946	117 000	12 697	82 800	8 207
1947	119 700	13 000	91 800	9 200
1948	122 400	13 300	100 800	10 200
1949	125 400	13 600	109 800	11 200
合计		132 921		90 155

a 根据冯成杰《试论抗战时期国民政府的教育政策》（《哈尔滨学院学报》，2010 年，第 3 期）编辑。

b 1946 年以后的在校生为估算数据，高级毕业生取前一年全部毕业生的 1/9 来估算。

根据当时国民政府教育部公布的《师范学校规程》和《专科学校规程》的规定，师范学校和职业学校分为初级和高级两类，其中的高级学校招收的学生是初中毕业，学制 3 年以上，其中的理工科专业毕业的学生，在毕业后有资格和可能进入中等学校任教或进入企业担任科技岗位之职。因此，这些毕业生应该算入科技工作者的来源和增量之一。

根据有关资料，师范毕业生中与理工科有关的大约占 1/3，而职业学校工科农科占总数的60%以上。1929年国民政府发布《专科学校规程》，将当时的专科（职业）学校分为四类：甲类为工科，乙类为农科，丙类为商科，丁类为其他科。而前两类的科目要大于后两类。经过计算，师范的13万余名毕业生可以纳入科技工作者的有4.4万人，职业学校毕业生可以纳入的有5.4万人，两者相加共计9.8万人。

这一时期本土高校和本土中等学校为科技工作者培养的增量大约是17万人之多。在面对强敌的侵略和面对和平抉择的奋斗抗争中，我国仍然重视科技事业和教育事业的发展。这一时期培养出来的科技工作者后来为新中国的建设，为中华民族未来的崛起贡献了无可非议的巨大贡献。

（二）留学回国的科技工作者

1938～1948年，由于战争及战时留学政策的影响，赴欧美留学曲折，留学人数锐减。有关资料显示："在抗战期间，1938～1941年仅有300人左右出国留学。"[93] 可见，战乱极大地影响了我国留学生队伍的规模扩大和发展。抗战胜利后，一方面受到抗战中武器落后的刺激，另一方面抗战胜利带来的全国渴望进行和平建设和加速国家工业化进程的使命，激励了新的留学思潮，大批学生和学者到西方学习和工作，同时南京政府也选派人才到美国学习先进科学技术，形成了抗战胜利后的留美热潮。在留学选择上，美国是首选，英国、法国等国受创严重，德国、日本等国为战败国，去战败国留学心理上难以接受。相比之下，美国本土未曾在第二次世界大战中沦为战场，其文化教育设施没有遭受战火的摧残；其次，战争中及战后美国、中国两国政府关系亲密，美国不仅向国民党政府提供军事经济援助，还提供各种奖学金，鼓励中国青年前往留学。为了战后重建工作的顺利进行，政府需要大批人才，也放宽留学政策。随后形成了一股强大的赴美洪流。此次"留美热"相对于抗日战争时的留学形势大有好转，人数大大上升，1945～1949年赴美留学的中国学生总计在5000人以上，大部分学成后均回国工作。

在这个超过5000人的留学生中，估计当时攻读理工科的留学生可能不会超过2000人。在成员结构上，这一时期的留美学生相对比较多样化，经过抗战的磨炼，更趋成熟。大多年龄偏大，社会经历复杂，其中有大学教授、中学校长、研究人员、公务人员、技术人员、银行职员和自由职业者等。

第二节　战争时期科技工作者的结构分布

在战争时期，中国为数不多的科技工作者比较幸运，大多数并没有流离失所，而是转移到内地，继续在科研院所、学校和政府机构中工作，并且努力为国家和民族贡献自己的力量。

一、科研院所中的科学家与工程师

战争期间受到政府重视的当然是与军事有关的科研院所。战前，国民政府已经成立兵工署理化研究所（1932 年），研制军用通信设备、感光器与无线电遥控器等。后来著名科学家俞大维就任兵工署（1933 年）署长，即成立了应用化学研究所、弹道研究所、精密机械研究所、材料研究所、冶金研究所及光学研究所、炮兵技术处、中央修械所、航空兵器研究处等。[73] 抗日战争全面爆发后，国民政府的航空委员会于 1939 年 7 月在成都设立航空研究所，1941 年 8 月扩展为航空研究院，设器材和理工系，从事飞机结构、动力、飞行理论、设计制造等的研究。[94]

另外，作为抗战的后方基地，为了“以稳定后方人心，奠定抗战的根基，足食足兵，才可长期抵抗下去”的方针，当时四川农业改进所获得中央和省政府经费达 1200 多万元，远远超过中央农业实验所的百余万元，这表明政府将四川作为后方根据地建设，可以说是一个重大、完美的策划。当时四川农业改进所员工超过 1200 人，有硕士学位的超过 50 人，博士学位的超过 20 人。但是总体来看，战争期间我国的科技事业发展仍然比较缓慢，到 1949 年，全国的各种科研机构不过三四十所，科技人员不足 5 万人。其中，有研究能力的学者和工程师仅数百人。

二、高校中任职的科技教师

在这个时期，任职教师数量统计可参考教育部《三十年全国教育统计资料（1949—1978）》档案，新中国成立前最高的年份，大学助教以上有 16 940 人，中等学校教师有 29 077 人。[95] 这两部分人加起来有近 4.6 万人。其中，教授有 6816 人，副教授有 2514 人，讲师有 3426 人，助教有 4184 人。

抗战开始后，各校研究生教育大受影响，1938年教育部拨专门经费为设备较优的国立大学增设研究院，同时协助原有研究院所恢复招生。到1941年，共有公立大学、私立大学及独立学院16所，设有35个研究所，共62个学部。到1947年，全国共有33所高校，设立156个研究所，其中理科研究所42个、工科研究所19个、农科研究所15个、医科研究所27个，共103个。

特别值得一提的是，战争期间大学仍然吸引了不少高水平的爱国学者，他们不畏艰难，勤奋教学与研究，培养了一批极具发展潜力的优秀科学人才。例如，西南联合大学物理学方面的李政道、杨振宁；以及化学方面的唐敖庆、邹承鲁、何炳林等，都是这个时期该校的毕业生。他们有的在国外深造后成为诺贝尔奖获得者，有的为我国科技、教育事业做出了突出贡献，成为中国科学院院士。

到了解放战争时期，国民党在政治上高压独裁，经济上崩溃，军事上节节败退，在其统治下高校的教师和学生甚至得不到温饱和基本的教学条件，高等教育也进入了低谷，这标志着国民政府的统治在知识分子的心目中开始逐步瓦解。

三、企业中的工程技术人员

在抗战时期，致力于后方经济建设的企业科技工作者队伍中，迁川、迁桂等工厂联合会协调的各个民营工业企业下属的各种技术人员，成为当时的主力军。这批专业科技人才，成为稳定后方经济最有作为的人员。虽然这些后方民营工业企业不可能具有资源委员会那样得天独厚的人才条件，但是这些内迁的各种企业中也有着一定的科技力量。例如，张謇、范旭东、吴蕴初、穆藕初等人兴办的企业有较强的研发力量和创新实力，这些企业主动投资到科技的研究与开发上，取得了很好的成绩。同时，也有一些科学家既做研究工作，又做教授，也做公司经理，虽然很多人是迫于生活的压力身兼数职，但也在科学研究的实际开发方面起到了很好的带头和示范作用。

根据历史资料记载，1942年元旦在重庆牛角沱的生生花园举办了一次为期15天的迁川工厂出品展览会。这是对迁川民营企业生产的重要考核。这次展览会集中了分布于川省各地区230个单位97家内迁企业的工业产品，包括煤炭、铁矿、炼铁、炼钢、轧钢、翻砂、机器、电器、仪器、锯木、车木、铜器、制版、营造、麻织、棉织、丝织、棉纱、针织、染织、造船、造纸、印刷、铸字、铅笔、炼气、电化、皮革、制罐、食品、搪瓷、制药、肥皂、牙刷、磅秤、油漆、烟草、玻璃、制钉、化妆品、染料、制盐、制酸、制碱、卫生用具、消防器材、代汽油等 49 类产品。其中，还不乏一批体现科技成果和应用水平的新产品。例如，久大盐业公司制造的晒卤台、上海机器厂制造的高田灌溉用的离心力抽水机、新民机器厂生产的万能刨床、合作五金厂生产的电镀设备、精勤铁工厂制造的小型梳棉机、中国汽车制造厂制造的桐油汽车、恒顺机器厂制造的各种新颖煤气机等。此外，还有中华无线电社制造的移动发电机、无线电报机、变压器、手摇发电机等，中国亚浦耳电器厂制造的可乐泡与氮气泡，华生电器厂的传统名牌电扇及其他电器制品等。通过专家评比，有 109 家会员厂获得了南京国民政府经济部颁发的奖状，迁川工厂联合会也受到表彰。①[23]142 由此可见，尽管战时条件远比正常时期艰难得多，但是很多典型企业里，有真才实学的专家得到厂方的充分尊重，放手让他们在企业内行使职权，运用各自丰富的专业知识与实际工作经验，想前人之未想，做前人之未做，创前人之未创的事业。②[22]44 在企业界的这些科技工作者凭借惊人的毅力，克服各种困难，在战争时期为经济建设做出了突出的贡献。

四、医疗领域的卫生技术工作者

在战争时期，无论是前方还是后方，军队还是地方，均非常重视医疗卫生事业的发展。因此，这一时期的医学院和医学职业学校在战争时期仍然有较快的增长。据统计，截至民国 35 年（1946 年），卫生署直属卫生机关、省市级卫生机关及县市级卫生机关等部门向中央卫生行政主管机关办理登记的医事人员，包括了医师、药师、护士、助产士、药剂员、检验员、卫生检查员、医护佐理员、其他技术员，共 32 024 人。而到了 1949 年，掌握现代医学技术的西医医师已达到 6 万多人，如果加上从正规学校毕业的中医医生，这一群体已经增长到 8 万人以上。

据国民政府卫生署统计，1941 年，贵州 84 个县中已经有 76 个建立了县级卫生中心；1944 年，四川省的 140 个县中有 116 个建立不同程度的卫生体系。抗战结束后，据调查，1946 年县设卫生院达 1440 所，区卫生院 353 所，乡镇卫生所 783 所，这表明在艰难困苦的抗战时期，中国的医疗卫生建设却以空前的速度发展。[96]

另外，在中国共产党领导的解放区为了满足抗战的需要，也开始建设不同类

① 转引自徐鼎新:《中国近代企业的科技力量与科技效应》，上海：上海社会科学院出版社，1995 年，第 142 页。
② 转引自徐鼎新:《中国近代企业的科技力量与科技效应》，上海：上海社会科学院出版社，1995 年，第 144 页。

型的医疗卫生学校，培养了大批医疗卫生专业人员。仅陕甘宁边区就先后成立了八路军卫生学校、中国医科大学、陕甘宁边区医药学校、西北医药专门学校等医学教育机构培养专业的医药技术人才。其中仅中国医科大学 1938~1940 年的 3 年间就培养了各级、各类医药技术人员 498 名。陕甘宁边区医药学校从创办至抗战胜利共培养医生 110 人、护士 30 人、司药 13 人，共计 153 人。1939~1945 年，为各抗日根据地培养进修和实习医生 150 人，检验员 23 人，药剂人员 25 人。还制定了吸引国内外医学人才政策等措施，1938 ～ 1940 年，陕甘宁边区的卫生技术干部约计增加了 30%。[97]

1948 年，受洛克菲勒基金会派遣，有著名人口学家诺特斯坦因（Frank W. Notestein）参加的考察团来到中国考察卫生状况，他考察后认为，与抗战前相比，医疗人员和医学院校毕业生的数量都有显著的提高。截止到 1949 年，中国已经培养 41 000 名医学院水平的医师、药剂师、牙医及 14 万名中等水平的辅助医生、护士和高级助产士、卫生检查员和化验员，这是按照 20 世纪 30 年代制订的医学教育计划培养的兼顾质量和数量的两类不同层次的医学人才。1927 ～ 1949 年从未中断，这些成就都是在动荡的战争环境中取得的。

五、政府中的科技工作者

当时科技工作者最为集中的政府机构可能是隶属于南京政府军事委员会下面的资源委员会，其成立后逐步扩大，职工人数也增加了很多。当时该机构主要负责国家的经济建设，特别是工业建设。在资源委员会本部及其所辖的工矿企业中，网罗了一批精通专门科学技术和有较强业务管理能力的专家、研究人员等。在 1932 年成立资源委员会，一度曾拥有 20 余万名职工，技术员工占 40%，3 万余人有大学文凭，多数为管理专家和工程师。[72]

在抗战期间及解放战争若干年内，每年均有一二百名至三四百名大学毕业生进入资源委员会所辖工矿企业内工作。即使是社会环境严重恶化、资源委员会处境艰难的 1948 年，该会仍接收了来自全国 31 所大专院校的优秀毕业生 270 余名，专业范围包括电机、机械、化工、采矿、冶金、土木、应用化学、造船、地质、水利、土壤、造林、病虫、农业化学、农艺、会计、统计、经济、英文、物理、工商管理、运输管理、图书管理等 20 多个门类。如果按 1936 ～ 1948 年的 13 年间每年平均吸收大学毕业生以 200 人计算，则该会由此途径吸收的人才资源达 2600 多人。这点可以从 1947 年的统计中得到印证：当年资源委员会系统共有职工 223 775 人，其中职员（担任技术、管理工作职务）32 917 人，而各类技术人员有 13 343 人，占职员数的 40.5%。[23] 这部分从业者中大部分都经过高、中级专业教育，或经过专业培训，是一支不容忽视的有活力的科技骨干力量。

值得注意的是，在抗日战争及解放战争时期，由于战争的缘故，当时各研究所缺乏起码的仪器设备。这种惨淡的科研环境和氛围，与民国“黄金十年”时期的蓬勃生机形成了鲜明的对比。但是，在资源委员会本部及其所属的工矿企业中，还是网罗了一批精通专门科学技术和有较强业务管理能力的专家、研究人员等，他们及其企业主要承担起当时国家的经济建设，特别是工业建设。

第三节　战争时期科技工作者的社会地位

长达十多年的在中华大地上的两场战争，无疑对中国的科技事业和人民生活造成了巨大的冲击和影响。抗日战争时期，为了尽可能减少战争对中国工业和科技造成的损害，国民政府组织进行了大规模的工业企业内迁和高校、研究机构内迁，并付出了惨重代价，挽救了许多工业设施和技术人才，使得战时生产没有中辍，为抗战胜利提供了重要物质保障。

各大高校和科研单位在内迁过程中遭受了重大损失，一些科研设备和文化设施沦陷，使得本来就步履维艰的科技研究受到重创。其中毫无疑问的是多数科技工作者颠沛流离，艰苦奋斗，只能保持自己的很低的物质生活保障，维持极端困苦的科研和教育条件。

在国家危亡匹夫有责的爱国热情驱使下，中国的科技工作者不避艰险，执著追求，不但保留了大部分科技机构，并且根据需要不断建立新的科技机构，不仅维持了科研和教育事业的运转，并且响应当时国民政府的科技救国的号召，谋求解救国家危亡的良策，为抗日战争胜利贡献力量。可以说，虽然当时科技工作者（包括高层次的教授和科学家）的经济地位均大为下降，但是科技工作者的社会地位和社会声望却没有随之显著下降，这与当时抗战的全国同仇敌忾共同御敌的形势是分不开的。

一、经济地位

抗日战争爆发后，为了支付庞大的军费开支，政府在财政上施行了“以法币为筹码”的通货膨胀政策，加上社会动荡、外族不断入侵，政治黑暗，腐败横行等，导致当时的物价急剧飞涨。由于生活费用不断上涨，国民党统治区开始实施所谓“底薪”和“实际薪金”的制度。南京政府难以继续有力地推动教育和科技发展，特别是在抗日战争和解放战争时期，内外交困的国民政府不能为知识分子包括科技工作者提供较好的生活条件和工作条件。

1935 年 11 月 4 日，国民政府宣布实施法币法案以后，法币成为国民政府统治区流通中的统一货币。抗战期间法币发行量不断膨胀，致使物价飞涨，币值一落千丈。到 1948 年 8 月，法币流通量已达到 640 万亿元，为 1937 年 6 月的 45 万倍，法币的信用完全破产。抗战期间，虽然高校教授的薪俸仍如从前，但教授不能享受政府官员的特别办公费，因而教授的生活水准大大地降低。

为了挽救法币破产所引起的国民经济崩溃的局面，1948 年 8 月 19 日国民政府公布了《财政紧急处分令》，同时发布了包括《金圆券发行办法》《人民所有金银外币处理办法》在内的一系列财政金融法规。明令实行金圆券币制，“限期收兑人民所有之黄金白银、银币及外国币券，逾期任何人不得持有”。但是，在这一过程中，违规搜刮民财的“大老虎”没有受到处罚，反而抓了一些工商界人士顶缸。此事不仅在社会上造成恶劣影响，使金圆券出笼不久就信誉扫地，而且也大大寒了前方将士的心。更关键的是，财政赤字的继续增长，致使金圆券的币值迅速下降。仅到同年 11 月 10 日，在不足两个月的时间内，金圆券的发行量已经突破 20 亿元的限额。此后，金圆券的发行量就像洪水决堤，迅速膨胀。到 1948 年 11 月底已超过 30 亿元，12 月超过 80 亿元，到 1949 年 4 月又超过 1900 亿元，到 5 月 18 日，金圆券发行总额已达到 98 041 亿元，金圆券几乎成为废纸，国统区经济陷入全面崩溃。而蒋介石利用“金圆券法案”上演的币制改革闹剧，却搜刮了巨额财富。据资料统计，蒋介石溃逃前夕运往台湾的黄金就有 92.4 万两、外币 8000 多万美元、银元 3000 多万元。这场荒唐的金圆券币制改革出台仅仅 9 个月就宣告彻底破产，加速了蒋家王朝的垮台，使金圆券发行短短 9 个月便彻底崩溃，成为世界上最短命的货币。

在这种情况下，无论是高校的教师还是医院的医师，或者是研究机构的科研人员，与广大老百姓一样，无不深受其害，经济水平急剧下降。反映当时情况的不少文章中诉说的堂堂大学教授要吃美国的救济面粉活命就是明显的案例。1946 年 3 月，国民政府教育部通知：生活补助费基本数为法币 5 万元，物价加成倍数为 150 倍。1946 年 12 月，生活补助费基本数为法币 17 万元，物价加成 1100 倍。1947 年 5 月上旬，由于内战军费激增，嫁祸于民，国民党统治区物价猛涨，此时的物价加成倍数是 1800 倍，生活补助费基本数增加到 34 万元，一个教授所领的薪金 142 万元，还不够买 10 袋面粉，约合今 660 元，下降到一个清洁工的收入水平。当时一名西南联大教授的最高薪水，也不够两个成年人的生活费。[48]在战争后期，特别是解放战争中，政局不稳，物价飞涨，当局腐败，使得当时科技工作者与所有老百姓一样，收入处于最低点，几乎难以维持生计。

民国和平时期，政府为知识分子（包括科技工作者）提供的薪酬是比较高的，科学家群体能获得比较优厚的经济收入。而经济地位在很大程度上又决定了其社会地位，因此，在民国和平时期科技工作者有相对较高的社会地位。进入战争时期以后，特别是整个 20 世纪 40 年代，知识越来越不值钱，知识分子的待遇一直滑坡，整个中国知识阶层开始走向贫困化。

二、社会声望

在战争及动乱的时代，外有帝国主义侵略，内有腐败政府迫害，中国人民虽然身处水深火热之中，仍然具有渴望和平，渴望政通人和，能够过上好日子的强烈愿望。所以，科学与民主容易成为中华民族向往的愿望与目标。“科学救国”成为时代的口号，在当时风靡全国。科学技术振奋了知识分子和人民群众，在一定程度上改善了战时的军事和经济，并推动了中国工农业生产的发展。科学成为新的崇拜对象，那么科技工作者作为科学技术的载体，当然也在社会中有着较高的社会声望。

以中国工程技术人员为例，在战前和战争中，中国工程技术人员奋发图强，在各自领域中不断探索创新，获得了较好的成就，在国内外获得很好的声望。中国工程师学会作为当时国内唯一的综合性工程技术团体，自行规定每年 6 月 6 日为“中国工程师节”，以提高工程技术人员的社会地位。学会还制定了各种奖励学术的办法，学会颁发给中国技术佼佼者的工程荣誉金牌，大受国内外人士瞩目。前后共颁发过 9 枚金牌，金牌获得者有着很好的社会声望：1935 年赠予著名化学家侯德榜，表彰他对我国制碱工程的贡献和他所著《制碱工业》一书；1936 年赠予凌鸿勋，表彰他领导修筑陇海及粤汉两铁路艰巨路段的成功；1941 年赠予茅以升，表彰他领导修建钱塘江大桥的成功；1942 年赠予孙越琦，表彰他开发油田矿产的成功；1943 年赠予支秉渊，表彰他在国内始创柴油机的成功；1944 年赠予曾养甫，表彰他领导修筑飞机场的成功；1945 年赠予龚继成，表彰他负责修筑中印公路及油管的成功；1946 年赠予李承干，表彰他对兵工器材所做的重大贡献；1947年赠予朱光彩，表彰他完成花园口堵口工程。

当时的中国工业和农业均非常落后，所以建立两个政府所属科技机构：中央工业试验所和中央农业实验所。中央工业试验所，拥有数百名研究人员，先后建立17个实验室和11个试验工厂。该所以工业技术的研究改进与推广为主要工作，对民国时期中国工业技术的进步有一定贡献。在抗日战争后方生产中，更有明显成效，该所人员的发明创造获得中国专利达80种左右，占全国同期专利的四分之一。所内办有学术刊物，该所人员发表论文在450篇以上。该所还训练技术人员700余人，培养出国学习人员60余人。

中央农业实验所，拥有200余名科技人员。所内分成10个系，并在各地有实验场六处，共有试验园地16 000亩。该所以农业研究、调查、实验改良为主要工作，还有农产品检验、农情报告和人员训练工作。主要成就有美棉引进华北、稻麦杂粮等优良新品种的培育与推广，蔬菜与果园、茶园的发展改良，蚕桑优化，药剂治虫，家畜防疫，以及化肥等项，对中国近代农业发展有很大贡献。

最能显示科技工作社会地位的机构大约应数国民政府中的资源委员会。其前身为1931年成立的国防设计委员会，1935年4月在南京正式成立资源委员会，先后由翁文灏、钱昌照、孙越琦担任委员长，拥有11个业务组，110个单位，数百家工矿企业，20余万名职工。有4个研究单位和一批加工工厂，形成一支具有一定实力的科技队伍，在社会上享有较高的科技声望。虽然不是一个科研机构，但是在具体项目的操作和管理中，理论联系实际，在一定程度上推动了国家的科技事业发展。全国解放时，他们集体起义，对人民是有功劳的。

但是，在腐败的国民政府统治下，科技工作者基本上没有政治地位。战争时期，当时的政府需要吸收和容纳一些科技工作者从政，但是就实际效果来看，学者参政并未起到预期的作用。例如，翁文灏（1889—1971），我国著名地质学家，是中国第一位地质学博士。回国后，他曾先后在北洋政府农商部任事，后不欲从政，曾被委任为国民政府教育部部长但亦未受，所任政府公职皆与学术有关。1935年，翁文灏任国民政府行政院秘书长。1937年翁文灏出任经济部部长，在抗战期间主管中国的战时工业生产及经济建设。1945年，当选国民党中央委员，并任国民政府行政院副院长，至1947年辞任。1948年6月，翁文灏应蒋介石之邀，任政府行宪后第一任行政院长。任内主持货币改革，结果造成金融失调，最终于11月辞职。翁文灏曾谈道："余原始学术，因对日抗战而勉参中枢，诚意盼于国计民生有所贡献。但迫于环境，实际结果辄违初愿，因此屡求引退。追计从政时期因政界积习相因，动辄得咎，备尝艰苦，且深愧悔。"曾经担任过翁文灏助手的何廉也感慨道：“（我们）虽然在政府中位居高位，比起圈内集团来，我们毕竟还是外人，我们并非政府的里层人物，也非党的成员，我们不过是政府的装饰品，我们从未能搞清楚幕后究竟在搞些什么。”[98] 可见，当时科技工作者想要跃居政治核心还有很多困难，即使是身处要职的翁文灏都深感无奈，其他进入政府供职的普通科技工作者的处境更为不易。

总体来看，民国时期中国科技工作者群体的社会声望与其他阶层相比还算比较高的，其对社会的贡献是被公认的，在经济界也是被认可的，但是基本上没有政治地位，特别是在文盲遍地的社会中，难以被社会基层老百姓广泛认可和了解。

第四节　战争时期科技工作者的历史贡献

一、科研成果

中国的科技工作者在战争时期仍然为科技事业做出令人瞩目的贡献。其在科学研究领域中的贡献可以分为在国外和平环境下取得的成就和在战火纷飞的中国取得的成果。

（一）在国外攻克科学前沿的难题

这一时期美国本土没有经历第二次世界大战的战火，科学技术一直在正常发展，欧洲在 1945 年也进入和平重建时期，这时期我国的留美和留欧学生在其导师们的指导下，仍然继续为科学研究贡献聪明才智。例如，1943 年胡宁在美国普林斯顿高等研究院进行量子场论和介子理论等课题研究。1948 年，张文裕在美国《物理评论》上公布了重要发现，即慢负 μ 子可以和原子核结合成 μ 子原子。这一发现直到 1953 年为高能加速器实验所证实。1947 年，朱洪元在英国首先指出一种宇宙射线粒子在衰变前的质量的下限为电子质量的 900 倍，这些粒子后来叫作奇异粒子。

在核物理方面。1937 年卢鹤绂在美国明尼苏达大学利用一台自制的 180°u32858X 焦型质谱仪，发现了热离子发射的同位素效应。1946 年，他首先得到估算原子弹及核反应堆临界值大小的简易方法。1947 年发表了《关于原子弹的物理学》，首次公布了上述方法的理论。同年，又发表了关于重原子核裂变的研究论文。1949 年提出了最早期的原子核壳模型，等等。1938 年钱三强和伊莱纳·居里合作，发现铀和钍裂变后得到同样的裂变产物。1944 年首次计算出弱能量电子的射程与能量的关系。1946 ～ 1947 年与何泽慧合作，发现了铀的三分裂与四分裂现象。约里奥教授认为这是第二次世界大战后他的实验室中最重要的工作。

1947 年前后，黄昆在英国爱丁堡大学和利物浦大学从事固体物理理论研究，他首先提出固体中杂质缺陷导致 X 光漫散射理论，他用了 4 年时间与诺贝尔奖获得者博恩合著的《晶格动力学理论》，至今仍是这一学科的基本理论著作。同年，葛庭燧在芝加哥大学金属研究所从事金属物理学研究，是内耗研究领域的创始人之一，他创制了研究内耗用的一种扭摆，后来被命名为“葛氏摆”，在第二次世界大战期间，他还参加了美国的曼哈顿计划，做过铀及其化合物的光谱分析。

另外一些访问学者也在各个领域中做出了成绩。例如，华罗庚先后赴英国剑桥大学、美国普林斯顿大学和伊利诺伊大学做访问学者或任教授。他解决了一些著名的数学难题，如华林问题、塔莱问题等，把哥德巴赫猜想加以推广。20 世纪 40 年代完成了重要著作《堆垒素数论》一书，并开展了矩阵几何和多复变函数论的研究。1943 年，陈省身应美国普林斯顿高等研究院的邀请做访问研究，他首次使用切向丛完成了高维的高斯 - 邦尼特公式的内蕴证明，使之成为整体微分几何中的一个经典定教。1945 年，他的论文《埃尔米特流形的示性类》在美国著名的《数学年鉴》上发表，成为这方面的基本文献。

1936 年何泽慧到德国柏林高等工业大学技术物理系攻读，出于抗日爱国热忱，她毅然选择实验弹道学的专业方向。1940 年她以《一种新的精确简便测量子弹飞行速度的方法》论文获得工程博士学位。由于第二次世界大战爆发而被迫滞留在德国。为了更多地掌握对国家有用的先进科学技术，她于 1940 年进柏林西门子工厂弱电流实验室参加磁性材料的研究工作。1943 年，进入海德堡威廉皇家学院核物理研究所，在玻特教授指导下从事当时已初露应用前景的原子核物理研究，曾首先观测到正负电子碰撞现象，被英国《自然》杂志称为“科学珍闻”。随后，在法国巴黎法兰西学院核化学实验室工作期间，还与合作者一起首先发现并研究了铀核裂变的新方式——三分裂和四分裂现象（她首先捕捉到世界上第一例四分裂径迹），在国际科学界引起很大反响。1947 年年初，与钱三强正式发表论文，在国际科学界引起巨大轰动，当时许多媒体称他们为“中国的居里夫妇”。

总之，在抗日战争和解放战争时期，这些留学海外的科技工作者，在祖国蒙难时期，仍然克服各种困难，取得了许多优异的研究成绩，有些甚至是世界一流的成果，为世界发展现代科学技术贡献了自己的一份力量。

（二）在战争的炮火下探索

全面抗日战争爆发后，我国许多大学由于战乱频繁，不得不迁往内地维持办学。一些内迁大学不得不重新设置了若干科研院所，大多以有关应用科学技术为主。例如，1938 年，清华大学成立了金属研究室，侧重于物理冶金学研究。1939 年，在原有的金属研究室、无线电研究室的基础上，新办了 5 个特种研究所，由叶企孙任特种研究所委员会主任委员。

1938 年，中央大学成立国立中央大学研究院，下设研究所，所内按学科设立学部。例如，理科研究所下设数学部、物理学部、化学部，工科研究所设土木工程学部（包括水利）、机械工程学部（包括航空）、电机工程学部，农科研究所设农艺学部、农业经济学部，医科研究所设生理学部、公共卫生学部。1941 年，中央大学又成立了地理研究所；1942 年，再次设立理、工、农、医 4 个研究所。该校农学院既是国内重要的农学教学机构，也是开展遗传学研究的主要机构之一，在中华教育文化基金会补助下，建立了作物试验场及实验研究室，冯肇传、冯泽芳等多位学者曾先后在该校研究过棉、稻类和小麦的遗传育种问题。

1939 年，浙江大学成立了史地研究所，下设史学、地形学、气象学和人文地理学等学科组。特别是该校数学系，在抗战期间条件恶劣、消息闭塞，经常遭受日军空袭的贵州湄潭，坚持按和平时期形成的制度进行教学和科研，在一所破庙里，成立了浙江大学理科研究所数学部，其中包括解析组和分析组，分别由陈建功和苏步青教授负责。1941 年，陈建功和苏步青又一起创办了浙江大学数学研究所。到 1942 年秋，学校虽经数度迁移，但至贵州遵义时，已发展成为 5 个学院，并增设数学、生物、化学工程、农业经济 4 个研究所。

1942 年，经教育部批准，湖南大学设立了工科研究所矿冶学部，1943 年开始招收研究生，从而有组织地开展了一些研究工作。1946 年工科研究所矿冶学部改为矿冶研究所。该校的研究工作除了由研究所组织开展外，许多教师也自发翻译外国文献资料，或做深入的学术理论探讨，或面向社会和专题调查，或结合工矿生产实际解决技术上的难题。湖南大学的教师还开展了许多应用研究。水利专家、“庚子赔款”讲座教授何之泰，就曾应江西省之邀，利用寒假为该省设计规划赣江十八滩水利工程。矿冶工程系“庚子赔款”讲座教授王子祐，研究改良土法炼铁，提高生铁质量。矿冶工程系研究金矿洗选方法，提高金的采收率等。自太平洋战争爆发后，烧碱来源断绝，人民日常需用之肥皂奇缺。化工系副教授谭云鹤，利用湘西土碱及植物油，试制软皂成功，投入了生产。土木工程系主任肖光炯与机械系教师汤荥合作，利用白木及邵阳竹器，试制计算尺成功，满足了工科学生的需要。抗战复员后，湖南大学教师围绕湖南的特殊问题和社会生产生活中的重大问题进行大量调查研究，有何之泰的《洞庭湖水利与沅资流域水利规划区研究》、王恢先的《洞庭湖水利规划之商榷》、王子祐的《湘黔土法提炼水银之研究》《灰口铁研究》、周则岳的《冶铜经验琐谈》、戴桂蕊的《活塞环研究》、潘源来和唐炳亮的《长沙物价指数调查》、肖杰五的《土地问题研究》等。

抗战时期，重庆大学也做了许多重要的科学研究工作。例如，工学院电机系兴建了无线电机实验室和高压电实验室，开展了一些科研活动。无线电机实验室主要研究远距离电波传送问题。土木系兴办了材料实验室、水利实验室和土壤实验室，分别开展了对钢铁、木材、钢筋混凝土及道路材料的研究，以及四川水利建设工程、地基工程、土壤力学和堤工土壤的研究。矿冶系的试金室、电解室，开展了对四川各种矿物成分和四川土法制造紫铜的研究，并与廿四兵工厂合作，对该厂生产的各种钢料及组织成分进行研究。理学院地质系与四川省地质调查研究所合作，开展了四川地质矿产的调查。1939 年夏，重庆大学师生考察队到四川灌县、彭县一带做地质调查。1942 年，学校先后成立了公路工程实验室和应用化学研究室，并开展了有关科研活动。公路工程实验室和四川省公路局合作，修筑了上清寺至小龙坎一段柏油路，进行路面试验，由该室负责材料试验和公路设计，公路局负责路面建筑。该室还为重庆运输统制局开展公路研究，运输统制局提供经费 5 万元，以支持该室研究工作的开展。应用化学研究室曾为四川自流井富荣试验盐工改进操作，由张洪沅、金锡如、杜长明合作设计的真空制盐机，极大地提高了工作效率，减轻了工人的劳动强度。

重庆大学的冯简教授成为我国第一个前往北极进行考察的科学家。他于 1947 年夏赴法国巴黎出席国际无线电专家会议，会后，经挪威去北极地区的斯必次培根岛进行科学考察。冯简回国后，将自己在北极考察研究的初步成果进行了整理，并向重庆大学师生做了考察北极的报告。此外，还有很多其他的内迁学校也做了许多重要的科研工作。例如，中山大学设立了农、医 2 个科学研究所，齐鲁大学和江苏医学院设立了医学研究所等，但研究工作举步维艰。

这些高等学校的科学技术研究和推广工作除了紧密结合农业生产等领域开展

外，一些大学还结合战争需要开展研究。例如，抗战时期，在“一二·九”的淞沪之战中，日军使用了烟幕弹，因而上海的化学家对药用炭做了一些研究，临时赶制了防毒面具送往前线。这场战争刺激了对药用炭制法的研究，而且规模越来越大，从实验室扩展到了工业生产。军政部应用化学研究所、实业部中央工业试验所、北平研究院化学研究所、清华大学、北京大学等单位，都先后开展了研究，其中军政部应用化学研究所首先用化学活化法获得了成功。北京大学的研究结果认为活化时用二氧化碳代替蒸汽可提高产量而无损于质量。可惜的是，对药用炭的研究始终未能工业化，五六年后便销声匿迹了。

抗战时期地质学者的重要贡献也是显著的，如在 1939 年前后中国西北地区新疆、甘肃等地发现石油。1941 年提出陆相生油论。1939 年在云南发现含胶磷 24% ～ 30% 的磷矿。1943 年在广西发现铀矿。在古生物研究方面，1938 年在云南禄丰发现完好的三叠纪恐龙化石等。

冯景兰在抗战时期研究了四川、西康[①]的铜矿，论述了它们次生富集的特征，还研究了云南的矿产分布规律，提出了 9 个造矿时期和 12 个矿产区域。徐克勤和丁毅深入地研究了江西钨矿地质，对于该地区的地层、构造和火山岩特点及它们和钨矿的关系进行阐述，提出了钨矿床分类。他们还详尽描写了各钨矿产区的特点。1944 年南延宗和吴磊伯在广西富（川）、贺（县）、钟（山）地区发现了铀矿。翁文灏、谢家荣、侯德封对煤田分布规律进行研究，他们绘制了中国煤田分布图。抗战后期，谢家荣论述了西南地区铝土矿的地理分布。1941 年，潘钟祥首次提出陆相生油的见解。1943 年，黄汲清、杨钟健和程裕琪等研究了新疆石油地质，提出陆相生油和多期生油的两种见解。1940 年常隆庆与刘之祥在四川攀枝花进行铁矿调查，他们因此获得奖章和奖金。除去他们，杨克成和姚瑞开及袁复礼和任泽雨也在这一地区调查过磁铁矿。1941 年夏，李善邦、秦馨菱勘探了攀枝花铁矿，经化验得知矿石含二氧化钛。1943 年郭文魁等测绘了地质图，估计了储量。

抗战期间，孙健初调查了玉门油矿，黄汲清、杨钟健等人调查了新疆乌苏独山子油田、库车铜厂油田、温宿塔克塔油田。徐克勤、丁毅调查了江西钨矿。湖南锑矿、汞矿、水口山锌矿、瑶岗仙钨矿、云南东川铜矿、个旧锡矿、广西锡矿、北方各省铝矿也都做过调查。程裕淇在云南昆阳采集了一些矿石标本，经化验发现含 P205 达 30%，这样就发现了昆阳型沉积磷矿。

---

① 中国旧省名，设置于民国二十八年（1939 年），1955 年撤销。——出版者注

在数学物理领域，中国的科学家一直潜心研究。1948年吴文俊发表了关于拓扑学方面的论文，他引入了新的拓扑不变量，显示了独创性。1945年周培源得到湍流脉动方程，他的工作在20世纪60年代后才受到重视，被誉为具有剪应力湍流理论的开拓性工作，并和吴大猷在30年代关于多原子分子结构及其振动光谱的研究一起，在1942年获得教育部颁发的自然科学类一等奖。此外，1937～1938年，张宗燧、王竹溪从事统计物理和热力学的研究；孟昭英和任之恭在抗战前后从事电微波研究；萨本栋在30年代从事关于双矢量法恭电路问题的研究；马大猷在1939年将声学中的简正波理论发展到实用阶段。

在基本粒子研究方面，1941年，王淦昌在浙江大学任教期间，提出了利用7Bek俘获过程中的核反冲来验证中微子存在的实验方案，他的论文送美国《物理评论》杂志发表，等等，他们为中国近代物理学的发展做出了杰出的贡献。

二、技术进步

随着战事逐渐激烈起来，国民党决定把中央政府西迁重庆，同时强化隶属于军事委员会的资源委员会的经济职能，作为加强后方经济建设特别是重工业建设的主要依靠力量，尤其是1938年底至1941年底的三年间，是资源委员会战时企业活动迅速扩张的时期。“据统计，到抗战胜利时止，该会下属单位共130个，其中工矿企业115家，其门类分布：属于重工业系统的，有电力、煤炭、石油、金属矿、钢铁、机械、电器、化学等工矿企业；属于轻工业系统的，主要是制糖、造纸两类工业企业。”

这一时期，随着南京政府的西迁，许多工厂和企业也逐步开始迁址。抗日战争时期，汉阳铁厂、大治铁厂、大河沟铁厂、上海各钢铁厂迁往四川，在渡口建立钢铁厂，有100吨高炉、3吨转炉、3吨电炉、轧钢轧机、钢板轨机等设备。又兴建资渝钢铁厂、威远钢铁厂、电化冶炼厂、资蜀钢铁厂、二四厂、渝鑫钢铁厂、中国兴业公司、中国制钢公司、云南钢铁厂等。另外，还有许多民营企业也陆续开始内迁。有人曾把工厂内迁称为“第二次创业”。事实上，这次致力于后方经济建设的创业活动，比之在正常情况下的创业要艰难得多。据统计，抗战期间，从全国各地迁移到后方的机器工厂共有181家，大部分分布于西南诸省份，尤以四川居大多数，有105家，占58%。至抗战胜利为止，后方的机器工厂包括一部分国营工厂在内，发展到903家，但是重庆一地，就有349家。[23]

这些内迁的工厂企业，克服了很多想象不到的艰难困苦，也取得了可喜的成绩。例如，在汽车制造方面，抗战期间，新中工程公司开始迁至湖南，支秉渊再次筹划试制汽车发动机。1938 年，公司决定建立发动机批量生产线，终于在次年于祁阳仿制成功德国的柴油汽车发动机，并于 1940 年小批量生产。1942 年支秉渊用这种煤气机装配的汽车开到了重庆。为了表彰他在制造内燃机方面的成就，中华工程师学会于 1943 年授予他金质奖章。1939 年，中国汽车制造公司南华铁工厂还制造了 Benz 牌 4 缸柴油汽车发动机，并用这种发动机装配了近 2000 辆 Benz55 马力载货汽车，卖给了军政部。1941 年，中央机器厂龙陵汽车分厂还研究改造了汽车发动机，使之能直接用植物油、天然气或煤气作燃料。1944 年冬，重庆市公路局组织燃用桐油、木炭、酒精、天然气的汽车在重庆至贵阳的公路上作运货竞赛。战争时期日本在东北经营汽车厂，每年可组装汽车 2 万辆，修车 1 万辆。可惜，抗战胜利后造船、机车、汽车的设计与制造技术基本处于停滞状态。

在冶金技术方面，中国的工程技术人员已能独立研制用钨矿代替进口钨铁，炼制枪筒钨钢，炼制成功 75 毫米炮筒钢、汽车弹簧钢、不锈钢等特殊钢，研制成功冷铸轧辊、低温氧化生铁去铁去磷法、局部冷硬轧辊铸造法等。其中，在内迁工矿企业中唯一的一家具有相当规模的民营炼钢厂，即上海大鑫钢铁厂，后改名“渝鑫钢铁厂”，自开工初期，主要从事炸弹、手榴弹、山炮等军火生产，自 1940 年起转向民用生产，炼制的原料钢有竹节钢、地轴钢、方钢、圆钢等各种铸钢产品；生产的动力机械有卧式锅炉、立式三联式三涨蒸汽机等产品；工具机有车床及各种其他机器等。其产品种类之多、产量质量之高，为后方工业界所公认。[99]

在有色金属冶炼方面，也掌握了转炉、反射炉与电解法精炼粗铜；掌握了锡的洗选、冶炼、化验等生产手段，掌握用挥发烘抄冶炼锑，掌握了机器采金和近代炼金的方法等。

在化工领域，当时以荟萃国内化工精英的“永久黄”化工集团最为著名。以范旭东、侯德榜为首的一批化工专家们，积极探索出了新的制碱工艺，以提高井盐的利用率，创造出优质的化工原料产品，以满足当时国内的市场需求。他们于 1939 年，终于发明了著名的侯氏碱法的“联合制碱法”。另外，集中于黄海化学工业研究社的化工专家们同时致力于对黑卤的研究，也获得了很大的成就。郭浩清最后完成具有重大学术价值和科学利用价值的《四川黑卤研究的初步报告》，通过对自贡井卤的综合利用，开辟了利用制盐后剩余废物生产化工产品的新思路。

由于抗日战争的爆发，随着各电机厂的西迁，我国西南地区电机工业也开始相应发展起来。当时，日本为了掠夺东北的资源，也于1931年后大力开发东北的水电及火电站。到1945年东北的发电容量比1930年增加了8倍，建成了小丰水电站和丰满水电站。据统计，1945年，全国发电装备容量为294万千瓦，东北地区为180万千瓦，关内仅有71万千瓦，台湾省43万千瓦。到1949年，经历了解放战争之后，全国装机容量下降到185万千瓦（台湾省除外）。我国的发电量已退居世界第23位。

这段时期，我国的电机工程技术仍在不断进步。1944年，中央机器厂为四川泸县电厂安装了一台2000千瓦的汽轮机组（瑞士产）。此后，该厂的王守泰还主持制造了2000千瓦的发电机，并将三相电压由2300伏提高到6900伏。1940年，颜耀秋主持上海机器厂（重庆），试制了300马力卧轴混流式水轮机，装在青海西宁电站。1942年，吴振寰制成1000马力卧轴混流式双轮水轮机，由民生机器厂制造，装在四川长寿县下峒水电站。1943年，王守泰主持设计并制造了150马力混流式水轮机。1944年，民生厂又制造了一台由吴震寰设计的2000千瓦水轮机。抗战胜利后，较为突出的有1948年中央机器公司昆明机器厂制成的滑环式交流感应电动机，这是当时国内制造的最大的电动机。资源委员会还计划从美国引进1万千瓦汽机组、水轮发电机组、电动机等。

总之，在抗日战争和解放战争期间，我国工程技术领域在艰难中求得生存和发展，取得了许多来之不易的成绩。无论是南京政府下属的资源委员会，还是迁川、迁桂等工厂联合会协调的各民营工厂，都发挥了各自最大的作用，为满足当时的国计民生需求发挥了自身价值，做出了重要的历史贡献。

三、战争时期的科技社团

抗战爆发后，受战事影响，学会的数量和规模均受到一定程度的削弱，大多数学会停止活动，很多学会的生存变得异常艰难。部分学会与高校和研究机构一起迁移到西南地区，而还有一部分只能在沦陷区坚持。只有极少数学会坚持开展学术活动。战争结束后，学会活动又复趋活跃。据国民党教育署的统计材料，截至1948年年初，全国学术团体恢复后共有136个，与战前规模不相上下，而专业性学会的比例还略有上升。

据不完全统计，1937～1942年先后迁入重庆的全国性科技社团有中国地质学会、中国工程师学会、中国化学工程学会、中华农学会、中国气象学会、中国地理学会、中国地理教育研究会、中国纺织学会、中华林学会、中华自然科学社、中国天文学会、中国科学社、中国化学会、中国地理教育研究会、中国矿冶工程协会、中国药学会、中国植物学会、中国测量学会、中国物理学会、中国水利工程学会、中国度量衡学会、中国测绘学会、中国博物馆协会等 20 多个。[100-102]

这一时期迁到西部地区其他城市的全国性科技社团还有中国生理学会、中国心理学会、中华医学会、中国算学研究会、中国电机工程学会、中国营造学社、中国动物学会、中国微生物学会、中国土木工程师学会、科学教育社等。

在抗日战争进入相持阶段后，为适应战时科技事业发展的需要，一批新的科技社团又在大后方相继建立起来。以重庆为例，先后建立的科技社团有中国农业推广协会（1939 年）、中国青年科技协会（1940 年）、中国工程标准协会、中国业余无线电协会（1941 年）、国防科学技术策进会（1942 年）、市政工程学会、中国自动机工程学会、战后建设研究会、中国工矿建设协进会、中国发明协会（1943 年）、四川省土壤学会（1944）、中国科学工作者协会（1945 年）、中国造船工程学会、中国昆虫学会、中国农具学会等。大批高等学校、科研机构、科技社团的内迁和新的科研机构、科技社团的建立，科学家及科技工作者的西来，使抗战大后方迅速成为中国科技文化的中心。[103]

大后方的科技社团，尽管面临种种困难，仍然千方百计地恢复和扩大学术交流活动。1938 年中华自然科学社在重庆召开第 11 届年会。1939 年 9 月，中断了两年的中国物理学会第 7 次年会在昆明召开。1939 年 12 月，中国统计学社第 9 届年会在重庆举办。1940 年 4 月，中华医学会第 5 届年会在昆明举行。1941 年，中国水利工程学会第 7 次年会在贵阳召开。1942 年 9 月，中国物理学会桂林分会成立并举行首届学术年会。1943 年 10 月，中华自然科学社在重庆举行年会。1943 年 12 月，中国化学会在五通桥举行第 11 届年会。特别要提出的是，中国地质学会“自抗战以来，无论环境如何恶劣，每年均能如期举行年会”[104]，是中国学会发展史上值得大书一笔的奇迹。中国工程师学会 1939 ～ 1945 年每年均举行学术年会，1939 年交流论文 50 余篇，1940 年交流论文 80 余篇，1941 年交流论文增加到 160 余篇，1942 年更达到 204 篇，年会交流论文呈逐年递增的趋势。[105] 这些年会活动既加强了广大科技工作者的感情联络，又极大地促进了科学研究的交流和科技的发展。

在大后方的科技社团在开展学术活动的同时，坚持出版科学刊物、开展学术报告活动和科学普及活动，有的学会在艰苦的环境中还坚持开展科学考察活动，如中国工程师学会组织军事工程团、四川考察团、广西考察团、西康考察团等，对大后方诸省进行了深入的调查[105]。中国科学社组织了对西南、西北为期3个月的考察[106]。中华自然科学社所组织了西康科学考察团，分为地理气象，农林畜牧，药物，工程四组进行考察，历时3月，遍历西康各重要区域，搜集标本甚多[107]。中国地质学会几乎每届年会都会组织社员进行旅行考察。这些考察不仅掌握了大后方的资源状况，而且还有针对性地提出了建设性的方案，为大后方的经济开发提供了重要的科学依据。

可见，战争不仅对国防军事提出挑战，而且对国家的科学技术的发展提出新的要求。大后方科技社团的发展在抗战的大环境下，必定要将支援抗战，服务国防和经济建设作为第一要务。

根据国民政府教育部的统计材料，截至1948年初，全国学术团体共有136个，与战前规模不相上下，而专业性学会的比例还略有上升。自然科学方面新成立的有中国解剖学会、中国地球物理学会等。1945年日本投降后，国民党接收长春期间，曾成立过“东北科学技术学会”，发展会员600余人，组建6个地区分会和19个专业分会，进行了大量的调查研究工作。此后，在国统区还先后成立了一些学会。1945年12月，在南京成立中国土壤学会；1946年12月，中国科学社等在南京成立中国科学促进会；1947年6月，在广州成立牙科医学研究会；1947年7月，在上海成立中国解剖学会；1947年7月，在上海成立中国科学期刊协会；1947年8月，在上海成立中国地球物理学会等。1948年10月，由中国科学社、中国物理学会等团体发起，十余个团体在北平召开联合年会。

原有的科技社团组织也开始出现扩张，尤其表现在地方分会的建立上面。例如，中国电机工程学会至1948年会员人数已达2000人，已有上海、重庆、杭州、台湾、南京、广州、北平等29个地方分会，有交通大学、金陵大学、重庆大学、浙江大学、北洋大学等10个学生分会。1912年成立的中国工程师学会，到1949年时，已拥有会员16 717人。[72]1915年成立的中国科学社，到1949年时，已拥有会员3776人。1915年成立的中华医学会，到1947年会员人数已达3000余人。[75]

同期，在中国共产党的领导下，解放区的科学技术团体受到了极大重视并得到较快发展。陕甘宁边区自然科学研究会是1940年2月在延安成立的自然科学研究社团，会长为吴玉章。下设边区医药学会、边区生物学会、边区机电学会、边区数理学会、边区土木工程学会、边区植物学会、边区地质矿冶学会等，共有会员330人。该研究会还出版《会讯》，每月一期，报道研究会所辖各学会的动态、研究成果。

1945 年 3 月 13 日，陕甘宁边区中西医药总会正式成立，该会由李富春、刘景范分别任会长、副会长，并决定聘请一些国际友人为顾问。1947 年 2 月 17 日，山东自然科学研究会于当时的平原省文协召开第一次筹备会，推定孙克定、宋彦人等七人为筹委。以“破除迷信，改进生产技术，推行社会卫生，协助科学教育及科学研究为初步目标”。1948 年 4 月 8 日，东北自然科学研究会由李富春等同志及各界自然科学工作者在哈尔滨发起成立，是解放区成立最晚的科学技术团体。

这个时期学会的总体发展情况参见表 4-6。

表 4-6　1945 ～ 1948 年成立的主要科技社团

序号	成立时间	社团名称	成立地点	发起人
1	1945 年春	中国陶学会	重庆	赖其芳等
2	1945 年 3 月	边区医药研究会总会	延安	李富春等
3	1945 年 3 月	中国水土保持协会	重庆	
4	1945 年 7 月	中国科学工作者协会	重庆	竺可桢等
5	1945 年 12 月	中国土壤学会	南京	陈华癸
6	1946 年 9 月	中国农学会台湾省分会	台北	
7	1946 年 12 月	中国科学促进会	南京	中国科学社等
8	1947 年 2 月	山东自然科学研究会筹备会		孙克定等
9	1947 年 7 月	中国解剖学会	上海	卢于道等
10	1947 年 7 月	中国科学期刊协会	上海	
11	1947 年 8 月	中国地球物理学会	上海	赵九章等
12	1948 年 4 月	东北自然科学研究会筹备会	哈尔滨	李富春等

注：表中内容系根据王宝珪等人编《中国科技社团概览》整理而成，引自中国科协发展研究中心课题组：《近代中国科技社团研究》，北京：中国科学技术出版社，2014 年。

解放战争爆发前，中国科学工作者协会明确提出“改革政治”。1946 年冬，中国科学工作者协会联合中华自然科学社等五个科学社团通电全国呼吁和平。1947 年内战正酣，中国科学工作者协会就当时人民生活的苦难、社会动荡不安，专门发表题为“中国科学工作者宣言”的社论，奋力呼吁“中国今日必须全国团结，实现民主，停止内战，恢复和平”。中国科学社、中国科学工作者协会上海分会还曾专门召开“工业与科学”“急应救济的当前工业”等座谈会，这些座谈会实际是在“科学”名义掩护下的民主论坛，会议上多次指出应该团结起来，代表学界和工业界把苦难呼喊出来，争取自由。

特别是在国民党撤退前，试图炸毁工厂，搬运各种物资。鉴于此，中国科学社上海社友会与中国科学工作者协会上海分会联合，于 1949 年 4 月 17 日在中国科学社召开了“急应救济的当前工业”座谈会，与会者侯德榜、张孟闻、茅以升、黄宗甄、胡厥文等主张保护民族工业，阻止蒋介石军队毁厂移厂。座谈会最后起草宣言：“①希望实现和平，不再打仗；②打仗也至少不要在工业区打，像京沪杭武汉等重要的工业区；③再不可能时，希望不要在工厂附近设防，以保护残存的生产机构；④在工业区以外的工厂，厂房里千万不要驻兵安炮，以避免为对方的军事攻击目标。”[84]

在抗战胜利后，学会还纷纷积极呼吁实施科学建国，为中国的科学发展献言献策，对稳定民心、巩固新中国政权，都发挥了积极作用、产生了积极影响。《科学大众》在创刊词中提出：“中国的繁荣，系于中国大众的繁荣；中国的建设，需要的是以大众为本位，为大众谋福利的建设。建设不能离开大众而存在，作为现代化建设基础的科学，更不能离开大众而独立。建设工作的坚实巩固，尤须以科学种子散播的普遍与深入为先决。”

1949 年 5 月，东北自然科学研究会以解放区科学技术团体的身份，与中国科学社、中华自然科学社、中国科学工作者协会三团体一道，成为召开“中华全国自然科学工作者代表大会”的倡议者之一。

在新中国诞生之初，百废待兴，百业待举，急需大批经济、科技和文教等建设人才。学会结束了之前各自为政、分散发展的局面，很多在科技社团、专业学会的会员们在中国共产党领导下，最终确定了新中国的科学发展方针，把延安和解放区经验作为新中国的科学政策基础，为中国科技团体和科学事业的发展、巩固新中国政权做出了重大贡献。

小　结

民国时期我国科技工作者群体在总体上呈现出以下几个特点：

（1）数量较少，层次较高。他们很多人都曾在海外留学，在国际上的知名学府接受了高等教育。在国内本土求学的这批科技工作者，也是经过千里挑一、万里挑一才考进国内学府的。像之前提到的，据统计，发展到1947年，全国高等学校在校学生大约有155 000人，中等学校1 879 000人，小学2368万人，学龄儿童入学率只有20%左右，全国人口中80%以上是文盲。全国各级各类学校学生仅占人口的5.6%。在1949年，高等和中等分科毕业生共计76 628人。[95]可见，当时能够接受教育，是一件非常难得的事情。在全民受教育都无法得到普及的前提下，注定了当时从事科学研究的人员，总体数量极少，但他们是优中选优的结晶，所以整体层次都非常高。

（2）供职于高校、政府部门较多，企业较少，这与我国科技与经济发展脱节有着一定关系。当时，许多在校毕业生都愿意任职于高校，此外像之前提到的，根据1933年南京政府对中央机关公务人员的统计，总数12 671人的中央机关公务人员中，学习理工农医出身的有1315人，占总数的10.4%。[58]38可见，当时还有许多毕业生具有进入政府部门工作的机会，且具有理工科背景的人数并不少。这也从一个侧面反映出，民国时期科技工作者的社会地位并不低，他们大多从事着稳定的工作，职业前景也不错。

（3）许多人都热心成立社团，科技工作者中多数人都是学会的会员，但在进行学术交流、科研活动中受到政府的支持比较少。尤其是海外留学生陆续学成归国，受到西方学会的耳濡目染，这些留学生在国外或归国后都非常重视倡导组建学会，且由于所学专业影响，一些近代学会具有明显的专业性。例如，最著名的例子就是留美学生发起“科学社”的初衷是传输西方科学。中国科学社成立后，一直积极致力于科学宣传与普及。

（4）留学生群体成为科技工作者群体的核心组成部分。中国近代有成就的科技工作者，多数都曾到过海外进修留学，他们在知识掌握程度、接受专业化训练等方面远胜于清末民初时期的留学生，不少还获得硕士、博士学位，师从当时享誉世界科学领域的名师。多人还拥有海外学术交流的机会。这些都促进了中国近代科学技术领域的发展。

（5）一些有眼光的实业家，如张謇、范旭东、吴蕴初、穆藕初等，还主动投资到科技的研究与开发上，取得了很好的成绩；反之，亦有一些科学家，既做研究工作，又做教授，也做公司经理，虽然很多人都是迫于生活的压力，身兼数职，但也在科学研究的实际开发方面，起到了很好的带头和示范作用。

总之，近代科技工作者队伍是我国现当代科学事业发展的基石。历史资料显示，新中国接收的民国时期遗留的科技遗产中，科技人力主要由三部分组成：一是民国时期本土高等学校和部分中等学校的科技类毕业生，他们多数已经成为各类机构的专业技术人员（据统计，民国时期38年间高等学校毕业生共有25万多人）；二是原来在解放区从事科技活动的人员，他们曾从事与军工相关的科技活动，有些在延安自然科学院或解放区高等学校接受过科技教育；三是新中国成立时仍然留在国外境外的留学生和学者，1929～1946年共派出公费和自费留学生9524人……[109]这样规模和层次的科技工作者群体对中国近代科学的发展，曾起过开拓性的重要作用，同时也为今后凝聚和造就我国科技人才群体，壮大我国科技工作者队伍奠定了重要基础。

民国时期的中国科技工作者群体可以用两句话来概括：总量太少，基础薄弱；精英集萃，成就斐然。

中华民国经过38年的发展，教育仍然停留在精英教育层面，小学教育普及率很低，高等教育覆盖率几乎是万分之一二。在拥有数亿人口的大国，遍地文盲，知识分子阶层弱小，对于要建设一个现代化的国家几乎是不可能的。民国时期科技工作者虽然在地质、农业、气象等领域做出一些科技成果，在少数产业技术方面也有一些突破和收获，但是总体上看，工业化技术基本上是引自国外，而且工业基础非常薄弱，没有形成完整的工业体系。这就决定了民国时期中国是一个落后的农业国家，离当时工业化强国的标准有很大的差距。

面对帝国主义列强的侵略和掠夺，历经多次苦难，在没有教育和科研的环境，要想发展现代科学技术是极其困难的。尽管如此，在民国时期，中国极少数科技精英却在极端困苦的条件下，怀着强烈的爱国主义和忘我的科学献身精神，他们做出的令人瞩目的科学成就，向全世界证明中国人民是有能力发展现代科学技术的。这个弱小的却与世界前沿连接的科技群体贡献的科技成就，对于当时还在苦难中挣扎的中国人民无疑是一种鼓舞，它增强了民族的自信心与自豪感，为新时代的到来、为新中国的建设奠定了科学技术的基础。

第二部分
在计划体制中曲折与奋斗
——毛泽东时代的科技工作者群体

第五章
新中国初期的科技工作者（1949 ~ 1965年）

1949年是中国发生翻天覆地变化的一年。在过去的四年中，中国人民以自己的小米、扁担和推车等为选票，选择了中国共产党和解放军，迅速结束了国共内战，把国民党及其残余势力赶到台湾。1949年10月1日毛泽东在开国大典上宣告中华人民共和国成立，从此中国共产党开始执政，并且带领着拥有四亿五千万人口的大国走向社会主义道路。

在新中国成立初期的17年中，新政权修复了战争的创伤，参加了抗美援朝战争，开始了新中国的社会主义建设。在农村，进行了土地改革并逐步实现了互助组和合作化；在城市，经济恢复后开始了工商业的社会主义改造，将整个国家的经济逐步纳入社会主义计划经济体制中，并在这一体制下逐步建设了自己的工业化体系。在政治上，确立了中国共产党的领导地位，逐步完善了政治协商制度和人民代表大会制度，并建立了与民主党派的新型关系——“长期共存，互相监督，肝胆相照，荣辱与共”。

在这样的社会条件下，新中国的科技事业有了飞速发展，尤其是社会经济和国防建设迫切需要的工程技术得到了强有力的推动，形成了中华民族历史上第一次科学技术发展的高潮。同时，在科学技术的推动下，新中国开始建立自己的工业体系和国防体系。科技工作者群体自身也实现了从数十万级向数百万级的增长，自然科学与工程技术在整个社会中的地位和声望迅速提高，“学会数理化，走遍天下都不怕”成为当时大多数学生的口头语。理工科获得了人们的重视和喜爱，国家的科技工作者队伍自然就能够有足够的发展动力。

但是，1956年后“左倾”政治运动越来越烈，知名的科学家和学者不断受到政治运动的冲击，不少学科带头人和骨干被打成“右派”，受到不公正待遇，很多学科（如社会科学中的法律、政治、经济和社会学等）几乎停止了研究和发展，自然科学中的基础科学也受到阻碍。相比之下，与国民经济和国防军事有密切关系的工程技术领域得到了较大的支持，在高校调整和科研机构的建设中，工程技术类的院校和机构还是得到重视，在计划经济体制下开展了不少技术研发和工程建设，并保证了承担单位的人员和经费等。因此，从总体上看，这一历史时期科技事业发展是迅速的，科技工作者群体有很大的增量，科技对于经济和社会的贡献也是显而易见的。

第一节　新中国成立初期科技工作者的基本情况

一、科技工作者群体的壮大

新中国成立之初，百废待兴。社会主义的建设急需大量掌握科学技术的专门人才，因此中国共产党和政府部门采取多种途径来吸引科技人才、培养科技人才。面对科技人才十分缺乏的情况，对民国时期遗留的科技人员实行的是留用与改造政策，对留学海外的高级科技人才实行的是吸引归国政策，同时积极培养新中国的建设人才。在这样的政策指导下，科技工作者群体不断壮大，并且开始逐步建立新中国的科技体系和工业体系。

（一）在新中国建设的初期就整合科技力量建立了新中国的科技体系

1949 年，国内仅有 30 多个专门研究机构，全国的科研和科技教学人员不超过 5 万人，工程技术人员只有 10 万人左右。中国的科学技术事业在一片“废墟”上重建。1949 年 11 月，在原中央研究院和北平研究院的基础上成立了中国科学院，作为新中国的主要政府研究机构，在随后的几年里陆续成立了中国气象局、地质部等科学技术协调与研究机构。中国的科学技术发展进入了崭新的历史阶段。同时，中国政府大力培养科学技术人才，建立中央和地方的各类科研机构。在很短的时间里，中国初步形成了由中国科学院、高等院校、国务院各部门研究单位、各地方科研单位、国防科研单位五路科研大军组成的科技体系。

1958 年，中国政府对科技管理机构进行调整合并，成立了国家科学技术委员会、国防科学技术委员会。各省（自治区、直辖市）、市、县陆续成立了各级科委，形成了中国的科学技术管理体系。中国科学技术事业进入了国家计划下的发展时期。广大科技工作者在新的科技管理体系下，在自身岗位上发挥专长，为新中国科技体系建立与发展做出了基础性的贡献。

（二）大批海外留学和访问的中国科学家回国参加社会主义建设

在建设新的科技事业的过程中，大批海外留学和访问的中国科学家在新政府的召唤下，在新中国建设蓝图的激励下，纷纷回国参加社会主义建设，发挥专长，报效祖国。例如，正在美国伊利诺伊大学任教的著名数学家华罗庚，听到中华人民共和国成立的消息后异常兴奋，毫不犹豫地放弃了在国外的终身教授职务和优厚的生活待遇，毅然回国。1955 年，航空动力学家冯 · 卡门的学生、时任美国加利福尼亚理工学院教授的钱学森，历经险阻，回国效力。后来的几十年间，他为发展中国火箭、导弹和航天事业做出了不可磨灭的巨大贡献。

到 1957 年，归国的海外学人已经有 3000 多人，约占新中国成立前海外留学生和学者的一半以上。他们回国后，一般被安排到科学院、高等院校，极个别被安排到工业部门的研究所或者工厂，大多数人成为新中国科学技术发展的奠基人或开拓者。在中国科学院选定的第一批 233 名学部委员（后改称院士）中，近 2/3 是这批归国的海外学人。

（三）高等教育的发展和调整为持续培养新一代科技工作者奠定了基础

在科技事业发展的同时，高等教育也得到了发展和调整，为持续培养新一代科技工作者奠定了基础。新中国成立初期，民国时期遗留下来的高校，在人才培养方面难以满足新中国经济建设需要。有关统计显示，1949 年，全国在校大学生人数只有 11 万人，其中工学院每年毕业生连 1 万人都不到，根本无法满足国家工业建设，特别是重工业发展的需要。到 1953 年，国民经济第一个五年计划实行在即，苏联支持的 156 个重点项目使工程技术人才成为我国最紧缺的“资源”。教育部于 1951 年 11 月召开全国工学院院长会议，会议以“培养工业建设人才和师资为重点，发展专门学院和专科学校，整顿和加强综合大学”为精神，揭开了 1952 年全国院系大调整的序幕。

这一轮高等教育的调整改革，主要有以下几个方面。

1. 从政治角度考虑改革了高校体制

从政治角度考虑改革了高校体制，所有的教会大学全部取消，从此中国大陆没有外国教会所办的学校，其院系资源被调整到其他高校中。另外，所有私立高校全部改为公立，高校没有私立性质的。教育体系与当时社会的政治发展方向相一致，而且相比经济领域几乎是超前地完成了公有制和计划体制在高等教育的布局。

2. 从专业角度考虑的院系调整

院系调整，主要是加强工科院校和单科性专门学院的建设。除北京大学、复旦大学等少数综合性大学得以保留外，其他综合性大学都被解体为单科性或多科性的工科大学。各院校的性质和任务均较为明确，工科院校得到了发展，综合性大学得到了整顿，高等学校在院系设置上基本符合国家建设的需要。但是，此次院系调整使得人文社科受损最严重。包括法学在内，一批人文社会科学在这一轮院系调整中被大大削弱了，社会学、政治学、心理学等一批学科停办或被取消。1952 年院系调整，对中国高校原有格局改变很大：医学、农学、法学、财经、政法等科目从原有大学划分出来，或成立单科学院，或进行同类归并。所谓的“大学”，一般只保留自然科学和人文科学，基本任务是培养科学和研究人员及中等学校教师。

3. 从意识形态考虑的高等教育模式改变

由于政治上的“一边倒”，在学习苏联的大环境氛围中，在高等教育模式的选择上，用苏联模式取代英美模式。之前英美大学的教育模式是，院系设置是自上而下，先办一所大学，内设若干学院，院下分系，系下又可分组。国民政府时期又曾规定，一个大学至少要有三个学院，一个学院至少要有三个系。简言之，旧模式下，大学是以系为基础单位培养人才的，院系都是实体性的行政和教学系统。之前各个学校的教学模式各有特点。比如，同济大学原来是德国人办的，所以德式教育痕迹明显，而圣约翰大学、清华大学采用的是美式教育，浙江大学也是英美式教育。并且，当时的综合性大学实行文理科通识教育，独立学院和专科学校中以应用型的文、法、商科为主。采取苏联模式后，被强化的概念是“专业”。对大学来说，首要的不是系别，而是根据国家建设的需要来确定应设立哪些专业和达到怎样的规模，并规定高校各专业应该开设的课程。高等院校依此组织招生和教学活动。同时，苏联教育模式下，大学一上午就要连排 6 节课，每天六七点就开始上课，连生活起居都要跟着苏联学习，这种硬搬照抄导致当时很多师生极不适应。在教育模式上，苏联式的教育模式也被称为“处方式”模式，即针对行业需求来培养专门人才，这一教育理念和新中国成立前的大学形成极大差异。

在“以培养工业建设人才和师资为重点”的院系调整总方针指引下，人文社会科学遭到削弱。“1952 年，全国高等学校从 211 所调整为 182 所，其中工科专业院校大大增加，有 137 所，政治学、心理学、社会学等人文和社会科学学科被取消或被削减，文科类在校学生从 33.1% 降到 14.9%。”[110]

新中国成立初期的 17 年间，科技工作者获得了较大的发展空间，打破了民国时期各研究机构的壁垒和不同科技团体之间的隔阂，共同为祖国发展贡献力量，实现他们科技救国的理想抱负。在中国共产党的领导下，新政府建立了自上而下的中国新的科技体系，为逐步建设完成比较齐全的工业体系奠定了基础。但是，后期来自上层的“左倾”政治路线却干扰了科技工作者正常的研发试验，干扰了科技与经济的正常融合。由于从政治画线，以阶级分派，大多数出身于旧中国比较富裕家庭的科技工作者的经济地位和社会地位受到了始料未及的冲击：从最初的顺利过渡、生活稳定，到后来的思想改造，再到被划归为资产阶级范畴，甚至成为打击或监督的对象。这其中，一批从西方留学归来的科学家——基本上是学科带头人或是某领域的科学技术权威——在短短几年内从社会顶层跌落到底层，逐步成为社会的边缘群体，其积极性被压制，创造性被湮灭。顶尖科技工作者受到排斥和打击，整个科学事业就难以在前沿领域做出成绩，从此以后，中国的科学技术虽然从数量上还在增长，自身也在发展，但是与世界科学前沿的距离逐步拉大，这不能不说是新中国发展初期的一个悲剧。

二、科技工作者的主要组成

此历史阶段的科技工作者主要由三个部分组成：①存量，即民国时期遗留的已有科技工作者；②增量，即新中国培养的科技类毕业生；③回流的科技精英，即留学归国的科技工作者。

科技类毕业生是科技工作者的主要来源，本阶段的科技工作者增量可以理解为：理、工、农、医四类专业领域的学生毕业后主要都流向了社会各界的科技岗位。除此之外，经济类和法律类等其他专业领域的毕业生在实际就业时也存在走向科技岗位的可能，但数量相对较少。另外，文、史、哲的博士研究生因具备科研能力，进入高校和科研机构从事研究工作，也应列入科技工作者的范畴，但数量更少。本章在介绍科技工作者增量时，主要以理、工、农、医毕业生为主。

（一）存量：1949年科技工作者数量达到26万人

1911～1949年民国时期的38年中，通过本土培养、留学归来和部分自学成才的技术人员等方式的积累，我国的科技工作者群体已经达到26万。这是历史形成的，也是中国向世界科技强国学习、交流及自强奋斗的硕果。本节通过其专业领域的划分，分别予以论述。①

1.教学人员

参考国际上对科技人力资源的定义，我们认为在教师中，从事中等及以上科技类教育的教师应纳入科技工作者的范畴。因此，专任教师主要包括两类：①高等教育学校的所有教师，包括普通高校、成人高校和民办的其他高校教师；②中等教育学校科技类专业教师，包括普通中学、技工学校、（农业中学和）职业中学、普通中等专业学校（含中等技术学校和中等师范学校）、成人中等专业学校、成人中学、成人技术培训学校科技类教师。其中，高等教育的教师因具备一定的研究能力，我们将其全部纳入科技工作者的范畴。中等教育学校的科技类教师数的计算方法是，根据教师教学学科的情况，将从事科技类教学的教师剥离出来②。

根据《中国教育统计年鉴》，1949年普通高等学校的教师数为1.6万人，全部纳入科技类教师。中等教育的教师主要包括三类：一类是普通中学，本书取教师总数的30%为科技类教师，其数量为2.01万人③；第二类是中等专业学校，具体又包括中等技术学校和中等师范学校，其中中等技术学校的科技类教师本书取总数的70%，为0.49万人④，中等师范学校科技类教师占比值取20%，为0.18万

① 此处毕业生主要指理、工、农、林、医五类科技类毕业生，且考虑到计算每一阶段毕业生总量是通过加和每一年的毕业生得来，因研究生来自本科毕业生，为避免重复计算，研究生的数量未被统计在内。

② 高等教育教师数和中等教育教师数的具体计算过程参见附录。数据来源主要是人民教育出版社出版的《中国教育成就统计资料1949—1983》及1983年以后历年的《中国教育事业统计年鉴》。

③ 1957～1965年，我们将数学、物理、化学、生物、地理、职业劳动和其他（取50%）纳入科技类教师，计算出科技类教师数占总数的平均值在46%～47%。考虑到新中国成立之初，科技类占比相对会较小，我们约取30%。

④ 目前关于中等技术学校中科技类专业的教师数量有两种口径，一种是按照学校类别的统计数据，即按照“工业学校、农业学校、林业学校、医药学校”等学校类别来统计；另一类是按照课程分类的统计数据，即按照“数学、物理、化学、生物”等课程类别来统计。相较而言，后者更为准确，但因前者数据相对较全，这样，考虑到数据的可获得性，本书口径以前者为主。此外，我们通过对比两类口径都有数据年限的数据，发现二者之间的误差较小，前者略大，因此在准确性上采用前者数据是有保障的。我们将工业学校、农业学校、林业学校、医药学校专任教师全部纳入，其他学校纳入50%。根据可获得的数据，1949～1951年、1960年、1966～1970年、1991～1993年的数据缺失，对1960年、1966～1970年、1991～1993年的数据，我们通过前后数据平均增长的方式进行推导；对1949～1951年的数据，我们能得到中等技术学校的总教师数，通过计算1952年后若干年的科技类教师的平均占比来计算，根据计算结果，我们采取的占比为85%。

人[①]，得出总数为0.67万人；第三类是技工学校，根据推算，技工学校的科技类教师数为0.03万人[②]。这样，科技类教师人员总数为4.31万人（表5-1）。

表5-1　我国科技类教学人员总数　　单位：万人

普通高校	中等教育			科技类教学人员总数
	普通中学	中等专业学校	技工学校	
1.6	2.01	0.67	0.03	4.31

2. 科学研究人员

根据《中国科学院1949—1950年全国科学专家调查综合报告》，1949年，仅中国科学院系统在全国的科研人员就有867人，1952年统计科研人员为900人。考虑到除了中国科学院系统外，还存在其他科研院所，因此研究组认为1952年900人的统计数据比实际偏小，即便是1949年应该也不止900人。同时，《全国专业技术人员统计资料汇编》还给出1953年的科研人员数据为2000人，且此后几年都以1000人/年的速度增长，对这一数据及之后的增幅研究组认为较为可信。研究组分析，1952年以前之所以偏小，可能是由于当时部分研究机构尚未被接管或调整，所以在统计数据上没有反映。所以研究组根据1949年中国科学院系统的867人和1953年2000人的数据，估计1949年科学研究人员大概有1200人。

3. 工程技术人员

1949年数据是根据1952年数据减去期间有可能供给工程技术人员的工科毕业生得来。这一供给渠道包括两类：一类是高等教育的工科毕业生，除少数读研究生外，基本就业；第二类是中等职业教育的工科毕业生，在新中国成立初主要是中等技术学校的毕业生。其中，1949～1951年高等教育的工科毕业生数总数为1.39万

---

① 关于中等师范学校专任教师的统计数据，仅有总数和部分按照课程分类的统计数据。专任教师的总数数据缺少1949～1951年、1966～1970年的；分课程教师数仅有1963～1965年、1983年、1987～1990年、1991～1998年的，且根据历史阶段的不同，有多种统计口径。1994年之前的统计口径基本按照"数学、物理、化学、生物、地理、教育学、其他、专业课、技术基础课等"这一分类体系。从1994年开始，统计口径变为"工科、农科、林科、医科、财经、管理、政法、师范、技术基础、实习指导等"这一分类体系。但根据已有数据计算，可获得科技类专任教师的占比约为35%，因此我们根据中等师范学校专任教师的总数和这一占比来推算中等师范学校中科技类专任教师的数量。

② 根据统计文献，可获得的技工学校专任教师数据包括1970～1973年、1975～1976年、1978年、1980年、1985～2012年的数据。可获得的当年在校学生数据包括1949～1959年、1971年、1973年、1975年、1977～1978年、1980年、1982年、1984～1986年、1988年、1990年、1992年、1994年、1996～1997年、1999年。因教师数据较少，我们采取的方法是根据已有的学生数及可计算出来的部分年限的生师比，来推算其余的教师数。

人。关于中等教育的工科毕业生，根据前面所述，新中国成立前在中等教育中约2/3是初级类毕业生（即相当于初中学历）。①[111] 根据相关学者研究，基本上在1952年之前，尤其是在1949年，中等技术学校的毕业生中仍然沿袭新中国成立前大量存在初级毕业生的情况，即工科毕业生中初级毕业生约占2/3，所以仅有1/3是工程技术人员的来源渠道，即0.55万人。这样，三年期间具有高中以上学历的毕业生总数为1.94万人（表5-2）。因此，可以推算1949年的工程技术人员约为11.46万人。

表5-2　1949～1951年我国每年的工科毕业生数

年份	高等教育工科毕业生/万人	中等教育工科毕业生（中等技术学校）/万人
1949	0.48	0.63
1950	0.47	0.55
1951	0.44	0.46
总数	1.39	1.64

4. 农业技术人员

农业技术人员也仅提供1952年以后的数据，1952年的数据为1.98万人。采用与工程技术人员相同的方法，得出1949～1951年三年间农业技术的高等教育毕业生供给量共计0.5万人，中等教育的毕业生供给量1.47万人，与工程类技术人员一样取1/3，为0.49万人。那么，三年的总供给量为0.99万人（表5-3）。这样，得出1949年的农业技术人员为0.99万人。

表5-3　1949～1951年我国每年的农林科毕业生数

年份	高等教育农林科毕业生/万人	中等教育农林科毕业生（中等技术学校）/万人
1949	0.18	0.71
1950	0.16	0.47
1951	0.16	0.29
总数	0.5	1.47

5. 卫生技术人员

根据《新中国五十年统计资料汇编》及2013年《中国卫生和计划生育统计年鉴》，1949年的卫生技术人员总数为50.5万人，其中，统计年鉴主要列出了现

① 而在新中国成立之初，根据相关学者的研究，1949～1952年是新中国成立后对职业技术教育的接管改造与调整整顿阶段，并且于1951年底全部整顿完毕。这一时期的中等职业教育的调整主要是把职业学校改称技术学校，发展方向调整为以中级为主。到1954年，国家规定中等专业学校开始招收初中毕业生，学习三年或四年，从而确立了我国中等专业教育制度的基本模式。

代医学的医师（包括医师、医士和中医）和护士的数据，另有 10.9 万人员统计年鉴未列出类别，但根据研究组调研，此类人员应主要是负责设备操作的技师。其中，医师为 4.9 万人，研究组将其全部纳入。医士为 3.8 万人，根据西医士的概念①，其职称比助理医师还要低，因此此类人员的学历层次可能较低，可能有一大部分是中等教育中的初级，因此我们对这一数据取 1/3，得出医士的数量为 1.27 万人。中医为 27.6 万人，根据相关学者 1951 年对川东的万县、江津等 5 个文化条件较好的县所做的统计[112]，"中医从业人员中受过高等教育的仅有 1%，具有普通中级文化程度的占 20%"，研究组分析全国数据应不高于这一数据。在此，我们估计普通中级也包括初级的中等水平，这样我们也取 1/3，那么中等的实际上约占总数的 7%，加上高等的占比，我们估计川东这一地区获得中等以上教育的中医比例仅约占 8%。考虑到全国的数据应该略低于这一比例，研究组约取 6%，得出即为 1.66 万人。这样，医师总数为 7.83 万人。另外，护士（护师）和技师数量分别为 3.3 万人和 10.9 万人，这两类人员的层次较低，尤其在新中国成立初，极可能大多数仅获得初级的中等教育，因此研究组都取 10%，分别得出 0.33 万人和 1.09 万人。这样，得出总数为 9.25 万人（表 5-4）。②

表 5-4　1949 年的卫生技术人员数　　单位：万人

年份	医师	医士	中医	护士 / 护师	技师	总数
1949	4.9	1.27	1.66	0.33	1.09	9.25

最后，我们可以得出 1949 年的科技工作者总数约为 26 万人（表 5-5），这是民国时期给新中国留下的科技人力财富。

表 5-5　1949 年的科技工作者总数　　单位：万人

年份	科技教学人员	科学研究人员	工程技术人员	农业技术人员	卫生技术人员	总数
1949	4.31	0.12	11.46	0.99	9.25	26.13

（二）增量：17 年间培养的科技类毕业生约为 150 万人

近代中国的教育虽然在国民党的"黄金十年"期间得到了较好的发展，但从

① 百度搜索"西医士"：临床医生有高低不同的职称，代表这个医生的水平和资历。分为医士、助理医师、医师、主治医师、副主任医师、主任医师。主任医师是最高职称。只有医师及其以上职称才有独立处方权。医士这个说法现在已经基本上不提了，因为执业医师考试一开始就从助理医师考起。只有在乡村的基层医院还存在这种说法。

② 另外，据根《2003 年中国卫生统计年鉴》中对普通高、中等院校医学专业毕业人数的统计，1928 ~ 1947 年高等医药院校毕业生 9499 人，新中国成立前中等医药学校毕业生 41 437 人。那么也就是说，新中国成立前获得中等教育的医学类毕业生总数为 5.09 万人。

根本上来看，由于国民党政府不重视科学技术的发展，且后期统治官僚严重腐败，中国社会发展的重要人才群体，科技工作者群体的增长非常缓慢。高等教育基本上还是服务于上层社会的小众群体——没有真正惠及普通大众；另外，科技教育也没有得到应有的重视，科学教育体制还处于十分落后的状态。因此在近代的发展中，科技的落后导致中国始终是一个弱国，没有现代科学技术作为基础，工业化和军事现代化无法实现，在外交领域和战争中，中国难以作为强者发声，作为胜利者指点江山。新中国成立后，一方面，中国共产党全面实行了科学的大众化及科技普及的方针，确立了科学技术为人民大众服务的政治取向和价值取向；另一方面，为了建设强大的社会主义国家和服务经济建设的需要，改革和建立科学教育体制，培养新中国的建设人才，就显得刻不容缓。新中国在原国民政府的科学技术建制的基础上，对科技教育体系进行了重建，对科技力量进行了重组，效果十分明显。

新中国成立初期的 17 年间，高等教育培养的科技类毕业生[①]共计 151.69 万人，年均增幅达 31%。这 150 多万名科技类毕业生成为支撑新中国科技事业发展的基础和主要力量。这一阶段，根据当时的政策与发展环境，大体上可以分为两个阶段。第一个阶段是 1949 ～ 1956 年，是科技工作者培养获得较稳定发展的阶段，这一阶段我国的科技工作者群体在服务经济建设的目标下，获得了初步发展和壮大，7 年间培养的科技类毕业生的数量共计达到 41.43 万人，增幅达 4.77 倍，年均增幅达 25%。第二个阶段是 1957 ～ 1965 年，在这一阶段培养的科技类毕业生数量共计达 114.73 万人，较之前一个阶段又有了进一步发展。但由于当时在对知识分子的政治属性界定上十分不稳定，这一阶段的科技培养状况有较大波动，总体上呈曲折上升趋势。总体而言，新中国成立初的 17 年间，科技工作者的培养有如下两个特点。

（1）科技工作者的培养受到政治因素的强烈影响。从大学的科技类招生数可以看出，在 1956 年之前招生数基本上是稳步、缓慢地增长，但在 1956 年达到峰值后，1957 年开始陡然下降，之后两年又大幅增长，1960 年又开始大幅度下降，可以看出 1957 年之后的增长不稳定，主要是由当时的知识分子政策所致（图 5-1）。毕业生的情况也是类似，由于相对于招生有 4 年的滞后性，所以 1960 年科技类毕业生的陡增基本上是源于 1956 年招生上的大幅增加（图 5-2）。而且，如图所示，科技类招生数和毕业生的这些增长趋势基本和大学所有学科的总体情况基本一致。

---

① 本书所指的科技类毕业生包括理工农医四类普通高等教育的毕业生，科技招生数也是类似。

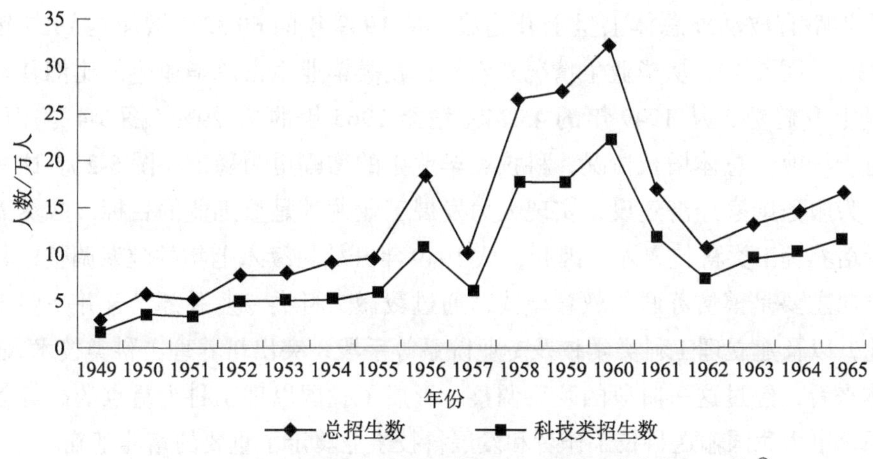

图 5-1　1949 ～ 1965 年我国普通高校总招生数和科技类招生数[①]

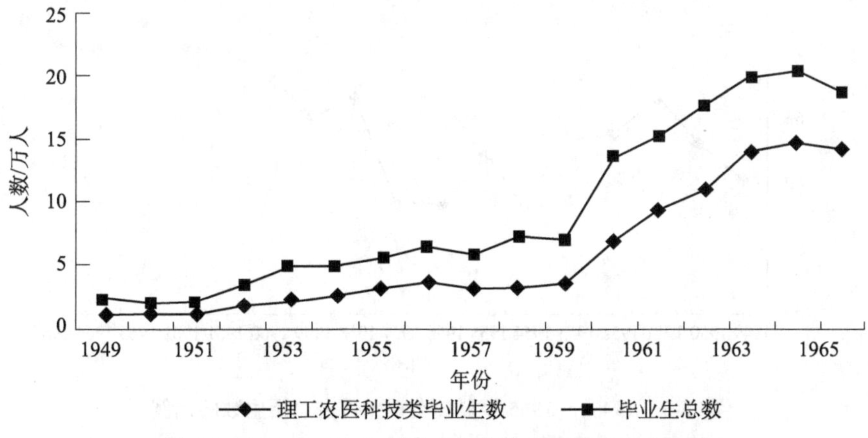

图 5-2　1949 ～ 1965 年毕业生总数和科技类毕业生数

在这一阶段，在知识分子政策框架下，关于知识分子是属于工人阶级还是资产阶级，党内始终有不同意见，在不同的阶段有不同的判定和反复。而上述科技类招生数的变化，从时间点上来判断，基本上是源于在政治上对知识分子的定性的变化。例如，1956 年党的知识分子政策比较宽松，1957 年形势陡然逆转，开始出现“左倾”错误，1958 年底开始纠正“左倾”错误，1959 年开始反“右倾”斗争，1961 年又开始纠正“左倾”错误等。政治上对知识分子的定性在一定程度上影响了高等教育的发展，也必然影响到科技工作者的培养。

（2）高等学校院系调整政策促进了理工类科技人才的培养。从这 17 年的招生情况来看，科技类招生数占总招生数的比例基本上都在 60% 以上，而且

① 参见《新中国五十年统计资料汇编》。

除几年略有波动外总体上呈上升趋势，从 1949 年的 60.32% 增加至 1965 年的 70.73%（图 5-3）。从毕业生情况来看，科技类毕业生占总毕业生的比例基本也都呈上升趋势，从 1949 年的 45.24% 增至 1965 年的 76.29%（图 5-4）。而且，相对于毕业生总体增长情况，科技类毕业生的增幅更为稳定（图 5-2）。这一时期，为服务国家经济建设，实现大力发展工业尤其是重工业的目标，必然需要大量培养理工类科技人才。因此，从 1949 年开始持续六七年的院系调整，其调整方向主要是模仿苏联的教育模式，通过裁撤文科类专业系部，合并一些学校专业，以及建立理工科类学校及专业院系等手段，突出培养理工科类技术人才。总体来看，经过这一阶段的院系调整，形成了我国以理工科为重点的高等教育格局，也为我国输送科技工作者和发展科技事业奠定了重要的培养基础。

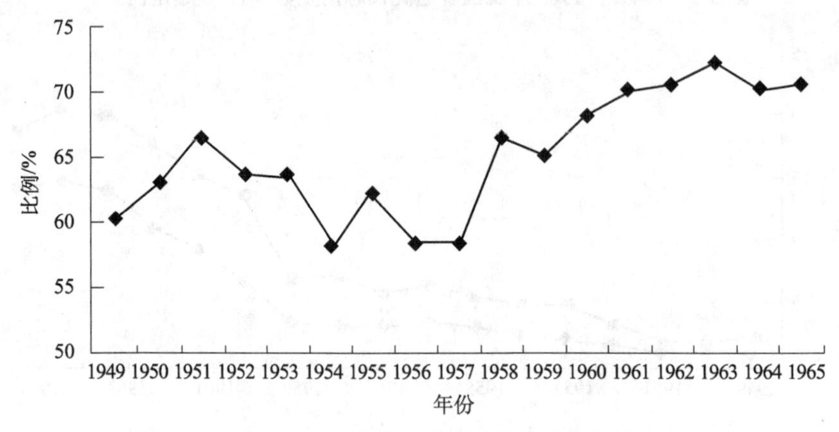

图 5-3　1949 ～ 1965 年科技类招生数占总招生数的比例

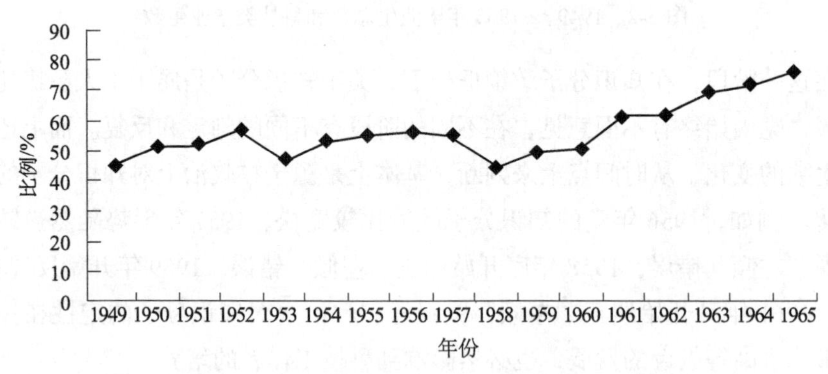

图 5-4　1949 ～ 1965 年科技类毕业生总数占总毕业生数的比例

（三）回流：留学归国的科技精英约 9000 人

新中国成立初期，我国的教育事业因连年的战乱而发展迟缓，很难在短时期内培养出国家建设所需的各类人才。因此，号召海外人才回国参加社会主义建设意义重大。[113] 而我国政府也早在新中国成立前夕就已着手动员海外留学生和学者，特别是已经学有所成的科学技术专家回国事宜。与此同时，在海外的中国留学生和科学家也渴望回到祖国，投身到社会主义的建设中。

在新中国刚成立的 1949 年，有 700 ～ 800 位科学家和工程技术人员回国，在后来的 3 ～ 4 年中，估计有 1000 多留学生或访问学者归国。这一阶段因我国尚未派出或派出数量还较少，所以主要是民国时期出国的留学生和访问学者从海外归来。从回国的就业情况看，理工农医专业领域的科技工作者回国后基本上都进入了机关厂矿和学校，其中有半数以上进入机关厂矿，有三成以上进入学校，可见这些科技工作者回国后主要还是投入到服务经济建设的行业中，继续学术研究的相对要少些（表 5-6）。

表 5-6　1949 ～ 1954 年留学回国人员人数统计 [113]　　单位：人

时间	回国人数	登记人数	就业人数
1949 年 8 月至 1950 年 6 月	700 ～ 800（估计）	409	383
1950 年 7 月至 1950 年 12 月	500（估计）	283	268
1951 年 1 月至 1951 年 12 月	452	288	304
1952 年 1 月至 1952 年 12 月	128	113	126
1953 年 1 月至 1953 年 12 月	89	76	57
1954 年 1 月至 1954 年 12 月	63	63	65
总计	约 2000	1232	1203

注：转引自李滔：《中华留学史录（1949 年以后）》，北京：高等教育出版社，2000 年，第 61 页。

根据宋健先生的文章 [93]，20 世纪 50 年代，中国先后与苏联、东欧各国达成交换留学生协议并陆续执行。由中国教育部门派出的留学生，1950 年 35 名，1951 年 381 名，1952 年 231 名，1953 年 675 名，1954 年 1518 名，1955 年 2093 名，1956 年 2401 名。1957 ～ 1960 年每年四五百人。60 年代初中苏关系恶化后，留苏人数进一步减少，1964 年以后基本停止，改向西方各国派遣。根据《新中国五十年统计资料汇编》的统计，1949 ～ 1965 年我国教育部门派出的留学人员约 10 668 人，回国的为 8213 人（图 5-5）。同时，根据李滔的《中华留学史录（1949

年以后）》①，在1949～1954年的6年间，约2000位归国人员中，理工农医类科技工作者占了52.7%（表5-6、表5-7），也就是说当时归国的人员中约有半数是科技工作者。据此比例推算，在新中国成立初的17年里，我国教育系统派遣归国的科技工作者为4000多人。除前述教育部门派出的以外，“一五”期间由工业部门独立派出7800人去苏联、东欧工厂、矿山对口实习，学习工艺技术和管理，其中管理人员609人，工程技术人员4876人，工人2291人，其他44人。将其中的工程技术人员和教育系统派遣的相加，这一阶段回国科技工作者近9000人。他们回国后，无条件地服从组织分配，奔赴祖国最需要的地方，奉献出自己的智慧和青春年华，成为后来发展工业和全面建立科研体系的骨干力量（表5-7）。

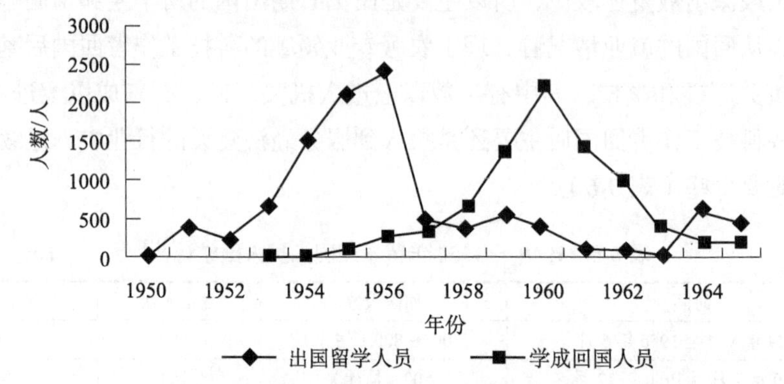

图5-5 1950～1965年我国教育部门派出的出国留学人员和学成回国人员数②

表5-7 1949～1954年归国人员就业情况统计[113]

就业类型	理/人	工/人	农/人	医/人	文教/人	政法/人	财经/人	未详/人	总计	
									人数/人	比例/%
机关厂矿	64	148	40	43	85	40	50	—	470	45.3
学校	76	78	20	33	80	9	30	—	326	31.4
学习	2	7	2	2	54	54	49	—	170	16.3
其他	15	14	—	4	21	4	14	2	74	7
总计	157	247	62	82	240	107	143	2	1040	100
比例/%	15.0	23.8	6	7.9	23.2	10.1	13.7	0.2	100	—

注：转引自李滔：《中华留学史录（1949年以后）》，北京：高等教育出版社，2000年，第61页。

从图5-5可以看出，出国留学人员和留学回国人员在数量上相隔3～4年能形成相同趋势，这表明出国留学时长为3～4年，并且这一阶段派出的人员回来的比例较高。

① 同时根据李滔的《中华留学史录（1949年以后）》，1949～1965年我国教育部门共派出10 698名留学人员（主要是大学以上学历的学生和进修教师），其中在1949～1954年的6年间，约2000名归国人员。二者数据基本吻合。

② 参见《新中国五十年统计资料汇编》。

第二节　新中国成立初期科技工作者的总量和结构

根据前言给出的科技工作者的定义，以中共中央组织部（以下简称中组部）、原人事部和科技部合编的《全国专业技术人员统计资料汇编》中的专业技术人员的统计数据为基本依据，在此基础上进行补充和调整。第一，科技工作者的主体是：第一是科学研究人员、工程技术人员、农业技术人员、卫生技术人员和科技类专任教师，是科技工作者中最重要的部分；第二是具有高级职称的经济和法律类人员，具体包括：高级经济师，高级会计师，高级统计师，一级、二级律师公证员（此部分人员数据仅从 1980 年开始有统计）；第三是辅助科技工作的人员，包括科技管理和服务人员、专职科普活动人员；第四是不具有高等教育学历但从事科技工作的技能型人才，包括高技能人才和乡村医生。①

根据上述分类，通过计算，1949 年新中国成立时，我国的科技工作者数量约为 26 万人，其中科学研究人员和工程技术人员总数不到 12 万人，难以满足经济建设，尤其是工业发展的需要。为迅速恢复和发展国民经济，党和中央政府采取了各种手段，加强科技人才的培养、管理和使用。经过十多年的发展，到 1965 年，我国的科技工作者数量达到 352 万人，在 17 年间增加了 13 倍。

可以比较一下：国民政府经过 38 年的教育和科技事业的发展历程，到 1949 年科技工作者增长到 26 万人（当时我国人口 5.4 亿人），占总人口的万分之 4.8；新中国只花费了 17 年的时间，就将科技工作者群体增长到 352 万人（1965 年人口为 7.2 亿人），占总人口的万分之 48.8。科技工作者群体的增长大大超过了当时人口的增长速度，其占比增加了一个数量级，为新中国建设比较齐全的工业体系和科技教育体系奠定了科技人力资源的基础。

---

① 在上述数据中，1949 ～ 1999 年的科学研究人员、工程技术人员、农业技术人员主要来自《全国专业技术人员统计资料汇编》；2000 年后的这三类数据来自《2013 年中国科技统计年鉴》卫生技术人员的数据，通过对不同统计渠道的对比分析，我们认为卫生部历年的《中国卫生统计年鉴》最为可靠，根据《2013 中国卫生统计年鉴》也可获得 1949 ～ 2012 年的全部数据；在关于教师的统计方面，因目前的统计中暂没有针对科技类的教师数，我们以人民教育出版社出版的《中国教育成就统计资料 1949—1983》和 1983 年以后历年的《中国教育事业统计年鉴》为基础进行剥离计算，具体计算过程参见附表 6-1；具有高级职称的经济和法律类人员的数据来自《全国专业技术人员统计资料汇编》；科技管理和服务人员主要指公务员中的科技管理和服务人员，通过测算公务员中的科技工作岗位占比来推算，专职科普活动人员数据主要来自《中国科普统计》；高技能人才的数据主要来自《中国劳动统计年鉴》，乡村医生的数据来自卫生部的《卫生统计年鉴》。

一、科技工作者总量

综合五类主体科技工作者在 1949 ～ 1965 年的数据情况（表 5-8、图 5-6）可以看出，在这 17 年间，科技工作者的数量从 1949 年的约 26 万人增长至 1965 年的约 352 万人，获得了大幅度的增长。除 1962 年的科技工作者出现暂时的下降以外，基本上都呈现比较稳定和良好的增长趋势。在新中国成立之初的七八年，科技工作者的增幅略显缓慢，这与我国刚刚成立各方面基础都比较薄弱的情况比较相符。从 1956 年左右开始，科技工作者的数量增幅相对较大，随着我国社会主义改造的完成和经济建设规模扩大，对科技工作者的需求进一步加大，科技教育有了较快的增长。其中显示出的波动，是由于这段期间我国的知识分子政策较为不稳定。

表 5-8　1949 ～ 1965 年科技工作者总数　　单位：万人

年份	科技教学人员总数	科学研究人员总数	工程技术人员	农业技术人员	卫生技术人员	总数
1949	4.31	0.12	11.46	0.99	9.25	26.13
1950	5.69	0.13	12.15	1.41	14.35	33.73
1951	6.77	0.14	12.81	1.72	20.38	41.82
1952	8.70	0.15	13.4	1.98	29.41	53.64
1953	10.68	0.20	17.55	4.53	38.64	71.6
1954	13.54	0.32	22	5.26	48.58	89.7
1955	14.13	0.47	28.2	6.99	55.99	105.78
1956	19.95	1.64	41.46	9.11	71.18	143.34
1957	25.53	0.97	41.33	11.35	82.21	161.39
1958	30.76	2.89	43.12	10.19	117.95	204.91
1959	42.53	4.78	64.57	15.74	125.03	252.65
1960	55.19	5.94	71.73	16.37	139.02	288.25
1961	47.28	4.29	85.31	20.25	139.47	296.6
1962	43.83	3.39	78.76	18.25	133.79	278.02
1963	46.17	4.07	91.97	21.77	139.68	303.66
1964	50.51	4.54	106.02	23.87	144.25	329.19
1965	55.31	4.86	115.73	24.22	151.43	351.55

注：阴影部分为推算数据，推算的具体方法参见附录 6。

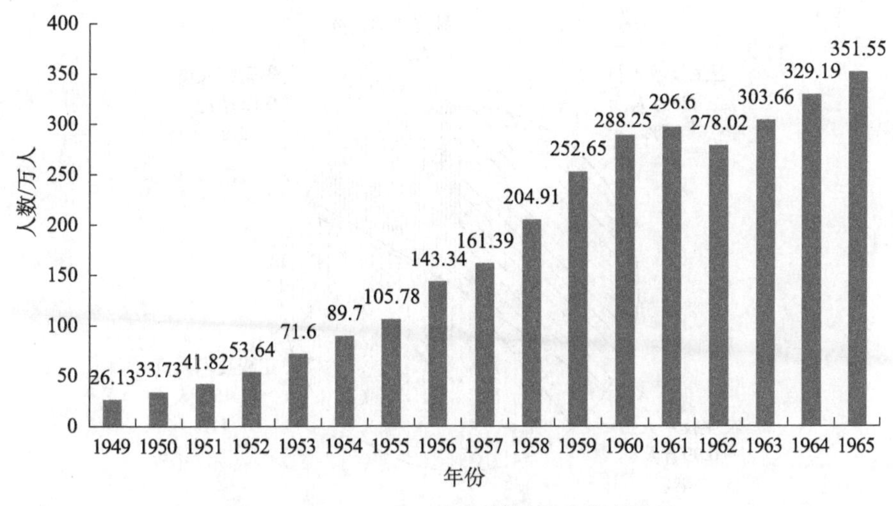

图 5-6　1949 ～ 1965 年间的科技工作者数量

二、科技工作者的结构——向“实用化”转变

（一）专业结构表明工程技术人员和卫生技术人员的涨幅最大

专业技术结构是指按照科技工作者的专业技术类别进行划分而得到的总体结构。由图 5-7 可以看出，在新中国刚成立的 1949 年，我国的科技工作者中占比最大的是工程技术人员和卫生技术人员，分别占 44% 和 35%。到 1965 年，工程技术人员和卫生技术人员的比例分别变为 33% 和 43%，二者的占比仍然最大，其中，卫生技术人员增长了 8%。另外，从绝对值来看，卫生技术人员和工程技术人员的增幅也是最大的，分别增长了 142 万人和 104 万人。

卫生技术人员的这一增长，一方面是由于人口的快速增长引发相应医疗服务供给的提升，17 年间人口从 5.4 亿人增长至 7.3 亿人，增长了近 2 亿人；另一方面是因为人民生活水平的提高也对医疗服务提出更多需求，说明党和政府在执政伊始就十分关注民生问题。在增幅较大的卫生技术人员中，增长最为突出的是医疗卫生器械和设备的操作技师和维修技师，1965 年这一群体的实际增幅达到 52.3 万人，而医师的增幅为 66.7 万人。

这一阶段增长最为快速的实际上是工程技术人员，这与当时国家重点发展工业特别是发展重工业的方针政策相吻合。在 156 项重点工业工程项目的带领下，新中国开始建设自己的工业体系和军事工业体系，大大增强了对科技的需求，工程技术人员成为国家建设的宝贵人力资源。

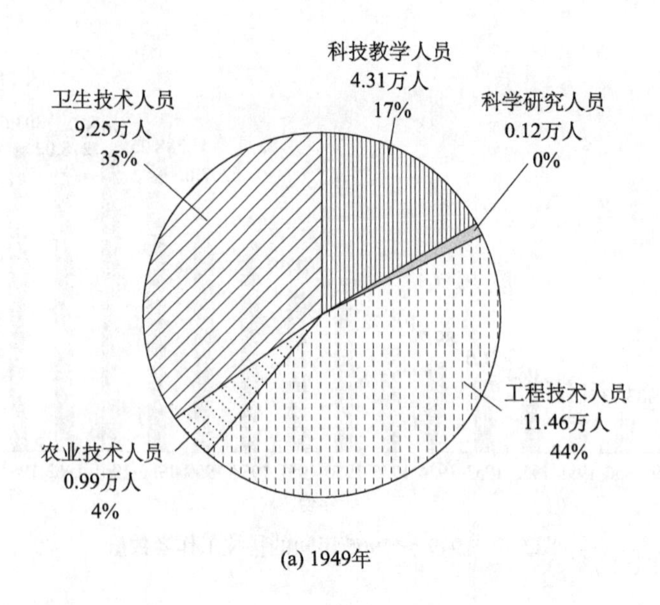

(a) 1949年

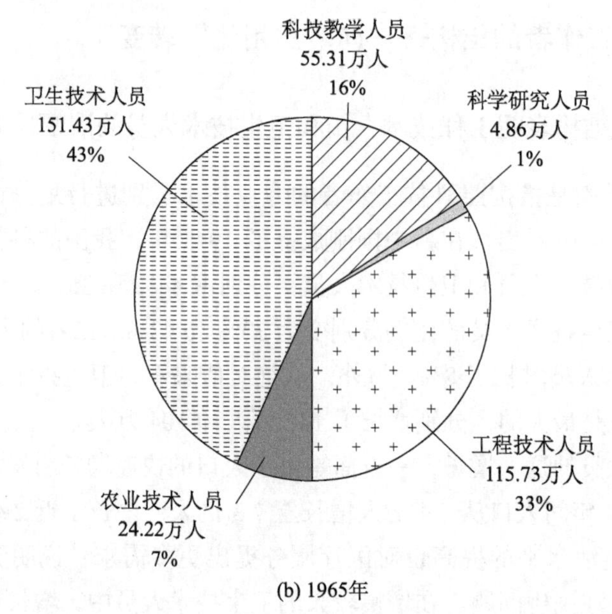

(b) 1965年

图 5-7　1949 年和 1965 年科技工作者的专业结构情况

另外，到 1965 年，农业技术人员和科学研究人员的占比也略有增长，各类专业技术人员占比差值趋于减小，增长呈现较为均衡的趋势。这说明新中国成立以来，我国加大了对各类科技领域的关注和投入，并取得了一定的成效。

从各类专业技术人员自身的发展趋势来看（图 5-8），作为科技工作者中层次较高的科学研究人员在 1956 年以后的变化最为不稳定，这种不稳定一方面是由于数据基数本身较小，变化的显示度比较明显，同时也可能是当时高层次的科技工作者受政策的影响较大。其余四类科技工作者，除了1958～1960年“大跃进”时期科技类教师有比较突出的涨势及随后的回落外，其增长基本上都相对稳定，可见新中国初期的17年间，科技工作者的发展环境相对还是比较稳定的。

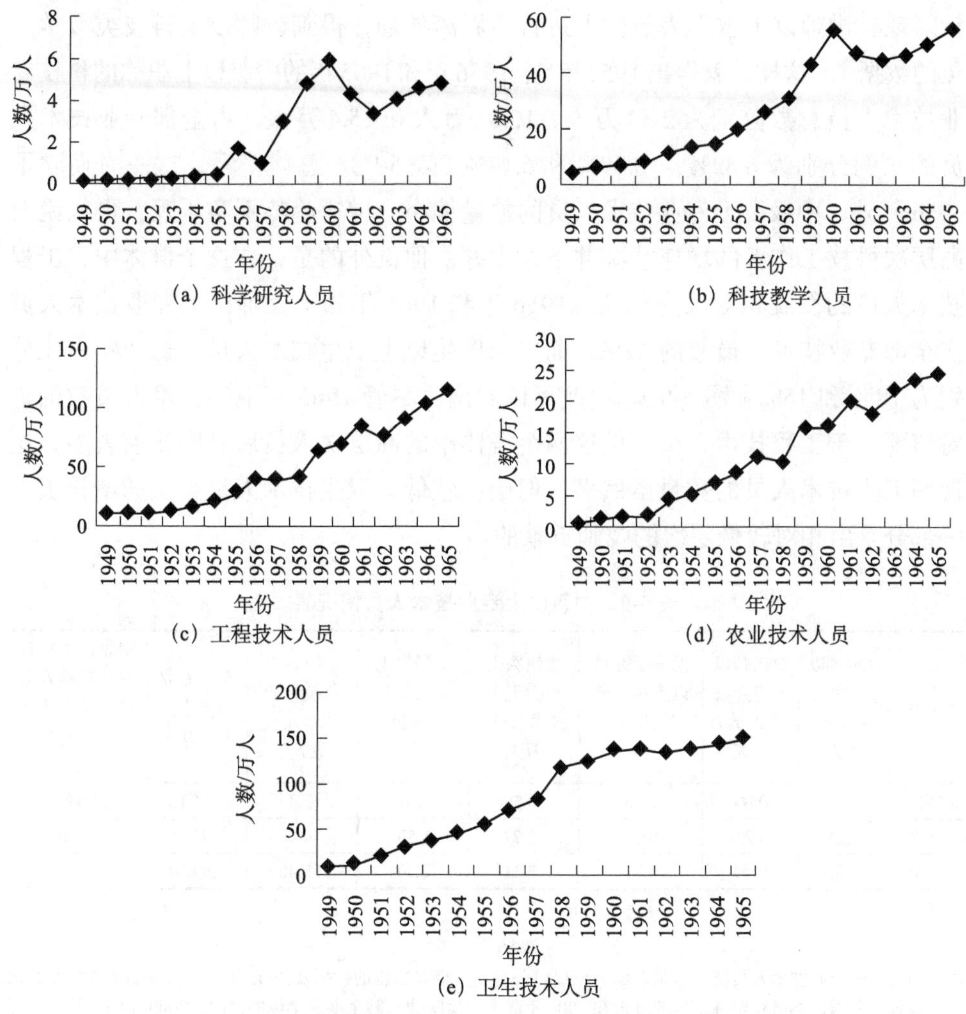

图5-8　1949～1956年的科学研究人员、工程技术人员、农业技术人员、卫生技术人员和科技教学人员数

（二）职称结构[1]显示高层次科技工作者的增速缓慢

《全国专业技术人员统计资料汇编》的统计提供了1952年以后中级以上科技工作者的数据，包括工程师以上技术人员、农艺师以上技术人员、助理研究员以上科学研究人员、主治医生以上卫生技术人员和讲师以上科技类教学人员。其中，本书仅将中等教育学校及以上教学人员纳入科技工作者范畴，所以针对现有讲师以上教学人员数据进行了剥离处理，得到讲师以上科技类教学人员的数据[2]。这样，就得出1952年[3]、1956年和1965年的中级以上职称的科技专业技术人员总数分别为2.33万人、10.01万人和15.4万人，占全部专业技术人员的比例分别为6.82%、10.69%和6.17%（表5-9）。总体来看，这一时期除了1956年外，中级以上专业技术人员的数量偏小，增速趋势不容乐观，再次说明高层次科技工作者的增速状况并不是太好。但例外的是，在这个群体中，工程技术人员的发展相对较为稳定，1956年和1965年的工程师以上专业技术人员占全部专业技术人员数的62%。而主治医生以上卫生技术人员，这两年占比分别为18%和15%（图5-9）。由此可以看出，尽管1965年卫生技术人员数的绝对值要大于工程技术人员，但这两个群体中的高层次人员后者则比前者多，这说明卫生技术人员的数量虽然多，但层次较低，卫生技术人员数量的增长很大一部分是由相对较低层次的技师贡献的。

表5-9　中级以上专业技术人员情况表

年份	工程师以上专业技术人员/万人	农艺师以上专业技术人员/万人	助理研究员以上科学研究人员/万人	主治医生以上卫生技术人员/万人	讲师以上科技类教学人员/万人	中级以上科技专业技术人员总数/万人	全部专业技术人员数/万人	中级以上科技专业技术人员占全部专业技术人员的比例/%
1952	1.68	0.09	0.06	0.50		2.33	34.15	6.82
1956	6.21	0.23	0.27	1.77	1.53	10.01	93.63	10.69
1965	9.62	0.24	0.73	2.31	2.50	15.40	249.74	6.17

① 因《全国专业技术人员统计资料汇编》仅提供公有制企事业单位的数据及2000年的非公有制企业的专题调查统计数据，本书对职称结构的分析在2000年前主要反映公有制企事业单位的情况，2000年的则将非公有制企业纳入进来。同时，《全国专业技术人员统计资料汇编》中卫生技术人员的数据与《中国卫生统计年鉴》不同，较之后者偏小，尽管本书在统计时采用的是后者的数据，但出于职称结构分析的需要，此处只能采用前者数据。

② 具体的剥离方法是，假定在同一年，不同的职称中，科技类教师的占比都相同，也就是讲师以上科技类教师对讲师以上所有教师的占比，与科技类教师对所有教师的占比相同（即科技类教师数对中等以上教师数的比例），通过科技类教师占总教师数的比例来计算出讲师以上科技类教学人员数。

③ 1952年的数据不包括讲师以上科技类教学人员。

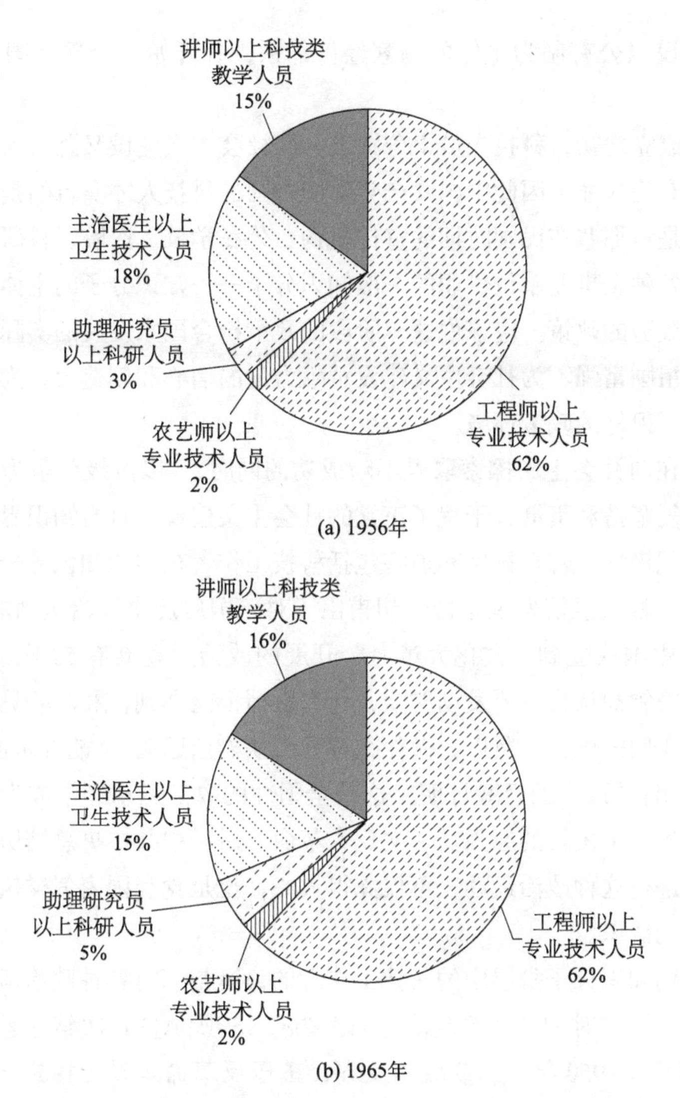

图 5-9　1956 年和 1965 年各类中级以上专业技术人员的占比情况

第三节　新中国成立初期科技工作者的社会地位

分析这一时期科技工作者的社会地位及状况，必须了解这一时期的社会基本情况。当时的基本情况可以概括为：中国进入和平发展时期，在中国共产党的领导下，治疗战争的创伤，恢复经济建设，有步骤地从新民主主义向社会主义转变，初步建设以公有制为主体的国家经济体系，并开始一个现代国家的工业化进程。

新中国成立之初，科技人员十分缺乏，而社会主义建设又急需大量掌握科学技术知识的专门人才，因此中国共产党对旧中国的科技人才实行的是留用与改造政策，特别是对那些在民国时期的宣传机构、公私学校、医院、科研机构、文化教育机关和各种企事业单位供职的一般知识分子——知识分子的主体，采取了团结、教育、改造的政策。应该说这一阶段的政策符合国家发展的实际，激发了科技工作者为祖国富强、为社会主义建设贡献力量的信心和创造力，为新中国的科技事业提供了很好的政策环境。

但是，在向社会主义探索取得不断成功的同时，"以阶级斗争为纲"等的错误路线的反复坚持和贯彻，干扰了正常的社会主义建设，打击知识界和知识分子报效祖国的积极性，甚至排斥和迫害包括科技工作者在内的知识分子，使科技事业发展畸形，社会经济发展缓慢。胡甫臣《对建国后历次政治运动的认识》中，总结了从新中国成立到"文化大革命"开展的政治运动共有52次，并且认为，当时我们党的领袖认为只要发动群众，什么事情都能办到，和苏联见物不见人相比较，这是我们的优势。所以，做什么都爱大搞群众运动。《胡乔木谈中共党史》一书中也指出："过去的经验证明，这种全国性的政治运动经常成为妨碍社会主义经济建设的一个重要的原因。""文化大革命"后，中共中央总结历史经验，决定今后不再进行这种政治运动，不仅深得人心，也是党和国家怎样执政的重要经验收获和理论认识。

这一时期知识分子阶层中的科技工作者的命运与当时各种政治运动有比较密切的联系。该历史时期的主要政治运动大约有15项：①首次整党运动兼及清理其他革命组织（1950年）；②减租反霸，镇压反革命运动（1950～1951年）；③土地改革运动（1952年）；④"三反""五反"运动（1952年）；⑤"肃反"运动（1956年）；⑥农村反资本主义运动（简称"反资"，1956年）；⑦城市反"资产阶级右派"运动（简称"反资"，1957年）；⑧"大跃进"运动（1958年）；⑨人民公社化运动（1958年）；⑩共产党内反"右倾"机会主义运动（简称"反'右倾'"，1959年）；⑪农村整风整社运动（1959年）；⑫农村"三反"运动（1960年）；⑬整风整社运动（简称"反五风"，1960年）；⑭整风整社运动（简称"反五股黑风"，1962年）；⑮"四清"运动（1964～1966年）。

现在来分析这些运动，1952年及以前的几项运动相对来说是为了巩固新生政权、为了进行土地改革，还是有必要的。但是1956年以后的运动几乎均乏善可陈，对于国家的建设和社会进步只起到负面作用。于光远在《“文化大革命”中的我》一书中谈到他对历次政治运动的看法：“颠倒是非，无情打击，在极其错误的政治路线和思想路线的领导下，干出极其错误的行动，是那些年历次政治运动共同的特点。”根据这样的基本判断，本章将科技工作者社会地位的研究分为两个阶段来分析。

一、前七年（1949 ～ 1956 年）科技工作者的社会地位

中共中央《关于建国以来党的若干历史问题的决议》是这样评价这一历史时期的：“从 1949 年 10 月中华人民共和国成立到 1965 年，我们党领导全国各族人民有步骤地实现从新民主主义到社会主义的转变，迅速恢复了国民经济并开展了有计划的经济建设，在全国绝大部分地区基本上完成了对生产资料私有制的社会主义改造。在这个历史阶段中，党确定的指导方针和基本政策是正确的，取得的胜利是辉煌的。”

正是指导方针和基本政策的正确，使这一历史阶段的经济呈现较好的发展势头，社会基本稳定，社会主义建设有较强的凝聚力。国家建设需要科学技术，科学技术也需要国家大力支持，在这样互动的过程中，科技事业有了迅速发展，从民国过来的科技工作者被安排工作，顺利过渡；新中国自己培养的科技工作者有了更好的事业环境，迸发出更高的工作热情。虽然被定位是“团结、教育、改造”的对象，但是，对比自己的家庭出身、教育经历和思想观念，大多数科技工作者从心底是认可自己是需要改造的。因此，社会定位与自己的认识并无太大的矛盾。

（一）经济地位——顺利过渡，生活较为稳定

梅斯奎塔和史密斯认为：“据说金钱是万恶之源。这可能没错，但在某种情况下，统治行为当中所有好的部分都是以金钱为基础的。这取决于领导人如何使用他们获得的金钱。”[114]

新中国成立初期，对于包括科技工作者在内的知识分子的待遇而言，大体有两种方式。从革命根据地和解放区过来的知识分子，逐渐脱离知识界走上仕途，成为各级党政机关的领导人，待遇方面实行的是供给制。在解放战争中，从国民党方面接管过来的科技人员，则对他们实行薪给制，如大学校长、教授、专家、工程师等。本书主要研究对象是后者，即实行薪给工资制的科技工作者。

1. 新中国成立初期，科技工作者被安排工作，顺利过渡

1949年，北京、天津、上海、武汉、广州等大城市先后解放，当时中国人民解放军军事管制委员会，在地下党组织的协助下，妥善安排包括科技工作者在内的知识分子的生活问题。进城之初，党对知识分子的态度相当宽厚。原来在大专院校教书的，仍然教书，原来在政府机关任职的，也续任其职，一切维持原状，失业知识分子的基本生活反而得到前所未有的照顾。

可以说，新中国成立之初，党中央对于旧时代的知识分子采取了“包下来”的方针，绝大多数都继续给予适当的工作，其中一部分还分配了管理岗位的工作；对于原来失业的知识分子也努力帮助他们就业，或者给予其他的适当安排。

具体到薪金方面，1949年1月，中共中央发出《关于新解放城市职工工薪薪水问题的指示》，制定了临时措施，认为：

> 新解放城市中，职工与留用的公教人员的工资薪水问题，是一个非常复杂的问题，也是全国性的问题，不能草率制定新的工资标准。而目前的形势又不允许我们召集带全国性的会议来通盘解决这一问题，我们过去在农村环境中因袭供给制而草率规定的那一套工厂工人工资制度和标准，又不能搬用于城市，因为城市生活水平较高，房租水电等等都要出钱，不能按乡村生活水平来定城市工人的工资。因此，凡留任原职的职工和公教人员，只有暂时一律照旧支薪，即按新中国成立前最近三个月内每月所得实际工资的平均数领薪。只有在个别地方，三个月的平均数仍嫌太高，才可稍为削减。只有职工绝大多数公认的个别不合理者，例如某些人本无技术也无管理经验，仅因人事关系而工资特高者，才需按实际情况加以改变。至于工资以外的各项待遇，则应首先加以区别。对于因战时物价波动而临时采取的补贴办法，非正常制度所有的规定，而在我规定工资计算工人实际所得时又已计算在内者，则不应再额外发给，而应向工人详细解释，把账算给工人听，使工人放弃这种额外要求；但对于某些实行多年的劳动保险制度与奖励制度，例如年关花红、例假、抚恤金等，则不应取消，并应按往年实际情况发给。如确有财政困难，则应向职工说明实际情况，动员职工讨论，教育职工，取得工人真正自觉地同意之后，可以暂时部分欠发或加若干改变，但亦绝不能因而过分降低工人生活。[115]

1949 年 1 月，清华大学、北京大学等高等学校的教职员薪资按 1948 年 11 月原薪所得，以 11 月份北平社会局统计的小米平均价折成小米斤数。这种基本按小米斤数发给月薪（折合当月人民币）的办法，近似一种实物工薪，在一定程度上抵消了通货膨胀、人民币贬值等带来的损失，受到广大科技工作者的理解和欢迎，也得以在新解放地区平稳过渡。

1949 年 4 月，中国人民解放军北平市军事管制委员会文化接管委员会（简称文管会）下发了《北平专科以上学校教职员工警薪给暂行标准（草案）》，对薪给数额做出规定：大学校长月薪小米 1300 ～ 1500 斤，专科学校校长或独立学院院长为每月 1000 ～ 1300 斤，教授、副教授为每月 800 ～ 1300 斤，讲师、教员、助教为每月 400 ～ 850 斤，职员每月 250 ～ 750 斤。从 1949 年 5 月起，北京大学、清华大学等院校依据文管会下发的文件制定了教职员的支薪评定临时办法，评定教职员工的月薪。具体规定如下：专科学校校长或独立学院院长月薪小米 1000 ～ 1300 斤；教授每月 875 ～ 1300 斤；副教授每月 825 ～ 1080 斤；专任讲师每月 630 ～ 850 斤；教员每月 570 ～ 800 斤；助教每月 400 ～ 680 斤 [48]①。中国科学院在 1950 年 9 月拟定了《中国科学院研究技术人员工资暂行标准》，规定所长工资每月为 1400 斤小米，60 岁以上研究教授为每月 1600 斤小米，研究员分为三等，从每月 1300 斤小米到 900 斤小米不等；研究实习员分为两级，工资分别为每月 350 斤、300 斤小米 [116]。

新中国刚成立时所定的薪金一般标准偏低，因为这是以 1948 年经济最困难的战乱时期的月薪收入为参照基点的，后来稍有调整。科技工作者的工薪虽然并不高，但是收入比较有保障，逐步摆脱了物价飞涨的困扰。

2. 50 年代的劳动工资制度影响深远

20 世纪 50 年代前半叶的科技工作者生活较为稳定，待遇不算很低而略有回升。1952 ～ 1955 年，工资待遇有几次改善。

1956 年 6 月 16 日，国务院全体会议第 32 次会议通过《国务院关于工资改革的决定》[117]。这是影响深远的一次改革，它奠定了此后长达 30 年之久的劳动工资制度的基础。这次工资改革，建立了国家机关、企事业单位等几大类分配制度，专业人员（如教师、科技人员、文艺工作者、医务工作者）都相应有了自己的等级系列，从此“级别”成为中国除农民以外各类社会人群政治经济生活排序

① 每斤小米约合今人民币 1 元 6 角。

的重要标准。

这次工资改革，党政机关实行职务等级工资制，把干部分为30个行政级；企业工人分为8个（个别工种为7个）技术等级，专业人员，如工程技术人员、教师、医务工作者、文艺工作者也都相应有了自己的等级系列，且各系列之间可以互相换算，如文艺1级相当于行政8级、高教8级相当于行政17级等。与此同时，依据各地的自然条件、物价和生活费用水平、交通及工资状况，并适当照顾重点发展地区和生活条件艰苦地区，将全国分为11类工资区。工资区类别越高，工资标准越高。规定以1类地区为基准，每高1类，工资标准增加3%，如北京属6类地区、上海属8类地区、西宁属11类地区。

就平均工资而言，1956年，北京市科、教、卫三个部门的平均工资比工业部门平均工资高出9%。我们以大学教职员和科学研究人员为例来具体说明科技工作者的薪酬收入[48]。

在京津地区（6类地区），教授月薪分为4级，1级教授345元，2级教授287.5元，3级教授241.5元，4级教授207元；副教授月薪分为4级：1级副教授241.5元，2级副教授207元，3级副教授177元，4级副教授149.5元；最低为助教，月薪在56～78元。

从科学研究人员来看，研究员月薪分为6级：1级（正研）345元，2级（正研）287.5元，3级（正研）241.5元，4级（副研）207元，5级（副研）177元，6级（副研）126.5元；研究实习员56～69元。

卫生技术人员实行6等21级工资制，最高333.5元，最低29元。

中学教员实行10级工资制，最高149.5元，最低42.5元。

小学教员实行11级工资制，最高86.5元，最低26.5元。

可以看出，科研级别和大学教员之间月薪有对应也有交叉，最高级别的教授和研究员月薪相同，最低级别的助教和研究实习员月薪也相差不大。而中小学教员的月薪相对较低。

为使评级工作顺利进行，高教部制定出教授工资评级标准，其中学术水平、资历、才能等是重要的衡量、参考标准，但有关部门不可能真正了解学术发展的情况，对于不同学者和科学家的贡献也不甚了解，尺度难以统一等，虽然大多是个案，但评级工作也出现不少偏差。例如，1956年国家评定教授级别时，武汉大学起初只将刘永济定为二级教授，已被评为一级教授的北京大学中文系的游国恩先生认为这很不公平，便主动向高教部反映："如果刘永济先生只评二级，那我只能评四级。"高教部接受了这一意见，刘永济最后也理所当然地被定为了一级教授①。复旦大学虽名师众多，但评级甚严，普遍将自己的教授压得很低；而北京大学就相对要松得多，仅文科就有七位一级教授。刘大杰先生在复旦大学评二级，听得游国恩先生在北京大学评到一级，就立刻不服气。吴组湘先生在清华大学评为二级，季羡林先生即为之叫屈。有今之学人曾喟叹道："如果看到伍蠡甫、朱东润、赵景深这样解放前就广有声誉的教授在复旦只能被评为三级，我想，季先生也没什么可叹的了。"[119]

另外，各高校对于员工的住房也有相应的分配标准。1956 年制定的住房分类标准，从之前（1952 ～ 1956 年）按房间数计算，改为以使用住房面积或居住面积（平方米）计算。对于有家属的教职员，正副教授每户 63 平方米，讲师及正副处长级每人以不超过 24 平方米为限，助教以每户 30 平方米为限。住房分配标准虽然较为合理，但在反右斗争及之后的"文化大革命"期间，就没有真正兑现过。除了当时各种政治运动对科技工作者的待遇有影响外，多年来城市很少建设新的住房，供求关系失衡，根本拿不出房子满足不断增长的年轻人的需求，因此，很多 30 多岁，甚至 40 岁的科技人员还只能挤在集体宿舍的"筒子楼"里，住房紧缺问题成为时代的顽症。

这次工资改革，对各行各业都制定了相应的工资等级系列。虽然一张工资表就决定了每个人的待遇，对人事部门来说是再省事不过了，但是负面效应也层出不穷，于是地方上想出不少方法补偿，如提供房屋、托儿所、理发室和食堂等。尤其是对于实行供给制的一部分人而言，这次工资改革后，国家工作人员及其家属的一切生活费用，均改由个人负担，同时工作人员住公家房屋和使用公家家具、水电，一律缴租、纳费，费用只是象征性收取，可能只有几角或几分钱。与此同时，对国家工作人员中因多子女生活困难者，留了一个供给制的"尾巴"：仍用政府福利费予以补助。

（二）社会地位——强调"团结、教育、改造"

当时的党和政府对于包括科技工作者在内的广大知识分子在生活、工作上相对来说照顾有加，尤其是与实行供给制的干部相比，从纯粹一个月的收入来看，拿月薪的知识分子在社会中的生活还算过得去。但是，对于包括科技工作者在内的知识分子的思想改造却没有松懈过，在知识分子的阶级属性上，也期望他们能够真正产生工人阶级那样简单，甚至是单纯的思想行为。从这个角度来看，知识

① 周维强：《学林新语》，《光明日报》，2013 年 5 月 3 日，http：//epaper.gmw.cn/gmrb/html/2013-05/02/nw.D110000gmrb_20130502_3-12.htm。

分子的社会地位很大程度上与其归属的阶级密切相关。

1. 强调思想改造

首先是自我教育改造。新中国成立之初，党对知识分子的态度相当宽厚。原来在大专院校教书的，仍然教书，原来在政府机关任职的，也续任其职，一切维持原状，失业知识分子的基本生活反而得到前所未有的照顾。而当时的知识分子，由于生活上受到照顾，在思想改造运动之初，怀着感恩和愧疚的心情，许多高级知识分子承认有自我改造的需要，自愿接受了起初比较温和的思想改造要求。

应该看到，新中国成立之初，面临的情况是极其复杂的，各种矛盾交织在一起。一方面，经济的恢复和发展已经成为主要任务；另一方面，还有繁重的民主改革和社会主义革命尚待进行。整个社会处于全面转型时期，意识形态领域呈现思想多元化，价值观念混乱，"新""旧"两种文化面貌之间的界线并不十分明晰[120]。在中国共产党看来，被"包"下来的这批知识分子毕竟是从旧社会过来的，要让他们为新社会服务，就必须对其进行改造。尽管在政治方面，党给了许多知识分子的代表人物以应有的地位，但是党认为，对于旧时代的知识分子必须帮助他们进行自我改造，使他们抛弃地主阶级和资产阶级的思想，接受工人阶级的思想。因此，新中国成立后，中国共产党对知识分子的思想改造政策继承和拓展了党在民主革命时期对知识分子的思想改造政策，对广大知识分子采取团结、教育、改造的政策。

然而，从运动一开始，就发生出乎意料的变化。本来在党和国家机关内部开展的"反贪污、反浪费、反官僚主义"的运动和思想改造运动"被结合"了起来，变成了人人过关的政治运动。

在科研战线，以科技工作者为主体的知识分子的思想改造运动，一般不发动群众斗争，主要是本人在小范围内作检讨，取得别人的谅解和帮助，自觉清理错误的思想观点和学术观点，讲清历史，划清敌我界线。但是，思想改造以批判"崇美、恐美、亲美"的思想为核心，早期留美归国的科学家成为思想改造的重点，他们往往几次检查都不能过关。当时中国科学院的著名科学家竺可桢经过半年的精神折磨，已经难以忍受，在日记中用"年衰力薄""真同走尸""动辄得咎""坐领干薪"等词语来表达自己的痛苦心境。而因此自杀未遂者不知有多少，其中包括中国科学院副院长吴有训。当竺可桢看望吴有训，得知吴先生因为在运动中难以过关，已经买了一条绳子，几次要悬梁自尽。后来他把内心痛苦向太太和盘托出，才避免悲剧发生[121]。这一切都反映了当时的紧张气氛。

接下来的运动却日趋激烈。“批判俞平伯”“批判胡适”“批判胡风”等运动一步步形成了政治围攻，科技界感到的压力与日俱增。最严重的和令人不寒而栗的，是 1955 年由追查“胡风反革命集团”而引起的“肃反”运动。按照中共中央的规定，反革命分子一般控制在 5% 左右。这在运动中实际上成了各部门、各地区必须达到的最低目标，而实际人数则远远超出了这个比例。据 1956 年 1 月各地向中央汇报的数字，在参加“肃反”运动人员中被批斗的人，山西为 5.5%，河北为 6.4%，贵州为 7.5%，云南为 9.6%，广西为 14.1%，有的专区（福建龙溪）内定的批斗对象高达 30.9%。特别是对高级知识分子的批斗面更大，如河北省 20.9% 的教授、20.97% 的工程师，都被列为重点批斗对象。这个比例，在贵州省工业厅工程师中竟高达 58%。[122]

对于包括科技工作者在内的知识分子而言，经过几番思想教育和改造运动，这些从旧社会过来的知识分子，或者主动地或者被动地，大部分表示了归顺的意愿。但是，他们的情绪受到压抑，内心并不满意。更为严重的是，经过一场又一场政治运动，知识分子的独立人格遭到严重打击，实际上已经“名声扫地”，其内心的痛苦和彷徨只有自己吞咽。北京师范大学副校长、著名数学家傅种孙后来回忆说，“肃反”以后，“最令人伤心的是老同事、老同学间几乎不敢来往，像一盘散沙，没有黏性”。“肃反”运动打击了知识分子钻研业务的积极性，“肃反”后期，批判“单纯业务观点”，强调“突出政治”，许多“只问业务、不问政治”的著名学者受到批评，被迫公开检讨。在如此恶劣的环境中，不仅人文社会科学领域的知识分子停止了研究，那些从事自然科学和技术科学研究的科技工作者也陷入了极大的苦闷之中。

2. 调整知识分子政策，提出知识分子的工人阶级属性（1956 年春）

到了 20 世纪 50 年代中期，在农业、手工业和工商业三大改造将要提前结束的形势下，掀起大规模经济建设高潮，中国建成社会主义的宏伟计划开始加快步伐。然而，与广大农民、工人和干部摩拳擦掌的热情相比，作为经济建设不可或缺的重要力量，包括科技工作者在内的知识分子在经过几次运动之后，多少显得有些不够振奋。显然，这种状况对即将展开的大规模经济建设极为不利。于是，调整知识分子政策的问题便提上了党的领导人的议事日程。

1956 年的知识分子问题会议，是中国共产党执政初期一次以知识分子为讨论主题的大型会议。这次会议上，周恩来代表中共中央明确宣布，知识分子是工人阶级的一部分，号召广大知识分子向科学进军。许多知识分子为自己能成为这次会议的座上宾而感到受宠若惊，发言中不乏“兴奋”“激动”“欣喜”“愉快”“光荣”“荣幸”“幸福”的用语，显然已经超出了“响应性”发言所必须表现的热度。以此为开端，中共中央对知识分子政策做了一系列调整。

科技工作者的工作条件和生活条件得到了很大改善，政治地位也有了很大提升。如果能够沿着这一道路顺利走下去，那么包括科技工作者在内的广大知识分子就能够安心在岗位上认真工作，充分发挥自身价值，为新中国建设贡献聪明才智。然而，之后开始的一系列运动，使得这一政策被架空了。

二、后十年（1957～1965年）科技工作者的社会地位

中共中央《关于建国以来党的若干历史问题的决议》是这样评价这一历史时期的：“社会主义改造基本完成以后，我们党领导全国各族人民开始转入全面的大规模的社会主义建设。直到‘文化大革命’前夕的十年中，我们虽然遭到过严重挫折，仍然取得了很大的成就。”成就除了在经济建设方面外，主要是“党在这十年中积累了领导社会主义建设的重要经验”。而严重的挫折是指“党的工作在指导方针上有过严重失误，经历了曲折的发展过程”。该决议指出严重失误的政治运动主要有：在总路线提出后轻率地发动了“大跃进”运动和农村人民公社化运动，庐山会议后期，错误地发动了对彭德怀同志的批判，进而在全党错误地开展了反右倾斗争，以及20世纪60年代初的“四清”运动等。

在这样的社会条件下，当时的科技工作者尤其是已经学有所成的科学家和有名的工程师等无疑会受到极“左”路线的冲击。将包括科技工作者在内的知识分子统统划入资产阶级范畴，在“以阶级斗争为纲”的年代中，这就是一场难以躲避的政治灾难，导致科技工作者和其他知识分子在一系列政治运动中受到了“无情打击”和“残酷迫害”，政治地位和社会地位每况愈下。

（一）社会地位——被归入资产阶级范畴

1. 知识分子属于资产阶级范畴

1957年反右运动之后，包括科技工作者在内的知识分子的社会地位严重下降，计划体制逐步覆盖全部的经济领域后，随之经济状况也日益恶化。

1957年5月开始的全党整风运动和1957年6月进行的反右派斗争被严重地

扩大化，不少人被错误地戴上反革命分子和各种破坏分子的“帽子”，阶级斗争扩大化也日益严重。1958 年 5 月党的八大二次会议上指出：“在整个过渡时期，也就是说，在社会主义社会建成以前，无产阶级同资产阶级的斗争，社会主义道路同资本主义道路的斗争，始终是我国内部的主要矛盾。这个矛盾，在某些范围内表现为激烈的、你死我活的敌我矛盾。”[123] 这就确认了毛泽东关于社会主义社会阶级斗争问题的“左”倾理论。在这种思想指导下，报告正式采用了毛泽东关于国内阶级状况的新论点。会议宣告：我国现在有两个剥削阶级和两个劳动阶级。两个剥削阶级：一个是反对社会主义的资产阶级右派、被打倒了的地主买办阶级和其他反动派；另一个是正在逐步地接受社会主义改造的民族资产阶级和它的知识分子。两个劳动阶级：一个是农民和其他原先的个体劳动者；另一个是工人阶级。

据十一届三中全会以后复查统计，当时全国共定了右派分子 55 万人，约占当时全国知识分子总数（500 万人）的 1/9。而在近期解密的档案中，1957 年反右运动划的右派分子，不是 50 万人，而是 317.847 万人，还有 143.7562 万人被划为中右 [124]。这些被划为右派的知识分子半数以上失去了公职，相当多数被送劳动教养或监督劳动 [125]。1958 年 1 月 29 日，国务院第 96 次全体会议通过了《中共中央、国务院关于在国家机关薪给人员和高等学校学生中的右派分子处理原则的规定》，文件第二条规定：

> 对于国家薪给人员中的右派分子，按以下六类办法处理：
>
> 1. 情节严重、态度恶劣的，实行劳动教养。其中情节特别严重，态度特别恶劣的在劳动教养的同时，还应当开除公职。应行劳动教养的人，如果本人不愿意接受劳动教养，也可以让他自谋生活，并且由他的家庭和所属居民委员会负责在政治上加以监督。
>
> 2. 情节严重、但是表示愿意悔改，或者态度恶劣，但是情节不十分严重的，撤销原有职务，送农村或其他劳动场所监督劳动。对于监督劳动的人，在生活上可以按具体情况酌予补助。
>
> 3. 情况与第一类第二类相似，但是由于本人在学术、技术方面尚有专长，工作上对他还有相当需要，或者本人年老体弱，不能从事体力劳动的，撤销原有职务实行留用察看，并降低原有待遇。
>
> 在上述第二类、第三类情况下，如果本人既不愿意接受监督劳动，又不愿意留用察看，也可以让他们自谋生活，并且由他的家庭和所属居民委员会负责在政治上加以监督。

4. 情节较轻，愿意悔改的，或者情况虽与第一类、第二类相似，但社会上有相当影响、需要加以照顾的，撤销原有职务，另行分配待遇较低的工作。

5. 情节较轻，悔改较好的，或者情况虽与第一类、第二类相似，而在社会上有较大影响，或者在学术、技术方面有较高成就，需要特殊考虑的，实行降职降级降薪。如原有兼职较多，应当撤销其一部分或者大部分职务。

6. 情节轻微、确已悔改的，免予处分。

之后，包括科技工作者在内的几十万名知识分子被强制劳动改造，不仅工资下降明显，而且被教养或监督劳动的很多右派分子的期限遥遥无期。虽然1957年8月公布的《劳动教养条例》规定“被劳动教养的人，在劳动教养期间，表现良好而有就业条件的，经劳动教养机关批准，可以另行就业；送请劳动教养的单位、家长、监护人请求领回自行负责管教的，劳动教养机关也可以酌情批准”，但是这其中有很大的弹性，一些被教养或劳改的右派分子或许只是顶撞几句，就因“表现恶劣”而被送进监狱。

然而，对于这些知识分子而言，劳动教养结束，并不意味着获得了自由。随后而来的“拔白旗”社会主义教育运动①、1959年开始持续三年的严重灾害，使得中国的知识分子在身体上和精神上又经过了严酷的洗礼。为数不少的右派知识分子在“荣获”“改正”之前就去世了，有病死的、累死的、饿死的，还有自杀身亡的。百花齐放、百家争鸣的场面没有了，有的只是为了填饱肚子和希望获得“摘帽”与平反的知识分子。有的只是众口一词的赞颂，而没有敢公开唱反调了。经过历次运动后，知识分子深受冲击，普遍处于不受重视甚至受歧视的地位。

随着反右运动的开始，留学生归国几乎停止了，留学生招待所几乎也撤销了，之后科技人员归国成为极为个别的现象。梅祖彦说：“那时候有个很不准确的统计数字，在美国大概有5000个中国留学生，真正想回国的可能不到500人。而我们知道，在那2～3年里，实际上回国的只有200多人。”“1957年反右运动开始后，几乎没有人回来，只有个别人回来了。”[126] 可以说，国内的政治运动使得东西方的科技、文化交流活动基本关闭，同时也关闭了留学生回国之路。

---

① 在1958年的“大跃进”过程中，曾把一些坚持实事求是、反对浮夸的人，以及一些所谓具有资产阶级学术观点的人都作为“资产阶级白旗”加以批判、斗争甚至处分，当时把这种做法叫作“拔白旗、插红旗”。

2. 贡献巨大但得不到正面宣传

新中国 17 年的经济建设成就是巨大的，无论是能源、冶金、机械、造船还是国防工业等，均有不断成长的科技工作者群体的努力和贡献，使我们这样一个贫穷而落后的国家在不到 20 年中建立起自己的工业体系和国防军事体系。但是当时的政治形势和“左倾”路线却难以看到对科技工作者成就、贡献的正面宣传和表彰，导致全社会对包括科技工作者在内的知识分子的漠视，降低了对科技工作者的正面评价。万吨水压机诞生宣传的是工人，万吨轮船下海宣传的是工人，所有宣传的正面对象一定是“工农兵”。连全社会最引为自豪的科技含量最高的“两弹一星”成功，也不宣传科技工作者，当时做出巨大贡献的科学家获得“两弹一星”元勋奖章是在 30 多年后改革开放的年代中，他们的名字才为广大中国人民所知道、所了解。而在当时几乎所有科技工作者均是默默无闻的。

以石油勘探为例。当美孚石油公司 1913 ～ 1915 年在中国西北地区勘探石油失败后，许多人（包括外国人和一些中国人）便断定：中国无油，中国贫油。对于这种违背学理的武断结论，翁文灏、李四光、谢家荣、黄汲清等中国地质学家中的有识之士皆不认同。

我国老一辈地质学家早在 20 世纪初对陆相生油问题就有论述。翁文灏 1919 年出版《中国矿产志略》一书，从地质、地史的角度，全面系统地介绍了全国各种矿藏的矿床地质成因及出产情况，其中还特别提出陆相生油的问题。他认为：“侏罗纪之后，中国陆地业已巩固，所有内湖、浅海，亦复蒸发干涸，而膏盐、油矿，亦于是焉成。”[127] 同时提出：陕西侏罗纪地层中含有石油，分布在渭北、河西一带，向西一直延伸到新疆。南方中生界分布极广，最有价值的是四川煤层之上的石油。李四光 1928 年就发表文章，驳斥“中国贫油论”，提出“美孚的失败，并不能证明中国没有油田可办”①。谢家荣在1930年提出：“三角洲沉积半属海相半属陆相。而近陆之部，则植物繁茂，在适当环境下，亦能造成石油。”[128] 翁文灏 1934 年提出：“或言大量石油必在海成地层……然陆成地层果绝对无储油之望耶？”[129]20 世纪 40 年代，李春昱、尹赞勋、孙健初、翁文波、陈贲、王尚文等都提出并论述过陆相生油的观点，据著名学者翁文波所言，潘钟祥与黄汲清几乎同时异地提出陆相生油说[130]。

在实际勘探实践中，地质学家们更是不遗余力，以科学、严谨、自信的工作作风和敬业精神，投入到石油勘探的实践中。

① 《现代评论》，第 7 卷第 173 期。

比如，谢家荣在新中国成立初期，从东北参观回来即写出《东北地质矿产概况和若干意见》："从区域方面讲，我们将来的测勘工作，要特别注意北满，因为北满到现在为止，还是一个处女地……可能有发现油田的希望。"他最早明确地把找油目标指向了"松辽"。在其发表的著名论文《中国的产油区和可能的产油区》中，对石油前景做出了更加肯定的回答："中国肯定是有油的，并且其储量一定是相当丰富的。"具体点到了："从大地构造推断……包括桂滇黔地台区、华北平原、松辽平原等 8 个区域。"谢家荣首先指出并反复强调，要纠正"油在西北"之说的偏向，同样要注意西北以外的许多油区。黄汲清 1937 年领导组织西北石油考察队，使孙健初与两位美国专家发现了中国第一个工业油田——玉门。1938 年，黄汲清带领陈秉范调查，亲自布钻，发现了我国第一个工业气田——圣灯山天然气田。1945 年黄汲清即写成《中国主要地质构造单位》一书，被公认为是对亚洲地质构造的重要贡献。1955 ～ 1957 年，黄汲清为我国石油天然气的普查勘探制订了一个相当完整的工作蓝图。1955 年初，他和谢家荣建议在松辽平原、华北平原、鄂尔多斯和四川盆地四大重点地区进行石油和天然气普查勘探，后来发现了大庆油田、胜利油田、大港油田、长庆油田及四川的许多天然气田[131]。

客观地讲，对于包括大庆油田在内的油田的发现和探索，是原地质部、原石油部、中国科学院、原煤炭部专家共同的功劳，是科技工作者做出的巨大贡献。毫不夸张地说，没有科技工作者科学、严谨、自信的工作作风和敬业精神，没有他们的不断探索和辛勤的科学工作，中国要想摆脱"中国贫油论"的束缚是十分困难的。在其他行业也是如此。

形成鲜明对比的是，1959 年大庆油田的发现使得举国欢腾，庆功会一个接一个召开了，洋油时代结束了，"帝修反"的封锁打破了。在我们的宣传工作中，听到最多的是"王铁人"，而许多应该被记住的杰出的地质学家们，却默默无闻。当年直接指挥石油普查的谢家荣、刘毅，在反右时都被划为右派；黄汲清被列为"右派倾向"，不被重用。谢家荣在"文化大革命"初被批斗侮辱后，自杀身亡。刘毅本是革命老干部，后来被发送到东北劳改，力尽抱树而亡。于是，真正在大庆油田发现过程中起过关键作用的人物，却被人选择性遗忘了！

在反右及之后的"文化大革命"期间，科技工作者所做的科研成果，如果主要研究者因"出身不好"或者被认为"有政治问题"，就不能宣传，而必须宣传"根红苗正"的人物。比如，"大跃进"时期，上海的一个炼钢工人，由于违反操作规程而被大面积烧伤。经过医务人员的全力抢救，奇迹地救治过来。这本来是医务工作者创造的奇迹，但是宣传中不提这些医务工作者，而是由那位违反规程的炼钢工人到处做报告。“文化大革命”期间，贬低知识和知识分子之声不绝于耳。当时有幸仍在科技岗位工作的科技工作者们，只能默默忍受，这不得不说是一种中国式的悲凉。

（二）经济地位——实际收入急剧下降

1. 政治运动使得全国职工实际收入急剧下降

1958 年 5 月，中共八大二次会议正式通过了“鼓足干劲、力争上游、多快好省地建设社会主义”的总路线。尽管这条总路线的出发点是要尽快地改变我国经济文化落后的状况，但却忽视了客观经济规律。总路线提出后，发动了“大跃进”运动。“大跃进”运动，在生产发展上追求高速度，以实现工农业生产高指标为目标。基本建设投资急剧膨胀，三年间，基建投资总额高达 1006 亿元，比“一五”计划时期基本建设总投资几乎高出一倍。积累率突然猛增，三年间平均每年积累率高达 39.1%。

不切实际的高指标加上瞎指挥盛行，浮夸风泛滥，广大群众生活遇到了严重的困难。特别是由于物价上涨引起的通货膨胀，职工实际收入急剧下降。职工的月平均收入（按标准人民币购买力）由 1957 年的 50 元左右，降低为 3 年后不到 40 元，下降了 1/5。1957 ～ 1960 年职工年平均工资如表 5-10 所示。

表 5-10　1957 ～ 1960 年职工年平均工资 [48]　　单位：元

年份	1957	1958	1959	1960
年平均名义工资	637	550	524	528
年平均实际工资	581	507	482	474

2. 收入平均化使科技工作者的劳动价值被大大低估

对于科技工作者而言，在经济生活上，一方面是全国职工实际收入下降而引发的收入水平绝对值的下降，另一方面则是国家各类职工的工资收入进一步平均化而引发的工资收入相对降低。

1956 年后，主要从事脑力劳动的科技工作者的相对收入水平又逐渐降低。例如，1957 ～ 1975 年，北京市科技部门与工业部门的平均工资差额，由 5.2 元缩小到 0.88 元，总体收入几近持平。[132]

再以科学研究人员为主体的中国科学院为例，表 5-11 显示了中国科学院全院职工在 1952 ～ 1964 年年平均工资的变化情况。

表 5-11　1952 ～ 1964 年中国科学院各年度平均工资[133]　　单位：元

年份	工资合计	研究人员工资		行政干部工资	工厂职工工资
		小计	其中副研究员以上人员		
1952	711.69				
1953	739.28	1099.60（为研究、技术、编辑人员总和）		722.64	
1954	765.52	1077.92	2082.10	760.24	
1955	794.67	1089.09	2275.54	771.59	
1956	852.62	1184.77	2599.48	856.46	
1957	849.56	1127.15	2668.15	874.32	
1958	783.74	1053.72	2789.81	896.43	
1959	663.36	989.49	2055.59	903.25	530.00
1960	624.95	871.31（为研究、技术人员总和）			
1961	682.85	852.46（同上）			
1962	721.80	816.70（同上）			
1963	766.67	861.50（同上）			
1964	761.59	795.43（同上）			

1960 年以后无专项数据可以显示高级研究人员的工资变化情况，只能根据全院所有研究、技术人员的年平均工资数略知一二，即 1958 年之后，科学院高级研究人员的绝对工资在逐年降低，而且与全院职工的平均工资水平的差值也在逐年缩小，科研人员与行政干部和工人、高级职称与低级职称之间的工资差别大大缩小。科技工作者的劳动价值被大大低估。

更为严重的是，反右运动开始后，那些被撤职、监督劳动的科技工作者不发给工资，每月领取生活费 26 ～ 32 元人民币，随地区不同略有上下；如必须抚养子女，每个子女领取 8 ～ 10 元最低生活费。50 年代中期的人民币 1 元，其购买力约合 90 年代末的人民币 10 元，生活水平急剧下降。

（三）20 世纪 60 年代初的知识分子政策调整

1961 年 1 月，中共中央八届九中全会通过了对国民经济实行“调整、巩固、充实、提高”八字方针的决议。党中央在进行国民经济调整的同时，对科学、教育、文化政策也做出相应的调整。在国务院副总理兼国家科委主任聂荣臻的主持下，经过反复调查研究和广泛听取科学家的意见，中共国家科委党组和中国科学院党组制定了《关于自然科学研究机构当前工作的十四条意见》，简称《科学十四条》，对知识分子问题上存在的一些“左”的偏向进行全面纠正。《科学十四条》的提纲如下：

（一）研究机构的根本任务是“出成果、出人才”。

（二）保持科学研究工作的相对稳定。这主要是为了改变“大跃进”以后，在科研工作的任务、方向、人员设备、制度等五个方面面临频繁变动带来的不利影响。

（三）正确贯彻理论联系实际的原则。主要是强调科研部门必须保证经济建设与国防建设急需的关键性科学技术过关，但又不排斥一些探索性的项目和基础理论的研究。

（四）要从实际出发，制定和检查科学工作计划。

（五）科技人员要在工作中发扬敢想、敢说、敢干，但又要与严肃性、严格性、严密性结合的“三敢三严”精神。

（六）保证科技人员每周有 5 天时间搞科研工作。

（七）采取措施，着重培养青年科技人员，对有突出成就的科学家和优秀青年科技人员，要重点支持重点培养。

（八）科研部门要与生产单位、高等院校加强协作和交流，共同促进科技进步。

（九）在人力物力财力使用上，要贯彻“勤俭办科学”的精神。

（十）科学工作中提倡自由辩论，不戴帽子，允许保留意见，以贯彻“百花齐放，百家争鸣”繁荣科学的方针。

（十一）知识分子初步“红”的标准是，拥护中国共产党的领导，拥护社会主义，用自己的专门知识为社会主义服务，并强调“红”与“专”要统一。

（十二）要根据知识分子的特点进行细致的思想政治工作，各级政工和行政干部要特别强调为知识分子服务。

（十三）领导干部要大兴调查研究之风，逐步由外行变为内行。

（十四）科研单位要在党委领导下，贯彻由科技专家负责的技术责任制，基层党组织只起保证作用。

中共中央在批转这个文件时指出：近年来不少同志在对待知识、对待知识分子政策的问题上有片面性，简单粗暴的现象也有滋长，必须引起极大的注意。

1962 年，周恩来在广州全国科技工作会议上做了《论知识分子问题》的报告，不但提出知识分子是工人阶级的一部分，而且强调 1957 年的反右斗争，绝不会动摇党在整个社会主义历史时期对知识分子的根本政策和战略方针。陈毅郑重向与会的知识分子行"脱帽礼"说:"你们是人民的知识分子、社会主义的科学家,是人民的劳动者、为无产阶级服务的脑力劳动者。"

《科学十四条》的出台和广州会议,在科学界引起了强烈的反响。科学家们放下了包袱,纷纷投入到科学研究中去,开辟和发展一系列最现代化的科学技术领域,其中包括计算机技术、半导体科学技术、地球化学、元素有机化学、放射生物、微波技术、高温合金等,并涌现出一大批科研人才。

1964年,周恩来总理在政府工作报告上首次提出要实现工业、农业、国防和科学技术现代化,简称"四个现代化"。《人民日报》发表社论《建设一支强大的科学技术队伍》,强调指出:要实现社会主义现代化,关键在于科学技术的现代化。

可以看出,20世纪60年代初,科技工作者的社会地位和作用得到了重视和提升,同时有一定的纠正"左倾"的意味。但是好景不长,"文化大革命"开始后,科技工作者又一次被打压,社会地位更是一落千丈。

第四节 新中国成立初期科技工作者的贡献

一、制定第一个中长期科技规划——奠定科技发展的新基础

1956年1月,中国提出了"向科学进军"的口号。这一年,中国政府成立了国家科学规划委员会,组织全国600多位科学家和技术专家,制定出中国第一个发展科学技术的长远规划,即《1956年至1967年科学技术发展远景规划》(简称《十二年科技规划》)。

《十二年科技规划》确定了"重点发展,迎头赶上"的方针和今后12年科技发展的主要目标。《十二年科技规划》从自然条件及资源、矿冶、燃料和动力、机械制造、化学工业、土木建筑、运输和通信、新技术、国防、农业林业牧业、医药卫生、仪器计量和国家标准、若干基本理论问题与科学情报13个方面,提出了57项重大科学技术任务、616个中心问题,并综合提出原子能的和平利用、无线电电子学中的新技术、喷气技术、生产过程自动化和精密仪器等12个重点任务;《十二年科技规划》采取"全面考虑、重点规划"的方针,对数学、力学、天文学、物理学、化学、生物学、地质学、地理学8个基础学科做出了系统的

规划；为填补我国在一些急需的尖端科学领域的空白，规划还提出了 1956 年的 4 项紧急措施；此外，为了组织落实和实现《十二年科技规划》制定的目标和各项任务，国家还对科学技术工作体制，科学研究机构的合理设置，科技干部的使用、培养及国际合作，科学研究事业良好环境条件的创造，规划的组织管理程序，以及年度科学技术的制定等做了一般性规定。

600 多位科技工作者是规划编制的主要力量。其中，50 年代归国的留美科学家发挥了重要作用。《十二年科技规划》中提出四大紧急措施，即发展计算机、半导体、电子学、自动化，参与计算机规划的有华罗庚，参与电子学规划的有王士光、孟昭英、马大猷和罗沛霖，参与半导体规划的有王守武，参与自动化规划的有钱伟长、罗沛霖、疏松桂。

此规划提出的主要任务于 1962 年提前完成，从而奠定了中国的原子能、电子学、半导体、自动化、计算技术、航空和火箭技术等新兴科学技术基础，并促进了一系列新兴工业部门的诞生和发展。在提前完成《1956 年至 1967 年科学技术发展远景规划》的基础上，中国又制定了《1963 年至 1972 年科学技术规划纲要》（简称《十年规划》）。

与《十二年科技规划》中提出的紧急措施相关，若干研究所得以成立。例如，中国科学院的半导体所、电子所、计算机所和自动化所。各大学也成立了相应的系，如北京大学很快成立了计算技术系。一批学数学的高年级的学生被调往计算技术系。除了北京大学高年级学生外，从复旦大学、南京大学、武汉大学、东北人民大学共选出 30 人集中训练、集中学习，颁发了北京大学的毕业文凭。这批学生是我国培养的第一批学计算机的大学生。

二、形成新中国的科研教育体系——取得一系列科技成果

数据显示，1949 年前我国有名望的科学家和工程师有 400 多位（提名当时中央研究院院士），具有一定科研与开发水平的科技工作者估计只有数千人。另外，新中国成立初在美国的学者及留学生有 5000 多人，20 世纪 50 年代归国的有 1200 人，他们中学习自然科学和工程技术的约占 60%[134]。经过这一历史阶段的整合和重组，加上大陆高校自己培养和留苏留东欧的留学生，到 1965 年，从事科学研究的人员达到 12 万人，全国科学研究机构已达到 1700 多个，形成新中国的科学技术体系，并成为科技进一步发展的新基础。[135]

在此期间，科技事业得到迅速发展。1956 年《知识分子问题的报告》中反

映：我国知识分子的业务水平在过去六年中也有了显著的提高。全国的高等学校进行了教学改革，新设了许多以前全国所没有的系和专业，新编和翻译了大量的教材，提高了教学的质量。全国的科学技术界在地质勘探方面、基本建设设计和施工方面、新产品设计和试制方面，都做了巨大的工作，取得了显著的成就。

在理论科学方面，我国在数学、物理学、有机化学、生物学的若干部门中的成就，也受到了世界科学界的重视。

1958 年 8 月 1 日，中国第一台计算机——由张梓昌领衔研制的 103 型通用数字电子计算机研制成功，运行速度每秒 1500 次，内存储量为 1024 字节。1959 年，由张效祥教授领衔研制的中国第一台大型数字电子计算机 104 型交付使用，运算速度达到每秒 1 万次。

1958 年 6 月 13 日，中国第一座实验性原子反应堆开始正式运转，热功率为 1 万千瓦，主要用途是进行科学研究和制造同位素；同年 8 月 30 日，中国第一座原子反应堆回旋加速器建成。这两项成就标志着我国跨进原子能时代。

1959 年，地质学家李四光等人提出了“陆相生油”理论，打破了西方学者的“中国贫油”说。

1960 年，物理学家王淦昌等人发现反西格玛负超子。

1961 年 5 月 22 日，中国科学院上海实验生物研究所的朱洗，成功利用人工单性繁殖的方法获得母蟾蜍。用单性繁殖获得“无父”和“无外祖父”的蟾蜍，这是世界首例。

值得强调的是 1965 年，中国生物学家们在世界上首次人工合成牛胰岛素。1965 年，中国科学院上海生物化学研究所在所长王应睐的组织领导下，与北京大学和中国科学院上海有机化学研究所的科学家通力合作，由钮经义、龚岳亭、邹承鲁、邢其毅、汪猷等科学家组成的研究小组在经历了多次失败后，终于在世界上第一次用人工方法合成出具有生物活性的蛋白质——结晶牛胰岛素。人工牛胰岛素的合成，标志着人类在认识生命、探索生命奥秘的征途上迈出了重要的一步。

新中国建设仅 17 年后就形成了一批学科较齐全、设备较好的研究所，培养了一支水平较高、力量较强的科研队伍。

三、工程技术得到大力发展——推动新中国的工业化进程

在苏联专家的帮助下，我国工程界已经学会许多现代化的工厂、矿井、桥

梁、水利建设的设计和施工，在设计大型机械、机车、轮船方面的能力也有很大的提高。1952～1955年试制成功的新的机械产品，已经有3500种左右，少数已经达到世界水平。在冶金方面，我国能够冶炼的优质钢和合金钢，已经有240多种；我国高炉和平炉的利用系数已经达到苏联1952年的水平。

中国工程技术人员为工业发展贡献了力量，做出了巨大的成绩。以造船业为例。20世纪50年代中期以前，我国的造船和航运基本上都局限于长江和沿海。1956年，上海造船学会受总会委任，发动会员对远洋船舶的发展进行研究探讨，从经济分析、船型论证、主机选型、建造工艺和生产管理等各个方面，提出了16项具体课题。一年多来收到论文40余篇，提出了不少有价值的观点和建议。这一活动，有力地推动了我国第一艘万吨级远洋货轮“东风”号的上马，并形成了“东风”轮的设计建造基础。与此同时，对川江船型、长江推拖轮和新式挖泥船等，也进行了类似的活动。

《中国造船》是代表我国造船学术水平的一本重要刊物，新中国成立前曾出版过3期。1949年7月上海造船学会在上海复会的第一次理监事会议上，就决定把恢复出版《中国造船》作为一项中心任务。在大家的努力下，第4期《中国造船》于1950年3月复刊，此后出版工作除“三反”“五反”运动中曾停刊一个短时期外，50年代中从未中断。这一学报的出版从不定期到定期，从内部赠送到1958年交邮局公开向全国发行，并逐步与国外同行建立了交换关系。直到今日，《中国造船》的编辑部仍设在上海，在工作人员配备、学术稿件的组织和审核上，上海造船学会仍然是一支不可缺少的支持力量。[136]

四、独立研制“两弹一星”——使我国进入核国家行列

1960年中苏关系破裂，党中央根据当时的国际形势，为了保卫国家安全、维护世界和平，高瞻远瞩，果断地做出了独立自主研制“两弹一星”的战略决策。大批优秀的科技工作者，包括许多在国外已经有杰出成就的科学家，“以身许国”，怀着对新中国的满腔热爱，响应党和国家的召唤，义无反顾地投身到这一神圣而伟大的事业中来。

参与“两弹一星”研制工作的广大科技工作者与工人、解放军指战员一起，在当时国家经济、技术基础薄弱和工作条件十分艰苦的情况下，自力更生，发愤图强，完全依靠自己的力量，用较少的投入和较短的时间，突破了原子弹、导弹和人造地球卫星等尖端技术，取得了举世瞩目的辉煌成就。

1999年9月18日在中华人民共和国成立50周年之际，中共中央、国务院、中央军委隆重表彰了为我国“两弹一星”事业做出突出贡献的23位科技专家，并授予他们“两弹一星功勋奖章”。这其中有10位是留美归国的科学家，他们分别是邓稼先、屠守锷、钱学森、郭永怀、杨嘉墀、陈能宽、吴自良、任新民、朱光亚、王希季。

五、17年间科技社团的发展

作为科技工作者的群众组织，科技社团的发展与科技工作者的命运始终联系在一起。

这一时期中国的科技社团，越来越多地受到政治因素的影响，由于国家发展形势与政治偏好，学会的发展不再是完全自由发展，其政治导向相对以往更加明显。

（一）由分散发展趋向整合统一，定位“助手”作用

民国时期由于国内不同求学学校、国外不同留学国别等因素，学术界存在着各种各样的“宗派”与团体，像所谓的国立研究机构中央研究院和北平研究院更是矛盾重重，科学界的团结与合作非常困难[71]。1950年8月正式召开中华全国自然科学工作者代表会议（简称“科代会”），在会上成立了“中华全国自然科学专门学会联合会”（简称全国科联）和“中华全国科学技术普及协会”（简称全国科普）。通过成立这两个当时最重要的科技团体（中国科学技术协会的前身），把全国的科学工作者组织起来，团结了当时科技界各方人士，把当时尚处于分散的科技界多种力量整合在一起。科技界不再像民国时期一样各自为政、互不统属了，开始了科学技术界的“大团结”。

为了适应当时逐步建设的计划经济体制，同时也为满足新中国建设对于工程技术的实际需要，1950～1961年的11年间，原来的综合性科技社团均先后解散，所有自然科学类学会统一归入全国科联（后来转入中国科学技术协会）中，另外新增了全国专业学会7个，主要是工程技术和农业科学方面，如中国电子学会、中国建筑学会、中国金属学会等①。同时，支持学会在地方设立分会，并建立各种学科分会。中国数学会在两年的时间内就陆续成立了17个各地分会和分会筹

① 各阶段数据参考：《中国科协全国学会发展报告》（2009）、《全国学会、协会、研究会简介》（2014）等。

备会，会员达2000多人。到1957年，在全国范围内已经设立了28个科联分会、40个专门学会和652个分会，学会会员已由新中国成立初期的1.7万余人发展到7万余人。

1958年9月，全国科联和全国科普联合举行全国代表大会，宣布两个组织合并成立“中华人民共和国科学技术协会”（在1980年3月举行的第二次代表大会上，又将团体定名为“中国科学技术协会”）。至此，中国最大的科技工作者的群众组织诞生。自中国科学技术协会一大（1958年）至“文化大革命”之前，尽管当时对于科技工作者的地位认识出现反复，但是由于中国科协的成立，学会有了统一的领导和管理，学会组织建设比较规范，工作也纳入了政府的计划，其在科技和经济工作中的作用受到重视。

1959年5月16日，中国科协党组就杭州召开的全国科协工作会议的主要事项报告中共中央，中共中央于1959年5月21日批转了报告，表示“同意中国科学技术协会党组关于全国科协今年工作要点的报告。中国科学技术协会的各级组织应当在各级党委领导下，服务于当前的生产建设任务，积极开展技术革命的群众运动，在这一方面做好党的工具和助手。”[137] 从学会活动来看，在当时不仅召开了如暑期物理讨论会等具有代表性的学术交流活动，同时也汲取了一些群众运动阶段确实行之有效的经验，开展了群众性科学试验活动等。

1961年1月，中共八届九中全会通过了对国民经济试行“调整、巩固、充实、提高”八字方针。学会在全国科协的统一领导下，组织建设和开展的活动更具计划性和规范性。1961年12月底至1962年1月初，在上海召开了以学会工作为主的座谈会，王顺桐在会上做了总结，对学会工作提出了四点要求：①广泛开展活动，努力提高质量；②加强学术活动的计划性；③开好年会；④明确了学会组织建设上的会员条件，专业委员会和专业组，省级学会和省会市学会的关系等问题。1963年11月18日至29日，在北京召开了全国学会工作会议，会议就加强党对学会的领导，充分发挥学会的组织作用，进一步提高学术活动质量，更有效地促进又红又专的科技队伍成长壮大，更好地为社会主义建设服务等问题进行了讨论。同时修改了《自然科学专门学会试行通则（草案）》。会议期间，毛泽东与其他党和国家领导人接见了出席这次会议的全体代表和其他6个学术会议的代表。1964年3月15日，中国科协主席团发布《中华人民共和国科学技术协会自然科学专门学会试行通则（草案）》。

1964年春天，周恩来在广州全国科技工作会议上做了《论知识分子问题》的报告，不但提出知识分子是工人阶级的一部分，而且强调1957年的反右斗争，绝不会动摇党在整个社会主义历史时期对知识分子的根本政策和战略方针。陈毅郑重向与会的知识分子行“脱帽礼”说：“你们是人民的知识分子、社会主义的科学家，是人民的劳动者、为无产阶级服务的脑力劳动者。”[138] 会议重新肯定中国绝大多数知识分子是属于劳动人民的知识分子，并强调在社会主义建设中要充分发挥科学和科学家的作用，明确科协的任务仍然是一手抓学术活动，一手抓科学普及。

20世纪60年代初的科协全国工作会议和全国科技工作会议，极大地调动了广大科技人员的积极性，科协及所辖学会工作基本上恢复到“大跃进”以前的做法。从数量上来看，1961～1966年，新增加的全国学会有18个，总数量达到60个①。从体系建设来看，中国科协所属全国学会体系已基本形成，学会由独立分散，各自发展，变为在中国科协和业务部门共同领导下的统一组织。

包括学会在内的科协组织自中国科协一大以来，在党的领导和政府有关部门的积极支持下，开展了一系列活动，取得了显著成绩。学术交流活动不断发展，并围绕国家建设中的重大问题，组织科技工作者进行专门考察和讨论，提出了不少合理化建议。开展直接为生产服务的技术上门、技术会诊、技术攻关等活动，通过典型示范、培训骨干、技术辅导等方式，帮助和促进了城乡群众性科学试验活动的开展。国际学术交流活动也有新的发展，特别是1964年有44个国家、地区参加的北京科学讨论会和1966年有33个国家、地区参加的暑期物理讨论会，都取得了很好的效果[139]，与会代表受到了党和国家领导人的接见。

与学会发展相应的是到1965年，全国科学研究机构已达到1700多个，从事科学研究的人员达到12万人。这是中国科学技术事业继续发展的基础。在此过程中，中国初步形成了一批学科较齐全、设备较好的研究所，培养了一支水平较高、力量较强的科研队伍。

（二）推动海外留学生归国参与新中国建设

新中国成立前后，一些科技社团通过自身影响，吸引了大批怀着科学救国抱负的海外留学生冲破艰难险阻，纷纷回国参加新中国的建设，在其中起了穿针引线的作用。例如，1949年5月14日，中国科学工作者协会香港分会负责人曹日昌受中共中央委托，给钱学森发出邀请信，转达中国政府欢迎他回国的愿望。信中说：“全国解放在即，东北华北早已安定下来了，正在积极地恢复建立各种工

① 根据《全国学会、协会、研究会简介》（中国科学技术协会学会学术部编，科学普及出版社，2014年）统计所得。

业，航空工业也在着手。北方工作主管人久仰您的大名，只因通讯不便，不能写信问候，特命我代为致意。如果您在美国的工作能以离开，很希望您能很快回到国内来，在东北或华北领导航空工业的建立。”1950 年，钱学森准备回国，但被美国强行阻止并对其进行迫害。钱学森在美国受到迫害的消息很快传到国内，国内的学会社团迅速行动起来。1950 年 9 月 24 日，中华全国自然科学专门学会联合会主席李四光，分别致电联合国大会主席安迪及世界科学工作者协会书记克劳瑟博士，控诉美国这一行径，并向美国政府提出强烈抗议，要求其立即释放被拘捕的科学家，且保证今后不得有类似行动。1951 年 12 月 25 日，李四光又致电世界和平理事会、世界科学工作者协会，再次谴责美国当局无理扣留我国留学生的野蛮行径。两次抗议在国际上造成了一定影响，一定程度上为促进钱学森回国制造了国际舆论。在中国政府的交涉下，美国移民当局最终不得不同意放行钱学森回国。经过中国政府和民间的多方努力，1955 年，钱学森终于踏上返回祖国的旅途。[140]

1949 年 1 月，“留美中国科学工作者协会”在芝加哥正式成立，协会的总目标是争取团结更多的留学生回国，发展中国的科学技术事业。在一年的时间里，“留美中国科学工作者协会”在美国各地发展分会 32 个，会员达 700 多人，他们定期举行活动，通报来自国内的消息。据统计，留美科协的成员中，从 1949 年 8 月至 1950 年 12 月，留美科协共有 182 位会员先后回国。而在后来回国的 2000 多名海外学子中，大部分回国时都或多或少受到了科技社团在海外的引导。例如，华罗庚是留美科协的首届理事、美国伊利诺伊大学终身教授。他毅然放弃美国的优厚待遇携全家回国。于 1950 年 2 月抵达香港，在回国途中，华罗庚发表了《致中国全体留美学生的公开信》，是年 3 月 11 日，新华社播发了这封信，这封洋溢着爱国激情的公开信，在海外留学生中产生了极大反响，至今仍具有很强的感召力。

从 1949 年年底开始，作为北美基督教中国学生会中西部地区分会主席的朱光亚牵头组织起草了《给留美同学的一封公开信》，这封公开信于 1950 年 2 月 27 日寄往纽约的留美学生通讯社，刊登在 3 月 18 日出版的《留美学生通讯》第 3 卷第 8 期上，并送给美国各地区中国留学生传阅、讨论、联合署名，在当时海外中国留学生和学者中引起了强烈反响。到第二年 2 月下旬，有 52 名已经决定近期回国的留学人员签了名，其中既有从事自然科学的，也有从事社会科学的。这些人分布在美国各地。[141]从目前查到的文字记录来看，1949 年 11 月、12 月，朱光亚与曹锡华等人，在密歇根大学所在的安城，多次以留美科协的名义组织召开中国留学生座谈会，分别以“新中国与科学工作者”“赶快组织起来回国去”等为主题，介绍国内情况，讨论科学工作者在建设新中国中应起的作用，动员大家“祖国迫切地需要我们！希望大家放弃个人利害，相互鼓励，相互督促，赶快组织起来回国去”。

可以说，在新中国刚刚成立之时，科技社团通过宣传政策、发表公开信等方式吸引、帮助海外留学生回国参与新中国建设，起到了重要的推动作用。

第六章 “文化大革命”时期的科技工作者（1966 ~ 1976年）

1966～1976年，我国经历了一场“史无前例”的“文化大革命”，整个国家和民族遭受了一场历史上罕见的浩劫，中共中央《关于建国以来党的若干历史问题的决议》指出：“‘文化大革命’的历史，证明毛泽东同志发动‘文化大革命’的主要论点既不符合马克思列宁主义，也不符合中国实际。这些论点对当时我国阶级形势以及党和国家政治状况的估计，是完全错误的。”“历史已经判明，‘文化大革命’是一场由领导者错误发动，被反革命集团利用，给党、国家和各族人民带来严重灾难的内乱。”其中特别强调：“‘文化大革命’对所谓‘反动学术权威’的批判，使许多有才能、有成就的知识分子遭到打击和迫害，也严重地混淆了敌我。”这些论述和结论客观地反映了这一历史时期科技工作者所遭受的不公正待遇，以及这一特殊时期给科技工作者带来了恶劣的社会生存环境。

第一节 “文化大革命”时期科技工作者的基本情况

“文化大革命”的十年，科技、教育战线是公认的“重灾区”，这一时期中国科技工作者受到了很多迫害和压制。在“左”倾思潮的影响下，这一时期的科技政策发生了重大扭曲。“左”倾口号和言论代替了系统明确的科技政策，公然推广“知识越多越反动”的极“左”口号，出现了一系列反科学、反民主的运动，鼓动年轻“红卫兵”和底层工农群众盲目、狂热地进行“打砸抢”活动，正常的社会主义建设秩序被破坏，广大科技工作者被当作敌人对待，大部分科技活动处于停滞状态，科技事业受到摧残，拉大了我国与世界科技先进水平的差距。

虽然在“文化大革命”的中后期，周恩来、邓小平等采取了一些保护科技发展和保护科技工作者的措施，使不少著名科学家能够渡过难关，躲避一些冲击，推动科技事业在动乱中仍取得了若干成就[142]，但是总体上，在这一阶段科技工作者群体大多失去了从事科技活动的机会，很多学有所长的科技权威和领军人物被打入“牛棚”，长时间下放到农村“五七干校”，有的甚至被打成“反革命”和“间谍”等。不少专家、教授在这场灾难中受迫害而死，造成了国家科技事业无法弥补的重大损失。

“文化大革命”对科技、教育和文化领域造成了巨大破坏，当时其最主要“理论依据”是“两个基本估计”，该“理论”成为压在包括科技工作者在内的知识分子头上的大山。1971 年的全国教育工作会议提出了所谓“两个基本估计”：新中国成立后 17 年“毛主席的无产阶级教育路线基本上没有得到贯彻执行”“资产阶级专了无产阶级的政”；大多数教师和新中国成立后培养的大批学生的“世界观基本上是资产阶级的”。显然，这一观点否定了新中国成立以来 17 年在科技、教育领域的正确方针政策和成就。

在“两个基本估计”的阴影笼罩下，“文化大革命”对高校和科研机构造成了重大冲击：让基本上没有科技素养和文化知识的“工宣队”“军宣队”长期主管学校的事务；让大多数知识分子到工农兵中接受再教育；选拔工农兵上大学、管大学、改造大学；粗暴地缩短大学学制，改变教学内容和方法，将多数高等院校交由地方领导等。这一切导致新中国 17 年建设的高等教育体系陷于瘫痪，打乱了正常的教学秩序，教师队伍基本上靠边站，“教育改革”的后果是，中国失去了一代人才的培养，形成了巨大的“人才鸿沟”。科研机构也受到了巨大冲击，基础科学受到了极“左”思潮的非难，科学家难以得到基本的科研条件和环境。以极“左”路线为代表的一帮文人，甚至从意识形态角度歪曲自然科学原理，公开批评爱因斯坦及其相对论，在国际上闹出了极大的笑话。企业的科技工作者只能在计划经济和政治冲击的夹缝中勉强生存，难以开展技术研发和成果转化工作，只能与工人一样在普通的生产岗位上做一些体力劳动，较高层次的科学家和技术权威人士往往是被冲击关进了“牛棚”，或者下放到农村，失去自由的科技工作者是不可能有所创造、有所发明、有所发现的。

这一时期国民经济虽然遭受巨大损失，但仍然取得了一定的进展。农村中“文化大革命”运动烈度较低，粮食生产保持了比较稳定的增长。除了“武斗”激烈的地区外，多数工业企业受到的冲击相对较轻，国防工业也受到一定程度的保护，所以工业交通、基本建设和科学技术方面取得了一批重要成就，科技工作者在其中发挥了重要作用，包括新铁路和南京长江大桥的建成，一些技术先进的大型企业的投产，氢弹试验和人造卫星发射回收的成功，籼型杂交水稻的育成和推广，等等。

一、科技工作者的增量

这一阶段科技工作者同样主要来自三个方面：①存量，根据第五章的论述，到 1965 年我国科技工作者存量为 352 万人。②增量，“文化大革命”时期培养的科技类毕业生。③回归，留学归国的科技工作者。本节主要阐述后两个来源。

（一）在动乱环境下仍然有约 74 万名科技类毕业生

受到“文化大革命”“左”的思想的影响，新中国的教育事业也受到了严重的打击。1966 年，统一高考被废止，研究生制度也被彻底废止。与此同时，在对知识分子进行“再教育”的口号下，高等学校的大批干部和教师被下放到“五七干校”或农村去劳动锻炼，知识青年则上山下乡，这严重破坏了教育的正常发展，使许多学生失去了接受正规学校教育的机会，成为在文化、学识上准备不足的一代，给国家造成巨大损失。

尽管高等教育和中等教育几乎被“停课闹革命”毁掉，但从数量上看，在 1966 ～ 1976 年的 11 年间，我国的高等教育仍然在艰难的环境下推出了 74.06 万名科技类毕业生（图 6-1）。从图 6-2 可以看出，1966 ～ 1969 年的 4 年间，高校的招生工作完全停止，这导致到 1971 年，高校毕业生的数量极少。从 1970 年开始，高校的招生工作又开始逐渐恢复。其中，理工类的招生数和毕业生数占全部招生数和毕业生数的比例始终比较高。其中，理工类的招生数占比（除 1970 年外）均接近 70%，理工类的毕业生数占比的均值也达到了 71%（图 6-2）。

总的来说：①“文化大革命”期间，高等教育工作尽管受到极大冲击，但并未完全停止，影响最大的是前四年，完全停止招生，但之前招收的学生在此期间基本都如期毕业。②理工类教育仍在高等教育中占有相对重要的地位。由上文可知，理工类招生数占全部招生数的比例自 1961 年以来基本都保持在 70% 以上，这种占比在 1970 年恢复招生后基本得到保持；同样地，理工类毕业生数占全部毕业生的比例自 1963 年以来基本都保持在 70% 以上，而 1966 年以后十年间的平均值也达到了 71%。

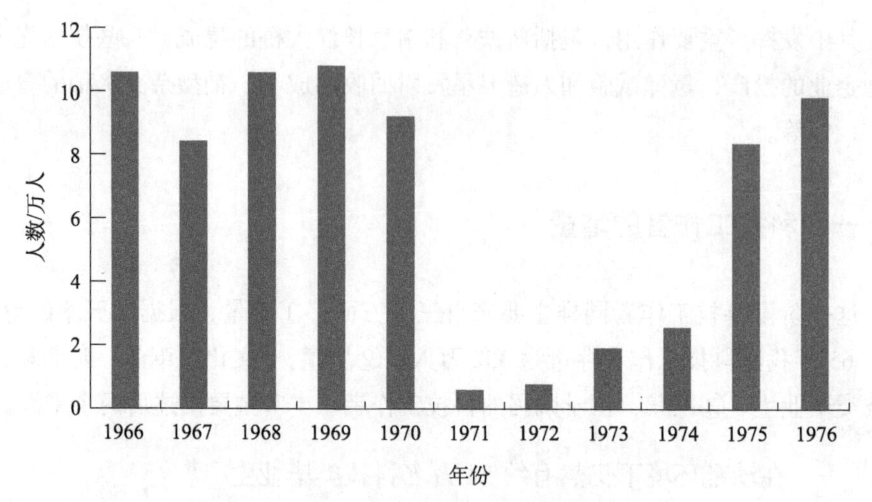

图 6-1　1966 ～ 1976 年高校科技类毕业生数 ①

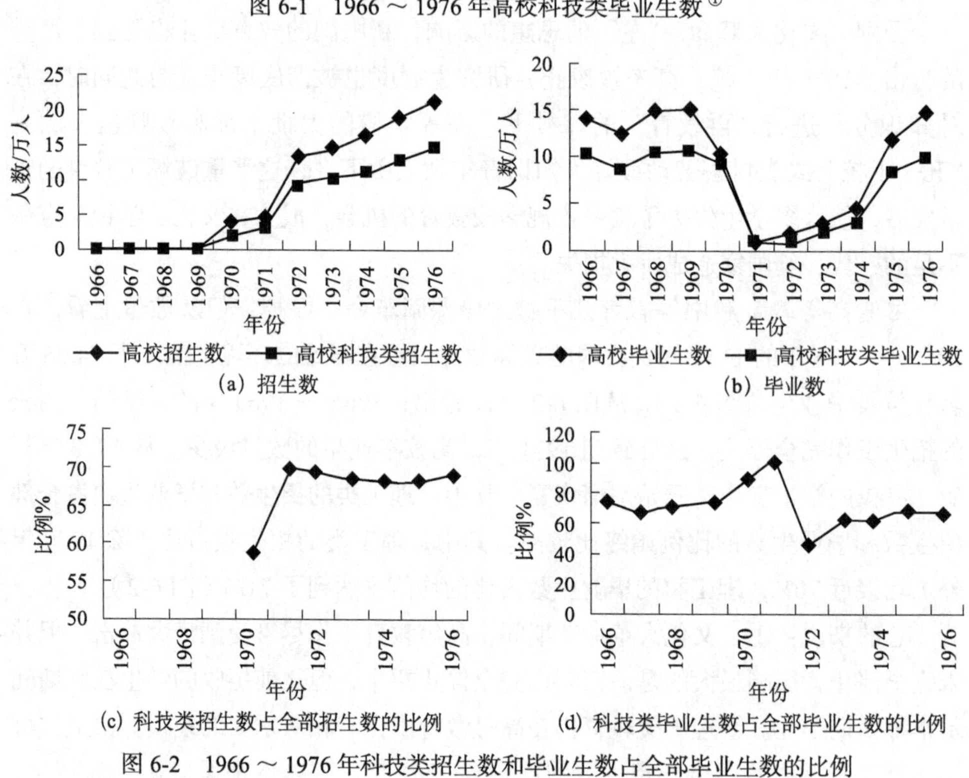

图 6-2　1966 ～ 1976 年科技类招生数和毕业生数占全部毕业生数的比例

① 《新中国五十年统计资料汇编》。

（二）留学派遣工作陷入瘫痪和停滞状态

资料显示，这一时期中国（不含港、澳、台）的留学规模大幅度减小，到“文化大革命”初期几乎完全停滞；后来少数机构恢复派遣留学生，也是以外语人才为主要派遣对象。

我国国情决定了新中国科技发展的赶超政策必须是在学习外国的基础上进行。然而，“文化大革命”中的赶超政策排斥了此前学习外国的正确政策，认为学习外国是“修正主义”的科研路线，是跟在别人后面的“爬行主义”，是向帝国主义屈服的“奴隶主义”等，实际推行的是与世隔绝、闭关锁国的孤立政策。这样，事实上就停止了学习外国先进科技的活动，派遣留学生工作也因此而停止。[142] 从20世纪60年代开始，公派留学政策开始“减少数量，提高质量”（1961年），并且开始“试行向西方国家派遣留学生”（1964年），但到了1966年“文化大革命”开始之后，留学生派出工作彻底停滞了，一直到1972年才开始“恢复派遣语言类进修生”。[143] 可以说在此期间，出国留学派遣工作陷入瘫痪和停滞状态，科技类留学生的派遣工作几乎是停滞了。

从留学规模上看，1972～1976年的5年间，中国共派出997名公费留学人员，平均每年仅有200人，同期完成学业陆续回国的留学人员有445人；此外，1973～1976年约有1662名外国学生来华留学，年均达416名，大大超过了我国留学归国的人员。从留学专业上看，这一时期的留学生主要是学习多种外国语，学习科技专业的仅占少数；从留学国别上看，除发展中国家外已逐步涉及多个西方发达国家。可以看出，这一阶段留学的特点是：①留学规模大幅度减小，在“文化大革命”初期几乎完全停滞；②恢复派遣留学生后也是以外语人才为主要派遣对象，主要为中国培养了一定数量的外语教学、翻译人员及从事外事管理事务的干部，在一定程度上缓解了外交活动对外语人才的需要（表6-1）。

表6-1 我国“文化大革命”期间出国留学人数和学成回国人数情况

年份	出国留学人数/人	学成回国人数/人
1972	36	
1973	259	
1974	180	70
1975	245	186
1976	277	189

注：出国留学人数和学成回国人数来自《新中国五十年统计资料汇编》。

二、科技工作者的质量

（一）在校大学生多数没有完成原定的学业

“文化大革命”始于1966年的春夏之交，当时全国有434所高等院校，大多数高校的学制仍然是四年制，在校大学生共计有67.4万人。四年级学生基本上完成了高等教育的系统课程，但是其余三个年级的学生均没有完成学业，特别是1965年刚刚入学的一年级学生只上了一年学。“文化大革命”开始后，“停课闹革命”耽误了他们的学业。但是，到了“文化大革命”第二年末，这些高校学生再也不能继续学习，统统被“分配”到各个工作岗位上去了，这些学生的科技素质和能力将与他们的学长——前几年的毕业生，有很大的差距。只是当时各个研究机构和企业等并没有将科研能力、学术水平作为衡量年轻人是否胜任岗位的标准，而是只看所谓“政治表现”等，数十万带有学术缺陷的或是科技水平不足的毕业生就充实到科技工作者群体中了。就此推理可知，数量的增加实际上是降低了科技工作者的整体水平和真正的科技能力。

（二）“工农兵大学生”基本不具备系统学习和应用现代科技的能力

到了“文化大革命”中期，领袖的一个讲话“大学还是要办的”，打开了关闭的高校校门，迎接新的大学生入学。但是，这些大学生根本没有通过基本的中等教育知识和能力的考试就入学了，被称为“工农兵大学生”。他们中的绝大多数是在“文化大革命”时期没有完成中等教育，有的甚至没有完成初等教育的“工农兵”群众。他们是通过所谓“推荐”的程序上的大学，除了在原工作单位得到领导的“赏识”和群众的“拥护”以外，绝大多数在知识水平和科技能力方面均不能学习高校的课程。当时高校的教师和领导对于这一时期的“工农兵大学生”的知识水平是心知肚明的，但是囿于当时整个社会“政治正确”的形势，没有人能够说真话，也没有人能够有机会揭穿这样的“皇帝新衣”的闹剧，只能看着这些“大学生”在高校补习中学的数理化课程，然后在“学工、学农”的各种活动后，草草毕业。据统计，1970～1976年共招收工农兵学员95万名，这些人毕业后被分配到全国各行各业[144]。虽然从统计数字上看科技工作者群体的数量后来已经增加到500多万人，但是其中有近100万人是这样的毕业生来充当的，只能感叹科技工作者群体的质量再次被“充水”，又一次将整体质量浓度冲淡了。

这些“工农兵大学生”除了极少数通过个人自学、考研究生等途径以后有新的发展机会真正成为合格的科技工作者以外，绝大多数难以胜任科技岗位所要求的科技工作任务，后来历史也证实，他们大多数脱离科技岗位而从事行政管理和其他工作等。

（三）在岗科技工作者大多失去学习和工作的条件

在“文化大革命”期间，由于政治活动的冲击，大多数科技工作者没有正常的科研和开发的工作环境和工作条件，学术交流和继续教育等活动也基本上停止。学术权威被“打倒”，或者被隔离“审查”等，使中老年科技工作者没有适宜的科技环境和条件，多数年轻科技工作者也无人指导学术，失去了专业发展的方向。加上“知识越多越反动”“只专不红是资产阶级知识分子”等极“左”口号的宣传，科技工作者难以有学习和科研的动力和兴趣。除了极少数以外，高校和科研机构的专业人员几乎停止了学术研究活动，而在企业的科技工作者也只是维护通常的生产任务而已，在长达十年的“文化大革命”中，科技工作者的整体业务素质明显下降。

第二节 “文化大革命”时期科技工作者的总量和结构

在这一阶段和新中国成立初的 17 年一样，涉及的数据仅有第一类：科学研究人员、工程技术人员、农业技术人员、卫生技术人员和科技类专任教师。

一、科技工作者的总量

“文化大革命”的十年间，科技工作者总数从 355.39 万人增长至 549.3 万人，增量为 193.91 万人（图 6-3），比起前 17 年 326 万人的增量，增速几乎持平。从图 6-3 可以看出，在前 5 年（1966 ～ 1970 年）科技工作者的总量几乎没有多大增幅，足见科技工作者队伍的发展在“文化大革命”前期受到了更为严重的影响。从 1971 年开始，科技工作者数量呈现稳步的上升趋势。这种增长趋势在很大程度上源于周恩来、邓小平等同志在“文化大革命”期间纠“左”的不懈努力。

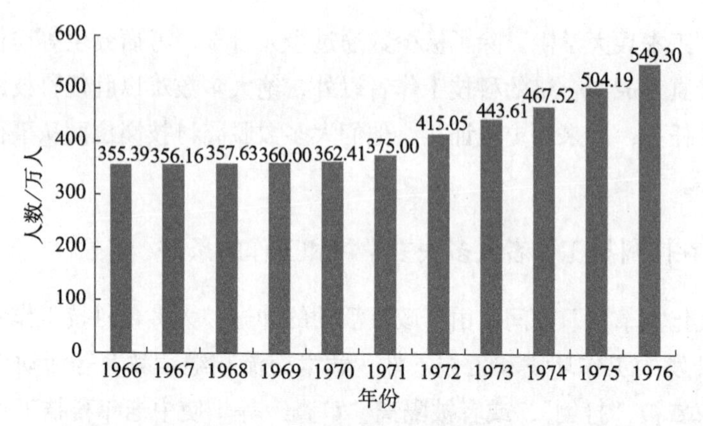

图 6-3 1966 ～ 1976 年科技工作者数量的变化情况

但数量上的增长在一定程度上掩盖了真实情况。首先，从上文可知，这十年间高校共培养出了约 74 万名毕业生，考虑到留学回国人员总量在数量级上与毕业生总数相比可忽略不计，这一时期具有大学学历的科技工作者的来源也就约为 74 万人。通过对不同专业技术人员在这十年增幅情况的分析可以看出，增幅主要来自教学人员，尤其是普通中学科技类教师，增幅达 100 万人（图 6-4）。这与新中国成立初 17 年间普通中学科技类教师仅增加 25 万人的情况形成鲜明对比。由此可见，这 194 万人中除了 74 万人来自具有大学学历的毕业生外，其余主要都是可能没有大学学历、层次略低的中学科技类教师贡献的。这说明这一期间，尽管科技工作者数量的增幅并不逊于前期，但在质量上实际上较之前要差。其次，高层次科技工作者在此期间所遭受的迫害对我国科技事业的发展造成了严重打击。许多科学家和高校教授被打成追随“美帝”“苏修”的资产阶级反动学术权威。广大知识分子被污蔑为“复辟基础”“知识私有”“学院式研究”，由此而成为被审查或打倒的对象，许多科技人员在被立案审查或非法监禁期间，受到残酷折磨。据不完全统计，在“文化大革命”十年中，清华大学被立案审查的达

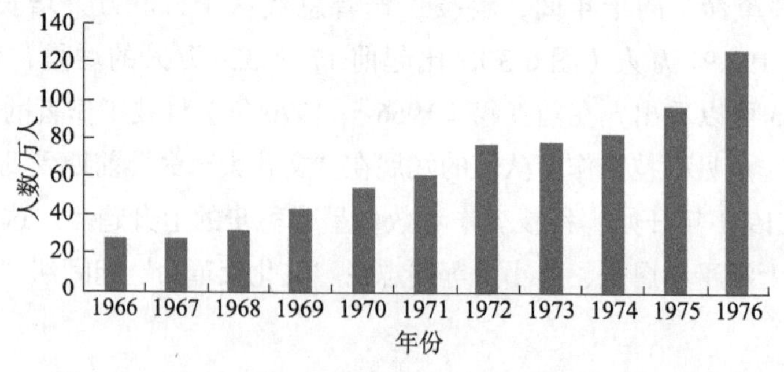

图 6-4 1966 ～ 1976 年普通中学科技类教师数的变化情况

到 1228 人，被定为敌我矛盾的 78 人，北京大学在“文化大革命”期间被迫害致死的共有 61 人，包括著名物理学家饶疏泰、叶企孙等。[142] 再者，科技人员失去了从事科技开发应有的环境和条件。在科研硬件方面，实验设备、研究资料等大量散失、损毁，全国 300 多种科技刊物全部停刊，科研经费大大削减。在软件方面，学术自由遭到严重干预，科研人员不敢搞基础理论研究，不敢提出自己的观点。科学研究实质上停滞不前。

二、科技工作者的结构——专业结构和层次结构

（一）从专业结构来看，除教学人员之外均增长缓慢

从各类专业技术人员这十年间的发展趋势（图 6-5）来看，教学人员的发展

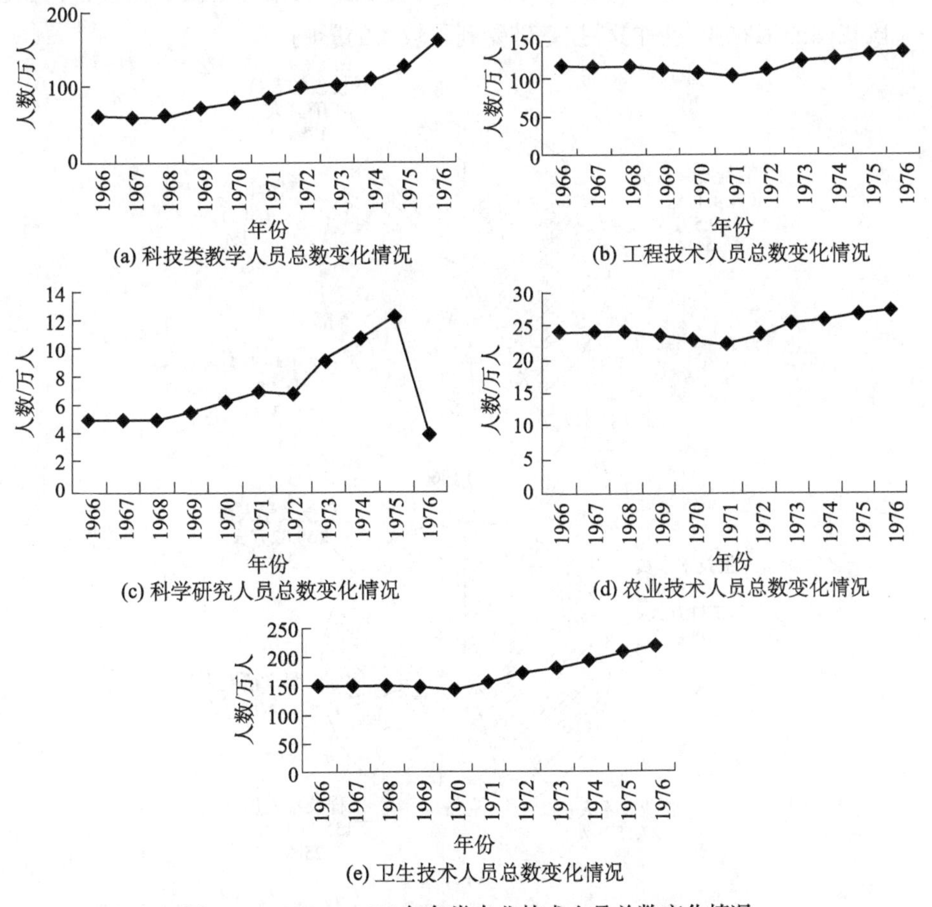

(a) 科技类教学人员总数变化情况

(b) 工程技术人员总数变化情况

(c) 科学研究人员总数变化情况

(d) 农业技术人员总数变化情况

(e) 卫生技术人员总数变化情况

图 6-5 1966 ～ 1976 年各类专业技术人员总数变化情况

最为稳定，呈稳步上升趋势。如上文所述，教学人员的稳步上升实际上主要得益于高中科技类教师的稳步增长，而相对高层次的大学教师的增幅相对是比较缓慢的，十年间仅从13.9万人增加至16.7万人，增幅仅为2.8万人，这反映了这一时期大学教育所受到的冲击。其他四类专业技术人员在头几年基本上都处于增长停滞或负增长的状况，可见“文化大革命”前期对我国科技人才队伍和科技事业的冲击甚于后期。其中，工程技术人员和农业技术人员在1971年之前都呈现相对明显的下降趋势，1971年之后才开始逐渐回升。这反映了这一时期我国的工农业所受到的冲击是最为严重的。

从各类专业技术人员在1966年和1976年这10年的变化情况来看，教学人员的占比有较大提高，增长了12%，根据上述分析，这主要源于普通中学科技类教师的增加。工程技术人员和农业技术人员，尤其是工程技术人员的占比在五类专业技术人员中降幅最大，达8%（图6-6）。因此，从相对增长情况来看，在这一阶段我国的工农业发展的科技基础受到了较大的影响。

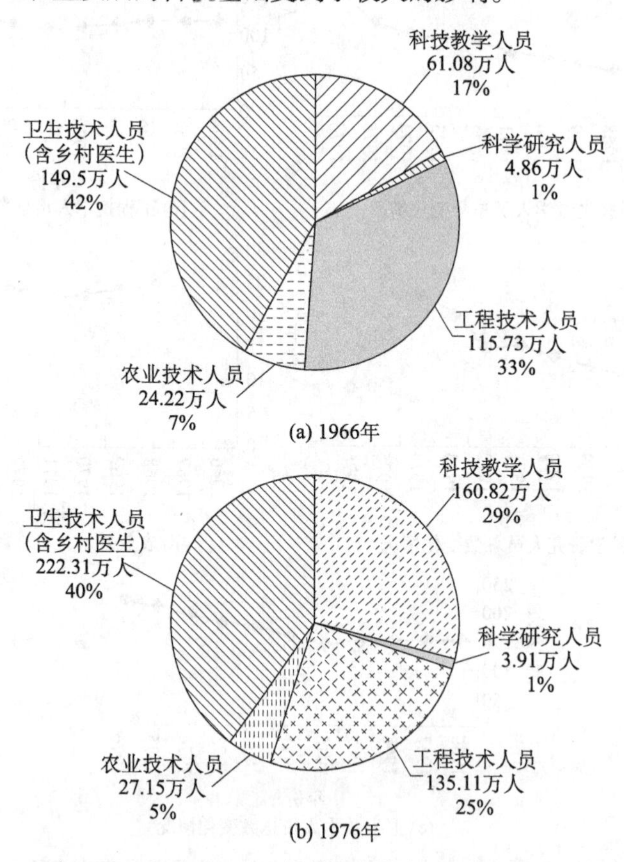

图6-6　1966年和1976年科技工作者的专业结构情况

（二）从职称结构来看，中高级人才占比呈现“低谷”

在这一时期，《全国专业技术人员统计资料汇编》提供了 1971 ～ 1973 年三年中级以上科技工作者的数据。采取与第五章相同的方法①，我们得出这三年中级以上专业技术人员总数基本都保持在 14 万～ 15 万人，占全部专业技术人员的比例则越来越小，从 4.39% 降至 3.72%，比 1965 年 6.17% 的比例还要低。由表 6-2 可见，这个时期相对高层次的科技工作者的发展也受到了较大影响。其中，以 1971 年为例，工程师以上专业技术人员占全部中级以上专业技术人员的比例为 52%，远远高于同期工程技术人员占全部专业技术人员 27.56% 的比例，与其他类别的专业技术人员的情况相反，可见在这一时期，在相对高层次的科技工作者中，工程技术人员的情况要好一些（图 6-7）。

表 6-2　中级以上专业技术人员情况表

年份	工程师以上专业技术人员 / 万人	农艺师以上专业技术人员 / 万人	助理研究员以上科学研究人员 / 万人	主治医生以上卫生技术人员 / 万人	讲师以上科技类教学人员 / 万人	中级以上专业技术人员总数 / 万人	全部专业技术人员数 / 万人	中级以上专业技术人员占全部专业技术人员的比例 /%
1971	7.62	0.26	0.83	3.47	2.19	14.37	327.44	4.39
1972	7.82	0.23	0.77	3.19	2.10	14.11	364.01	3.88
1973	7.93	0.20	0.89	3.46	2.10	14.58	391.85	3.72

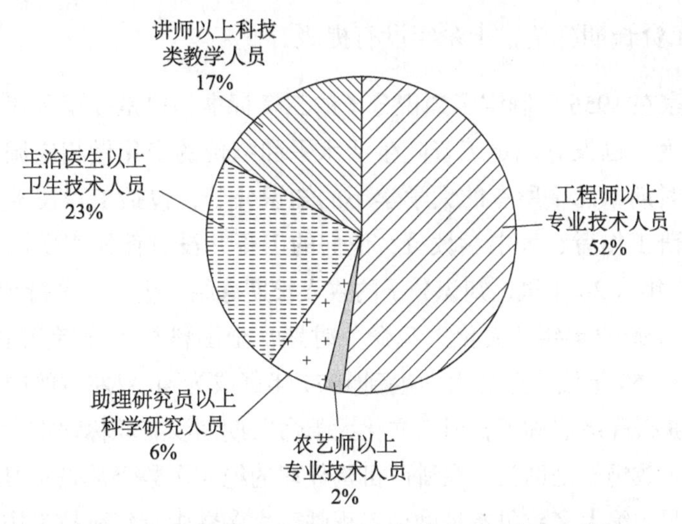

图 6-7　1971 年各类中级以上专业技术人员的占比情况

① 科技类讲师以上教学人员的剥离方法与第五章相同。

第三节 “文化大革命”时期科技工作者的社会地位

“文化大革命”对于包括科技工作者在内的广大知识分子来说，不啻一场灾难。其社会地位一落千丈，阶级出身是工人或农民的科技工作者还可以与工农兵处于相当的社会地位，那么阶级出身属于“地、富、反、坏、右”或资本家等被歧视的阶级，其社会地位就要大大低于其他阶层。科技工作者群体的总体社会地位不仅表现在生活水平的持续下降，更表现在对于知识分子的肆意贬低、侮辱、批斗、关押、流放甚至折磨致死。

一、经济地位——工资不升反降，知识学历作用微乎其微

正像哈耶克所断定的“金钱是人类发明的最伟大的自由工具之一”，一个社会群体的经济地位决定了其社会地位，科技工作者的社会地位在相当大的程度上决定于其经济收入。在“文化大革命”中极“左”路线打着“缩小三大差别”的旗号，在计划经济体制下，人为地控制工资收入，杜绝了包括稿费在内的各种合理合法的知识性收入，使科技工作者的经济地位明显下降。

（一）工资长期冻结，十余年没有提级

虽然国家在1956年制定了知识分子的工资标准，但是并没有随之建立一套工资晋级制度，也没有规定工资随生活水平和物价的变化做相应调整。到“文化大革命”时期，几乎所有的大学学历的知识分子，包括工程技术人员、医务工作者、科研工作者、大中学教员，他们的工资并没有任何实质性的提高。在1957～1976年这20年里，知识分子的收入长期冻结，生活水平持续下降。

1966年开始的十年“文化大革命”时期，全国科技工作者几乎没有提级、提薪。20世纪60年代毕业的大学生到1977年都成为40岁左右的中年人了，按常例都应当获得高级职称了，但“文化大革命”期间没有职称评审，他们在高校任职中绝大多数仍然是助教，在科研机构任职的绝大多数仍然是实习研究员，在企业工厂任职的绝大多数仍然是助理工程师，大多数中青年科技工作者一直处于专业技术级别的最低层次，工资长期停留在每月50元左右不变[48]，这是世所罕见的。

（二）缩小与体力劳动者的工资差别

1965 年，在当时“反修防修”“斗私批修”“高薪阶层是修正主义的社会基础”等一系列思想的影响下，劳动部制订了“一条龙”工资改革方案，旨在将国家机关、事业单位和企业单位的多种工资标准统一为一种工资标准。首先，它缩小了最高级别与最低级别之间的工资差距。规定，月工资最高为 404 元，最低为 30 元，最高为最低的 13.5 倍。这比 1956 年全国工资改革时的 28 倍大大缩小。而这种差距的缩小是通过高级和中级知识分子普遍减薪来实现的。

例如，教学科研人员的最高工资标准由每月 331 元降到 264 元。而新 15 级（原 17 级）以下各级人员的月工资则略增 1 ～ 2 元。重体力劳动者与技术工人之间的工资差别更接近了。北京地区铁路装卸工人的最高工资标准由原来的 66 元提高到 80 元，同 8 级技术工人（109 元）仅相差 29 元。1965 年（即“文化大革命”前夕）的工资改革导致两个相互关联的后果：一是“师徒待遇同台”现象，即工资没能随工龄的增加而有较大幅度的提升；二是学历、知识水平在收入中的作用微弱，即受过较多教育训练者的工资并没有明显增高，于是产生了“大锅饭论”和“读书无用论”之类的奇谈怪论[48]。

那时，科技工作者跟普通职工一样，1965 年名义工资为 652 元 / 年，月薪平均为 54 元 3 角；到 1976 年平均名义工资为 605 元 / 年，月薪 50 元 4 角，工资不升反降。知识分子的收入与普通职工一样，所以区分生活水平的重要一点就是“单职工”与“双职工”。双职工家庭有两个人都有工作，而单职工家里只有一人工作，全家都要靠这一个人的工资生活。如果考虑到“文化大革命”期间市场供应紧张而引起的物价上涨，尤其是自由市场物价，科技工作者的生活更是清苦。

二、社会地位—— 一落千丈，科技精英被迫害者众多

（一）排行“臭老九”，受迫害者众多

“文化大革命”中，包括科技工作者在内的知识分子的社会地位更是低下，排在“地、富、反、坏、右、叛徒、特务、死不悔改的走资派”之后，他们自嘲为“臭老九”。

很多科技工作者（包括著名科学家）在这场运动中遭到打击和迫害，甚至饱受折磨含冤致死。此处仅列举几例[145]。

叶企孙（1898—1977） 著名物理学家、教育家，中国近代物理学的奠基人之一。他创办的清华物理系和理学院在短短20多年中，就培育出百余名院士（包括美国院士）级人物；仅一个小小的物理系就出了50多名院士。“两弹一星”的主要功臣，几乎都是他的弟子（少数是他弟子的弟子）。“文化大革命”中因为他的学生熊大缜的冤案，身陷囹圄，遭到迫害，1977年1月悲惨死去。

饶毓泰（1891—1968） 中国近代物理学奠基人之一，1948年当选第一届中央研究院院士。1949年拒绝登上南京政府接名教授去台湾的专机，继续在北京大学任教，1955年当选为中国科学院学部委员。“文化大革命”中遭到打击和迫害，饱受折磨，1968年10月16日“清理阶级队伍”时，在北京大学燕南园51号上吊自杀身亡。

谢家荣（1898—1966） 地质矿床学家、地质教育家，民国时期中央研究院第一批院士，中国科学院第一批学部委员。1957～1966年，被打成“右派”，“文化大革命”开始即因是“反动学术权威”而受批斗打击。因不甘屈辱，夫妻双双饮恨自杀。

萧光琰（1920—1968） 新中国成立后最早从事石油化学研究的科学家。他于1920年就移居美国，读了博士并工作。1949年，他花几千美元购买翻印器材，花一年时间搜集、翻印和整理他认为祖国需要的资料，然后几经波折回到国内，在“文化大革命”中被关押，遭遇夜以继日的残酷殴打和侮辱，后自杀身亡。三天后，其妻子和15岁的女儿自杀。

董铁宝（1917—1968） 力学家、计算数学家，中国计算机研制和断裂力学研究的先驱之一。在上海交通大学毕业后到美国留学，取得力学博士学位。抗战时期曾冒着日军轰炸的危险参加抢修滇缅公路桥梁，1945年赴美获博士学位，后参与第一代电子计算机eniac的设计编程。1956年放弃一切，绕道欧洲，历时三个月辗转回国，任教北京大学，在1968年“清阶”运动中被指控为“特务”，被隔离审查，1968年10月18日上吊身亡。

周寿宪(1925—1976） 1951年26岁时在美国获博士学位，并留美从事研究工作，1955年冲破阻挠回国，任职于清华大学，参与筹建计算机专业，是中国计算机科学的创建人之一。“文化大革命”中被送到江西鲤鱼洲清华“五七干校”，被长期摧残后患上精神病，但军宣队员说他是装的，常拳打脚踢、谩骂侮辱，后因病情严重送回北京，1976年跳楼自杀。

虞光裕（1918—1970） 中国航空科学元勋，曾在美国和英国飞机工厂从事设计工作。1949年拒绝赴台，辗转中国香港和韩国，历时三个月艰难回国。1956年成功主持研制中国第一台喷气发动机，并主持建设中国第一个航空发动机试验基地。“文化大革命”时遭迫害，在车间劳改，拆卸旧锅炉时被跌落的通风管道砸死。

钱晋（1922—1970） 1944年毕业于北京大学，领导研制成功多种高级炸药、塑料黏结炸药，为“两弹一星”的研制做出巨大贡献。“文化大革命”时被打为“反革命”，被逼交代子虚乌有的“国民党西北派遣军”问题。当时有两个口号：“会英文的就是美国特务，会俄文的就是苏联特务”，钱晋拒不承认自己是特务，结果被活活打死。

王荣瓆（1903—1989） 潜艇专家、船舶工程专家，第一代潜艇研发核心人员，曾在英国、德国、美国三国学习，1949年积极参加“反搬运反疏散反破坏”斗争，留住了许多本想前往台湾的技术人员，1969年被打为“走资派”“反动学术权威”“美苏双重特务”，关入“牛棚”，遭残酷批斗和抄家。1938年冒生命危险从德国带回国的潜艇资料底片也被抄走遗失。

慈云桂（1917—1990） 曾经研制出我国第一台晶体管通用电子计算机，“文化大革命”一开始就被定为“反动学术权威”，被关进“牛棚”。

童志鹏（1924—）电子信息系统工程专家，曾经主持完成了我国航空专用电台、航空雷达、地面微波接力通信设备及“两弹一星”的很多配套电子设备。“文化大革命”一开始，就被打成“特务”，在研究所背了6年的砖、砂石，许多次发着高烧还要背运50公斤[①]重的水泥。

黄旭华（1926—） 1926年3月出生于海丰田调镇，1949年毕业于上海交通大学造船系。曾任核潜艇工程总设计师、副指挥，主持设计制造我国第一代核潜艇。根据他的自述：“‘文化大革命’时候，我们白天受批判，晚上再加班加点干。”

邹承鲁（1923—2006） 著名的生物化学家，是中国生物化学发展

① 1公斤=1千克。

的奠基人之一，发现纯化的细胞色素C与在线粒体结合时性质的差异；对呼吸链酶系的研究，为我国酶学研究奠定了基础；在胰岛素人工合成中负责A链及B链的拆合，确定了合成路线。但是“文化大革命”初期，诺贝尔奖获得者Kendrew爵士来中国访问，胰岛素人工合成的消息在英国电视的“黄金时间”播出，是最为英国人所知的中国科学成就，邹承鲁被安排翻译，却又被告知不得透露自己的身份。1966年年底，A. Tiselius访问了中国，邹承鲁的处境已经恶化到不允许见任何外国客人了。

姚桐斌（1922—1968） 冶金学和航天材料专家，“两弹一星”元勋。领导和指导锰基钎料合金的研制和钎焊工艺研究课题，研制成国产一号及二号锰基钎料，并以钎焊结构取代了我国液体火箭发动机的老式焊接结构。主持了液体火箭发动机材料的振动疲劳破坏问题和液体火箭焊接结构的振动疲劳破坏问题的研究，并应用到型号的研制工作上，对火箭部件的设计、选材和制造起了指导性的作用。1968年6月8日，在家中被“革命群众”打死。

赵九章（1907—1968） 气象学、地球物理和空间物理学家，“两弹一星”元勋。20世纪60年代初期，中国科学院成功地发射了气象火箭，箭头仪器舱内的各种仪器及无线电遥测系统、电源及雷达跟踪定位系统等，都是在赵九章领导下由地球物理研究所研制的。他们还研制了“东方红1号”人造卫星使用的多普勒测速定位系统和信标机。被打成“资产阶级反动学术权威”，遭受连续的批斗折磨，不堪屈辱，于1968年10月25日在北京中关村15楼服安眠药自杀。

屠守锷（1917—2012） 火箭专家，“两弹一星”元勋。作为开创人之一，投身于我国导弹与航天事业。作为总体设计部主任和地空导弹型号的副总设计师，领导和参加我国地空导弹初期的仿制与研制。先后担任中国自行研制的液体弹道式地地中近程导弹、中程导弹的副总设计师，洲际导弹和“长征二号”运载火箭的总设计师。被扣上了“资产阶级反动学术权威”的帽子，横遭批斗。

张宗燧（1915—1969） 1915年生，杭州人，著名物理学家，中国科学院学部委员。是著名哲学家、政治活动家张东荪的次子。毕业于清华大学，1938年获英国剑桥大学哲学博士学位，1939年回国并任重庆中央大学物理系教授。1945年赴英国剑桥大学进行科学研究。1947

年赴美国普林斯顿高等学术研究院、费城加尼基工业大学工作。1948 年回国。历任中央大学、北京大学、北京师范大学等校教授及理论物理教研室主任，1957 年受聘为中国科学院数理化部学部委员。“文化大革命”中遭抄家批斗，1969 年 6 月 30 日服药自杀。

“文化大革命”期间，很多海外回国人员被怀疑成“特务”。在北京中关村福利楼上贴着一幅大标语“来者不善，善者不来”，许多从海外回国的科学家看到这幅大标语不寒而栗。几乎所有从海外回国的人都被怀疑成“特务”。“文化大革命”期间流行的口头禅是“海外归来是特务，监狱出来是叛徒”。

到 1968 年年底，仅中国科学院在北京的 171 位高级研究人员中就有 131 位先后被列为打倒和审查对象，全院被迫害致死的达 229 名。上海科技界的一个“特务案”株连了 14 个研究单位、1000 多人。受逼供、拷打等残酷迫害的科技人员和干部达 607 人，活活打死 2 人，6 人被迫自杀（《科技日报》2008 年 3 月 17 日）[146]。

据不完全统计，20 世纪 50 年代从美国归来的科学家有 8 人自杀，他们是清华大学的周华章、周寿宪，北京大学的董铁宝，中国科学院力学所的林鸿荪、程世祜，南开大学的陈天池，中国科学院大连化学物理研究所的萧光琰，中国科学院兰州化学物理研究所的陈绍澧。

“文化大革命”期间被正式关进监狱的科学家也很多。仅以清华大学为例。清华大学的谢毓章、高联佩夫妇、王明贞夫妇、王振通夫妇都被关进监狱。1968 年，谢毓章被抓进监狱，4 年后的 1972 年才获释。1968 年 1 月，高联佩和许健生被抓进“牛棚”，后转入北京半步桥监狱，4 年零 4 个月后才获释。1968 年 3 月，王明贞和俞启忠被拘捕，其中王明贞被关了 5 年，1973 年 11 月获释，俞启忠被关押了 7 年，1975 年 4 月才被释放。清华大学的王振通也在监狱被关了 3 年多[147]。

（二）参与国家重大工程的科技工作者也受到干扰和迫害

“文化大革命”期间，即便是参与国家重大工程的一些科学家和科技人员也受到了干扰和迫害。许多海外回国的科学家大多在新中国成立前家境较好或有国民党背景，所以“文化大革命”中大多有“特嫌”而遭到冲击或批斗。

例如，中国科学院的赵九章是中国研制人造卫星的“581 小组”副组长，后为我国“651”卫星设计院院长，中国人造卫星事业的倡导者和奠基人之一。“文化大革命”一开始，他因为是国民党特务重要人物戴季陶的外甥，便首先被“靠边站”了；1967年，中国科学院“造反派”开始夺权，赵九章自然首当其冲。他所有的权利统统被剥夺殆尽。1968年6月，已在北京郊区的“红卫大队”“劳动改造”小半年的赵九章，听说了火箭金属材料研究专家姚桐斌的死讯。姚桐斌之死，对赵九章来说是一个沉重打击。1968年10月10日晚，他吞下整把安眠药，抽屉里留下的是他工工整整书写的最后一份“检查交代”材料。[148]

有关资料显示，在1968年，仅中国科学院自杀的一级研究员就有20人[149]。如果统计全国范围内自杀的科学家、知识分子，那该是怎样的数字？

第四节　“文化大革命”时期科技工作者的贡献

在极“左”思潮的影响下，科技政策在这一时期发生了重大扭曲。“左”的口号和政治运动代替了系统明确的科技政策，出现了一系列反科学的活动，广大科技人员受到打击迫害，严重摧残和破坏了我国正在蓬勃发展中的科学技术事业，进一步拉大了我国与世界先进水平的差距。

尽管如此，由于政治原因和国防需要，一些科技工作者在条件允许的情况下，仍然坚守岗位，在艰苦恶劣的条件下创造出举世瞩目的成就。

一、国防科技尖端技术的突破[150]

20世纪60年代中期至70年代，是我国国防科技尖端技术取得多方面重大突破的一个里程碑阶段，先后制成和试验成功了第一颗原子弹、第一枚导弹核武器、第一颗氢弹、第一艘核潜艇、第一颗人造卫星和第一颗返回式人造卫星。

1964年10月中国第一颗原子弹装置爆炸成功后，中共中央、中央军委根据当时的国际形势，做出了加速发展国防尖端技术的战略部署。在以周恩来为首、十几位副总理和部长参加的中央专门委员会指导下，有关各部门制订了一系列计划。

1966年10月27日，中国第一枚导弹核武器发射成功，实现了原子弹、导弹“两弹结合”。12月26日，第一枚中程地地导弹发射成功。12月28日，氢弹原理爆炸试验取得完全成功，标志着中国氢弹技术的突破。中国从原子弹试验成功到突破氢弹技术，只用了2年零2个月，比美国、苏联都快得多。1967年6

月 17 日，中国进行了首次全当量氢弹空爆试验，采用轰 6 型飞机投掷方式，爆炸威力为 330 万吨 TNT 当量，取得了圆满成功，使中国成为世界上第四个掌握氢弹制造技术的国家，标志着中国核武器发展进程有了一个质的飞跃。

人造地球卫星的研制。1965 年，进行卫星研制的技术基础基本具备，国防科委提出了开展卫星研制工作的报告，获得中央批准。1968 年 2 月，中国空间技术研究院正式成立，钱学森任院长。但由于运载火箭的研制受到“文化大革命”的影响，未能按期完成，本来可以在 1968 年年底进行的发射人造卫星计划被迫拖延。1970 年 4 月 24 日，中国第一颗人造地球卫星“东方红一号”发射成功。卫星重 173 千克，在重量和一些技术上超过了美国、苏联的第一颗卫星。这是中国航天空间技术的一个重要里程碑。

从 1958 年开始，导弹核潜艇的研制列入计划。由于三年经济困难，1963 年中央军委决定暂时停止，到 1965 年重新列入国家计划，开始研制，分研制鱼雷核潜艇和导弹核潜艇两步走。1967 年鱼雷核潜艇工程总体方案被国防科委审定通过，先后成立了领导小组和各部门、省市、军区领导机构，建成了鱼雷、水声、潜地导弹三个试验场。1970 年 4 月，研制核动力装置的关键设备——陆上模式反应堆建成，7 月进行提升功率试验成功，证明核动力装置可以装艇。1971 年 8 月和 1974 年 4 月，中国第一艘鱼雷核潜艇的泊系试验和航行试验相继完成，结构证明性能良好，可以交付海军使用。

中国第一颗人造卫星发射成功后，新的目标是发射返回式卫星。当时世界上只有苏联和美国掌握了这项高难度回收技术。科技人员集中力量，先后攻克了五大技术难关。1975 年 8 月，第一颗返回式卫星和“长征二号”运载火箭装配、测试完成，运往发射基地。11 月 26 日，第一颗返回式卫星在甘肃酒泉发射场成功发射，准确入轨。绕地球运行 47 圈后，于 28 日 11 时安全降落在四川预定地区，中国成为继美国、苏联后第三个能回收卫星的国家。中国卫星发射技术实现了第二个飞跃。

二、石油工业的发展

“文化大革命”时期，石油工业获得了较快的发展。从 20 世纪 60 年代起，我国已陆续勘探和开发出大庆、胜利、大港等油田，准备投入全面生产。“文化大革命”初期的动乱严重干扰了继续建设的进程，使工交企业一度出现了供油紧张状况。进入 70 年代，由于战备，国家急迫地需要增加石油生产，在周恩来、李先念、余秋里、康世恩等领导人的坚持和支持下，石油工业进行了整顿，很快得到恢复和发展。1970年，大庆油田进行了开发调整，重新进入轨道，到1973年，原油产量比1970年增长50%以上。同时，又开始加强对胜利、大港等油田的开发。胜利油田原油产量从1966年投入开发的134万吨，增长到1978年的1946万吨，成为全国第二大油田。大港油田新开发了8个油田，原油产量从1966年的11.4万吨，提高到1978年的300万吨，增长25倍以上。克拉玛依油田1970～1976年先后开发了15个新区块，原油产量从1966年的114.7万吨增长到1978年的353万吨，提高近2倍。吉林扶余油田1972年建设工程完工后，原油产量达到126.3万吨。同时开发了3个新的小油田。到1978年，吉林油田产量达到185.07万吨。1966～1978年，胜利、大港、克拉玛依、吉林四个油田的年产量从276.1万吨提高到2783.67万吨，增长了9倍多。

这一时期，在周恩来的重视下，石油工业部先后在四川、江汉、陕甘宁组织了三个大石油勘探会战，此后，又开展了辽河和任丘油田的会战，取得了较好的成果。四川石油会战是1965年开始的，“文化大革命”初期中断，1971年起恢复勘探，同时进行大规模的气田和输气管道建设。1966～1978年，石油工业得到了较大的发展，原油产量每年递增18.6%，1978年突破1亿吨，使中国由“贫油国”成为世界第8位产油大国。这一时期国外化工成套设备的大规模引进，使原油加工量比1965年增加了5倍多。由于“文化大革命”中“左倾”思潮、“长官意志”的影响，石油工业建设中也产生了一些不应有的损失，例如，四川天然气出川工程没有经过充分论证，提出过早，造成了浪费和损失，到1976年被迫停止。[151]

三、电子工业的发展

“文化大革命”时期，电子工业也得到了较快的增长。“文化大革命”初，电子工业和其他工业一样受到严重挫折，1967～1968年产值连续下降，片面强调战备打乱了协作体系。促进电子工业发展的因素，是其战略地位和高科技地位越来越在世界上显现出巨大的生命力，引起了中央领导层的注意。在1970年制定“四五”计划总体方针时，写进了“加快发展电子工业”的内容。由于科技工作者和广大干部群众的努力，电子工业取得了较快的发展：卫星通信设备和技术的研制开发获得进展，建立了多个卫星通信地面站；收音机、录音机等基本实现半导体化，中国电子产品已基本过渡到半导体化的技术阶段；70年代初，随着“三线”建设的恢复，地方电子工业得到第二次大发展，全国地方企业由1969年的 1600 多个增加到 1970 年的 5200 多个，29 个省（自治区、直辖市）都有了电子工业，建成贵州、四川、陕西、甘肃、安徽、江西、山西、湖南、湖北等一批内地后方基地。[150]1973 年 8 月 26 日，第一台每秒百万次集成电路电子计算机研制成功，更是我国电子工业发展的里程碑，也证明了我国科技工作者高超的技术能力。

四、农业技术的发展

1975 年 10 月 20 日，由科学家袁隆平等培育的籼型杂交水稻通过鉴定，经过推广后一般提高产量 20%，为世界粮食增产做出了重大贡献。杂交水稻为粮食大面积增产发挥了重要作用，取得了巨大的经济效益和社会效益，为解决中国的温饱问题做出了卓越贡献。袁隆平被誉为“杂交水稻之父”。

从全面的农业技术发展来看，“文化大革命”期间虽然中国的科研事业受到了一定程度的冲击，但不可否认的是，这一时期的农业科技工作在理论研究和应用研究方面都取得了重要进展。理论研究方面：关于土壤肥力理论的研究，作物栽培、耕作理论的研究，病虫害防治理论研究等领域较“文化大革命”之前都有了重大进展。应用研究方面：培育成了大量的农作物新品种，实现了水稻三系配套，改进了作物栽培技术，研究应用了多种土壤改良技术等，其中有许多先进技术成果在 1978 年荣获了科学大会奖。虽然科研推广机构在“文化大革命”时期遭受了一定的冲击，但是总体来看，这一时期省、市级农业科技人员和机构基本保持稳定，县级以下单位形成了具有特色的四级农科网。农业科技工作者尽管遭到了不同程度的迫害，但是他们仍在艰苦的条件下，坚持农业科技工作。广大的农民群众对农业科技进步也做出了巨大贡献，他们丰富的实践经验，直接促进了技术进步。[152]

五、基础工业的发展[150]

1964 年，鉴于当时中央对国际形势的判断，认为要准备打仗，甚至要打核大战，毛泽东和中央提出搞“三线”建设。1965 ～ 1980 年，我国在 13 个省份开展的三线建设，历经 3 个“五年计划”，共投入 2050 多亿元资金、几百万人力，安排了几千个建设项目。规模之大、时间之长、动员之广、行动之快，在我国建设史上是空前的。

“三线”建设虽然从战略上看是一种误判，形成宏观的巨大的资源错配和浪费，但是从另一个角度来看，对于中西部地区的建设仍然有较大的意义。初步改变了我国内地基础工业薄弱、交通落后、资源开发水平低下的工业布局不合理状况。建成了以能源交通为基础、国防科技为重点、原材料工业与加工工业相配套、科研与生产相结合的战略后方基地。

在国防科技工业方面，建立了雄厚的生产基础和一大批尖端科研试验基地。以重庆为中心的常规兵器工业基地体系，不仅能够大批量生产轻武器，而且能够生产相当数量的先进重武器，到1975年兵器生产量已占全国的近一半。

在交通运输方面，先后建成了一批重要的铁路、公路干线和支线。从1965年起相继建成的川黔、贵昆、成昆、湘黔、襄渝、阳安、太焦、焦枝和青藏铁路西宁至格尔木段等10条干线，加上支线和专线，共新增铁路8046公里，占全国同期新增里数的55%，使“三线”地区的铁路占全国的比重，由1964年的19.2%提高到34.7%。其中，南京长江大桥是新中国第一座依靠自己的力量设计施工建造而成的铁路、公路两用桥，它的建成开创了我国“自力更生”建设大型桥梁的新纪元，是工程技术领域取得的重要突破。

在基础工业方面，建成了一大批机械工业、能源工业、原材料工业重点企业和基地。铁路的开通，矿产资源的开发，科研机构和大专院校的内迁，使长期不发达的内地和少数民族地区涌现了几十个中小工业城市，社会经济、文化水平得到显著提高，缩小了内地与沿海地区的各种差距，人民生活水平有一定的提高。

六、科学研究的突破

“文化大革命”时期，科研领域的成就除了“两弹一星”等国防军事科研项目外，最令人瞩目的应该是医药学领域的青蒿素的发现和数论领域的哥德巴赫猜想的突破。

20世纪60年代，越南战争爆发。交战中的美越两军深受疟疾之害，减员严重，是否拥有抗疟特效药，成为决定战争胜负的关键。1967年，在中共中央的指示下，一个旨在援外备战的紧急军事项目启动了。这是一个集中全国科技力量联合研发抗疟新药的大项目，60多个单位的500名科研人员参与。1969年1月，屠呦呦以中医研究院科研组长的身份参加该项目。

当时已经筛选了4万多种抗疟疾的化合物和中草药，结果没有令人满意的。屠呦呦从系统整理历代医籍开始，四处走访老中医，整理了包括640多种（包括青蒿在内）草药的《抗疟单验访集》。并且在古代文献《肘后备急方·治寒热诸疟方》中发现这样的描述：“青蒿一握，以水二升渍，绞取汁，尽服之。”原来青蒿里有青蒿汁，它的使用和中药常用的煎熬法不同。她决定用沸点较低的乙醚在60℃的温度下制取青蒿提取物，1971 年 10 月 4 日，她在实验室中观察到这种提取物对疟原虫的抑制率达到 100%。后来在许多化学家的通力合作下，在 1976 年初得到了青蒿素的晶体结构，结果于 1977 年公开发表。

哥德巴赫猜想的突破当属中国年轻数学家陈景润取得的成就。1953 年，陈景润毕业于厦门大学数学系，经过十多年的学习和积累，在条件十分艰苦的“文化大革命”期间，于 1965 年 5 月，发表了他的论文《大偶数表示一个素数及一个不超过 2 个素数的乘积之和》（简称“1+2”）。论文的发表，受到世界数学界的高度重视和称赞，成为哥德巴赫猜想研究上的里程碑。英国数学家哈伯斯坦和德国数学家黎希特把陈景润的论文写进数学书中，称为“陈氏定理”。邓小平曾经这样意味深长地告诉人们：像陈景润这样的科学家，“中国有一千个就了不得”。

虽然严格来说，以上取得成就的科学技术项目或是在“文化大革命”之前就已经开始实施，或是在当时特殊背景下得以实施，但这些成果为以后改革开放时期的科学技术赶超世界先进水平，提供了技术基础和保障，也为我国进入改革开放时期的经济、国防建设，为中国走向世界发挥重大影响力奠定了科技基础。正如邓小平 1988 年所说：“如果六十年代以来中国没有原子弹、氢弹，没有发射卫星，中国就不能叫有重要影响的大国，就没有现在这样的国际地位。”[155]

小 结

这一时期科技工作者群体的发展有以下几个特点。

（1）科技工作者的数量有了极大的快速增长，呈现曲折上升的态势。在1949～1965年的17年间，科技工作者的数量从约26万人增长到约352万人，年均增幅达31%。其中，这一阶段的前7年（1949～1956年），科技工作者培养获得较为稳定的发展，科技工作者群体初步发展和壮大，7年间培养的科技类毕业生的数量共计达到41.43万人，增幅达4.77倍；后十年（1957～1965年）由于政治运动的干扰，党在对知识分子的政治属性界定上十分不稳定，这一阶段科技工作者的培养状况有较大波动，培养的科技类毕业生数量共计达114.73万人，较之前一个阶段又有了进一步发展。

在1966～1976年“文化大革命”的十年间，科技工作者总数从约355万人增长至约549万人，增量为194万人，与前17年326万人的增量、增速几乎持平。其中1966～1969年高等院校停止招生，1970年恢复招生，但取消了入学考试，采用推荐等方式招收“工农兵”学员，使这一时期新培养的科技工作者的质量大打折扣，总体上呈曲折上升趋势。

（2）新培养的科技工作者以“实用化”为导向，在前17年工程技术人员和卫生技术人员等增幅最大，而高层次的科技工作者增速缓慢。新中国成立之初，百废待兴，经济、工业和国防发展成为重中之重，短期内需要大量的建设人才，因而社会经济和国防建设迫切需要的工程技术得到了极大的重视。政治学、心理学、社会学等人文和社会科学学科被取消或被削减，高等学校院系调整政策促进了理工类科技人才的培养，高校毕业生中，大多以理工科为主。从而形成了我国以理工科为重点的高等教育格局，为我国输送科技工作者和发展科技事业奠定了基础。

（3）科技工作者的社会地位呈现前高后低的态势。新中国成立之初的7年，科技人员十分缺乏，中国共产党对包括科技工作者在内的知识分子采取了团结、教育、改造的政策。大批海外学者冲破重重阻力，回到祖国参加社会主义建设，这一阶段的科技工作者的实际社会地位普遍不低，尤其从海外回来的知识分子社会声望和地位普遍较高，他们中的很多科学家在工作岗位上得以发挥作用。整体来说，科技工作者这一群体虽然薪金平均不高，但经济地位稳定，收入有保障。

然而，从1957年开始，随着我国政治环境的变化，“以阶级斗争为纲”的错误路线的反复坚持和贯彻，使科技工作者在内的知识分子的社会地位严重下降，从1957年的“反右”“扩大化”到“文化大革命”，他们从可以团结改造的对象，变成了排在“地、富、反、坏、右、叛徒、特务、死不悔改的走资派”之后的“臭老九”。包括科技工作者在内的几十万名知识分子被强制“劳动改造”，不仅工资下降明显，而且被教养或监督劳动的很多“右派分子”的期限遥遥无期，“文化大革命”的冲击更是雪上加霜，科技工作者群体大多失去了从事科技活动的机会，很多学有所长的科技权威和领军人物被打入“牛棚”，长时间下放到农村“五七干校”，有的甚至被打成“反革命”和“间谍”等。不少专家，教授在这场灾难中受迫害而死。随之而来的工资冻结、缩小与体力劳动者差距等造成科技工作者经济地位和社会地位明显下降。

（4）在曲折的历史环境中，科技工作者的贡献仍然是巨大的。新中国成立初的17年在能源、冶金、机械、造船和国防工业等方面，取得了一系列科技成果，形成了新中国的科研教育体系，推动了工业化进程。工程技术得到了大力发展，使一个贫穷落后的国家在不到20年中建立起自己的工业体系和国防军事体系，使我国进入核国家的行列，尤其是国防科技尖端技术获得重大突破，先后制成和试验成功第一颗原子弹、第一枚导弹、第一颗氢弹、第一艘核潜艇、第一颗人造卫星和第一颗返回式人造卫星。1965年，中国生物学家们在世界上首次人工合成牛胰岛素；中国摘掉了“贫油”的帽子，陆续勘探和开发出大庆、胜利、大港等油田……

需特别指出的是，当时的政治形势和“左倾”路线横行，所有媒体几乎没有对科技工作者的正面宣传和表彰，使老百姓难以看到科技工作者真正的成就和贡献，导致全社会对包括科技工作者在内的知识分子采取漠视的态度，减少了对科技工作者的正面评价。当时所有的宣传都体现了政治导向的要求，体现的是“工、农、兵”，即使是“两弹一星”的成功，也不宣传科技工作者，当时做出巨大贡献的科学家获得“两弹一星”元勋奖章是在30多年后改革开放的年代。这不能不说是一种中国式的悲凉。

第三部分
在与国际接轨中成长与发展
——改革开放时期的科技工作者群体

第七章
改革开放初期的科技工作者（1977～1985年）

1976年10月，历时十年的“文化大革命”宣布结束。1978年12月，中国共产党十一届三中全会召开，这次全会实现了三个“拨乱反正”。一是实现了思想路线的拨乱反正：废止“以阶级斗争为纲”的思想路线，做出将工作重点转移到以经济建设为中心的决策；二是实现了政治路线的拨乱反正：恢复党的民主集中制的优良传统，提出使民主制度化、法律化的重要任务；三是开始了系统清理重大历史是非的“拨乱反正”：审查和解决历史上遗留的一批重大问题和一些重要领导人的功过是非问题。全会做出实行改革开放的新决策。此次会议具有深远的历史意义，它使社会主义中国实现了一次伟大的历史性转折，揭开了中华民族崛起的序幕。[154]

这一阶段是改革开放的试水期。令人瞩目的改革举措首先是从毗邻香港的深圳开始，1979年中共中央、国务院决定在深圳、珠海、汕头和厦门试办特区。1980年正式将“特区”定名为“经济特区”，对引领国内进一步改革开放、扩大对外经济交流起到了极为重要的作用。接着，1982年中央在总结农村前期改革的经验后确立了在农村实行家庭联产承包责任制，家庭联产承包责任制作为农村经济体制改革的第一步，突破了“一大二公”“大锅饭”的旧体制，解放了农业生产力，激发了农民生产的积极性，为解决中国人民的吃饭问题奠定了基础。1984年党的十二届三中全会在北京举行，会议一致通过了《中共中央关于经济体制改革的决定》，提出有计划的商品经济概念，为打破计划经济体制创造了条件。

1985年中央做出《中共中央关于科学技术体制改革的决定》，从宏观上制定了科学技术必须为振兴经济服务、促进科技成果的商品化、开拓技术市场等方针和政策，促进了科技成果向现实生产力的转化及高新技术产业化的发展，揭开了“文化大革命”后国家全面科技体制改革的序幕。

同年，中共中央还做出了《中共中央关于教育体制改革的决定》，该决定指出，教育体制改革的根本目的是提高民族素质，多出人才、出好人才，并且还在决定中提出了改革高等学校的招生计划和毕业生分配制度，以及扩大高等学校办学自主权等重要政策导向，为下一步科技工作者的增量奠定了很好的基础。

在这样的形势下，中国科技工作者迎来了科学的春天。

经过改革开放初期一系列科技政策、知识分子政策的制定和实施，我国逐渐从“文化大革命”所受的破坏中恢复过来，各个领域的发展逐渐步入正轨，科技与经济的发展活力也逐渐开始复苏。但从深层次的发展来看，改革开放初期的前9年在更大程度上是处于恢复全社会正常秩序的阶段，尽管80年代初到1985年，在科技体制内部进行了试点探索，但从根本上来讲，科技体制仍基本局限于计划经济体制的大框架之内。而从80年代中期开始，这种源于苏联的计划经济体制与科技和社会发展的矛盾进一步凸显，已不利于科技工作面向经济建设，也束缚了科技人员的智慧和创造才能的发挥。因此，从1985年开始，科技体制进入了实质性全面改革阶段，主要的目标是改变计划经济体制下科研与生产脱离的状况，让科技与经济能够密切地结合。

第一节　科技工作者的基本情况

一、迎来科学的春天

1977～1985年的9年间，是“拨乱反正”和恢复发展的阶段，科技战线作为“文化大革命”的“策源地”之一，成为最先“拨乱反正”的领域[155]，尤其是党和国家“尊重知识、尊重人才”“脑力劳动者是劳动人民的一部分”“科学技术是生产力”等一系列论断和口号的提出，纠正了长期以来轻视科学技术的倾向，科技人才政策也自此实现了重大的历史转折。

1977年5月24日，邓小平指出：“我们要实现现代化，关键是科学技术要能上去。发展科学技术，不抓教育不行。靠空讲不能实现现代化，必须有知识，有人才。”“一定要在党内造成一种气氛：尊重知识，尊重人才。”这是对“文化大革命”极“左”思潮泛滥时期盛行的“知识越多越反动”“知识分子是臭老九”等谬论的有力批驳，为当时教育、科技战线的“拨乱反正”指明了方向。

1978 年 3 月 18 日，全国科学大会在北京召开，邓小平在讲话中指出：脑力劳动者的绝大多数已经是无产阶级的一部分，四个现代化的关键是科学技术的现代化，并提出“科学技术是生产力”的论断。

从此，“尊重知识、尊重人才”“知识分子是工人阶级的一部分”“科学技术是生产力”成了新时期党的知识分子政策最具代表性的口号。营造新的社会氛围解开了知识分子的精神枷锁，扫清了知识分子向科学进军的政治障碍。恢复高考制度、重新开始科学研究活动、打开国际学术交流渠道、新一代留学生出现，中国的科技事业又开始焕发青春活力，广大科技工作者又重新在各自岗位上努力工作。

当时科技经济刚刚恢复发展，科研机构的数量也相对不足，科技工作者所受到的束缚仍然很大，科技工作者能找到的用武之地也不多。只有在南方大城市周边部分乡镇企业开始出现，为了引进先进技术获得更好的发展，创造出“星期六工程师”这样的形式，开始了“不求人才为我所有，但求为我所用”的新机制。例如，国营一八一厂的韩庆生和另外三个工程师为武汉的一家乡镇企业——九峰农机厂设计了两套生产污水净化器的图纸，还编写了两万多字的产品技术说明。这家农机厂本来已经濒临倒闭，却因为韩庆生及其他科技人员的帮助而起死回生。在当时的中国，向民营企业偷偷输送技术的专业技术人员绝不止韩庆生一个人。但是，当时国内科技人员号称有 800 万人，其中 1/3 闲置无事[156]。而新兴的乡镇企业则人才短缺，急需科技人员。可以说，在一定程度上，正是这些在国营厂闲置的科技人员带动了 80 年代初乡镇企业的发展。

这一阶段，随着高等教育的恢复和发展，以理工类为主的高校毕业生每年以十多万的数量级走向社会的各个科技岗位，而且在当时计划经济体制下，这些毕业生受益于落实知识分子政策，被直接分配到研究机构、高校和企业的科技岗位上，这部分增量超过了 100 万人。另外，“文化大革命”中被迫离开科技岗位的各类科技工作者回归，得到了使用。此外，改革开放后，经济类和社会类的各种专业技术开始受到重视，其各类岗位特别是中高级专业技术岗位开始落实，表明中国的科学技术事业开始从纯粹的自然科学工程技术向经济社会领域发展，国家有关专业技术岗位如经济类和法律类岗位等的统计充分体现了这一转变情况。根据本书的定义，我国科技工作者群体到 1985 年突破了 1000 万人的大关，达到了

1100 万人，占总人口（10.58 亿人）的万分之 103.9，成为科技兴国基本国策制定和落实的最重要因素之一。

二、新培养科技类毕业生约 122 万人

“文化大革命”结束时，已有的科技工作者存量为 549 万人。本历史阶段的科技工作者群体中新的增量为：新培养的科技类毕业生、留学归国的留学生和访问学者及在动乱中被遣散、流失而重新回归的科技工作者。本节主要讨论前两类。

“文化大革命”和所谓的“教育革命”使新中国诞生后第一个十年出生的一代人失去了接受系统、完整的学校教育的机会，造成了难以弥补的人才断层。与此相关，科技队伍一直没有补充充分的后备力量，更是青黄不接、后继乏人。为尽快扭转人才断档的局面，在这一时期，政府有关部门采取了一系列加速培养人才的措施。其中，最为重要的一项措施就是恢复高考。1977 年 10 月初，中共中央政治局通过了高考招生工作的文件，国务院随即批转，宣布立即恢复高考。1977 年冬天，570 万名考生走进了曾被关闭 10 年之久的考场[142]，我国高等教育人才的培养从此开始恢复正规。

在 1977 ～ 1985 年的 9 年间，我国的高等教育系统共计培养出科技类毕业生 122.41 万名，年均培养 13.60 万名，分别达到新中国成立初 17 年和“文化大革命”期间年均培养大学生数的 1.5 倍和 2 倍。从这 9 年大学毕业生的增幅情况来看，由毕业滞后于招生的因素所致，1977 ～ 1979 年的毕业生数实际上仍是当年“工农兵”大学生，数量呈持续下降趋势，1980 年略有增长，而 1981 年又稍有下降。但从 1982 年开始，恢复高考后的第一批（1977 级和 1978 级同一年毕业）毕业生数出现了大幅增长，随后又开始略有下降（图 7-1）。从招生数情况来看，1978 年出现了一个招生的高潮，这与高校招生的总体情况一致，都是得益于 1977 年恢复高考政策带来的效应。同时还可以看出，从 1981 年开始，科技类招生数相较于全部招生数的情况，实际上增幅相对略小，可见这一时期，社会科学和人文科学得到了较好、较快的恢复（图 7-2）。总体来看，改革开放初期，我国科技人才的培养不仅得到了迅速恢复，而且也实现了快速增长。

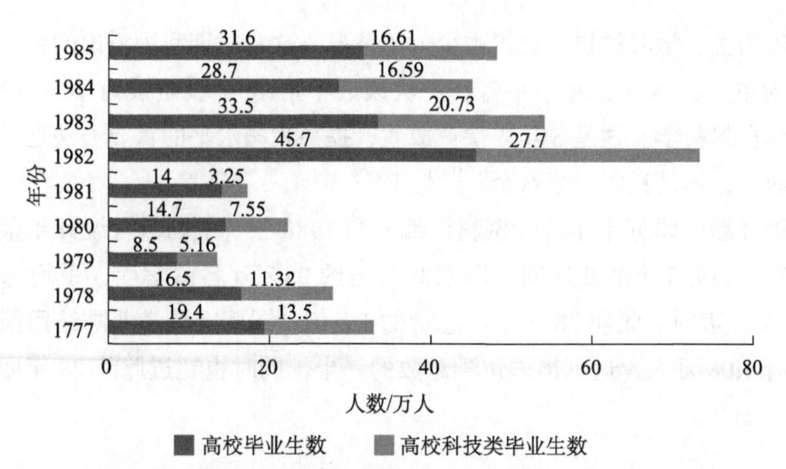

图 7-1　1977 ～ 1985 年高校毕业生数及高校科技类毕业生数

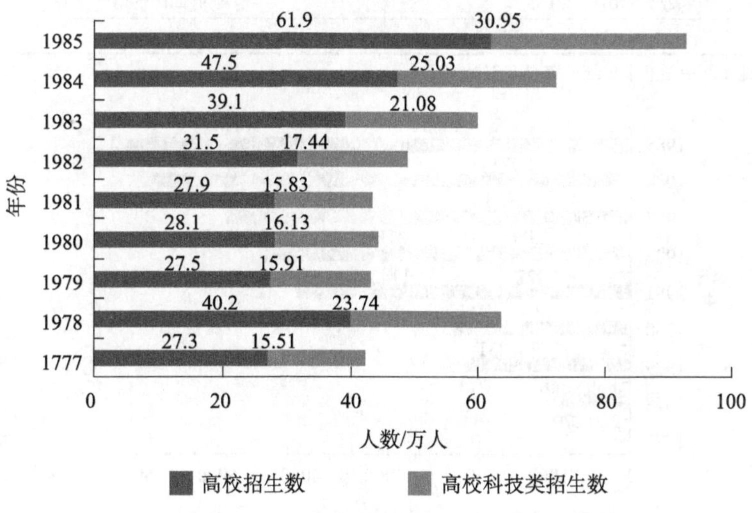

图 7-2　1977 ～ 1985 年高校招生及科技类招生情况

三、留学归国人才强化了科技工作者群体

改革开放后，我们看到了与世界科技发达国家的巨大差距，要赶上必须要有人才。改善出国留学政策，加快开放的程度，成为当时有关部门的必然选择。除了加大公派留学的力度外，这一阶段还有一个新的趋势，即从 1979 年开始，我国自费出国留学活动实现了“零的突破”。之后，自费出国留学群体经历了“从无到有并不断发展与壮大”的历程，与其基本相适应的自费留学政策也应运而生并持续发展。[157] 这一阶段中，从留学专业上看，不同于“文化大革命”期间以

学习外语为主，学习科技专业仅占少数的情况，这一时期我国派出的留学人员以科技类为主。1978 年，邓小平曾在一次谈话中指出，“我赞成留学生数量增大，主要是搞自然科学。这是 5 年内快见成效，提高我国水平的重要方法之一。要成千上万地派，不是只派十个八个”[142]。

根据《新中国五十年统计资料汇编》和 1988 年《中国教育统计年鉴》的统计，1977 ～ 1985 年的 9 年间，国家共派出约 2.08 万名留学生，平均每年达到 2300 多人，达到了此前 28 年派出总量的 1.8 倍；同期完成学业陆续回国的留学人员约有 1.08 万人，达到出国留学总数的一半，同时也超过此前 28 年回国总量（表 7-1、图 7-3）。

表 7-1 1977 ～ 1985 年国家公派的留学生数 单位：人

国家公费派出留学生数	毕业回国的留学生数
20 823	10 817

注：参见《新中国五十年统计资料汇编》。

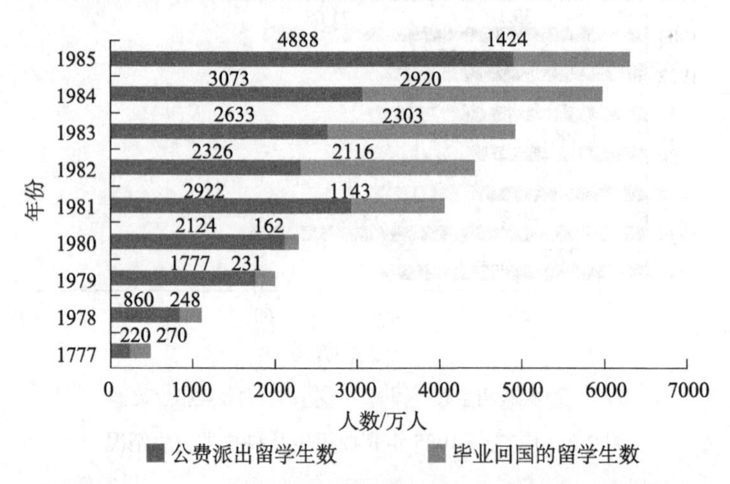

图 7-3 1977 ～ 1985 年国家公派出国留学人数和学成回国人数情况

统计年鉴显示，此处派出国的留学生数是指国家教育委员会（以下简称国家教委，现教育部）公费派出和政府组织奖学金派出人数，不包括部门、地方单位公派人数，当然也不包括自费留学人员。根据李滔主编的《中华留学教育史录（1949 年以后）》，1978 ～ 1989 年的 12 年间各类出国留学人员总数为 96 101 人，其中国家公派的为 29 994 人，单位公派的为 43 430 人，自费留学的为 22 677 人。在此期间回国人员总数为 39 183 人，其中国家公派的为 16 879 人，单位公派的为 21 344 人，自费留学的为 960 人（表 7-2）。

表 7-2　1978 ～ 1989 年各类出国和回国留学人员数统计[114]

人员类别	总计		进修人员、访问学者、高级访问学者 / 人	博士生 / 人	硕士生 / 人	本科生 / 人
	人数 / 人	占比 / %				
国家公派出国	29 994	31.2	21 963	5 003	1 947	1 081
单位公派出国	43 430	45.2	32 563	7 562	2 819	486
自费留学	22 677	23.6				
国家公派回国	16 879	43.1	15 624	653	366	236
单位公派回国	21 344	54.5	19 928	427	722	267
自费留学回国	960	2.4				

注：此数据也出现在苗丹国的《出国留学六十年》的第 303 页。另外，《出国留学六十年》（第 301 页）还指出，据国家教委和人事部的抽样调查显示，在 1978 年以后（到 80 年代末 90 年代初）出国留学人员中，国家公派、单位公派和自费留学分别占 58.6%、39% 和 2.4%。不包括勤工俭学的语言生和直接向公安部门申请自费出国的人数。

以统计年鉴的资料为主，根据《中华留学教育史录（1949 年以后）》的数据对单位公派和自费留学人员的相对比例情况进行推算，大致可以粗略估算出，在 1977 ～ 1985 年的 9 年间，国家公派出国的约为 2 万人，单位公派出国约为 3 万人，个人自费出国的约为 1.5 万人，这样，在此期间我国的出国留学人员共计约 6.5 万人。以同样的方法推算，在此期间我国的留学回国人员总数共计约 2.5 万人，约为出国留学人员的 4 倍（图 7-4）。

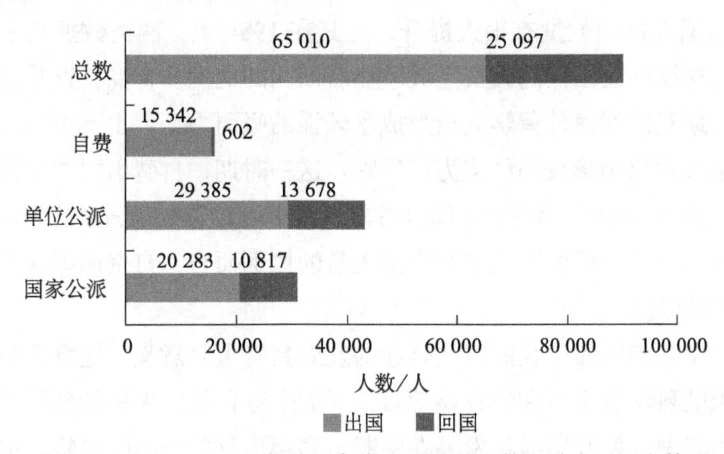

图 7-4　1977 ～ 1985 年我国各类出国留学人数和学成回国人数

国外学者对这一时期的中国留学人员赴美情况的研究显示，在 1979 ～ 1987 年的 9 年间，美国共计向中国留学人员发放了 3.59 万个签证，其中公派留学达 2.38 万人，自费留学达 1.2 万人。另外，据中国教育部门的统计，1979 ～ 1986 年，我国共有 2.8 万名各类留学人员、学者和其他人员赴美学习、研究或讲学，这一期间赴美留学人员占同期赴各国留学人员总数的 50% 以上 [157]（图 7-5）。这一数据与《中华留学教育史录（1949 年以后）》中的数据还是较为接近的。

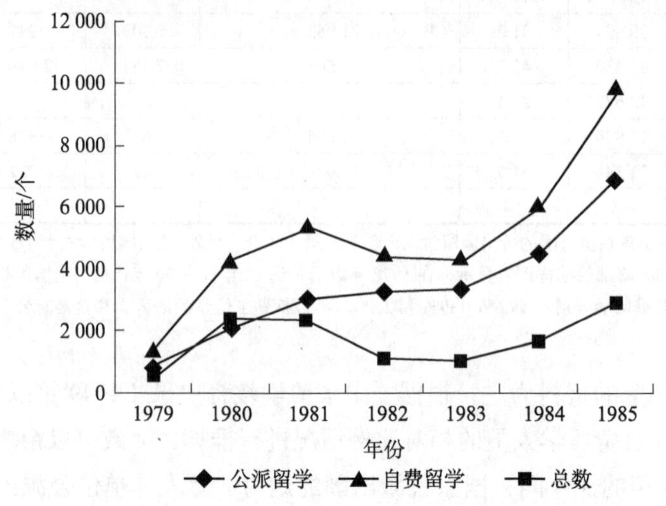

图 7-5 1979 ～ 1985 年美国向中国留学人员发放签证统计数

总体来看，我国出国留学人数自改革开放以来快速增长，尤其在改革开放的头几年，增速很大。1982 年后略有回落，但从归国人员的数量变化来看，1981 年以后，回国人员的数量有很大提升，尤其在 1984 年，两类数据几乎持平，可见改革开放初期陆续出国的人员完成学业后回国的比例非常高，这某种程度上反映了这一时期我国对海外留学人员形成了较强的吸引力，但也不可否认，这种吸引力更多是公费出国形成的约束力的反映。这一时期，自费出国留学的人员数也大大增长，1979 ～1987 年的 9 年间自费出国留学人员总数与国家公派出国人数相差不大，但相较于公费回国人员对出国人员的比例而言，自费回国人员占出国人员的比例要低得多。

公派留学生归国对于我国科技事业的发展具有重要意义，这批人员直接向世界发达国家的科学技术界和教育界学习，了解全球科技发展的最新趋势及各领域发展的前沿状况，使我国科技发展在中断十多年后重新与国际接轨。他们将先进的科研成果和技术带回国内，并成为国内各科技领域的领军人物，带领中国科学技术冲向更高的科学高峰。

值得提出的是，作为我国最大的学术机构，中国科学院系统自改革开放以来在派出科研人员和引进海外人才方面进展较快。根据《中国科学院统计年鉴》，中国科学院系统在此期间分别以派出留学和派出访问形式，共计派出了 13 998

人，其中派出留学人员为4257人，派出访问人员为9741人。留学回国人员为2534人，来华的外国专家为12 770人（表7-3、图7-6）。

表7-3　1979～1985年中国科学院系统派出留学人员和回国人员数

年份	派出留学人数/人	留学回国人数/人
1979	588	408
1980	651	517
1981	725	536
1982	520	186
1983	559	36
1984	435	549
1985	779	302

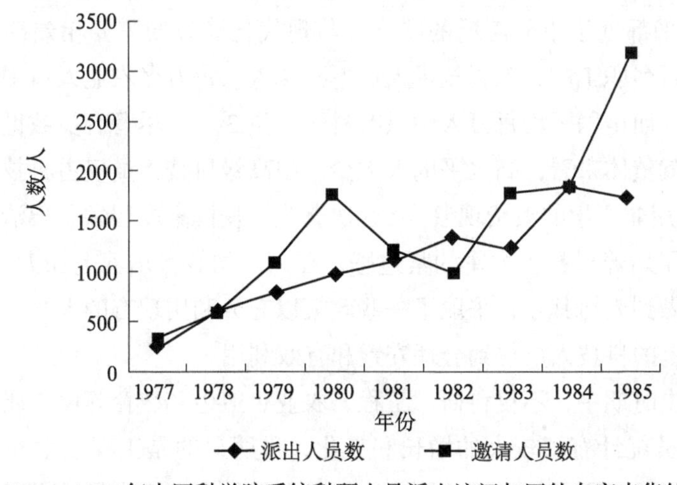

图7-6　1979～1985年中国科学院系统科研人员派出访问与国外专家来华的总体情况

这一时期的留学生基本上是公派的，他们具有较好的高等学历基础，通过层层考试和筛选，在专业方面有较好的知识和技能，通过留学取得了更高的学历，接触了世界上先进的科学技术，大大提升了自身的科学技术水平和能力。由于是公派的原因，加上长期所受教育的影响，这些留学生大多学成归国，而且回国后成为各自领域中的佼佼者，留学生归来显著地提升了中国科技工作者群体的质量和水平，为进一步推动科技事业的发展发挥了重要的作用。

第二节 科技工作者的总量和结构

一、科技工作者总量翻一番，达 1035 万人 [142]

十年“文化大革命”使得我国的科技事业发展受到极大破坏，科技队伍的发展也受到严重影响，但是这种影响究竟严重到何种程度，则需要进行全面调查。为此，1978 年 9 月，为弄清科技队伍的基本情况，党中央和国务院责成国家科委会同国家计划委员会（简称国家计委，现国家发展和改革委员会）、民政部、国家统计局对全国自然科技人员进行普查。普查结果表明，我国科技队伍无论是数量还是水平都处于十分落后的状态，与现代化建设的需要相差甚远。调查表明，平均每百名职工中，工程技术人员不到 4 人，每万名农业人口中只有 4 名农业技术人员，而全国平均每万人中只有科研人员 3 人。尽管有少数世界一流的科技专家，但就整体来看，高水平的人太少，中高级科技人员仅占科技人员总数的 4%，还存在用非所学的浪费现象。① 这次普查，使国家高层领导摸清了“家底”，一方面增强了培养科技生力军的紧迫感，在人才的教育培养上加大了推进力度；另一方面为做到人尽其才，采取了一些政策以充分利用现有的人才，包括使一批闲散在社会上的科技人员得到合理安置和有效利用。

这一历史时期中，不仅科研、工程、农业、卫生和教育等原来属于科技工作者范畴的人员统计有了较大的增长和变化，最明显的是工程技术和卫生技术人员有了飞速增长，而且新增了经济、法律等领域的中高级人员进入科技工作者范畴。所以，从这一历史阶段起，我国科技工作者群体的内涵有了变化和增加，同时也说明这些专业岗位在我国开始受到重视，社会对这些专业的需求有了明显的增强，这些社会科学领域中的研究和应用人员也需要系统的、科学的专业知识和专业手段，将这些专业岗位纳入科技工作者群体符合历史实际，也符合对于科学技术的定义。

在一系列政策措施的推动下，在 1977 ～ 1985 年的 9 年间，科技工作者从

① 这一阶段和之前两个阶段有所不同，涉及的数据除了之前的第一类（科学研究人员、工程技术人员、农业技术人员、卫生技术人员和科技类专任教师）人员外，还包括第二类，即具有高级职称的经济人员和法律类人员，具体包括：高级经济师、高级会计师、高级统计师、一级和二级律师公证员。因此，部分人员数据仅从 1983 年开始有统计，所以这一阶段仅有 1983 年、1984 年和 1985 年三年的数据。

602.06 万人增长至 1035.01 万人，翻了将近一番，增幅达约 433 万人（图 7-7），年均增量为 54 万人，增幅超过历史上任何一个时期。从图 7-7 可以看出，这个阶段的科技工作者数量增幅十分稳定，这从根本上说是改革开放的全新的政策环境所赋予的。

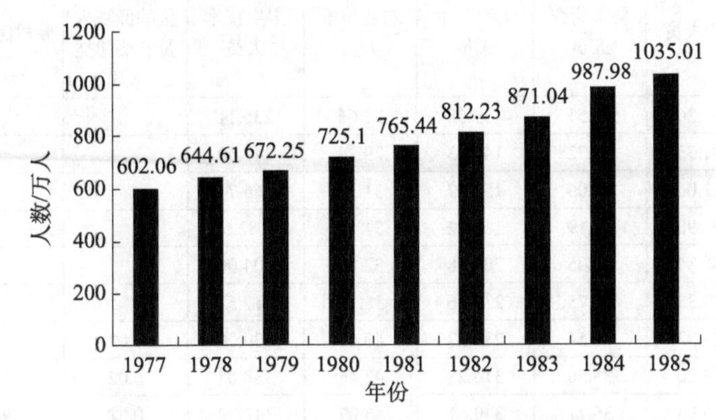

图 7-7　1977 ～ 1985 年我国科技工作者数量变化情况

二、科技工作者的结构开始适应社会发展的需求

（一）专业结构显示，工程和卫生技术人员增幅最快

从各类专业技术人员在 1977 ～ 1985 年的 9 年间的增长情况来看，增幅最快的是工程技术人员和卫生技术人员，分别从 139.58 万人、236.11 万人增长至 340.41 万人、341.09 万人，增幅分别达到 200.83 万人和 104.98 万人（表 7-4）。从图 7-7 中可以看出，我国科技工作者，尤其是工程技术人员，从改革开放之后的 1979 年开始有了迅速的增长，且增幅一直都十分稳定，足以说明改革开放政策对我国企业的快速发展起到了非常重要的推动作用。此外，卫生技术人员基本上也呈现出比较快速的稳步增长趋势，对于这一时期的乡村医生（原来在统计上排除了乡村中的“赤脚医生”），考虑到多数乡村医生在这一阶段接受了一定程度的医学科学教育和培训，其在广大农村地区实质上充当了基层医务工作者这一角色的现实情况，我们也将其纳入进来。另外，需要指出的是，由于我国非公经济的出现，从 1983 年开始，出现了非公体制下的工程技术人员。此外，也有了对经济师、统计师、会计师等经济人员和律师公证员的统计。从各类人员的占比来看，相较于 1977 年，经过改革初期这 9 年的发展，工程技术人员的占比从 23%

增长至33%，增幅达10%，卫生技术人员的占比从39%下降至33%，科学研究人员的占比也略有增长（图7-8）。

表7-4　1977～1985年我国各类专业技术人员数量变化情况 单位：万人

年份	教学人员	科学研究人员	工程技术人员	农业技术人员	卫生技术人员	具有高级职称的经济人员和法律类人员	乡村医生	非公工程技术人员
1977	183.20	15.51	139.58	27.66	236.11			
1978	191.53	28.72	146.43	29.24	248.69			
1979	191.06	31.05	152.07	31.33	266.74			
1980	191.98	33.19	186.22	31.11	282.6			
1981	185.84	35.05	207.68	32.81	304.06			
1982	184.33	38.75	235.46	36.18	317.51			
1983	183.92	34.54	280.23	40.47	329.06	0.02		2.8
1984	184.20	35.50	316.25	43.46	338.65	0.02	64.3	5.6
1985	196.93	36.11	340.41	45.07	341.09	0.02	66.98	8.4

注：具体推算参见附录7。

（二）从职称结构来看，中级及以上科技人才数量增长较快

《全国专业技术人员统计资料汇编》的数据显示，1977～1985年的9年间，中级以上科技类专业技术人员得到了较快的发展，其数量从1977年的14.98万人增长至1985年的148.27万人，几乎增长至原来的10倍。其中，工程师以上专业技术人员、助理研究员以上科学研究人员和农艺师以上专业技术人员分别增长至原来的11倍、17倍和34倍。相较于20世纪70年代初，1977年中级以上科技类专业技术人员占全部专业技术人员的比例反而有所下降，为2.97%，低于1973年的3.72%，“文化大革命”对高层次人才造成的不利影响可见一斑（表7-5）。到1985年这一比例上升为10.07%，一方面，说明改革开放以来，职称评定工作恢复，原来压制了十多年的一大批科技工作者的职称评定需要“补课”，比例增加是反弹的结果；另一方面，可以看出我国相对高层次的科技工作者的发展环境得到较大改善，科技工作者有了用武之地，在各种岗位上开始发挥作用，获得了应有的职称或职务。尤其是工程技术类的工程师增长幅度较大。其中，在1985年，工程师以上专业技术人员占全部中级以上科技类专业技术人员的比例为57.68%，高于同期工程技术人员占全部科技类专业技术人员40.14%的比例，可见，相对高层次的工程类技术人员的发展受社会需求的影响更大（表7-5）。

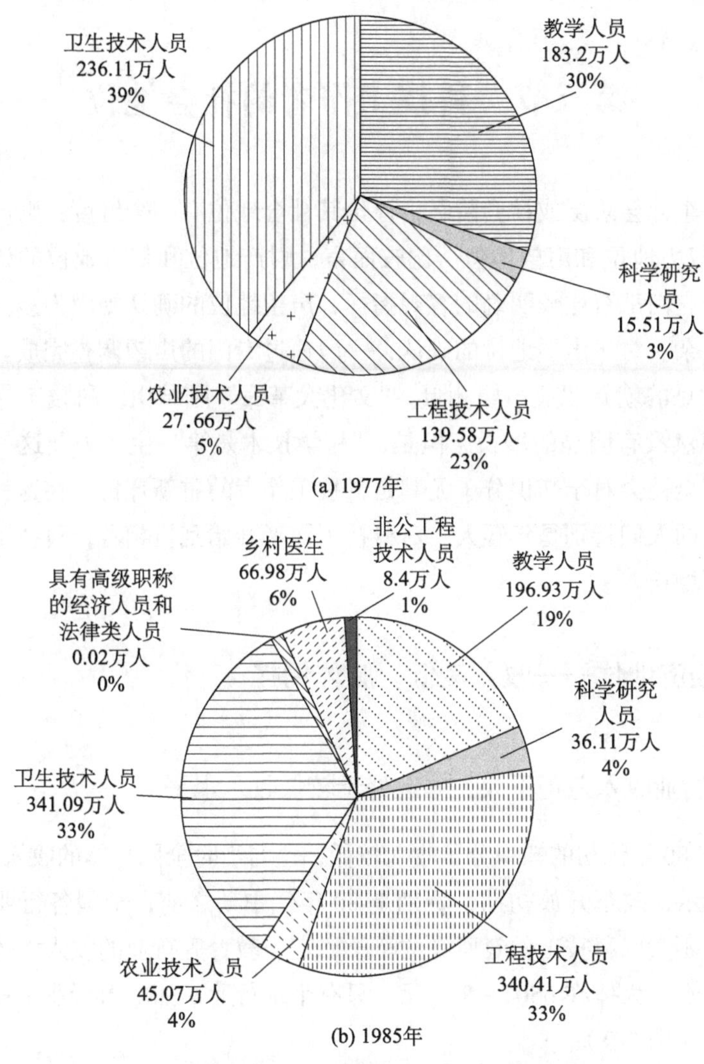

图 7-8　1977 年和 1985 年科技工作者专业结构情况

表 7-5　1977 年和 1985 年中级以上专业技术人员数

年份	工程师以上专业技术人员 / 万人	农艺师以上专业技术人员 / 万人	助理研究员以上科学研究人员 / 万人	主治医生以上的卫生技术人员 / 万人	讲师以上科技类教学人员 / 万人	高级经济师、会计师和统计师 / 万人	中级以上科技类专业技术人员总数 / 万人	全部专业技术人员数 / 万人	中级以上科技类专业技术人员占全部专业技术人员的比例 /%
1977	7.83	0.18	0.95	4.17	1.85	—	14.98	502.47	2.97
1985	85.52	6.14	16.54	16.32	14.40	9.35	148.27	1472.97	10.07

第三节 科技工作者的社会地位

对于一个社会阶层或社会阶级，评价其社会地位有三个维度：财产地位（经济地位）、权力地位和声望地位。比较而言，财产地位和权力地位的认定要容易一些，因为它们都有比较明确的客观指标，声望地位的确认则因为涉及主观的评价而较为复杂。对于声望地位的确认，一般通过专门的声望调查完成。在声望调查中，最常见的就是职业声望测量。“文化大革命”刚结束，科技工作者在经济地位方面显然没有明显的增长，但是，“科学技术是第一生产力”这一论断的提出，引发了全社会对于知识分子尤其是科技工作者的重新评价，在这一潮流推动下，各阶层的人们特别是年轻人，对科技工作者开始刮目相看，科技工作者的社会声望显著增长。

一、经济地位——收入较低，脑体倒挂

（一）行业收入差距不大，普遍处于较低收入水平

20世纪80年代初的知识分子收入较低，这与当时全国总体的收入水平有关。据图7-9所示，改革开放初期，特别是80年代中期之前，全国各行业职工的平均工资相差不大，科技工作者所在的科学研究、教育等行业的收入大体在平均水平或之上一点，大体在650～850元，只有个别行业，如电力行业工资水平远高于平均水平（图7-9）。

根据80年代初一项在北京等城市进行的家庭生活状况调查，大多数居民，包括科技工作者家庭仍然处在低收入水平上。例如，1982年，北京某社区家庭月收入统计显示，在丈夫收入统计中，38.39%的人月收入在60元及以下，36.23%的人月收入在61～80元，14.32%的人月收入在81～100元，月收入100元以上的人所占比例仅为11.06%。夫妻的工资有一定差别，妻子月薪大部分在60元以下，60元以上的占比仅为20.3%。

不过对于当时的大学生而言，很多大学不收学费，还有补助，同时工作还包分配，所以学习生活是比较轻松的[158]。

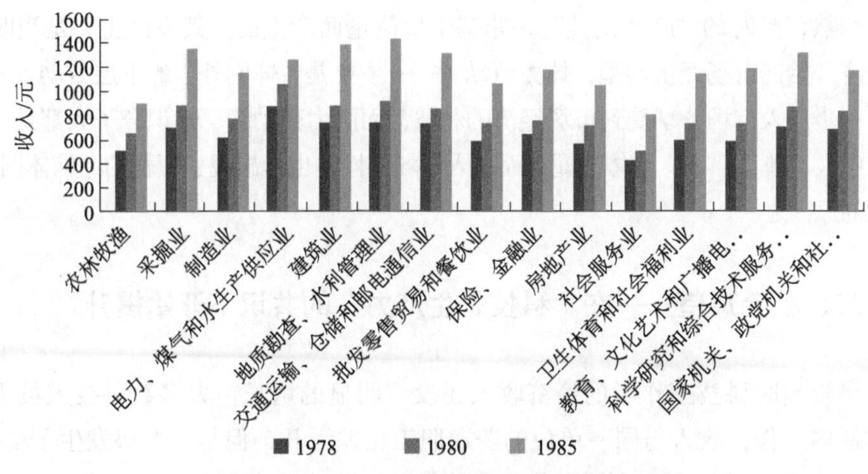

图 7-9　20 世纪 80 年代初分行业职工平均工资

资料来源：国家统计局网站，http：//www.stats.gov.cn/

（二）出现脑体倒挂——造导弹不如卖茶叶蛋

据调查统计，在“文化大革命”以前，脑力劳动者与体力劳动者工资的比例为 1.09∶1，脑力劳动者略高一些；而“文化大革命”以后两者的比例为 0.95∶1，形成了脑体倒挂现象。根据北京市科干局在 1982 年对 11 个单位 5000 人的抽样调查数据，52 岁以上年龄的脑力、体力劳动者之间的报酬没有倒挂现象，而 52 岁以下的就存在脑体倒挂现象，而且倒挂值很大，在 10 ～ 18.8 元之间。又据吉林省在 1986 年对本省机械制造行业抽样调查的数据，46 ～ 55 岁的科技工作者基本工资为 122.5 元，工人为 98.62 元，两者之比为 1.24∶1；人均收入（工资加奖金），科技工作者为 153.28 元，工人为 125.18 元，两者之比为 1.22∶1。然而，36 ～ 45 岁的科技工作者的人均工资为 80.49 元，工人为 81.20 元，两者之比为 0.99∶1；人均收入（工资加奖金）科技工作者为 105.78 元，工人为 119.2 元，两者之比为 0.89∶1。[159]

在 20 世纪 80 年代及 90 年代初的中国，工资和收入制度变化频繁，非工资性收入比重不断增加，职业间收入的比较资料很难全面客观。同时，由于物价在这一时期变动也很大，更给这一时期经济地位的评价带来难度。但是不可否认，在这一时期不少行业和部门中，从事脑力劳动的知识分子的收入，曾远远低于体力劳动者。当时有一句顺口溜：造导弹不如卖茶叶蛋，拿手术刀不如拿剃头刀。这句顺口溜说的就是这种“脑体倒挂”的情况。

当然，当时的“脑体倒挂”并非基于价值论而产生的，其原因主要是当时计划经济开始向市场经济转型，体力劳动者——主要是“体制外”的下层劳动者——先行一步进入市场，享受到市场经济的利益，而脑力劳动者、知识分子大都是“体制”中人、“单位”人，受体制羁绊而进入市场稍慢，也是出现了短暂的“脑体倒挂”现象的原因之一。

二、社会声望——在“科技是生产力”的共识下开始提升

尽管当时科技工作者的经济收入还没有明显的增长，大多数科技人员仍然在体制内工作，收入与同一单位的普通职工相差无几，但是，形势发生了变化，科学技术已经受到中央高层的重视，作为第一生产力载体的科技工作者显然是大众普遍看好的“潜力股”。因此，科技工作者的社会声望开始逐步上升，大学毕业生受到年轻一代的艳羡，教授、工程师、医生等科技职业再次得到社会的追捧。

根据20世纪80年代初相关职业调查，科技工作者，尤其是高级专业技术人员，包括科学家、大学教授、工程师、医生、律师等职业，在职业声望等级上处于上层地位[160]。一个社会阶层的社会地位处于什么位置，往往可以从年轻一代的职业选择来判断。1985年华东师范大学金一鸣教授在中学生职业取向调查中发现，当时中学生及其家长都在追求科技、医务、教育方面的职业，而对其他职业不感兴趣。表7-6是当时调查的一个结果，可以看到当时70%以上的中学生和家长将科技、医务和教育工作特别是科技工作作为理想职业。

表7-6　1985年中学生及其家长的第一志愿职业

职业类型	中学生的选择/%	家长的选择/%
科技	53.3	62.2
医务	14	13.6
教育	11	8.1
文体	10	3.5
管理	5.3	4.3
军事	4.7	2.4
服务业	1.3	2.4
农业	0	0.1
工业	0.3	2.5
个体	0	0.6

此外，1987 年北京市委研究室的张民、胡加方在北京居民调查中发现，知识分子在社会各阶层中声望最好，希望他们拥有较高的工资收入 [159]。当时不少研究机构如中国社会科学院社会学研究所、中国社会调查系统等机构的调查也从不同的侧面说明了当时科技工作者的社会声望是比较高的 [161]。

第四节　科技工作者的贡献

在这一历史阶段，随着国家一系列科技政策和科技重大部署的实施，科技工作者迎来了“科学的春天”。实事求是地讲，20 世纪 80 年代初的科技工作者更多地处于政策落实后的恢复发展阶段，虽然有所探索创新，但科技工作者的贡献总体上看并不大，国家也着重于部署重大科技项目，开花结果自然需要时间。1982 年，出台了国家重点科技攻关项目计划，目的是通过解决国民经济和社会发展的中长期重大科技问题，促进传统产业的现代化和产业结构优化，支持发展高科技并促使其产业化。该计划以国家财政拨款为主，支持与国民经济和社会发展相关的重大关键技术的研究与开发。至 1985 年，科技攻关计划确定了 38 个项目，国家投入 15 亿元资金，取得 3597 项成果，攻关期间获经济效益 38 亿元。

从更深远的影响来看，除了基础学科恢复性发展和科技攻关计划的确定与落实，这一阶段更为重要的是科技文化和科学精神的恢复。钱理群曾经这样说道：“朱光潜那一代前辈，就其学养和精神境界而言，完全可能出大师。但他们生不逢时，20 世纪 30 年代小试牛刀后就遭遇战乱，接着又是连续 30 年的思想改造，到 80 年代可以坐下来做学问了，已是元气大伤，无力再建构自己独创的思想体系。但是他们还保持着清醒，有勇气正视自己的不足。”[163]

一、在科研领域的成果

在迎接科学春天到来的改革开放初期，我国科技工作者开始迸发出迎接“春风”的顽强生命力，在数学、物理、生物、地质、计算机等领域取得了一系列突破 [163]。

在数学领域，提出了“杨-张定理”和“杨-张不等式”。1980 年，中国科学家杨乐、张广厚对整函数和亚纯函数值分布理论研究获得重要结果，他们发现的函数值分布理论方面的"亏值"与"奇异方向"之间的联系，彻底解决了这个古老的数学分支中长期未决的"奇异方向"分布问题。

在计算机领域提出了推广图灵论与相似性原理。著名数学家、计算机专家洪加威提出的"相似性原理"，扩充和加强了计算机科学和数学的著名论题——图灵论题。洪加威严格证明了这种模型和其他计算模型是等价的，从理论上深刻地揭示了这一模型的本质，为进一步研究奠定了理论基础。

在流体力学领域提出了新的湍流理论。著名流体力学家、理论物理学家，中国近代力学和理论物理奠基人之一周培源和黄家念提出了关于 Navier-Stores 方程的解和均匀各向同性湍流理论。

1982 年由吴成礼和美籍华人冯达旋提出的复合粒子表象理论（简称 CPRT）是一种广义的表象变换理论。它是由通常的量子力学表象到复合粒子表象的变换，以描述在原子核结构中出现的各种成团现象。

1980 年数学家廖山涛提出了三维无奇点常微系统和二维离散系统二者的三维离散系统结构稳定推测，廖山涛在微分动力系统研究中的突出贡献，获得了 1983 年第三世界科学院数学奖。

1982 年，在中国、美国、日本三国金属有机化学讨论会上，徐光宪提出了分子的四维分类法及有关的 7 条结构规则。在新的分类法中，他提出了分子片的概念。

蔡文自 1976 年开始研究处理不相容问题的规律、理论和方法。1983 年发表了论文《可拓集合和不相容问题》，标志着新学科"可拓学"（原称"物元分析"）的诞生。

在地质学领域，中国著名大地构造学家，断裂体系与断块大地构造学说的奠基者和创始人张文佑（1909—1985）等于 1981 年编辑完成中国第一张把大陆构造与海洋构造研究相结合的综合性图件《中国及邻区海陆大地构造图》《中国及邻区海陆大地构造概论》。

中国科学院院士、地质学家黄汲清首次系统划分中国主要构造单元和大地构造旋回，主编第一张《1∶300 万中国地质图》和 14 张《1∶100 万国际分幅地质图》，进一步开拓了中国地质图制图事业。他于 1982 年创建多旋回构造运动说，进而将多旋回说与板块构造相结合，建立板块多旋回开合手风琴式运动模式，开拓大地构造研究新途径。

在材料和医学等领域，也有令人瞩目的成果。例如，发现合金材料在低温下的超导转变点。科学家管维炎发现铅硅锗合金材料在低温条件下，在电阻—温度相互关系的曲线上和电阻—磁场相互关系的曲线上都有两个超导转变点。

1981 年最先完成酵母丙氨酸转移核糖核酸的全人工合成，标志着中国在人工合成生物大分子方面居于世界领先地位。

中国何葆光小组研制乙型肝炎基因工程疫苗。乙肝基因工程疫苗是用基因工程技术将乙型肝炎表面抗原基因片段重组到中国仓鼠卵巢细胞（CHO）内，通过对细胞培养增殖，增殖分泌乙肝表面抗原于培养液中，经纯化加佐剂氢氧化铝后制成。疫苗外观有轻微乳白色沉淀。

中国的陈振光等于 1981 年首次成功培育出柑橘花粉的完整植株。

二、在重大科学工程方面开始冒尖

改革开放后，中央政府非常重视重大科学工程的建设，在财政资金并不宽裕的情况下，开始有计划地投入科学工程项目，使得科技工作者开始有了在这一方面的用武之地，这些工程有的在 20 世纪 80 年代已经初见成效。例如，1981 年 2 月 9 日，中国建成第一座自己设计的高通量反应堆，并成功地在高功率上运行。这座反应堆的热功率定额设计为 12.5 万千瓦，最大热在中子通量是每秒钟每平方厘米 620 万亿个中子，这样高通量的反应堆在当时国际上只有少数工业发达国家才能建造。

1983 年 12 月 22 日，中国第一台每秒钟运算一亿次以上的“银河”巨型计算机，由国防科技大学计算机研究所在长沙研制成功。它填补了国内巨型计算机的空白，标志着中国进入了世界研制巨型计算机的行列。

1983 年 6 月，中国自行设计制造的 30 万千瓦秦山核电站破土，广东大亚湾核电站也正在建设。同时，还设计了核供热堆，开展了受控核聚变和快中子增殖反应堆的研究。1984 年 9 月，受控核聚变试验装置中国环流 1 号顺利启动。

三、部分先进技术获得突破性进展

“文化大革命”的十年使我国的科学技术与世界先进国家进一步拉开了距离，特别是在很多新技术的发明和应用方面差距更大。改革开放后，科技工作者有了更大的动力，有了更多的信息，在各个新技术领域开始崭露头角。例如，中国科学院院士潘际銮研究成功新型 MIG 焊接电弧控制法“QH-ARC 法”，首次提出用电源的多折线外特性、陡升外特性及扫描外特性控制电弧的概念，为焊接电弧的控制开辟了新的途径。

1981 年 11 月 20 日，中国科学院上海生物化学研究所王德宝等科学家，人工合成了完整的酵母丙氨酸转移核糖核酸，这是世界上第一个人工合成的转移核糖核酸（tRNA）。由于 tRNA 在蛋白质合成中有着重要作用，而用合成方法改变 tRNA 的结构以观察对其功能的影响，又是研究 tRNA 结构与功能的最直接手段，所以酵母丙氨酸 tRNA 人工合成的成功，在科学上特别是在生命起源的研究上有重大意义。

20 世纪 80 年代我国科技工作者还研制了一大批精密仪器，如 200 千伏超高压电子显微镜、心脏体外起搏器、大型工程图纸复印机、缩微阅读系统等，并在自动化和电工仪表方面开发了微机单回路多回路调节器和小规模分散控制系统等第四代产品。

另外，在这一阶段，在航天科技工作者的不断努力下，我国长征系列火箭在技术性能和可靠性方面不断提升，达到国际先进水平。

1984 年和 1985 年，中国首次组队进行南大洋和南极洲考察，建立了中国第一个南极科学考察站“长城站”。

四、推动科学技术进入经济建设主战场

在改革开放的形势下，科技工作者进一步认识到科技要长入经济，成为真正的生产力，仅仅局限于科技领域、局限于计划体制内，是很难有明显突破性的成效的。因此，一部分科技工作者开始尝试打破计划体制，承认技术成果的商品属性，改变了单纯采用行政手段无偿转让成果的做法。这一科学技术系统运行机制的改变，促进技术交易金额逐年增长，技术成果的推广应用率大幅度提高。

这一时期最令国人振奋的技术成果转化是北京大学的激光照排技术的成功应用。1979 年 7 月，在北京大学汉字信息处理技术研究室的计算机房里，王选等人用自己研制的照排系统，一次成版地输出一张由各种大小字体组成、版面布局复杂的报纸，这是首张用激光照排机输出的中文报纸。这项成果为汉字告别铅字印刷开辟了通畅大道，被誉为“中国印刷技术的再次革命”。

1981 年以前，科技成果推广应用只有 10%。1981 ～ 1984 年为 40%，1985 ～ 1986 年上升到 80% ～ 90%。技术市场经营网络也因此而不断扩展。据科学技术白皮书第 2 号提供的资料，中国技术交易金额 1983 年为 5000 万元，1984 年为 72 000 万元，1985 年为 230 000 万元，1986 年为 206 000 万元。4 年增长了 40 倍。随着技术成果商品转化率的提高和技术商品流通搞活，中国科技成果的

推广应用率大幅度提高。

到 1986 年全国初步形成了一个多层次、多渠道、多形式的技术市场经营网络体系。各类技术开发、经营机构的情况为：全国地、县以上各类经营贸易机构 5000 个，各种形式的科研生产联合组织 10 000 个，各类民办集体和个体科学研究、技术开发机构 10 000 个，农民兴办的专业技术学会 72 000 个。开拓技术市场还出现了技术流向以大、中型企业为主的趋势和实现了 4 个转移，即科技成果从实验室到工厂的转移，从沿海到内地的转移，从军用到民用的转移，从技术密集度高的地区到低的地区的转移。技术转移使乡镇企业获得生机。技术市场也增强了科研单位自我发展的能力，促进了人才的合理流动。

五、科技工作者自己的组织——学会开始恢复活动和发展

改革开放以后，科技工作者更加关心自己的组织——学会——的活动与发展。科协所属的各类科技类学会不仅恢复活动，并获得组织发展的新机遇，在国家科教兴国方针指引下，探索新时期学会发展的机制，围绕会员为主体，加强了民主办会，形成比较科学的治理结构，发挥了科技群团的优势，在学术交流、科技普及和团结科技工作者等方面凸显了学会的重要作用，还在承接政府转移职能、科技认证、激励科技人才成长、推动企业技术创新等方面做出了越来越多的成绩和贡献。

1977 年 3 月“文化大革命”刚结束不久，中国科学院、中国科协、国防科工委联合向国务院和中央军委提出了《关于恢复和加强国防工业系统学会活动的报告》，得到中央军委的批准，从此拉开了科协和学会恢复活动的序幕。

1977 年 6 月 29 日晚，钱学森约谈周培源，谈了他对加强科协和学会工作的想法和建议，他说：“我们国家的科技工作怎么组织起来，怎么更快地搞上去……现在一个突出问题是横向联系怎么办？部门之间同一专业的科技人员如何互相学习、互相启发、交流经验。现在科学规划也没人管……我就想到科协和学会的工作，这是一个能起横向作用的组织，能够打破各个部门的界限，把同一专业的科技人员组织起来互相学习、互相促进。这样，科协和学会的作用就很重要了，这和我们能不能更快地赶超世界水平有很大关系。”①

1977 年 12 月 10 ～ 17 日，中国科协在天津召开中国金属学会、中国航空学

① 黄国范：《钱学森科学思想研讨会文集》，2011 年。

会、中国林学会、中国动物学会、中国地理学会五个学会420多名科技人员参加的学术会议。这是自“文化大革命”后，中国科协召开的第一次大型多学科学术会议，标志着中国科协所属学会的活动开始恢复。1977年年底，中国航空学会、中国造船工程学会、中国电子学会、中国兵工学会、中华医学会、中国药学会、中华护理学会、中国防痨协会、中国农学会、中国力学会、中国金属学会、中国林学会、中国地理学会、中国机械工程学会等23个学会也相继恢复活动。[①]

1978年3月，全国科学大会召开，周培源代表中国科协及所属学会提出了四点意见，对科协组织和所属学会活动的恢复起到了“拨乱反正”的作用。1978年4月国务院批准了《关于全国科协当前工作和机构编制的请示报告》，中国科协书记处和机关正式恢复，各地方科协及所属学会也相继正式恢复。全国科学大会后，中国科协所属学会进入创建发展的新时期。从1977年中国科协恢复活动到1980年中国科协二大召开之前，共新建全国学会37个，使全国学会的总数达到97个。[②]

1980年3月15～23日，中国科协二大召开，修改了《中华人民共和国科学技术协会自然专门学会组织通则》，明确了成立全国学会的条件：

> 第四条　凡有利于学科发展并符合以下条件成立的学会：即按学科划分，有一定数量专门从事本学科工作、符合会员条件的科技队伍；具有跨行业、跨部门的特点；能独立开展学术活动，可申请加入中国科协，由中国科协常务委员会批准。各学会根据学术活动需要，可设立若干分科（专业）委员会或分科（专业）学会，作为理事会领导下的学术机构。
>
> 第五条　各省、市、自治区和科技人员集中的直辖市，可根据本通则第四条，并参照全国学会的要求和根据当地的实际需要，成立省、市、自治区（直辖市）学会，作为全国学会的一部分，并申请加入省、市、自治区（直辖市）科协。地、市、县可根据当地情况成立学会（学会组织办法自定），其中符合全国学会会员条件的，也可申请成为全国学会会员。

从1980年3月中国科协二大召开，到1982年3月，新成立的全国学会有30个，使得中国科协所属全国学会达到127个，掀起了新一轮高潮[③]。

全国学会数量的跨越式增长，带来了学会交叉重复等问题。1980年8月，

---

①②③ 根据《全国学会、协会、研究会简介》（中国科学技术协会学会学术部编，科学普及出版社）统计所得。

中国科协二届二次常委会议提出了对学会做出适当调整的意见。1982 年 6 月，中国科协二届四次常委会决定对申请加入中国科协的全国学会从严掌握。1982 年 6 月到 1984 年底，停止吸收新的学会。1984 年 11 月，鉴于申请成立新学会的数量较多，经中国科协多次研究，同意接纳其中的 32 个学会加入中国科协，中国科协所属全国学会增加到了 138 个。①

20 世纪 80 年代，学会数量的迅速增长不仅是对“文化大革命”时期压制学会组织活动的反弹，而且是当时科技体制和教育体制改革带来的社会效应。原来被紧紧束缚在每一个“单位”中的科技工作者迫切需要有自己自愿加入的横向的科技组织，彰显自己主人翁地位的群众团体，更能够展示个人价值和尊严。同时，相对于当时传统学校、工厂和科研机构的僵化体制，管理灵活而具有一定科技公信力的学会在社会活动中更加适宜具有开放头脑的年轻科技人员施展身手。

① 根据《全国学会、协会、研究会简介》（中国科学技术协会学会学术部编，科学普及出版社）统计所得。

第八章
从“计划”走向“市场”的科技工作者（1986～2000年）

从20世纪80年代到20世纪末，是中国各个领域改革进入深化阶段，无论是科技、教育领域，还是经济、行政管理领域等，均有重大的改革措施出台。一系列政策和措施的落实推动科技工作者从计划体制逐步走向市场体制，其中，对于科技工作者影响较大的改革指导性文件和政策、措施主要如下。

1985年中央做出《关于科技体制改革的决定》，揭开了全面科技体制改革的序幕。它的目标是在保证科技经费不断增长的前提下，既要保证基础研究和公益性研究服务的经费，同时又鼓励从事技术开发的机构和科技工作者，通过市场化手段创造收入、增加开发经费，促进科技工作更好地同经济工作相结合，即后来归纳的“稳住一头，放开一片”的政策。在此期间，中央加大了对科学基础研究工作的重视力度，建立国家自然科学基金制，恢复职称评定，加强中国科学院建设，建立博士后制度，建设国家重点实验室等。同年，中央还做出了《关于教育体制改革的决定》，给予高等院校培养人才更多的自主权和发展空间。

1988年9月5日邓小平提出了“科学技术是第一生产力”的著名论断。同年，我国政府先后批准建立了53个国家高新技术产业开发区，先后制订了“星火计划”、“863”计划、“火炬计划”、“攀登计划”、重大项目攻关计划、重点成果推广计划等一系列重要计划，基本形成了新时期中国科技服务经济主战场的大格局。

1992年中国共产党第十四次全国代表大会在北京举行，大会首次确立社会主义市场经济体制改革目标。第一次明确提出了建立社会主义市场经济体制的目标模式。把社会主义基本制度和市场经济结合起来，建立社会主义市场经济体制，这是中国共产党治国理政的一个伟大创举。在这一基础上，逐步开始了各个不同领域的改革进程，如建立现代企业制度，进行分税制改革、金融体制改革、外贸体制综合配套改革等。

到20世纪90年代，我国的科技体制改革取得了一定的成效，这一阶段国家科技发展的方针是进一步深化科技与经济的结合，强调市场和竞争的理念，提出“面向和依靠”的科技方针，即科学技术要面向经济建设，经济建设要依靠科学技术[155]。而“科教兴国”战略的提出和“科技创新”核心理念的提出，进一步将科技支撑经济社会发展的理念摆到了更加重要的位置，成为国家发展的核心战略。这一方面使我国科技、经济的发展迈入新的历史阶段，另一方面也为我国科技工作者创造了全新的科研环境，为我国科技事业的发展壮大和科技工作者才能的发挥提供了前所未有的优越环境。

第一节　科技工作者的基本情况

这是一个改革的时代，也是一个创业的时代，对于很多科技工作者来说迎来了一个无论是主动还是被动都不能不投身于其中的时代。这一历史时期对于科技工作者群体的成长有着十分重要的意义，理想、事业、收入、家庭、社会等均面对矛盾与冲突，是激流勇进还是故步自封，是勇于探索还是得过且过，很多过去的价值观被冲垮了，新的价值观如何建立起来，科学技术与经济社会究竟应该如何结合，如何相处，一切的一切均要靠科技工作者自己的实践，任何思想导师也拿不出现成的答案和行动方案。

在剧烈的改革时代，科技工作者群体自身也得到了迅速发展，总量超过1800万人，占总人口（12.7亿人）的比例达到142.8人/万人，科技工作者群体的增长仍然超过了人口增长的比例。

一、20世纪80年代的改革——创业与改革

（一）科技工作者创办科技企业

中国改革开放的大潮和世界新技术革命浪潮相互激荡。20世纪80年代初，随着思想的解放，借鉴美国波士顿128号公路及硅谷的兴起，越来越多的技术人

员和科学工作者也希望在中国建立一个类似的创新地域，依托高校和科研院所的技术，进行创业。

时任中国科学院物理研究所研究人员的陈春先，三次访问美国，他发现美国有一种能使高校、研究所和企业密切联系的机制，专家教授和工程师在大学周围创立高技术企业群，即所谓的“技术扩散区”，这是美国科技和经济能够持续保持活力的重要因素。回国后他和他的伙伴在北京市科协的支持下，在中国科学院体制外成立了以科技咨询为主、技术扩散型的“北京等离子体学会先进技术发展服务部”。

服务部的运作并非一帆风顺，由于主要创始人和骨干大都是物理所的科技人员，因此在物理所引起不小的风波。“扰乱了科技人员的思想”“扰乱了科研秩序”等议论不绝于耳，尤其是有人认为这样做等于把国家几十年累计的科研成果贩卖出去，是“科技二道贩子”，服务部在社会舆论中几乎要被封杀。1983 年中央领导做出批示，肯定了陈春先同志的方向，应该“大力支持”。就这样，中关村第一家民办科技机构在党中央的直接关怀下，开始复活并焕发生机。

服务部可以说是中国改革开放后的第一个民营科技企业，也是北京市第一个科技开发实业机构，公司所在地就是后来著名的北京中关村。其他科技人员也纷纷开始在 IT 领域创业。1984 年，借款 2 万元创业的几名科技人员，办起了北京市四通新兴产业开发公司。同年，中国科学院计算技术研究所投资 20 万元人民币，由 11 名科技人员创办了联想科技公司。1984 年，北京中关村里，一批批科技人员“下海”，以四通、信通、京海、科海为代表的一大批民营科技公司先后成立，中关村“电子一条街”初具规模。以至于在 1985 年制定的《中共中央关于科技体制改革的决定》中明确提出为加快新兴产业的发展，要在全国选择若干智力密集区，采取特殊政策，逐步形成具有不同特色的“新兴产业开发区”的指导思想。可以说，科技工作者创业的实践为国家制定相应的科技政策，提供了鲜活的例证。而一大批科技人员走出大院，创办科技企业，他们在中关村“电子一条街”的形成过程中起了重要作用，他们是“电子一条街”的主力军。[164]

1988 年在“电子一条街”的基础上，建立了中国第一个高技术开发区：北京新技术产业开发试验区，试验区在短短的十年中营造了一个以中关村为中心的高技术产品大市场，形成了电子信息、光机电一体化、新材料和新能源及环境科学、新药物及生物技术产业四大支柱产业，并且形成了一支以科技工作者为主的企业家队伍，在不断创业和不断创新的过程中，中关村企业开始走向国内和国际两大市场，改造了地区的产业结构，带动了地区经济发展，成为首都经济的主要增长极。[165]

（二）科技体制改革全面启动

中关村高技术开发区发展的背后，是更为宏大的中国科技体制改革。1985 年 3 月，中央发布《中共中央关于科技体制改革的决定》，当前科学技术体制改革的主要内容是：从运行机制方面，要改革拨款制度，开拓技术市场，克服单纯依靠行政手段管理科学技术工作，国家包得过多、统得过死的弊病，在对国家重点项目实行计划管理的同时，运用经济杠杆和市场调节，使科学技术机构具有自我发展的能力和自动为经济建设服务的活力；在组织结构方面，要改变过多的研究机构与企业相分离，研究、设计、教育、生产脱节，军民分割、地区分割的状况；大力加强企业的技术吸收与开发能力和技术成果转化为生产能力的中间环节，促进研究机构、设计机构、高等学校、企业之间的协作联合，并使各方面的科学技术力量形成合理的纵深配置；在人事制度方面，要克服“左”的影响，扭转对科学技术人员限制过多、人才不能合理流动、智力劳动得不到应有尊重的局面，造就人才辈出、人尽其才的良好环境。[166] 科技体制改革对科技管理机制、科技拨款制度等方面的改革做了明确的要求，对于科学技术转化、科技工作者作用发挥起到了极大的推动作用。

此后，科技工作者不再像之前那样，被限制在本单位工作岗位。他们可以利用自身的知识、技术，获得合法收益。正如《中共中央关于科技体制改革的决定》中指出的：科学技术人员在完成本职工作和不侵犯本单位技术权益、经济利益的前提下，可以业余从事技术工作和咨询服务，收入归己[166]。

体制改革进一步掀起了科研人员创业热潮。政府部门也明确表示支持科技工作者创业。比如，20 世纪 80 年代后期，时任北京市市委书记的李锡铭代表北京市市委、市政府，旗帜鲜明地支持中关村科技企业创业。1986 年，北京大学投资创办北大方正，王选教授是其技术决策人和奠基者之一，他以激光照排系统支撑起了它的起家之业。科技工作者在实现自身价值的同时，为社会做出了重大贡献。

（三）教育体制改革调动高校科技工作者的积极性

1985 年 5 月，中央出台《中共中央关于教育体制改革的决定》，提出：①教育体制改革的根本目的是提高民族素质，多出人才、出好人才；②把发展基础教育的责任交给地方，有步骤地实行九年义务教育；③调整中等教育结构，大力发展职业技术教育；④改革高等学校的招生计划和毕业生分配制度，扩大高等学校办学自主权；⑤加强领导，调动各方面积极因素，保证教育体制改革的顺利。[167]根据《中共中央关于教育体制改革的决定》的精神，教育管理体制进行了相应改革：撤销教育部，成立国家教育委员会；在学校内部，改变过去党组织包办一切的状况，实行校长负责制，设立校务委员会；建立和健全以教师为主体的教职工代表大会，实行民主管理和民主监督。

在此次教育体制改革中，与科技工作者关系密切的是高校人事制度改革。改革重点是政府简政放权，高校自主管理，健全学校内部管理制度，打破“铁交椅”“铁饭碗”“铁工资”，体现按劳分配原则，形成高校人事制度改革第一次高潮。这一阶段改革的主要成效是开始落实高校人事分配自主权，推动从政府直接管理、高度集中的计划管理向政府间接管理、学校自主管理的转变。高校发展开始朝着民主方向发展，高校科技工作者越来越多地参与到学校相关管理和举措中。

在 90 年代中期之后，高校人事制度改革的重点是用人机制。例如，1998 年实施“长江学者奖励计划”，旨在吸引和培养杰出人才，加速高校中青年学科带头人队伍建设，北京大学、清华大学等高校创新性地实施岗位津贴制度，带动了高校人事分配制度改革。以此为引领，高校全面推进人力资源配置方式改革，对高校员工的管理逐步实现从身份管理向岗位管理的转变。

二、20 世纪 90 年代的改革——转制与分流

（一）科研院所转制所产生的生存压力与挑战

伴随着科技体制改革的深化，1995 年 5 月，党中央、国务院召开全国科学技术大会，提出“科教兴国”战略，并发布了《关于加速科学技术进步的决定》，提出要实施“稳住一头，放开一片”的科技方针，明确了改革的重点任务。“稳住一头”就是要对基础性研究工作、高技术研究工作和重大攻关项目等提供充分保障和持续、稳定的支持；“放开一片”是搞活技术市场、加强科技开发，使科研更好地为经济建设和社会发展服务。1999 年，党中央、国务院又专门出台了一个《关于加强技术创新、发展高科技、实现产业化的决定》，明确提出深入实

施“科教兴国”战略，科技体制改革要与经济体制改革和其他方面的改革同步发展。

在这两个文件的指导下，改革的主要内容是“调整结构、转变机制、分流人才”，其中最大的体制结构变化就是科研院所转制。转制，就意味着这些院所必须走进市场，同企业一样，需要盈利维持周转，同时，作为掌握着优势科技资源的企业，还担负着引领行业科技发展的重任。在新的体制和机制下，转制院所的科技工作者的工作、生活环境都面临新变化和新挑战。表 8-1 展示了 242 家政府科研机构转制情况[①]。

表 8-1 不同科技活动类型的政府科研机构的转制类型 单位：个

转制方式 / 类型	进入企业集团	转化为科技企业实行属地化管理	转为中介机构	并入高校	划转其他部门	撤销	转为中央直属大型企业	合计
技术开发	91	25	3	6	2		15	142
基础研究	4							4
社会公益、基础性	15	5	15	2	2	7	2	47
多种类型	15	8				1	12	38
其他类型	6	2				4		11
合计	131	40	18	8	4	12	29	242

从科研院所现实情况来看，从“国”字头的事业单位到企业身份的落差、从“给饭吃”到“找饭吃”基本行为方式转换的迷茫，都给科研院所的科技工作者带来过短暂的阵痛。计划经济体制下种种弊端长期积累，使得科研单位直接走向市场困难重重，难以生存。一些科研人员为了生存也被迫下海或转行，以获得较体面的生活。而有的单位在改革方案中，硬性规定科研人员的创收任务，使得科研人员放弃自由探索的精神，承受着短期创造经济效益的压力。下面是长沙中联重工科技发展股份有限公司转制之初的情况：

80 年代，一场科技体制改革打破了国家建设部长沙建设机械研究院（以下简称建机院）的平静。科研院三分之一的事业经费被削减，建机院同样面临“断粮”危机。当时承包制风靡全国，建机院也试着赶了一回潮流：实行研究室承包制。这下各研究室像出笼的鸟儿纷纷飞向市场这块自由的天空，办公司热不断升温，卖技术、做贸易，八仙过海，

① 国家统计局企业调查总队：《政府科研机构惯例体制改革进展与政策导向》，内部资料。

各显神通，哪样赚钱干哪样。一些科研人员也三五成群地走出科研所这个“高墙大院”，施展拳脚，“下海”了。一时间，院里冒出十来家公司。一咬牙，院领导把建机院的生存资本——400万元的技术转让费几乎全垫出来办公司，想得个“满堂彩”。谁知事与愿违，到90年代初期，算盘一拨拉，全院年平均转让科研成果361项，人均年收入却不到6000元，院领导笑脸上又换上了苦脸，一位老工程师说：“每个人，都有一种死到临头的感觉。”“科研苦，回家无米煮”的打油诗听得让人心酸……[168]

虽然后来转制成功，但当时创业的艰辛和高风险性还是让很多科研院所的科技工作者痛苦、纠结过，遇到过前所未有的生存压力与挑战。

（二）国企改革与企业科技工作者的分流

与高校科研院所科技工作者所经历的改革相比，企业科技工作者承担的改革阵痛更加强烈。从数量上来看，企业科技工作者数量远超过高校和科研院所科技工作者，从这个意义上说，企业科技工作者的社会状况更能够代表当时科技工作者的整体状况。

90年代中期以后，国家对企业再不像过去那样包下来，企业启动改革，竞争越来越激烈，某些企业破产也成了现实。对于在国企中的工程技术人员而言，由于当时国企状况普遍不好，他们同企业工人也共同肩负着改革的成本。

一些工程技术人员凭借自身技术，从三个渠道摆脱自身不利的处境。一是流动。从效益不好的企业流向效益好的企业。二是在企业资产重组、承包过程中，凭借多年经验和技术专长，个人或几个人联合起来承包企业，或一个车间。三是利用自身技术成果创办私营企业或合伙企业。能够通过这三条途径摆脱困境的人大约有一半，另一半还在原来的企业苦熬，退休所领的退休金还不及事业单位退休的同职称人的1/3。[169]

总之，这一时期的科技工作者总量上仍然在迅速增长，在各个领域和各个单位、机构中却是在分化、流动和创业，多年后回头展望发现，就是从这个阶段开始，科技工作者群体的思想变得多元化了，发展变得多渠道了，社会状况变得多层次了。

科技工作者为国家翻两番的经济总量做出了贡献，也为综合国力的增强提供了科技要素，更是为实施新的科技发展战略打下了良好的基础。

三、科技工作者的增量

这一阶段的科技工作者存量根据前文可知为 1035 万人，本小节主要阐述 1986 ～ 2000 年科技工作者的增量情况，这一阶段培养的科技类毕业生数和留学生人数相比前几个阶段均有较大的增长，但是学成归国的人数大大降低。

（一）培养的科技类毕业生共计约 560 万人

总体而言，在这一阶段的 15 年间，高等教育培养的科技类毕业生共计达 562.16 万人（图 8-1），年均培养 37.48 万人，是之前 9 年年均培养数量的 2.76 倍，较之历史有了突破性的增长，足以看出我国这一时期对科技人才培养的高度重视和巨大投入。这一时期，根据如前所述的宏观政策环境，大致又可以分为两个阶段。第一个阶段是 1986 ～ 1992 年，1993 ～ 2000 年为第二个阶段。从图 8-1 可以看出，我国大致从 1992 年开始，大学生的招生数增幅较之前有较大幅度的增长，尤其到 1998 年，增幅进一步扩大。与此同时，从图 8-2 还可以看出，从 1994 年开始，不论是科技类招生数还是科技类毕业生数，它们分别对总招生数和总毕业生数的占比都从之前的 50% 左右升至 60% 左右。这说明在 1994 年之前，在高校中，我国科技类学生的培养数量的增幅并未超过非科技类的学生，这一点和第七章提及的改革开放初期情况相类似，延续了科技类招生数相较于全部招生数增幅相对略小的情况，社会科学和人文科学等非科技类学科的招生得到了更好、更快的恢复。也就是说，从 1992 年之后，我国高校对科技类学生的培养从某种意义上才占据了优势。

此外，从图 8-1 还可以看出，我国高校科技类毕业生数的曲线图对于科技类招生数的曲线图并未像之前一样能较好形成 4 年的滞后效应，这说明大学生入学后可能出现了一些不稳定的变化，如在求学期间提早离校，未能如期毕业的情况相较于之前可能要更多。这可能一定程度上受到这一时期下海创业潮等离开体制内的影响，不仅科研人员下海创业，也有一些大学生并不是按部就班毕业，而是寻求在市场而不是体制内工作等人生发展的新途径。

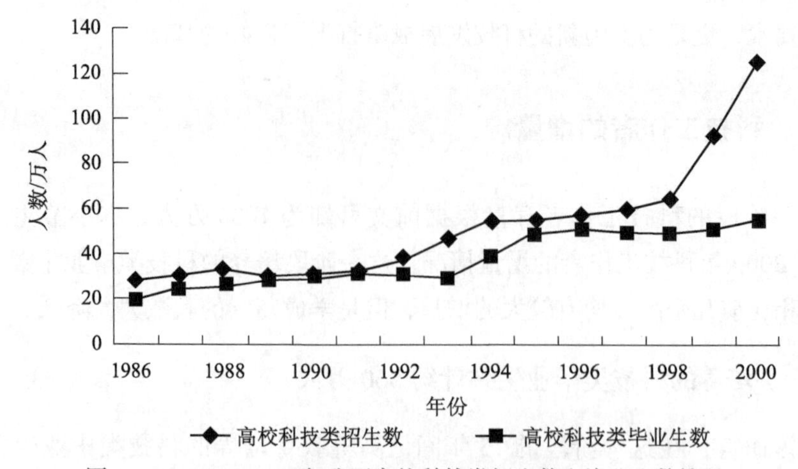

图 8-1　1986 ～ 2000 年我国高校科技类招生数和毕业生数情况

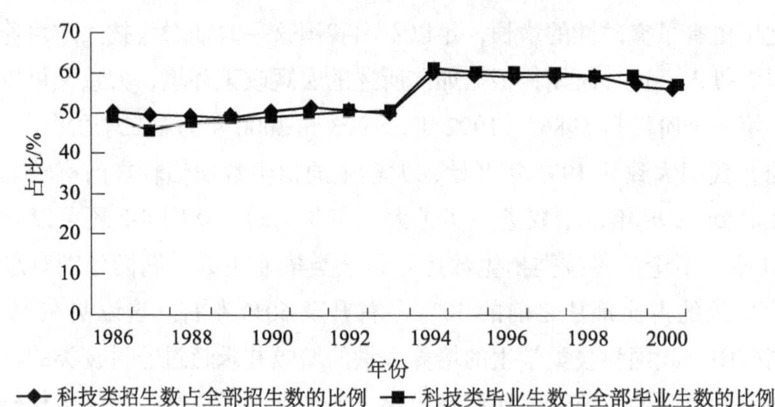

图 8-2　1986 ～ 2000 年我国高校科技类招生数和毕业生数分别占全部招生数和毕业生数的比例

（二）公派留学与学成归国人数分别为约 20 万人和约 6 万人

根据《新中国六十年统计资料汇编》的统计，在 1986 ～ 2000 年的 15 年间，我国共派出国家公派人员 20.28 万人，同期回国人员为 6.81 万人。大致从 1986 年开始，我国的留学政策由之前的“力争多派”向“保证质量”“精选精派”转变。在这一阶段初期，我国出国留学教育作为改革开放政策的组成部分，主张长期坚持有计划地发展各种形式的出国留学教育，并以应用科学为主，兼顾基础科学，实行按需派遣，保质保量，学用一致。

从 80 年代末开始，受到各种因素的影响，派出学生严重滞留，因此国家留学教育政策开始实行政策性减缩，以培养更高层次的研究人员为主，增加高级访问学者和博士后人员出国比例，这一点从图 8-3 可以看出。在这一阶段的前几年，也就是在 1992 年之前，我国的公费出国留学人数实际上是在递减的。

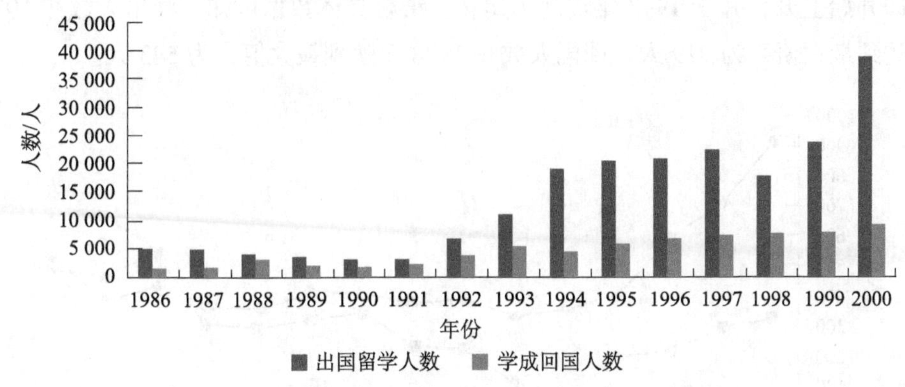

图 8-3　1986 ～ 2000 年公派留学人数和回国人数情况

但 1992 年和 1993 年之后，由于提出“支持留学，鼓励回国，来去自由”的政策，出国人员数量大大增加，但相对而言回国人数并未呈现类似的大幅度增加情况，其增幅较为平稳，也就是说从 1992 年之后，留学出国的返回率较之之前大大降低了。

根据有关学者的研究[170]，这一时期公费留学的专业中，理工科的比例相对较高，在 1996 年以后基本达到 70% 以上，不过从 2001 年开始有所回落（表 8-2）。

表 8-2　1996 ～ 2002 年公费留学人员学科比例

年份	文科	理科	工科	医科	农科	经管	理工总占比
1996	20.7%	13.1%	33.8%	13.7%	9.3%	9.4%	69.9%
1997	18.9%	14.5%	30.8%	14.5%	11.8%	9.5%	71.6%
1998	20.1%	10.3%	33.9%	15.2%	10.1%	10.4%	69.5%
1999	17.6%	13%	33.8%	17.7%	8.9%	9%	73.4%
2000	19.4%	12.4%	31.9%	16.9%	10.2%	9.2%	71.4%
2001	18.3%	12.9%	28.8%	15.4%	9.6%	9.9%	66.7%
2002	23.9%	11%	30.5%	14%	7.8%	12.8%	63.3%

而且这一时期，除了公费留学外，自费留学人员较之前一个时期也开始增多，自费留学教育的政策、范围和手续等也逐渐得到完善。

1985 ～ 2000 年中国科学院派往国外及中国香港留学及学成归国人员的情况如图 8-4 所示。从图中可以看出，在这 15 年间，中国科学院共计派出 6958 人，回国人数达 4433 人，返回比例达 6 成以上。派出人数在前几年呈下降趋势，之后较为稳定。回国人数的变化分为两个阶段，在 1990 年之前呈下降趋势，但之后即开始上升，并于 1998 年实现了逆转。结合具体数据可知，派出人数在 1986 年达到最大值，为 919 人；回国人数在 1998 年达到最大值，为 543 人。

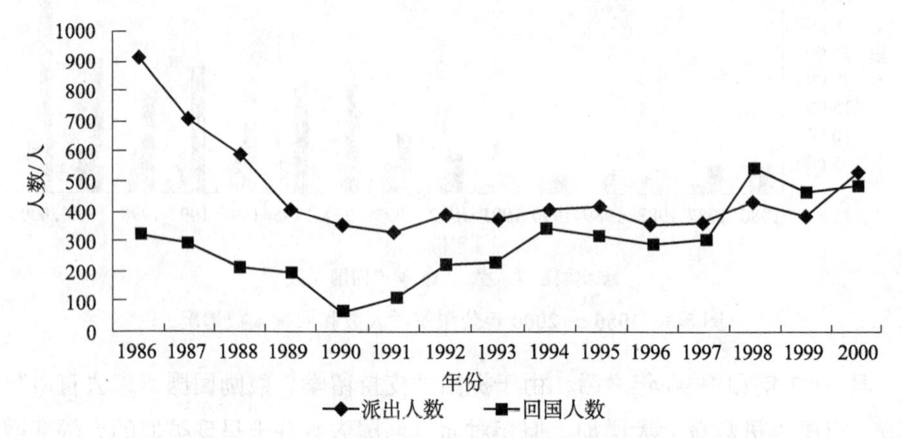

图 8-4 1986 ～ 2000 年中国科学院派往国外及我国香港留学人员情况表

中国科学院的科研人员派出访问与邀请国外专家来华的总体情况见图 8-5。从图 8-5 可以看出，从 1985 年开始，派出访问人数呈较为稳定的上升趋势，但邀请的专家相对而言几乎没有增长。到 1989 年，派出人数超过邀请人数，并将这一情况以上升的趋势维持到 2000 年。

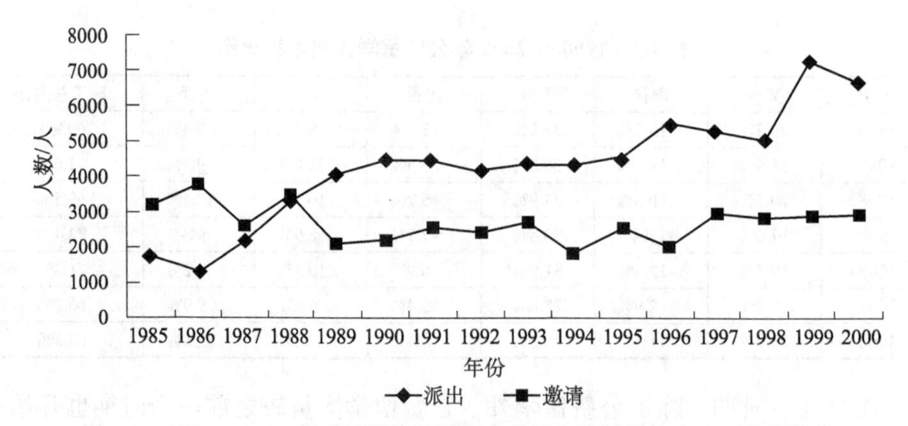

图 8-5 1985 ～ 2000 年中国科学院国际合作及与我国港澳台地区交流情况

第二节　科技工作者的总量和结构

在进一步改革开放中，我国科技工作岗位有了相应的变化和发展，除了自然科学与工程技术以外，经济、法律及管理等社会科学领域的研究和应用岗位也进入了科学技术职业的范畴。另外，考虑到部分技术职业如高级技师、乡村医生等岗位涌现出一批在实践工作中自学成才的科技人员，因此，从这一历史阶段起，本章研究所涉及的数据除了之前的第一类（科学研究人员、工程技术人员、农业技术人员、卫生技术人员和科技类专任教师）人员外，还包括第二类人员，即具有高级职称的经济人员和法律类人员，具体包括高级经济师、高级会计师、高级统计师、一级和二级律师公证员①，以及第四类人员②，即不具有高等教育学历但从事科技工作的人员，包括高技能人才和乡村医生。

根据《中国卫生和计划生育统计年鉴》的数据，1985 年之前，也就是 1949 ～ 1984 年的乡村医生和卫生员的数据是指赤脚医生的数据，从对科技工作者的界定上考虑，本书没有将其纳入。但之后情况有所变化，根据实际情况，乡村医生逐步符合科技工作者定义范畴。从实际的情况来看，统计对象定义变化，从 1985 年开始，乡村医生和卫生员数量陡然下降。其中，有数据统计的 1970 年为 477.93 万人，1984 年为 240.93 万人，而 1985 年就降至 129.31 万人。近年来，我国乡村医生队伍建设取得了一定的进展，乡村医生的执业水平、学历结构等较过去的“赤脚医生”都有了较大提升和优化。根据国家卫生和计划生育委员会的统计，截至 2014 年底，乡村医生中具有中专及以上学历的人已达到 58.4%，具有执业（助理）医师资格的数量增加到了 20.8%。总体来看，乡村医生素质正在不断提高，从这时起基本上可以纳入科技工作者的范畴。

另外，改革开放后，由于我国非公有制经济的出现，相当数量的科技工作者开始进入非公有制经济领域，并且随着改革开放的不断深化，非公有制经济领域中的科技工作者数量和比例越来越大。其中数量最大的一个群体是工程技术人员。在开始的几年里，由于非公有制经济组织的数量较少，非公有制企业的数量也较少，其中的专业技术人员相较于公有制经济而言基本可以忽略不计。直到

① 因此部分人员数据仅从 1983 年开始有统计，所以这一阶段仅有 1983 年、1984 年和 1985 年三年的数据。

② 这一阶段实际上还包括第三类人员，即辅助科技工作的人员（包括科技管理和服务人员、专职科普活动人员），但因缺少统计数据，且数量不大，故忽略不计。

1983 年，尤其是 1984 年下海潮开始之后，以非公体制内的工程技术人员为主体的科技工作者才开始逐渐增加和日益重要。我国非公有制经济的发展历程见表 8-3。

表 8-3　非公有制经济的发展历程 [171]

时间段	地位状况
1949 ~ 1952 年	非公有制经济是我国国民经济的主体。在当时的国民经济中，占绝对优势和主体地位的仍然是各种非公有制经济
1953 ~ 1956 年	非公有制经济在国民经济中的比重大幅度下降，地位降低。随着过渡时期“一化三改造”总路线的提出，开始对资本主义工商业、个体农业、个体手工业和小商业进行系统的大规模的社会主义改造。对资本主义工商业采取“利用、限制、改造”的政策
1957 ~ 1978 年	非公有制经济是社会主义经济的对立物。由于对我国主要矛盾判断的失误，经济建设的指导思想愈益偏“左”，经济体制的变动服从于“大跃进”的需要，对“三大改造”后剩下的私有工商业采取组织入社、加征税收等严厉限制和改造措施，非公有制经济发展受到严重窒息
1979 ~ 1996 年	非公有制经济是社会主义公有制经济的补充。十一届三中全会以来，由于实行公有制为主体，多种所有制经济共同发展的方针政策，非公有制经济得到迅速发展
1997 年至今	非公有制经济是社会主义市场经济的重要组成部分。公有制为主体、多种所有制经济共同发展，是我国社会主义初级阶段的一项基本经济制度

一、科技工作者的总量增至约 1818 万人

在这 15 年间，科技工作者总数从约 1086 万人增长至约 1818 万人，增量为 732 万人（图 8-6），年均增量达 48.8 万人，相较于之前的一个阶段，增速基本持平，略有下降，仍属于快速发展阶段。从图 8-6 可以看出，在这 15 年间，科技工作者的增幅总体上是较为平稳的。这一时期，科技工作者的发展环境也是相对稳定的。一是高等教育的改革和发展比较平稳，直到 90 年代中期高校才开始大规模扩招，而扩招的毕业生大多要到 21 世纪后才能毕业；二是国有企业改制，尤其是改制中“抓大放小”，境外“三资企业”到大陆投资，以及民营企业包括乡镇企业崛起，这些改革举措均为科技人员就业开辟了较大的空间，科技岗位从数量和种类上，均大大超出了我国历史以往的水平。可以说，这一阶段我国市场经济的引入和体制改革对于个体来说可能是跌宕起伏，竞争激烈，不少企业的科技工作者面临分流甚至下岗，但是从总体来看，多种改革举措成为科技工作者群体发展最为平稳和强劲的动力。

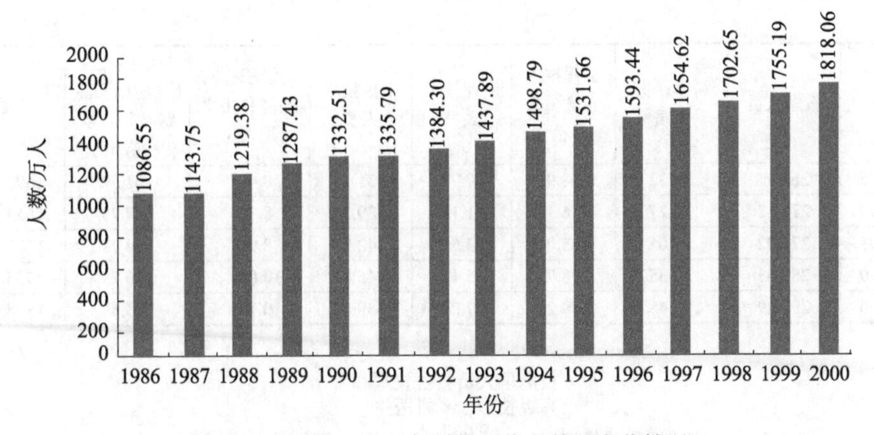

图 8-6　1986 ～ 2000 年科技工作者数量变化情况

二、科技工作者的结构趋向稳中有变

（一）从专业结构来看，卫生、工程和教学人员占比相对较高

1986 年，卫生技术人员、工程技术人员和教学人员占比最高，分别达到 32%、34% 和 19%，三者共计达到 85%。2000 年，卫生技术人员、工程技术人员和教学人员分别达到 25%、46% 和 16%，三者共计达 87%，较 1986 年略有上升，但总体来看，这一阶段各类专业技术人员发展较为稳定（表 8-4、图 8-7）。其中，由于非公有制企业的工程技术人员的产生，工程技术人员的占比提升了 12 个百分点（表 8-5、图 8-7）。

表 8-4　1986 ～ 2000 年我国各类专业技术人员的数量变化情况 单位：万人

年份	教学人员	科学研究人员	工程技术人员（含非公）	农业技术人员	卫生技术人员	高级职称的经济和法律类人员	技能型人员（含技师和高级技师、乡村医生）	总数
1986	210.98	39.39	369.32	46.52	350.65	0.0337	69.66	1086.55
1987	211.23	34.78	415.22	48.82	360.86	0.5145	72.33	1143.75
1988	230.26	35.04	454.35	50.2	372.38	2.14	75.01	1219.38
1989	233	34.81	503.33	53.19	380.91	4.51	77.69	1287.43
1990	235.75	34.55	532.48	55.1	389.79	5.39	79.45	1332.51
1991	243.02	34.19	527.53	46.31	398.5	4.58	81.66	1335.79
1992	246.37	33.71	553.53	47.69	407.4	4.54	91.07	1384.3
1993	247.65	33.39	596.49	49.63	411.71	5.68	93.34	1437.89
1994	255.11	32.1	637.26	51.98	419.92	6.83	95.59	1498.79
1995	258.92	30.29	660.03	53.57	425.69	7.7	95.46	1531.66

续表

年份	教学人员	科学研究人员	工程技术人员（含非公）	农业技术人员	卫生技术人员	高级职称的经济和法律类人员	技能型人员（含技师和高级技师、乡村医生）	总数
1996	264	30.32	698.95	57.92	431.18	8.48	102.59	1593.44
1997	270.82	30.27	736.13	61.15	439.78	8.74	107.73	1654.62
1998	278.92	29.05	765.01	63.59	442.37	8.93	114.78	1702.65
1999	287.03	28.35	798.71	65.41	445.87	10.04	119.78	1755.19
2000	291.29	27.45	839.23	77.22	449.08	10.19	123.6	1818.06

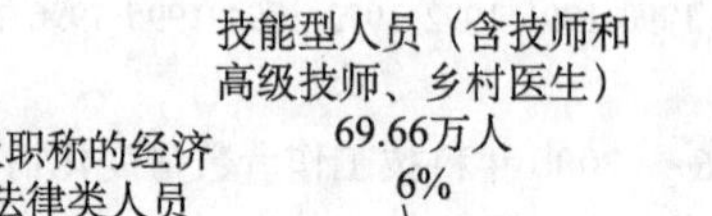

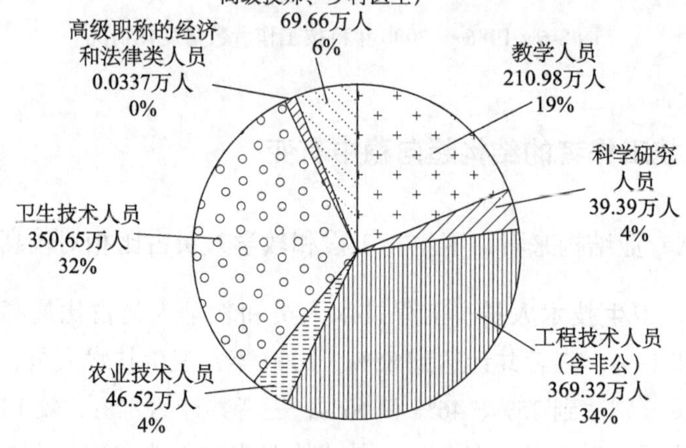

(a) 1986年

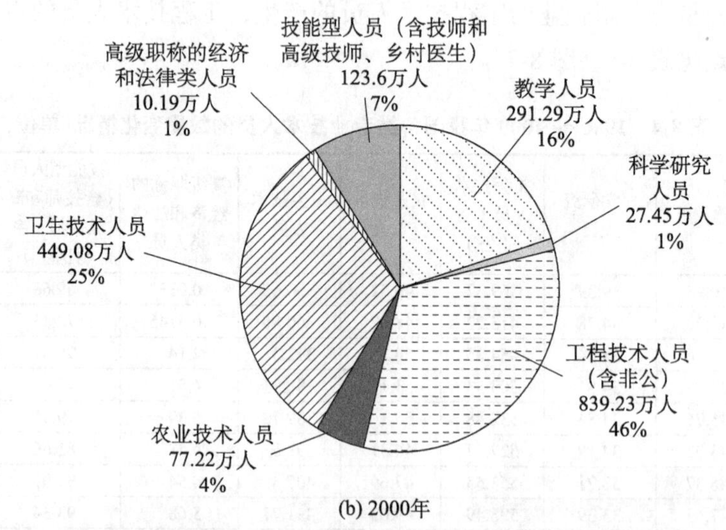

(b) 2000年

图 8-7 1986 年和 2000 年我国科技工作者的专业技术结构情况

表 8-5　1986 年和 2000 年科技工作者的专业技术结构　　单位：%

年份	教学人员	科学研究人员	工程技术人员（含非公）	农业技术人员	卫生技术人员	高级职称的经济人员和法律类人员	技能型人才
1986	19	4	34	4	32	0	62
2000	16	1	46	4	25	1	7

（二）从职称结构来看，中级以上占比从不到二成增长至四成

1983 年以前，我国的技术职务采用的是任命制度，非公有制经济组织基本上没有纳入职称评定体系内，1985 年的情况也基本类似，因此在考虑 1985 年的科技工作者的职称结构时，非公企业的科技工作者的职称情况仍可不予考虑。到 2000 年，全国多个省份开始打破十多年来“评聘结合”的传统模式，实行“个人申报、社会评审、单位聘任”的评聘分离制度（新中国成立以来职称评审制度的发展历程见表 8-6）。在企业方面，尽管还存在职称评审的报名、评聘等环节没有理顺、机制不够灵活，以及很多企业具备一定申报条件的专业技术人员虽然在专业技术岗位工作，但没有专业技术职称的情况，但与之前相比，情况还是有了一定程度的好转。

表 8-6　我国职称评审制度的发展历程

时间	制度形式	具体内容
1949 年以前	雏形制度	教授、副教授、工程师、建筑师、医师、会计师等职称
1949 年至 20 世纪 60 年代初	技术职务任命制度	国家规定统一的技术职务级别，单位根据需要和机构编制确定技术职务，并任命人员，提升职务就可增加工资
1977～1983 年	技术职务任命制度	只要评上相应的职称，不需聘任职务，不用履行职责。技术职称实际上成了工作成就、学术水平和业务能力的标志。评定职称的专业范围涉及 22 个系列
1986～1991 年	专业技术职务聘任制度	事业单位在上级主管部门核定的专业技术职务结构比例范围内，结合本单位专业技术工作需要，设置专业技术岗位；专业技术人员通过评审委员会评审取得专业技术职务任职资格；企事业单位在获得任职资格的人员中聘任。在任期内履行职责，并享受相应的职务工资待遇
1991～2000 年	年度职称评聘制度	从 1991 年开始了一年一度的职称评聘工作，职称工作进入到了“正常化阶段”。1993 年 7 月，第八届全国人大常委会第二次会议通过的《中华人民共和国科学技术进步法》第四十一条规定：国家实行专业技术职称制度
2000 年 8 月至今	评聘分离制度	全国多个省份打破十多年来“评聘结合”的传统模式，实行“个人申报、社会评审、单位聘任”的评聘分离制度

根据《全国专业技术人员统计资料汇编》的数据，1985 年我国的中级以上科技工作者数为 148.27 万人，占全部科技工作者比例为 14.33%（表 8-7）。

根据《全国专业技术人员统计资料汇编》，2000 年全国非公有制企业专业技

术人员总数为 489.88 万人。其中，中级专业技术人员总数为 136.20 万人，高级专业技术人员总数为 35.66 万人。根据分行业情况，本书对科技领域的中高级技术人员做个粗略估算（表 8-7），将农林牧渔水利（主要属于农业技术人员）、采掘、制造、电力煤气及水的生产和供应、建筑、地质勘查和水利管理、交通运输仓储及邮电通信（上述基本上都属于工程技术人员）及科学研究和综合技术服务领域（基本属于科学研究人员）的专业技术人员全部归为科技类；卫生体育社会福利（包括卫生技术人员）、教育文化艺术广播电影电视（包括教学人员）各取 80%[①]，其他取 1/2。这样，得出非公企业中科技类中级专业技术人员约为 82.55 万人，高级专业技术人员约为 22.01 万人，二者总数为 104.56 万人。

表 8-7　1985 年公有制组织内具有中级以上职称的科技工作者的情况　单位：万人

人员类型	人数
工程师以上专业技术人员	85.52
农艺师以上专业技术人员	6.14
助理研究员以上科学研究人员	16.54
主治医生以上卫生技术人员	16.32
讲师以上科技类教学人员	14.4
高级经济师、会计师、统计师和律师公证人员	9.35
中级以上科技类专业技术人员	148.27
全部科技工作者	1035.01
中级以上科技类专业技术人员占全部科技工作者比例	14.33%

另外，根据推算[②]，2000 年非公有制组织内的工程技术人员和农业技术人员分别为 284.12 万人和 10.21 万人，即二者总数为 294.33 万人。因非公经济中，工程技术人员和农业技术人员的总和基本可以看作是科技类专业技术人员的主体（2000 年以前教育科技工作者和卫生技术工作者很少在体制外就业，科研人员更是如此），本书以其代表全部非公科技类专业技术人员。根据《全国专业技术人员统计资料汇编》的调查数据，2000 年非公专业技术人员总数为 489.88 万人。据此可计算出在非公经济中，科技类专业技术人员与全部专业技术人员的比例约为 60%。我们假设在非公经济的中级和高级职称中这一比例也同样适用。根据《全国专业技术人员统计资料汇编》的数据，2000 年非公经济中中级和高级专业

① 根据《全国专业技术人员统计资料汇编》中 2000 年公有制经济的专业技术人员数据情况，较之卫生技术人员和教学人员，播音人员、工艺美术人员、体育人员、艺术人员等占比很小。

② 非公工程技术人员推算方式见附录 7，2000 ～ 2012 年的非公农业技术人员的数据中，2006 年、2010 年和 2012 年分别为 136.81 万人、221.19 万人和 272.18 万人。其余年份数据根据此三个数据推算而来。

技术人员分别约为 136.20 万人和 35.66 万人（表 8-8）。那么得出，2000 年非公经济中的中级和高级科技类专业技术人员分别约为 81.72 万人和 21.40 万人，二者总数为 103.12 万人，与上述方法计算得出的数值十分相近。

表 8-8　2000 年非公有制企业中级和高级专业技术人员分行业情况

行业类型	中级 / 人	高级 / 人	中高级总数 / 人	纳入科技领域的比例 /%	科技类中高级总数 / 人
农林牧渔水利	27 732	8 161	35 893	100	35 893
采掘	12 139	2 437	14 576	100	14 576
制造	499 607	119 213	618 820	100	618 820
电力煤气及水的生产和供应	13 486	3 857	17 343	100	17 343
建筑	124 906	32 450	157 356	100	157 356
地质勘查和水利管理	854	358	1 212	100	1 212
交通运输仓储及邮电通信	26 742	5 784	32 526	100	32 526
批发零售贸易餐饮	284 136	63 637	347 773	0	0
金融保险	2 036	536	2 572	0	0
房地产	62 457	18 374	80 831	0	0
社会服务	121 510	32 533	154 043	0	0
卫生体育社会福利	5 784	1 664	7 448	80	5 958
教育文化艺术广播电影电视	9 074	2 718	11 792	80	9 434
科学研究和综合技术服务	44 771	23 845	68 616	100	68 616
其他	126 801	41 017	167 818	50	83 909
总数	1 362 035	356 584	1 718 619		1 045 643

资料来源：《全国专业技术人员统计资料汇编》

本书按照第一种方法计算出，非公企业中，中级和高级科技类专业技术人员占全部专业技术人员的比例分别为 28.09% 和 7.49%，二者总数达 35.57%，与公有制经济 40.91% 的比例实际上相差不大（表 8-9）。表面上看，虽然在非公企业中，中级以上科技类专业技术人员所占比例高，但在一定程度上可能是由于非公企业中专业技术人员的总数较小所致。但综合公有制和非公有制科技工作者情况，2000 年中级及以上科技工作者占全部科技工作者比例达到 40.05%，则远远高于 1985 年 14.32% 的比例。可见这一时期，我国的相对高层次人才得到了较好发展，科技工作者的水平有了较大提升。

另外，从具有中级以上专业技术人员的结构来看，工程技术人员仍然最高，达到 31%，但也可以看出，相对于全部专业技术人员的结构而言，各类中级以上专业技术人员的占比较为均衡（图 8-8）。

表 8-9　2000 年具有中级以上职称的专业技术人员的总体情况　单位：万人

类别	公有制			非公有制			总数
	中高级	高级	中级	中高级	高级	中级	
工程师以上专业技术人员	218.72	47.99	170.73	84.18			222.31
农艺师以上专业技术人员	18.54	2.9	15.64	3.59			102.72
助理研究员以上科学研究人员	19.88	8.91	10.97	6.86			26.74
主治医生以上卫生技术人员	118.53	21.35	97.18	0.6			119.13
讲师[1]以上科技类教学人员	111.34	15.9	95.44	0.94			112.28
高级经济师、会计师、统计师和律师公证人员	136.55	10.19	125.66	—			136.55
高级 / 中级科技类专业技术人员总数[2]	623.56	107.24	515.62	104.56	22.01	82.55	728.12
科技工作者总数	1523.73			294.33			1818.06
高级 / 中级专业技术人员占科技工作者比例	40.91%	7.04%	33.83%	35.57%	7.49%	28.09%	40.05%

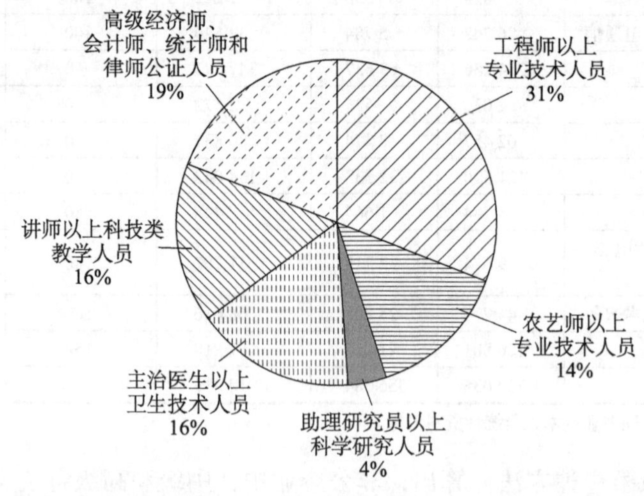

图 8-8　2000 年具有中级以上职称的专业技术人员的专业技术结构情况

（三）从区域分布来看，东部地区科技工作者总量占据绝对优势[1][2]

《中国 2000 年人口普查资料》提供了 2000 年各省各类专业技术人员的数据情况，从这一资料中，得到了各省份的科学研究人员、工程技术人员[3]、农业技术人员和卫生技术人员的数据。另外，从 2000 年的《中国教育统计年鉴》中获

① 2000 年的教师总数为 1178.31 万人，科技类教师总数为 292.05 万人，那么 2000 年科技类教师占教师总数的比例为 24.79%。2000 年正副教授总数为 64.15 万人，讲师总数为 385.01 万人。

② 非公经济中，中级以上科技类专业技术人员总数包含上文所提“其他”的数据，但在各类别中未将“其他”纳入，故此处总数与各类别加和不一致。

③ 另有飞机和船舶技术人员，此处我们将其合并到工程技术人员中。

得了各省中等教育以上教师的数据[①]。根据计算，2000 年科技类教师占全部中等以上教师的比例为 54%。就此假设这一比例适用于各个省份（尽管存在误差，但其一，各省份的科技类占比上下浮动应不会超过 10%；其二，各省份科技类教师平均数仅为 9 万人，因此对于各省总数造成的误差不会太大，对区域分布更不会造成太大误差）[②]。

由此计算得出，全国各省份的科技工作者平均数为 48 万人，有 13 个省份的科技工作者数超过这一平均数。科技工作者数量最大的五个省份分别为山东省（111.43 万人）、广东省（99.69 万人）、河南省（91.71 万人）、江苏省（90.21 万人）和四川省（80.93 万人），主要为沿海省份或人口大省；最少的三个省份分别为宁夏回族自治区（7.10 万人）、青海省（6.49 万人）和西藏自治区（2.30 万人），科技工作者最少的西藏的数量仅为数量最大的山东省的约 1/50，可见数量分布之悬殊（图 8-9）。

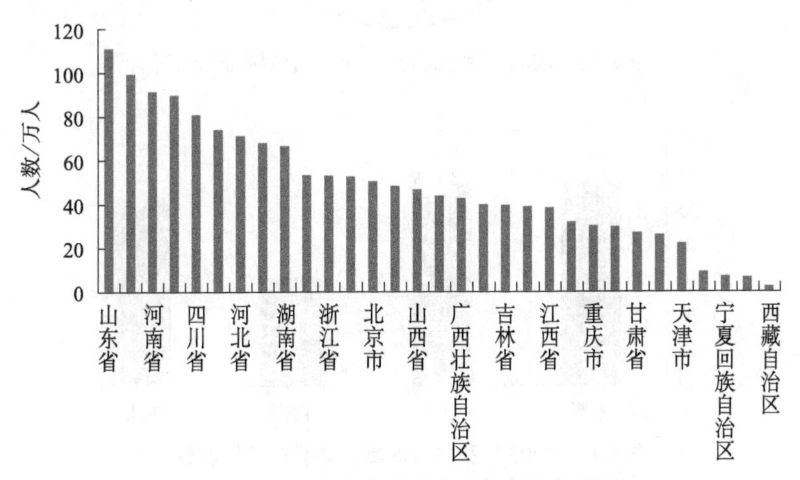

图 8-9　2000 年各省份科技工作者数量情况

从区域分布来看[③]，东部省份占据了绝对优势，10 个省份的科技工作者总

① 《中国 2000 年人口普查资料》提供的教学人员是包括小学教师等在内的全部教师的各省份数据，所以无法使用。因此，研究组用的是《中国教育统计年鉴》的数据，其中根据年鉴提供数据，研究组获得了普通高等学校、职业技术学校、中等专业学校、普通中学和职业中学五类学校的教师数。

② 需要指出的是，由这种方法计算出来的科技工作者总数为 1498 万人，与之前研究组计算的 1818 万人相差 320 万人。尽管两种统计的数据有差异，但研究组认为在区域分布的相对值上并不会造成太大差异。

③ 东部 10 个省份为：北京市、天津市、河北省、上海市、江苏省、浙江省、福建省、山东省、广东省、海南省；中部 6 个省份为：山西省、安徽省、江西省、河南省、湖北省、湖南省；西部 12 个省份为：陕西省、广西壮族自治区、云南省、四川省、内蒙古自治区、重庆市、新疆维吾尔自治区、甘肃省、贵州省、宁夏回族自治区、青海省、西藏自治区；东北三省为：黑龙江省、吉林省、辽宁省。第九章的区域划分也是如此。

量达全国的39%，而西部12个省份的科技工作者总数仅与拥有半数省份的中部地区持平（25%）（图8-10）。从省均科技工作者数量来看，中部省份的科技工作者比东部沿海省份还要略高些，而西部地区在省均科技工作者数量上也同样是最少的。可以看出，这一时期，西部地区的科技工作者数量明显偏少（图8-11）。

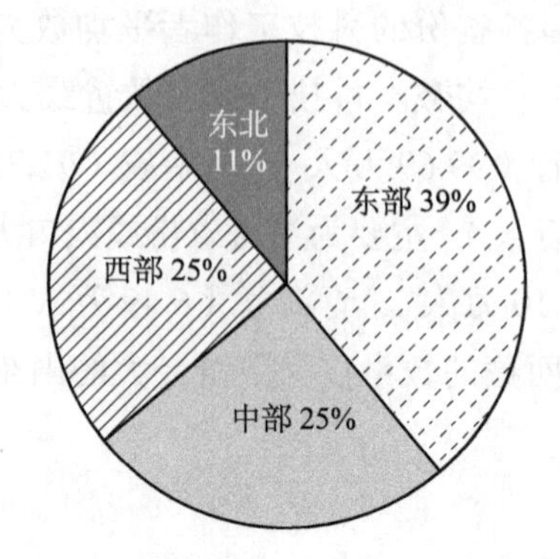

图8-10 2000年我国科技工作者的区域分布情况

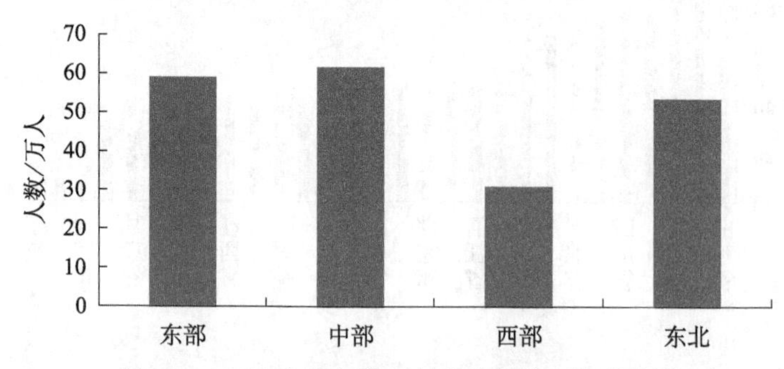

图8-11 2000年我国各区域省均科技工作者数量

从各类专业技术人员[①]来看，首先，东部地区的工程技术人员占比最大，达44%，高于东部地区科技工作者占全部科技工作者39%的这一比例，说明在东部地区，工业企业的科技工作者相对于其他行业，集聚程度更高。其次，东部地区的科学研究人员占比达到了40%，也高于其占全部科技工作者的比例，说明相对而言东部发达地区也集聚了更多的高校和科研院所。相反地，西部地区的农业技术人员占比要大大高于其他地区，达38%，说明西部地区总体还是以农业为

① 此处科技教师不做区域分布计算，因为如上文所述，研究组在计算科技类教师时，各省份科技类教师对中等以上教师的占比统一取54%，所以实际上只能计算出中等以上科技类教师的区域分布情况，而无法计算出科技类教师的区域分布情况。

主，工业实力相对较弱（图 8-12）。

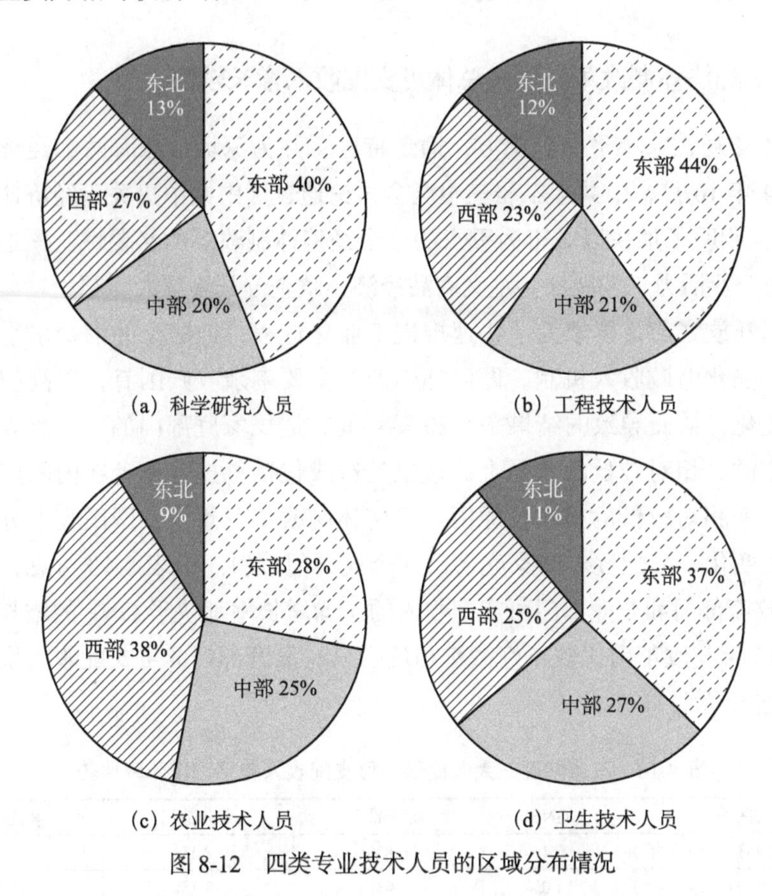

图 8-12　四类专业技术人员的区域分布情况

第三节　科技工作者的社会地位

在这一阶段中，科技工作者的经济地位与社会声望得到协调、同步发展。在经济地位方面，主要是国家通过两次工资改革，剔除当时通货膨胀的因素，体制内科技人员的收入有较大的提升，并且有了除工资以外的其他劳动收入；另外，最早走出原来计划体制的机构和科技工作者个人，在市场经济大潮中“游泳”，开始有了较高的收入和较大的科技决策权力。从这时开始，科技工作者的社会地位才有了实质性的提高，可以说是改革开放将科技工作者放到了现代社会中真正应该有的地位上。

一、经济地位——收入逐步增加

（一）经济体制改革，居民总体可支配收入增长较快

1984年初，邓小平来到南方，遍走特区，并为深圳、珠海两个经济特区题词。1984年10月，中共十二届三中全会讨论通过《中共中央关于经济体制改革的决定》，阐明了加快以城市为重点的整个经济体制改革的必要性、紧迫性，强调了增强企业活力、发展社会主义商品经济、政企分开等重大问题。

改革开放之前，国家为了快速推进工业化进程，把居民的消费水平压到极低限度，强化财政收入机制，即以把生产的主要剩余收归国有，以高积累推进快速工业化，从而导致的结果是，20多年间，居民家庭部门的可支配收入压在一个固定的、相对较低的水平上。这也是造成包括科技工作者在内的广大家庭的收入长期相对较低的根本性原因。经济体制改革背景下，国民收入分配格局发生重大变化，分配逐步向家庭部门和企业部门倾斜。由表8-10可见，改革前26年，政府部门和企业部门可支配收入的年均增长率都快于GNP的增长。而改革后的12年与改革前比较正好截然相反，只有家庭部门的可支配收入增长快于GNP的增长[172]。

表8-10　改革前后三大制度部门可支配收入年平均增长率比较

时间段	GNP	政府部门	企业部门	家庭部门
改革前（1953～1978年）	6.4%	6.8%	8.1%	5.6%
改革后（1979～1990年）	14.0%	7.4%	13.1%	16.4%

注：表中的年平均增长率均以当时的价格计算，没有扣除价格上涨因素，这不影响同一时期三大部门增长率的可比性，但却影响两个不同时期增长率的比较，也就是说改革后的增长率与改革前比较有夸大因素

（二）工资改革——实行结构工资制

在1985年和1993年国家机关和事业单位进行了两次工资改革，实行以职务工资为主要内容的结构工资制。1993年以后，事业单位实行职务工资加津贴的工资制度，同时建立了奖励制度和定期升级制度，使国家机关和事业单位各类人员之间的工资关系逐步趋于合理。其中，多数科技工作者均被纳入各自所在的专业技术系列中，根据职称或职务的级别获得相应的基本工资和各类补贴，随着级别的晋升，其收入也相应地获得提高。应该说，在体制内科技工作者虽然有较强的职务职称系列的约束，但是其收入的稳定性和预见性也是比较

强的。

1. 1985年工资改革

由于1956年以来的工资制度存在着比较严重的平均主义和一些不合理的因素，随着80年代中期国家财政经济状况有所好转，改革的条件和时机基本成熟，根据党的十二届三中全会关于经济体制改革决定的精神，1985年，中共中央和国务院公布了《国家机关和事业单位工作人员工资制度改革方案》。这次改革改变了1956年工资制度中不区分具体项目的做法，实行结构工资制。方案中规定：国家机关行政人员、专业技术人员均改行以职务工资为主要内容的结构工资制，即将现行的标准工资加上副食品价格补贴、行政经费节支奖金，与这次改革增加的工资合并在一起，按照工资的不同职能，分为基础工资、职务工资、工龄津贴、奖励工资四个组成部分[173]。其中，基础工资是保障工作人员基本生活的工资项目，发放的金额不分职务等级和工作年限，职务工资根据工作人员的职务来定，工龄津贴主要根据工作人员的工作年限来定，奖励工资则来自所在单位行政经费的结余，用于奖励工作绩效较好的员工。这样下来，工资分为多个单元，每个单元承担不同的功能。

1986年2月，国务院颁发了《关于实行专业技术职务聘任制度的规定》。规定指出，专业技术职务是根据实际工作需要设置的，有明确的职责、任职条件和任期，并需要具备专门的业务知识和技术水平的人才能担负的工作岗位，不同于一次获得后而终身拥有的学位、学衔等各种学术、技术称号。根据规定，高等学校教师分为教授、副教授、讲师、助教，中等专业学校教师分为高级讲师、讲师、助理讲师、教员，中小学教师分为中小学高级教师、中小学一级教师、中小学二级教师、中小学三级教师，技工学校教师分为高级讲师、讲师、助理讲师、教员，高级实习指导教师、一级实习指导教师、二级实习指导教师、三级实习指导教师。

据1988年初的统计数字，全国已聘任教授1.5万人左右，其中1986年和1987年已取得教授任职资格并受聘的，约占任职教授总人数的65%；聘任副教授7.5万人，其中1986年和1987年取得副教授任职资格并受聘的，约占聘任副教授总人数的60%。1990年各级各类学校专任教师达1036.8万人，比1980年增加了138.9万人[174]。

2. 1993年工资改革

党的十四大第一次明确提出，经济体制改革的目标是建立社会主义市场经济体制。新中国成立以来，我国机关工作人员的工资制度先后经历了1956年和1985年两次大的改革，这两次工资制度改革，在当时都起到了积极的作用。但是，由于未能建立起正常的晋级增资制度，加之工资制度本身也存在一些不足，工资的职能难以充分发挥。1993年的工资制度改革是我国进行的第三次全国工资制度改革，改革的目的就是要根据改革开放和建立社会主义市场经济体制的要求，进一步贯彻按劳分配原则，克服平均主义，建立起符合机关和事业单位各自特点的工资制度与正常的工资增长机制。

此次工资改革的特点是国家机关、事业单位分别执行不同的工资制度，机关干部、机关工人、事业单位管理人员、事业单位技术人员及事业单位工人分别执行各自的工资标准。科技工作者主要在高校、科研院所等事业单位和企业等。下面是这些机构工资改革的具体情况。

1985年工资制度改革以来，事业单位工作人员大多实行了以职务工资为主的结构工资制。这一制度在当时起到了积极的作用，当然不能否认这是比照国家机关制定的，没有体现事业单位自身的特点。1993年的工资改革的目的是要建立符合自身特点的工资制度，依据按劳分配原则建立体现事业单位不同类型、不同行业特点的工资制度，与机关的工资制度脱钩。引入竞争、激励机制，加大工资中活的部分，通过建立符合事业单位不同类型、不同行业特点的津贴、奖励制度，使工作人员的报酬与其实际贡献紧密结合起来，克服平均主义。同时，将一部分物价、福利性补贴纳人工资。此外，建立正常增加工资的机制，使工作人员的工资水平随着国民经济的发展有计划地增长，并与企业相当人员的工资水平大体持平[①]。

1993年工资改革之后，根据事业单位工作特点的不同，科技工作者分别实行两种不同类型的工资制度，即等级工资制度和岗位工资制度。

教育、科研、卫生、农业、林业、水利、气象、地震、设计、新闻、出版、广播电影电视、技术监督、商品检验、环境保护，以及图书馆、博物馆、档案馆等事业单位的专业技术人员，根据工作性质接近，其水平、能力、责任和贡献主要通过专业技术职务来体现的特点，实行专业技术职务等级工资制。专业技术职务等级工资制在工资构成上，主要分为专业技术职务工资和津贴两部分。专业技术职务工资，是工资构成中的固定部分和体现按劳分配的主要内容。专业技术职务工资标准，是按照专业技术职务序列设置的，每一职务分别设立若干工资档

① 见《国务院〈关于机关和事业单位工作人员工资制度改革问题的通知〉》（国发〔1993〕79号）和《国务院办公厅〈关于印发机关、事业单位工资制度改革三个实施办法的通知〉》（国办发〔1993〕85号）。

次。津贴是工资构成中的活的部分，与专业技术人员实际工作数量和质量挂钩，多劳多得，少劳少得，不劳不得。国家对津贴按规定比例进行总额控制，单位的津贴设置，体现不同部门的工作特点。例如，学校设立课时津贴，科研单位设立科研课题津贴，卫生单位设立卫生临床津贴和防检津贴等。对从事基础研究、尖端技术和高技术研究的专业技术人员，在国家规定的津贴比例之外，经国家人事部、财政部批准后，可另设特殊岗位津贴。

地质、测绘、交通、海洋、水产等事业单位，根据其在野外或水上作业，具有条件艰苦、流动性大和岗位责任明确的特点，实行专业技术职务岗位工资制。专业技术职务岗位工资制在工资构成上，主要分为专业技术职务工资和岗位津贴两部分。专业技术职务工资，是工资构成中的固定部分，主要体现这些部门专业技术人员的水平高低、责任大小和贡献多少。地质、测绘专业技术人员，按照高级工程师、工程师、助理工程师、技术员四个职务，分别设立若干工资档次。交通、海洋、水产事业单位的船员，按照船长、轮机长、大副（大管轮等）、二副（二管轮等）、三副（三管轮等）职务序列，分别设立若干工资档次。岗位津贴，是工资构成中活的部分。根据不同岗位的工作条件、劳动强度和操作难易程度确定。

此次工资改革，对不同事业单位确定了不同的工资制度，体现了不同的行业特点，按照教育、地质、文化、体育、金融等不同行业划分为五大类，这在我国工资制度上是一个突破，同时体现了尊重知识、尊重人才的原则。例如，对基础研究、高技术研究人员设立岗位津贴，鼓励专业技术人员把主要精力用在完成本职工作任务上。在工资标准上，专业技术人员及毕业见习人员的起点工资都有了很大的提高，在工资套改工作年限、任职年限上，专业技术人员优先于管理人员等。

本次工资改革大大提升了事业单位工作人员的工资收入，人均月增 70 元[175]。此后又历经了几次工资调整，科技工作者的收入绝对水平在稳步上升，如表 8-11 所示。

表 8-11　事业单位 90 年代历次调整工资标准对照表　　单位：元

档次		一	二	三	四	五	六	七	八	九	十	十一	十二	十三	十四	十五
正高级	1999 年	544	584	624	674	724	774	824	874	924	974	1024	1074	1124	1174	1224
	1997 年	404	444	484	534	584	634	684	734	784	834	884	934	984	1034	1084
	1993 年	390	430	470	520	570	620	670	720	770	820	870	920	970	1020	1070
副高级	1999 年	401	431	461	491	521	561	601	641	681	721	761	801	841	881	921
	1997 年	289	319	349	379	409	449	489	529	569	609	649	689	729	769	809
	1993 年	275	305	335	365	395	435	475	515	555	595	635	675	715	755	795

续表

档次		一	二	三	四	五	六	七	八	九	十	十一	十二	十三	十四	十五
中级	1999 年	312	332	352	372	392	422	452	482	512	542	572	602	632	662	692
	1997 年	219	239	259	279	299	329	359	389	419	449	479	509	539	569	599
	1993 年	205	225	245	265	285	315	345	375	405	435	465	495	525	555	585
助理级	1999 年	260	274	288	308	328	348	368	388	408	428	448	468	488	508	528
	1997 年	179	193	207	227	247	267	287	307	327	347	367	387	407	427	447
	1993 年	165	179	193	213	233	253	273	293	313	333	353	373	393	413	433
员级	1999 年	236	248	260	278	296	314	332	350	368	386	404	422	440	458	476
	1997 年	164	176	188	206	224	242	260	278	296	314	332	350	368	386	404
	1993 年	150	162	174	192	210	228	246	264	282	300	318	336	354	372	390

资料来源：① 1993 年：《国务院办公厅关于印发机关、事业单位工资制度改革三个实施办法的通知》（国办发［1993］85 号）；② 1997 年：《人事部、财政部关于 1997 年调整机关、事业单位工作人员工资标准等问题的通知》（人发［1997］89 号）和《人事部财政部关于机关、事业单位离退休人员增加离退休费的通知》（人发［1997］91 号）；③ 1999 年：《国务院办公厅转发人事部、财政部关于调整机关、事业单位工作人员工资标准和增加离退休人员离退休费三个实施方案的通知》（国办发［1999］78 号）。

（三）科技工作者的总体收入属于中等及中等偏下

20 世纪 80 ～ 90 年代，科技工作者的工资经过几轮调整，有了一定幅度的提升。但是由于 90 年代通货膨胀，物价上涨幅度巨大，虽然收入水平增加，但一部分科技工作者的实际生活水平难有较大起色。

表 8-12 是当时（1990 年）中国科协管理科学中心在全国范围做的一次抽样调查，其中科技工作者群体中的科学家和工程师对自己的经济地位做了一个相对主观的评价。

表 8-12　科学家与工程师的工资收入（所在地的档次）　　单位：%

时期	科学家与工程师的工资收入					
	下等	中下等	中等	中上等	上等	未答
三年前	14.0	32.0	35.5	10.7	2.0	5.8
目前	8.3	28.2	42.6	13.8	1.4	5.6
三年后（预期）	9.8	26.3	34.6	11.9	1.5	15.8

显然，在 3 年中，不少低收入的有了比较明显的增长，但是仍然有近三成的认为自己目前属于中下等，另外四成多的认为自己是中等，加上认为自己是下等的 8.3%，可以看到认为自己中等或中等以下的占近 80%。[176] 如果加上农业科技人员和技能型人才，这个比例可能还会更大些，说明当时科技工作者作为一个群

体来说，无论如何也不能算是社会中的高收入阶层。

1992 年，清华大学教职员人均月薪 393 元，一级教授月收入 1000 元左右。但是和社会上进入市场的高收入群体比较却是相当低的。例如，当时社会上成名的歌星收入非常高。1989 年 1 月 27 日《中国音乐报》公布的十大歌星出场价：一线演艺明星最高约 2000 元，低的约 600 元。1992 年 6 月 26 日的《南方周末》以《骇人听闻的歌星出场费》，披露了多位歌星的出场费，当时有的歌星出场费已达 5000 ~ 7000 元。[177]

尽管进行了工资改革，但是当时社会上平均主义还是占上风，科技工作者总体收入增幅与当时社会经济增速十分不符。各级政府在工资管理方面的创新措施也极少，因此，体制内科技工作者“下海”和人才流动就成为当时必然的趋势。

20 世纪 80 年代中期到 90 年代，有两次大规模的“下海潮”。第一波“干部下海潮”发生于 20 世纪 80 年代中后期，其典型特征是借助于“价格双轨制”的权宜改革策略，以及政府向企业的放权、政府自身机构改革任务的推进等，一大批干部下海经商，甚至形成了蔚为壮观的“全民经商潮”。1987 年 9 月，中央发出海南省筹建工作的通知，在 1987 年 9 月到 1988 年中期的不到一年的时间里，数以万计的各类人才川流不息地奔向海南特区，他们有工程师、经济师、教授、作家、大学生，也有机关干部、技术工人，这股汹涌奔腾的人才潮，构成了中国改革开放的一大奇观。第二波“干部下海潮”的兴起则与市场经济的发展密切相关，并得到 1993 年推行政府机构改革时自上而下出台的各种激励政策的积极支撑，如鼓励干部停薪留职下海经商、带薪进修学位、实行离职买断补偿金制度等。

据当时媒体报道，“九五”期间，科技体制改革以调整结构、分流人才、转变机制为重点，以促进应用型科研机构向企业化转制为突破口，取得了明显进展和成效。突破首先从国家经济贸易委员会（现商务部）所属的 242 个科研机构开始。这些机构中，有 131 个科研机构进入企业，40 个转为属地化的科技企业，18 个“摇身一变”成为中介机构，24 个并入高校、划转其他部门或撤销，12 个大型科研机构转为中央直属的科技企业，并进行工商登记。继 242 个院所之后，建设部、铁道部、交通部、信息产业部等 11 个部门所属的 134 个科研机构也转为科技企业，有的划归地方，有的交中央企工委管理，有的进入企业，有的并入高校。中国科学院所属的能面向市场的 13 个研究所全部转制为科技企业……[178] 90 年代的科研机构调整使得我国科技力量布局有了较大变化，同时科技成果转化应用率也得到了较大幅度的提升。

在波澜壮阔的改革浪潮中，科技工作者的下海在不同时期有着不同的特点。如果说80年代的下海，多少是由于在“理想”的激励下、在政府的号召下部分个体人员主动下海的，那么90年代则更多地由于机构改革等强制原因“被动”地“集中”下海。90年代，数百家科研机构向企业方向转变，成千上万的科技人员由于机构性质转变而下海。这些转化为企业的科技机构不仅整体运行和利润等开始依赖市场机制，其中科技工作者的个人收入也受到市场机制的重大影响，有能力、有创造发明，并且抓住市场机遇的科技人员获得了非常高的个人收入，拉开了与普通职工收入的差距。这些作为“先富起来”的一部分人，明显有着社会的表率作用。

二、社会地位——在改革波动中提升

通过从北京市几次职业声望调查可以看出科技工作者社会地位的排序（北京市职业声望调查比较）。在1985年，工程师的职业声望排名位居第十一位，这与当时改革开放初期工业发展相对落后相关，当时的国营企业厂长排名第十五位。到了1990年，工程师的职业声望排名跃居第三位，国营企业厂长排名第十六位，与五年前基本不相上下。而到了1997年，工程师的职业声望稳居第三位，但国营企业厂长排名已经跌出前20名。厂长虽然不全是科技工作者，但其排名至少也说明了当时企业生产发展状况。值得庆幸的是，工程师作为高级工程技术人员，无论其在改革过程中处于什么样的状况，至少其职业声望在当时仍然是较高的。

客观来说，从20世纪80年代中期到90年代末期，科技工作者在社会大众心目中的地位普遍较高。中国科协管理科学研究中心在1990年的一项抽样调查显示，在给定的12个社会职业中，科学研究人员高居榜首，具体如表8-13所示。

表8-13 1990年职业声望抽样调查

问题	在您看来，在以下几种职业中，哪种职业的声望最好（可选1～3种）	比例/%
回答	1. 科学研究人员	59.2
	2. 医生	47.4
	3. 政府官员	26.8
	4. 中小学老师	23.8
	5. 大学教师	20.4
	6. 工程技术人员	19.5
	7. 新闻记者	18.6

续表

问题	在您看来，在以下几种职业中，哪种职业的声望最好（可选 1 ～ 3 种）	比例 /%
回答	8. 律师	14.2
	9. 企业管理人员	8.2
	10. 银行管理人员	7.6
	11. 建筑设计人员	7.1
	12. 会计师	3.2

可以算在科技工作者范围内的科研人员、医生、教师和工程技术人员均有较高的社会声望，反映出当时的普通群众虽然对于科学技术的具体内容并没有比较深入的了解，但是对于从事各类科学技术工作的专业人员还是具有相当的敬意。[161]

科技工作者对于自身的社会地位是如何看的呢？在同一次调查中，我们发现，虽然评价对象是科技工作者中的一部分（科学家和工程师），但是他们对于自己的社会地位评价却不高。这和当时的社会环境、科技工作者自身的收入、贡献等多种因素均有很大的关系。具体调查结果如表 8-14 所示。

表 8-14　科学家与工程师对自身社会地位的评价

时期	科学家与工程师对自身社会地位的评价（所在地的档次）/%					
	下等	中下等	中等	中上等	上等	未答
三年前	8.1	23.1	45.7	9.9	1.9	11.3
目前	6.9	24.5	45.7	10.5	1.7	11.2
三年后（预期）	8.4	23.3	41.3	9.3	1.7	16.1

科技工作者对自身的社会地位评价不高，甚至可以说是比较偏低的。超过三成的认为自己是下等或中下等，而不到一半的人认为是中等，可见，尽管“文化大革命”已经结束十多年了，但是，科技工作者在社会中的地位并不是很高的，他们自身的感受也并不很好[176]。

另外一个以北京市范围的职业声望调查（1985 年）显示，排名第一的是教授，在 1990 年和 1997 年的调查中，教授、科学家、工程师等排名均靠前。物理学家、医生等更为具体的科技工作者职业声望也比较靠前。具体如表 8-15 所示。

表 8-15　北京市职业声望调查比较 [169]

排名	1985 年	1990 年	1997 年
1	教授	作家	科学家
2	经济学家	教授	大学教授
3	画家	工程师	工程师

续表

排名	1985年	1990年	1997年
4	作家	物理学家	物理学家
5	律师	医生	医生
6	物理学家	大学教师	经济学家
7	记者	画家	社会学家
8	医生	律师	法官
9	导演	民航飞行员	飞行员
10	大学教师	经济学家	检察官
11	工程师	记者	律师
12	播音员	播音员	建筑师
13	飞行员	农学家	军官
14	运动员	导演	大学普通教师
15	国营企业厂长	运动员	银行行长
16	农学家	国营企业厂长	翻译
17	民主党派负责人	导游	音乐家
18	海关工作人员	民主党派负责人	作家
19	影视演员	空中小姐	画家
20	导游	海关工作人员	教练员

20世纪初，有学者以职业分类为基础，以组织资源、经济资源和文化资源的占有状况为标准，对中国社会阶层结构的基本形态进行研究，划分了十个社会阶层和五种社会等级。这十个社会阶层是：国家与社会管理者阶层、经理人员阶层、私营企业主阶层、专业技术人员阶层、办事人员阶层、个体工商户阶层、商业服务业员工阶层、产业工人阶层、农业劳动者阶层和城乡无业失业半失业者阶层[179]。其中，专业技术人员是指在各种经济成分的机构（包括国家机关、党群组织、全民企事业单位、集体企事业单位和各类非公有制经济企业）中专门从事各种专业性工作和科学技术工作的人员。他们大多经过中高等专业知识及专门职业技术培训，并具有适应现代化社会大生产的专业分工要求的专业知识及专门技术。

可见，科技工作者基本可以归属在专业技术人员阶层。该研究认为，不同专业技术人员在五种社会地位中分别处于不同地位，高级专业技术人员处于社会上层，中级专业技术人员处于中上层，初级专业技术人员则处于中中层。总体而言，以专业技术人员为代表的科技工作者在社会上的地位处于中层及以上，参见图 8-13。这与之前关于职业声望的调查基本是一致的。

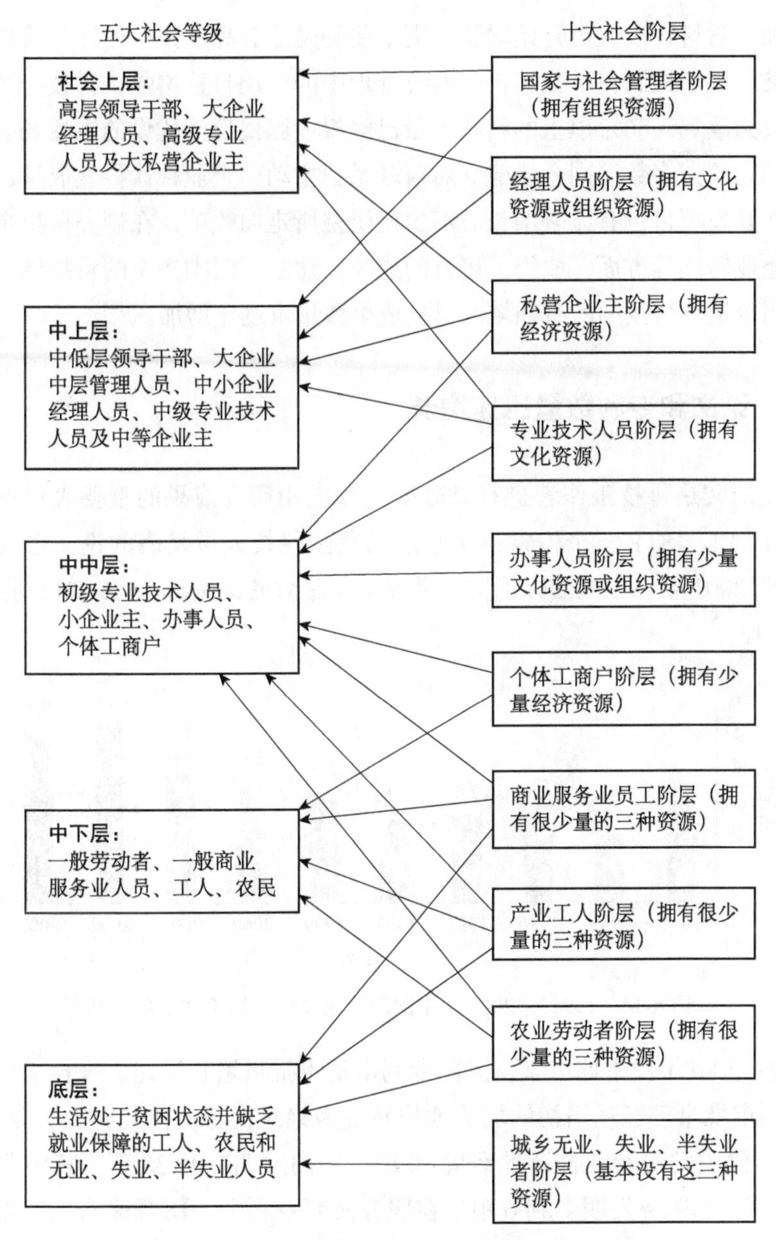

图 8-13　五大社会等级与十大社会阶层对应关系

第四节　科技工作者的贡献

这一时期是科技体制和教育体制开始改革的历史时期，随着我国财政收入的不断增加，对科技投入也开始增长。更重要的是原有高度集中的计划管理体制被逐步打破，市场机制在科技运行和科技管理中的作用日益增强，科技与经济脱节的状况大为改观，80% 以上的科技力量已经投入国民经济建设的主战场。全国科研院所和高校大多数已同企业建立对口联系，主动向企业转让科技成果，并且与企业合作开发项目也有显著增长。不少科研院所走向改革，在创办科技企业或整体科技企业转化等方面，取得了可喜的成绩。建立了门类齐全的科技体系，几乎覆盖了当今世界科技的所有领域。科技成果数量也逐年增加。[174]

一、论文和专利数量迅速增长

科技论文是科技工作者进行基础研究和应用研究成果的重要表现形式。我们以 SCI、EI、ISTP 三个检索系统收录的我国科技人员发表的论文数为例，从 1994 年到 2003 年，中国国际论文占世界论文总数的比例从 2.1% 增长到 5.1%[180]（图 8-14）。

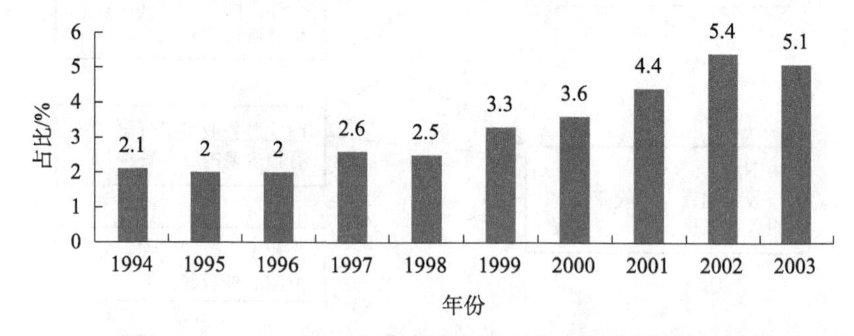

图 8-14　1994 ～ 2003 年中国国际论文占世界论文总数比例

20 世纪 80 年代中期以来，我国专利申请审批量增长迅速，来自工矿企业的相关专利审批量已经从当初的弱势地位转变为绝对优势地位。以发明专利为例，1985 年，我国发明专利合计批准量 40 项，国内发明专利 38 项，其中职务发明专利 32 项，非职务发明专利 6 项。在职务发明专利中，18 项来自大专院校，11 项来自科研院所，3 项来自工矿企业，大专院校发明专利所占比例达 45%，工矿企业比例仅为 7.5%。到了 2000 年，发明专利合计达到 12 683 项，国内发明专利达 6177 项，国外达 6506 项（表 8-16）。在国内职务发明专利中，工矿企业所占比例最高，约为 36%。发明专利结构比例的变化表明，我国企业科技工作者科技创新能力得到显著提升。

表 8-16　1985～2000年发明专利申请批准量[181]　　单位：项

指标	1985年	1990年	1995年	1998年	2000年
批准量合计	40	3 838	3 393	7 637	12 683
国内	38	1 149	1 530	3 097	6 177
职务	32	908	932	1 685	2 824
大专院校	18	326	258	425	652
科研单位	11	331	304	543	910
工矿企业	3	206	205	462	1 016
机关团体		45	165	255	246
非职务	6	241	598	1 412	3 353
国外	2	2 689	1 863	4 540	6 506
职务	1	2 496	1 748	4 295	6 222
非职务	1	193	115	245	284

二、重大科技成果快速增长

20世纪80年代以来，科技工作者所贡献的科技成果数量快速增长。以重大科技成果项目为例。如图8-15所示，20世纪80年代初到90年代末，我国重大科技成果项目有了较为明显的增长。尤其是80年代，增幅较大。1980年重大科技成果为2687项，1985年增长到10 476项，5年间年均增幅达58%；1985～1990年，重大科技成果增长到26 829项，年均增长31%；1990～1995年，重大科技成果增长到31 099项，年均增幅减缓，为3%。

在20世纪80年代我国科技工作者就展现了自己的聪明才智，创造出了许多第一：第一台亿次计算机、第一座高能加速器、第一座大型商业用核电站、首次一箭多星、五笔字型汉字输入法、丙纶级聚丙烯树脂等。

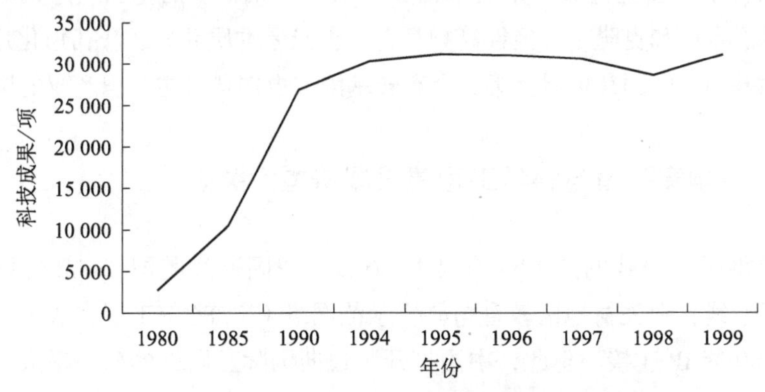

图 8-15　20世纪80年代初到90年代末我国重大科技成果[182,183]

1988 年 3 月 10 日，在北京医科大学第三临床医学院妇产科教授张丽珠等的努力下，中国大陆第一个试管婴儿诞生。这个试管婴儿的诞生是我国生殖医学和辅助生育技术向国际先进水平看齐的标志，在我国生殖医学发展史上具有里程碑意义。

1988 年，根据联合国教科文组织有关全球海平面观测系统的要求，在中国南海建立了“南沙海洋站”。1989 年 2 月 26 日，中国在东南极建立了“中山站”。1993 年，“曙光一号”大型并行计算机研制成功。“曙光一号”全称“曙光一号共享存储多处理机系统”，是中国自行研制的第一台用微处理器芯片（88100 微处理器）构成的全对称紧耦合共享存储多处理机系统（SMP），定点速度每秒 6.4 亿次，主存容量最大 768 兆。在对称式体系结构、操作系统核心代码并行化和支持细粒度并行的多线程技术等方面实现了一系列技术突破。同时，作为具有市场竞争力的产品，知识产权折价 2000 万人民币，吸引资金成立曙光信息产业有限公司。

中国作为参与国际人类基因组计划的第一个发展中国家，完成了 1% 测序工作。1999 年，中国正式加入人类基因组计划，承担人类 3 号染色体断臂上约 3000 万个碱基对的测序任务，占整个基因组的 1%。2003 年 4 月 14 日，6 国科学家宣布人类基因组序列图绘制成功，人类基因组计划的所有目标全部实现，已完成的序列图覆盖人类基因组所含基因区域的 99%，精确率达到 99.99%。

DNA 双螺旋结构发现者之一的詹姆斯・沃森认为，中国的基因组研究机构“可以和世界上任何一个国际同类机构媲美和竞争”，中国已经成为“DNA 科学的重要角色”[184]。“国际人类基因组计划是一项全球科学家共同参与的伟大事业，在这个划时代的里程碑上，已经重重地刻下了中国和中国人的名字[185]。”

中国科学家独立完成了杂交水稻父本 9311（籼稻）的基因组序列草图；在国际上首次定位和克隆了神经性高频耳聋、乳光牙本质Ⅱ型、汗孔角化症等遗传病的致病基因。中国是世界上第二个有转基因抗虫棉花自主知识产权的国家。

三、科学实验室与科学工程建设取得重大突破

最值得历史记载的是 1994 年 4 月 20 日，我国通过美国 Sprint 公司的一条 64K 国际专线，中关村地区教育与科研示范网络（NCFC）工程完成了与国际互联网的全功能 IP 连接。至此，中国打开了通向国际互联网的第一扇大门，正式成为真正拥有全功能 Internet 的国家。

在激光技术方面，20 世纪 80 年代华中科技大学建成了中国第一个激光技术国家重点实验室，90 年代初建立了第一个激光加工国家工程研究中心。中国科学家自 20 世纪 90 年代初开始研究深紫外非线性光学晶体和激光技术，经过 20 多年的努力，使中国成为当今世界上唯一掌握深紫外全固态激光技术的国家。

1995 年 12 月中国实验快堆工程立项，并在 2010 年 7 月首次临界进而成为世界上第 8 个拥有快堆技术的国家。中国新一代“人造太阳”实验装置（EAST）中子束注入系统（NBI）完成了氢离子束功率 3 兆瓦、脉冲宽度 500 毫秒的高能量离子束引出实验。这标志着中国的中子束注入系统基本克服了所有重大技术难关。

1988 年北京电子对撞机建成，并于 10 月 16 日首次对撞成功。首次实现正负电子对撞，亮度达到 8×10^{27} 坎德拉 / 米^2——被誉为“这是中国继原子弹、氢弹爆炸成功、人造卫星上天之后，在高科技领域又一重大突破性成就”。该装置是由高能物理试验和同步辐射光应用研究的大型高技术装备，其制造技术、安装调试、计算机控制和数据处理技术都达到国际水平。正负电子对撞机又称为同步辐射装置，它产生的同步辐射光作为特殊光源，可在生物、医学、化学、材料等领域开展广泛的应用研究工作。

秦山核电站采用目前世界上技术成熟的压水堆，核岛内采用燃料包壳、压力壳和安全壳 3 道屏障，能承受极限事故引起的内压、高温和各种自然灾害。一期工程 1984 年开工，1991 年建成投入运行，年发电量为 17 亿千瓦时，我国成为世界上第七个具备自主设计、自主建造、自主调试和自主运营管理核电厂的国家。二期工程在原址上扩建 2 台 60 万千瓦的发电机组，1996 年开工。三期工程由中国和加拿大政府合作，采用加拿大提供的重水型反应堆技术，建设 2 台 70 万千瓦发电机组，于 2003 年建成。

1994 年 12 月 14 日，长江三峡水利枢纽工程破土动工，1997 年 11 月 8 日下午 3 时 30 分，三峡工程胜利实现大江截流。2006 年 5 月 20 日全线建成。三峡工程是世界上工程量最大、难度最大、施工期流量最大的水利工程。大坝全长 2309 米，设计高程达到海拔 185 米，是世界上规模最大的混凝土重力坝。1820 万千瓦的装机容量和 847 亿千瓦时的年发电量也居世界第一。

1999 年 11 月 20 日，“神舟一号”飞船在酒泉卫星发射中心顺利升空，经过 21 小时的飞行后顺利返回地面。这是我国载人航天计划中发射的第一艘无人实验飞船，标志着我国载人航天技术获得了新的突破。

四、三大计划凸显科技面向经济主战场

1988年邓小平同志重新强调，“马克思讲过科学技术是生产力，这是非常正确的。现在看来这样说可能不够，恐怕是第一生产力”[186]。在这一历史阶段，中央政府为了推进科技发展，追赶世界先进科技，依靠科技振兴经济，在1995年正式提出了科教兴国战略。为了实现该战略，自上而下推出了三大计划，在相当长的时间内产生了重大影响。

（一）“863”高技术发展计划

“863”计划的制订与实施，科技工作者是发展高科技的主要动力。20世纪80年代以来，世界高技术蓬勃发展，国际竞争激烈。1986年3月3日，一份《关于追踪世界高技术发展的建议》呈送到中南海，这是一封致邓小平、胡耀邦的信。信中建议是由王大珩、王淦昌、杨嘉墀、陈芳允4位著名的老科学家提出的。他们针对世界高科技的迅速发展和世界主要国家已制订了高科技发展计划的紧迫现实，向中央提出了全面追踪世界高科技的发展和制订中国发展高科技计划的建议和设想。2天之后，即3月5日，时任中国共产党中央顾问委员会（简称中顾委）主任的邓小平就在这个建议上做出批示：“这个建议十分重要，请紫阳同志主持，找些专家和有关负责同志讨论，提出意见，以凭决策。此事宜速作决断，不可拖延。”根据邓小平的意见，中央立即组织有关部门负责同志和专家对我国高技术的发展战略进行全面论证，制订高科技研究发展计划[187]。这一计划即“863”计划。这一计划的主攻方向是将有组织、有计划地大规模发展生物技术、航天技术、信息技术、激光技术、自动化技术、能源技术、新材料和海洋高技术8个领域15个主题作为中国高技术研究与开发的重点，后又将主题扩大到17个。

“863”计划于1987年3月正式开始组织实施，上万名科学家在各个不同领域，协同合作，各自攻关，很快就取得了丰硕的成果。1991年，邓小平又挥笔为“863”计划工作会议写下了题词：“发展高科技，实现产业化。”再次给为承担“863”计划而攻关的科学家以鼓励，也为中国高科技的发展指明了方向。

十年后，通过实施“863”计划，逐渐形成了适合我国国情的高技术研究开发的发展战略，突破了一大批重大关键技术，缩小了同国外先进水平的差距。通过该计划的实施，完成了高技术研究和开发的总体布局，建立起一批高技术研究和高技术产品开发的基地，培养、造就了新一代高技术科技队伍，获得一批具有

国际水平的成果，大大提高了我国高技术研究开发水平，增强了我国科技实力。

（二）高新技术开发区与“火炬计划”

高新技术开发区建设在全国铺开，“火炬计划”逐步实施，科技工作者成为主要创业者。改革开放初期我国在沿海和内地大城市建立一批新技术产业开发区，到 80 年代末全国已有 20 多个城市相继建立新技术开发区。据对 13 个区的统计，已认定 1500 多个新技术企业。1988 年到 1989 年上半年销售收入达 41 亿元，其中 70% 以上为高科技产品收入。

1988 年 7 月，国家科委根据党的十三大提出的“注意发展高技术新兴产业”的指示开始实施“火炬计划”，旨在对传统的产业结构进行调整，在原有技术基础上大力发展技术和资金更加密集、产品增值巨大的高尖新技术产业。已经建成和将要建设的各地区高新技术开发区作为实施“火炬计划”的基地，当时北京“电子一条街”等一批处于萌芽状态的开发区在“火炬计划”的支持下，获得了长足的发展，区内的新技术企业如雨后春笋般涌现，大大加快了我国科技成果转移的速度。

截至 2002 年年底，全国共建设国家级高新技术开发区 53 个，各类科技企业孵化器 436 家，“火炬计划”项目累计立项 2.4 万多项，认定高新技术企业 28 503 家，取得了令人瞩目的成就。1991 ～ 2002 年，国家高新区营业总收入从 90.0 亿元上升到 15 326.4 亿元。

（三）面向乡镇企业的“星火计划”

乡镇企业突飞猛进发展与“星火计划”推广实施，科技工作者是主要孵化者。1986 年在全国实施了以依靠科技进步振兴地方经济为目的的“星火计划”。其宗旨在于依靠科技促进农村经济的发展，把科技“星火”送往乡镇企业，推动乡镇企业科技发展。仅到 1987 年底，筹建了近百个星火企业联合体和集团，通过科技工作者的孵化和技术转移，大量技术成果被引入乡镇企业，在引导和带动地区规模经济方面，起了示范作用。

截至 1995 年底，全国共组织实施“星火计划”项目 66 736 项，覆盖了全国 85% 以上的县；已经完成的星火项目为 35 254 项，占立项总数的 52.9%；“星火计划”总投入为 937.6 亿元。1995 年全国“星火计划”实现产值 2682.7 亿元，实现利税 473.9 亿元，创汇 88.9 亿美元。

十年来，“星火计划”向全国推荐了 500 多项星火技术装备，促进乡镇企业的技术更新和技术改造，培育了上百个产值超亿元、利税超千万的星火企业和产业集团，使农村面貌发生了跨越性变化。截至1996年，在全国共建立了127个国家级星火技术密集区和217个星火区域性支柱产业。

五、科技工作者自己的组织——学会开始改革

1985年3月，中共中央发布了《关于科学技术体制改革的决定》，明确提出科技工作的战略方针是“经济建设必须依靠科学技术、科学技术工作必须面向经济建设”（简称“面向、依靠”方针）。同年，党中央出台了《中共中央关于制定国民经济和社会发展第七个五年计划的建议》，明确提出“坚持把改革放在首位，使改革和建设互相适应，互相促进。从根本上说，改革是为建设服务的”。这一系列重要举措对科协及学会工作产生了巨大的影响，推动学会改革开始起步。

（一）学会开始启动改革进程

在“面向、依靠”方针指引下，1986年中国科协所属的学会开始启动改革，推动了学会在新的历史时期新的建设高潮。中国科协三大后，逐步健全了有关科协及学会组织的工作条例，相继出台了一系列规章制度。1986年12月，中国科协三届三次常委会议通过了《中国科学技术协会全国学会组织通则》，规定凡有挂靠单位的全国学会，其办事机构受中国科协和挂靠单位共同领导，这是学会、政府、科协之间的领导体制中第一次出现“挂靠”的提法；1987年，中国科协三届五次常委会议通过了《中国科学技术协会接纳全国学会暂行办法》；1989年12月，中国科协三届十四次常委会议通过了《关于中国科学技术协会所属团体与中国科协、挂靠部门关系的几点意见》（科协发组字〔1990〕008号）、《关于中国科协接纳新学会方针的意见》《中国科协全国学会组织通则有关细则》《中国科学技术协会联系团体暂行条例》等规章制度。随着科学技术的发展，传统学科分支衍生，新兴学科大量产生，学会的组建不能完全与学科分化发展一致。鉴于此，中国科协接纳学会采取的是积极慎重的发展方针。至此，全国学会基本建立了从成立、活动和发展的符合当时计划体制框架下的管理秩序。

1989年，我国政府颁布实施《社会团体登记管理条例》，规定民政部门是唯一的社团登记管理机关，对包括学会在内的社会组织进行统一登记管理。全国学会数量的增长呈现出放缓的态势。

1991年，中国科协四大通过的章程中，对所属学会的范围进行拓展，规定

学会还包括科普性群众团体。同时，明确了学会会员质量层次、同一类别和同一领域的学会不能重复设立，以及对办事机构的固定支持、对于工作体制的要求等规定。1992 年，中国科协四届二次全委会原则通过的《中国科学技术协会全国学会组织通则》，在第四章“领导关系”中，依然规定：“第二十条　学会受中国科协领导。中国科协对学会发挥管理、指导、协调、服务作用。凡有挂靠单位的学会，其办事机构行政上受挂靠单位领导（有挂靠单位之后，原本办事机构是受中国科协和挂靠单位共同领导）。第二十一条　省、自治区、直辖市学会受省、自治区、直辖市科协领导，业务上受相应全国学会指导。”1992 年中国科协四届四次常委会通过了《中国科学技术协会接纳全国性学会有关规定》。

（二）改革增强学会活力，使其适应社会主义市场经济体制

1992 年，党的十四大确立了建设有中国特色的社会主义和社会主义市场经济的目标。在这样的背景下，加快科协和全国学会的改革被提上议事日程。1993 年，为了使学会的发展符合社会主义市场经济的要求，中国科协四届三次全委会议原则通过了《关于中国科协所属全国性学会加快改革若干问题的设想》，该设想明确了学会改革的方向和目标，提出分类、分步骤深化改革的原则要求和措施。通过改革，使学会逐步建立适应社会主义市场经济发展、符合学会自身规律，自主活动、自我发展、充满生机和活力的体制和机制。采用分类管理的办法对学会改革进行指导。主要按照学科性质、挂靠、编制、经费构成的运行机制将全国学会分成几类，如按照自然科学基础学科成立的学会，包括大部分理科学会和部分基础性的农、医科学会，这些学会在促进学科发展上起重要作用，但与经济建设直接联系不甚紧密，要在编制、经费上争取给予必要的保障。对挂靠在有关部委、总公司，围绕工程技术科学有关学科成立的学会，在促进科技进步，行业发展方面起重要作用，要使它们与挂靠部门紧密地合作，建立双向支持的机制；对社会性强而又有经费自筹能力的学会，要为它们建立自我发展机制创造条件，为学会改革探索开路。

1993 年，国家对基础性研究采取“稳住一头”政策，理科学会挂靠的中国科学院基础性研究所改革力度不断加大，引入竞争机制和人才流动机制，进行结构调整和人才分流。为避免理科学会干部的编制、活动经费和行政经费受到严重影响，在《关于中国科协所属全国性学会加快改革若干问题的设想》的基础上，中国科协四届十次常委会议通过了《关于加快理科学会改革的意见》（科协发学字〔1993〕421 号），根据基础性理科学会的基本属性，保证对理科学会活动经

费有一定的投入，保证理科学会专职队伍的稳定及帮助理科学会增强“造血”机能和树立竞争意识。

根据《关于重新确认社会团体业务主管单位的通知》(民发〔2000〕41号)要求，中国科协作为所属全国学会的业务主管单位，主要行使的权力有：所属全国学会的筹备申请、成立登记、变更登记、注销登记前的审查；监督、指导所主管全国学会遵守宪法、法律、法规和国家政策，依据其章程开展活动；负责所主管全国学会年度检查的初审；协助登记管理机关和其他有关部门查处所主管全国学会的违法行为；会同有关机构指导所属全国学会的清算事宜。

第九章
21世纪初期科技工作者的状况
（2001～2012年）

进入21世纪，科技工作者迎来了中国科技发展的新高潮。面对日益激烈的国际科技经济竞争，各国政府和企业均认识到科学技术已经成为综合国力竞争中最重要的因素之一，特别是事关国家中长期发展和安全的战略性和前沿性高技术问题，在关系国家经济命脉和安全的高技术领域，必须自主创新。

2003年10月，党的十六届三中全会正式提出“科学发展观”，并且要求提高国家创新能力和国民整体素质，营造实施人才强国战略的体制环境。2005年，中央在《中共中央关于制定国民经济和社会发展第十一个五年规划的建议》中正式提出“坚持自主创新，建设创新型国家”的方针。2006年1月，全国科学技术大会召开，发布了《国家中长期科学和技术发展规划纲要（2006—2020年）》，明确提出了“自主创新，重点跨越，支撑发展，引领未来”的新时期科技工作方针，对未来15年我国科技改革发展做出全面部署。

党的十七大进一步提出把提高自主创新能力、建设创新型国家作为转变经济发展方式的首要途径，建设创新型国家，重点是依靠自主创新推进科学技术发展，促进经济社会发展。自主创新作为科学技术发展的实践载体，成为调整经济结构、转变经济增长方式、提高国家竞争力的中心环节。随着教育、科技战略的逐步实施，国家在人才培养和科技创新方面的投入力度显著增加，为科技工作者群体的成长成才提供了有史以来最广阔的舞台，为科技工作者聪明才智的发挥提供了有力的保障。

第一节 新时期科技工作者的基本状况

这一历史阶段中，在提高自主创新、建设创新型国家方针的指引下，国家对教育、科技大幅度增加投入，我国科技工作者规模迅速扩大，12 年间增加了 2200 多万人，年均增幅产生了数量级突破。博士毕业生和海外归来的留学生数量也有了令人瞩目的增长。中国科技工作者队伍无论是数量还是质量均发生了突变。另外，科技工作者占总人口（13.54 亿人）的比重，超过了万分之 309.9。这是一个巨大的突破，表明中国人口的素质和结构与 100 年前相比有了根本性的变化，显示了我国已经从一个科技的弱国小国，成长为世界上的科技大国。

一、21 世纪科技工作者成长的新环境

科技工作者群体的成长不能离开国家整体发展，特别是国家的科技方针和政策，国家对教育和科研的支持和投入，以及国家中长期科技发展规划中重大项目的推进和落实。而在实际发展过程中，在原有科技事业的基础上，随着国家财政有较大幅度的增长，其实早在 20 世纪末的 1998 年中央政府已经开始发力来推动教育和科技事业跃上新的高峰。

随着《国家中长期科学和技术发展规划纲要（2006—2020 年）》的颁布，我国全社会研发经费支出实现每年 20% 以上的增长，从 2006 年的 3000 亿元，增长到 2011 年的 8610 亿元，占国内生产总值的比例从 1.42% 提升到 1.83%，由“十五”末的世界第 6 位上升为第 3 位。

（一）国家教育经费总投入显著增加

从历年来国家教育经费总投入可以看出，21 世纪以来，国家教育经费总投入增长迅速。2000 年以来，全国教育经费从 2000 年的 3849.08 亿元增长到 2013 年的 30 364.72 亿元（图 9-1）。

（二）教育、科技创新工程奠定坚实基础

这一历史阶段，我国在计划经济中成立的各部委直属的工程技术类科研开发机构基本上完成了改制，大多数转制成为企业，以开发新技术、新产品为已任，

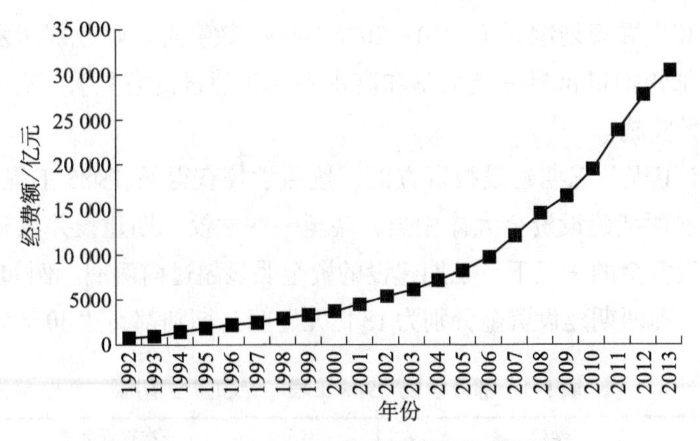

图 9-1　1992 ～ 2013 年全国教育经费总投入

进入市场竞争机制；而对于中国科学院和各高校所属的研究机构则以事业单位的性质，延续财政支持，以基础研究和重大技术攻关等为主要任务。但是其运行机制也有了很大的改革，从以前单位下拨经费为主的模式，改为项目竞标或项目申请机制为主。在这样的背景下，为了加大科技创新的力度，中央决定在原来“211 工程”的基础上，开展高校优势学科创新平台项目的“985 工程”和以中国科学院改革为目标的知识创新工程。

1.“985 工程”

“985 工程”是我国政府为建设若干所世界一流大学和一批国际知名的高水平研究型大学而实施的建设工程。“985 工程优势学科创新平台项目”是以国家和行业发展急需的重点领域和重大需求为导向，围绕国家科技发展战略和学科前沿，加大学科结构调整力度，促进学科交叉，大力提高建设学科的科技创新能力和解决制约经济社会发展的重大瓶颈问题的能力。

“985 工程”一期（1999 ～ 2003 年）建设于 1999 年正式启动，北京大学、清华大学首批入围，之后又确定了中央和地方共建的 32 所重点资助大学。一期建设投入达到 227.7 亿元。

2004 年，根据《2003—2007 年教育振兴行动计划》，教育部、财政部印发《教育部、财政部关于继续实施“985 工程”建设项目的意见》，启动了“985 工程”二期建设。在“985 工程”二期建设期间，新增 5 所重点资助大学。二期建设投入达到 225.83 亿元。

2008 年 2 月 17 日，教育部《2008 年工作要点》中提出继续推进高水平大学和重点学科建设，提高我国高等教育水平和竞争力。2010 年，根据《国家中长期教育改革和发展规划纲要（2010—2020年）》，教育部、财政部印发《教育部、财政部关于加快推进世界一流大学和高水平大学建设的意见》，新一轮“985工程”建设开始实施。

在“985工程”三期建设投资方面，按照学校获得的“985工程”专项投资款项来看，前两期建设资金大体相当，甚至一些学校二期建设并没有资金入账。在有三期建设资金的情况下，三期建设的资金明显超过前两期。例如，清华大学和北京大学，前两期建设资金分别为18亿元，第三期则都高达40亿元（表9-1）。

表9-1 部分学校“985工程”专项资金情况 单位：亿元

序号	学校	三次投资金额
1	清华大学	76=18+18+40
2	北京大学	76=18+18+40
3	浙江大学	54.2=14+14+26.2
4	南京大学	54=12+14+28
5	复旦大学	50=12+12+26
6	上海交通大学	50=12+12+26
7	中山大学	37.4=12+12+13.4
8	中国科学技术大学	36=9+9+18
9	武汉大学	31=8+6+15
10	西安交通大学	30=9+6+15
11	华中科技大学	25=6+5+14
12	东南大学	24=6+6+12
13	南开大学	21=7+0+14
14	天津大学	20=7+0+13
15	山东大学	19.2=8+0+11.2
16	哈尔滨工业大学	18=9+9+0
17	厦门大学	16.6=6+0+10.6
18	四川大学	15.2=7.2+8+0
19	大连理工大学	13.4=4+0+9.4
20	华南理工大学	10.6=4+0+6.6

注：全部统计数据截至2016年1月8日。该表数据出处尚待考证，如若不保留，不影响正文论述。

2. 知识创新工程

1998年，党中央、国务院做出建设国家创新体系的重大决策，决定由中国科学院开展知识创新工程试点，旨在实现由单纯以学科为主进行科技布局向根据国家战略需求和科技发展态势聚焦创新目标并优选创新领域的转变，由以跟踪为主向以原始科学创新为主的转变。

知识创新工程的一个重要投入是增加科研经费。从图 9-2 可以看出，自 1998 年以来，中国科学院的科研经费有了大幅度的提高。到 2005 年，中国科学院的科研经费已近 60 亿元。

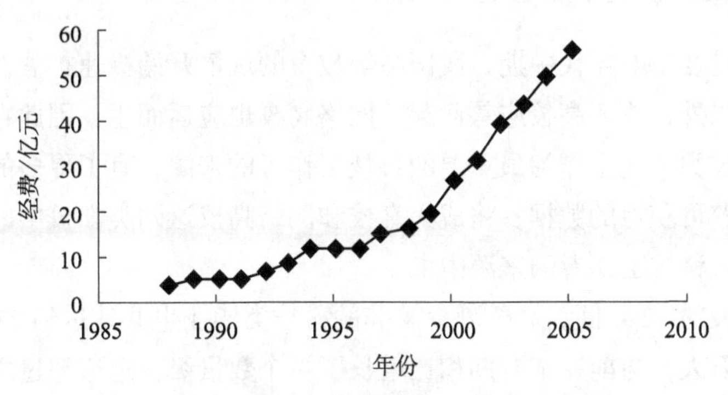

图 9-2　中国科学院课题经费变化情况 [188]

实施知识创新工程以来，中国科学院基础设施建设也得到了较快增长。从图 9-3 可以看出，1998 ～ 2003 年，基础设施方面的投入增长速度较快。

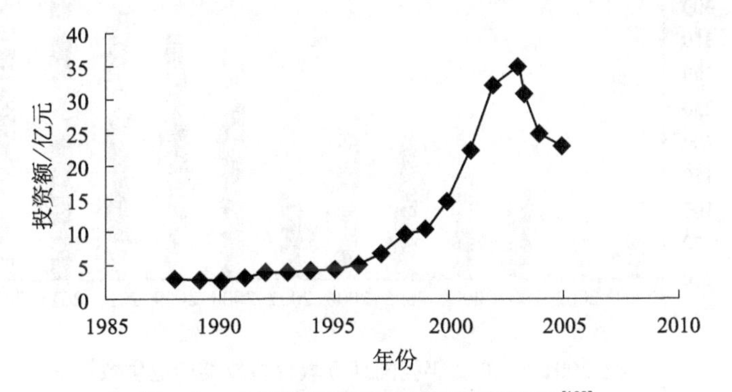

图 9-3　中国科学院基础设施投资情况 [188]

国家将教育、科技工程建设上升为国家整体战略规划，加大资金投入力度，使得我国在战略高技术、重大公益性创新和重要基础前沿研究领域取得了一批重大创新成果，带动了国家创新体系建设，提高了科技支撑经济社会发展能力和国家科学技术的国际竞争力、影响力。在这样的舞台中，科技工作者队伍有了质的变化，一方面继续加大人才数量的培养，另一方面更加注重质量，逐渐聚集高层次人才，注重科研团队建设，强调高校、科研机构与企业的联合，进一步规范和提升评价、激励等科技人才管理办法。[189]

二、21世纪科技工作者的增量

1.培养的科技类毕业生2761万人

早在20世纪90年代中期，我国高等教育的规模开始极速扩展，除了普通高校不断扩招以外，成人高校应势而起，网络高校也应运而生，因此在这一历史阶段，高校科技类毕业生作为最重要的科技工作者的来源，有了更多的渠道。通过教育统计年鉴可获得的数据，将成人高校和网络高校这两类学校中的符合定义的毕业生也纳入科技工作者的来源中来。

这一阶段的12年间，高等教育培养的科技类毕业生共计达到2761万人，年均培养230万人，与前一个时期相比增长了一个数量级，远远超过之前的任何一个历史阶段。从增长情况看，毕业生数量从2001年的63万人增加至2012年的425万人，增幅达到近6倍，较之以往也有很大增长[①]（图9-4）。

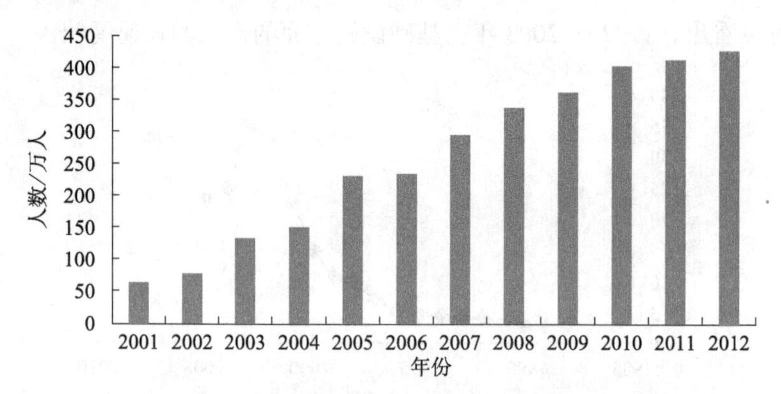

图9-4　2001～2012年我国高等教育科技类毕业生数情况

从来自不同渠道的毕业生来看，这一阶段的普通高校、成人高校和网络高校的科技类毕业生都呈现稳步上升的趋势，尤其是普通高校毕业生数增幅是最大

① 从2011年开始，普通高校、成人高校和网络高校中的专科学校的学科分类有变化，从之前的“哲学、经济学、法学、教育学、文学、外语、历史学、理学、工学、农学、医学、管理学”变为“农林牧渔大类、交通运输大类、生化与药品大类、资源开发与测绘大类、材料与能源大类、土建大类、水利大类、制造大类、电子信息大类、环保、气象与安全大类、轻纺食品大类、财经大类、医药卫生大类、旅游大类、公共事业大类、文化教育大类、艺术设计传媒大类、公安大类和法律大类”，由于后一种分类对于科技专业的界定不明晰，研究组参考2011年之前科技类学生的比例来推算，具体是根据2008～2010年3年中，每一年各类专科学校中理工农医学生所占比例来推算2011年和2011年的科技类学生的数据。研究组对2011年和2012年的比例约取前三年的平均值，得出普通高校、成人高校和网络高校中科技类毕业生占比分别为51%、41%和20%，招生占比分别为52%、46%和22%。

的。尤其是在 21 世纪初的几年，由于高校的扩招政策，普通高校的毕业生的增幅相对更大。在三种来源渠道中，网络高校的毕业生无论从绝对值还是从增幅来看，数量都最小（图 9-5）。从不同渠道来源的毕业生占比来看，网络高校的科技类毕业生虽然绝对值最小，但增幅最大，10 年间增长了 7%，这主要得益于 21 世纪以来网络的日益普及（图 9-6）。

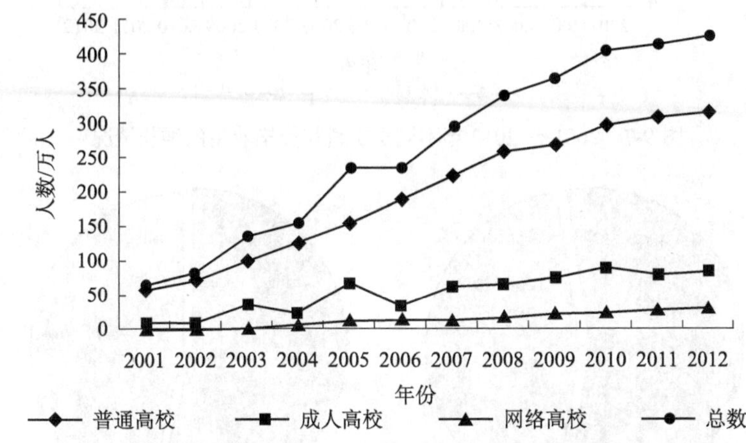

图 9-5　2001 ～ 2012 年普通高校、成人高校和网络高校的科技类毕业生增长情况

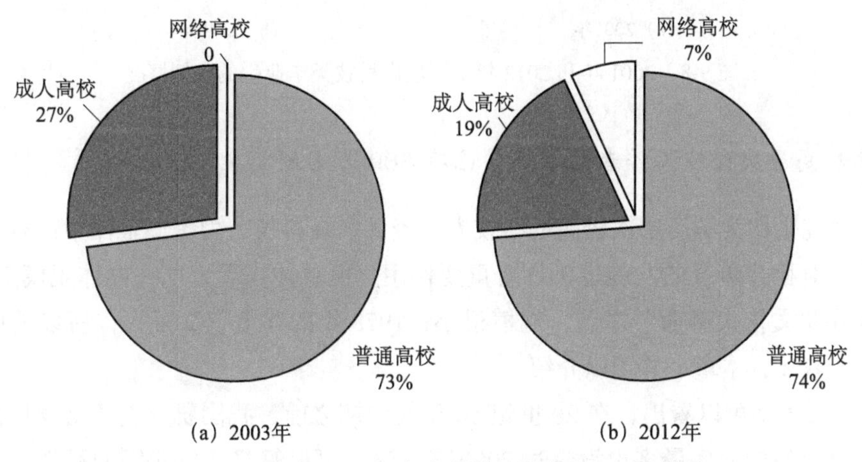

图 9-6　2003 年和 2012 年高校科技类毕业生组成情况

从毕业生层次来看，从 2002 年开始，专科毕业生逐渐超过本科毕业生，并且数量差距逐渐拉大，在 2010 年达到最高，为 61 万人（图 9-7）。从不同层次毕业生的结构来看，专科毕业生从 2001 年的 45% 增长至 2012 年的 54%，增长了 9%（图 9-8）。

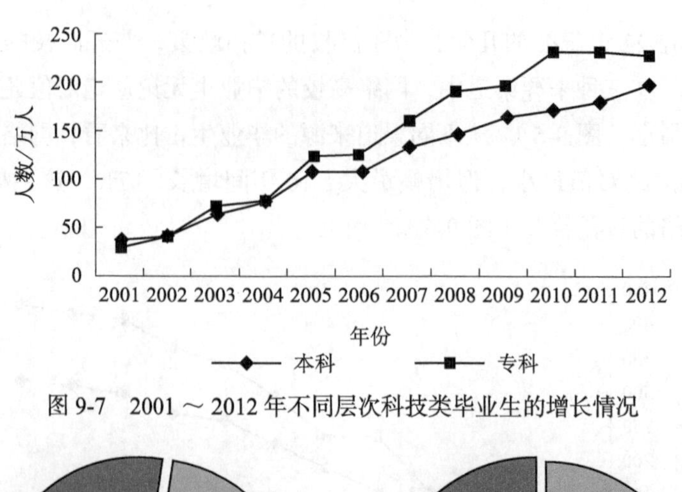

图 9-7　2001 ～ 2012 年不同层次科技类毕业生的增长情况

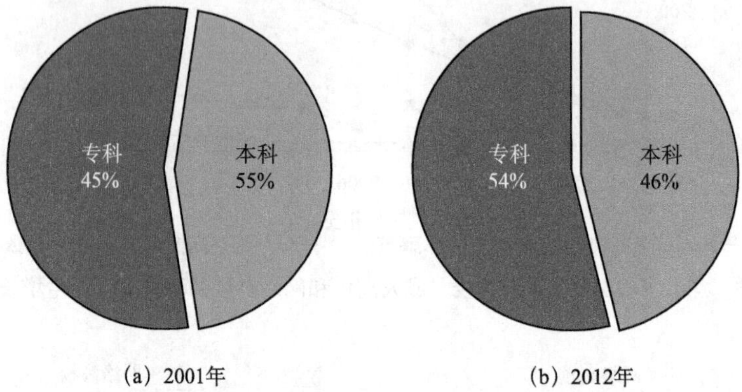

专科 45%　本科 55%

(a) 2001年

专科 54%　本科 46%

(b) 2012年

图 9-8　2001 年和 2012 年不同层次科技类毕业生的比例情况

2. 高层次科技工作者的来源：已有 500 万名研究生

研究生作为学历层次较高的科技人力资源，在科技人力资源整体中占有重要地位，对科技事业的发展也发挥着重要作用。但总体来看，这一群体规模不大，尤其在“文化大革命”之前，规模很小，1978 年的存量仅 2 万人，所以前面章节未予叙述，本章一并予以介绍。

从图 9-9 可以看出，在 20 世纪 80 年代中期之前，我国研究生的培养规模很小，每年的毕业生最多也没超过 2000 名。这也可以解释何以我国的科学研究人员在“文化大革命”之前数量很少。1978 年以后，随着我国对高等教育的日益重视，每年的毕业生数量开始快速增加，1981 年毕业了 1 万多名研究生，1985 年以后更是开始快速稳步增长，到 2003 年，毕业生数突破了 10 万名，2014 年则达到了 54 万名。从存量来看，我国研究生直到 1959 年才突破了 1 万名，到

1987 年则突破了 10 万名，此后，除个别情况外，几乎每 3 ～ 5 年就翻一番，增长速度很快，1990 年达到 22 万名，1993 年达到 41 万名，2003 年达到 87 万名，2007 年达到 178 万名，2012 年达到 380 万名。到 2014 年，我国的研究生存量已达 485 万名。

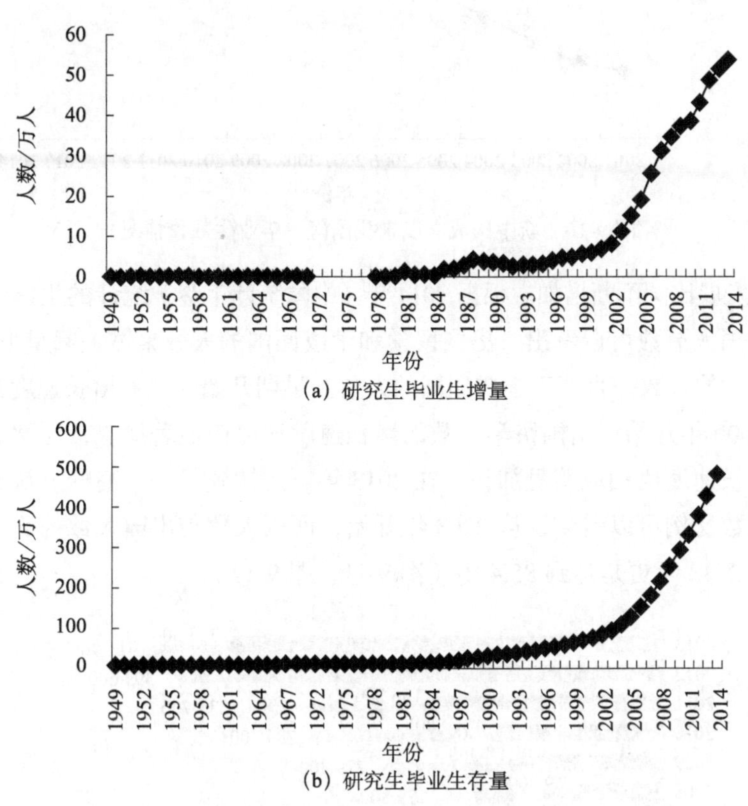

(a) 研究生毕业生增量

(b) 研究生毕业生存量

图 9-9　新中国成立以来我国研究生毕业生的增量及存量情况

1970 年和 1971 年数据暂缺

其中，2001 年以来，博士毕业生的数量也获得了稳步增长，从 2001 年的 1.29 万人增长至 2014 年的 5.37 万人。尤其是在 2001 年以后的几年，其增长相对较快，在 2010 年以后，涨势逐渐减小（图 9-10）。

3. 出国留学和留学回国的人数都在快速增长

随着我国改革开放不断深化，出国留学和留学回国的人数都在快速增长。根据教育部统计，1978 ～ 2014 年底，各类出国留学人员总数达 351.84 万人，2001 年开始自费留学人员占比持续保持九成以上。留学回国人员总数持续增长，留学人员学成后

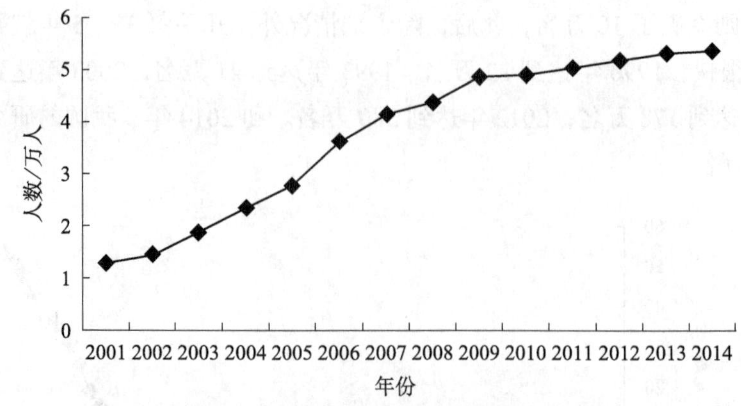

图 9-10 新中国成立以来我国博士毕业生数量情况

选择回国发展比例不断增加。根据 2014 年《中国统计年鉴》统计的出国留学人员和学成回国人员数可以看出，出国留学和学成回国的人数整体上都呈上升趋势，且出国留学的人数一直高于学成回国的人数。早期开始时二者增长速度都比较缓慢，从 2000 年开始，出国留学人数的增长速度比以前显著加快，而学成回国的人数的增长速度也相应明显加快，在 2013 年更是达到了一个高峰。从回国人数占出国人数比例可以看到，从 2003 年开始，回国人数与出国人数的比例一直在增长，在 2013 年更是达到 85.40%（图 9-11、图 9-12）。

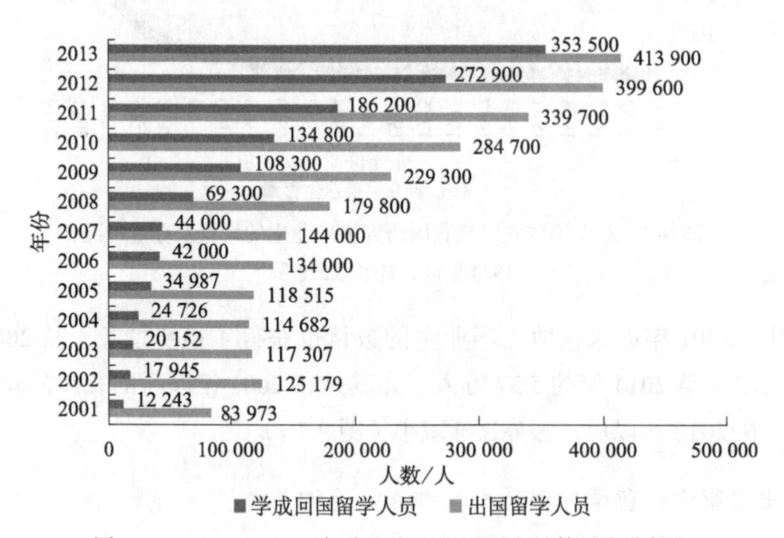

图 9-11 2001 ～ 2013 年我国出国和回国人员数量变化情况

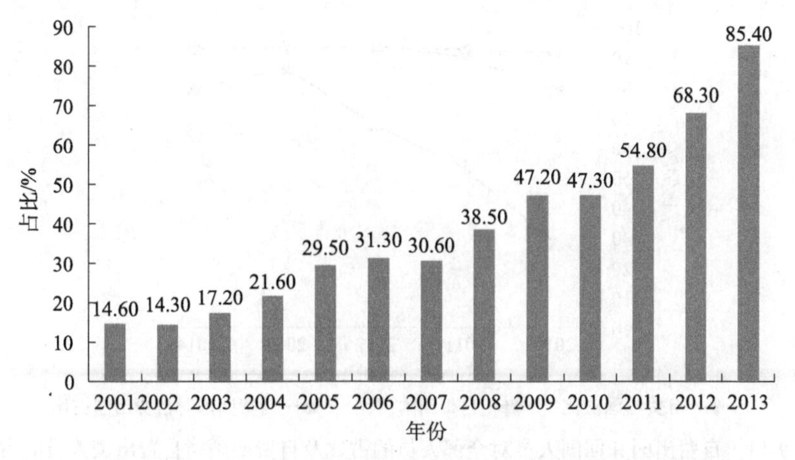

图 9-12　2001 ～ 2013 年回国人员占出国人员比例变化情况

从出国留学人员的经费来源来看，2001 年以来，无论是出国还是回国人员中，自费人员都占了绝对多的数量，其中自费出国人员的占比一直都在 90% 以上，回国人员中自费占比从 2011 年开始也升至 90% 以上。其中，自费回国人员对自费出国人员的占比在持续上升，到 2013 年达到最大值 86%（表 9-2、图 9-13）。说明进入 21 世纪，随着我国经济实力的增强和对外开放的进一步扩大，自费留学已成潮流和趋势。

表 9-2　2001 ～ 2013 年公费和自费出国留学人员情况

年份	年度留学总人数 / 万人	年度国家公派留学人数 / 万人	年度单位公派留学人数 / 万人	年度自费留学人数 / 万人	年度自费留学比例 /%
2001	8.40	0.30	0.50	7.60	90.48
2002	12.50	0.35	0.45	11.70	93.60
2003	11.73	0.35	0.46	10.92	99.09
2004	11.47	0.35	0.69	10.43	90.93
2005	11.85	0.40	0.80	10.65	89.87
2006	13.40	0.56	0.77	12.07	90.07
2007	14.40	0.89	0.61	12.90	89.58
2008	17.98	1.14	0.68	16.16	89.88
2009	22.93	1.20	0.72	21.01	91.63
2010	28.47	1.20	1.27	26.00	91.32
2011	33.97	1.28	1.21	31.48	92.67
2012	39.96	1.35	1.16	37.45	93.72
2013	41.39	1.63	1.33	38.43	92.85

注：2001 ～ 2012 年数据来自《中国留学发展报告（2012）》，2012 年数据来自 http：//liuxue.xdf.cn/wzy/zb/zx/393878. shtml，2013 年数据来自 http：//education.news.cn/2014-02/21/c_119450251.htm。

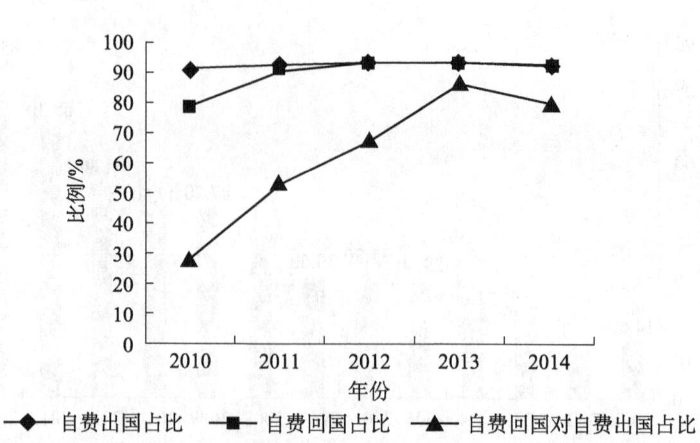

图 9-13 自费出国和回国人员对全部人员的占比及自费回国对自费出国人员的占比

从出国的专业选择来看，经济、金融等传统热门专业逐渐降温，理工专业开始重新受到青睐。金融危机以前，经济、金融、管理等相关专业是我国学生留学的首选专业，但是随着国际金融危机的爆发，发达国家相继出台实体经济回归的政策措施，留学的专业选择也更趋多样化和理性化。以美国为例，据统计，2011 年我国赴美留学专业选择前三名分别为工商管理、工程学和物理 / 生命科学，2012 年和 2013 年的前三名则分别为工商管理、工程学、数学和计算机科学。经济、金融等相关专业则没有能够入围前十名，而工程学、物理、生命科学、计算机等理工专业较之以往受青睐程度大大提升（表 9-3）。尽管如此，根据《中国留学回国就业蓝皮书》的数据，留学回国人员的学科目前总体还是集中于商科类和社会科学类学科，在排名前十的学科中，涉及理工类的仍较少。

表 9-3 2011 ～ 2013 年中国赴美留学生专业选择分布 单位：%

年份	工商管理	工程学	数学和计算机科学	物理 / 生命科学	社会科学	美术及应用艺术	医疗卫生	教育	人文科学
2011	28	19	11	12	7	3	2	2	1
2012	28.7	19.6	11.2	9.9	7.7	3.8	1.5	1.7	1.3
2013	29	19.2	11.2	8.8	8.2	4.9	1.3	1.7	1.0

资料来源：CCG 根据美国国际教育协会历年《门户开放报告》数据整理，本数据转引自《中国留学发展报告 2014》，第 22 页。

第二节　21 世纪初期科技工作者的总量和结构

从这一阶段开始，科技工作者统计的范围将涵盖本书所定义的全部四类人员：①作为主体的科学研究人员、工程技术人员、农业技术人员、卫生技术人员和科技类专任教师；②具有高级职称的经济和法律类人员，具体包括高级经济师、高级会计师、高级统计师、一级和二级律师公证员；③辅助科技工作的人员，包括科技管理和服务人员、专职科普活动人员；④不具有高等教育学历但从事科技工作的技能型人才，包括高技能人才和乡村医生。①

随着我国改革开放的不断深入，民营经济不断扩大，越来越多的科技工作者离开原来的国有体制跻身于民营经济，年轻的科技类毕业生从一开始就进入了民营企业。从数量上看，这一阶段民营科技工作者尤其是工程技术人员的数量日益增长，并占据总量越来越大的比重，成为科技工作者群体的一个重要组成部分。民营经济中包括民营生产型企业和服务型企业，同时还有民营科技型企业，科技工作者均为其发展做出了巨大的贡献。

一、科技工作者总量近 4200 万人

改革开放产生的对科技工作者的巨大需求，以及这一历史阶段我国教育、科技方针的落实和相关政策的支持，使科技工作者群体得以快速增长，科技工作者总量从 2001 年的 1972 万人增加至 2012 年的 4194 万人，12 年间增幅达到近 2223 万人，年均增幅超过 200 万人，形成了数量级的突破（图 9-14、表 9-4）。从图 9-14 中可以看出，这个阶段的科技工作者数量增幅十分稳定，仍旧延续了改革开放以来的稳定性。

换句话说，在 21 世纪初的 12 年间，我国涌现出来的新的科技工作者就超过了过去近 90 年的总和，历史证明我国科技工作者群体的增长遵从指数增长规律，也表明我国科技工作者队伍是一个十分年轻的群体。

① 在上述数据中，科学研究人员、工程技术人员、农业技术人员主要来自《全国专业技术人员统计资料汇编》；卫生技术人员的数据，通过对不同统计渠道的对比分析，我们认为卫生部历年的《中国卫生统计年鉴》最为可靠；在关于教师的统计方面，因目前的统计中暂没有针对科技类的教师数，我们以人民教育出版社出版的《中国教育成就统计资料 1949—1983》和 1983 年以后历年的《中国教育事业统计年鉴》为基础进行剥离计算；具有高级职称的经济和法律类人员的数据来自《全国专业技术人员统计资料汇编》；科技管理和服务人员主要指公务员中的科技管理和服务人员，通过测算公务员中的科技工作岗位占比来推算，专职科普活动人员数据主要来自《中国科普统计》，高技能人才的数据主要来自《中国劳动统计年鉴》，乡村医生的数据来自卫生部的《中国卫生统计年鉴》。

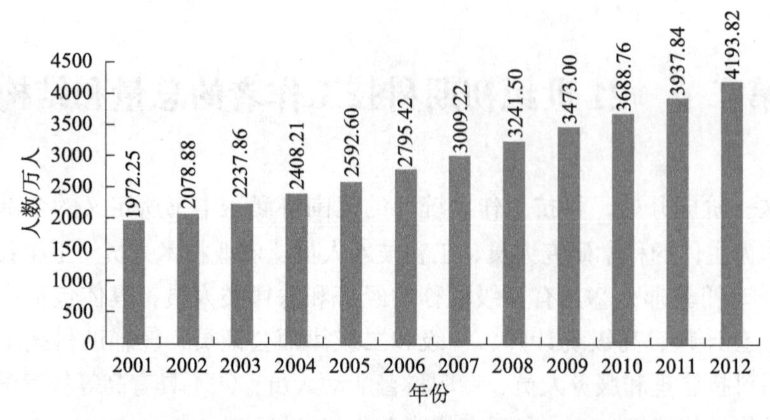

图 9-14　2001 ～ 2012 年我国科技工作者的数量变化情况

表 9-4　2001 ～ 2012 年我国科技工作者数量情况　　单位：万人

年份	教学人员总数	科学研究人员总数	工程技术人员（含非公）	农业技术人员（含非公）	卫生技术人员	高级职称的经济和法律类人员	技能型人员（含技师和高级技师、乡村医生）	科技管理人员	专职科普活动人员	总人数
2001	296	27	924	99	451	10	117	26	23	1972
2002	308	26	1029	119	427	11	111	25	23	2079
2003	341	28	1107	142	438	11	122	26	23	2238
2004	365	28	1197	165	449	12	144	26	23	2408
2005	382	31	1303	186	456	13	172	26	23	2593
2006	400	33	1421	207	473	13	199	27	23	2795
2007	417	35	1542	228	491	14	232	27	23	3009
2008	425	37	1666	251	517	15	280	28	23	3241
2009	429	39	1787	272	554	15	326	28	23	3473
2010	434	34	1909	290	588	16	368	29	22	3689
2011	444	40	2047	318	620	17	400	29	23	3938
2012	448	42	2178	343	668	18	445	29	23	4194

二、科技工作者的结构

（一）专业技术结构：工程技术类和科技教育类稳占大头

在这一阶段总量的计算方面，除了上一阶段增加的具有高级职称的经济人员和法律类人员及技能型人才外，本书根据实际情况，又增加了科技工作的辅助和服务人员，具体包括专职科普人员和科技管理人员。

由图 9-15 可以看出，工程技术人员的增长相对最为明显，从 2001 年的 47% 增加至 2012 年的 52%，占比增加了 5%。相较而言，科技类教学人员和卫生技

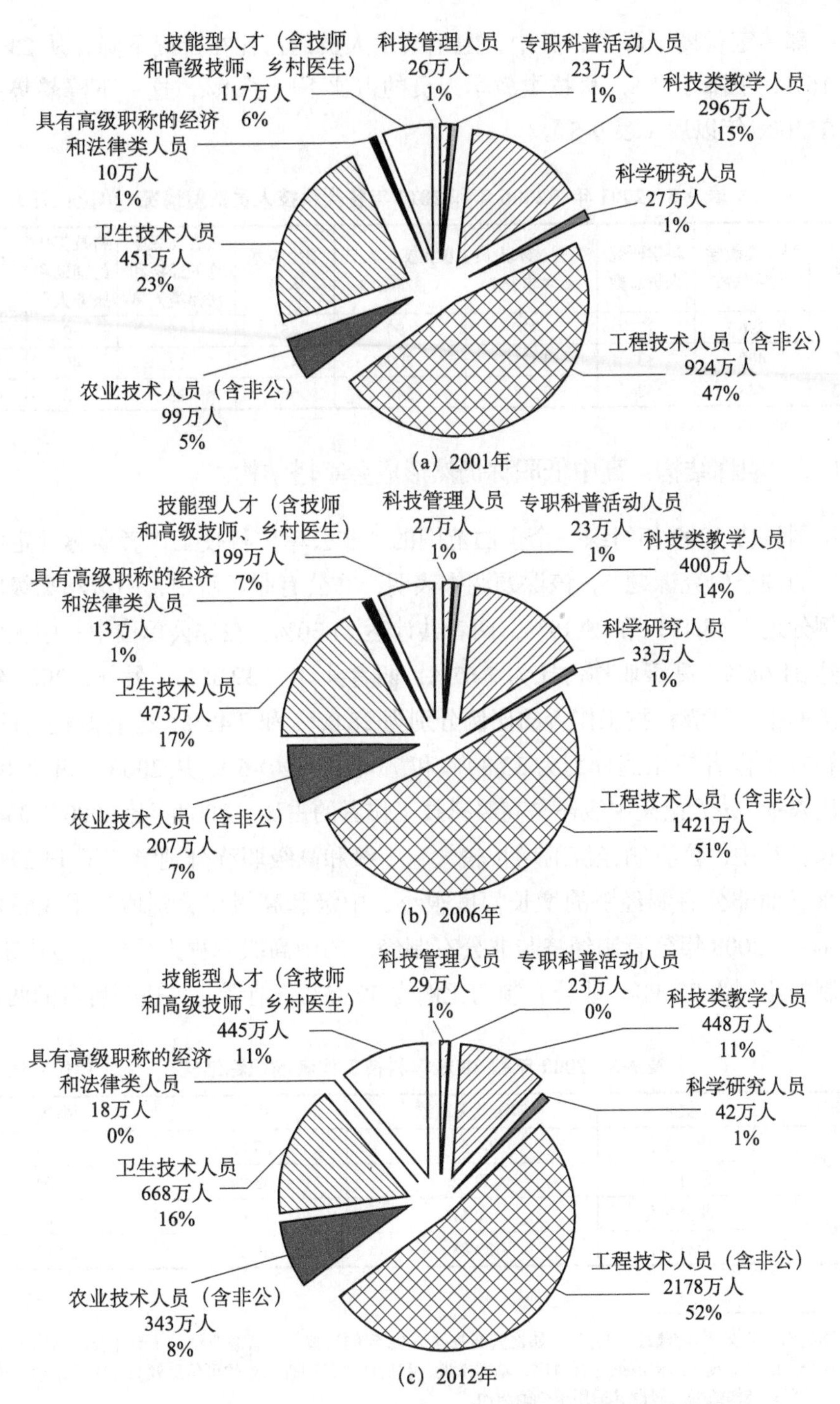

图9-15 2001年、2006年和2012年各类科技工作者的结构情况

术人员都一定程度下降了，其中，卫生技术人员的占比在持续下降，从23%下降至16%，下降了7%，科技类教学人员的占比下降了4%，这一下降趋势主要发生在2006年以后（表9-5）。

表9-5　2001年、2006年和2012年各类科技人员数量情况　单位：万人

年份	科技类教学人员总数	科学研究人员总数	工程技术人员（含非公）	农业技术人员（含非公）	卫生技术人员	具有高级职称的经济和法律类人员	科技工作的辅助和服务人员	技能型人才
2001	296	27	924	99	451	10	49	117
2006	400	33	1421	207	473	13	48	111
2012	448	42	2178	343	668	18	52	445

（二）职称结构：高中低职称仍然形成金字塔结构

中国科协2009年组织一个全国范围的“非公单位科技工作者职称评定问题研究”的调查研究课题①，该课题调查表明，在公有制经济中，中级和高级职称的比例分别为48.11%和29.19%，两者共计达77.30%。在非公单位中，中级职称占比达31.68%，高级职称占比为7.67%，两者共计达39.35%。另外，2000年非公经济的中、高级科技工作者的比例分别为28.05%和7.48%；公有制经济的中、高级科技工作者的比例分别为33.84%和7.04%（表9-6）。从2000年和2008年的对比来看②，无论是中级还是高级科技工作者的占比，2008年比2000年都有一定增长。其中，公有制经济的增长较大，中级和高级职称分别增长了14.27%和22.15%，而非公有制经济的增长幅度很小，中级和高级仅分别增长了3.63%和0.19%。从2008年公有制经济与非公有制经济的中高级职称人员的总占比来看，公有制的比例为77.3%，非公有制的比例为39.35%，前者几乎达到后者的两倍。

表9-6　2000年和2008年科技工作者的职称结构　单位：%

年份	类别	初级及无职称	中级	高级
2000	非公单位	64.47	28.05	7.48
	公有单位	59.12	33.84	7.04
2008	非公单位	60.11	31.68	7.67
	公有单位	22.88	48.11	29.19

① 根据我们对该课题调查数据的分析，如将其调查的2008年的科技工作者职业结构（专业技术结构）与我们同年全国的专业技术结构数据进行对比，基本接近，我们认为其调查结果的可信度较高，因此采纳了该课题研究的职称结构数据，假设其适用于全国结构。

② 因两个年份对非公有制科技工作者的调查并非由同样的调查主体通过不同的抽样方法得来，误差不可避免。

第二次全国经济普查数据显示，截至 2008 年年底，我国各类单位具有技术职称（包含企业内部的职称）的人员合计 4559.7 万人，国有企事业单位中获得职称的 2309.9 万名专业技术人员，民营企业、个体户、其他社会组织等非公有制经济中专业技术人员的数量为 2249.8 万人，非公经济专业技术人员数量占比为 49.3%。可以看出，相较于 2000 年 489 万名非公经济专业技术人员这一数量，8 年间，非公经济的专业技术人员有了大幅提升。但也可以看出，随着非公有经济的快速发展及非公有制企业的科技工作者的大幅增加，其职称评定工作并未得到相应的解决，明显滞后于公有制经济的发展。

按照第二次全国经济普查数据中不同登记注册类型工业企业从业人员数量比例（国有企业、集体企业占比为 12.1%，私营企业、港澳台投资企业、外商投资企业等共计占 66.8%），可以大致推断出公有制经济与非公有制经济的从业人员比例大约为 1∶5.5，在公有制和非公有制专业技术人员几乎相当的情况下，这说明非公经济从业人员在职称申报评审上顺利通过的难度是公有制经济的 5 倍多。

另外，根据第二次全国经济普查的数据，从全国范围来看，2008 年具有技术职称的从业人员中，中级职称和高级职称人员分别占 38.3% 和 11.3%（表 9-7）。另外，根据研究组的估算，2008 年的科技工作者中，中级职称和高级职称人员分别占 41.38% 和 20.38%。可以看出，科技工作者相对于社会科学和人文科学等其他领域的人员而言，中高级职称的比例还是相对较高的，尤其是高级职称，几乎达到了具有技术职称从业人员同一比例的两倍。

表 9-7　2008 年全国各类单位中具有技术职称人员分布状况

具有技术职称人员	人数 / 万人	比例 /%
高级技术职称者	515.1	11.3
中级技术职称者	1747.5	38.3
初级技术职称者	2297.1	50.4
合计	4559.7	100

资料来源：《第二次经济普查》（2008 年）。

（三）区域分布：沿海发达地区科技工作者更集中

因缺少各地区专业技术人员的数据，为了获得我国各省份科技工作者的数量情况，本书通过我国同期资格角度的科技人力资源数量来测算职业角度的科技工作者数量，具体测算方法参见附录 9。通过测算得出 2010 年大专以上学历在岗科技人力资源，最多的省份是广东省，总量为 308.33 万人；最少的是西藏，总量仅为3.31万人；全国总数为3426.81万人。

另外，相关统计数据显示，截至2010年年底，我国60岁以下人口中具有技师和高级技师资格的高技能人才总量为213.55万人，乡村医生和卫生员约为109.19万人。根据前面的计算方法，几个数据相加得出，我国就业人口中在科技岗位上的科技人力资源的总数——科技工作者的数量约为3797.54万人，其中广东省最多，为323.15万人，西藏最少，为3.74万人（表9-8）。

表9-8　2010年各省份科技工作者数　　单位：万人

省份	大专以上学历在岗科技人力资源	技能型在岗科技人力资源			各省份科技工作者总数
		技师	高级技师	乡村医生和卫生员	
广东	308.33	9.92	1.47	3.42	323.15
江苏	300.25	12.72	0.65	5.74	319.37
山东	249.63	13.15	1.08	12.91	276.77
北京	228.61	9.47	1.59	0.37	240.05
上海	205.49	10.09	1.14	0.13	216.84
浙江	204.80	9.08	0.30	1.10	215.29
河南	153.57	10.43	0.69	12.88	177.56
湖北	135.49	12.03	13.25	4.15	164.91
四川	146.23	9.10	0.35	7.40	163.08
辽宁	140.02	6.45	1.05	2.68	150.19
河北	127.57	6.05	1.91	8.46	143.99
湖南	116.37	6.36	1.73	4.83	129.30
安徽	103.62	4.13	0.06	5.57	113.39
黑龙江	89.11	16.85	0.57	2.53	109.06
陕西	100.46	2.71	0.13	3.88	107.18
福建	95.26	3.80	0.45	2.90	102.41
山西	85.98	4.70	0.63	4.51	95.83
广西	72.93	2.99	0.42	3.64	79.98
江西	68.59	3.86	0.52	4.35	77.32
吉林	71.46	2.93	0.26	1.52	76.17
云南	64.94	3.95	0.18	3.62	72.68
重庆	64.91	3.57	1.10	2.46	72.04
天津	59.27	3.75	0.83	0.43	64.27
内蒙古	55.03	4.16	1.77	1.96	62.91
新疆	47.12	3.94	0.95	0.87	52.87
甘肃	45.36	0.76	0.07	2.04	48.23
贵州	42.12	1.11	0.13	3.15	46.51
宁夏	16.04	0.74	0.02	0.40	17.21
海南	12.73	0.54	0.10	0.27	13.64

续表

省份	大专以上学历在岗科技人力资源	技能型在岗科技人力资源			各省份科技工作者总数
		技师	高级技师	乡村医生和卫生员	
青海	12.20	0.76	0.05	0.59	13.61
西藏	3.31	0.01	0	0.43	3.74
全国	3426.81	180.10	33.45	109.19	3749.54

资料来源：《中国2010年人口普查资料》《中国劳动统计年鉴2011》。

注：根据目前公布的统计数据，我们仅能获得1996 ～ 2010年历年全国高技能人才数据和2002 ～ 2010年各省份的高技能人才数据，因此1996 ～ 2000年各省份高技能人才数据，是根据2001 ～ 2010年的各省份数据和1996 ～ 2001年的全国数据推算而来，可能存在一定误差。此外，以下两类数据也未纳入各省份的高技能人才统计：①行业数据43.93万人；②企业试点数据4.06万人。故各省份的加和总数与全国总数相差47.99万人，全国在岗科技人力资源实际总数应为3797.54万人。另外，本章如未注明数据来源，均来自《中国2010年人口普查资料》。

我国幅员辽阔，各地经济社会发展差异较大，地区间的科技工作者数量差异也很大。全面了解和深入分析当前我国各区域科技工作者的分布状况，对于促进区域内部及各区域之间的协同发展有着积极的意义。

一是东部、中部、西部、东北地区科技工作者总量依次递减。按照传统的行政地域概念和经济社会发展的区域特点，我们首先对东、中、西部和东北地区的科技工作者分布状况进行测算。数据显示，我国科技工作者的区域分布差异显著：东部地区科技工作者总量为1915.71万人，中部地区为758.31万人，西部地区为740.05万人，东北地区为335.42万人。区域分布呈现如下特征：科技工作者多数集中在东部地区，东部10个省份科技工作者总量达到全国的1/2以上；中部地区和西部地区的数量相近，分别占20.22%和19.74%，中部略高于西部；西部12个省份科技工作者总量不到全国的1/5，东高西低现象极为显著（图9-16）。

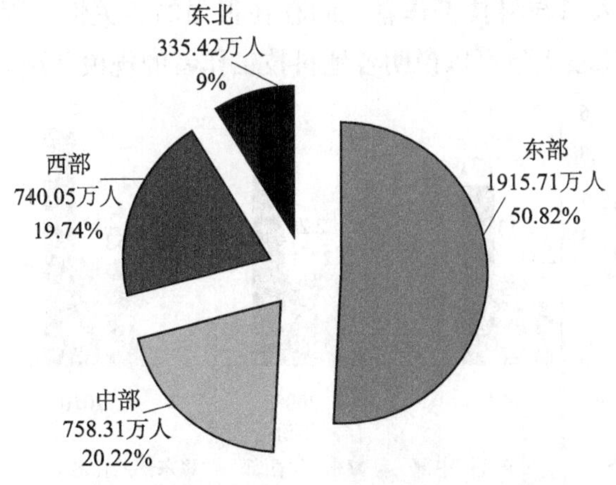

图9-16　各区域科技工作者数量及占比情况

东部的科技工作者在数量规模上大于其他地区，主要是由于其经济社会发展速度较快，各种类型的企业发展迅速，尤其是高新技术企业，成为吸纳优秀科技工作者的主体。此外，东部地区科研、教育、卫生等各项事业在改革开放中获得了很大的发展，凝聚了大批科技工作者，使得东部地区成为我国科技工作者的集中地。[190]

与东部地区相比，中西部地区对科技工作者的吸引力明显减弱。一方面，中西部地区高等教育发展相对缓慢，自身培养科技人力资源的规模较小；另一方面，在改革开放后人才竞争的环境中，经济相对落后的中西部科技人力资源进一步流失，以至于占国土面积大半的中西部地区，科技工作者仅占全国总量的40%。这个结果进一步论证了人才流动中的“孔雀东南飞”效应。有关研究表明，好的发展机遇、文化环境、创新氛围和生活条件，是科技工作者个人流动的主要选择。相关调查显示，在有跨区域流动经历的人群中，认为发达地区有很强和较强吸引力的占78.65%[191]；具有流动意愿的被调查群体“趋市”流动和“趋利”流动的价值取向显著，即呈现出向沿海发达地区和高收入地区流动的特征。无论是被调查者本人还是其周围同事在考虑流动时，首选的工作地点都是东部（分别占21.7%和56.46%）。[192]

二是东部地区科技工作者相对增速最大，中部和西部地区接近，东北地区呈现相对萎缩趋势。利用地区间的数量比值，能够直观地显示各地区科技工作者相对规模的差异。我们选取规模最大的东部地区分别与其他三个地区总量的比值进行描述，其中，2004年和2008年的总量比值是应用2004年和2008年的两次经济普查中的大专及以上学历人口数据与高技能人才数据的总和。研究表明，各地大专及以上学历人口与科技工作者之间存在很强的相关性。因此，尽管存在一定偏差，但这种比较大致可以说明各地科技工作者的规模状况。如图9-17所示，

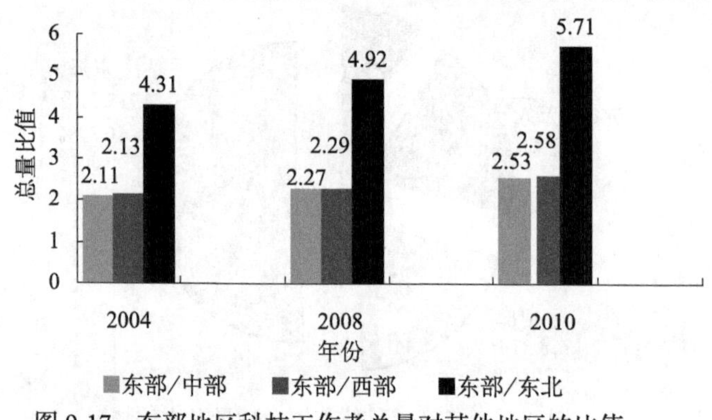

图9-17　东部地区科技工作者总量对其他地区的比值

东部对其他地区的总量比值一直保持增长趋势，可见东部地区的相对增速大于其他三个地区；而东部与中部、东部与西部的比值十分接近，说明相对于东部地区而言，中西部的增长趋势比较相近；东部相对于东北地区的比值呈现出最为明显的增长趋势，这表明东北与东部地区的差距越来越大，呈现出相对萎缩趋势。

三是科技工作者区域分布的不平衡性进一步加剧。由图9-18可以看出，我国的科技工作者在区域分布上呈现两极分化不断加剧的态势。东部地区的科技工作者数量占比较之10年前增长12%，达到了51%，占全国总数的一半。除了东部地区以外，其他地区的科技工作者则都在下降。中部和西部的科技工作者数量几乎是以同等的速度流失，占比都由之前的25%双双下降至2010年的20%。东北地区的人才也进一步流失，由10年前的11%下降至2010年的9%。这说明，10年来，随着我国科技、经济的进一步发展，我国地区之间的不平衡性也在进一步加剧，从而造成各区域对人才的吸引力上“马太效应”呈现，强者愈强，弱者愈弱。

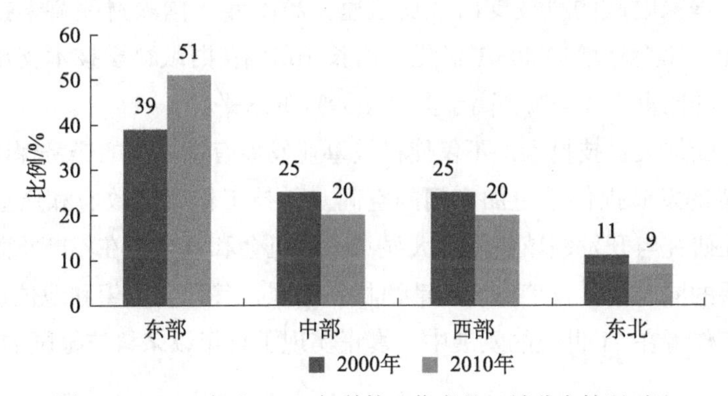

图9-18　2000年和2010年科技工作者的区域分布情况对比

第三节　21世纪初期科技工作者的社会地位

进入21世纪，我国政府高度重视科学研究与技术开发，从2000年到2012年，投入的R&D经费从897.7亿元增长到10 240亿元，年均增长率超过22%，R&D经费占GDP的比重从2000年的1.00%增长至2012年的1.97%，已超过世界平均水平（1.60%）（表9-9）。

表 9-9 2000～2012 年我国 R&D 经费支出情况

年份	基础研究经费支出 / 亿元	应用研究经费支出 / 亿元	试验发展经费支出 / 亿元	研究与试验发展（R&D）经费支出 / 亿元	R&D 经费占 GDP 比重 / %
2000	46.7	151.9	697.0	897.7	1.00
2001	52.2	175.9	814.3	1 042.5	0.95
2002	73.8	246.7	967.2	1 287.6	1.07
2003	87.7	311.4	1 140.5	1 539.6	1.13
2004	117.2	400.5	1 448.7	1 966.3	1.23
2005	131.2	433.5	1 885.2	2 450	1.32
2006	155.8	489	2 358.4	3 003.1	1.39
2007	174.52	492.94	3 042.78	3 710.2	1.40
2008	220.82	575.16	3 820.04	4 616	1.47
2009	270.29	730.79	4 801.03	5 791.9	1.70
2010	324.49	893.79	5 844.29	6 980	1.76
2011	411.81	1 028.4	7 246.8	8 610	1.84
2012	498	1 161.97	8 637.63	10 240	1.97

其中，国家财政的科技支出增长迅速，2012 年，国家财政科学技术支出为 5600.1 亿元，比上年增加 803.1 亿元，增长 16.7%；财政科学技术支出占当年国家财政支出的比重为 4.45%，高于上年 4.39% 的水平。

国家不断加大科技投入，不仅使科技事业发展有了更大的经济保障，而且为科技工作者的发展提供了更加广阔的空间。科技工作者在政府和产业界的共同支持下，在研究与开发领域获得了大显身手的机会和舞台，在不断贡献越来越多的科技成果的同时，科技工作者的话语权在增强，其社会声望和地位也在不断上升。科技工作者在 21 世纪的发展中，真正实现了百年以来科技报国的梦想。

一、经济地位——不同类别差异较大

（一）总体经济地位：收入水平处于中等以下

从国家宏观层面看，2000 年以来，我国城镇单位就业人员的平均工资呈稳步上升态势（图 9-19），作为城镇单位就业岗位的一部分——科技工作者的平均工资自然也在不断增加。但是，改革开放的中国，在经济发展方面呈现出非常复杂的态势，就经济收入而言，地区差异、行业差异、阶层差异不断扩大，其中有市场竞争的作用，但是也不可回避地有政策导向和地区资源禀赋差异等各种原因。科技工作者作为一个社会群体也不可避免地受到各种不同因素的影响，其中各类别的子群体在经济收入方面呈现出较大的差异。

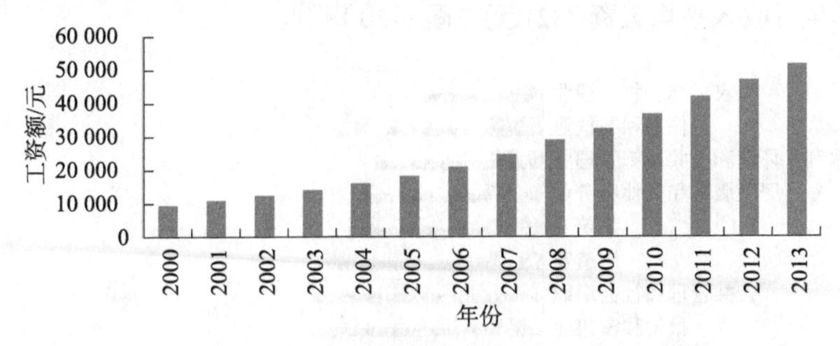

图9-19 2000～2013年我国城镇单位就业人员平均工资

首先，科技工作者的总体规模越来越庞大，但是大量新增加的科技岗位属于社会的中下层，因此，科技工作者的平均收入并不像社会声望那样日益提升，而是向社会平均工资靠拢。据中国科协发布的《第三次全国科技工作者状况调查报告（2013）》，2012年科技工作者平均年收入为74 137元，比2007年的41 159元增长了80%，略低于同期全国城镇单位就业人员平均工资的增幅（89%）。不同地区科技工作者的平均收入依次为东部（82 236元）、中部（65 248元）、西部（65 192元），与五年前调查结果相比，增幅分别为74%、86%、90%。虽然实际收入的绝对数大幅增加，但是科技工作者对自身收入在当地的相对地位判断却有所下降。53.1%的科技工作者认为自身收入水平在当地属于中下层或下层，比2008年调查高5.4个百分点；按绝对收入无缝分组后，最高收入组中也有30.6%认为自己收入在中下层或下层水平。30.5%的科技工作者对自己的收入不满意，44.3%认为收入一般，仅25.2%表示满意。[193]可见，从现实调查来看，科技工作者普遍认为自身收入在当地属于中下或下层水平。

其次，从行业上来看，科技工作者所涉及的主要领域为科学研究、技术服务和地质勘查业，卫生、社会保障和福利业，教育，信息传输、计算机服务和软件业，制造业，建筑业，农林牧渔等行业。

从图9-20可以看出，近十年来，科学研究、技术服务和地质勘查业，卫生、社会保障和福利业，教育，信息传输、计算机服务和软件业等行业就业人员的平均收入在社会平均工资之上，而制造业，建筑业，农林牧渔等行业的就业人员收入相对较低，在社会平均工资之下。国家层面的分行业就业人员平均工资统计反映了一个大概的情况。而就科技工作者层面而言，就业于新兴产业（如信息产业）的工资水平相对更高。例如，据《2013 年中国大学生就业报告》反映，软件开发行业成为大学毕业生工作三年后薪资较高的行业，在前十大行业中排名第一，大学生月收入平均工资 7321 元（图 9-20）[194]。

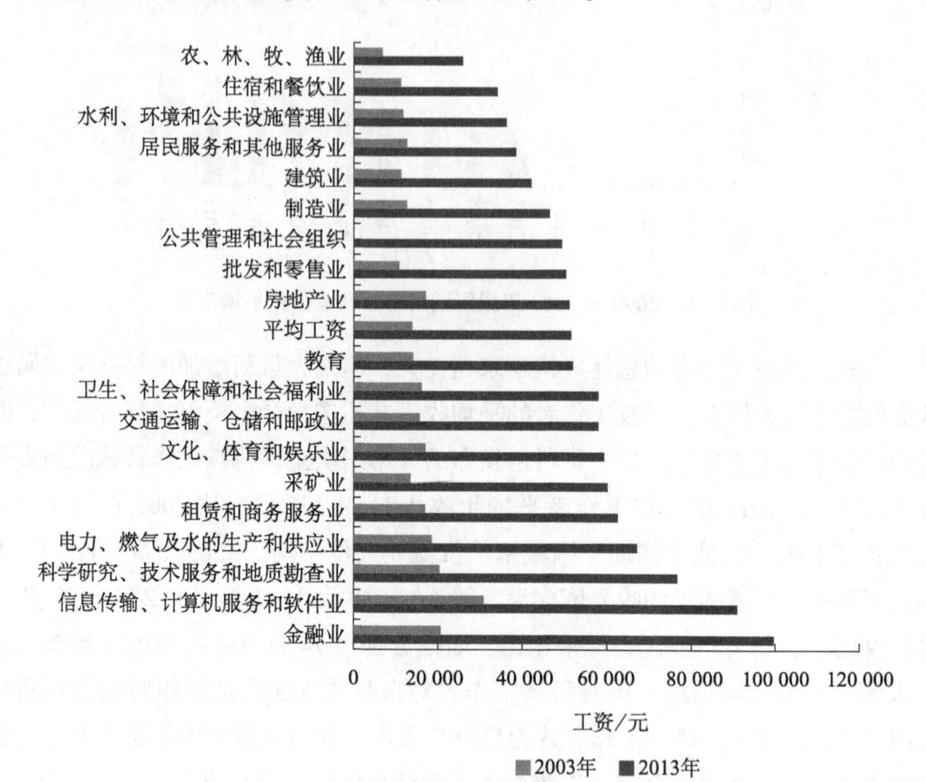

图 9-20　按行业分城镇单位就业人员平均工资

由于缺失 2003 年数据，公共管理和社会组织未包含其中

数据来源：国家统计局网站，http：//www.stats.gov.cn/。

（二）科技工作者群体收入差异大

科技工作者作为一个社会职业类别，在日益市场化和开放化的大环境中，其收入有很大的差异，其中进入我国高层次的科技岗位的专家学者已经有了相当高的收入和很好的物质待遇。例如，评上中国科学院和中国工程院院士（简称两院院士）、获得国家四大奖的获奖者、进入国家“千人计划”的科技人员及成为高校“长江学者”的特聘教授等，他们无论是个人收入还是科研经费的支持均有相当大的投入力度，成为我国科技工作者群体中金字塔的顶尖层次。

例如，能进入“千人计划”长期项目的科技工作者，有关文件规定：将享受国家规定的特殊待遇；聘任为专业技术岗位二级岗（教授二级）；提供不低于500 万元的科研启动经费；提供住房，根据国家政策和学校有关规定，供租用或购买。进入“千人计划”短期项目的科技工作者：享受国家规定的特殊待遇；按照实际工作时间，按月支付薪酬，每月 10 万元（税前）。

受聘“长江学者”的特聘教授岗位的科技工作者在聘期内享受每年 10 万元的特聘教授岗位津贴，同时享受学校按照国家有关规定提供的工资、保险、福利等待遇。其中，任职期间取得重大学术成就、做出杰出贡献的人员，还可以获得每年颁发一次的“长江学者成就奖”，每次奖励一等奖 1 名，奖励人民币 100 万元，二等奖 3 名，每人奖励人民币 50 万元，如此等等。

但是，数量超过千万的普通科技工作者是难以获得如此丰厚的收入和财务支持的，他们中的大多数只能是根据有关规定在自己所在的岗位上领取岗位工资和相应的补助或享受相应的福利，他们基本上是和所在行业或所在工作机构的同层次岗位的收入相同。

在有关科技工作者调查过程中，有相当数量的类别收入较低。从专业类别上看，县域及以下的农业科技工作者收入较低，这与我国农业科技水平较低，农产品的市场价位较低有相当大的关系。相关调查显示[①]，2010 年全国县域科技工作者月平均收入约为2080元，其中，有30%的县域科技工作者月收入不足1600元，与国家统计局公布的 2010 年全国城镇非私营单位在岗职工月平均折算收入 3095 元相比，低了 1015 元，与全国科技工作者 2010 年推算月平均收入 3954 元相比，仅相当于全国科技工作者平均水平的 52.6%。县域科技工作者总体收入偏低，不能充分反映出基层科技工作者的贡献和作用。

另外，我国大中学校的教师收入总体上也是偏低，多年来新闻媒体经常报道某些地区学校教师以各种方式向地方政府反映收入较低，不足以维持体面的，甚至是基本的生活需求。有的甚至不能按时领取工资，不能稳定地增长工资收入等。处于教学岗位上的科技工作者很难与在企业中的处于科技开发岗位上的科技工作者相比，有的甚至难与很多服务岗位上的普通工作人员的收入相比。因此，教师的待遇一直是教育领域改革中值得关注的大问题。

我们以大学教员工资对比来说明情况。表 9-10 是 1931 ～ 1934 年，北京大学教员工资月薪表。

① 中国科协相关调查数据。

表 9-10 北京大学 1931 ～ 1934 年教员工资月薪表 [195,196] 单位：元

年份	教授			副教授			专任讲师			讲师			助教		
	最高	最低	平均	最高	最低	平均	最高	最低	平均	最高	最低	平均	最高	最低	平均
1931			446.72	300	280	285	280	200	250	180	40	78.65	130	40	85.00
1932	500	360	425.16	360	280	302	280	200	240	250	40	79.50	130	40	78.38
1933	500	360	421.11	360	240	290				296	40	76.14	192	80	92.00
1934	700	250	429.83	320	280	300	200	100	160	168	40	71.13	160	40	87.04

注：1934 年教授最高月薪 700 元者系一名外籍教授，而最低 250 元者推测应仅为支付半薪。

《2010 年北京社会建设分析报告》中有关北京高校青年教师生存状态的研究显示，2008 年北京高校有专任教师 5.5 万人，其中教授占 19.4%，副教授占 32.8%，讲师占 36%，助教及无职称教师的比例达到 11.6%。2009 年，全市高校的讲师平均月收入在 4000 元左右，副教授平均超过 5000 元。而根据北京市统计局的数据，2008 年北京市城镇在岗职工月平均工资为 4694 元。比较而言，高校教师中，只有副教授及以上职称的教师收入高于全市在岗职工平均工资。与其他知识密集型行业相比，2008 年北京市金融业职工月均收入 14 833 元，远高于青年教师收入。《2010 年北京社会建设分析报告》还显示，在高校教师内部，收入的差距也在拉大。根据较早实施岗位津贴制度的北京大学、清华大学两所高校的情况看，最高岗位的年津贴是 5 万元，最低是 3000 元，相差 15.7 倍。科研经费的分配方式也拉大了收入差距。在北京某高校，同等学力、职称的青年教师，从事自然科学学科的最低岗位津贴是 9000 元，而从事人文社会学科的最低为 3000 元。[197]

2013 年，一个“高等学校教师薪酬调查”课题组披露调查结果：2013 年，高校教师年工资收入 10 万元以下的占 47.7%，10 万～ 15 万元的占 38.2%，15 万～ 20 万元的占 10.7%，20 万元以上的占 3.4%。按职务分析，正高级教师的年平均收入为 14.36 万元，副高级为 10.33 万元，中级为 8.3 万元，初级为 7.44 万元。但报告中指出，其调查数据仅仅来自国内 84 所高校。具体哪些学校不得而知，如果其中绝大部分是部属和 / 或 211，属于国内比较好的大学，那么数据的代表性是要打一些折扣的。对于非部属或非 211 大学，教师们的收入恐怕就要低得多。

而这些高校所在地——北京市的工资水平如何呢？ 2012 年政府有关部门将最低工资标准调整为 1260 元，而该年度全市职工平均工资为 62 677 元，月平均工资为 5223 元。可以看到，这些平均学历研究生以上的高校教师的工资水平，仅仅比地区平均水平稍高一点而已。另外，从 2005 年以来中国大城市房价上涨过快，特别是北京、上海等一线城市的买房和房贷压力对于青年人而言很大。如

果把买房和还贷算上，再加上日益昂贵的孩子教育等费用，支出压力相当大。正如一位南京某高校青年教师写给大学校长的辞职信中所言："学校周围的房价已涨到每平方米八九千元了，远在江宁的房价也到了四五千元；菜场的肉价已到了十几元每斤。可我的工资是区区 2500 块大洋！"[198] 当今高校教师的生活压力可想而知。尽管如北京大学、清华大学、复旦大学等大学在提升教师薪酬方面做了很大努力，但从全国范围来看，收入水平过低的局面仍然没有得到根本性扭转。

科技工作者作为社会科技发展的主要承载者和推动者，如果他们的经济收入不能维持体面而有尊严的生活，就难以指望这一群体在科学发现和技术创新方面有较大的作为。很显然，他们的收入与理想的回报之间是有较大差距的，需要引起高度重视。

（三）占比近半的青年科技工作者收入较低

从年龄层次上看，年轻的科技工作者的收入也处于较低水平。

中国科协 2013 年相关调查[193] 显示，对于占到科技工作者群体半壁江山的青年人而言，他们的社会地位又是如何呢？学者廉思的新作《工蜂：大学青年教师生存实录》反映，对于"如何认知自身社会地位"，5138 位受访高校青年教师中，84.5% 认为自己处于社会中层及中层以下，其中，36% 认为自己属于"中下层"，13.7% 认为自己处于"底层"，仅有 14.1% 认为自己处于"中上层"，0.8% 认为自己处于"上层"，另有 0.6% 的受访者未回答此问题[199]。甚至有学者提出，"高校青年教师群体到底是精神贵族还是知识工人"的问题。

社会地位的感受很大程度上受到收入水平的影响。中国高等教育学会薪酬管理研究分会课题组前不久发布的一项调查显示，高校教师年收入 10 万元以下的占 47.7%，年收入在 15 万元以下的占到总人数的 85.9%。这份调查涉及全国 84 所高校教师，超过 13 万个样本。该课题组指出，相对于这样一个知识密集型和人力资本高投入型群体，高校教师现有收入非常缺乏竞争力①。调查同时显示，高层次人才的收入水平在高校中明显领先，达到教师平均收入的 2.8 倍。其中"千人"（即中组部"千人计划"入选者）收入最高，达到教师平均收入的 6.2 倍，基本与国外一流大学的教师收入水平接轨，具有一定的外部竞争力；院士、"长江学者""杰出青年"的收入分别是教师平均收入的 3.2 倍、2.8 倍、2.5 倍。对

① 《中国青年报》，2014 年 7 月 10 日。

高层次人才给予较高薪酬本无可厚非，只是对于占比近一半的青年人而言，如果在薪酬待遇这一最基本、最主要的环节不加以重视和安抚，那么将会影响到整个教学科研系统的长远发展。

二、社会地位——因科技发展更加受到尊重

本书定义的科技工作者范畴的主体是科学研究人员、工程技术人员、农业技术人员、卫生技术人员和科技类专任教师，是科技工作者中最重要的部分。社会地位一方面表现为公众对其职业声望的评价，另一方面，也是最核心的，是科技工作者对自身核心资源的调配权利能力。

（一）科技工作者职业声望经历波浪式过程

职业声望是了解科技工作者社会地位的重要线索。表9-11反映了涉及全国、北京、广州、深圳的六次职业声望调查结果。

表9-11　六次职业声望调查中排名前20的职业[200-205]

序号	1983年北京	1989年全国	1993年广州	1998年北京	2001年深圳	2009年北京
1	医生	大学教授	教授	科学家	中学校长	科学家
2	电气工程师	政府部长	董事长	大学教授	大学教授	物理学家
3	大学教师	大城市市长	政府领导干部	工程师	国营企业厂长	飞行员
4	自然科学家	社会科学家	总经理	物理学家	科学家	大学教授
5	社会科学家	检察长	律师	医生	市人大主任	高级军官
6	作家	建筑工程师	法官	经济学家	法院院长	公司董事长
7	记者	国营大中企业厂长	建筑师	社会学家	市长	社会学家
8	建筑工程师	国家机关文秘	作家	法官	工程师	经济学家
9	中学教师	自然科学家	大学教师	飞行员	政府机关局长	音乐家
10	司局级干部	大学教师	外资企业厂长经理	检察官	作家	医生
11	图书管理员	司局长	党委总支书记	律师	大学教师	法官
12	处级干部	公安人员	工程师	建筑师	县委书记	银行行长
13	电工	飞行员	合资企业厂长经理	高级军官	律师	检察官
14	会计	机械工程师	自然科学研究人员	大学普通教师	国务院部长	国家机关局长
15	秘书	律师	社会科学研究人员	银行行长	政府机关办事员	工程师
16	汽车司机	处长	国营企业厂长经理	翻译	中学教师	海关工作人员
17	科级干部	电气工程师	私营企业家	音乐家	外资企业经理	律师
18	运动员	医生	翻译	作家	政府机关科长	大学普通教师
19	机器修理工	军人	医生	画家	工商税务人员	建筑师
20	手工艺品工人	企事业单位政工干部	部门经理	教练员	飞行驾驶员	大企业厂长

虽然表 9-11 中反映的是不同地区不同时间职业声望调查情况，但也可以在一定程度上反映当时的一种社会评价状况。总体来看，呈现出如下几个特点。

（1）教授、科学家等科研教学领域科技工作者受到公众广泛、持续的认可。可以看出，以大学教师、教授、科学家、物理学家等为代表的科技工作者在历次调查的排名中，位置均靠前，说明这些掌握较高专业技术知识的科技工作者受到社会大众的持续认可。

（2）工程师等生产一线科技工作者波动幅度较大。以工程师为代表的生产一线科技工作者在历次声望调查中，排名波动较大，80 年代末至 90 年代末，工程师的职业声望呈现快速上升态势，在 90 年代末进入前三名，而进入 2000 年以来，工程师的职业声望呈现下降态势。

（3）医生声望有所下降。从北京市三次调查来看，医生声望排名从 80 年代初的第一名到 90 年代末第五名，再到 2009 年的第十名，呈现下降趋势。

（4）农业科技工作者当前声望较低。从 2009 年北京市调查情况来看，农业技术人员排名在第 42 位。相对而言，农业技术人员的职业声望不是很高。

（二）科技工作者因知识技术的贡献再次受到尊重

从 1983 ～ 2009 年的职业声望评价标准来看，社会价值取向从 80 年代初期的对社会贡献的大小，转向 90 年代对收入与权力的倚重，再到 21 世纪以来对社会贡献与职业受尊重程度的信任。在这一过程中，科技工作者的职业声望必然也会呈现出这样一种波浪式发展趋势。尤其是进入知识经济时代以来，科技工作者由于掌握知识技术和对社会做出的贡献而再次受到社会的普遍尊重（表 9-12）。

表 9-12　职业声望评价的影响因素 [200,202,205,206]

序号	1983 年北京	1990 年北京	1990 年广州	1993 年广州	1998 年深圳	2009 年北京
1	社会贡献	发挥个人能力	收入	收入与权力	社会贡献	职业受尊重程度
2	收入	收入	兴趣	社会贡献	职业受尊重程度	社会贡献
3	工作环境	兴趣	发挥个人能力	专业技能与学历	职业要求的品质	工资收入
4	社会声望	社会贡献	福利、待遇	受尊敬程度	技术要求	技能复杂程度
5	技术复杂程度	社会地位	社会地位		收入	职业权力大小
6	劳动强度	福利、待遇	社会贡献		社会形象	工作稳定性
7	福利、待遇	自由度	工作条件		工作环境	自由度
8		工作条件			社会需要	劳动强度
9		子女受教育条件			自我实现	精神压力大小
10		升职流动机会				

（三）科研人员缺乏科研资源调配能力

对于科研人员而言，其社会地位，一方面体现在公众对其职业声望的评价上，另一方面也是最本质的方面，是其对自身核心资源的调配权力，这种核心资源的最直接体现就是科研经费。

自 20 世纪 90 年代中期尤其是自 21 世纪以来，国家调整了对学界的治理技术，一方面加大了对学界的资源投入，另一方面通过“数字的管理”增强了大学的行政化，以包括各类各级课题、基地、学位点、奖项等在内的各种专项资金来有意识地引导学界[297]。

尽管科研经费大大增加，但是其中并没有设置工资奖金项目，劳务费用比例很低，此外设了很多条条框框，如不能直接用于支付一线科技人员工资奖金，只能用于支付作为助手的学生报酬，或是支付提供咨询服务的专家报酬。众所周知，科研主要是由科技工作者完成的，消耗了大量的劳动时间，却得不到相应的补偿。于是，迫不得已，高校和科研机构往往在决定项目中人员报酬后，由科研人员自己去拿各种发票来报销。通过这种方法，实现了科研人员能有还过得去的收入的目的，维持了科研劳动能力的扩大再生产，维持住了一支科研队伍，而不至于坐视人才流失殆尽[208]。虽然客观来讲，科研经费上固然存在这样那样的问题，但归根到底是源于目前的科研经费政策延续的是计划经济时代的体制，与科研规律不相匹配。在这种管理体制下进行科学研究，科研人员的科研创新性在一定程度上会打折扣。

（四）部分科技工作者社会责任缺失导致社会信誉下降

改革开放中，部分科技工作者社会责任缺失，失去自我约束，掉进了名利地位的泥坑，做出了不少科技不端行为和学术腐败行为，严重影响了科技工作者的信誉。

抄袭、伪造、篡改和提供虚假信息是在科研领域中常常会发生的社会责任缺失现象[209]，少数科技人员突破了科研的道德底线，违背了科技人员公认的行为规范，将个人的非法利益和活动置于科学之上，是不能容忍的科技不端行为和腐败行为。这些行为直接导致科技工作者的社会信誉下降。以下是这一阶段发生的几个有代表性的案例。

合肥工业大学人工智能研究所教授杨某某，博士生导师，严重抄袭国外学者研究论文，并且还虚构国外研究成果一项等。

上海大学法学院前院长潘某某的《分类改造学》，全书 18 万字，剽窃文字共计 12.1 万字。短短 10 年，他写成专著近 10 本，不仅著作抄袭，而且论文也通过院长的权力强行抄袭。利用权力强行占用下属成果，学术道德败坏，令人发指。[210]

北京大学教授王某某的著作《想象的异邦》，与美国人类学家哈维兰的《当代人类学》（中译本）大约有 10 万字的内容几乎是一模一样[211]。

另外，还有非常严重的科技造假事件，我国的“汉芯”造假是一个影响十分恶劣的案例。“汉芯系列”对于年幼的中国芯片业而言也是意义非凡，为此政府财政投入上亿元的拨款进行支持。然而，事实证明，它不过是一个几近疯狂的造假。当事人违背了科技工作者的良知，已与江湖骗子等同。

尽管在科技工作者群体中，大多数是好的，但是这些少数科技人员的不端行为的存在及不断蔓延，严重地腐蚀了科技队伍，违背了诚信的科学道德，更是影响了科学技术界的声誉，阻碍了科学技术事业的健康发展。

由于科技工作者群体日益庞大，覆盖到几乎各个产业领域和生活领域，难免鱼龙混杂，少数科技工作者出于私利，利用自己掌握的专业和专长，做出了危害社会的行为。

进入 21 世纪以来，一部分科技工作者成为“黑客”，有的已经堕落为网络上货真价实的犯罪分子，在 2000 年我国网络犯罪案件已经有 2700 余起，2005 年全年突破 4500 起。诈骗、敲诈、窃取等形式的网络犯罪涉案金额从数万元发展到数百万元，其造成的巨额经济损失难以估量。

2006 年五六月份，网络上出现了“敲诈者”木马等盗取网上用户密码的计算机病毒，并借修复数据之名要求用户向指定账户汇钱。当时，不少网络用户向有关部门报告，已感染该电脑病毒。

由于科技工作者社会责任的缺失及其他的社会原因，我国计算机网络安全问题日益严重。2007 年 1 月 10 日，国内计算机反病毒厂商江民科技反病毒中心对 2006 年网络安全事件进行了回顾，根据事件影响力和媒体关注度，排出了 2006 年十大互联网计算机病毒事件。这些触目惊心的事件正在提醒我们，如果从事计算机和网络工作的科技工作者，不强化其社会责任和职业道德意识，一旦主动地或被动地参与犯罪活动，那么他们利用相关的科学技术专业知识将会给社会带来越来越大的危害。

极少数科技工作者道德沦丧，竟然成为偷窃和抢劫的帮凶，2007 年 5 月广州新塘新客隆商场发生了 300 万珠宝被盗窃的案件，技术高超的科技工作者利用技术手段，破坏并假造了监控画面，连珠宝柜台安装的红外感应报警器当时也失效了。[212]

另外，诸如犯罪团伙用高科技作案，通过遥控电子秤牟暴利，从某种意义上造成了科技可以对市场交易双方的诚信进行最有力挑战这一可怕的现象。

某些科技工作者开发研制犯罪工具，提供犯罪技术手段，几乎成为犯罪的教唆犯。例如，有的发明并制作推销汽车遥控器的解码器，有的研发制作“高考作弊器”等产品，并在各个渠道上大肆推销。

部分科技工作者如果诱导年轻学子作弊，为了利益实行诈骗，本身就是良心的堕落。这种少数科技工作者的行为对科技工作者整体的社会声望的影响显然是负面的。

第四节　21 世纪科技工作者的贡献

在 2006 年发布的《国家中长期科学和技术发展规划纲要（2006—2020）年》，以及后来中央及各地一系列科技与产业政策的落实下，科技工作者奋发图强，在原有的基础上大力推进我国科技事业，取得了有史以来我国科学技术方面最大的突破，大批成果集群式地喷发。

具体来看，21 世纪的知识创新工程试点取得初步成效，高校管理体制改革基本完成，科技资源得到了初步的优化配置；民营科技企业迅速崛起，技术市场发展迅猛；宏观科技管理体制逐步完善，适应社会主义市场经济的新型科技体制初步形成，国家创新体系的建设正在逐步展开。中国的科技工作者在 21 世纪通过不断努力，快速提升科技实力，实现在重点科研领域的重大突破；并在产业领域大幅度提升技术水平，大大推动了我国的工业化进程；为提升广大人民群众的生活水平和促进社会进步，在农业生产、交通运输、生命健康、公共安全、防灾减灾等民生领域不断创新，真正实现了科技惠及民生的目标。

一、科技论文发表量位居世界第二

21 世纪以来，我国发表的科技论文数量呈现逐年递增的趋势，总体来看，2005 年发表论文数量为 94.34 万篇，到 2013 年，发表论文篇数增长到 154.46 万篇，年均增幅将近 8%（图 9-21）。

科技工作者发表在国际科学界公认的科学刊物上的论文数量更是迅速地增长，在世界范围内影响力也越来越大。以 SCI、EI、CPCI-S[①] 三大检索工具收录我国科技论文作为观察指标，可以看出，2005 ～ 2012 年，我国科技论文在三大检索工具上被收录的情况，数量上总体呈现逐年上升的趋势，尤其是 SCI 和 EI 收录科技论文，近年来增幅明显（图 9-22）。

① CPCI-S 即原 ISTP，指的是科学会议录引文索引。

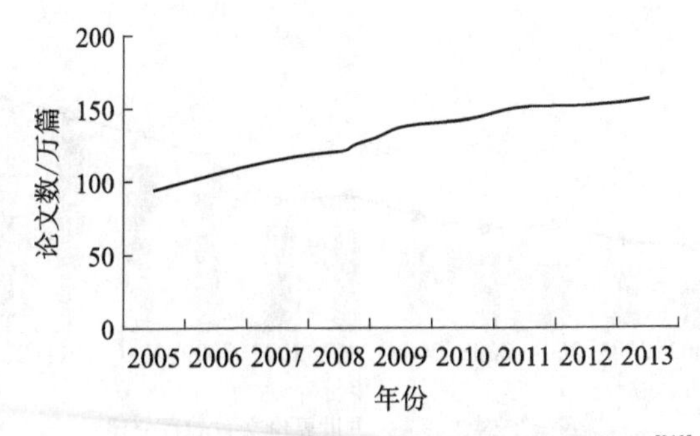

图 9-21　2005 ～ 2013 年中国科技论文发表数量 [213]

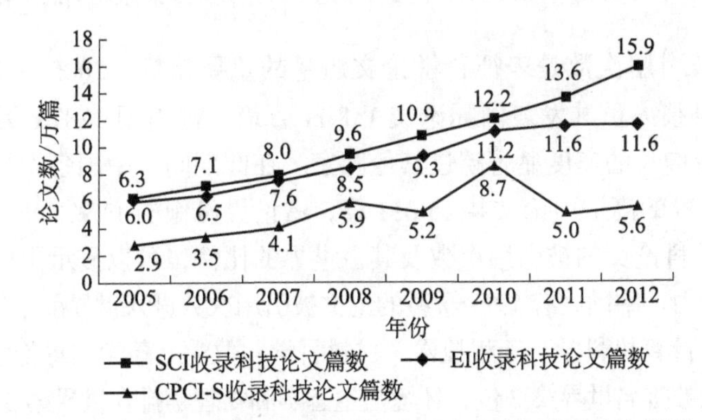

图 9-22　2005 ～ 2012 年三大检索工具收录我国科技论文情况

根据国家统计局统计数据计算整理而来，具体数据详见 http：//data.stats.gov.cn/

从被 SCI 收录科技论文在其中的占比情况来看，SCI 论文比重基本呈现稳步上升态势，从 2005 年的 41.3% 上升到 2012 年的 47.9%（图 9-23）。

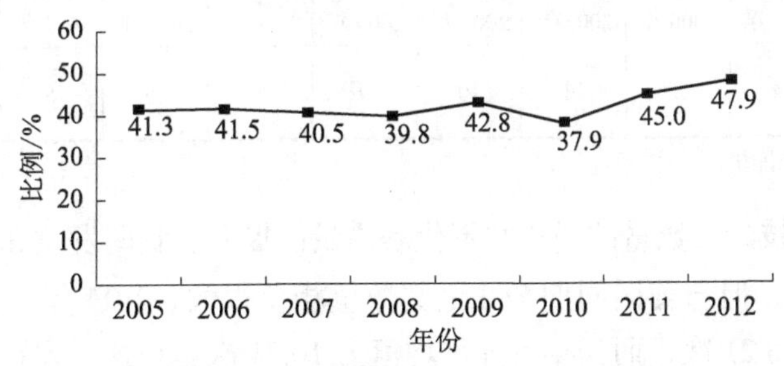

图 9-23　SCI 收录科技论文在三大检索工具中的占比情况

根据国家统计局统计数据计算整理而来，具体数据详见 http：//data.stats.gov.cn/

根据中国科学技术信息研究所发布的中国科技论文统计结果，从 2010 年始，中国国际科技论文数量一直排在世界第二位 [214]，中国科学研究工作的整体水平持续快速提升（图 9-24）。

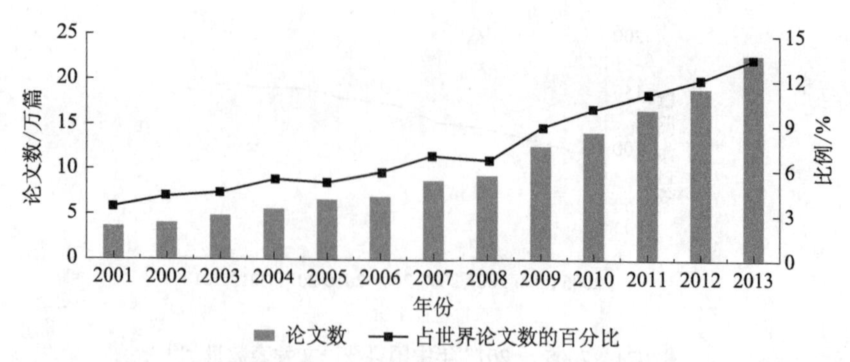

图 9-24 2001 ～ 2013 年 SCI 收录中国科技论文占世界论文总数比例的变化趋势[215]

论文的被引用次数是表征科学论文质量的重要指标。2005 ～ 2015 年的 10 年间，中国科技人员共发表国际论文 158.11 万篇，被引用 1287.6 万次，中国论文被引用次数增长的速度显著超过其他国家。在此期间，中国各学科被引用次数处于世界前 1% 的高被引论文共 15 011 篇，占世界份额的 11.9%。

分析各学科论文的被引用次数及其占世界的比例，可以显示出中国各学科领域论文的影响力。中国共有 19 个学科的论文被引用次数进入世界前十位，其中农业科学、化学、计算机科学、工程技术、材料科学、数学、药学与毒物学 7 个领域论文的被引用次数排名世界第 2 位，环境与生态学和物理学排在世界第 3 位。[216]

虽然我国科技论文的被引用率与世界平均值还有不小差距，但是提升速度相对较快（表 9-13）。

表 9-13 我国各十年段科技论文被引用次数世界排位变化

时间	1994 ～ 2004 年	1995 ～ 2005 年	1996 ～ 2006 年	1997 ～ 2007 年	1998 ～ 2008 年	1999 ～ 2009 年	2000 ～ 2010 年	2001 ～ 2011 年	2002 ～ 2012 年	2003 ～ 2013 年	2004 ～ 2014 年
世界排位	18	14	13	13	10	9	8	7	6	5	4

注：按 SCI 数据库统计。

当然，科技论文数量的增长并不代表质量的提升。我国发表 SCI 论文虽然排在世界第 2 位，但与美国同期 SCI 论文数量相差很大。2011 年中国国际科技论文平均被引用 6.21 次，而当年世界平均值为 10.71 次。在这一评定标准上，中国只居于中流。导致这种质量不一致的原因，很大程度上在于现行的评估体系。值得反思的是用论文数量来评估的评估体系，造成少部分科技人员对论文数量和国际刊物发表的追逐，甚至不惜造假，片面地追求数量最终影响到质量，影响到科学事业的正常发展，影响到实事求是的科学精神的发扬光大。

二、发明专利增长凸显技术创新的成就

一个国家或地区发明专利的数量和质量能够从知识产权的角度来衡量当地科技工作者的技术创新水平和能力。从这一阶段我国专利总量和发明专利的情况分析，就可以看到中国科技工作者在 21 世纪技术创新能力的迅速提升。

（一）2000 年以来专利申请受理数

2000 年以来，我国专利的申请受理数呈现逐年递增的趋势，特别是 2008 年实施国家知识产权战略以来，我国专利的申请与授权量突飞猛进。从 2000 年的 17 万项增长到 2012 年的 205 万项。在 2011 年的专利申请数连续超过日本及美国，成为世界第一。其中，发明专利从 2000 年的 5 万项增长到 2012 年 65 万项。发明专利是反映拥有自主知识产权技术的核心指标，发明专利的申请受理数的显著增加反映了我国科技工作者对拥有自主知识产权技术的渴望与努力（图 9-25）。

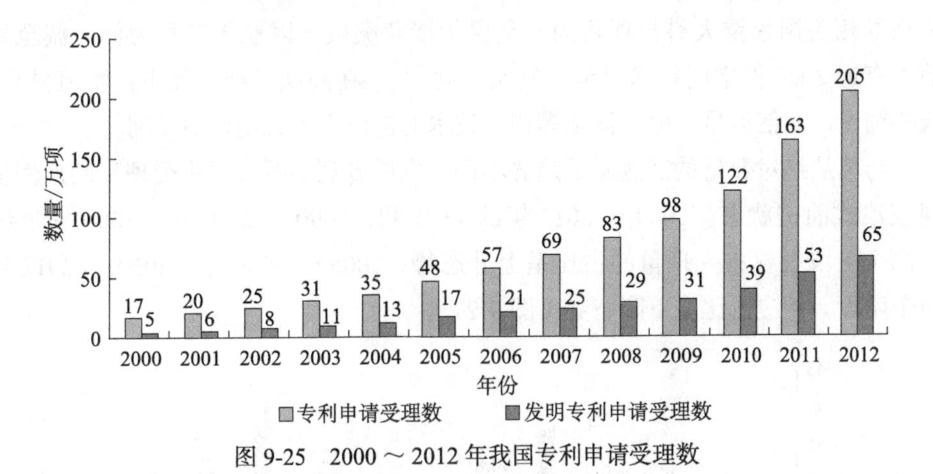

图 9-25　2000 ～ 2012 年我国专利申请受理数

根据国家统计局统计数据计算整理而来，具体数据详见 http：//data.stats.gov.cn/

（二）2000 年以来专利申请授权数

专利申请量并不是技术创新能力强弱的直接指标，我们更看重专利的授权量。从专利的申请授权数来看，2000 年以来，我国专利的申请授权数也是呈现逐年递增的趋势，从 2000 年的 11 万项增长到 2012 年的 126 万项。其中，发明专利从 2000 年的 1 万项增长到 2012 年 22 万项（图 9-26）。

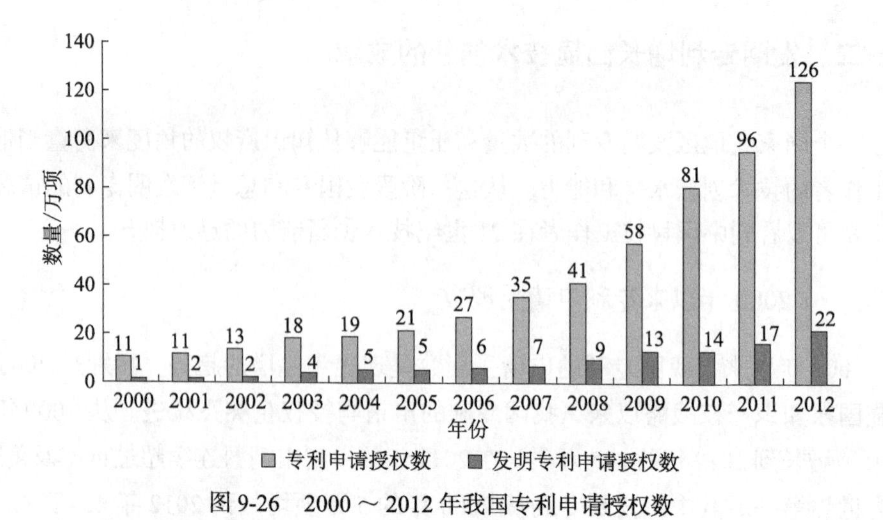

图 9-26　2000～2012 年我国专利申请授权数

根据国家统计局统计数据计算整理而来，具体数据详见 http：//data.stats.gov.cn/

同样是发明专利，近年来，发明专利的“含金量”越来越高。航天、深潜、高铁等相关国家重大科技项目的专利保护屡获突破。以航天工程为例，截至目前，有近 2000 件空间技术申请了发明专利[217]。在高铁专项工程中，轨道材料、线路铺设、通信信号、电气设施等相关技术上也催生了大量发明专利。

与单从绝对数量的观测发展趋势不同，发明专利的授权量占受理量的比例呈现波浪式前进状态。2000～2012 年的 13 年间，2000～2004 年、2006～2009 年两个阶段授权占受理量的占比呈上升态势；2005～2006 年、2010～2012 年两个阶段，相应占比呈下降态势（图 9-27）。

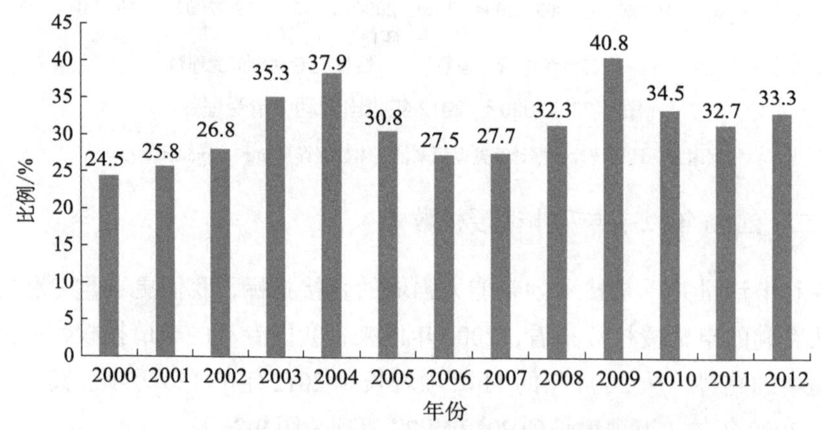

图 9-27　2000～2012 年我国发明专利受理与授权比例

根据国家统计局统计数据计算整理而来，具体数据详见 http：//data.stats.gov.cn/

（三）国内与国外发明专利授权比例

由我国公民申请而获得授权的发明专利占知识产权局授权的比例呈逐年递增趋势，如图 9-28 所示。尤其是从 2002 年以来，国内发明专利申请授权量占比开始快速增长，从 27.3% 上升到 2012 年的 66.3%。

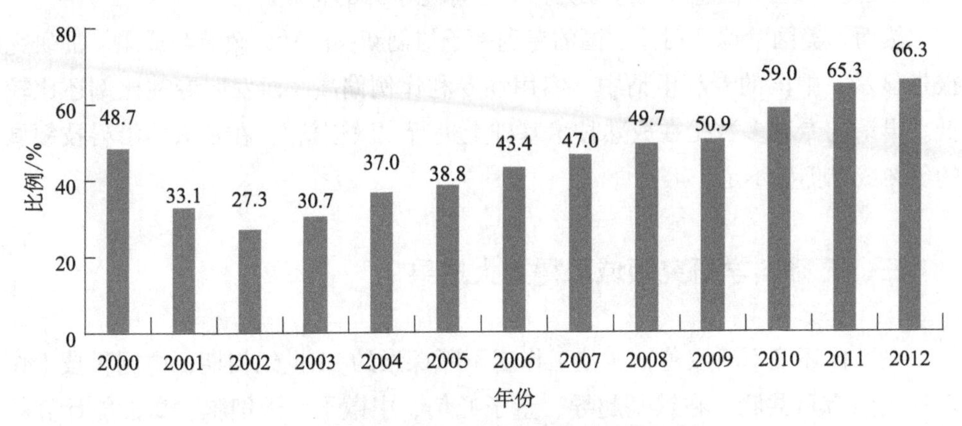

图 9-28　国内发明专利授权量占总体比例

根据国家统计局统计数据计算整理而来，具体数据详见 http：//data.stats.gov.cn/

（四）中国在国际上申请专利情况

2012 年，根据世界知识产权组织的《专利合作条约》（PCT）体系[①]提交的国际专利申请，美国与日本两国排名前两位，两国 PCT 国际申请量占全球总量的近半数，德国与中国分列第三、四位，其中中国 2012 年 PCT 国际申请量为 18 627 件，占全球 PCT 总申请量的 9.6%，仅比排名第三的德国少 200 余件。中国电信企业中兴通讯 PCT 申请量为 3906 件，是去年全球最大的 PCT 申请方[②]。中国的突出表现反映了中国整体经济实力的增长和企业创新能力的不断提升。

2013 年 3 月 6 日，欧洲专利局在其网站上发布了题为“2012 年——欧洲专利局的里程碑之年”的新闻通告，回顾了欧洲专利局 2012 年度的工作成果，发布并总结了 2012 年度欧洲专利申请及授权的相关数据及趋势。通告显示，中国申请人在 2012 年度欧洲专利领域表现突出：从申请数量上看，来自中国的申请

① 世界知识产权组织的 PCT 体系是为了方便申请者在多个国家获得专利保护而达成的一项国际协议。以前要在不同国家获得专利保护，必须在每个国家逐一办理专利申请，程序十分繁琐，而 PCT 体系只需申请人提交一项国际申请，即在所有成员国均有效，目前已有 148 个国家加入该体系，中国于 1994 年加入。

② 数据根据世界知识产权组织 WIPO 网站数据整理所得，http：//www.wipo.int/pct/en/。

（共计 18 812 件）占到欧洲专利局该年度专利受理申请总数（共计 257 744 件）的 7.3%，在全部申请来源地国家中名列第四；在欧洲专利局根据申请数量制作的申请人排行榜上，中兴（ZTE）从之前第 47 位上升至此次的第 10 位，首次跻身前十，华为（HUAWEI）则位列第 17 位[218]。这表明了中国经济的活力和创造力，也说明一些中国企业已经成为具有全球竞争力的企业。

然而，美国兰德公司《中国的专利授予与创新：激励、政策与成果》的研究报告显示，中国的专利申请中，实用性专利比例偏高，而发明专利比例还比较低。申请的专利多数是在成熟技术基础上进行“微创新”，在重大前沿科技领域的创新成果仍显不足。

三、基础科学研究领域取得重大成果

在科技环境不断改善，科技工作者不断探索的 21 世纪初期，中国科技工作者的贡献有目共睹。在铁基超导、量子通信、中微子、干细胞、高性能计算等基础前沿领域方面，先后取得了一批原创成果，在相关领域方面跻身世界先进行列。

以中国科学院院士潘建伟为代表的中国科学家，在量子通信领域做出了一系列开创性工作，2012 年入选《自然》年度十大科技亮点，2013 年被美国物理学会评为年度国际物理学重大事件。中国还建成了世界上首个规模化、实用化城域光纤量子通信网络，并首次将量子通信网络技术应用于金融信息安全。此时，中国正在建设连接北京和上海的千公里级广域光纤量子通信网络，并研制“量子科学实验卫星”，构建全球化量子通信网络。这些工作标志着在量子通信领域，中国科学家已经走在了世界前列。

在粒子物理及其前沿领域，中国发起了重大国际合作项目——大亚湾反应堆中微子实验，从 2007 年开工建设，2011 年开始运行，有 6 个国家和地区 40 多个机构的 250 多位科学家、工程师参与建设和合作研究，其中 17 个机构、64 位科学家来自美国。2012 年，确认了新的中微子震荡模式，取得了世界领先水平的实验成果，被称为“物理学上具有重要基础意义的重大成就”，并入选《科学》2012 年度十大科学突破。2013 年，中国科学家还在世界上首次观测到量子反常霍尔效应；2015 年，又发现了拓扑外尔费米子。这些都表明了近年来中国在基础前沿研究领域创新水平的迅速提升。

另外，在人类基因测序、纳米碳管和纳米新材料、寒武纪生命大爆发研究、微机电系统研究、南海大洋钻探等方面均取得了重大成果。表面科学非线性科学、认知科学及地球系统科学等新兴交叉学科得到迅速发展。中国科学钻探工程、大天区面积多目标光纤光谱天文望远镜等八项国家重大科学工程的建设，为我国的基础科学研究创造了良好条件。以下为基础科学研究方面的几个第一。

（1）第一次破译水稻遗传密码。2001 年，中国科学院基因组生物信息学中心和中国科学院遗传与发育研究所、国家杂交水稻研究中心等单位的科学家成功测定水稻基因组约 22 亿个碱基对的序列，序列和基因的覆盖率均达 95% 以上，90% 的区域准确率达到 99%。这一研究是我国生命科学领域的又一重大突破，在农业生产上的意义，可与人类基因组计划对人类健康的意义相媲美，也是我国科学家为人类做出的一项重大贡献和基因研究史上的一件大事。

（2）第一次合成超重新核素。2001 年 11 月 23 日，中国科学院近代物理研究所的科研人员在新核素合成和研究方面取得了新的重要突破，首次合成了超重新核素 259Db，使我国的新核素合成和研究跨入了超重核区的大门；首次在国际学术刊物上确认了 β - 缓发裂变先驱核 230Ac，率先登上了核科学家梦寐以求的缓发裂变岛。这两项成果已得到国际同行专家的好评。

（3）第一个中国数字人。2005 年，南方医科大学构建完成“中国数字人男 1 号”，高效数码相机像素达 2200 万，图像分辨率为 4040 × 5880，是当时世界上 0.2 毫米虚拟人切削中分辨率最高的数据集。此外，按 60 兆一帧释放，该数据集的数据量超过 540 千兆，为世界之最。“数字人”在医学、航天、航空、影视制作乃至军事等领域都有着广泛的应用价值。

（4）第一张黄种人全基因组标准图谱。2007 年 10 月 11 日，我国科技工作者绘制完成第一张黄种人全基因组标准图谱。这张黄种人基因组图谱采用新一代测序技术独立完成，是我国继承担国际人类基因组计划 1% 任务、国际人类基因组单体图计划 10% 任务后，在人体基因测序方面从 1% 到 100% 的一次成功跨越。参与研究的主要成员都是曾经代表中国完成“人类基因组计划”1% 任务的科学家。

（5）第一次实现量子纠缠。2008 年 8 月 28 日，中国科技大学的潘建伟教授及其同事宣布，他们利用冷原子量子存储技术，首次实现了具有存储和读出功能的纠缠交换，建立了由 300 米光纤连接的两个冷原子系统之间的量子纠缠，向未来广域量子通信网络迈出了坚实的一步。

四、高新技术领域重大科技成果不断涌现

进入21世纪以来，我国科技创新步伐加快，在高新技术领域中重大科技成果不断涌现。在数字程控交换机、氧煤强化炼铁技术、镍氢电池、非晶材料等的产业化方面取得一系列重大成果。结合三峡工程、国民经济信息化、集成电路、秦山核电站二期等一系列国家重大建设工程，通过引进、消化吸收与创新，攻克了一批关键技术，掌握了若干重大成套技术装备的设计和制造技术。计算机辅助设计（CAD）、计算机集成制造系统（CIMS）等一批重大共性技术的推广应用，大幅度提高了企业技术创新能力。于2012年中国进行的大口径高通量激光驱动器实验平台出光试验中，单束出光能量第三次超过16千焦，达到16.523千焦，成为继美国、法国之后第三个迈入“单束万焦耳出光”俱乐部的国家。两系法杂交水稻、基因工程药物、转基因动植物、重大疾病的相关基因测序和诊断治疗等技术的突破，使我国生物技术总体水平接近发达国家。高清晰度电视、“神威”计算机、大尺寸单晶硅材料、皮肤干细胞再生技术等重大成就的取得，使我国在相应领域跃入世界先进行列。国防科技的发展为增强国防实力奠定了坚实基础，促进了国防工业的技术进步。

另外，创新药物、水资源利用和保护、小康住宅、夏商周断代工程等一批重大项目的实施，中国科技馆二期工程及一批科普设施的建设，为社会事业的发展做出了贡献。下面简要列出在这一历史时期中位于我国“第一”的重大技术项目。

（1）第一台类人型机器人。2000年11月29日，由我国独立研制的第一台具有人类外观特征、可以模拟人类行走与基本操作功能的类人型机器人，在长沙国防科技大学首次亮相。类人型机器人问世，标志着我国机器人技术已跻身国际先进行列。

（2）第一套卫星导航定位系统。“北斗”系统的建立使得我国成为世界上第三个拥有卫星导航系统的国家，2000年，北斗导航定位系统两颗卫星成功发射，标志着我国拥有了自己的第一代卫星导航定位系统，具有重大的经济和社会意义。北斗导航定位系统由北斗导航定位卫星、地面控制中心为主的地面部分、北斗用户终端三部分组成。“北斗系统”的第三颗和第四颗卫星分别于2003年5月25日和2007年2月3日发射成功。

（3）第一台千亿次高性能计算机。2000年7月25日，继美国、日本之后，中国成为第三个具备研制高性能计算机能力的国家。由中国自主研发的峰值运算速度达到每秒3840亿浮点结果的高性能计算机神威Ⅰ，正式投入商业运营。

（4）第一枚通用微处理芯片。2002年，中国科学院计算技术研究所成功研制出我国首枚高性能通用微处理芯片——“龙芯1号”CPU，标志着我国已初步掌握当代CPU关键设计制造技术，改变了我国信息产业无“芯”的历史。

（5）第一次载人航天飞行。2003年10月15日，中国首位航天员杨利伟乘“神舟五号”飞船成功升空，绕地球飞行14圈后安全着陆，我国首次载人航天飞行获得圆满成功。

（6）第一颗绕月探测卫星。2007年10月24日，我国第一颗绕月探测卫星——“嫦娥一号”发射成功，并进入预定地球轨道。“嫦娥”的月球之行担负了四大任务：绘制立体的月球地图；探测月球上元素的分布；评估月球上土壤的厚度和氦-3的资源量；记录原始太阳风数据。11月26日，国家航天局公布了第一张“嫦娥”拍摄的月球照片。

（7）第一次实现太空行走。2008年9月25日，我国自行研制的“神舟七号”载人飞船在酒泉卫星发射中心发射升空，并准确进入预定轨道。9月27日，航天员翟志刚打开神舟七号载人飞船轨道舱舱门，首度实施空间出舱活动。这是我国航天员首次实现太空行走。

五、产业技术突破带动了新兴产业发展

我国实现了一系列关键技术突破，带动了产业技术水平提升，支撑了战略性新兴产业发展。比如，在载人航天、高速铁路、移动通信、清洁能源等领域，科技工作者应用先进的科学技术强力推动新兴产业突飞猛进，大大增强了国家的综合国力。

（一）空间技术产业

虽然在空间科学与技术方面，我们与先进国家相比还有较大差距，但在较短时间内，迅速成为世界上第三个独立掌握载人航天技术的国家。1992年我国启动航天工程，从“神舟”一号实现天地往返，到“神舟”五号首位航天员进太空，再到2011年“神舟”八号与“天宫”一号成功实现空间交会对接，2012年“天宫”一号与“神舟”九号成功对接，我国在载人航天事业方面获得了巨大突破。

航天技术的另一个突破是中国北斗卫星导航系统的自行研制。北斗卫星导航系统是继美国全球定位系统（GPS）、俄罗斯格洛纳斯卫星导航系统

（GLONASS）之后第三个成熟的卫星导航系统，成为联合国卫星导航委员会已认定的供应商。2012 年 12 月 27 日，北斗系统空间信号接口控制文件正式版 1.0 正式公布，北斗导航业务正式对亚太地区提供无源定位、导航、授时服务。

另外，从 2004 年开始，中国正式开展月球探测工程（借用中国古代著名的“嫦娥奔月”神话故事，又称“嫦娥工程”）。首先是发射绕月卫星，继而是发射无人探测装置，实现月面软着陆探测，最后送机器人上月球建立观测点，并采回样本到地球。整个计划将历时 20 年，计划为最后的登月工程打下基础。2007 年“嫦娥”一号绕月卫星成功发射，2010 年发射“嫦娥”二号，获取了世界上分辨率最高的 7 米分辨率的全月图。2011 年和 2012 年“嫦娥”二号先后探测了日地拉格朗日 L2 点和小行星 4179，使得中国成为第三个探测日地拉格朗日点和第四个探测小行星的国家和组织，中国从此进入深空探测俱乐部。

（二）高速铁路产业

高速铁路成为中国走向世界的名片。2000 年在中国的土地上还没有一条真正意义上的高速铁路，但在 10 年后，中国的高速铁路运营里程就已经超过欧洲的总和。中国在 2008 年研制生产出时速 350 公里的高速列车，目前高铁运营里程达 1.6 万公里，占全球 60% 以上，是世界上高速铁路运营里程最长、运行速度最快的国家。

中国制造的 CRH 系列高速电力动车组均采用动力分散式，运行时速可以达到 200 公里以上，最高时速甚至可以达到 400 公里以上。中华人民共和国铁道部由 2004 年起先后向加拿大庞巴迪、日本川崎重工业、法国阿尔斯通、德国西门子公司等外国企业购买高速铁路车辆技术，以引进国外先进技术并吸收的方式，由中国北车集团和中国南车集团旗下的铁路车辆制造企业生产，达到一定程度的国产化，并再以此为基础进行自主创新研发。现已经发展了 6 个系列，分别是 CRH1、CRH2、CRH3、CRH5、CRH6、CRH380。中国在引进多个国家技术专长的基础上有大量创新，发展出了拥有自主知识产权的高铁技术，在国际市场上形成了较强竞争力。

同时，中国高速铁路技术也开始了对外输出，2012 年 12 月 6 日泰国前总理、泰党高级顾问颂猜・翁沙瓦等泰党代表团一行来到中国广东访问，在此次访问中他透露泰国已经准备引进中国高铁技术。12 月中国北方机车车辆工业集团公司表示在兰州市建设一个装备制造基地，其一大功用就是便于向中亚、西亚出口包括高铁设备在内的轨道交通产品。从 2012 年 8 月起，中国开始向欧盟定期出口高铁关键技术大部件。2012 年 10 月，中国同意 70 亿美元援建老挝高铁并由中国公司建设。中国北车集团还与美国加利福尼亚州及通用电气签署了合作协议，向其提供高速铁路技术、设备和工程师。中国南车集团与美国 GE 公司在 2011 年签署高铁技术出口协议。在 2010 年以后，中国已经与包括美国在内的多个国家达成了合作建设高铁的意向。

（三）超级计算机产业

在高性能计算方面，中国研制的天河计算机运算速度与能效均达到国际领先水平。2010 年 11 月，“天河”一号在全球超级计算机 500 强排行榜中名列首位；2013 年研制的“天河”二号连续五次排名第一，是目前全球运算速度最快的超级计算机。2015 年 5 月，中国科学家在“天河”二号上成功进行了 3 万亿粒子数中微子和暗物质的宇宙学数值模拟，揭示了宇宙大爆炸 1600 万年之后至今约 137 亿年的漫长演化进程。[219]

六、科技工作者自己的组织——学会开始走自主发展道路

在进入 21 世纪的最初十多年中，中国自然科学及工程技术类的学会在其业务主管中国科协的领导下，在 21 世纪的科技发展方针的指引下，执行国家关于社团管理工作的政策、法规，大力推进学会改革发展，积极探索适应社会主义市场经济体制、符合科技团体自身规律的现代科技团体的发展途径。各类学会开始重视民主办会，强化学会独立自主的运行机制，不断提升自身创新能力和服务会员能力，并在承接政府转移职能，进一步服务社会等方面发挥重要作用。在组织建设方面，21 世纪学会的数量和规模仍然有所发展，截止到 2012 年，中国科协所属全国学会已经达到 181 个、委托管理学会 17 个，而省级学会高达 3828 个。全国学会个人会员超过 433 万人，省级学会个人会员有 644 万人。

（一）深化学会改革，加强民主办会

2001 年 9 月 12 日，中国科协六届二次常委会议审议通过《关于推进所属全国性学会改革的意见》（科协发学字［2001］275 号）（以下简称《意见》），同年 12 月 3 日作为中国科协指导全国学会改革的重要文件下发，由此全面启动了中国科协所属全国学会改革工作。

《意见》明确指出了全国性学会改革的总体目标：在党的领导下，确立以会

员为主体、实现民主办会、具有现代科技团体特点的组织体制和管理模式；加强学会能力建设，提高学会竞争能力，建立和完善自立、自强和自律的运行机制；改进和丰富活动方式方法，提高活动质量和水平，进一步树立学会的学术权威性和鲜明的社会形象，增强对广大会员的凝聚力和吸引力；推动全国性学会成为满足党和国家及科技工作者需要、适应社会主义市场经济体制、符合科技团体活动规律、具有中国特色、充满生机和活力的现代科技团体。

全国性学会改革的主要内容包括组织体制、管理模式、运行机制和活动方式等方面。在组织体制和管理模式改革方面：①建立以会员为主体的组织体制；②探索建立多元结构的会员制度；③充分发挥会员代表大会、理事会、常务理事会的领导作用，实行民主办会，真正让科技工作者“当家做主”；④实行学会办事机构改革，建立学会工作志愿者队伍；⑤理顺学会内外部关系；⑥优化学会结构，推动全国性学会调整和重组；⑦建立学会活动评价指标系统，完善学会宏观管理制度。在运行机制改革方面：①开辟多元化学会经费来源渠道，提高学会经费自筹比例；②强化资产管理，建立社团资产管理制度；③改革中国科协对全国性学会的经费资助制度，建立项目择优支持机制。在活动方式方法改革方面：①推动学会活动社会化；②推动学会活动国际化；③推动学会活动“精品”化；④推动学会工作信息化。

（二）改“挂靠”为“支撑”，促进学会独立自主发展

2007 年 11 月，中国科协推动与其他单位合作建学会的机制，率先与中国科学院签署了共建学会协议，2008 年印发中国科学院、中国科协《关于加强共建学会工作的指导意见》，将原挂靠在中国科学院所属研究所的 45 个学会的发展工作纳入中国科学院、中国科协的全局性工作予以统筹安排，实现整体协调、资源集成、联合推进的经常化支持机制，共同加大对学会的人、财、物的支持。同时，联合卫生部、农业部等部门，积极推进所属学会办事机构的合作共建工作，努力理顺中国科协、全国学会、原挂靠单位之间的关系。

为进一步增强学会活力，提升学会服务能力，2011 年中国科协八大通过的科协章程中，明确指出：全国学会办事机构在理事会领导下开展工作，接受学会支撑单位的管理。与之前相比，将“挂靠单位”改为“支撑单位”，逐步增强双向支持的意识，即支持行业科技进步和国内外横向联系，支持学会增强自主活动、自我发展的能力。鼓励学会自主发展，探索无挂靠新模式。中国科协鼓励有条件的学会走自主发展道路，中国计算机学会、中国生物医学工程学会先后脱离

了挂靠关系，从业务、财务、人事方面实行了全面的独立自主管理，学会的活力逐步增强。试行多元支持体制。中国岩石力学工程学会、中国航空学会等逐步探索建立一家为主、多家支持的方式，明确了由各支撑单位共同承担支持学会工作的各项责任和义务，以获取更多的经费和人力支持，逐步增强学会的民主办会能力。

（三）建立并完善改革试点体系，推动学会自主创新能力的提高

按照《关于推进所属全国性学会改革的意见》的要求，在各全国学会制定学会改革实施方案基础上，中国科协于2003年发出《关于开展全国性学会改革试点工作的通知》，选择在学科领域、民主办会、为会员服务、科技奖励等方面有代表性，同时具有一定的工作基础，改革积极性较高，改革思路比较清晰的43个全国学会作为学会改革的试点单位，组织开展了第一轮学会改革试点工作。

为了适应新形势对全国学会改革发展的要求，巩固改革成果，加快改革进程，从2006年开始，中国科协进一步加大了全国学会改革发展的工作力度，着手确立新一轮学会改革试点体系，新的改革试点体系分为全面改革试点和专项改革试点两类。确定中国计算机学会、中国营养学会为学会全面改革试点单位；确立中国化学会等5个学会为会员管理服务的专题试点单位；确定中国力学会等7个学会为学会办事机构建设的专题试点单位；确定中国环境科学学会等4个学会为承接社会职能的专题试点单位；确定中国地球物理学会等5个学会为学会组织管理体制改革的专题试点单位。同时，制定新试点相关实施办法，明确具体要求，并给予必要的资金支持。

为指导学会改革试点工作，2007年5月中国科协联合民政部印发《关于推进科技类学术团体创新发展试点工作的通知》（民发［2007］68号文件）。明确了学会改革创新试点工作的重点任务，主要围绕五方面展开：①完善内部治理结构；②强化会员主体地位；③创新组织机构建设；④规范各类服务活动；⑤增强社会服务功能。

（四）实施学会能力提升专项，促进学会服务能力和自我发展能力的提升

自2012年起，财政部连续3年支持中国科协每年1亿元专项资金，组织实施学会能力提升专项，通过以奖代补和开展重点活动相结合的方式，共奖励45个优秀学会和35个优秀国际科技期刊，着力提升学会服务创新能力、服务社会和政府能力、服务科技工作者能力及自我发展能力，努力打造一批社会信誉好、

发展能力强、学术水平高、服务成效显著、内部管理规范的示范性学会，切实把学会建设成为中国特色的现代科技社团。能力提升专项极大地提升了学会在21世纪发展中的创新能力和服务科技工作者的能力。

12年来我国科技工作者的巨大贡献，表明科学技术已经成为我国综合国力增强的关键因素，科技创新已成为我国跨越发展的强大引擎。党中央、国务院在2012年7月召开的全国科技创新大会上做出了深化科技体制改革、加快国家创新体系建设的决定，开启了建设创新型国家的新征程，中国的科技工作者为实现“两个一百年”的伟大目标，将在改革开放的“新长征”路上做出更加伟大的贡献！

小　结

改革开放以来，科技工作者群体的发展呈现出以下几个特点。

1. 科技工作者群体的数量和质量均大幅提高

1977 ～ 1985 年的 9 年间，伴随着改革开放，我国科技人才的培养得到了迅速的恢复，科技工作者从 602 万人增长至 1035 万人，翻了将近一番，增幅超过之前历史上任何一个时期。1986 ～ 2000 年的 15 年间，科技工作者总数从 1035 万人增长至 1818 万人。2001 ～ 2012 年的 12 年间，新增科技工作者 2225 万人，超过了过去近 90 年的总和，在科技工作者的百年成长历程中，科技工作者群体的增长遵从指数增长规律。截至 2012 年，我国科技工作者总量达到约 4200 万人。

在数量大幅增加的同时，科技工作者的质量也在不断提高。首先，高素质科技工作者的来源增加。历史上我国研究生直到 1959 年才突破 1 万人，自 1978 年改革开放以来，随着国家对高等教育的日益重视，每年的毕业生数量开始快速增加，1981 年毕业了 1 万多名研究生。1985 年以后增长稳步加快，到 1987 年研究生总数突破 10 万人，之后几乎每 3 ～ 5 年就翻一番，到 2014 年，我国的研究生存量已达 485 万人。同时，2001 年以来，博士毕业生的数量也获得了稳步增长，从 2001 年的 1.29 万人增长至 2014 年的 5.37 万人。从 2000 年开始，出国留学人数和学成回国人数的增长速度均明显加快，海外归来的留学生数量大幅增长。这些均增加了高素质科技工作者的来源。

中国科技工作者队伍无论是数量还是质量均发生了突变。我国从一个科技的弱国、小国，成为世界上的科技大国。

2. 作为科技工作者增量途径之一的出国留学得以加强，留学形式从以公派为主转向以自费出国为主

改革开放后，出国留学成为热潮。开始以公派为主，1979 年我国自费出国

留学实现了“零的突破”，之后自费出国留学群体不断发展壮大。1978～1989年的12年间，各类出国留学人员总数为9.6万人。从1986年开始，我国的留学政策由之前的“力争多派”向“保证质量”“精选精派”转变。1986～2000年的15年间，国家公派留学人员20.28万人。而且，改革开放初期出国留学人员完成学业后回国的比例非常高，主要是当时公费出国政策的约束和国内发展吸引所致。

从2000年开始，不仅出国留学人数的增速显著加快，而且2001年以来，出国留学人员中，自费出国留学的占90%左右。同时，学成回国的人员增速也明显加快，回国人员中自费出国的占比从2011年开始升至90%以上。随着我国经济实力的增强和对外开放的进一步扩大，自费留学已成潮流和趋势。

留学回国人员的学科目前总体集中于商科类和社会科学类学科，在排名前十的学科中，涉及理工类的仍较多。

3. 我国科技工作者的区域分布差异较大，经济发达地区更能吸引科技工作者

2000年科技工作者数量最大的省份分别为山东省（111.43万人）、广东省（99.69万人）、河南省（91.71万人）、江苏省（90.21万人）和四川省（80.93万人），主要为沿海省份或人口大省；最少的省份都是西部省份，数量最多省份科技工作者是数量最少省份的48倍，数量分布悬殊。从区域分布来看，东部10个省份的科技工作者总量占全国的39%，占据了绝对优势，而西部12个省份的科技工作者总数仅与拥有半数省份的中部地区持平（25%）。

2010年科技工作者区域分布差异进一步加大，数量最多的五个省份是广东（323.15万人）、江苏（319.37万人）、山东（276.77万人）、北京（240.05万人）和上海（216.84人），几乎都是经济发达地区，最多省份的数量是最少省份的86倍，数量分布差距进一步加大。区域分布显示，东部10个省份科技工作者总量达到全国的1/2以上；中部地区和西部地区的数量相近，分别占20.22%和19.74%，中部略高于西部；西部12个省份科技工作者总量不到全国的1/5，东高西低现象极为显著。

2001～2010年，随着科技、经济的快速发展，我国地区发展的不平衡性进一步加剧，经济发达因素对科技人才的吸引力越发明显和强烈，强者恒强，弱者愈弱，科技工作者“孔雀东南飞”效应进一步彰显。

4. 科技工作者的社会地位趋向多层次

改革开放以来，科技工作者开始吸引各阶层尤其是年轻人的目光，从“文化大革命”时期的谷底脱离、解放，社会声望显著增长。从20世纪80年代到90年代，科技工作者的工资经过几轮调整，收入有了一定幅度的提升，但在计划体制下，科技工作者的总体收入属于中等及中等偏下。从20世纪80年代中期到90年代末期，科技工作者在社会大众心目中的地位普遍较高。20世纪初，以专业技术人员为代表的科技工作者在社会上的地位处于中层及以上，其中高级专业技术人员处于社会上层，科技工作者的社会地位始终在改革波动中提升。

2000年之后至今，因科技发展在经济中的地位越来越重要，科技工作者更加获得尊重。但是，科技工作者已经是一个庞大的社会职业群体，职业性质、个体差异、社会环境等多种因素的影响已不容忽视，科技工作者的社会地位和经济地位发生了严重分化。不同层次、不同领域、不同体制均会引发经济收入的差别。从社会分层来看，高、中、低不同层次的科技工作者群体收入差异很大，而且他们调动科技资源的能力也有比较大的差异。

结语：科技工作者成长的百年历程是中国走向现代文明社会的一个侧影

自从人类有了社会分工后，不同历史阶段的人群就有不同的阶层和分类。当社会有了较高的生产力水平，就会有一部分人从物质生产领域脱离出来，专门从事祭祀、占卜、管理和其他非物质生产领域，成为社会文明发展和知识进步的传承者。例如，在中国漫长的古代帝王统治时代，社会职业分为士、农、工、商四大类别，其中，士是掌握一定文化知识的社会阶层，往往是由贵族或其他阶层中通过选拔或科举考试等方式形成的，他们不从事物质生产，却掌握了人们精神文化的生产和传承的主动权。在帝王体制下，他们往往成为依附于统治者的士大夫阶层。其他三类则处于社会底层，难以掌握较高的文化知识，也没有政治权力和相应的社会地位。

辛亥革命以后，中国社会发生了翻天覆地的变化，不仅适应了20世纪从农业社会向工业社会转化的世界潮流，从而诞生了新的工人阶级，而且从建立共和体制开始，中华大地上默默地成长起一个新的职业阶层：科技工作者。他们是新时代知识分子的一部分，肩负科学探索的重任，成为先进生产力的载体。他们师从西方的科学技术导师，融入了世界科学技术的发展潮流中，为中国社会的经济发展、实业救国踏踏实实地贡献了力量。科技工作者的定义表明，其是在现代社会的各种职业中涌现出的一种以科学技术的发现、研发、应用和传播等工作为自己职业的一个新兴阶层，与其他传统职业相比，它具有现代性、知识性、创新性。科学技术的指数式发展，导致科技工作者群体规模的指数式发展，带来的社会效应就是科技职业的年轻化。

在进入21世纪的今天，科学技术不仅是一个国家经济实力的基础、综合国力的重要表现因素，而且也是一个国家文明程度的体现。科技工作者群体的成长和成熟标志着一个国家逐步走向现代文明！

（一）科技工作者成长的百年历程，说明科学和教育紧密联系在一起，教育事业的发展为科技人力资源的丰沛提供了可靠保障

与中国科技事业正处于指数上升时期相适应，科技职业化带来的科技工作者群体正以十几年翻一番的速度增长（图结-1）。分析这一增长现象可以发现，中国的教育事业迅猛发展是科技工作者迅速增加的直接原因。

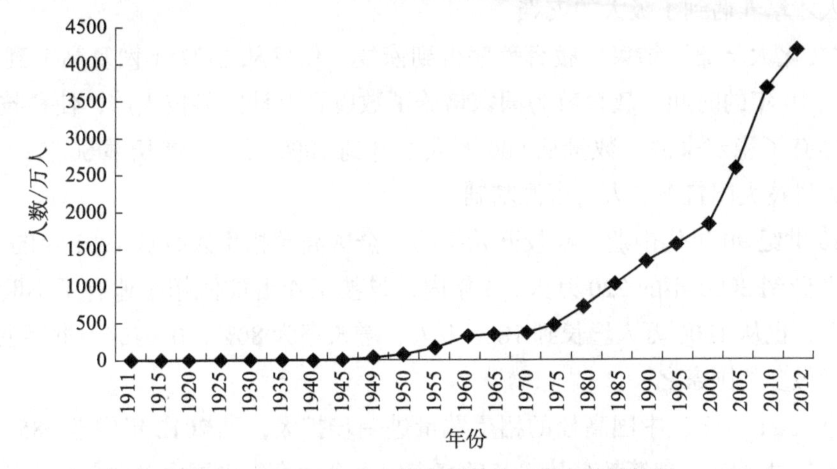

图结-1　1911～2012年中国科技工作者数量情况

民国初期，科技工作者群体能够诞生，主要依赖当时国家提倡的留学政策和高校建设的措施，作为精英阶层的留学生，出国学习到了现代科学技术，归国后成为中国刚萌芽的科学学科的拓荒者和领路人，为中国科技事业奠定基础做出了不可磨灭的贡献。现代高校的本土化发展，引入的科学类课程日益增多，报考科学类专业的学生也日益增加，为科技工作者的形成和成长开拓了人才源流。虽然到新中国成立前夕，中国科技工作者只有约26万人，但是其品质较高，后来成为科学大师的大多数出自这一群体。客观来看，当时的高等教育及留学生政策对于中国科技人才的培养还是比较成功的。

但是不可否认，民国时期的国民教育总体上发展迟缓，其中有经济原因，有战乱原因，也有当时政府的政策原因。在一个文盲占绝大多数的国家，是难以培育一个庞大的科技工作者群体的，也不可能形成具有较强实力的科技事业，托举起迅速发展的现代产业。

新中国成立后，国民教育得到了极大的发展，在很短的时间内普及了小学和

中学教育，高等教育也有了国家财政的保障，得到稳步发展。新中国前 17 年中，高校就为科技事业提供了大量的科技人力资源。数据显示，到 1965 年中国科技工作者总量已经超过 350 万人，增长了 10 倍有余，这不能不归功于教育事业的发展。

“文化大革命”时期，政治运动破坏了正常的社会秩序，科技和教育尤其成为“重灾区”，一大批优秀的科技工作者遭到了迫害，严重阻碍了我国科技事业的发展。科技工作者队伍数量增长迟缓，质量下降，直接原因还是教育受到了冲击，人才培养遇到了极大的灾难。

“文化大革命”结束，教育秩序得到恢复，仅仅从 1977 年恢复高考到 1985 年不到 10 年的时间，教育就为国家培养了数以百万计的科技人才，使科技工作者群体有了稳定来源，数量从 600 万人上升到 1000 万人，增长率 66.7%，为中国成为科技大国打下了人力资源基础。

20 世纪 90 年代中期，高校开始扩招，全国高校招生人数从 1995 年的 92.59 万人上升到 2000 年的 220 万人，5 年内，科技工作者群体相应地有了不断增长的来源，也从 1000 万人增长到 1800 万人，增长率为 80%，中国成为世界上科技工作者最多的国家之一。

进入 21 世纪，中国高校的招生数量进一步扩大，到 2012 年增至 685 万人，录取率超过 74%，高等教育从精英教育走向大众教育，中国大多数年轻人均有机会走进大学校园。与此相应的是，科技工作者群体有了更多的来源，总量又一次暴涨，达到 4200 万人，10 年翻番，增长率超过 102%。

与此同时，在教育领域中从事科技类教育的教师队伍得到了相应的扩展。除了“文化大革命”刚结束时教育界有所调整时期，教师队伍数量有所减少外，从 20 世纪 80 年代初开始，教师群体数量一直增长。特别是从 90 年代中期开始，高校扩招，大大促进了教师队伍的扩展。进入 21 世纪后，教师群体从 300 万人迅猛增长到 2012 年的 448 万人（图结 -2）。

我国社会几十年的发展证明“科教兴国”道路是正确的，在现代社会中科学与教育是难以分割的一对双胞胎，而科技人才成长的历史表明科学与教育几乎是一体化成长的。

（二）科技工作者成长的百年历程，说明科学技术逐步进入了产业领域和社会其他领域，产业升级和经济结构调整是科技工作者群体发展的需求基础

民国时期，中国军阀割据、政治纷争、战火连天，少有长久平安，难以使人

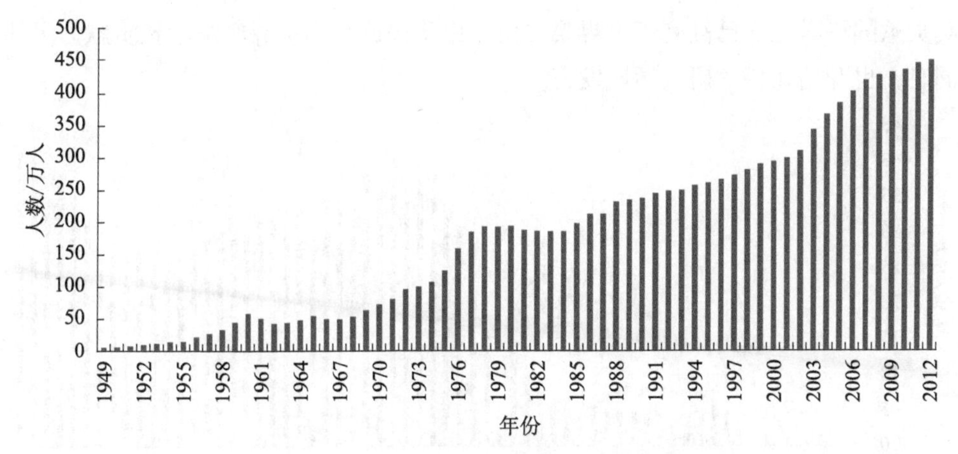

图结 -2　1949 ～ 2012 年教学人员数量情况

民安居乐业，集中力量搞经济建设。这一时期对科学技术的需求很少、很低，除了少数领域的科学研究外，只有军事工业和地质、农业等领域对科学技术有所需求、科学技术有所进展，其他科学技术领域均乏善可陈。没有需求就没有供给，社会少有提供科学技术岗位的就业机会，学习理工农医的人就少，科技工作者群体就难以成长起来。

自 1949 年始，中国有了大规模开展经济建设的目标蓝图，有苏联的榜样，有“赶英超美”的目标，各行各业开始考虑自身的发展。虽然受到政治运动的影响，受到计划经济体制的束缚，但是对于科学技术的需求，却仍然毫无疑问地增大起来。尤其是中央政府确定了“以钢为纲”，以重工业带动国家经济建设的基本战略，工业中急需的工程技术及其人才就成为当务之急。从当时高等教育的学校和院系调整就可以看出，放在首位的是工业领域的工程师的培养，所以，工程学院的建设就成为重点。数据显示，在新中国初期的 17 年间，工程技术教育和医疗卫生教育发展较快，工程技术人员增长了 11 倍，卫生技术人员增长了 16 倍，而教育事业本身的科技教师队伍增长了 12.8 倍。

改革开放以来，中国走向社会主义市场经济的发展道路，市场竞争机制使决策者认识到，要改变经济增长方式，从粗放型向集约型转变，要抓产业提升和转型，要加大科学技术的含量。中国这样的大国一定要有自己的科学技术事业，为国家的产业发展提供科技基础。数据显示，改革开放以来，我国的科学研究人员数量有了迅速增长，并且从 20 世纪 80 年代以来（除少数年份外）一直保持在 30 万人以上，到 2012 年已经突破 40 万人（图结 -3）。加上高校的科技工作者队伍，我国的科学研究人员已经成为世界上最庞大的研究队伍之一。到 21 世纪初，其贡献的科学论文已高列于世界第二位，中华民族在为世界经济增长贡献力量的同时，也开始在科学研究领域发力。

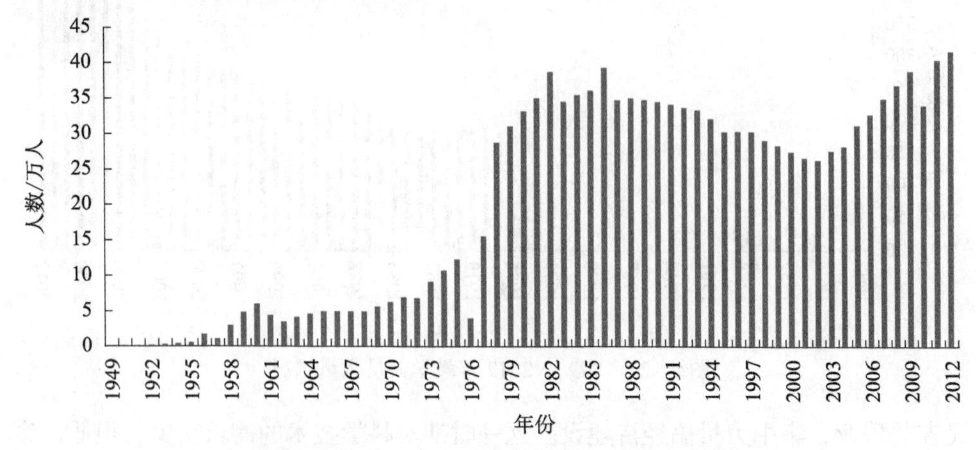

图结 -3　1949 ～ 2012 年科学研究人员数量情况

卫生技术人员和工程技术人员群体一直是新中国成立以来最大的两类科技工作者群体。从目前来看，体制内的医疗卫生领域仍然是科技工作者最集中的领域。从医疗卫生机构的科技岗位设置及专业职务职称的增加就可以知道，这个领域对于科技工作者的需求是迅速增加的。图结 -4 显示，卫生技术人员数量除了极个别年份外，不管经济形势还是政治形势变化，几乎都是稳步增长。这说明新中国成立以来，随着国家经济逐步发展，广大群众对于医疗卫生的要求逐步提高，对于生命的质量和健康的追求也日益增强，医疗卫生领域对于科技一直有强烈的需求，目前医疗卫生体制的改革还需深入，而科技工作者的持续增加对于医疗卫生事业的发展发挥了基础性的作用。

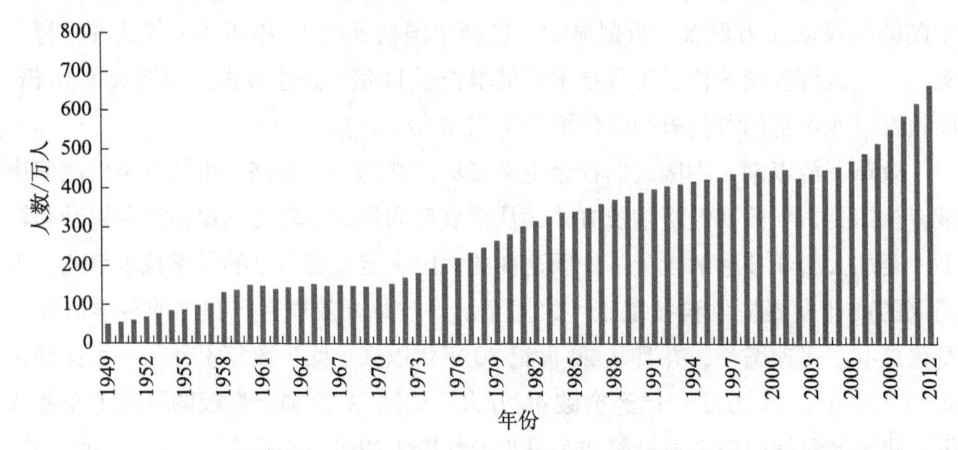

图结 -4　1949 ～ 2012 年卫生技术人员数量情况

我国工程技术人员的数量，虽然增长率呈现一定的波动，但始终是在不断增长的。特别是从20世纪90年代开始，中国加入了世界贸易组织，我国第二产业特别是制造业抓住了改革开放的机会，从计划走向市场，从国内走向世界，获得迅速发展。这一时期各类产业均有较大的发展，每个产业对于本行业内的科技工作者都有了较大的需求，工程技术人员从90年代初的500万人直接飙升到2012年的2000多万人，大大超过了其他类别的科技工作者（图结-5）。这个数字显示，大量的科技工作者就职于第二产业，中国已经成为“世界工厂”，引进了大量国外技术，为国际市场提供质优价廉的制造产品。

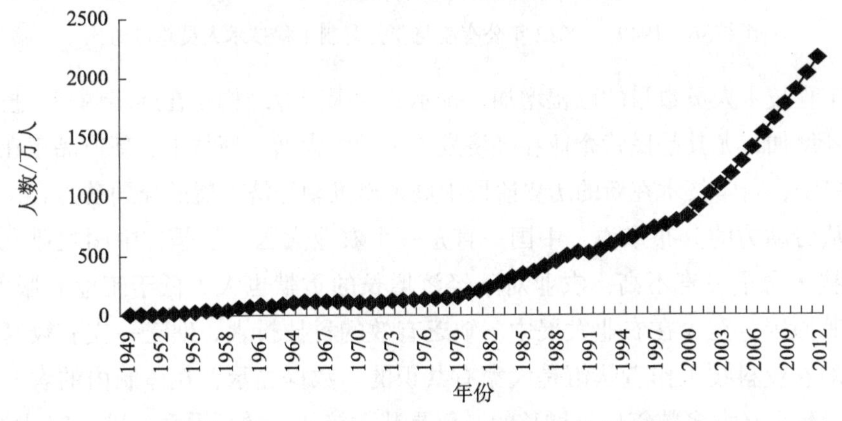

图结-5　1949～2012年工程技术人员总量情况

仔细分析工程技术人员的增长过程，就可以发现一个现象，原来在体制内的工程技术人员，到了90年代中期后开始向体制外流动，这一时期国有企业改革，原来的国有企业不少被关停并转，科技工作者和大多数工人一样流动到了各类民营企业。并且，随着世界经济的发展，1997～2005年，原来的产业结构遇到了发展瓶颈，产能逐步过剩，国有企业对普通工程技术人员需求下降，数量逐年减少，从578万人下降到479万人，减少了近100万人。到了2006年后，才逐步恢复增长，但是也一直徘徊在600万人以下，难以有较大的增长。相反，非公有制企业包括国内的民营企业、三资企业等，其中就业的科技工作者却一直迅速地增长，数据表明，新增加的工程技术人员大多进入到民营企业。非公有制企业的工程技术人员在80年代初只有几万人，到1996年超过了100万人，到2002年超过500万人，到2003年的608万人，开始超过公有制内工程技术人员数量（499万人），而10年后到2012年，非公体制内工程技术人员的数量飙升到1583万人，增加了2倍还多，是同期公有制内工程技术人员的2.66倍（图结-6）。

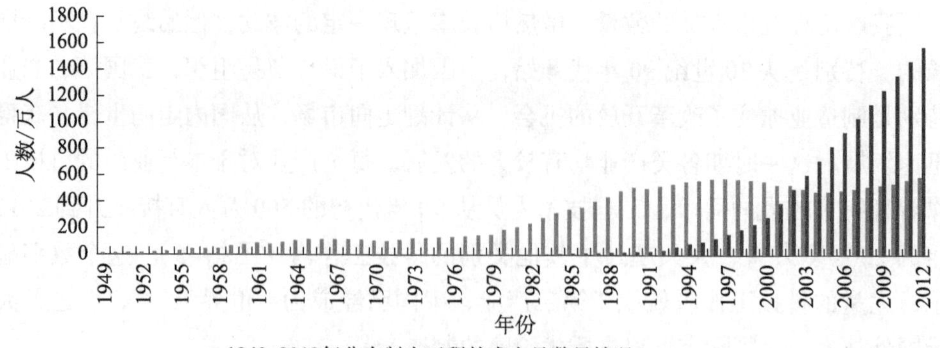

图结 -6 1949 ～ 2012 年公有制与非公有制工程技术人员总量对比

工程技术人员数量的巨幅增加，预示着我国产业结构正在逐步调整，技术含量不断增加，尤其是民营企业在经济发展中活力大增，新技术、新产品正在逐步长入经济，科学技术在新的历史阶段中展现出推动经济发展的强劲动力。

从劳动力的分布来说，中国一直是一个农业大国。但是，中国农业发展中科学技术含量一直不高，农业对于经济增长的贡献也大大低于工业和服务业。探究其原因，至少在农业发展中，缺乏有效的科技投入，缺乏一支有较高创新能力的农业科技工作者队伍是大家有共识的。数据显示，在体制内的农业科技工作者数量在大多数年份是增长的，但是基数较低，增长缓慢，进入 21 世纪后，总量才刚刚达到 70 万人，对于有数以亿计农民的农业产业来说，无疑是杯水车薪。另外，在改革开放中成长起来的民营企业和各种社会组织中，吸纳了更多数量的农业科技工作者，从刚开始 2000 年的 10 万人增长到 2012 年的 272 万人，在全国总共 343 万名农业科技工作者中，占了近 80%（79.3%）。从 2003 年开始，非公农业技术人员的数量超过了公有制内农业技术人员，到 2012 年，非公农业技术人员数量是同期公有制内农业技术人员数量的 3.8 倍（图结 -7 和图结 -8）。可以说，在广大农村的农业生产过程中，民营科技工作者发挥了更多的作用。为了推动农业科技的发展，中国科协与财政部发起的“科普惠农兴村”计划在近五年中，平均每年表彰的先进单位和个人有上万个（人），其中，受到表彰的农村专业技术协会平均每年有近 4000 个，农村科普示范基地有近 3000 个，农村科普带头人有 3000 多人次。其中，有相当数量的并不是体制内的专职农业技术人员。

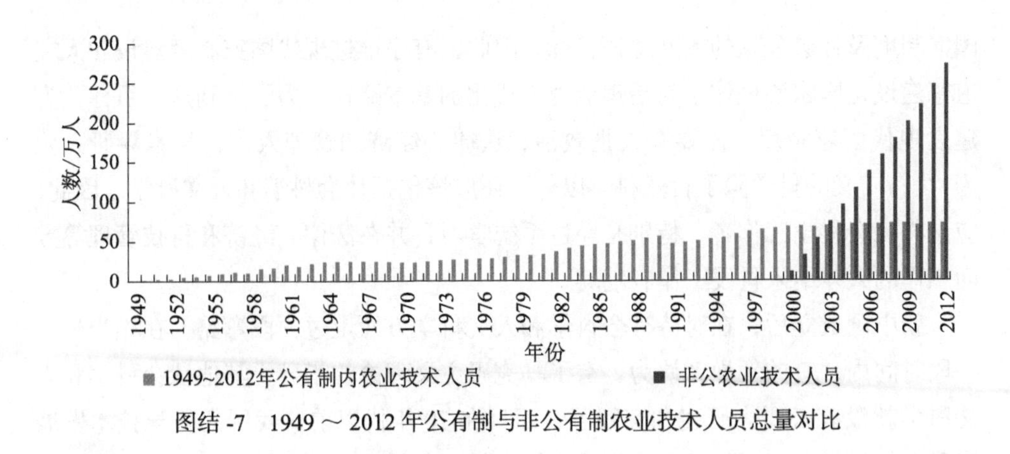

图结 -7　1949 ～ 2012 年公有制与非公有制农业技术人员总量对比

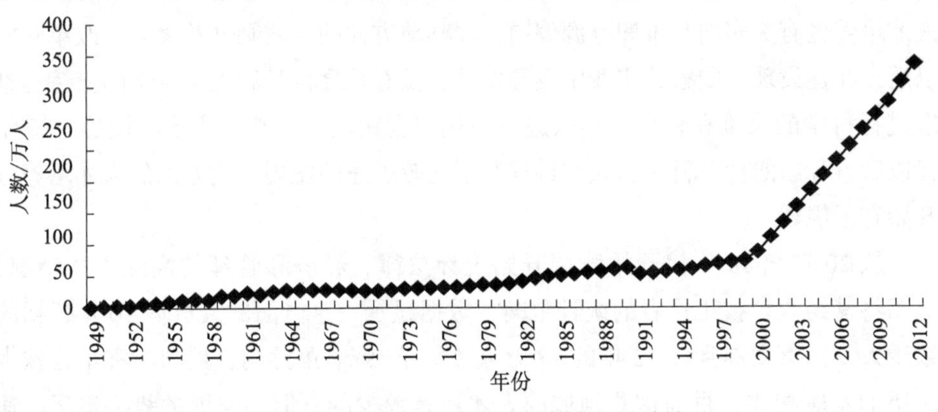

图结 -8　1949 ～ 2012 年农业技术人员总量

科技工作者的百年历程证明了中国在一百多年的历史发展中，科学技术为经济增长和结构调整做出了极大的贡献，而社会经济增长和结构调整引发的需求反过来也促进了科技工作者队伍的成长。一个产业领域的提升和结构调整无不依赖于科学技术的长人，技术创新推动经济发展和结构调整已经成为全世界有识之士的共识。在建设创新型国家的道路上，着力推动企业成为创新主体，发挥市场配置资源的根本性作用，科技工作者将贡献更多的聪明才智。

（三）科技工作者成长的百年历程，说明科学研究和科学技术的边界已经从自然扩展到社会和人文，现代化国家的新制度建设、人文精神提升是科技事业发展的新动力

世界现代化发展进程的历史表明：建设一个文明的现代化国家，不仅需要有现代化的产业和丰富的物质文化，更为关键的是要有一整套适合现代文明的现代

国家制度及社会公认的人文道德目标。因此，有序推进现代国家制度建设和人文道德建设是国家治理体系与治理能力现代化的基本路径。为了达到这一目标，为建设现代国家制度，需要有大批政治、法律、经济和管理人才，学术界研究认为[220]，广义的科学除了自然科学以外，还应该包括社会科学和人文科学。因此，应该将社会科学工作者，特别是经过系统学习，并在法律、经济和科技管理等方面工作的人才纳入科技工作者范畴。

新中国成立后，在对待社会科学和人文科学方面走过一段弯路。在相当长的一段时间内，有的领导者认为，有了马克思主义理论的指导，其他社会科学和人文科学就没有必要去研究和实践了，而且在 70 年代以前，我国的科学技术发展偏重自然科学和工程技术，特别是实用性的工业技术得到迅速发展，对这方面的人才培养也有更多的政策和资源偏向，而其他方面的人才则日益匮乏。改革开放以后，在建设现代国家的实践中我们发现，没有社会科学和人文科学的支持是难以进行科学的决策和管理，难以进行现代制度建设，特别是法治建设的。80 年代以后，我国的社会科学和人文科学有了比较迅速的发展，这方面的人才培养也开始有了规划。

从 20 世纪 80 年代开始我国开始统计法律、经济和管理的高级人才情况，本书将其纳入科技工作者的统计范畴，数据显示，这方面的人员从 80 年代初的数千人，一直发展到 2012 年的 18 万人（图结 -9）。虽然与自然科学和工程技术队伍的发展相比，目前这些领域的人才还是较少的，但是发展的势头迅猛，速度也不慢。随着社会对这些领域需求的增加，相信在不久的将来社会科学和人文科学的科技工作者群体会有一个非常迅速的增长，这也是文明社会发展的必然需求。

总之，科技工作者的百年发展历程，证明了在中国走向现代化的进程中，科学技术的应用对象逐步从自然界的物质生产的研究和制造发展到社会制度研究和管理，甚至延伸到人文领域。为了适应这样的变化，科技工作者群体也相应地有了扩展，其来源构成，已经从天文地理、物理化学、工程技术、医药卫生、生物农业等逐步发展到经济学、法律学和管理学等领域。一个专业齐全、结构合理、与社会需求相适应的科技工作者群体的发展和活跃是中华民族崛起的人力保障，是强国之路的人才基石。

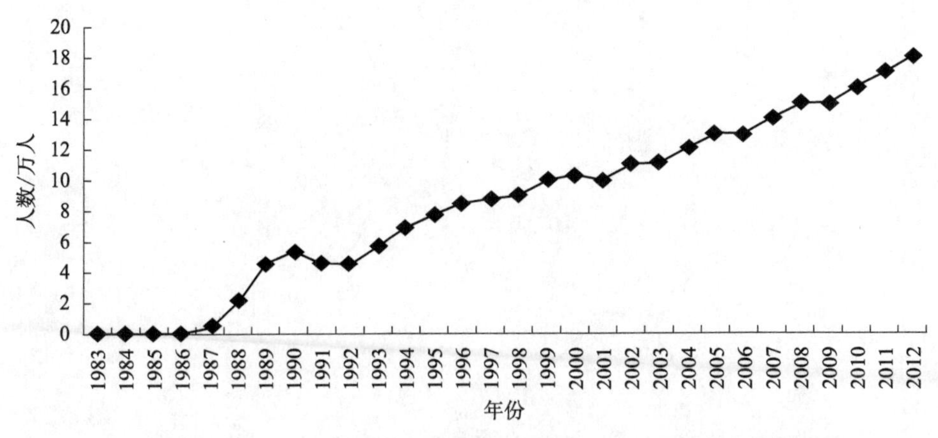

图结-9　1983～2012年具有高级职称的经济人员和法律类人员数量

参考文献

[1] 何国祥 . 科技工作者的界定及内涵 . 科技导报，2008，26（12）：96-97.

[2]《辞海》缩印本 . 上海：上海辞书出版社，1989.

[3] 赵红州 . 科学能力学引论 . 北京：科学出版社，1984：5.

[4] 贝尔纳 . 科学的社会功能 . 周祖曦，丁于廉，译 . 北京：商务印书馆，1982.

[5] 约翰 · 齐曼 . 知识的力量：科学的社会范畴 . 张祖贵，译 . 上海：上海科学技术出版社，1985.

[6] 全国科技工作者状况调查课题组 . 第二次全国科技工作者状况调查报告 . 北京：中国科学技术出版社，2010.

[7] 全国科技工作者状况调查课题组 . 第一次全国科技工作者状况调查报告 . 北京：中国科学技术出版社，2004.

[8] 中国科学技术协会 . 中国科技人力资源发展研究报告，2008.

[9] 中国科协全国科技工作者状况调查课题组 . 全国科技工作者状况调查报告 . 北京：中国科学技术出版社，2004：3.

[10] 中国科协调研宣传部，中国科协管理科学研究中心 . 中国科协实行会员制可行性研究报告，2005.

[11] 张鸣 . 重说中国近代史 . 北京：中国致公出版社，2012.

[12] 亨利 · 基辛格 . 世界秩序 . 胡利平，等译 . 北京：中信出版社，2015.

[13] 比斯利 . 明治维新 . 张光，汤金旭，译 . 南京：江苏人民出版社，2012.

[14] 徐泰来 . 试论洋务运动的指导思想 . 湘潭大学社会科学学报，1984（4）：117-120.

[15] 勒法吉 . 容闳与留美幼童研究：中国幼童留美史 . 高宗鲁译 . 珠海：珠海出版社，2006.

[16] 房峻峰 . 留美幼童 • 容闳 • 盛宣怀 • 邵洵美 .http：//blog.sina.com.cn/s/ blog_4ea69c3f0100qrfl.html[2011-04-30].

[17] 何艾生，梁成瑞 . 百卷本中国全史——第 097 卷民国科技史 . 北京：人民出版社，1995.

[18] 杜石然，林庆元，郭金彬 . 洋务运动与中国近代科技 . 沈阳：辽宁教育出版社，1991：193.

[19] 曲铁华，李娟 . 中国近代科学教育史 . 北京：人民教育出版社，2010：102.
[20] 潘懋元，刘海峰 . 中国近代教育史资料汇编 · 高等教育 . 上海：上海教育出版社，1993.
[21] 教育部科技发展中心 . 晚清时期 近代高等教育的缘起（1911 年以前）.http：//www.cutech.edu.cn/cn/jqhd/kjgz/webinfo/2007/05/1180487125352844.htm[2007-05-30].
[22] 孙毓棠 . 中国近代工业史资料（第 1 辑）（上册）. 北京：科学出版社，1954：479-480.
[23] 徐鼎新 . 中国近代企业的科技力量与科技效应 . 上海：上海社会科学院出版社，1995：17.
[24] 杨益茂 . 洋务运动时期的新式教育 . 北京社会科学，1996（1）：108-118.
[25] 汪虹 . 科举制废除后知识分子职业分流研究 . 河北师范大学硕士学位论文，2010.
[26] 严复 . 原强 // 严几道 . 严侯官文集 . 北京：特别译书书局，1903.
[27] 范铁权 . 近代中国科学社团研究 . 北京：人民出版社，2011：5.
[28] 蔡尚思，方行 . 谭嗣同全集（下册）. 北京：中华书局，1981：45.
[29] 元青 . 北洋政府统治时期的留学派遣政策 . 广东社会科学，2005（6）：105-111.
[30] 田正平 . 留学生与中国教育近代化 . 广州：广东教育出版社，1996.
[31] 梅贻琦，程其保 . 百年来中国留美学生调查录（1854—1953）// 陈学恂 . 中国近代教育史教学参考资料（下册）. 北京：人民教育出版社，1978：372-374.
[32] 费正清，费维恺 . 剑桥中华民国史 1912—1949 年（下卷）. 刘敬坤，徐纪敏，王烈，译 . 中国社会科学出版社，1994.
[33] 霍益萍 . 近代中国的高等教育 . 上海：华东师范大学出版社，1999.
[34] 喻本伐 . 中国教育发展 . 武汉：华中师范大学出版社，1999.
[35] 宋秀芳 . 北洋军阀统治时期的高等教育 . 郑州航空工业管理学院学报，2012（10）：76.
[36] 康艳华 . 当秀才遇上张作霖 . 辽沈晚报，2009-07-08：C14-C15.
[37] 周邦道 . 第一次中国教育年鉴（丙编）. 上海：上海开明书店，1934.
[38] 潘懋元 . 中国高等教育百年 . 广州：广东高等教育出版社，2003.
[39] 周予同 . 中国现代教育史 . 上海：良友图书印刷公司，1934.
[40] 郑世兴 . 中国现代教育史 . 台北：台北三民书局，1981.
[41] 李传斌 . 基督教在华医疗事业与近代中国社会（1835—1937）. 苏州大学博士学位论文，2001.
[42] 庞京周 . 上海市近十年来医药鸟瞰（连载）. 申报，1932-11-24：15 版 .
[43] 朱席儒，赖斗岩 . 开国新医人才分布概观 . 中华医学杂志，1935（2）.
[44] 中华续行委办会调查特委会 . 中华归主——中国基督教事业统计（1901—1920）（下册）. 中国社会科学院世界宗教研究所译 . 北京：中国社会科学出版社，1987.
[45] 中华医学会 . 中国医界指南（民国二十一年），1932.
[46] 汪一驹 . 中国知识分子与西方 . 台湾：台湾枫城出版社，1978.

[47] 张维迎 . 经济学原理 . 西安：西北大学出版社，2015.
[48] 陈明远 . 知识分子与人民币时代：《文化人的经济生活》续篇 . 上海：文汇出版社，2006.
[49] 狄登麦 . 狄登麦（C. G. Dittmer）论文 . 经济学季刊，33（1）.
[50] 耿云志，欧阳哲生 . 胡适书信集（上册）. 北京：北京大学出版社，1996：106，111-112.
[51] 李学通 . 科学家的经济收入 . 科学文化评论，2007，4（3）:101-106.
[52] 王大明 . 试论二、三十年代中国科学家的社会声望问题 . 自然辩证法通讯，1988（6）：36-42.
[53] 教育部科技发展中心 . 北洋政府时期高等学校科学技术研究的萌芽（1912—1927 年）. 科技工作研究报告，2007.
[54] 胡朴安 . 中华全国风俗志（下编）. 石家庄：河北人民出版社，1986：291-292.
[55] 杜恂诚 . 民族资本主义与旧中国政府（1840—1937）. 上海：上海社会科学院出版社，1991.
[56] 中国科协发展研究中心课题组 . 近代中国科技社团 . 北京：中国科学技术出版社，2014.
[57] 范铁权 . 中国科学社与中国科学的近代化 . 天津社会科学，2003（2）：138-139.
[58] 郭廷以 . 近代中国史纲 . 上海：格致出版社，2009.
[59] 黄建中 . 十年来的中国高等教育 // 中国文化建设协会 . 十年来的中国 . 上海：商务印书馆 1939.
[60] 中国历史档案馆 . 中华民国史档案资料汇编 [第 5 辑第 1 编　教育（二）]. 南京：凤凰出版社，2010.
[61] 吴大猷 . 我的科学心路历程 . 台北：传记文学出版社，1989.
[62] 张洪沅 . 研究经费与工商业 . 科学画报，1936，3（19）.
[63] 刘咸 . 科学史上之最近二十年 . 科学，1937，20（1）：4-11.
[64] 冯成杰 . 试论抗战时期国民政府的教育政策 . 哈尔滨学院学报，2010，3.
[65] 张维 . 近代中国科学技术和高等工程教育发展的回顾与发展 . 高等工程教育研究，2001（2）：1-8.
[66] 宋恩荣，章咸 . 中华民国教育法规选编（1912—1949）. 南京：江苏教育出版社，1990：46.
[67] 张含英，魏寿昆 . 抗战中的北洋工学院回忆片段 . 天津：天津大学出版社，1989.
[68] 刘超 . 中国大学的去向——基于民国大学史的观察 . 开放时代，2009（1）：47-68.
[69] 霍益萍 . 中国近代的高等教育 . 上海：华东师范大学出版社，1999.
[70] 吴越秀 . 中国近代专家群体的演化 . 中国青年政治学院学报，2008（1）：134-138.
[71] 张剑 . 略论中国近代科研机构体制及其特征 . 史林，2008（6）：20-35.
[72] 钟少华 . 国民政府统治时期的科技机构人员主要成就及其特点 . 民国档案，1987（3）：100-105.

[73] 王奂若 . 俞大维功业、典范永存——纪念俞大维先生逝世十周年而作 . 传记文学，2003，（7）：45-72.

[74] 李春昱 . 中国之地质工作 . 北京：行政院新闻局，1947.

[75] 中国第二历史档案馆 . 中华民国史档案资料汇编 [第 5 辑第 1 编　教育（二）]. 南京：江苏古籍出版社，1994.

[76] 李先闻 . 一个农家子弟的奋斗之九：抗战八年（一）. 传记文学，2007，16（1）：4.

[77] 民国教育部 . 全国高等教育统计（二十二年度）. 上海：商务印书馆，1935.

[78] 朱席儒，赖斗岩 . 吾国新医人才分布概观 . 中华医学杂志，1935（2）.

[79] 尹倩 . 民国时期的医师群体研究 1912—1937. 华中师范大学博士学位论文，2008.

[80] 维涛 . 战时技术人员训练 . 重庆：独立出版社，1943.

[81] 国民政府主计处统计局 . 中华民国统计概要 . 商务印书馆，1935:192.

[82] 童振藻 . 浙民衣食住问题之研究（木砚斋 · 1931 年版）：1931：28-31.

[83]《武阳》编写组 . 武阳镇志（1983 年铅印本）. 成都：四川省新津县武阳镇人民政府出版，1983.

[84] 何志平，尹恭成，张小梅 . 中国科学技术团体 . 上海：上海科学普及出版社，1990.

[85] 戴旭 . 国力悬殊 战力何在？中国经营报，2015-01-19：50 版 .

[86] 史仲文，胡晓林 . 中国全史（第 098 卷民国教育史）. 北京：中国书籍出版社，2011.

[87] 谢本书，温贤美 . 抗战时期的西南大后方 . 北京：北京出版社，1995.

[88] 张成明，张国镛 . 抗战时期迁渝高等院校的考证 . 抗日战争研究，2005（1）：169-181.

[89] 潘洵 . 抗战时期大后方科技事业的“诺亚方舟”. 西南大学学报（社会科学版），2007（1）：178-184.

[90] 陈玉甲 . 绥蒙辑要（1936 年铅印本）. 内蒙古，1936.

[91] 熊贤君 . 论战时教育思潮与战时教育的发展 . 民国档案，2007（3）：105-111.

[92] 李华兴 . 论民国教育史的分期 . 上海师范大学学报，1997（1）：126-132.

[93] 宋健 . 十代留学生百年接力留学潮 . 光明日报，2003-04-15.

[94] 傅海辉 . 抗日战争时期的航空研究院及其历史价值 . 中国科技史料，1998（3）:56-63.

[95] 中华人民共和国教育部 . 三十年全国教育统计资料（1949—1978）.1979.

[96] 侯杨方 . 筚路蓝楼：民国时期的医疗卫生建设 . 21 世纪经济报道，2007-09-10.

[97] 王斐 . 抗战时陕甘宁边区的医药卫生科技 . 延安大学硕士学位论文，2009.

[98] 何廉 . 何廉回忆录 . 朱佑慈，杨大宁，胡隆昶，等译 . 北京：中国文史出版社，1988.

[99] 黄立人 . 抗日战争时期工厂内迁的考察 . 历史研究，1994（4）:120-136.

[100] 重庆市地方志编纂委员会 . 重庆市志 · 科学技术志 . 重庆：重庆出版社，1999.

[101] 中国档案馆 . 中华民国史档案资料汇编（第五辑第二编　文化）. 南京：江苏古籍出版社，1997.

[102] 程雨辰 . 抗战时期重庆的科学技术 . 重庆：重庆出版社，1995.

[103] 潘洵 . 李桂芳抗战时期大后方科技社团的发展及其影响 . 西南大学学报（社会科学版），2010，36（5）.

[104] 中国科学社 . 中国地质学会近讯 . 科学，1947，29（2）.

[105] 茅以升 . 中国工程师学会简史（文史资料精选）. 北京：中国文史出版社，1990.

[106] 何艾生，梁成瑞 . 中国民国科技史 . 北京：人民出版社，1994.

[107] 中国科学社 . 西康文物展览会 . 科学，1940，24（6）：506.

[108] 百度百科 . 中华医学会 . http：//baike.sogou.com/v49309.htm?ch=ch.bk.innerlink.

[109] 中华人民共和国教育部计划财务司 . 中国教育成就（1949—1983 年统计资料）. 北京：人民教育出版社，1984.

[110] 李扬. 五十年代的院系调整与社会变迁——院系调整研究之一. 开放时代，2004（5）:15-30.

[111] 许丽丽 . 新中国成立后我国中等职业教育发展研究 . 东北师范大学硕士论文，2009.

[112] 毕小丽 . 建国初期的中医进修（1949—1955）. 广州中医药大学硕士学位论文，2006.

[113] 洪冰冰 . 建国早期科技人才政策研究（1949—1966）. 安徽医科大学博士学位论文，2011.

[114] 布鲁斯・布尔诺・德・梅斯奎塔 , 阿拉斯泰尔・史密斯 . 独裁者手册 . 罗伟阳译 . 南京：江苏文艺出版社，2014.

[115] 中央关于新解放城市职工工资薪水问题的指示 . http：//sysjj.10yan.com /Html/zywx/174203450.html[1949-1-10].

[116] 中国科学院院史文物资料征集委员会办公室 . 中国科学院史料汇编・1950 年 . 北京：中国科学院，1994.

[117] 国务院 . 国务院关于工资改革的决定 . http：//www.law-lib.com/law/law_view.asp? id=43309 [1956-7-4].

[118] 周维强 . 学林新语 . 光明日报 .http：//epaper.gmw.cn/gmrb/html/2013-05/02/ nw. D110000gmrb _ 20130502_3-12.htm.

[119] 于立生 . 前车之鉴犹在，教授评级又来？！ http：//hn.rednet.cn/c/2008 /03/20/1465059.htm[2008-3-20].

[120] 夏杏珍 . 建国初期对知识分子思想改造的历史必然性 . http：//www.zgg.org.cn/zggxx/xxchsh/wenhua/201411/t20141106_481021.html[2014-11-06].

[121] 佚名 . “三反”运动中的竺可桢：真同走尸无法应付 . http：//sn.people.com.cn/n/2015/0304/ c346862-24063535-5.html[2014-12-02].

[122] 沈志华 . 1956 年初中共知识分子政策的调整 . http：//www.people.com.cn/GB/ 198221/198974/199957/12906123.html[2010-10-9].

[123] 刘倩 . 中国共产党第八次全国代表大会第二次会议 . http：//dangshi.people.com.cn/GB/151935/176588/176596/10556148.html.

[124] 【史】1957：右派事件解密 . 阅读公社 .http://www.17.wh.com/git/20151104/ 597749.html [2015-11-04].

[125] 朱八八 . 我国废止劳动教养制度探究劳教制度历史 . http：//www.guancha.cn /politics/2013_11_16_ 186077.shtml[2013-11-16].

[126] 王德禄 . 1950 年代归国留美科学家的归程及命运 . http：//gei-wangdelu.blog.sohu.com/213784316.html[2012-4-28].

[127] 翁文灏 . 中国矿产志略 . 北京：地质调查所印行，1919.

[128] 谢家荣 . 石油 . 上海：商务印书馆，1930.

[129] 潘云唐 . 翁文灏选集 . 北京：冶金工业出版社，1989：341-342.

[130] 石宝珩，徐旺，张清 . 中国石油史实九则 . 石油勘探与开发，2001（12）：104-110.

[131] 何建明 . "中国石油之父"与大庆油田 . 今晚报，2000-04-24—2000-07-12.

[132] 何祚庥，兰士斌，郜丽文 . 我国教师收入的合理水准 . 科技导报，1990（6）：46-51.

[133] 张藜 . 科学家的经济生活与社会声望：1949—1966——以中国科学院为例 // 中国当代史研究（第 1 辑）. 北京：九州出版社，2009.

[134] 中国科学报 . 打开留美科学家的尘封往事 .http://www.cas.cn/xw/cmsm/201401/ t20140124_4028896.

[135] 科技部 . 中国科技发展历程 .http://www.most.gov.cn/kjfz/kjlc/.

[136] 何志刚 . 忆 50 年代的上海造船学会 . 上海造船，2001（1）：27-28.

[137] 李四光 . 全国科联第一届全国委员会第二次扩大会议开幕词 . 中国科学技术团体，1957：585.

[138] 佚名 .1964 年 5 月 28 日中国科学院召开表彰大会 . http：//cpc.people.com.cn /GB/64162/64165/79703/82268/5706613.html.

[139] 柴淑敏 . 中国科协从"一大"到"二大". 中国科技史料，1980（1）:107-108.

[140] 王康 . 科技社团：新中国成立初期留学生归国的驱动器 . 国际人才交流，2011（6）：8-9.

[141] 于杰 . 海外赤子：建国初期留学生回国热潮兴起 . 长春：吉林出版集团有限责任公司，2009.

[142] 崔禄春 . 建国以来中国共产党的科技政策研究 . 中共中央党校博士学位论文，2000.

[143] 苗丹国，程希 .1949—2009：中国留学政策的发展、现状与趋势（上）. 徐州师范大学学报（哲学社会科学版），2010,36（2）.

[144] 胡德祥 . 正确对待工农兵大学生是当前人才培养中的一个重要问题 . 科研管理，1980（2）：40-41.

[145] 佚名 . 逝去的民国精英 . 读者文摘 . http：//f88189629ad7c09. i. sohu. com/mp/index [2015-

5-26].
[146] 曹普．中国改革开放的历史由来．学习时报，2009-09-29：3 版．
[147] 王德禄，刘志光．1950 年代归国留美科学家的归程及命运．科学文化评论，2012，9（1）
[148] 胡平．人造卫星之父赵九章之死．http://epaper.qingdaonews.com/html/lnshb/ 20121029/ lnshb494714.html [2012-10-29].
[149] 胡平．1968 年中国科学院究竟有多少一级研究员自杀？ http：//news.ifeng.com/history/ zhongguoxiandaishi/detail_2011_12/02/11053640_0.shtml[2011-12-02].
[150] 佚名．“文革”时期经济的成就．http：//www.ccsezr.org/news/news_detail.php? newsid= &childnewsid=832 [1970-01-01].
[151] 焦力人．当代中国的石油工业．北京：中国社会科学出版社，1988.
[152] 韩露露．“文化大革命”时期中国农业科技进步研究．南京农业大学硕士学位论文，2007.
[153] 邓小平．邓小平文选．北京：人民出版社，1993: 279.
[154] 方先，张晓丽.改革开放初期我国科技人才政策浅探.产业与科技论坛，2009，8（4）:45-46.
[155] 李明．新时期中国科技人才政策评析．东北大学硕士学位论文，2008.
[156] 吴晓波．激荡三十年：中国企业（1978—2008）．北京：中信出版社，2014.
[157] 苗丹国．出国留学六十年．北京：中央文献出版社，2010：268.
[158] 佚名．细数学费变迁：上世纪 80 年代到如今大学学费变化．http：//cq.bendibao.com / news/201489/45323_2.shtm[2014-08-09].
[159] 周方良．知识分子经济政策研究：困境与出路．北京：春秋出版社，1989.
[160] 云源，谢璐，赵陈．职业声望排位科学家第一．http：//news.sina.com.cn/o/2003-11-02/ 02451038933s.shtml[2003-11-02].
[161] 张仲梁．中国公众对科学技术的态度．北京：中国科学技术出版社，1991.
[162] 张曼菱．北大回忆：回顾 80 年代北大知识分子．http：//cul. qq. com/a/20140404/ 014215. Htm[2014-04-04].
[163] 王渝生．纳米超导争奇环境科技方兴——世界科技一百年（十）20 世纪 80 年代．科学中国人，2011（22）：18-29.
[164] 于维栋．希望的火光——中关村电子一条街调查．北京：中国人民大学出版社，1988.
[165] 北京科技咨询业协会中国智密区研究所．中关村十年之路——北京市新技术产业开发试验区回顾与展望．北京：改革出版社，1998.
[166] 佚名．中共中央关于科学技术体制改革的决定．中华人民共和国国务院公报，1985，9：201-209.
[167] 中华人民共和国教育部．中共中央关于教育体制改革的决定 http：//www. moe.edu. cn/

publicfiles/business/htmlfiles/moe/moe_177/200407/2482.html[1985-05-27].
[168] 从传统科研院所到现代高科技企业 .http://www.gmw.cn/01gmrb/1999-11/ 23/GB/gm%5E18249%5E1%5EGM1-2309.HTM.
[169] 杨继绳 . 中国当代社会阶层分析 . 南昌：江西高校出版社，2010.
[170] 娄伟 . 中国科技人才培养政策体系分析 . 科学学与科学技术管理，2004，25（12）:109-113.
[171] 赵剑锋 . 非公经济企业员工职称评审改革研究 . 天津大学硕士学位论文，2010.
[172] 石良平 . 经济体制改革与国民收入分配 . 财经研究，1993（5）：3-10.
[173] 国家机关和事业单位工作人员工资制度改革方案（1985 年 5 月 24 日）. http：//www.zx689.com/Files/635307522511423193.htm.
[174] 刘国新 . 20 世纪 80 年代的教育体制改革 . http：//www.iccs.cn/contents/303 /8312.html [1994-08-01].
[175] 房荣 . 小议九三年工资改革 . 黑龙江财专学报，1995（6）：67-68.
[176] 张仲梁，鲍克 . 中国科学技术界的概观 . 北京：中国科学技术出版社，1991.
[177] 殷金娣 . 众说纷纭的明星出场价 . 瞭望，1993（4）:40-44.
[178] 我国科技力量布局发生重大变化 .http://www.people.com.cn/GB/channel3/22/ 20001010/264993.html.
[179] 汝信，陆学艺，李培林 . 2002 年：中国社会形势分析与预测 . 北京：社会科学文献出版社，2002.
[180] 中国科学技术信息研究所 . 2003 年度中国科技论文统计结果 . http：//www.istic.ac.cn/portals/0/documents/kxpj/[2004-12-07].
[181] 国家统计局 . 中国统计年鉴（2001）. http：//www.stats.gov.cn/.
[182] 国家统计局 . 中国统计年鉴（1997）. http：//www.stats.gov.cn/.
[183] 国家统计局 . 中国统计年鉴（2000）. http：//www.stats.gov.cn/.
[184] 杨焕明 . 像争夺国土一样争夺基因资源 .www.ebiotrade.com[2017-11-09].
[185] 网易科技报道 . 中国参与人类基因组计划 .http://tech.163.com/09/0901/ 15/514T9P4900093IHH.html.
[186] 邓小平文选（第三卷）. 北京：人民出版社，1993.
[187] 卢佳 . 邓小平和中国高科技发展 . 湘潮，2014（12）:8-12.
[188] 柳卸林，支婷婷 . 中国科学院的知识创新工程与能力提升 . 中国软科学，2009（1）:56-65.
[189] 刘波，李萌，李晓轩 . 30 年来我国科技人才政策回顾 . 中国科技论坛，2008（11）:3-7.
[190] 唐圣利，朱云鹏，汪宝进 . 东部省份的科技人力资源创新能力分析 . 重庆交通大学学报（社科版），2010.

[191] 王成军，冯涛 . 基于调查统计的西部科技人力资源流动状况分析 . 西北人口，2011,32（4）.

[192] 李燕萍，施丹 . 中部地区科技人力资源流动态势调查、分析与对策建议 . 科技进步与对策，2009，26（6）：33-37.

[193] 中国科协调研宣传部，中国科协发展研究中心 . 第三次全国科技工作者状况调查报告（2013）. 北京：中国科学技术出版社，2015.

[194] 麦可思研究院 . 2013 年中国大学生就业报告 . 北京：社会科学文献出版社，2013.

[195] 李向群 . 1931 年至 1934 年北大教员工资收入与当时物价情况简介 . 北京档案史料，1998（1）：9.

[196] 陈育红 . 战前中国大学教师薪俸制度及其实际状况的考察 . 民国档案，2009（1）: 63-71.

[197] 陆学艺，张荆，唐军 . 2010 年北京社会建设分析报告 . 北京：社会科学文献出版社，2010.

[198] 黄冲 .47.7% 高校教师年薪不足 10 万青年教师多成“月光族”. http：//news.cntv.cn/2014/07/10/ARTI 1404944629694842.shtml[2014-7-10].

[199] 王梦婕 . 调查显示高校青年教师自比为“工蜂”，逾八成受访者认为自己处于社会中下层 . 中国青年报，2012-09-14：03.

[200] 叶兴平，易松国 . 深圳市 100 种职业的社会声望 . 社会，1998，11：24-26.

[201] 蔡禾，赵钊卿 . 社会分层研究：职业声望评价与职业价值 . 管理世界，1995，4：197-203.

[202] 李强，刘海洋 . 变迁中的职业声望 . 学术研究，2009，12.

[203] 迟书君 . 深圳人职业声望评价的特点 . 社会学研究，2003，4：76-84.

[204] 李春玲 . 当代中国社会的声望分层——职业声望与社会经济地位指数测量 . 社会学研究，2005，2: 74-102, 244.

[205] 臧伟玲 . 改革开放 30 年科技工作者的社会地位变迁研究 . 南开大学硕士学位论文，2010.

[206] 方敏 . 科技人员的职业声望 . 自然辩证法通讯，1998（4）:29-35.

[207] 应星 . 学术断层与学界新贵的崛起，http：//bbs.pinggu.org/thread-3543041-1-1.html [2015-1-19].

[208] 梅新育 . 反对科技部长与新华社联手扼杀中国科研 http：//blog.sina.com.cn /s/blog_4b18c48f0102eg66.html[2013-10-14].

[209] 中国科协发展研究中心 . 科技工作者的社会责任 . 北京：科学出版社，2009.

[210] 杨海鹏 . 一个法学院院长的学术成果 . 文摘报，1999-11-14.

[211] 晓声 . 北大博导剽窃，叫人如何不失望？——评王铭铭《想象的异邦》抄袭哈维兰《当代人类学》. 社会科学报，2002-01-15.

[212] 魏凯 .《 抢走 300 万珠宝》追踪：3 枪手戴夜视镜作案 . 新快报，2007-05-07.

[213] 国家统计局 . 中国统计年鉴 2014. http：//www.stats.gov.cn/.

[214] 中国论文数量世界第二，35% 以上论文从未被引用 . 北京晚报，2012-10-10.

[215] 中国科学技术信息研究所 . 2014 年中国科技论文统计结果 . http：// wenku.baidu.com/link?url=3OO2iPo_-fca8hzdslLqHotJGpGMZctj6E4ZLu-z3htCk5xeGiDd7xaKXFmsyB4t2sl6DHWDxq6VkR4t_Nw1Oa4x1ge_ONPS3eqxSsGHILq[2014-10-22].

[216] 李大庆 .2014 年我国发表 SCI 论文数量排世界第 2 位 . http：//learning.sohu.com/20151022/n423898232.shtml[2015-10-22].

[217] 袁于飞 . 我国发明专利要申请量更要授权量 . http：//news.xinhuanet.com/tech/2013-01/04/c_124180507.htm[2013-1-4].

[218] 欧洲专利局 .http：//www.epo.org/news-issues/press/releases/archive /2013/ 20130306.html.

[219] 张红日 . 中国科学院院长白春礼哈佛演讲：中国在铁基超导等前沿领域跻身世界前列 . http：//www.guancha.cn/Science/2015_09_28_335927_1.shtml[2015-9-28].

[220] 科学技术部发展计划司和中国科学技术指标研究会 . 经济合作与发展组织和欧盟统计局科技人力资源手册（弗拉斯卡蒂丛书）. 北京：新华出版社，2000.

[221] 李强 . 清末民初中国知识分子科学兴趣研究，2013: 27.

[222] 陈明远 . 鲁迅时代何以为生 . 西安：陕西人民出版社，2011.

附　　录

附录 1　戊戌维新至清末成立的主要科学学会统计

附表 1-1　戊戌维新至清末成立的主要科学学会统计表[①]

序号	成立时间	社团名称	成立地点	发起人
1	1895 年 8 月	算学社	湖南浏阳	谭嗣同等
2	1895 年 9 月	强学会	北京	康有为等
3	1895 年 10 月	上海强学会	上海	康有为
4	1895 年 10 月	农学会	广州	孙中山
5	1896 年 8 月	农务总会	上海	罗振玉等
6	1897 年 4 月	圣学会	桂林	康有为等
7	1897 年 7 月	不缠足会	上海	张通典等
8	1897 年	质学会	武昌	
9	1897 年	西学会	北京	阎迺竹等
10	1897 年	金陵测量会	南京	
11	1897 年	苏学会	苏州	章钰等
12	1897 年	蒙学公会	上海	汪康年
13	1897 年	医学善会	上海	吴仲弢等
14	1897 年	译书公会	上海	董康
15	1897 年	知耻学会	北京	康有为等
16	1897 年	女学会	上海	李闰（谭嗣同妻）
17	1898 年 1 月	粤学会	北京	康有为

① 内容系根据王宝珪等人编《中国科技社团概览》整理而形成，表中所列学会并非都是现代意义上的科学技术社团，转引自中国科协发展研究中心课题组：《近代中国科技社团研究》，2014 年，第 25 页。

续表

序号	成立时间	社团名称	成立地点	发起人
18	1898年2月	南学会	长沙	谭嗣同
19	1898年3月	闽学会	北京	林旭
20	1898年3月	蜀学会	成都	宋育仁
21	1898年	延年会	湖南	熊希龄
22	1900年	励志会	日本东京	沈翔云
23	1900年	亚泉学馆		杜炜孙
24	1904年	日知会	武昌	刘静庵
25	1904年7月	科学补习所	武昌	吕大森等
……	……	……	……	……

附录2 1870～1930年职业历史变动情况统计

附表2-1 1870～1930年职业历史变动情况统计表[217]

年份	医生	职业律师	外交翻译	编辑	文艺家	军事革命家	政治官吏	实业家	教员	学术研究	教育家	职员	幕僚帮办	其他
1870～1874	—	—	—	—	1	1	1	4	3	—	—	2	4	4
1875～1879	—	1	—	—	—	1	1	2	3	—	—	3	—	4
1880～1884	—	—	1	—	1	6	7	2	3	2	—	3	3	2
1885～1889	1	—	—	—	1	3	6	3	5	2	1	10	5	1
1890～1894	4	—	1	3	1	15	7	3	8	1	5	15	5	8
1895～1899	—	1	—	10	1	11	7	10	16	3	10	13	3	7
1900～1904	1	1	3	14	1	36	15	19	37	6	17	17	7	7
1905～1909	2	2	3	21	4	67	29	21	26	2	17	9	7	7
1910～1914	5	6	4	16	7	63	86	24	18	8	14	10	8	4
1915～1919	2	1	—	22	5	19	32	16	23	20	11	6	8	5
1920～1924	4	2	1	5	14	18	37	13	22	10	19	3	2	1
1925～1930	6	—	1	6	10	14	45	13	9	9	5	3	—	3

附录 3　民国初期全国教职员性别比例（1915 年 8 月至 1916 年 7 月）

附表 3-1　民国初期全国教职员性别比例表（1915 年 8 月至 1916 年 7 月）

教育阶段	学校类别	教职员 / 人		合计 / 人
		男	女	
初等教育	国民学校	108 824	2 558	111 382
	高等小学	11 769	792	12 561
	乙种实业及其他	1 340	115	1 455
中等教育	中学	2 096	29	2 125
	师范	696	311	1 007
	农工商及其他	1 117	68	1 185
高等教育	高等师范	154	—	154
	专门学校	769	—	769
	大学	161		161

注：据教育部总务厅统计科编《中华民国第四次教育统计图表》中的《全国学务统计总表》（民国四年八月至五年七月）改编，1916 年，第 7 页。

附录 4　民国 27 年之间物价指数的变化情况（1900 ～ 1926 年）

附表 4-1　民国 25 年之间物价指数的变化情况（1900 ～ 1926 年）[218]

年份	物价指数	银圆比价	合今人民币
1900	81	1 圆 2 角 3 分	61 元 5 角
1901	68	1 圆 4 角 7 分	73 元
1902	76	1 圆 3 角 1 分	65 元
1903	84	1 圆 1 角 9 分	59 元 5 角
1904	78	1 圆 2 角 8 分	64 元
1905	75	1 圆 3 角 3 分	66 元
1906	83	1 圆 2 角 1 分	60 元 3 角
1907	87	1 圆 1 角 5 分	57 元 5 角
1908	89	1 圆 1 角 2 分	56 元 2 角
1909	89	1 圆 1 角 2 分	56 元 2 角
1910	90	1 圆 1 角 1 分	55 元 6 角

续表

年份	物价指数	银圆比价	合今人民币
1911	100	1 圆	50 元
1912	100	1 圆	50 元
1913	100	1 圆	50 元
1914	93	1 圆 0 角 8 分	53 元 8 角
1915	88	1 圆 1 角 4 分	56 元 8 角
1916	96	1 圆 0 角 4 分	52 元 1 角
1917	102	9 角 8 分	49 元
1918	97	1 圆 0 角 3 分	51 元 5 角
1919	88	1 圆 1 角 4 分	56 元 8 角
1920	114	8 角 8 分	43 元 9 角
1921	117	8 角	42 元 8 角
1922	113	8 角 8 分	44 元 3 角
1923	118	8 角 5 分	42 元 4 角
1924	126	7 角 9 分	39 元 7 角
1925	144	6 角 9 分	34 元 7 角
1926	133	7 角 5 分	37 元 6 角

注：以 1912 年即民国元年为 100。

附录 5　民国时期部分情况

附表 5-1　民国“黄金十年”间物价指数的变化情况（1927～1939 年）[218]

年份	物价指数	银圆比价	合今人民币
1927	145.1	6 角 8 分 9	30 元 3 角
1928	135.4	7 角 3 分 8	32 元 5 角
1929	139.1	7 角 1 分 9	31 元 6 角
1930	152.9	6 角 5 分 4	28 元 8 角
1931	168.7	5 角 9 分 3	26 元
1932	149.7	6 角 6 分 8	29 元 4 角
1933	138.2	7 角 2 分 4	31 元 9 角
1934	129.3	7 角 7 分 3	34 元
1935	128.3	7 角 7 分 9	34 元 3 角
1936（法币）	144.5	6 角 9 分 2	30 元
1937（法币）	171.9	5 角 8 分 2	25 元 6 角

附表 5-2　中国各城市医师分布表 [78]

城市	医师总数 / 人	百分比 /%	人口（邮政局估计）/ 人	每一医师对应人口数 / 人	每百万人中医师数 / 人
上海	1 182	22.0	3 558 111	3 010	3 322
南京	275	5.1	902 941	3 283	3 046
沈阳	216	4.0	889 647	4 119	2 428
北平	252	4.8	1 220 832	4 845	2 064
哈尔滨	40	0.7	216 833	5 421	1 845
厦门	63	1.2	473 058	7 509	1 332
杭州	136	2.5	1 136 060	8 353	1 197
青岛	70	1.3	592 800	8 469	1 181
济南	68	1.3	662 642	9 745	1 026
广州	302	5.6	3 156 698	10 453	957
香港	84	1.6	900 812	10 453	982
苏州	77	1.4	865 800	11 244	889
汕头	54	1.0	647 652	11 944	834
天津	83	1.5	1 250 539	15 067	664
武汉	104	1.9	1 948 274	18 773	534
宁波	39	0.7	1 041 455	26 704	374
福州	39	0.7	1 508 630	38 683	259
长沙	17	0.3	1 243 044	73 120	137
其他	1 752	32.5	4 196 333	239 517	41
不明	537	10.0			
总计	5 390	100	441 849 148	81 975	122

附表 5-3　抗战期间（1936～1944 年）全国高校发展情况统计

学年度 / 年份	院校 / 所	教员数 / 人	职员数 / 人	学生数 / 人	毕业生数 / 人	岁出经费数 / 元
1936	108	7 560	4 290	41 922	9 154	39 275 386
1937	91	5 657	2 966	31 188	5 137	30 431 556
1938	97	6 079	3 222	36 180	5 085	31 125 068
1939	101	6 514	4 170	44 422	5 622	37 348 870
1940	113	7 898	5 230	52 376	7 710	58 296 680
1941	129	8 666	6 503	59 457	8 035	91 196 550
1942	132	9 421	7 192	64 094	9 056	196 976 900
1943	133	10 536	7 064	73 669	10 514	419 852 372
1944	145	11 201	7 414	78 909	12 078	1 869 869 039
合计		73 532		482 217	72 391	

附表 5-4

单位：所

学校类型	国立	省立	私立	市立	总计
大学	31	—	25	—	56
独立学院	23	24	32	—	79
专科学校	20	27	23	5	75
总计	74	51	80	5	210

注：转引自冯成杰：《试论抗战时期国民政府的教育政策》，《哈尔滨学院学报》，2010 年，第 3 期。

附表 5-5 1936 ～ 1942 年中等教育发展情况

学年度	学校数 / 所				学生数 / 人			
	中学	师范	职业	合计	中学	师范	职业	合计
1936	1 956	814	494	3 264	482 522	87 902	56 822	627 246
1937	1 240	364	292	1 896	309 563	48 793	31 592	389 948
1938	1 246	312	256	1 814	389 009	36 879	51 697	477 585
1939	1 652	339	287	2 278	524 395	59 431	38 977	622 803
1940	1 900	374	332	2 606	642 688	78 342	47 503	768 533
1941	2 060	408	344	2 812	703 756	91 239	51 557	846 552
1942	2 224	506	367	3 079	727 694	101 662	56 997	886 353

注：转引自冯成杰写的《试论抗战时期国民政府的教育政策》，《哈尔滨学院学报》，2010 年，第 3 期。

附录 6 1950 ～ 1952 年分类科技工作者数量推算方法举例

根据文中对 1949 年数据的推算方法，以同样方法得出科技教学人员、科学研究人员、工程技术人员和农业技术人员在 1950 ～ 1951/1952 年的数据。在科技教师方面，研究组分别对普通中学、中等技术学校和中等师范学校的科技教师占比值分别按照平均递增的方式取一定比例（表 2-8），得出 1950 年和 1951 年的中等教育科技教师数分别为 3.39 万人和 4.47 万人，科技教师总数分别为 5.69 万人和 6.77 万人。在科学研究人员方面，1950 ～ 1951 年分别取 0.13 万人、0.14 万人和 0.15 万人。在工程技术人员和农业技术人员方面，按照前面的算法，得出前者 1950 ～ 1951 年的数量分别为 12.15 万人和 12.81 万人，后者 1950 ～ 1951 年的数量分别为 1.41 万人和 1.72 万人。

关于卫生技术人员，根据前面的计算方法，西医师全部纳入；西医士按照 1949 年 1/3 到 1952 年 100% 的占比逐年平均递增；中医按照 1949 年 6% 到 1966

年取100%的占比逐年平均递增[①]；护士和技师从1949年10%每年占比平均递增10%，到1958年占比100%。

附表6-1　1949～1951年中等学校科技教师总数　　单位：万人

年份	普通高校	普通中学	中等技术学校	中等师范学校	技工学校	中等教育科技教师总数	总数
1949	1.6	30%，2.01	70%，0.49	20%，0.18	0.03	2.71	4.31
1950	1.7	35%，2.42	75%，0.68	25%，0.23	0.06	3.39	5.69
1951	2.3	40%，2.92	80%，1.04	30%，0.36	0.15	4.47	6.77

附表6-2　1949～1965年卫生技术人员数　　单位：万人

年份	西医师	西医士	中医	护士/护师	技师	卫生技术人员
1949	4.9	1.27	1.66	0.33	1.09	9.25
1950	5.3	2.26	3.30	0.76	2.74	14.35
1951	5.6	3.47	5.05	1.38	4.89	20.38
1952	6.7	5.2	6.91	2.44	8.16	29.41
1953	7.7	5.6	8.89	3.95	12.5	38.64
1954	8.6	6.3	11.00	5.64	17.04	48.58
1955	9.8	7	13.01	7.49	18.69	55.99
1956	12.1	7.2	14.84	9.44	27.6	71.18
1957	13.6	7.4	16.93	11.52	32.76	82.21
1958	13.1	7.5	18.85	13.8	64.7	117.95
1959	15.3	8	22.13	16	63.6	125.03
1960	16.8	8.2	23.12	17	73.9	139.02
1961	20.1	9.9	25.47	19	65	139.47
1962	22.4	12	26.79	20	52.6	133.79
1963	23.9	14.3	28.28	21.3	51.9	139.68
1964	24.8	16.1	29.35	22.5	51.5	144.25
1965	25.3	18.9	30.33	23.5	53.4	151.43

① 根据毕小丽在《建国初期的中医进修》中的研究，自1949年新中国成立以后，通过对中医人员开展职业进修的方式提升中医人员的专业素养和水平。新中国成立初期开办中医进修学校，“其目的是中医科学化”，通过进修来改造中医的思想，提高中医的科学水平。1954年以后，中医进修的目的转为以提高中医师的业务水平为主。截至1955年，全国进修结业的中医应该在4万余名左右。1956年成立了北京中医学院、上海中医学院、广州中医学院、成都中医学院等第一批高等中医院校，之后中医学院陆续成立，逐步为中医供给了获得了正规学历教育的中医人员。同时，结合《新中国五十年统计资料汇编》的数据，研究组认为大概在1966年左右，《新中国五十年统计资料汇编》中统计的中医才是达到我们对科技工作者要求水平的中医，可全部纳入。

附录7　非公工程类科技工作者的推算

1995年非公经济工程技术人员占比14%（依据国家统计局1995年制造业统计数据，http：//www.stats.gov.cn/tjsj/ndsj/information/zh1/d191a，采掘业占比几乎为0，另建筑业也忽略不计），2000年占比33%。

据此推算，1991～1995年，制造业非公工程技术人员占比14%（最高）。

1995～2000年，占比按照每年增加3.8个百分点。1996年占比17.8%，1997年占比21.6%，1998年25.4%，1999年29.2%。

1983～1990年，根据1983年第一次下海潮之前，几乎没有非公工程人员，1982年为0。从0（1982年）至25.13万人（1991年），按照平均递增，每年非公工程技术人员增量为2.8万人。

1983年之前，几乎没有非公领域工程技术人员。

2000～2011年，按照以后十年每年平均108万人的增量算。

这样计算，得出非公工程技术人员数量。

附表7-1　1979～2012年工程技术人员情况　　单位：万人

年份	公有制经济（工程技术）	非公经济工程技术人员（外商及港澳台、私营企业、其他企业）	合计	标志性事件
1979	152.07（国有）	0	152.07	
1980	186.22（国有）	0	186.22	
1981	207.68（国有）	0	207.68	
1982	235.46（国有）	0	235.46	集体工业系统专技人员不到9万人，忽略不计，非公专业人员更少，忽略
1983	280.23（国有）	2.8	283.03	集体工业交通建筑业专技人员10万人
1984（下海潮）	316.25	5.6	321.85	邓小平南方谈话 深圳速度 联想、科龙、万科成立 非公经济工程技术人员在1983年以前数量较少，可忽略不计，1983年为2.8万人，以后每年增加2.8万人，直到1990年
1985	340.41	8.4	348.81	惠普、英特尔、飞利浦进入中国
1986	358.12	11.2	369.32	1986年，国务院颁布《关于鼓励外商投资的规定》，成为开放引资历史上的一个重要节点

续表

年份	公有制经济（工程技术）	非公经济工程技术人员（外商及港澳台、私营企业、其他企业）	合计	标志性事件
1987（下海潮）	401.22	14	415.22	1987年9月，中央发出海南省筹建工作的通知，从1987年9月开始到1988年中期，不到一年的时间里，数以万计的各类人才川流不息地奔向海南特区，他们有工程师、经济师、教授、作家、大学生，也有机关干部、技术工人，这股汹涌奔腾的人才潮，构成了中国改革开放的一大奇观
1988	437.55	16.8	454.35	1988年海南建省， 十万大军下海南， 多为知识分子和青年学生
1989	483.73	19.6	503.33	2.1万家外企
1990	510.08	22.4	532.48	
1991	502.40	25.13	527.53	非公经济工程技术人员测量按照当年非公经济中制造业职工数的14%计算，直到1995年
1992（下海潮）	520.50	33.03	553.53	1992年小平南方谈话后，国务院修改和废止了400多份约束经商的文件，大批官员和知识分子投身商海，后来他们管自己叫“92派”。据人事部统计，1992年，辞官下海者达2万人。1992年：小平南方讲话催生“92派”企业家。据《中华工商时报》的统计，当年度全国至少有10万名党政干部下海经商
1993	536.36	60.13	596.49	
1994	553.53	83.73	637.26	计划经济转向市场经济
1995	562.59	97.44	660.03	
1996	574.53	124.41	698.94	非公经济工程技术人员1996年以后，每年占比增加3.8个百分点，直到1999年
1997	571.93	157.57	729.5	
1998	565.67	192.60	758.27	
1999	565.48	233.22	798.7	
2000	555.11	284.12	839.23	
2001	531.63	392（以后十年每年平均108万人）	923.63	2001～2029年，按平均推算
2002	528.91	500	1028.91	
2003	499.28	608	1107.28	
2004	480.78	716	1196.78	
2005	479.12	824	1303.12	
2006	489.36	932	1421.36	
2007	501.77	1040	1541.77	

续表

年份	公有制经济（工程技术）	非公经济工程技术人员（外商及港澳台、私营企业、其他企业）	合计	标志性事件
2008	517.67	1148	1665.67	
2009	531.06	1256	1787.06	
2010	541.49	1367	1908	
2011	571.55	1475	2046	
2012		1583		

注：由于是估算，可能存在一定误差。

附录 8 科技管理人员的估算方法

科技管理人员的估算方法主要是以全国公务员数为基础，通过估算其中科技岗位比例，来获得公务员中科技工作岗位人员数。本研究的具体方法是：选取一个省份（具体为上海），对其所有行政部门的科技岗位设置比例进行查阅和判断，再通过获取每个行政部门编制总数，在此基础上计算出每个行政部门的科技管理岗位人数（具体数据见附表 8-1），最后再将这一具体省份的比例推广至全国（附表 8-2），尽管存在误差，但因此类人员总量不大，误差的影响也不大。

因可以获取的公务员数不全，本研究用全国机关人员总数乘以公务员所占比例来计算历年公务员数。通过已有年限数据的公务员数据可得，公务员约占全国机关人数的 60%。另外，以 2010 ～ 2012 年的机关在岗人员数为推算数据。

附表 8-1 2015 年上海市各行政部门科技管理岗位人数情况

各行政部门	编制 / 人	占比	科技管理岗人数 / 人
市发展和改革委员会	250	0	0
市经济和信息化委员会	300	5%	15
市商务委员会	255	0	0
市教育委员会	197	4%	7.88
市科学技术委员会	113	70%	79.1
市民族和宗教事务委员会	75	0	0
市监察局	216	0	0
市民政局	133	0	0
市司法局	333	0	0

续表

各行政部门	编制 / 人	占比	科技管理岗人数 / 人
市财政局	260	5%	13
市人力资源和社会保障局	297	0	0
市城乡建设和交通委员会	224	6%	13.44
市农业委员会	126	6%	7.56
市环境保护局	110	8%	8.8
市规划和国土资源管理局	220	5%	11
市水务局（市海洋局）	120	7%	8.4
市文化广播影视管理局	135	6%	8.1
市卫生局	185	5%	9.25
市人口和计划生育委员会	51	10%	5.1
市审计局	380	3%	11.4
市人民政府外事办公室	178	0	0
市国有资产监督管理委员会	165	3%	4.95
市地税局	225	6%	13.5
市工商行政管理局	216	0	0
市质量技术监督局	146	10%	14.6
市统计局	180	5%	9
市新闻出版局	85	0	0
市体育局	63	10%	6.3
市旅游局	81	5%	4.05
市知识产权局	48	15%	7.2
市绿化和市容管理局	185	4%	7.4
市住房保障和房屋管理局	170	6%	10.2
市交通运输和港口管理局	215	6%	12.9
市安全生产监督管理局	105	10%	10.5
市政府机关事务管理局	120	0	0
市民防办公室	70	5%	3.5
市人民政府合作交流办公室	68	0	0
市人民政府侨务办公室	50	6%	3
市人民政府法制办公室	56	0	0
市政府研究室	39	5%	1.95
市金融服务办公室	67	0	0
市口岸服务办公室	45	0	0
市人民政府参事室	23	0	0
市粮食局	46	0	0

续表

各行政部门	编制 / 人	占比	科技管理岗人数 / 人
市监狱管理局	210	5%	10.5
市食品药品监督管理局	85	0	0
市社会团体管理局	58	0	0
市公务员局	40	0	0
市政府办公厅	167	0	0
公务员局	40	0	0
合计	7226	4%	317.58

附表 8-2　2001～2012 年各机关科技岗位人数情况

年份	机关在岗人员 / 万人	公务员占机关在岗人员比例	科技岗位人员占公务员比例	科技岗公务员人数 / 万人
2001	1066.9	60%	4%	25.61
2002	1050.7			25.22
2003	1067.8			25.63
2004	1088.7			26.13
2005	1093.8			26.25
2006	1109.6			26.63
2007	1128.6			27.09
2008	1155.5			27.73
2009	1181.3			28.35
2010	1195.1			28.68
2011	1208.9			29.01
2012	1222.7			29.34

附录 9　我国科技工作者的区域分布测算

根据《中国科技人力资源发展研究报告（2012）——科技人力资源与战略性新兴产业》的数据，截至2010年，我国资格角度的科技人力资源达到6241万人，但这些有资格的科技人力资源中有多少真正从事着科技类职业，尤其是各个地区究竟有多少在岗的科技人力资源，则需要从职业角度对各地区科技人力资源进行测算。

一、测算的基本思路

根据科技人力资源的定义，结合我国的实际情况，从职业角度测算我国科技人力资源（即科技工作者）总量，应涵盖以下两部分：一是获得科技类大专及以上学历且在科技岗位工作的人员；二是没有获得科技类大专及以上学历，但进入科技岗位工作的相关人员。各地区科技工作者也包括上述两类。

获得大专及以上学历且在科技岗位就业的科技人力资源，实际上就是大专及以上就业人口中的科技类岗位工作人员。基于此，针对大专及以上科技人力资源，本章主要以《中国2010年人口普查资料》[①]中各地区大专及以上就业人口为基础，通过确定科技类岗位工作人员，估算出各地区科技工作者的数量。确定科技类岗位工作人员的方法是通过有关衡量指标对各地区科技工作者对大专以上就业人口占比进行赋值，赋值方法主要依据两个要素：一是确定31个省份的占比排序及占比差值的相关变化规律；二是确定赋值的范围。

另外，针对没有获得大专及以上学历的科技人力资源，通过文献调研，本章确定“技师”或“高级技师”序列的高技能人才，以及乡村医生和卫生人员这两类职业为科技类职业，这两类群体纳入科技人力资源范畴。

二、各地区大专及以上学历科技工作者对大专以上就业人口的占比排序

由于各地区之间科技和经济发展水平存在差距，相应的科技工作者数量也存在着差距。根据我国的统计口径，R&D人员和科技活动人员数据为全社会口径，一定程度上能反映我国各地区科技工作者的分布情况，因此本书以这两种数据对大专以上就业人口的占比为主要依据，来判断各地区科技工作者对大专以上就业人口的权重排序。

排序结果（附表9-1）显示，两种占比排序有着较高的吻合度，排序基本都保持在4个名次以内的偏差。从占比数值的曲线图可以看出（附图9-1、附图9-2），排名前6和后4左右的省份相对于其他省份有着较大的斜率，也就是意味

① 2010年第六次全国人口普查的对象是：普查标准时点在中华人民共和国境内的自然人及在中华人民共和国境外但未定居的中国公民，不包括在中华人民共和国境内短期停留的港澳台居民和外籍人员。其中，有关就业的数据采取的是长表普查表，根据普查长表抽样工作细则，长表抽取了10%的户填报，由于长表是按户抽样并进行登记的，所以人口总数以及各种人口结构数据的抽样比会存在差异。本书中大专以上就业人口数是由10%的抽样结果推算而来。

着这两个区间的省份差距较大。综合考虑附表9-1中的两种排序情况，同时结合经验进行微调，得出31个省份的如下占比排序：北京、上海、江苏、浙江、广东、天津、山东、福建、湖北、陕西、安徽、吉林、黑龙江、山西、重庆、河南、四川、辽宁、湖南、江西、河北、广西、甘肃、宁夏、云南、青海、贵州、内蒙古、海南、西藏、新疆。

附表9-1 R&D人员和科技活动人员占大专以上就业人口的比例排序

R&D人员占大专以上就业人口比例				科技活动人员占大专以上就业人口比例			
排序	省份	排序	省份	排序	省份	排序	省份
1	江苏	17	辽宁	1	北京	17	河南
2	浙江	18	四川	2	浙江	18	黑龙江
3	广东	19	山西	3	天津	19	湖南
4	天津	20	江西	4	江苏	20	江西
5	北京	21	河北	5	广东	21	甘肃
6	山东	22	广西	6	山东	22	河北
7	福建	23	甘肃	7	山西	23	广西
8	湖北	24	宁夏	8	陕西	24	云南
9	上海	25	青海	9	安徽	25	宁夏
10	陕西	26	云南	10	四川	26	西藏
11	安徽	27	内蒙古	11	福建	27	贵州
12	黑龙江	28	贵州	12	湖北	28	青海
13	吉林	29	海南	13	吉林	29	内蒙古
14	河南	30	西藏	14	上海	30	海南
15	重庆	31	新疆	15	重庆	31	新疆
16	湖南			16	辽宁		

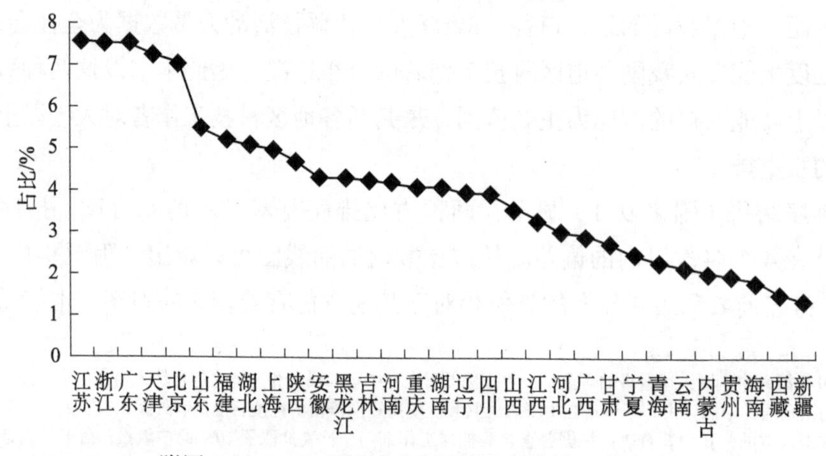

附图9-1 R&D人员对大专及以上就业人口的占比

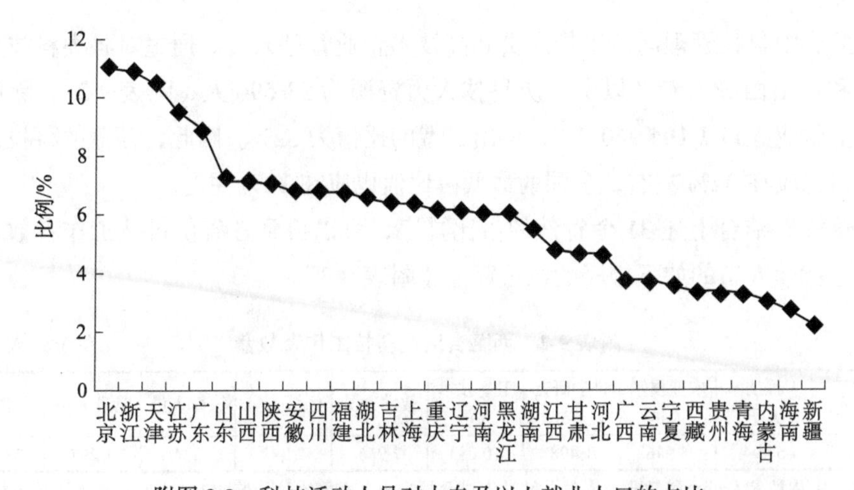

附图 9-2　科技活动人员对大专及以上就业人口的占比

注：R&D 人员为 2010 年统计数据；由于 2009 年以后科技部不再统计科技活动人员数据，2010 年的科技活动人员数据是由 2008 年科技活动人员数据推算而来，因此可能存在一定误差

资料来源：《中国科技统计年鉴 2009》《中国科技统计年鉴 2011》

三、各地区大专及以上学历在岗科技人力资源对大专以上就业人口的占比赋值

如果所有具有资格的科技人力资源都从事科技类职业，其他非科技类的毕业生都从事非科技类职业，同时忽略未就业毕业生造成的影响，那么科技工作者对大专以上就业人口的比例将是一个理想值；同时考虑到非科技类毕业生从事科技类职业的难度要高于科技类毕业生从事非科技类职业的难度，上述比例将是一个最大值。

另外，考虑科技工作者的一个限定是以 60 岁为统一的退休年龄，60 岁及以下资格角度的科技人力资源总数为 5767 万人，年龄小于或等于 60 岁的大专及以上毕业生总数为 9183 万人，可以计算出这一比例为 63%，由此可以得出：全国科技工作者对大专以上就业人口的占比应不超过 63%。同时，通过估算占比排序中倒数第二的西藏自治区的大专及以上科技人力资源数量占大专以上就业人口的比值，来计算最低占比数值。西藏科技工作者的计算方法：工程技术人员、农业技术人员、科学研究人员以公有企事业单位相应人员为基础进行推算；卫生技术人员采用《中国卫生统计年鉴》数据；自然科学教学人员取高等专任教师数和部分中等教育专任教师数；经济人员和法律人员取中高级以上人员；科技管理人员取公务员中科技管理岗位工作人员和高技术企业管理人员。通过对各类科技人员的加和得出西藏大专及以上学历科技人力资源为 33 590 人（附表 9-2），除以大专以上就业人口（104 960 人），得出二者的比值为 32%。因此，西藏的科技人力资源占比应在 32% 左右，全国的最低占比值也应在 32% 左右。

这样，结合上述 31 个省份的占比排序，可以得到各省份科技工作者数对大专以上就业人口的如下排序的权重赋值（附表 9-3）。

附表 9-2 西藏自治区科技工作者数量 单位：人

类别	工程技术人员	农业技术人员	科学研究人员	卫生技术人员	教学人员	经济人员	法律人员	管理人员	总计
数量	5 494	4 946	1 498	10 083	7 916	2 022	334	1 297	33 590

注：工程技术人员、科学研究人员、教学人员数据来自《西藏统计年鉴 2011》；农业技术人员数据来自《2010 全国农业系统国有单位人事劳动统计资料汇编》；卫生技术人员数据来自《中国卫生统计年鉴 2011》；经济人员和法律人员数据来自《中国 2010 年人口普查资料》；管理人员数据来自《中国劳动统计年鉴 2010》和《中国科技统计年鉴 2011》。

附表 9-3 各省份科技工作者对大专以上就业人口的权重赋值

省份	权重	省份	权重	省份	权重
北京	0.6	吉林	0.47	广西	0.405
上海	0.58	黑龙江	0.465	甘肃	0.395
江苏	0.56	山西	0.46	宁夏	0.385
浙江	0.54	重庆	0.455	云南	0.375
广东	0.52	河南	0.45	青海	0.365
天津	0.5	四川	0.445	贵州	0.355
山东	0.495	辽宁	0.44	内蒙古	0.345
福建	0.49	湖南	0.435	海南	0.33
湖北	0.485	江西	0.425	西藏	0.315
陕西	0.48	河北	0.415	新疆	0.3
安徽	0.475				

根据上述的占比排序与权重赋值，乘以各地区就业人口中大专及以上学历人员的数量，大致可以推算出各地区科技人力资源的存量。为了进一步验证这种计算方法的合理性，课题组先后用各省份人口中大专及以上学历人数、地方财政科技拨款、高技术产业从业人员年平均人数等相关指标进行对照，发现其排序情况与我们推算出的占比排序和权重赋值相关度较高，各地科技人力资源数量的排序与大专以上学历人口的排序偏差基本都保持在两位次以内，与各地方财政科技拨款的排序偏差大多都保持在三位次以内。

图表索引

后　记

本书首次将科技工作者作为中国历史发展的一个新知识分子群体来研究，通过定性与定量相结合的方法，给出了各历史阶段科技工作者群体的总量、增量和结构的数据，客观地描述了这一群体的增长情况；同时，还给出了各历史阶段中影响科技工作者发展的社会经济发展情况，以及科技工作者当时的社会地位和为经济社会发展做出贡献的基本情况。

本书的研究成果填补了该领域长期以来的空白，并为其将来深入的发展奠定了理论和数据基础。

本书研究的科技工作者成长的百年历程，说明科学和教育紧密联系在一起，教育事业的发展为科技人力资源的丰沛提供了可靠保障。与中国科技事业正处于指数上升期相适应，科技职业化带来的科技工作者群体正以十几年翻一番的速度增长。分析这一增长现象可以发现，中国的教育事业迅猛发展是科技工作者迅速增加的直接原因。

本书研究的科技工作者百年历程证明了中国在一百多年的历史发展中，科学技术为经济增长和结构调整做出了极大的贡献，而社会经济增长和结构调整引发的需求反过来也促进了科技工作者队伍的成长。一个产业领域的提升和结构调整无不依赖于科学技术的长入，技术创新推动经济发展和结构调整已经成为全世界有识之士的共识。在建设创新型国家的道路上，着力推动企业成为技术创新主体，发挥市场配置资源的根本性作用，科技工作者将贡献更多的聪明才智。

科技工作者成长的百年历程，说明科学研究和科学技术的边界已经从自然扩展到社会和人文，现代化国家的新制度建设、人文精神提升是科技事业发展的新动力。

本书是中国科协一个研究团队的集体研究成果。其主要思想来自研究团队多年的思考和实践，全书在起草和写作过程中，开展了多次研究和讨论，互相启发，互相批评指正。

本书研究写作的主要分工如下：何国祥和刘薇策划研究主题，提出了课题研究的主要思路和分工目标任务以及本书的研究框架和章节提纲，并起草了导言和结语；何国祥和张楠起草了第一～第四章；施云燕起草了第五～第九章的前两节；刘春平起草了第五～第九章的后两节；何国祥和刘薇负责全部书稿的修改、润饰和定稿；吕华负责文献收集、附录整理和课题事务管理等工作。

本书的出版是全体研究人员长时间探索研究和各位同仁共同努力的结果。在这个过程中，中国科协发展研究中心原主任王康友给予研究小组大力支持，在此表示衷心的感谢！

同时也要感谢科学出版社的领导彭斌对本书的关心和帮助，感谢责任编辑侯俊琳先生、朱萍萍女士、乔艳茹女士的倾心付出和辛苦工作！

作　者

2016年12月29日